Sebastian Stuertz • Das eiserne Herz des Charlie Berg

Für Tara

Teil 1

TÖTEN

· *Faunichoux-Wald bei Leyder, September 1993* ·

Kurz und schmerzlos

Ich hatte den Hirsch nichts gefragt, im Gegenteil, ich hatte die Luft angehalten und ihn gerade ins Visier genommen, da teilte er mir mit:
Wer mir etwas antut, wird leiden, so wie ich leiden werde.
Ich nahm das Auge vom Zielfernrohr.
Mein Opa, der neben mir stand und filmte, konnte den Hirsch offenbar nicht hören.
»Drück ab!«, flüsterte er, heftig vom Bockfieber geschüttelt.
Ich zweifelte keinen Augenblick daran, dass der Hirsch mit mir kommunizierte. Es war nicht das erste Mal, dass so etwas geschah. Ich hatte allerdings noch nie versucht zu antworten.
Also fragte ich ihn, in Gedanken:
Ich mache es kurz und schmerzlos, okay?
Es ging ganz einfach. Die Antwort kam prompt:
Wer mich tötet, wird sterben, so wie ich sterben werde.
Mein Opa begann bereits leise zu schnaufen.
Ihm den Schuss zu überlassen, kam aber nicht in Frage, ich glaubte dem Hirsch.
Die Zeiten, in welchen ich den Tod meines Opas herbeigesehnt hatte, lagen lange zurück. Auf die letzten Meter waren wir doch noch Gefährten geworden.
Also schoss ich.

Irgendetwas mit dem Echo stimmte nicht.

Helmut

Am Vormittag war ich angekommen.

Als ich vor dem Forsthaus den Helm abnahm, hauchte mir der Wald seinen Atem entgegen. Zu der salzigen Luft, die mir die Nordsee in den letzten Tagen um die Nase geweht hatte, war das ein schöner Gegensatz: Fäulnis und Harz, Hirschurin und Androsteron. Hier gingen Tod und Geilheit Hand in Hand spazieren.

Das letzte Mal war ich zur Magnolienblüte bei Opa zu Besuch gewesen. Jetzt war September, und die Brunftzeit des Rotwildes hatte gerade begonnen.

Einen Moment lang blieb ich mit geschlossenen Augen auf der Vespa sitzen und inhalierte die Waldluft, bis Opa auf die kleine Terrasse vor dem Haus trat. Monochrom gekleidet wie üblich, sagte er, was er immer sagte, wenn ich unangemeldet bei ihm auftauchte: »Charlie *Berg*.«

»Bardo Aust Kratzer«, erwiderte ich standardmäßig. Mit einem Lächeln.

Seine steinerne Pranke packte immer noch fest zu. Handcreme war immer noch weibisch.

Dann kam Helmut mich begrüßen, und mein Lächeln verschwand. Ein taubeneigroßes Geschwür saß an seinem Kopf und hatte offensichtlich die Kontrolle übernommen. So schnell er konnte – und das war nicht sehr schnell –, bewegte er sich durch die Wohnung in Richtung der offen stehenden Haustür. Er verlor mehrmals die Orientierung, lief gegen Wände und Stühle. Bei den besonders heftigen Zusammenstößen gab er leise Schmerzenslaute von sich. Er trug eine Windel. Als er endlich bei uns auf der Terrasse angekommen war, drohte sein Hinterteil wegzufliegen, so heftig wedelte er mit dem Schwanz. Man konnte seine

Rippen zählen. Ich beugte mich hinunter, um ihn zu kraulen, und betastete dabei die Ausbuchtung. Sie fühlte sich unerwartet prall und fest an. Nichts an ihm roch mehr nach Dachsbau oder Killerinstinkt, aus seinem Maul überrollte mich der Zerfall, als hätte die Verwesung heimlich schon eingesetzt. Seine Augen, die bei meinem letzten Besuch nur eingetrübt gewesen waren – sie waren nahezu vollständig weiß.

Mit Dackelwelpe Helmi unter dem Weihnachtsbaum beginnt meine Erinnerung.

»Opa! Seit wann hat er das?«

Opa wich meinem Blick aus.

»Komm erst mal rein«, sagte er und ging voraus.

Ich nahm Helmut auf den Arm und trug ihn hinterher, in der Küche setzte ich ihn wieder ab und blieb in der Hocke.

»So ist er nur manchmal. Ansonsten ganz der Alte. Hat keine Schmerzen.«

Hast du ihn quieken gehört?

Ich sagte nichts.

Immerhin hatte Opa bereits das *Eutha-Narcodorm* besorgt, zwei kleine Flaschen standen auf der Fensterbank, jeweils eine verpackte Einwegspritze war mit einem Gummiband daran befestigt.

Er goss uns beiden ein Glas Milch ein.

»Opa. Er quält sich. Du musst ihm das Zeug geben.«

»Nein.«

Mein Großvater versuchte sich am ehemaligen Alphamännchen, das so viele Jahre keinen Widerspruch zugelassen hatte.

»Noch nicht.«

Mit geschlossenen Augen leerte er das Glas Milch in sich hinein, kleine, alte Schlucke im Stehen.

»Soll ich es machen?«, fragte ich, noch immer in der Hocke, Helmuts Bauch streichelnd. Opa starrte aus dem Fenster und knetete seine Nase. Sie hatte sich in den Schnapsjahren zu einem lilafleckigen Gnubbel verformt. Nach Omas Abgang hatte er das Trinken aufgegeben, die Nase mit den Mondkratern war geblieben.

»Nachher«, sagte er leise.

Er sah mich an, nahm die Hand aus dem Gesicht und grinste schief.

»Erst musst du den Riesen schießen.«

Der rote Riese

Bevor wir aufbrachen, kochte ich Hirschgulasch – nach Omas Rezept. Ich war der Letzte, der es zubereiten konnte. Als auch Oma noch in der Lage dazu war, hatten wir gerade die VHS-Kamera ganz neu. Gleich auf meiner ersten Kassette filmte ich sie beim Kochen, sie schnibbelte und erklärte, Mayra ging ihr zur Hand, ich wog, maß und notierte alles minutiös, was Oma nach Gefühl in den Topf schmiss. Ihr Gulasch zeichnete sich durch eine Reihe von Zutaten aus, die in keinem anderen Rezept auftauchten: zum Beispiel der Beifuß, mit seinem leicht kampferartigen Aroma. Oder die Nadeln einer japanischen Schwarzkiefer, die in einem kleinen Stoffsäckchen mitgekocht wurden. Dazu wurde das Ganze am Ende mit Piment, Zimt und einer beträchtlichen Menge Thymianhonig in die Nähe einer weihnachtlichen Süßspeise abgeschmeckt, die mit dem herben Wildgeschmack, dem bitteren Geist der Kiefernnadeln und viel frisch gemahlenem Anispfeffer eine polyamoröse Beziehung einging, in der Eifersucht kein Thema war.

Nachdem ich in Opas Küche alles klein geschnitten, mehliert, angebraten, angegossen und aufgekocht hatte, drehte ich die Hitze herunter und hängte das Säckchen mit den Kiefernnadeln in den Topf. Das Gulasch musste nun noch mindestens eine Stunde bei leiser Flamme köcheln. Die Zeit wollte ich nutzen, um in meinem Labor das Meeresparfum anzumischen.

Ich ging nach unten, zu meinen Fläschchen, Kolben, Pipetten, der Waage, holte das Notizbuch heraus und machte mich an die Arbeit. Ich musste nur ein paar Verhältnisse nachbessern, bereits die zweite Mixtur saß. Die korrigierten Dosierungen der Riechstoffe notierte ich in meiner Formelsammlung, etikettierte die Mischung mit Datum und dem Namen des Duftes – *Allegorese der See* –, füllte mir ein kleines Fläschchen ab und verstaute es in meiner Reisetasche. Die große Flasche stellte ich zu den anderen ins Regal.

Dann warf ich mich in die Camouflage-Kluft, zog die Stiefel an, nahm meine Steyr aus dem Gewehrschrank und ging hoch zu Opa. Während er sich um den Reis kümmerte und den Tisch deckte, ölte und reinigte ich mein Gewehr.

Satt, gut getarnt und noch besser gelaunt fuhren wir los. Ich griff nach hinten, holte die Videokamera aus der Tasche und filmte, obwohl das Tageslicht hier, wo der Wald dichter wurde, bereits zu schwinden begann. Ich hielt auf Opa, er tippte sich an den Hut und verbog seinen Mund zu einem Grinsen. Es ging sanft bergauf. Kleinere Rudel junger Hirsche standen abseits des Waldweges in Schussweite. Als wir mit dem Pick-up langsam vorbeirollten, beobachteten sie uns geduckt, jederzeit bereit loszuspringen. Es wäre ein Leichtes gewesen, zwei vom Auto aus zu erledigen. Aber wir hatten anderes im Sinn. Auf unserem Abschussplan stand ein Klasse-I-Hirsch: Der »rote Riese«, so getauft wegen seiner auffälligen Deckenfärbung und überdurchschnittlichen Größe. Ein Sechzehnender mit über acht Kilo Geweihgewicht, Opa beobachtete ihn schon seit Längerem. Er wusste, wo sich der Riese während der Brunft herumtrieb: auf der Wildwiese gleich bei Omas Koniferengalerie.

Die Sicht wurde wieder besser, als wir auf den kantigen, weißen Kies der Lichtung rollten. Knirschend brachte Opa das Auto nah am Zaun zum Stehen, der staubige Geruch des Gerölls kroch trotz geschlossener Fenster zu uns herein. Hier parkten auch die Busse mit den Schulklassen, wenn im Rahmen des Biologieunterrichts eine Exkursion zur berühmten Nadelbaumsammlung meiner Großmutter auf dem Programm stand – einer der seltenen Momente, an dem das einzige Tor zum komplett umzäunten Privatwald der Familie Faunichoux geöffnet wurde. Sonst hatte man nur vom Herrenhaus aus Zugang zu dem über hundert Hektar großen Waldgebiet.

Wir stiegen aus und schulterten die Gewehre. Ich öffnete das Zahlenschloss, mit dem das Tor verschlossen war, 3-1-1-2, Omas Geburtstag. Opa übernahm die Kamera, ich löste die Sicherheitsnadel, stach mir in den linken Handrücken, etwas unterhalb der Daumenwurzel, der Schmerz machte mich hell und legte allen Geruch übersichtlich in Moleküle unterteilt auf meine Wahrnehmung. So machten wir uns auf den Weg.

In der Nähe des Brunftplatzes prüften wir den Wind und pirschten uns langsam an, ich mit entsichertem Gewehr, Opa filmte. Immer wieder mussten wir trockenen Ästen auf dem Boden ausweichen.

Ich hatte das Kahlwildrudel längst gewittert, bald konnte auch Opa es durch den lichter werdenden Wald sehen. Der Platzhirsch war ebenfalls hier, allerdings hatte er seinen mit Pheromonen gesättigten Harn so großzügig verteilt, dass der gesamte Luftraum davon dominiert wurde. Mit etwas Konzentration konnte ich den Hirschurin aus der Waldluft herausrechnen, ich beschleunigte mit geschlossenen Augen die Adaption meiner Riechzellen. Gerade noch rechtzeitig war mein wichtigstes Organ wieder einsatzfähig – und ich fasste Opa an den Arm. Wir waren bereits kurz vor der Wildwiese. Ich deutete auf meine Nase und dann zum Rand der Fläche.

»Eine Rotte Sauen«, flüsterte ich.

Opa fluchte stumm. Dann wisperte er: »Wenn die uns mitbekommen, ist die Bühne sofort leer.«

Er drehte sich um und wollte den Rückzug antreten. Ich blieb stehen.

»Warte«, flüsterte ich.

Durch den Urin und die Sauen stach noch ein anderer Duft in unsere Richtung.

Fragend sah Opa mich an.

Dann ertönte ein lautes Röhren. Ein langgezogener und zwei kurze Brunftrufe. Opas Augen wurden groß und feucht.

Da war er.

Der König mit dem roten Rücken.

Direkt vor uns trat er ins Schussfeld und blickte herüber.

Ich versuchte zu schlucken, es wollte nicht gelingen.

Noch nie hatte ich ein so gewaltiges Tier gesehen. Mehr Hirsch ging nicht. Langsam hob ich das Gewehr.

Ich nahm ihn ins Visier und stellte die Atmung ein.

Wer mich tötet, wird sterben, so wie ich sterben werde.

Ich wollte noch nicht sterben. Ich hatte noch einiges auf der Liste. Den größten Hirsch aller Zeiten schießen, zu Hause ausziehen, ein Buch schreiben, reich und berühmt werden. In der Reihenfolge.

Der Hirsch starrte mich an und machte keinerlei Anstalten wegzurennen. Opa röchelte. Es war zum Weinen. Sollte man einem telepathisch begabten Hirsch Glauben schenken?

Ich strich den ersten Punkt von meiner Liste, zielte einen Meter daneben und drückte ab. Es klang irgendwie anders als sonst, etwas mit dem Echo stimmte nicht. Ohrenschützer bei der Jagd zu tragen war leider auch weibisch. Gleich beide Ohren piepten.

Das Rudel stolperte panisch davon, die Sauen walzten durchs Unterholz. Heißer Angstschweiß verteilte sich in der Luft. Der Hirsch taumelte bei der Flucht, getroffen. Irritiert ließ ich die Steyr sinken.

Opa reichte mir die Kamera und klopfte ein Mal kräftig auf meine Schulter. »Nicht ins Blatt. Aber glaube, du hast ihn. Komm.«

Er eilte zur Äsungsfläche, ich sicherte und ging filmend hinterher, das Gewehr in der linken Hand.

»Hier. Schweiß!«, Opa zeigte auf die rote Spur und folgte ihr durch das sich ausdünnende Dickicht. Der Hirsch hatte sich noch ein ganzes Stück weitergeschleppt, sein Blutverlust war enorm.

Am Rande der nun leeren, sanft abfallenden Wildwiese lag er. Ausgerechnet hier, nur ein paar Meter von meiner Buche entfernt. Sofort suchte ich unser Gang-Zeichen, das Mayra vor vielen Jahren in den Stamm geschnitzt hatte, und ich hielt kurz mit der Kamera für sie drauf. Das C, dessen unterer Bogen in ein M überging, sodass es wie auf einer Mondsichel saß, es war noch immer zu erkennen.

Ich schwenkte zum Hirsch. Selbst aus ein paar Metern Entfernung sah ich die riesige hellrote Lache. Opa stand schon bei ihm und blickte zu mir herüber. Auf dem Schießstand hatte ich ihn immer stolz gemacht: mit der Flinte alle Kipphasen getroffen, nur selten eine Tontaube verfehlt. Jetzt sah er nicht so glücklich aus. Ich filmte ihn trotzdem. Sein Zeigefinger machte eine schnelle Bewegung seitlich am eigenen Hals entlang. Offenbar hatte ich den Hirsch mit einem Streifschuss getroffen. Hin und wieder zuckte eins der Beine des Tieres.

Opa knickte einen Zweig ab, bückte sich und steckte dem Hirsch seinen letzten Bissen in die Äse. Das machte man eigentlich erst, wenn das Wild erlegt war, aber Opa hatte schon immer alles etwas anders gehandhabt. Die meisten anderen Jäger hätten ein Messer gezückt, um das Tier mit einem gezielten Stich zwischen die oberen Halswirbel abzunicken. Doch auch davon hielt Opa nichts. Er nahm lieber sein Gewehr.

Im gleichen Moment hörte ich aus der entgegengesetzten Richtung ein Rascheln.

Ich schwenkte herum.

Keine fünf Meter entfernt bewegte sich etwas im Gebüsch.

Vorsichtig ging ich näher. Hatte ich zusätzlich noch ein Reh erwischt?

Vielleicht war es klüger, das Gewehr schussbereit zu halten. Eine angeschossene Sau konnte gefährlich werden.

Und dann erkannte ich, was dort lag. Ein Gewehr war gar nicht nötig. Ich ließ die Kamera sinken.

Da lag ein Mann.

In Tarnkleidung.

Und blutete.

Der Hals und Teile seines schwarz-grün bemalten Gesichts waren rot. Blutrot, wie man sonst nur sagt, wenn Blut gar nicht im Spiel ist, aber hier war Blut im Spiel, viel Blut, das Blut eines Menschen. Und offenbar lebte der Mensch noch, denn hin und wieder zuckte eins seiner Beine, so wie auch die Beine des Hirsches zuckten.

Opa hatte mir schon oft erzählt, dass Wilderer ihr Unwesen in seinem Wald trieben. Als wären die Wölfe, die langsam zurückkehrten und ungestört Wild rissen, nicht lästig genug: Weder die einen noch die anderen durfte man schießen.

Ich hörte Opa sein Gewehr laden und drehte mich um. Der Hirsch sah mich an. Sein Blick flatterte. *Wer mir etwas antut, wird leiden, so wie ich leiden werde.* Nicht ich, sondern der Wilddieb hatte den Hirsch am Hals erwischt. Ich hatte meterweit am Tier vorbeigezielt und dabei den Mann im Gebüsch getroffen. Am Hals. Die Prophezeiung des Hirsches hatte sich also erfüllt – für den Wilderer.

»Du hast ihn am Hals getroffen!«, rief Opa jetzt, meinte natürlich den Hirsch, er hatte den verblutenden Wilderer noch nicht bemerkt. Er entsicherte und setzte sein Gewehr an die Schläfe des Hirsches.

Der Hirsch regte sich.

Der Wilderer regte sich.

Wer mich tötet, wird sterben, so wie ich sterben werde.

»Halt!«, schrie ich.

Opa drückte ab.

Weg

Als Opa dem roten Riesen das Leben aus dem Kopf schoss, klang es wie bei meinem Schuss – die Akustik schien nicht zu stimmen. Jetzt wusste ich, warum. Der Wilderer und er gaben exakt im gleichen Moment einen Schuss ab. So wie der Wilderer und ich zuvor.

Opa fiel das Gewehr aus den Händen. Gleichzeitig klappte er hölzern in sich zusammen, mit den Knien in Richtung Waldboden. Einen Moment lang wusste er nicht, wohin er fallen wollte, der Kopf mit dem roten Fleck an der Schläfe sackte auf die Brust, dann brach er mit hängenden Armen nach hinten weg. Als hätte ein entnervter Marionettenspieler mitten in der Vorführung gekündigt.

Ich fuhr herum, entsicherte und legte an, doch der Mann in seiner Tarnkleidung lag still da, die Waffe neben sich. Pulver in der

Luft. Langsam ging ich zu ihm hinüber und trat das Gewehr außer Reichweite. Ein altes tschechisches Modell. Er selbst blieb regungslos. Mein Lauf war nur noch wenige Zentimeter von der Mörderschläfe entfernt. Unter der Tarnschmiere und dem Blut erkannte ich einen bärtigen, aber jungen Mann, nicht viel älter als ich. Ehrlicher Arbeiterschweiß hing ihm in der Wäsche, der Restalkohol vom Vortag umschwebte ihn wie eine Seele. Ich stupste ihn mit der Fußspitze an – keinerlei Reaktion. Ein paar vorsichtige Tritte in die Seite. Nichts. Er hatte offenbar seine restliche Lebensenergie in den Schuss gelegt. Oder eine letzte Zuckung hatte den Finger am Abzug bewegt.

Jetzt erst eilte ich zu Opa. Er lag auf dem Rücken, den grimmigen Henkersblick für immer ins Gesicht geschnitzt.

Ich sah zum Hirsch, dann wieder zu Opa.

Opa ist tot.

Ich blickte zum Wilderer.

Niemand regte sich.

Ich sah hinauf in die Buche, zum alten Baumhaus, das sich immer noch hinter den gelben Blättern versteckte. Wann war ich das letzte Mal dort oben gewesen? Jetzt gerade wollte ich nichts lieber, als den Wurfanker und die lange Strickleiter aus dem Versteck holen, hinaufklettern, die Leiter hochziehen, den Wald inhalieren und mein Leben verschlafen. Ich nahm die Brille ab, massierte Augenlider und Nasenrücken, allein mit den Bäumen, den drei Leichen, und überlegte.

Die Freiheit war zum Greifen nah. Schon im Januar würde ich meinen Zivildienst antreten, endlich alles hinter mir lassen. Ich würde nie wieder der Typ sein, der zu Hause alles zusammenhalten musste. Ich würde Piesbach Lebewohl sagen und für achtzehn Monate im Leuchtturm der Vogelwarte verschwinden. Seit mehr als einem Jahr fieberte ich diesem Traum entgegen, nur so hatte sich meine Rolle als Depp der Familie überhaupt noch ertragen lassen: Bei jeder Wäscheladung, nach jedem gewichsten

Boden, geputzten Badezimmer dachte ich an den Ausblick über die glänzenden Wattriffeln. Die Schreibmaschine, der Horizont und ich, ein anderes Leben war für mich vollkommen undenkbar geworden. Und was wäre das auch für ein Leben gewesen? Mit einer fahrlässigen Tötung im polizeilichen Führungszeugnis konnte ich nicht nur die Verweigerung vergessen – ich würde womöglich im Gefängnis landen wie ein Verbrecher. Ich hatte keinen Jagdschein, es war Opas und mein Geheimnis, dass wir jagen gingen. Er hatte mich ausgebildet, nicht einmal mein Vater wusste, dass ich mit einem Gewehr umgehen konnte – Dito hasste Waffen.

Ich setzte meine Brille wieder auf.

Opa musste liegen bleiben, und ich musste alle Spuren verwischen und ungesehen verschwinden. Irgendjemand würde ihn und seinen Mörder hier finden. Wem wäre geholfen, wenn ich jetzt die Polizei rief? Das Forsthaus lag einsam im Wald, niemand hatte mich gesehen, ich hatte niemandem erzählt, dass ich herfahren wollte. Nur Mayra, auf Video. Aber das Tape war noch in der Kamera, das konnte ich löschen.

Die Kamera!

Ich griff zur Seite, wo sie am Gurt baumelte. Sie lief immer noch. Ich drückte auf *stop*. Darum würde ich mich später kümmern müssen.

Was hatte ich sonst für Spuren hinterlassen?

Den todbringenden Schuss aus meinem Gewehr. Opa selbst hatte auch geschossen. Meine Steyr musste also zurück ins Haus, denn dass er mit zwei Waffen jagen ging, machte keinen Sinn. Aber würde die Polizei in so einem Fall die Forensiker rufen, wie im *Tatort*? Konnten die dann feststellen, dass der Wilderer von einer anderen Waffe getroffen worden war als der Hirsch? Dazu mussten sie den Hirsch im Labor untersuchen, mussten die Kugel finden, die den Wilderer getroffen hatte, und vor allem einen Grund haben, diesen Aufwand zu betreiben.

Ich sah mir die Szenerie genau an. Wenn man das so vorfinden würde ... wahrscheinlich würde niemand auf die Idee kommen, dass Opa in Begleitung gewesen war. Wildhüter Bardo Aust Kratzer hatte den nicht-tödlichen Schuss auf den Hirsch abgegeben, dabei versehentlich den Wilderer getroffen, dann hatte er den Hirsch erlöst und war vom Wilderer hinterrücks erschossen worden. Woraufhin dieser verblutet war.

Den Fall konnte sogar Wachtmeister Dimpfelmoser aufklären.

Ich musste nur die Kameratasche aus dem Auto holen, zurück zum Haus, die Steyr putzen, meine Sachen packen, auf den Roller und weg hier.

Ich durchwühlte Opas Jackentaschen, fand seinen Schlüssel, hängte mir mein Gewehr um und zerlegte ein letztes Mal seinen Körpergeruch. Seit Omas bitterem Ende hatte ich mich immer wieder gefragt, ab welchem Moment man ihn riechen konnte, den menschlichen Tod. Als sie starb, roch ich nichts. Doch schon am nächsten Tag hatten die Bakterien ihre Arbeit aufgenommen und mit der Zersetzung begonnen, die süße Fäulnis war deutlich zu erkennen gewesen.

Ich sah mir auch den Leichnam des Wilderers noch einmal an. Er stank, aber das war nicht dem Odem des Zerfalls zuzuschreiben, sondern seiner rückständigen Vorstellung von Hygiene. Den Schritt hatte er sich seit einigen Tagen nicht gewaschen, und mit dem Zähneputzen nahm er es offensichtlich auch nicht so genau. Die Waffe fiel mir ins Auge. Ich hatte sie ihm aus der Hand getreten, sie lag viel zu weit weg. Ein findiger Kriminalpolizist würde stutzig werden. Um keine Fingerabdrücke zu hinterlassen, schob ich das Gewehr mit den Füßen zurück zum Körper, kickte es mit einigen kleinen Tritten vorsichtig zurecht, als wäre es ihm aus der Hand gefallen.

Durch die Dämmerung stolperte ich zum Auto, setzte mich auf den Beifahrersitz, nahm die Kamera in die Hand und überlegte kurz, ob ich die Aufnahmen sofort löschen sollte. Ich entschied mich dagegen, die Zeit drängte. Es war vielleicht auch besser, alle Bilder aus dem Wald in Ruhe mit einer belanglosen Botschaft für Mayra zu überspielen, als jetzt ein paar Minuten schwarz zu filmen. Nur für den Fall, dass das Tape in die Hände der Polizei geriet. Erstaunlicherweise gefiel mir irgendwie, an alles denken zu müssen, keine Fehler machen zu dürfen, als wäre ich Mr. Ripley.

Ich verstaute die Kamera und hängte mir die Tasche um. Zum Glück hatte Opa eine Maglite im Handschuhfach. Ich knipste sie testweise an, der Strahl schnitt ein Loch in die Düsternis. Dann stieg ich aus und schloss das Auto ab. Der Schlüssel gehörte in Opas Jackentasche, also musste ich noch mal zum Tatort zurück.

Um Zeit zu sparen, ging ich wieder quer durch das Unterholz zur Buche, was im Halbdunkel nicht ganz einfach war. Der Hirsch und Opa mit der blutigen Schläfe tauchten im Lichtkegel der Taschenlampe auf. Im Tode vereint. Beide begannen bereits auszukühlen. Ich musste dem Impuls widerstehen, Opa die Augen zuzudrücken wie damals bei Oma. Ich putzte den dicken Kopf des Autoschlüssels ab, wie schon zuvor den Griff an der Autotür – überall Fingerabdrücke –, und steckte den Schlüsselbund zurück in seine Jackentasche. Damit war hier alles erledigt, jetzt musste nur noch ich selbst weg.

Mach es gut, Opa.

Wie glücklich mussten die sein, die ans Jenseits glaubten. An einen Himmel, wo Oma auf Opa wartete, mit einem Topf Hirschgulasch. Wo Bardolein und Ingelchen wieder vereint waren.

Ich riss mich los. Es war noch einiges zu tun. In meinem Tempo würde ich zu Fuß sicherlich eine halbe Stunde bis zum Forsthaus brauchen. Zum Glück hatte ich die Taschenlampe. Ich ließ den Lichtkegel ein letztes Mal über die unheimliche Szenerie wandern. Opa. Der Hirsch. Ich leuchtete rüber, zum Wilderer.

Zur dritten Leiche. Der Blutfleck im Gras war fast nicht mehr zu erkennen. Den Wilderer konnte man auch nicht sehen.

Weil er weg war.

Kill your Darlings

Sofort knipste ich die Taschenlampe aus und duckte mich.

Keine Sekunde zu spät, ein Schuss zerriss das abendliche Gemurmel des Waldes. Mit einem splitternden *Ftocks!* schlug das Projektil nicht weit von mir in den Stamm eines Baumes ein. *Meines* Baumes. Auch wenn Buchenholz für normale Nasen keinen besonders ausgeprägten Eigengeruch hatte, mir drückte die erdbeerige Süße fast den Kopf ins Genick. Vogelflügel flatterten. Der Wilderer war noch am Leben.

Ich rannte los, in den Wald. Sofort wurde mir schwindelig. Mein Brustkorb schmerzte. Das alberne Herz des Charlie Berg, zu nichts zu gebrauchen, nicht für die Liebe, nicht für den Sport, gerade gut genug, um bei Schrittgeschwindigkeit das Blut zirkulieren zu lassen. Zwangsläufig reduzierte ich mein Tempo, dann blieb ich ganz stehen, stützte mich ab und horchte eine Weile in die Nacht hinein. Der Wald machte zaghaft da weiter, wo er unterbrochen worden war. Vorsichtig setzte auch ich ein Bein vor das andere. Ich sah fast nichts, die Taschenlampe zu benutzen kam jedoch nicht in Frage. Also tastete ich mich von Baum zu Baum, bis ich endlich etwas mehr erkennen konnte. Da war das Stück Nachthimmel, unter dem Opa den Wagen geparkt hatte. Von hier aus würde ich auch ohne das Licht der Taschenlampe zum Haus zurückfinden, ich musste nur dem Weg folgen.

Aber was, wenn der Schütze mir beim Forsthaus auflauerte?

Vielleicht wusste er, dass es der Förster war, den er erschossen hatte? Hatte er womöglich im Wald auf Opa gewartet? Konnte das sein? Mein eigener Angstschweiß biss mir in die Nase.

Als das Forsthaus nach einer knappen halben Stunde Fußmarsch in Sichtweite kam, verließ ich den Weg, um mich von hinten ans Grundstück heranzuschleichen. Das Haus lag friedlich im Dunkeln. Mit letzter Kraft kletterte ich bei den Gräbern über den Zaun und näherte mich der Veranda.

Grelles Licht schoss mir ins Gesicht. Ich zuckte zusammen und schmiss mich auf den Boden.

Idiot.

Nur der Bewegungsmelder. Ich hastete zur Hintertür, dort hatte ich deutlich mehr Schutz.

Der Reihe nach hob ich die Blumentöpfe hoch. Den ersten, zweiten, dritten. Unter dem letzten lag der Ersatzschlüssel.

Vorsichtshalber schob ich den Roller hinter das Haus, falls zufällig jemand in der Zwischenzeit zum Forsthaus kam. Dann klopfte ich mir sorgfältig die Stiefel ab, die Opa mir geliehen hatte, und wusch sie am Wasserhahn bei den Gartengeräten sauber. Ich dachte wirklich an alles, vielleicht sollte ich Auftragskiller werden. Wobei ich in Zukunft darauf bestehen würde, dass die Morde nicht im familiären Umfeld stattfanden.

Ich ging wieder nach vorn, zur Eingangstür, und als ich aufschloss, hörte ich im Haus ein Geräusch. Dann ein Quieken. Daran hatte ich nicht gedacht.

Von wegen Auftragskiller.

Schlimm genug, dass Opa als Wurmfutter im Wald lag und es womöglich Tage oder Wochen dauern würde, bis ihn jemand fand. Den alten Helmut konnte ich nicht allein und qualvoll verenden lassen.

Ich ging in die Küche.

Eutha-Narcodorm. Zum schmerzlosen und sicheren Einschläfern von Groß- und Kleintieren durch intraperitoneale oder intravenöse Injektion.

Eine Vene würde ich wohl nicht treffen, aber ihm die Spritze in den Bauch zu jagen, das sollte gehen.

Helmi. Er saß vor mir, blickte mit seinen blinden Milchmurmelaugen an mir vorbei gegen die Wand. Wie aufgezogen wischte seine Rute den Boden. Hin und wieder sackte sein Kopf nach vorn, als wäre er plötzlich zu schwer. Opa hätte das schon längst erledigen sollen. Er hätte das auch damals bei Oma machen müssen. Aber jetzt war Opa tot, und alles blieb wieder einmal an mir hängen.

Ich hatte es so satt. Der Depp der Familie zog die Spritze voll, piekte sie tief in den Bauch und drückte den Inhalt langsam in den Hund. *Viel hilft viel*, wie Opa zu sagen pflegte. Es hatte etwas Tröstliches, dass keiner der beiden ohne den anderen würde weiterleben müssen.

Um ganz sicherzugehen – und weil in der Flasche noch was drin war –, versuchte ich mich mit der zweiten Ladung daran, eine Vene zu treffen. Ich wählte den Innenschenkel, so wie es Frau Dr. Meinardt bei Rimbaud gemacht hatte. Da, wo ich die Lösung reinspritzte, bekam Helmut eine zweite Beule. Das war also danebengegangen. Aber wer wollte sich darüber jetzt noch beschweren? Ich überlegte, ihm die zweite Flasche auch noch zu verabreichen, entschied mich aber dagegen und steckte sie ein.

Nach kurzer Zeit fing Helmut an, leise zu wimmern. Zehn Minuten später war aus dem Wimmern ein herzzerreißendes Jaulen geworden. Eigentlich hatte ich sein Leiden beenden wollen, nicht vergrößern. Um es mir noch schwerer zu machen, ließ er sich jetzt nicht mehr streicheln, er schnappte nach mir, sobald ich es versuchte.

Dann fing er an zu schreien.

Mir blieb also nichts anderes übrig. Ich schulterte das Gewehr, griff mir Helmut, der wild geworden um sich biss und dabei brüllte und weinte wie ein heiseres Menschenbaby. Die Windel hatte er auch voll, sie war warm und stank so heftig, dass ich die Luft anhalten musste, mein vom Adrenalin aufgepeitschter Geruchssinn war in der letzten Stunde konstant auf hohem Niveau gelaufen, inzwischen setzte die Erschöpfung ein, wie nach jeder Phase intensiver Nasenarbeit. Ich schaffte es kaum noch, die tierischen Exkremente wegzurechnen, die Faulgase, den sauren Darminhalt, alles bohrte sich mir ungebremst in den Kopf. Mit dem Bauch vorweg trug ich Helmi nach draußen, drückte dabei seinen Hals mit dem Unterarm nach oben, um die aufeinanderschlagenden Zähne von meinen Händen fernzuhalten. Bissspuren konnte ich keine gebrauchen. Draußen herrschte inzwischen vollständige Finsternis. Ich setzte ihn ab, drehte den Kopf weg und atmete ein paarmal durch den Mund. Der Bewegungsmelder sorgte klickend für Festbeleuchtung. Helmut schrie und taumelte im Kreis, immer wieder gaben die Beine nach. Ohne noch lange zu überlegen entsicherte ich.

Addio, alter Freund.
Helmut antwortete nicht.

Es tut mir leid.
Immer noch keine Antwort.
Ich drückte ab.

Hinten im Garten lagen bereits zwei Dackel begraben, Kurt Georg und Ludwig. Als wären es Söhne, die dort beerdigt waren, hatte Oma damals hübsche kleine Steingärten angelegt, mit runden Findlingen als Grabsteine.
Ich überlegte.
Opa hätte einfach ein Loch gebuddelt und Helmut hineingeworfen, ohne Grabstein. Das sah dem alten Brummkopf ähnlich.

Der Timer des Bewegungsmelders ließ das Licht immer wieder ausgehen, und weil ich am Ende des Grundstücks stand, während ich buddelte, musste ich jedes Mal hoch über dem Kopf mit der Schaufel wedeln, um Licht zu machen.

Keine Zeit, um innezuhalten. Ich klopfte die Erde fest. Ein bisschen Laub arrangierte ich so, als wäre es daraufgefallen. Helmuts Blut und Hirn in der Mitte des Gartens spülte ich mit einem Eimer weg, um den Rest würden sich die Mäuse kümmern. Dann entsorgte ich die leere Medizinflasche und die Spritze, wühlte beides mit dem Besenstil ganz nach unten in die Mülltonne und wusch die Stiefel erneut. Im Keller reinigte ich das Gewehr, Griff und Abzug zwei Mal, dann stellte ich die Steyr zurück in den Waffenschrank. Die übrig gebliebene Munition verstaute ich in einer der Schubladen. Sie klemmte leicht, mit einem Ruck zog ich sie etwas weiter auf als am Nachmittag. Buntes Papier kam zum Vorschein, ein Päckchen. Beim Gulasch hatte Opa von zwei Überraschungen gesprochen, die er noch für mich hatte, einer kleinen und einer großen. War das hier die große oder die kleine? An dem Paket steckte eine Karte. Vorn drauf eine Radierung: ein Hirsch. Ich drehte die Karte um. Sie war in Sütterlin geschrieben, eigentlich Omas und meine Geheimschrift. Ihr Sütterlin hatte immer weich ausgesehen, mit ausufernd geschwungenen Schnörkeln und hier und da einem Kringel zu viel. Bei Opa sahen die Buchstaben alt aus, wie er, gestochen, kantig, eckig ins Papier gemeißelt.

Charlie.
Ich hatte mir immer gewünscht, sie Dietrich vererben zu können. Doch bei dir ist sie in besseren Händen.
Opa

Die kleine Holzkiste kannte ich, darin lag seine Luger 08, mit der er im Krieg gekämpft hatte. Was sollte ich mit der Nazipistole?

Ungeöffnet steckte ich die Kiste zurück in die Schublade, verbrannte Geschenkpapier und Karte im Waschbecken und spülte die Asche weg, bis nichts mehr zu sehen war. Erst dann schlüpfte ich aus der Tarnkleidung, zog Hemd, Anzug und meinen Dufflecoat an.

Jetzt durfte mir kein Fehler unterlaufen, alle Spuren meines Besuchs mussten getilgt werden. Meinen letzten prüfenden Gang durchs Haus begann ich unter dem Dach. Oben, in Ditos altem Zimmer zog ich das Bett ab, in welchem ich vor über zwanzig Jahren gezeugt worden war und heute nun doch nicht schlafen würde, dann faltete ich die Wäsche und verstaute sie im Schrank. In der Küche standen die benutzten Töpfe, unser Geschirr, zwei Teller. Den Rest Gulasch füllte ich in eine Tupperdose, schrieb das Datum meines letzten Besuchs im Juni darauf und stellte es in die riesige Gefriertruhe zu den vier Hirschschultern. Zwei Gläser standen in der Spüle – meins war noch halb voll. Ich goss es aus, wusch ab, stellte alles zurück. Anschließend ging ich noch einmal in den Keller. Das Labor hatte ich aufgeräumt hinterlassen. Doch auf dem Etikett meiner jüngsten Duftkreation war das heutige Datum verzeichnet. Ich löste es ab, zerrieb es unter dem laufenden Wasserhahn zu einer kleinen, matschigen Kugel, schluckte sie herunter und schrieb ein neues Etikett für die Mixtur. Ebenfalls mit dem Junidatum. Und einem neuen Namen: »Tränenwind«. Nur ein kriminologisches Genie à la Sherlock Holmes würde anhand des Duftes schlussfolgern können, dass mich die Nordsee dazu inspiriert hatte, nachprüfen, wann ich das letzte Mal an der See gewesen war, und somit herausfinden, dass das Datum auf dem Etikett nicht stimmen konnte. Aber ein Polizist aus Leyder war zu einer solchen gedanklichen Komplexität mit Sicherheit nicht in der Lage. Er würde das Parfum nicht öffnen, geschweige denn den Duft lesen können. In Leyder starben die Menschen eines natürlichen Todes, vor dem Fernseher, beim Tanzen auf dem Schützenfest oder auf der Toilette des

Tischtennis-Clubheims. Und Parfum wurde nicht des Geruchs wegen gekauft, sondern aufgrund von mehr oder weniger gelungenen Marketingkampagnen. Ich ließ meinen Blick noch einmal über die Kolben, Fläschchen und Pipetten wandern. Mein Labor. Wehmütig schloss ich die Tür.

Im Flur hing der Tarnoverall, ich untersuchte ihn auf Blutspuren. Alles sauber. Einem Impuls folgend öffnete ich noch einmal die Schublade mit der Munition. Ein feiner Geruch, wie von Metallspänen, war vorhin aus der Holzkiste gestiegen, warum hatte ich ihn ignoriert? Ich klappte den Deckel auf und nahm die Luger heraus. Oh je. In den Lauf war ein Name graviert. Mein Name. Dieser Wahnsinnige, wann hatte er das machen lassen? Ich steckte die Waffe zurück in die Holzkiste, nahm sie mit nach oben und verstaute auch sie in meiner Reisetasche.

Jetzt durfte die Polizei kommen.

Ich löschte das Licht und schloss das Haus ab. Den Schlüssel versteckte ich wieder unter dem Blumentopf, die Maglite kam in das Fach unter dem Sattel.

Dann setzte ich den Helm auf und schob den Roller vom Grundstück. Da es leicht bergab ging, konnte ich den Weg hinunterrollen, fürs Erste ohne Licht.

Auf der Straße zündete ich den Motor und gab Gas. Das Licht ließ ich noch aus, bog nach links ab, obwohl es rechts schneller nach Hause ging. Aber dort würde ich durch ganz Piesbach fahren müssen, und irgendjemand aus dem Dorf würde mich sehen. Meine zerrissene Hose, die dreckigen Schuhe bemerken. Wenn ich den Umweg über Leyder nahm, kam ich von der anderen Seite ins Dorf und war sofort bei uns in der Sudergasse.

Was für ein Schlamassel.
Der rote Riese war tot.
Helmut war tot.

Opa war tot.
Nur der Wilderer nicht.
Wenn er überleben sollte, würde er vermutlich nicht zur Polizei gehen und Anzeige erstatten. Aber vielleicht wollte er den einzigen Zeugen beseitigen?

Links und rechts verschwamm der Wald zu einer graubraunen Wand, die Bäume standen bis dicht an die Straße, nur selten rauschte eine schwarze Lücke vorbei, wenn ein Weg ins Dunkel führte. Ich sah schon das Ende des Waldstücks vor mir und beschleunigte, als weit in der Ferne Autoscheinwerfer auftauchten. Zum Glück fuhr ich noch immer ohne Licht. Auf der linken Seite führte der letzte Waldweg auf den Kuckucksberg hoch, zum Faunichoux-Anwesen. Also bog ich ab, fuhr rechts an der Schranke vorbei, wendete und machte den Motor aus. Ich wollte auf Nummer sicher gehen. Besser, niemand sah mich hier. Mit dem weinroten Helm. Auf meinem eierschalenfarbenen Roller.

Das Auto rauschte vorbei.
Als ich es nicht mehr hören konnte, startete ich den Motor. Ich machte das Licht an. Es war irgendwie zu hell. Da war auch nicht nur meins, da war noch mehr Licht. Zitternd strahlte es die Schranke an. Und mich. Von hinten. Aus dem Wald.

Puls und Nase

Jetzt hörte ich es auch. Ich blickte mich um. Ein Auto kam mit viel zu hoher Geschwindigkeit den Berg hinunter auf mich zugerast. Es war nicht mehr weit entfernt, die geschlossene Schranke schien den Fahrer nicht im Geringsten zu stören. Ich gab Gas, fuhr seitlich am Fallbaum vorbei und schoss auf die Straße. Als ich den Lenker herumriss, rutschte der Roller unter mir weg, ich machte ein paar Schrauben auf dem Asphalt, während die Vespa weiterschlitterte.

Der Originallack. Und mein Mantel war auch ruiniert.

Ich drehte den Kopf und sah, wie ein weißer Lieferwagen hinter mir durch die Schranke krachte. Glas splitterte, beide Scheinwerfer erloschen, trotzdem fuhr der Wagen unbeirrt weiter geradeaus, direkt in den Wald. Erst dort kam er mit einem dumpfen Knall an einem dicken Baumstamm zum Stehen, mit dem Heck noch halb auf der Straße. Eicheln prasselten aufs Dach. Der Motor hustete ein letztes Mal, wie ein alter Mann, für den es sich nicht mehr lohnte, mit dem Rauchen aufzuhören.

Ich erhob mich, nahm den Helm ab, humpelte zum Roller und richtete ihn auf. Anschließend holte ich die Taschenlampe hervor und knipste sie an. Die Schuhe waren ein Fall für die Altkleidersammlung. Kurz beleuchtete ich den Schaden an der Vespa. Ein paar hässliche Schrammen, weniger als erwartet. Beim Auto sah das anders aus. Die Schnauze war vollkommen zerquetscht, und die Windschutzscheibe hatte einen Riss.

Langsam humpelte ich näher. Durch das Seitenfenster leuchtete ich ins Innere. Vorn saß er, über dem Steuer zusammengesackt. Altes dunkles Blut klebte an seinem Hals. Er hatte es also tatsächlich bis zum Auto geschafft, nur bei der Fahrt den Berg hinunter musste er dann, geschwächt vom Blutverlust, das Bewusstsein verloren haben. Anders war seine Kamikazefahrt nicht zu erklären. Oder hatte er mich tatsächlich aus dem Weg räumen wollen? Keiner von uns beiden hatte Interesse daran, dass der andere erzählen konnte, was im Wald vorgefallen war.

Dieses Mal musste ich sichergehen, dass er tot war. Ich öffnete die Fahrertür, meinen Ärmel als Handschuh gebrauchend, die Innenraumbeleuchtung funktionierte noch. Sein Blut, altes und neues, sein abgestandener Schweiß, frisch von Todesangst durchwirkt, die olivfarbene, fettige Tarnpaste im Gesicht, von oben aus der Ablage Wildleberpastete und Vollkornbrot, aus dem Motorraum Öl, sämtliche Gerüche fächerten sich in mir auf. Kein Atmen. Am Hals suchte ich seinen Puls. Ich fand keinen. Wo findet man den Puls? Ich suchte bei mir selbst. Ich hatte auch keinen.

Bin ich tot?
Kann ich deshalb mit Tieren sprechen?
Nein, da puckerte es.

Ich prüfte die gleiche Stelle beim Wilderer, dazu musste ich direkt in den verkrusteten Schlamassel an seinem Hals fassen und fester drücken als zuvor.

Frisches Rot quoll hervor.

Pulsierte da etwas? Ganz schwach? In den Geruch von frischem Blut mischte sich etwas anderes, Tierisches. Der ganze Laderaum musste voller Wild sein. Aber ich witterte etwas noch Wilderes. Etwas Lebendiges. Konnte das sein? Ich drehte mich um und leuchtete umher, doch eigentlich brauchte ich die Taschenlampe nicht. Auf meine Nase war Verlass.

Das Festmahl

Der Geruch der erlegten Tiere und der des frischen Bluts hatten ihn angelockt. So wie eine Bahnhofsbäckerei Reisende ködert, indem sie ihre fettschwangere Ofenluft in die Wartehalle pustet.

Er stand am Rande der Straße und fixierte mich. Hager, grau, struppig.

Die Augen funkelten so kitschig im Licht der Taschenlampe, ein Lektor hätte seinen mangacomichaften Auftritt vermutlich herausgestrichen.

Er war allein.

Und er wollte das Wild.

Kannst du haben.

Ich machte einen Schritt in Richtung Heck.

Der Wolf duckte sich und fletschte die Zähne.

Er wusste, dass ihn hier irgendwo ein Festmahl erwartete. Er verstand bloß noch nicht, dass ich sein Kellner war.

Ruhig.

Er knurrte. Ich blieb stehen. Das war also keine gute Idee. Um zur Heckklappe zu gelangen, würde ich dem Wolf weiter entgegengehen müssen. Er sah abgemagert aus. Und nicht sehr wählerisch.

Jetzt setzte er sich langsam in Bewegung. Ich bewegte mich ebenso langsam, nur rückwärts. Dann wurde er schneller.

Ich drehte mich um und rannte los, es waren nur ein paar Schritte bis zum Auto, die Tür stand zum Glück noch offen, ich krabbelte hinein, hörte Tatzen auf Asphalt, irgendwie kletterte ich über den Rücken des Wilderers, den ich dabei aufs Lenkrad drückte, viel zu laut zerteilte die Hupe die Nacht, ich riss die Tür hinter mir zu, genau, als der Wolf gerade abhob. Dabei erwischte ich ihn hart am Kopf. Es knallte, und er gab einen kleinen Laut von sich. Als wäre er zu cool, um zuzugeben, wie weh das getan hatte. Die Tür fiel ins Schloss, das Licht im Wageninneren erlosch.

Jetzt war er nicht nur hungrig, sondern auch sauer, sein Körper schüttete Adrenalin und Alphaduftstoffe aus.

Ich war gefangen.

Jederzeit konnte ein Auto kommen.

Der Wilderer gab ein Geräusch von sich, als würde man die Luft aus ihm rauslassen.

Sein Gewehr! Es musste hier irgendwo liegen, ich schickte meine Nase auf die Suche, Pulver und Waffenöl riefen meinen Namen. Ich betätigte den Schalter für das Innenlicht und griff hinter die Sitzreihe, nahm das Gewehr und prüfte, ob es geladen war. Natürlich war es leer, das wäre auch zu einfach gewesen. Im Handschuhfach war nichts. Über der Windschutzscheibe gab es eine Ablage, ich tastete herum und fand eine kleine Militärtasche. Darin war die in Butterbrotpapier eingewickelte Stulle, die Wildschweinleberpastete roch unangemessen köstlich, Knoblauch, Zwiebel, Thymian, Rosmarin, Apfel, Bärlauch, Zesten von Zitrone und Orange, da hatte jemand, der sein Handwerk verstand, mit Sherry abgelöscht und die richtige Menge an Preiselbeeren untergemengt. Ich hatte Hunger, doch an Essen war nicht zu denken. In der Tasche befand sich außerdem ein schwarzes Portemonnaie, ein dickes, wie es nur Kellner und Taxifahrer benutzen, und ein Karton Fiocchi-Patronen.

Die Munitionspackung war leer.

Das Portemonnaie nicht.

Ich hatte erst ein Mal in meinem Leben einen 500-DM-Schein gesehen. Hier waren ganz viele davon.

Ich zählte das Geld, die schmutzigen Geschichten vieler Hände zogen an mir vorbei.

Ein plinkerndes Kratzen riss mich aus der Konzentration, das Gesicht des Wolfes erschien direkt neben mir am Fenster der Beifahrertür. Er setzte die Pranken gegen die Scheibe, sah mich an und zeigte mir sein wunderschönes Gebiss. Ich konnte den Mundgeruch durch die Scheibe schmecken. Mein Herz versuchte aufzugeben, verlangsamte, stolperte, doch ich schloss die Augen und atmete es wieder in Gang.

So viel Geld. Und keine Munition.

Das Gesicht des Wolfs verschwand wieder.

Ich überlegte. Der Wilderer war ein Krimineller. Ein Mörder. So viel Bargeld hatte er sicherlich nicht mit ehrlicher Arbeit verdient.

Ich fing noch mal von vorn an zu zählen. Es waren siebenundzwanzig 500er und einige kleinere Scheine, insgesamt fast 15 000 DM.

Ich löschte das Licht.

Der Kopf des Wolfes tauchte erneut auf, diesmal auf der Fahrerseite, jetzt blieb mein Herz bereits ruhig.

Wenn ich das Geld hierließ, hatte niemand etwas davon. Es würde von der Polizei beschlagnahmt werden. Oder ein Rettungssanitäter würde sich sein schmales Gehalt aufbessern. Da hatte ich es doch eher verdient. Schließlich hatte der Besitzer meinen Großvater erschossen.

Ich steckte das dicke Portemonnaie in die Innentasche meines Mantels.

Jetzt musste ich hier nur noch heil wegkommen. Wie konnte ich den Wolf vertreiben? Und was war mit dem Wilderer?

Ich sah ihn mir an.

Der Mann würde diese Nacht sehr wahrscheinlich nicht überstehen. Wenn doch, würde ich in eine unendliche polizeiliche Untersuchung verwickelt werden und könnte den Leuchtturm vergessen.

Er hatte meinen Großvater ermordet.

Er hatte mich gesehen.
Er hatte auf mich geschossen.
Es war quasi Notwehr.
Ich öffnete die Fahrertür.

Ich hab hier was Feines für dich.

Der Wolf antwortete nicht. Anscheinend sprach ich nur Hirsch.
Ich stemmte mich mit dem Rücken gegen meine Tür und stieß den Wilderer mit den Füßen vom Sitz. Er platschte auf die Straße.
Zum Glück hatte er sich für seine letzte Fahrt nicht angeschnallt, der Zusammenprall mit der Eiche hatte ihm eine frische Platzwunde am Kopf zugefügt. Der metallische Geruch von Blut flammte erneut auf, als er mit der Stirn zuerst auf den Asphalt schlug.
Sehr gut, das würde den Wolf magisch anziehen, ich riss die Fahrertür schnell wieder zu und beobachtete das Tier.

Guten Appetit.

Er schien meine Einladung anzunehmen. Ich zog den Ärmel über den Handballen und putzte alles, was ich berührt hatte, sorgfältig ab. Dann öffnete ich leise die Beifahrertür, stieg aus, drückte sie sanft zu und schlich mich um das Heck des Autos. Ich blickte um die Ecke.
Der Wolf beachtete mich nicht, er beschnupperte den Wilderer.
Ich ging ruhig zum Roller und setzte mich darauf.
Bitte.
Ich drehte den Schlüssel um. Der Roller sprang an.
Danke.
Ich setzte den Helm auf und fuhr nach Hause.

Zu Hause

Ich hatte Glück.

Bis zum Kreisel in Leyder kam mir kein Auto entgegen. Auch auf dem Heimweg über die Dörfer waren es nur vier Fahrzeuge, keines davon kam mir bekannt vor. Ich glitt an dunklen Häuserfronten vorbei in die Sudergasse, parkte den Roller mit der zerkratzten Seite dicht an der Wand unseres Endreihenhauses. Am besten, niemand bekam die Schrammen zu Gesicht. Ich würde die Vespa gleich morgen zu Nachhatar in die Werkstatt bringen. Zum Glück hatte ich das Haus noch einen Tag für mich allein. Mein anderer Großvater hatte meine kleine Schwester mit nach Italien genommen, die zwei würden erst morgen Abend zurückkehren. Dito und Stucki waren mit ihrem Duo, dem *Toytonic Swing Ensemble*, noch auf Japantournee und kamen am Ende der Woche wieder. So konnte ich mich also in Ruhe um alles kümmern. Lesestoff für Fritzi aus der Bücherei holen. Meine von Kopf bis Fuß unbrauchbar gewordene Garderobe entsorgen. Und mein Videotape für Mayra fertig aufnehmen. Ich wartete schon fast ein halbes Jahr auf ihr Abschiedstape und hoffte, dass es während meiner Abwesenheit endlich angekommen war. Denn solange ich es noch nicht gesehen hatte, konnte ich keine Antwort aufnehmen, so hatten wir es all die Jahre gehalten. Bevor die Kassette des anderen nicht da war, filmte man höchstens ein paar Minuten, so wie ich den Wald gefilmt hatte, niemals mehr. Man brauchte genug Platz auf dem Tape, um auf den anderen eingehen zu können, sonst wäre das Ganze zu einem bezugslosen Monologisieren verkommen, wie bei Talkmastern und Politikern, die in Fernsehinterviews Scheingespräche führten, bei denen Frage und Antwort nichts miteinander zu tun hatten. Auf unsere Art blieb es, wenn auch in Zeitlupe, ein Dialog.

Aber spielte das jetzt noch eine Rolle? Es würde ohnehin das letzte Mal sein, dass ich einen Teil meiner Welt mit der Kamera einfing und über den Ozean zu ihr sandte.

Ich stand vor der Wohnungstür im Souterrain und betrachtete unseren überdimensionierten Briefkasten. Schon vor vielen Jahren, als ein wichtiges Tonband von Stucki abhandengekommen war, hatte mein Vater dieses gigantische Blechmonster angebracht. Damit niemals wieder ein Paket oder ein zu dicker Umschlag vom Postboten auf den Briefkasten gestellt werden musste. Eine alptraumhafte Vorstellung, Mayras Tape könnte von jemandem aus der Nachbarschaft gestohlen worden sein. Ich öffnete die Klappe. Werbeblättchen quollen heraus, einige Ausgaben des Piesbacher Kuriers und ein paar Rechnungen. Mit hektischen Fingern durchwühlte ich den Papierwust, aber vergebens. Kein dicker Umschlag mit hübschen, bunten Briefmarken.

Enttäuscht schloss ich die Klappe und holte tief Luft. Dabei stieg mir frischer Grasgeruch in die Nase. Er kam aus unserem Haus. Das konnte nur bedeuten, dass mein Vater und Stucki früher als geplant zurückgekommen waren. Ich blickte an mir herunter. Besser, sie sahen mich nicht mit den zerschrabbelten Schuhen und in der zerrissenen Kleidung.

Leise schloss ich die Tür auf und entledigte mich der Wildlederschuhe. Aus dem Studiokeller drängelten sich die Bässe nach oben, hier im Haus stank es nun aufdringlich nach Marihuana. Anscheinend hatten die beiden seit ihrer Heimkehr ohne Unterbrechung gekifft und nicht ein einziges Mal gelüftet. Die kleine rote Lampe des Anrufbeantworters blinkte hektisch, er war voll. Ich nahm die Kassette heraus, ging in das Zimmer, das ich mir mit meiner kleinen Schwester teilte, und legte sie ins Tapedeck. Unser Panasonic AB ließ sich glücklicherweise mit handelsüblichen Leerkassetten füttern, nicht mit den kleinen für Diktiergeräte. Ich stellte die Reisetasche und die Schuhe ab, spulte zurück und zog alles aus. Die Hose war hinüber, doch das war nicht weiter schlimm, dank Nonno hatte ich mehr Anzüge, als ich jemals würde tragen können. Schade war es nur um den Dufflecoat und die italienischen Lederschuhe. Es war 21:12 Uhr, zu spät, um ein Feuer zu machen. Wir hatten eine Tonne hinter dem Haus, ich konnte die Kleidung erst morgen darin verbrennen. Die Schuhe würde ich in den Altkleidercontainer werfen, gleich neben Nachhatars Werkstatt stand einer. Ich knotete die Schnürsenkel zusammen, stopfte sie zu den anderen Sachen in den Stoffbeutel und schob ihn unters Bett. Das Jackett war noch in Ordnung, ich hängte es auf die Kleiderstange. Rasch kleidete ich mich komplett neu ein, zog auch andere Schuhe und meinen dunklen Trenchcoat an.

Dann trat ich an meinen Giftschrank: ein metallenes Schmuckstück aus den Fünfzigern, pastellgelb, mit gestreifter Milchglasscheibe, das bei Dr. Kutschers Praxisauflösung in meinen Besitz gelangt war. Ich griff mir an den Hals, zog die Kette mit dem Schlüssel hervor, schloss auf und atmete das ausströmende Duftgemisch tief ein: Papier, Tinte, Toner, Videobänder, Musikkassetten, Fotos, die beißende Chemie von Polaroids. In diesem Schrank verwahrte ich alle Anrufbeantworterkassetten, meine Notizbücher, Formelsammlungen, Rezepthefte, verschiedene Logbücher und die Leitz-Ordner mit den ganzen Zeitungsartikeln. Außerdem noch Briefe, in Ziplocs nach Absendern sortiert, Fotoalben, alle Videokassetten von Mayra, mitsamt den Kopien meiner Antworttapes für sie, nummeriert, datiert, chronologisch sortiert, immer abwechselnd. Dieses Archiv war mein Leben, hier hatte alles seine Ordnung. *Meine* Ordnung. Allein der Anblick des geöffneten Schranks ließ mich ruhiger werden, und der Duft, er flüsterte mir zu, dass alles gut würde.

Fast ein Viertel des ganzen Schranks wurde von einem robusten Metallkasten ausgefüllt, dem Safe. Ich öffnete das vierstellige Zahlenschloss. Hier lagerten meine Tagebücher, ein paar

Klemmbinder mit brisanten Fritzi-Geschichten, diverse Briefentwürfe und die Logbücher mit den Vergiftungen, die ich überlebt hatte. Im unteren Fach lag die Mixkassette, die meine Mutter niemals erhalten hatte. Als Erstes nahm ich die unbenutzte Flasche *Eutha-Narcodorm* aus der Innentasche des Jacketts und stellte sie dazu. Dann zog ich die Reisetasche heran, öffnete den Reißverschluss und nahm das Tape aus der Kamera, verstaute es im Safe, dann die Maglite. Des Weiteren waren noch die Schachtel mit der Luger 08 und das dicke Portemonnaie des Wilderers in der Tasche.

Was für ein Schlamassel.

In diesem Moment ging im Flur die Kellertür auf, das *Toytonic Swing Ensemble* und ein Nebel aus Gras, Schwarztee und Röhrenverstärkern quollen heraus, quer über den Gang durch meine offene Tür bis ins Zimmer. Hastig griff ich mit der einen Hand das Portemonnaie und mit der anderen die Holzkiste der Luger, sie klappte auf, und die Pistole fiel mitsamt einigen 9mm-Patronen heraus. Schlurfende Schritte kamen näher. Ich stellte die Kiste mit links in den Safe, warf das Portemonnaie mit rechts zurück in die Reisetasche, schob die Munition mit dem Fuß unter den Schrank und schlug die Tür zu. Während ich mich bückte, um auch die Waffe in die Reisetasche zu stopfen, hörte ich Dito auf dem Flur rufen: »Charlie?«

Ich nahm die Reisetasche in die Hand und warf sie genau in dem Moment aufs Bett, als er mein Zimmer betrat. Sie klappte auf, ganz oben thronte die Luger.

»Hey.«

Mein Vater klang niedergeschlagen. Ich drehte mich zu ihm um.

»Dito! Ich bin gerade zur Tür rein«, sagte ich so überrascht wie möglich, zog meinen Trenchcoat aus und warf ihn beiläufig in Richtung Bett. Er landete auf der Reisetasche.

»Was machst du denn schon hier?«, fragte ich.

Kein dämlicher Spruch, kein Grinsen, seine ganze Haltung hatte etwas Hündisches, Gebrochenes. Jetzt roch ich es auch, er hatte Alkohol getrunken, Schnaps, was selten vorkam.

»Ich bin auch erst heute Mittag gekommen.«

»Und, wie war die Tour? Seid ihr jetzt *big in Japan*? Wo ist Stucki?«

»Stucki ist noch in Thailand.«

»Wieso Thailand?«

»Er sitzt im Knast.«

»Wie bitte?«

Dito ließ sich auf meinen Schreibtischstuhl fallen, stützte die Ellenbogen auf die Knie und den Kopf in die Hände. Mit einem saftigen *Knelack!* stoppte das Tapedeck, die AB-Kassette war fertig zurückgespult. Dito reagierte nicht. Er richtete den Oberkörper auf und streckte sich mit geschlossenen Augen. Ein langes Ächzen knisterte in seinem Hals und ging in ein Gähnen über. Dann strich er sich seine wenigen Haare zurück, klimperte mit den roten Augen, bis er wieder klar gucken konnte, und sah vor sich auf den Boden, wie ein Schüler, der beim Direktor einen Streich zu beichten hatte.

»In Japan sind ein paar Termine weggebrochen. Unser Booker hat uns spontan auf einem Festival in Thailand untergebracht. In der Nähe von Bangkok auf dem Land. Das war der Hammer.«

Ein Lächeln zog durch sein Gesicht.

»Und dann?«, fragte ich.

»Die Leute haben uns total gefeiert. Die kannten uns! Und das Gras war unglaublich. Ich hab noch nie so gutes Dope geraucht. Unfassbar. Fand Stucki auch.«

»Und dann habt ihr beschlossen, was davon mit nach Hause zu bringen.«

Dito schwieg, reckte sein Kinn vor und rieb seinen unrasierten Hals.

»Ja, nee, also, ich nicht. Stucki hat das auf eigene Faust durchgezogen. Ist ja auch egal. Er wird jetzt gerade im Bangkok Hilton durchgebumst, und wir brauchen 25 000 Mark, um ihn da rauszuholen.«

»Oh Leute, wie blöd muss man sein …«

Ich stemmte die Hände in die Hüften. Es fühlte sich lächerlich und richtig zugleich an.

»Und Kemina?«

Kemina war Stuckis Frau und Mayras Mutter. Ihrem Job beim Goethe-Institut war es zu verdanken, dass die beiden Marihuanafreunde mit ihrer Krautjazzband hin und wieder in ferne Länder reisen durften.

»Sie war zum Glück noch in Osaka und ist sobald es ging rübergeflogen. Jetzt versucht sie von dort aus, die Sache zu regeln und das Geld zusammenzukratzen. Aber selbst mit Keminas und Stuckis Erspartem und dem bisschen, was wir auf der Tour verdient haben, fehlen uns immer noch 12 000 Piepen für den Anwalt, die Kaution und was man da sonst noch so alles zahlen darf. Vom Rückflug ganz zu schweigen.«

»Was für ein Scheiß. Kann Achill das nicht erst mal auslegen?«

Achill van Ackeren war der Inhaber ihres kleinen Plattenlabels.

»Der hat sich gerade mit einer neuen Ferienanlage übernommen und sowieso vor der Reise in die Nachpressungen unserer alten Alben investiert, weil er dachte, die Japaner reißen uns das Zeug aus den Händen. Haben sie leider nicht. Gibt zu viele Bootlegs von uns da drüben.«

Wir schwiegen eine Weile, Dito schloss erneut die Augen und strich sich immer wieder durch den lächerlichen Rest langer Haare, der auf seinem Kopf ein trauriges Dasein fristete. Nach Opa als Geldgeber brauchte ich nicht zu fragen, das hätte ich selbst dann nicht getan, wäre er noch am Leben gewesen. Die beiden redeten schon lange nicht mehr miteinander. Aber es gab ja noch den anderen Opa, Ditos Schwiegervater.

»Kannst du dir vielleicht was von Nonno leihen?«, fragte ich.

Er sah mich an, als hätte ich ihm vorgeschlagen, er solle sich die Geldscheine selbst malen und mit der Nagelschere ausschneiden.

Ich setzte mich aufs Bett.

Natürlich dachte ich an das dicke Portemonnaie. Und an den Hirsch. Er hatte wirklich mit mir kommuniziert. Per Gedankenübertragung. Ich glaubte nicht an Fügung, Zeichen oder Schicksal. Aber wie passend war es, dass ich vor gerade einmal einer halben Stunde zu so viel Geld gekommen war? Ich musste mir lediglich noch eine schlüssige Geschichte ausdenken, woher ich das Geld hatte. Dann könnte ich Stucki retten. Ich wäre der Held, nicht nur für Dito und Stucki. Wenn ich ihren durchgeknallten Ziehvater aus dem Knast holte, auch für Mayra.

»Ich frage meinen Chef. Der streckt mir bestimmt was vor, für den sind 10 000 ein Witz. Und 4000 habe ich selbst noch auf dem Sparbuch.«

Dito sah mich an.

»Marlon Künstler, aus deiner Werbeagentur? Die Flachpfeife soll uns helfen? Oh Mann, ist das peinlich. Was willst du dem denn erzählen?«

»Ich denke mir irgendwas aus, der Typ ist zwar ein Vollidiot, aber wenn er irgendwas mit Geld für mich regeln kann, ist er glücklich.«

»Ja?«

»Klar. Seit wir mit meiner Idee den *Crunchoxx*-Etat geholt haben, frisst er mir aus der Hand. Er hat von seinen Freunden in der Jury gehört, dass wir mit der Kampagne ein paar Goldfäuste gewinnen können, und nennt mich seitdem nur noch *Goldberg*.«

Dito schüttelte den Kopf. »Na, wenn du meinst... scheiße...«

Seine Stimme erstickte, er unterdrückte ein Schluchzen und vergrub sein Gesicht in den Handflächen.

Ich zog die schwarzen Schuhe aus, in die ich erst vor wenigen

Minuten geschlüpft war, ging zu ihm rüber und legte meine Hand auf seine Schulter. Dabei trat ich auf eine Patrone, es tat weh. Vom unerwarteten Schmerzimpuls angetrieben, fielen Ditos Gras-, Schweiß- und Alkoholausdünstungen sofort in Einzelteilen über mich her, ich ließ mir nichts anmerken.

»Ziemlich anstrengende Reise, die du da hinter dir hast, oder?«, fragte ich.

Mit verweinten Augen sah er mich an, eine vorsichtige Vorfreude lag in seinem Blick, er ahnte, was die Bemerkung zu bedeuten hatte.

Ich fuhr fort.

»Wir haben noch Hirschrücken eingefroren. Soll ich morgen einen Topf Gulasch aufsetzen?«

Hirschgulasch. Seine Mutter hatte es nur gekocht, wenn jemand auf eine wichtige und kräftezehrende Reise ging – oder von einer wiederkam. Seit ihrem Tod war ich dafür zuständig. So wie heute Mittag bei Opa, ich war von einer wichtigen Reise gekommen. Dass es gleichzeitig auch ein Abschieds-Gulasch für Opas letzte Reise wurde, hatte niemand ahnen können.

Opa ist tot.

»Oh ja. Fritzi und Nonno kommen morgen zurück, du bist auch gerade erst wieder da – ich denke, das können wir gelten lassen.«

Dito war die Einhaltung der von Oma aufgestellten Regel extrem heilig. Opa hatte es nach ihrem Tod damit nicht mehr ganz so genau genommen. Oft genug hatte ich ihm einfach so einen Topf gemacht, wenn ich ihn besuchte. Die sechs Kilometer von uns bis ins Forsthaus hätte Oma nicht als Reise durchgehen lassen. Doch es war die einzige Art von Liebe, die ich Opa geben konnte. Dito wusste davon ebenso wenig wie von unseren Jagdausflügen. Vor allem wusste er nicht, dass sein Vater jetzt da draußen im Wald lag.

»Ich müsste nur morgen mal raus zu Opa fahren, die Schwarzkiefernadeln besorgen. Hab ihn eh schon lange nicht mehr besucht. Und dann rufe ich bei Marlon an. Ich erzähl ihm, euch wäre auf der Asien-Tour das Equipment gestohlen worden.«

Dito schwieg. Er prüfte einmal mehr seine Haare. Es schienen in den letzten fünf Minuten noch weniger geworden zu sein. Ich bückte mich, wie um mich am Knöchel zu kratzen, griff die Patrone und ließ sie im Socken verschwinden.

»Wir kriegen Stucki da raus. Um ihn musst du dir keine Sorgen machen, der weiß sich zu verteidigen. Wenn er wieder hier ist, mach ich noch einen Topf Gulasch, und dann gibt es eine Geschichte mehr. Eine Knast-Geschichte, die fehlte noch in der Sammlung.«

Die großen Gulascherzählungen

Aufgrund der Familientradition, das Hirschgulasch nur dann zu kochen, wenn jemand von einer Reise zurückkehrte oder eine Reise bevorstand, war fast jeder Topf mit einer Story verknüpft, die anschließend Teil des Kanons der großen Gulascherzählungen wurde. Der Begriff »Reise« wurde hierbei von meiner Oma durchaus großzügig ausgelegt – es konnte sich auch um eine Reise ins Totenreich oder den Beginn eines neuen Lebensabschnitts handeln.

Sobald wir beisammensaßen und das dicke, durch den Honig fast klebrige Gulasch seinen Geschmack im Raum verteilte, wurde erzählt. Oma, Dito oder Stucki ergriffen meist das Wort, als Kind saß ich nur dabei und lauschte. Auch Opa saß stumm wie ein Baum etwas abseits und löffelte seinen Teller noch, wenn alle anderen längst fertig waren. Meine Mutter war immer nur als Teil der ein oder anderen Geschichte anwesend.

Einige der Ereignisse hatte ich selbst miterlebt, und so konnte ich beobachten, dass die Erzählungen sich im Laufe der Jahre immer weiter von den Geschehnissen entfernten, wie ich sie erinnerte. Auch drifteten die Versionen ein und derselben Geschichte immer weiter auseinander, je nachdem, wer sie erzählte und wie lange das ursprüngliche Ereignis zurücklag.

Meine liebste Hirschgulascherzählung war die Entstehungsgeschichte des ersten *Toytonic-Swing-Ensemble*-Albums. Jedes Mal, wenn Stucki aus Mexiko zu Besuch war und das Gulasch in den Tellern dampfte, erzählten Dito und er diese Episode gemeinsam, sich ständig gegenseitig ins Wort fallend, zuprostend und Tränen lachend.

The Forsthaus Chronicles

1973 wollten Oma und Opa Kratzer für zehn Tage in die Alpen zum Wandern fahren. Oma kochte vor der Abreise einen extra großen Topf Hirschgulasch. Ein schnöder Urlaub reichte sonst nicht als Anlass, doch es handelte sich insofern um eine wichtige Reise, als das Ehepaar Kratzer noch nie zusammen Urlaub gemacht hatte. Oma hatte als junge Frau ganz allein die Welt bereist, war in Kanada, Afrika, in Indien, Tibet, in Japan gewesen, doch dann hatte sie Bardo getroffen, sich in ihn, sein Häuschen und den Wald, den er für die Familie Faunichoux hütete, verliebt, war schwanger und damit sesshaft geworden. Ausgerechnet im Wald bei Leyder endete ihr Weg. Sie gebar ihm ein Kind, Dietrich, er kam in einer dunklen Neumondnacht zur Welt – ohne Hebamme oder ärztliche Hilfe. Opa desinfizierte sein Jagdmesser mit Korn, zerschnitt die Nabelschnur und trank den Schnaps. Es sollte nichts nützen: Sein Sohn hasste die Jagd, hasste die Waffen, das Tiereaufschneiden, und je mehr Versuche sein Vater unternahm, aus ihm einen Jägersmann zu machen, desto mehr verabscheute der kleine Dito auch seinen Vater.

Der Wald, in dem sie lebten, war Opa immer genug, doch je älter und selbstständiger das Kind wurde, desto größer wurde Omas Fernweh. Und endlich, als Dito bereits seit drei Jahren ausgezogen war, verließ das Ehepaar Kratzer für einen Urlaub gemeinsam den Wald. Es kam nur Dito in Frage, um Dackel Kurt Georg – Helmis Vorgänger – und das Haus zu hüten. Er sagte zu und hatte das Forsthaus zum ersten Mal in seinem Leben für sich allein.

Der Pick-up der Kratzers hatte gerade den Hof verlassen, da fuhr Stucki schon mit seinem Bulli vor. Sie stellten das ganze Wohnzimmer voll mit Instrumenten – Schlagzeug, eine Farfisa-Orgel, ein elektrisches Wurlitzer-Piano, E-Gitarre und Bass, einen Fender Twin Reverb, einen Orange-Verstärker, natürlich auch ihre Hörner und Stuckis Sammelsurium an exotischen Instrumenten sowie eine selbstgebastelte »Raschelkiste« mit Stahlfedern und Kontaktmikrofonen. Sie hatten sich eine Bandmaschine und gute Mikrofone geliehen. Von morgens bis abends nahmen sie das auf, was die erste *Toytonic-Swing-Ensemble*-Platte werden sollte: *The Forsthaus Chronicles*. Das Haus verließen sie nur, um zu rauchen, denn das war im Hause Kratzer wirklich allerstrengstens verboten. Oma hatte vorausschauend einen Herdentopf Gulasch gekocht, davon aßen sie abends und nachts. Morgens schliefen sie lang, und mittags, nach dem Aufstehen, gab es Königs-Smacks mit H-Milch, Kakao und Vanillezucker. Dann ging es zurück an die Instrumente. Das Leben war gut, so hätte es für immer weitergehen können.

Doch am vierten Abend hatte Stucki einen Pflichttermin im Theater *Zeitgespenst* in Leyder. Er musste sich die Premiere eines Stückes ansehen, für das sein alter Saxofonlehrer Herbert

Kaschnitz, genannt »Herr Bird«, die Musik gemacht hatte. Seine große Aufgabe bestand nun darin, Dito zum Mitkommen zu bewegen.

Dito stöhnte.

»Ich hasse Theater. Ich hab noch nie ein Stück gesehen, das mir gefallen hätte.«

»Dann wird es Zeit. Herr Bird sagt, der Regisseur ist Gott persönlich. Weil auch er Theater verabscheut! Theater von einem Theaterhasser mit Musik von Herrn Bird – das wird der Hammer! Außerdem ist ein bisschen Input zwischendurch immer gut.«

Dito hatte sich längst entschieden, machte aber eine lange Pause und sah Stucki streng an.

»Du fährst. Du zahlst.«

»Wir stehen auf der Liste.«

»Ich meinte die Drinks. Ich nehme nur vom Feinsten.«

»Alles außer Champagner.«

Dito zögerte erneut, als müsste er überlegen.

»Okay.«

Im Theater stürzte sich Dito auf den Weißwein, natürlich auf den teuersten, und verleibte sich diesen in gesteigertem Tempo ein. Als die Türen des kleinen Saals aufgingen, schwankte er bereits bedrohlich. Das Stück war dann tatsächlich so miserabel, dass sogar Stucki die meiste Zeit mit hochgezogenen Augenbrauen ungläubig in Richtung Bühne starrte. Zu Beginn musste er Dito ständig in die Seite boxen, weil dieser erst vor Lachen Tränen weinte und dann immer lauter werdende Unmutskundgebungen von sich gab.

»Stucki, ich sterbe, ich kann nicht mehr, ich will zurück in den Wald!«, flehte er seinen Blutsbruder an.

Stucki bestand jedoch darauf, bis zum Ende zu bleiben, er musste seinem alten Mentor wenigstens kurz Hallo sagen.

Der Applaus, so spärlich er auch war, riss Dito aus dem Schlaf.

»Oh, hab ich was verpasst? Waren alle nackt? Sind alle gestorben?«

Stucki grinste ihn an. »Du hast nichts verpasst.«

Tatsächlich hatten am Ende alle entkleidet und leblos übereinandergelegen, während von oben, aus dem Theaterhimmel, eimerweise Mehlschleim auf sie herabgestürzt kam.

Dito nickte gelangweilt und gähnte.

»Grüß Herrn Bird von mir. Ich warte am Ausgang.«

Dito bestellte sich einen Kaffee. Lauwarm kippte er ihn ohne Milch und Zucker in sich hinein und orderte gleich noch einen. Und noch einen. Nach dem dritten Kaffee suchte er Stucki in der plaudernden Menge. Sein Schädel brummte, er wollte nur noch raus. Ausgerechnet die schlimmsten seiner ehemaligen Mitschüler waren auch hier, fein herausgeputzt und mit Sektkelchen bewaffnet. Sie prosteten ihm aus sicherer Entfernung zu, er streckte ihnen die Zunge raus. Sie lachten. Er entdeckte Stucki im angeregten Gespräch mit Herrn Bird bei den Schauspielern und, wie er vermutete, Gott persönlich. Der Tross um den Regisseur setzte sich gerade in Bewegung, und Stucki winkte hektisch. Widerwillig schlurfte Dito hinüber.

Stucki war ganz aufgeregt, er tänzelte noch unruhiger auf der Stelle herum als sonst. »Dittelchen, Premierenfeier – wir sind eingeladen!« Er kraulte seinem Freund in aberwitziger Geschwindigkeit das Kinn samt Zauselbart. »Ich lass die Karre stehen. Komm!«

Dito, der gerade begann, es sich im Zustand zwischen wach und schlafend gemütlich zu machen, ging einfach mit. Er war an dem Punkt, wo er sofort ins Bett fallen oder problemlos die Nacht durchmachen konnte. Beides war möglich, alles dazwischen Unsinn. Er sah zu Gott, den alle mit »Shakespeare« anredeten. Der Mann war so lächerlich, dass Dito schmerzhaft gähnen musste. Sein Gesicht zerriss beinahe, er tastete sich anschließend Kiefer und Nase ab, um zu prüfen, ob alles noch am richtigen Platz saß.

Während sie in die kleine Kantine hinter der Bühne gingen, unterhielt Shakespeare sich mit einer ernst dreinblickenden, dunkelhaarigen Frau. Sie hatte leuchtend rot geschminkte Lippen und einen schnurgerade geschnittenen Pony, der schwer hin und her schwang wie ein Perlenvorhang. Sie gehörte offensichtlich auch zum Team.

Stucki grinste wissend, als Dito schlagartig von der Idee mit der Premierenfeier begeistert war.

Dito beobachtete den Perlenvorhang den ganzen Abend, mogelte sich, sinnloses Zeug mit Schwachköpfen diskutierend, immer weiter in ihre Richtung, stand schließlich so nah bei ihr, dass es nicht mehr lange dauern konnte, bis sie ins Gespräch kamen. Sie studierte irgendwas mit Drama und machte ein Praktikum hier am Theater, mehr hatte er noch nicht herausbekommen.

»Sagen Sie es bitte nicht Shakespeare, aber ich fand die Musik ehrlich gesagt etwas zu gefällig«, diktierte sie gerade drei Anzügen von der Stange, alle knapp kleiner als sie, kollektiv eifrig nickend. Dito war beeindruckt. Eine Ketzerin. Er öffnete schon den Mund, um Herrn Bird zu verteidigen, auch wenn er sich dadurch auf die Seite des Regisseurs begab, doch er konnte sich auf keinen Fall mit den drei Vollidioten auf eine Stufe knien, die geblendet von ihrer Erscheinung alles abnickten, was sie von sich gab. Bevor er etwas sagen konnte, ertönte die laute Stimme des Wirtes.

»Leute, Feierabend. Trinkt aus, ich mache jetzt dicht.«

Der Rest, ungefähr ein dreckiges Dutzend, buhte ihn aus – es half nichts. Übrig waren zwei Musiker, die Schauspieler, noch immer mit getrocknetem Mehlschleim in den Haaren, die Kostümbildnerin, die kleinwüchsigen Journalisten, Herr Bird, Dito und Stucki. Und die Praktikantin. Shakespeare hatte sich glücklicherweise bereits verabschiedet.

»Bei mir zu Hause ist genug Platz!«, brüllte Dito, inzwischen wieder mit Weißwein aufgefrischt. »Und laut können wir auch sein, ich wohne mitten im Wald.«

»Ich kann noch fünf mitnehmen!«, lallte Stucki.

Sie waren die Helden des Abends. Als sie die dreizehn Leute auf zwei Autos aufteilten, ging es zum Teil nur übereinander. Ohne ein Wort zu sagen stieg die Praktikantin vorn bei Stucki in den Bulli und machte es sich auf Ditos Schoß bequem. Dann schob Stucki eine Kassette in das Autoradio. Es erklang der Roughmix von *Waldgott*. Sie hatten das Stück erst am Nachmittag aufgenommen, und Dito war entgangen, dass Stucki einen Mix auf Tape gezogen hatte. Der hatte sich das extra für die Rückfahrt aufgespart – und tatsächlich wurde es zu zweit auf dem Beifahrersitz die schönste Autofahrt im Leben des Dito Berg.

Erstaunlicherweise kamen sie heil an. Augenblicklich wurden die Instrumente in Beschlag genommen, es wurde gejammt und gesungen, Opas Korn floss in Strömen, und Omas Topf mit dem Hirschgulasch, der eigentlich noch eine Woche halten sollte, war bald so gut wie leer. Der Praktikantin schien es besonders gut zu schmecken. Dito wusste immer noch nicht, wie sie hieß, und inzwischen war es albern, nach ihrem Namen zu fragen. Sie stand draußen an der Feuerstelle und aß das Gulasch direkt aus dem Herdentopf.

»Ist das köstlich. Ist das köstlich«, sagte sie nach jedem Löffel. »Hast du das gekocht?«

»Nein, meine Mutter. Aber ich bin der Einzige außer ihr, der das Rezept kennt«, log er.

»Aha.« Sie beugte sich in den Topf und kratzte die Reste zusammen. »Das Rezept will ich aber gar nicht.«

Dann steckte sie sich mit geschlossenen Augen den letzten

Löffel in den Mund und drehte ihn um, bevor sie ihn langsam wieder herauszog.

»Ich will das Gulasch.«

Sie schob ihr Hemd hoch und streichelte sich mit beiden Händen über den prallen Bauch, den sie extra weit vorstreckte. Es sah aus, als wäre sie im 6. Monat schwanger.

Dito grinste.

»Oh, wer ist denn der glückliche Vater. Herr Hirsch?«

Für einen Moment herrschte Stille, dann prustete die Unbekannte los, hielt sich weiter den Bauch, und Dito stimmte erleichtert ein. Er fand, dass er mit noch keiner Frau so schön gelacht hatte.

Als er am nächsten Morgen in seinem Kinderzimmer erwachte, war das Bett neben ihm leer. Er ging nach unten ins Wohnzimmer. Stucki saß am Wurlitzer und spielte ohne Verstärker, es war mehr Klackern als Musik. Der Raum roch nach Rauch und Erbrochenem. Sämtliche Schnapsvorräte waren vernichtet, die Bandmaschine und die guten Mikrofone waren überraschenderweise unversehrt. Herr Bird lag mit nacktem Oberkörper und einem Saxofon im Arm auf dem Sofa und schnarchte.

Stucki machte die Aufnahmen der vergangenen Nacht an. Dito konnte sich nur bruchstückhaft erinnern. Vor allem Herr Bird hatte sich am Saxofon wahnsinnig verausgabt, er schreckte nun hoch und grinste erstaunt, als die Erinnerungen an den Abend auch bei ihm nach und nach eintrudelten. Die Schauspieler hatten psychedelische Chöre eingesungen, es gipfelte alles in einer vollkommen wahnsinnigen Kakofonie, aus der sich ganz am Ende eine Frauenstimme hervorschälte. Sie sang ein italienisches Kinderlied.

»Wer hat das denn gesungen?«, fragte Dito verzückt.

»Die mit der Gulaschwampe«, sagte Stucki.

Dito spulte zurück, startete das Band erneut und machte alle anderen Spuren aus. Ihre Stimme stand im Raum, kristallklar und fern zugleich. Er hatte ja nur ein paar Worte mit ihr gewechselt, da war sie plötzlich über ihn hergefallen.

»Wer ist diese Frau?«, wollte er von Herrn Bird wissen.

»Rita? Die Theaterpraktikantin. Ihr Vater hat so einen schicken italienischen Herrenausstatterladen in Sumbigheim. Enzo de Monti oder so.«

Dito bereute sofort, gefragt zu haben, warum sollte er das wissen? Er sah keinen Sinn darin, ihr nachzuspüren. Wenn sie gewollt hätte, dass sie sich wiedersahen, wäre sie ja nicht einfach so gegangen. Oder hätte wenigstens eine Nachricht hinterlassen. Es würde für immer diese eine magische Nacht bleiben, an die er bei diesem Lied denken durfte.

Sechs Monate später stand bei den erstaunten Kratzers eine aparte Frau mit knallroten Lippen und schnurgerade geschnittenem Pony vor der Tür, sagte, ihr Name sei Rita del Monte, und fragte nach Dito. Aus ihrem Mund klang sein Name wunderbar italienisch. Ihr Bauch war rund, aber dieses Mal war es nicht vom Hirschgulasch.

Für Dito war klar, dass er alles für Rita und das Baby aufgeben würde. Viel war es ohnehin nicht. Er zog zu ihr in die winzige Souterrainwohnung, die sie unten in dem Endreihenhaus ihrer Eltern bewohnte. Weil die streng katholische zukünftige Großmutter keinen Bastard unter ihrem Dach duldete, sollte aus Dietrich Kratzer zunächst Dito del Monte werden. Jedenfalls dachte er das. Er war einigermaßen erstaunt, als er auf dem Standesamt erfuhr, dass zukünftig »Berg« in seinem Pass stehen würde. Doch es war ihm recht, er war froh, den Namen seines Vaters ablegen zu können, und überglücklich, dass diese Frau ihn in ihr Leben ließ. Sie räumte sogar den Keller, damit er dort sein Studio einrichten konnte, und machte das Dachzimmer oben bei den Eltern zu ihrem eigenen Arbeitszimmer. Früher war es einmal ihr Kinderzimmer gewesen.

Wenig später brachte sie per geplantem Kaiserschnitt einen schmächtigen Jungen zur Welt. Wie man ein eingewachsenes Furunkel herausschneiden lässt. Ein Kind war nie Teil ihres Plans gewesen. Die Semesterferien waren so gut wie vorbei, sie musste wieder zur Uni. Ihre Professoren und Kommilitonen hatten gar nicht mitbekommen, dass sie schwanger war.

Und dann meldete sich noch ein gewisser Achill van Ackeren aus Belgien, Inhaber des Avantgarde Labels *AvA Records*. Er hatte das *Toytonic-Swing-Ensemble*-Demo bekommen und war begeistert.

»*This is ready for the international market!*«, behauptete er völlig außer Atem.

Als Dito vier weitere Monate später das erste Mal die eigene Langspielplatte auflegte und dabei seinen nach Charlie »Bird« Parker benannten Sohn in den Armen hielt, weinte er vor Glück und Dankbarkeit. Die Mutter des Kindes war nicht dabei, doch am Ende sang sie ein Wiegenlied, und der Sohn schlief ein.

Das war das Jahr des Dito Berg. Er hatte das ganz große Los gezogen.

Jedenfalls dachte er das.

Pizza, Nonno, Fritzi

Für das Gulasch brauchte ich die Nadeln der japanischen Schwarzkiefer, und die wuchs nur in Japan – und in Omas Koniferengalerie im Faunichoux-Wald. Ich würde also morgen zu Opa fahren, sein Haus verschlossen vorfinden, mich auf den Weg in den Wald machen, dort würde der Nissan stehen. Das

Areal mit den über hundert verschiedenen Nadelbäumen aus aller Welt lag gleich neben der Wildwiese. Ich würde bei der Gelegenheit meine alte Buche besuchen und zwangsläufig über Opa stolpern. Mal sehen, ob uns dann überhaupt noch nach Hirschgulasch war. Vielleicht aber auch erst recht. Auf alle Fälle hatte es uns hungrig gemacht, darüber zu sprechen.

Da nichts im Haus war, bestellten wir Pizza bei Franco. Dito hatte kein Bargeld, also zahlte ich. Seit ich mein eigenes Geld verdiente, hatte sich unser Vater-Sohn-Verhältnis endgültig umgekehrt: Als alleinerziehender Sohn kümmerte ich mich um meine kleine Schwester Fritzi und hatte einen unrasierten Langhaarzottel im vollgequalmten Keller wohnen.

Nonno mietete das gesamte Endstück des Reihenhauses, und wir mieteten das Souterrain von Nonno. Von Rita kam nur sporadisch finanzielle Unterstützung, mein Vater konnte die Miete ohne meine Hilfe oft nicht rechtzeitig zahlen. Er konnte nicht kochen, machte bis in die Nacht laut Musik und vertraute darauf, dass sich der Haushalt von allein regelte. Wenn man ihn mit einer perfekt strukturierten Liste zum Einkaufen schickte, fehlte mit Sicherheit die Hälfte. An Hilfe beim Putzen war nicht zu denken. Und auf keinen Fall durfte man ihn an die Waschmaschine lassen, es sei denn, man hatte Interesse an zartrosafarbenen Oberhemden.

Wir setzten uns mit der Pizza in die Küche. Eigentlich hatte ich mir vorgenommen, ihm gleich nach dem Urlaub von meinen Zukunftsplänen zu erzählen. Jetzt, da ich die Zivistelle sicher hatte, wurde es höchste Zeit. Es würde ihn einigermaßen vor den Kopf stoßen, wenn ich ihm eröffnete, dass ich schon im Januar ausziehen und mich nicht mehr an der Miete beteiligen würde. Das bedeutete, dass er wieder regelmäßig Schlagzeugunterricht geben musste. Dass er sich allein um Fritzi kümmern musste. Vor allem: endlich erwachsen werden musste. Er ging noch davon aus, dass ich wehruntauglich war und der Job in der Werbeagentur mein einziger Karriereplan.

Nachdem wir die Pizza wortlos in der Küche verspeist hatten, schlich er mit ein paar Flaschen Bier in den Keller, um sich bei lauter, selbst gemachter Musik in den Schlaf zu rauchen.

Trotz der späten Stunde versuchte ich, Nachhatar zu erreichen. Ich wollte ihm den Roller morgen möglichst früh in die Werkstatt bringen, vor der offiziellen Öffnungszeit. Es ertönte kein Freizeichen, als ich den Hörer abnahm. Das Telefon blieb tot. Dito hatte die Rechnung mal wieder nicht bezahlt.

Stumm stand ich im Dunkeln, hielt die kühle Muschel an mein Ohr, ich atmete tief ein, ich atmete aus. Gras und Bass hatten den Flur vollständig im Griff. Ich legte auf. Noch 115 Tage.

Als es an der Tür klingelte, zuckte ich zusammen. Ein Blick auf die Uhr zeigte, dass es 22:43 Uhr war. Wer konnte das sein?

Ich ging nach vorn und öffnete. Fritzi ging wortlos an mir vorbei und verschwand in unserem Zimmer. Nonno stand im Schein der Laterne auf dem Bürgersteig und schüttelte langsam den Kopf.

»Was ist denn hier los?«, fragte ich. »Wolltet ihr nicht erst morgen kommen?«

Er trat ein paar Stufen zum Souterrain herunter, bis sich unsere Köpfe ungefähr auf gleicher Höhe befanden, und brachte dabei einen Rest vom *Sandalo*-Aftershave mit, das er vor der Abfahrt benutzt hatte. Sein Gesicht war verzerrt, als hätte er Zahnschmerzen.

»Es ging nicht mehr. Sie hat totalen Terror gemacht.«

»Hatte sie einen Anfall?«

»Einen? Mit ihren deutschen Büchern war sie nach vier Tagen fertig. Und die italienischen hat sie kaum angerührt. Ich habe alle deutschsprachigen Zeitungen und Magazine am Bahnhof von Verona aufkaufen müssen, aber das hat auch nicht lange gehalten. Ab da hat sie eigentlich nur noch rumgenervt und wollte nach Hause.«

Er sprach vollkommen akzentfrei, keinerlei italienische Gesten unterstützten seinen Bericht.

»Oh nein«, sagte ich.

Fritzi ohne Bücher, das war wie Dito ohne Gras. Unerträglich.

»Ich bin auch gerade erst angekommen«, sagte ich.

Im gleichen Moment erklang Fritzis Geschrei. Nonnos Gesicht verzerrte sich sofort wieder, er wandte sich ab und machte einen Schritt die Treppe hinauf.

»*Scusi*, Charlie, ich kann nicht mehr, die Fahrt war die Hölle, ich geh nach oben. Habe morgen einen harten Tag, der ganze Wagen ist voll mit neuer Ware. Wunderschöne Anzüge, musst du dir angucken! *Trinken wir eine schöne Espresso in meine Laden, e?*«

Mit dem letzten Satz hatte er sich wieder in den italienischen *Sarto* Ernesto del Monte verwandelt, der den Besserverdienern in Sumbigheim seit über zwanzig Jahren feinste italienische Anzüge auf den Leib schneiderte. Bis ich sechs war, dachte auch ich, mein Großvater Nonno Ernesto sei Italiener, genauso wie meine Nonna Lucia, seine Frau. Bei ihr war es offensichtlich, sie sprach im Gegensatz zu ihm nur im äußersten Notfall Deutsch, und dann so schlecht, dass ein Deutscher sie kaum verstehen konnte. Doch Ernst Berg war erst während seiner Ausbildung in der Schneiderei ihres Vaters zum Italiener geworden, und zwar so vollständig, dass ihn sogar Einheimische für einen Landsmann hielten. Als *Ernesto del Monte* kehrte er nach Deutschland zurück und eröffnete seine italienische Maßschneiderei. Es durfte also unter keinen Umständen herauskommen, wie er wirklich hieß. Denn bei *Sarto Ernesto* gab es die schicksten Stoffe aus Venetien und den besten Espresso der Stadt.

Als Fritzis Geschrei erneut erklang, tippte er sich an den Hut und verschwand in seiner Wohnung über uns. Ich schloss die Tür und ging ihr entgegen.

»Wo sind meine Bücher?

Hast du mir neue Bücher besorgt?
Ich habe nichts mehr zu lesen.
Denkst du bitte daran, neue Bücher zu besorgen, ich schaffe es heute nicht in die Bibliothek.
Hast du ein Buch für mich?
Kann ich mir etwas zu lesen leihen?«
So hatte ich sie lange nicht erlebt. Ihr Zitatschatz war inzwischen so umfassend, dass sie normalerweise in der Lage war, in kürzeren Smalltalks mit Fremden einen Gesprächspartner zu simulieren, ohne dass dem Gegenüber irgendetwas auffiel. Aber jetzt spulte sie einfach alle zur Verfügung stehenden Sätze ab. Das Prinzip der Sprachmelodie hatte sie nie vollständig verinnerlicht, sie versuchte es nach einem starren Regelwerk anzuwenden – welches über keinerlei Intuition verfügte. Auf mein Anraten hin hatte sie sich schon früh einen leichten italienischen Akzent angeeignet, sodass die ein oder andere falsche Betonung mit ihrer Herkunft in Zusammenhang gebracht werden konnte. Auch wenn man von ihrer Erscheinung her nicht gerade denken würde, dass italienisches Blut in ihrem Körper zirkulierte. Emotionslos leierte sie ihren Text herunter.

»Hallo Charlie. Ich bin Fritzi. Ich möchte lesen.«

In Venetien schien sie kein einziges Mal in der Sonne gewesen zu sein, die Haut war blass wie immer. Ihre weißblonden Haare waren am Kopf anliegend zu einem Kranz geflochten, und sie hatte ein neues, ebenso weißes Kleid an. Beides trug Nonnas Handschrift. Und hätte Fritzi eine ungewohnte Anmut verleihen können, wenn ihr Gesichtsausdruck nicht gewesen wäre. Gequält starrte sie auf meine Brust, als wäre mein kleines, viel zu schnell dahinhumpelndes Herz das Zentrum allen Übels, als müsste sie sich nur genug konzentrieren, damit es endlich zum Stillstand kam. Im Keller verstummte die Musik mitten im Stück. Ich holte Luft.

»Fritzi, schön, dass du wieder hier bist. Ich bin auch gerade erst gekommen. Ich konnte noch nicht in die Bibliothek. Ich habe leider nichts zu lesen für dich.«

Sie starrte eine Sekunde lang weiter, dann begann sie zu wimmern. Keine Worte, kein Weinen, sie machte einfach nur Geräusche und ruderte mit den Armen. *Die Hirbelin.* Es gab nur wenige Momente, in denen sie positiv auf sanfte Berührungen von vertrauten Personen reagierte. Dies war keiner davon. Ich brauchte es gar nicht erst zu versuchen.

Hinter ihr ging die Kellertür auf. Der Grasnebelteppich wogte noch dicker und schwerer heraus als zuvor. Unser Vater stand hinter ihr, sie hatte ihn noch nicht bemerkt.

»Hey, Fritzi!«, sagte er.

Sie hörte augenblicklich auf zu winseln und drehte sich um. Dito hatte ein dickes Buch in der Hand.

»Ich habe gerade Nonnos Auto durchs Kellerfenster vorfahren sehen, seid ihr tatsächlich auch schon zurück?«

Er grinste breit. »Hier, aus Japan. Mit schönen Grüßen vom Goethe-Institut Osaka.«

Jetzt hielt er ihr das Buch hin. Es war nicht nur dick, es war auch außergewöhnlich groß. Vorn war ein altertümlicher japanischer Stich abgebildet, ein Bogenschütze und ein dämonenartiges Fabelwesen mit einer Schriftrolle in der Hand waren ineinander verschlungen.

»*Japanische Märchen und Sagen*« stand auf dem Titel.

Sie entriss ihm das Buch, sagte »Dankeschön« und verschwand in unserem Zimmer.

»Das war Rettung in letzter Sekunde«, sagte ich zu Dito.

»Man tut, was man nicht kann«, erwiderte er grinsend, und für den Moment war alles Hündische von ihm abgefallen. Er drehte sich schwungvoll auf der Hacke um, winkte ohne sich umzublicken über die Schulter und verschwand im Nebel.

Nach ein paar Sekunden ging die Musik wieder an. Durch die

geschlossene Kellertür hörte ich, wie das furiose Schlagzeugsolo vom letzten Stück der *Forsthaus Chronicles* einsetzte und sich ein überhitztes Duell mit Herrn Birds Saxofon lieferte. Der Soundtrack meiner Zeugung.

Ich ging zurück in unser Zimmer und rechnete damit, Fritzi auf dem Bett sitzend vorzufinden, das Buch auf dem Schoß, in unwirklichem Tempo Seite für Seite einlesend, so wie sie es immer machte – der Finger strich innerhalb weniger Sekunden schnurgerade in der Mitte der Seite herunter, von der obersten bis zur untersten Zeile. Dann hielt sie kurz mit geschlossenen Augen inne, sortierte die neuen Informationen ein, um anschließend auf der nächsten Seite auf die gleiche Art fortzufahren. Es war eher ein Abfotografieren als wirkliches Lesen.

Als ich den Raum betrat, saß sie zwar auf dem Bett, doch sie hatte das Buch beiseitegelegt. Es lag aufgeschlagen zwischen ihr und meiner Reisetasche. Um sie herum lagen in einem perfekten Halbkreis die 500-DM-Scheine. In der Hand hielt sie die Luger 08. Dass die Waffe geladen war, konnte ich mir nicht vorstellen, aber überprüft hatte ich es in der Eile nicht.

»Hände hoch«, sagte sie und zielte auf mich. Ich machte einen Satz zurück in den Flur. Sie drückte ab.

Es klackte.

Sofort schnellte ich ins Zimmer und entriss ihr die Waffe.

»Die Pistole ist verboten«, sagte ich deutlich.

Ich schaltete meine elektrische Brother-Schreibmaschine an, tippte den Satz ein, zog den Bogen raus und gab ihn ihr.

Sie fuhr mit dem Zeigefinger den Satz entlang. »Die Pistole ist verboten«, las sie vor.

Damit war der Fall erledigt. Sie würde die Pistole nie wieder in die Hand nehmen.

Ich zerriss den Zettel in kleine Schnipsel und spülte sie in der Toilette runter. Dann raffte ich das Geld vom Bett zusammen, steckte es zurück ins Portemonnaie und verstaute es mit der

Luger im Safe. Als ich mich umdrehte, saß Fritzi auf der Bettkante und hielt mir etwas entgegen. Es war ein weinroter Pass, der Länge nach zu einem U gerollt. Er musste im Portemonnaie hinter dem Geldfach gesteckt haben, ich hatte es für eine eingearbeitete Plastikverstärkung gehalten. Vorsichtig bog ich ihn auseinander.

Česká Republika.

Das Foto auf der Innenseite zeigte einen jungen, glattrasierten Mann mit Bürstenhaarschnitt. Ich war überrascht, er konnte kaum älter als ich sein. Der Wilderer hatte zauseliges Haar, einen Vollbart, Blut und Tarnfarbe im Gesicht gehabt. Trotzdem musste er es sein. Ich betrachtete das Foto eine Weile. Das Geburtsdatum ließ mein linkes Ohr für einen Moment ertauben: Es war identisch mit meinem. Nur das Jahr war ein anderes, er war zwei Jahre älter. Langsam kehrte mein Hörsinn zurück. *Ctirad Veselý,* aus *Brno.* Brünn. Fritzis Hand schob sich in mein Gesichtsfeld, sie hatte sich lautlos von hinten angenähert. Ihr Zeigefinger war im Begriff, über den aufgeschlagenen Pass zu gleiten, doch ich klappte ihn schnell zu. Sie zog den Finger unverrichteter Dinge zurück, und ich steckte den Pass zu all den anderen verräterischen Dingen im Safe.

Fritzi setzte sich wieder aufs Bett, nahm das Sagenbuch aus Japan zur Hand und begann, es zu einem Teil ihrer inneren Bibliothek zu machen.

Ich beobachtete sie und dachte nach. Fritzi. Sie war jetzt sieben. Konnte ich wirklich weggehen, sie mit Dito allein lassen? Hatte ich an alles gedacht? Im Gegensatz zu Dito konnte sie mit der Waschmaschine umgehen, einkaufen, putzen, allein mit dem Bus fahren. Alles, was regelmäßig stattzufinden hatte, erledigte sie mit maschineller Zuverlässigkeit. Und solange sie nach der Schule in die Bibliothek zu Laura konnte, war alles gut. Jetzt piepte ihre Digitaluhr, es war 22:45 Uhr. Ferienbettzeit. Sie schlug das Buch zu, ging auf Toilette und putzte sich die Zähne. Dann legte sie sich ins Bett, sagte »Gute Nacht« und machte ihre Leselampe aus.

»Gute Nacht, Fritzi. Ich höre noch ein bisschen Musik«, sagte ich ins Dunkel.

Die Lichter der V/U-Anzeige meiner Stereoanlage sorgten für minimale Beleuchtung. Ich wartete, bis meine Augen sich an die Finsternis gewöhnt hatten, dann ging ich an den Giftschrank und öffnete ihn leise. Seit der Anschaffung unseres Anrufbeantworters vor ein paar Jahren hatten sich bereits siebzehn Kassetten angesammelt, alle hatte ich mit laufenden Nummern beschriftet und den Inhalt sorgfältig indexiert. Neben den AB-Tapes standen die dazugehörigen Logbücher. Ich zog das aktuelle Heft hervor, ein umfunktioniertes Fahrtenbuch von Zweckform. Natürlich musste ich alle Spalten anders nutzen als vorgesehen, die ursprünglichen Bezeichnungen wie Kilometer, Kraftstoff und Öl ergaben keinen Sinn, die Anzahl der Spalten schon. Ich hatte mir mit der Schreibmaschine eine eigene Kopfzeile erstellt, im *Copy Rush* vervielfältigt, dort mit dem großen Schneidemesser auf die richtige Größe zurechtgeschnitten und sauber auf jeder Seite oben eingeklebt: Datum, Name des Anrufers, Zählerstand, Länge der Nachricht in Sekunden, Inhalt, Anmerkungen.

Ich griff mir einen Japanfilzer und nahm am Schreibtisch vor meiner Anlage Platz. Dann setzte ich den Kopfhörer auf, nullte den Zähler. Fünfundvierzig Minuten Nachrichten in gerade mal zwei Wochen. Normalerweise reichte ein Tape drei Monate. Das konnte eigentlich nur bedeuten, dass *Dave Killer* wieder zugeschlagen hatte. Ich drückte auf *play*.

AB

Es erklang das Piepen, welches die Nachrichten voneinander trennte.

Küüühp!

Der erste Anruf war zeitlich einfach zuzuordnen, es musste der erste Sonntag nach meiner Abreise gewesen sein. Mein Chef, Marlon Künstler, war dran. Am Samstagabend hatte die Verleihung des Creative Campaign Clubs stattgefunden, und *Künstler & Pennie* waren in allen Kategorien nominiert gewesen. Mit meiner *Chrunchoxx*-Kampagne. Ich hatte aus gutem Grund rechtzeitig das Weite gesucht.

»Goldbeeeeeerg, wo bist duuuuuu?« Er klang erregt, heiser und berauscht.

Die Stimme von Bianca Pennie, meiner anderen Chefin, fuhr dazwischen: »Schatzi, wir haben ab-ge-räumt! Es hat Goldfäuste geregnet! Komm sofort in den Laden, wir haben IHN!«

»Er ist groß, er ist golden, er ist UNSER!«, stöhnte Marlon wie ein Eroktikdarsteller.

Im Hintergrund gurgelte Bianca, vermutlich mit Champagner. Dann rülpste sie und riss den Hörer wieder an sich. »Hier herrscht AUS-NAH-ME-ZU-STAND! Wir sind alle NACKT! Komm sofort her, das ist ein BEFEHL!«, dann knallte irgendetwas, Marlon und ein paar Jünglinge kreischten begeistert, ein Gong erklang, ich hatte keine Ahnung, wo sie waren und was da los war, kurz bevor die Verbindung abbrach, meinte ich ein Pferd wiehern zu hören.

Montag musste ich wieder in die Agentur. Mir graute jetzt schon davor. Ich schrieb »Bianca & Marlon«, Länge und Inhalt sowie das geschätzte Datum der Nachricht ins Heft, dann machte ich weiter.

Küüühp!
Der zweite Anruf war von Kafka. Er hatte noch nie auf unseren AB gesprochen.

»Guten Tag, Wilhelm Käfer hier. Das ist eine Nachricht für Charlie. Ruf mich bitte dringend zurück, sobald du das hörst. Es geht um das *Text.Eval.* Es ist ein Last-Minute-Slot freigeworden. Du MUSST teilnehmen.« Er klang nahezu verzweifelt. »Die bisher eingereichten Texte sind mediokrer Schrott. *Der Geliehene Affe* ist dein Gewinnertext, glaub mir! Ruf mich BITTE schleunigst an!«

Es piepte, ich drückte auf Pause.

Wir hatten das schon endlos durchgekaut. *Der Geliehene Affe* hing mir zum Hals raus. Ich wollte nicht mit einem Text in den Wettbewerb starten, den ich vor drei Jahren geschrieben hatte. Und den ich kürzen musste, damit er in die vorgeschriebene Länge von zwanzig Minuten passte.

Aber es war eh längst September. Die Jury hatte bereits getagt und würde demnächst annoncieren, wer dieses Jahr zum Wettlesen eingeladen wurde. Kafka zurückzurufen hatte somit keine Eile.

Ich löste die Pause-Taste.

Küüühp!

Anrufer Nr. 3 war Stefan Bromsen, der mir nicht bekannte Vater von Janni, einem Schlagzeugschüler meines Vaters. Herr Bromsen wollte wissen, ab wann wieder Unterricht war. Darum musste Dito sich kümmern, ich machte eine zusätzliche Notiz auf einem extra Zettel.

Der Vater rief danach gleich noch einmal an.

»Herr Berg, Bromsen noch mal. Ich hab da noch eine andere Sache… der Janni hat mir erzählt, dass sie einen, nun ja, recht attraktiven Sohn haben, der bereits geschlechtsreif ist. Ich hätte Interesse an… gewissen Nachhilfestunden, sie wissen schon. Ich will alles von ihm lernen. *Alles,* verstehen sie. Geld spielt keine Rollaaaaahhahahahaa!« Er konnte sich nicht mehr halten. »Aaaaaaaaaaaaaaaaa! Gotcha!«, brüllte David so laut, dass die Aufnahme verzerrte.

Er schaffte es tatsächlich immer wieder. David war ein hochtalentierter Stimmenimitator, und meinen Anrufbeantworter vollzutexten war eine seiner größten Leidenschaften. Ich hatte also richtig vermutet, deshalb war das Band voll. Und vielleicht war das jetzt genau das, was ich brauchte. Dreiundvierzig Minuten *Dave Killer*.

Ich setzte den Namen »Stefan Bromsen« in Anführungszeichen, schrieb »a. k. a. *Dave Killer*« daneben, zerknüllte die Notiz für Dito und drückte wieder auf *play*.

Nach dem fünften *Küüüühp!* kam erst einmal nichts. Ich lauschte dem Rauschen der Leitung und machte mich auf eine Lesung von *Dave Killer* gefasst. Manchmal hatte ich das Gefühl, dass David seine Geschichten nur schrieb, damit er sie auf meinen AB sprechen konnte. In allen spielte sein Alter Ego *Dave Killer* die Hauptrolle, eine Art Fantasy-James-Bond, der mit magischen Kräften und sehr viel Geschlechtsteileinsatz die Welt von Dämonen und Dämoninnen befreite. David hatte gewonnen, wenn er mich damit zum Lachen bringen konnte. Das war sein Spiel.

Als auf der Aufnahme ein Schnaufen zu hören war, rechnete ich also mit einer expliziten Liebesszene, üblicherweise begannen seine Geschichten mit einer ausschweifenden Haremsfantasie. Doch schon beim nächsten, geräuschvollen Atemzug schlug mein Herz schmerzhaft schneller.

Das war nicht David.

Immer wieder wurde das Atmen von leisem Schluchzen unterbrochen.

»Ich bin's …«, schnuffelte es mir in die Ohren.

Mindestens ein Jahr war seit der letzten Selbstmitleidstirade vergangen. Ich blätterte zurück. Tatsächlich, Tape 15, am 28.07.1992.

Sie weinte leise weiter.
»Dito-Hase.«
Schnaufen.
»Charlie-Maus.«
Atmen, Schluchzen, noch mehr Schnaufen.
Rauschen.
»Fritzilein.«
Sie kriegte das »Fritzilein« kaum raus, so schwer war die Zunge vom Rotwein. Es klang eher wie »Frissiln«.
Atmen, Pause.
Sehr schwer und sehr lang.
Das war das Gute und Schlechte zugleich an unserem Anrufbeantworter: Es gab keine automatische Zeitbegrenzung. Erst wenn der Anrufer auflegte, stoppte die Aufnahme. *Dave Killer* nutzte das regelmäßig schamlos aus. Meine Mutter hingegen nur, wenn sie genug getrunken hatte und die Einsamkeit sie heimsuchte.
Sie schluchzte.
»Ichab fesagt.«
Wie bitte?
War das etwa Einsicht? Das wäre neu.
»Estummileid...«
Tatsächlich. Entweder war sie so betrunken wie nie zuvor, oder ihr ging es wirklich schlecht. Eine neue Dimension von schlecht. Und von betrunken. Vermutlich beides zusammen.

Es folgte minutenlanges Gejammer, teilweise war sie kaum zu verstehen, sie schluchzte und weinte und bereute, dass sie uns verlassen hatte, sie wollte Dito zurückhaben, er sei das Beste, was einer Frau passieren könnte, sie wolle mit mir zusammenarbeiten, ich solle ein Theaterstück schreiben, über uns, schonungslos offen, Dito solle die Musik machen, Fritzi die Hauptrolle spielen, ein wundervolles Familienprojekt würde das werden und eine sensationelle Rückkehr zum Theater dazu. Das Feuilleton verlange in letzter Zeit immer wieder nach der Radikalität der Rita del Monte.

Man konnte hören, wie sie sich zwischendurch nachschenkte. Irgendwann mitten im Satz brach die Nachricht krachend ab, man hörte gerade noch den Ansatz eines Fluchs. Ich drückte Pause, um mich zu sammeln.

Es war nie schön, von ihr zu hören, und schon gar nicht ertrug ich es, wenn sie in diesem Zustand war. Im Grunde gefiel sie mir am besten, wenn sie einfach gar nicht in unserem Leben stattfand. Ich notierte die Dauer, ihren Namen und in der letzten Spalte »sehr betrunken & peinlich«. Dann löste ich die Pausetaste, um die nächste Nachricht zu hören.

Küüühp!

Sie hatte wohl nicht auflegen wollen, vermutlich war ihr nur der Hörer aufs Telefon gefallen, denn sie sprach ansatzlos weiter. Sie vermisste uns. Wir sollten im Winter alle zusammen nach Italien fahren und dort mit Nonno Ernesto und Nonna Lucia und der restlichen Verwandtschaft Weihnachten feiern. Es dauerte acht Minuten und zweiunddreißig Sekunden, bis sie endlich zum Ende kam. Dieses Mal verabschiedete sie sich ausführlichst von jedem Einzelnen, sogar für »Frissiln« hatte sie eine Liebesbotschaft übrig.

Ich dachte bereits, ich hätte es überstanden. Doch die folgende Nachricht begann wieder mit einem Schluchzer, und ich ahnte, wieso das Tape voll war. *Dave Killer* hatte nichts damit zu tun.

Sie begann nörgeliger zu werden.

Bei Nachricht Nr. 11 fing sie an zu fluchen, machte Vorwürfe, inzwischen ausschließlich auf Italienisch. Ich protokollierte nur noch halbherzig.

Als sie damals mit Fritzi schwanger gewesen war, fühlte es sich das erste und einzige Mal so an, als hätte ich eine Mutter. Mit einem Lachen, und mit Zeit, und beides für mich. Aber es waren nur die Hormone gewesen, die sie vorübergehend in ein rotbäckiges Muttertier verwandelt hatten. Ein einziger Anruf hatte ausgereicht, um alle Liebe aus ihrem Körper auszuwaschen.

Inzwischen rauschte und schnarchte es nur noch. Schon seit Minuten. Ich drückte auf *stop*. Die letzten Meter Geschnarche schenkte ich mir, ich riss die Kassette heraus und stopfte sie in den Beutel zum ruinierten Anzug. Wenn Dito das hören würde, wollte er sie womöglich zum Hirschgulasch einladen. Sie würden sich bei Tango und Rotwein »versöhnen«. Das durfte auf keinen Fall geschehen. Noch ein Geschwisterchen konnte ich nicht großziehen, ich war ja noch nicht einmal mit Fritzi ganz fertig.

Ich schaute zu ihr herüber. Fritzi atmete ruhig, im Gegensatz zu mir. Es war bereits 23:30 Uhr, viel zu spät für ein Feuer. Doch bei den vielen Gesetzen, die ich heute schon gebrochen hatte, kam es auf eine kleine Ordnungswidrigkeit auch nicht mehr an. Ich ging in den Garten, legte ein paar trockene Zweige in die Feuertonne, warf Mantel und Anzug darauf und entleerte fast eine ganze Flasche Grillanzünder. Der italienische Stoff brannte wie Stroh, die auflodernden Flammen drückten mir eine viel zu kurz anhaltende Wärme ins Gesicht. Warum waren die guten Momente immer so schnell vorbei?

Opa ist tot.

Ich hielt die Kassette mit dem betrunkenen Gezeter meiner Mutter in der Hand und betrachtete sie im langsam schwächer werdenden Schein der Flammen. Auf nichts und niemanden hatte sie jemals Rücksicht genommen, immer war es ihr nur um ihre Karriere gegangen, beide Kinder waren Unfälle gewesen, und aus meiner Trauer und dem Vermissen war über die Jahre eine dumpfe Wut gewachsen. Ich hatte gelernt, diese Wut zu ignorieren, nur selten schälte sie sich heraus. Die Hand mit der Kassette wippte, während mein kühler Kopf allmählich wieder begann, die Kontrolle zu übernehmen.

Ich widerstand der Versuchung und steckte das Tape in die

Hosentasche. Auch dieser kurze Moment der Befriedigung wäre zu schnell vorbei, und darauf würde das lebenslange Bedauern folgen, eine Lücke im Archiv zu haben. Wenn ich eins nicht leiden konnte, dann war es ein Archiv mit Lücken.

Deathmetal und Rimbaud

Mein Schlaf war unruhig. Im Traum konnte ich immer schnell laufen, ohne dass die Schmerzen in der Brust mich bremsten. Andere träumten vom Fliegen.

Ich erwachte acht Minuten früher als geplant, um 5:22 Uhr, trug die Uhrzeit in das kleine Notizheft ein und stand auf. Mein Nachtschweiß trug den süß-klebrigen Angstgeruch der Kindheit in sich. Ich wusch ihn mir mit einem kalten Lappen vom Körper.

Opa ist tot.

Nach einem kargen Frühstück, bestehend aus Knäckebrot, Tomate und Kräutertee, ging ich an den Schrank, öffnete den Safe und nahm das Portemonnaie mit dem ganzen Geld bis auf einen Fünfhunderter an mich.

Es dämmerte. Fritzi schlief noch und würde nicht vor 9:00 Uhr aufstehen.

Ich machte mich auf den Weg nach Zanck, zur *Old-&-Youngtimer-Werkstatt Singh*. Gleich nebenan stand der Altkleidercontainer, in dem ich die ruinierten Wildlederschuhe entsorgte. Jetzt musste ich nur noch den brisanten Inhalt meines Safes irgendwo sicher deponieren und das Geld auf mein Konto einzahlen, damit ich behaupten konnte, es käme von meinem Chef Marlon Künstler.

Als ich auf den Hof fuhr, stand Nachhatar blinzelnd der Morgensonne zugewandt vor dem offenen Werkstatttor und wischte sich die Hände mit einem schmuddeligen Lappen ab. Ein cremefarbener Buick war aufgebockt, vor der Werkstatt standen ein schwarzer Mercedes W111 aus den Sechzigern und ein Ford Mustang Fastback in Acapulco Blue. Aus der Werkstatt schallte brechend laut Deathmetal. Sein weinroter Turban und der grau melierte, bis auf die Brust reichende Vollbart waren makellos sauber. Das rote Holzfällerhemd und die Schneetarnhose waren mit dunklem Öl befleckt. Er lächelte, als ich den Helm abnahm, griff um die Ecke und drehte die Musik etwas leiser.

»Charlie. Da bist du ja. Namaste!«

»Namaste«, sagte auch ich, legte wie er die beiden Handflächen aneinander und deutete eine Verbeugung an. Im Hintergrund grunzte es infernalisch, während die Band so schnell spielte, dass ein Tempo nicht mehr zu erkennen war. Es war ein mäandernder Teppich aus verzerrten Gitarren und Schlagzeug, dem Geräusch eines Industriestaubsaugers nicht unähnlich. Hin und wieder jammerte die Sologitarre in einen Break, und Nachhatar pfiff mit, als wäre es eine fröhliche Volksweise.

Er kam zu mir herüber, sein seifiger Rosenwasserduft löschte alle anderen Gerüche aus, sogar das allgegenwärtige Motorenöl. Er schien darin gebadet zu haben. Dann betrachtete er die Schrammen an der Seite der Vespa und sog scharf die Luft durch die Backenzähne.

»Oh oh, das wird sie aber gar nicht freuen. Der schöne Originallack.«

»Muss sie ja nicht erfahren. Oder bist du verpflichtet, bei jeder Schramme in London Meldung zu machen?«

Er sah mich an, und ich kam nicht gleich darauf, wie.

»Ich komme natürlich für den Schaden auf«, sagte ich und griff in die Innentasche.

Er legte seine Hand auf meinen Unterarm, ich hielt inne.

»Hat sie dich noch gar nicht kontaktiert?«

»Sie? Mich? Wieso?«

Von Anfang an hatte mich etwas irritiert, als ich auf den Hof gefahren war. So wie man nicht genau benennen kann, was anders ist, bis einem auffällt, dass auf dem Nachbargrundstück ein Baum gefällt wurde. Zwischen den unzähligen Karosserien und zum Ausschlachten aufgebahrten Autos, die Nachatars teilweise überdachten Hof zu einer bei Oldtimerfreaks beliebten Fundgrube für Ersatzteile machte, hatte all die Jahre Seras alter Citroën gestanden. Sie hatte ihn hiergelassen, weil sie damit im Londoner Linksverkehr nicht fahren wollte. Außerdem war er ja sowieso stark mitgenommen gewesen. Nachhatar hatte ihn wieder fit gemacht und abgedeckt. Dort, wo ihr Wagen auf sie gewartet hatte, stand nun ein Aston Martin. Das Lenkrad auf der rechten Seite.

»Sera ist zurück?«

»Ich dachte, deswegen bist du gekommen. Um die Vespa zurückzugeben.«

»Seit wann ist sie denn hier? Ich war drei Wochen im Urlaub.«

»Ihren Citroën hat sie vor zwei Monaten abgeholt. Hat sie sich noch nicht bei dir gemeldet?«

»*Vor zwei Monaten?!*« Ich holte tief Luft. »Wie lange will sie denn bleiben?«

»Keine Ahnung. Hat irgendwas mit dem *Text.Eval* zu tun, mehr weiß ich auch nicht. Hast du die Papiere dabei?«

»Ja, klar.«

Die Empörung, die nach ihrem Abschied nie ganz gewichen war, drängelte sich plötzlich wieder nach vorn. Es war nicht mein Roller, aber mit jedem Jahr, das verstrichen war, hatte es sich mehr danach angefühlt. Sie hatte sich nie wieder bei mir gemeldet, auch nicht, um den Roller zurückzuverlangen, und das war mir wie ein stillschweigendes Abkommen erschienen. Die Vespa als Ausgleich für ihr abschiedsloses Verschwinden.

»Und wo wohnt sie? Hat sie wieder ihr Loft bezogen?«

Nachhatar lieferte maximal ahnungslose Gestik und Mimik, geöffnete Arme, Handflächen, Schultern und Brauen gen Himmel. Er verweigerte die Aussage.

»Ich mache die Schramme weg«, sagte er. »Merkt sie nicht. Mr. Singhs Spezialbehandlung: Sieht aus wie alt. Würde nicht mal ein Forensiker erkennen.«

Das sollte beruhigend klingen, bewirkte allerdings das Gegenteil. Was, wenn die Spurensicherung neben dem Lieferwagen des Wilderers Brems- und Lackspuren der Vespa auf der Straße entdeckte? Gab es bei der Leyderer Polizei eine Spurensicherung? Ich konnte mir das eigentlich nicht vorstellen.

Und davon abgesehen, warum verriet er mir nicht, wo Sera sich aufhielt?

»Wie kommst du nach Hause?«, fragte Nachhatar.

Es fing an zu nieseln. Winzige Tropfen benetzten meine Brillengläser. Ich nahm die Brille ab und sah Nachhatar ratlos an.

»Ich hab vielleicht was für dich«, sagte er und ging in die Werkstatt an den Schlüsselschrank. »Warte hier.«

Er ging durch die Halle und verschwand durch eine Tür, die hinter das Gebäude führte. Ein lächerliches Motorengeräusch erklang, brabbelte einen Moment klein und schwächlich vor sich hin, dann jammerte der Motor auf, und Nachhatar schoss auf einem stumpfrosafarbenen Moped um die Ecke. Er bremste direkt neben mir und stieg ab.

»Hier. Habe ich gerade fit gemacht. Eine Simson S51, 86er Baujahr.«

1986. Ein gutes Jahr. Bislang das beste meines Lebens. Ich sah mir das Moped an. Seit dem Mauerfall waren einige davon im Westen aufgetaucht. Es sah aus wie neu.

»Was willst du dafür haben?«

»Fahr sie erst mal eine Weile. Sera wird sich schon irgendwann bei dir melden, da bin ich mir sicher. Vielleicht kannst du die Vespa ja weiterhin nutzen. Ansonsten werden wir uns schon einig.«

Ich nickte stumm.

»Hattet ihr denn die ganze Zeit keinen Kontakt?«, fragte er.

»Nein, ich hatte nicht mal ihre Nummer. Nur die Adresse von ihrem Ex, da sollte ich Rimbaud hinbringen, falls er wieder auftaucht. Sie wollte ja eigentlich nur drei Wochen bleiben.«

Ich merkte, wie mein Mund trocken wurde. Dabei hatte ich doch beschlossen, dass dieses Thema abgehakt war. Ich gehörte an die Nordsee, allein.

Nachhatar schwieg mich verständnisvoll an.

»Das ist ... wie lange her? Vier Jahre? Fünf?«, fragte er schließlich.

»Vier.«

»Und Rimbaud ist nie zurückgekommen?«

»Doch. Letztes Jahr. Er stand plötzlich bei meinem Opa vor der Gartenpforte. Kennst du doch, da im Wald, wo er weggelaufen ist.«

Nachhatar nickte.

»Mit Narben, als hätte jemand Zigaretten auf ihm ausgedrückt. Und das rechte Ohr war abgebissen.«

Ich erzählte ihm, wie ich nach Rimbauds Wiederkehr in die Telefonzelle ging, ausreichend Markstücke auf dem Apparat stapelte und die Londoner Nummer wählte, die mir Seras Ex-Freund Gustav gegeben hatte, als ich den Hund bei ihm hatte abgeben wollen. Ich machte mir nicht allzu viele Hoffnungen, drei Jahre waren vergangen. Am anderen Ende ging der AB von »*the Stuarts*« dran, ein Mann mit dunkler Stimme bat darum, eine Nachricht zu hinterlassen. Ich legte auf, ohne etwas in schlechtem Englisch aufs Band zu stammeln. Trotzdem versuchte ich es am nächsten Morgen erneut. Dieses Mal hatte ich mehr Glück. Mrs. Stuart war persönlich dran. Im Hintergrund krakeelte ein Kleinkind in breitestem Britisch, verlangte wütend nach *Daddy*.

Ich sagte nichts und lauschte. Mrs. Stuart fragte mit sehr vertrauter Stimme und unverkennbar deutschem Akzent: »*Hello? Who is zere?*«

Sera Stuart. Klang geringfügig besser als *Sera Berg*. Da musste man sofort an *Senta Berger* denken. Ich legte auf.

»Oh Mann«, sagte Nachhatar. »Bitter.«

»Gustav wollte den kaputten Rimbaud nicht mehr, also blieb er bei mir. Kurz danach musste ich ihn leider einschläfern lassen«, schloss ich meine Erzählung ab.

»Was für eine Geschichte«, sagte er und starrte eine Weile den Mustang an.

Dann reichte er mir die Papiere der Simson. Ich steckte sie in meine Innentasche, gab ihm die von der Vespa und nahm auf dem DDR-Roller Platz.

»Danke.« Mir fiel noch etwas ein. »Sag mal, kannst du mir vielleicht einen Schwingschleifer leihen?«

»Klar. Warte.«

Er ging in die Werkstatt und kam mit einem Stoffbeutel wieder.

»Hier. Kannst du haben. Ich hab noch zwei.«

Ich startete den Motor. Wenn man selbst draufsaß, klang es noch lächerlicher.

»Was schulde ich dir?«

»Fahr sie erst mal Probe.«

Das Telefon in der Werkstatt klingelte.

»Ich meine für die Reparatur der Vespa?«

Er drehte sich um und winkte ab. »Das geht aufs Haus.«

Und dann die Wut

Die Simson zwischen meinen Beinen fühlte sich an wie ein Spielzeug, das Nachhatar im Auftrage Seras über Nacht präpariert hatte, um mich zu demütigen.

Das war alles so unfassbar dreist von ihr. Mich damals einfach sitzenzulassen, als kleinen Versager, ohne Chance auf Wiedergutmachung. Und dann ohne Vorwarnung zurückzukommen, sich nicht zu melden, und mir als Krönung des Ganzen noch die Vespa wegzunehmen!

Mit jeder kraftlosen Fehlzündung, die der Babyroller unter mir auspupste, wuchs meine Wut. Ich bekam Lust, Sera Stuart mit dem *neuen* Charlie Berg bekannt zu machen. Sie hatte ja keine Ahnung, wie wenig der Junge von damals heute noch mit mir zu tun hatte. Sobald ich wusste, wo sie steckte, würde ich vor ihrer Tür auftauchen, das Überraschungsmoment auf meiner Seite, mein gourmandiges *Koniferencurry* hinter dem Ohr, harzig, waldig, würzig, und sofort wäre sie wehrlos – ihr Mund öffnet sich, ein Fieber löst ihre Züge auf, lässt ihre Augen glänzen, wir können bereits von der Wärme und vom Atem des anderen kosten, aber diesmal verliert ausschließlich sie die Kontrolle, nicht ich. Kurz bevor meine Lippen sie erlösen, stoße ich sie an den Schultern zurück, und dann, was für eine schöne Formulierung: Mache ich ihr eine Szene. Ich zeige ihr, wie sehr sie mich damals verletzt hat. Ich übertreibe, werde erbarmungslos laut, höre nicht wieder auf, bis die Tränen der Reue ihr Make-up endgültig verwüstet haben.

Es tut mir leid, Charlie, verzeih mir, bitte, kann ich es wiedergutmachen?

Und dann ziehen wir auf Augenhöhe einen Strich unter die Sache, einen langen, schnörkeligen, nicht enden wollenden Strich, der nach Salz und Brennnesseln schmeckt und im Dunkeln auch dann noch leuchtet, als sie längst erschöpft eingeschlafen ist.

Es war ein Moment, den ich mir schon so oft ausgemalt hatte, dass er sich anfühlte wie eine Erinnerung.

Laura Brigge hat immer recht

Als ich mit Butter, Brötchen und Milch nach Hause kam, war ich noch immer zitterig. Ich fühlte mich von den eigenen Gefühlen überrumpelt – ich hatte Sera doch eigentlich längst abgehakt. Die einzige Frau, die mir wirklich etwas bedeutete, war Mayra. Davon war ich in den vergangenen Jahren zumindest immer ausgegangen. Ich parkte die Simson und betrat unsere Wohnung.

Fritzi war wach, lag aber noch lesend im Bett. Die Küche war eingenebelt, im Aschenbecher lagen drei Jointstummel. Ich riss Fenster und Terrassentür auf, ein Zettel wehte vom Küchentisch – ich hob ihn auf und las die kaum zu entziffernde Handschrift meines Vaters. Dito und Nonno waren bereits aufgebrochen, Nonno musste seine Anzüge und Stoffe im Geschäft ausladen, Dito half ihm dabei und hatte im Anschluss noch einen längeren Termin beim Anwalt.

Fritzis Uhr piepte um 9:00 Uhr, sie stand auf, ging in die Küche, wo aus Platzmangel unsere Duschkabine installiert war. Das Endreihenhaus, in dem wir wohnten, war im Grunde nicht für zwei Familien ausgelegt, bei uns im Souterrain gab es kein Badezimmer. Sie duschte sich eine Minute und 55 Sekunden lang. Nach zwei Minuten wurde das Wasser erst für eine Sekunde kochend heiß und dann eiskalt. Den extra kleinen Boiler hatte

Nonno schon vor Jahren installieren lassen, um Ditos halbstündige Duschorgien zu unterbinden. Aus dem gleichen Grund war unser Telefon für Auslandsgespräche gesperrt, schließlich liefen die ganzen Nebenkosten über Nonno. Wenn Dito unsere Telefonrechnung nicht zahlte, konnten wir oft wochenlang nicht telefonieren.

Fritzi föhnte ihr entflochtenes Haar, zog sich an und kam zurück in die Küche, um den Tisch zu decken. Sie aß zwei Brötchen mit Erdbeermarmelade und trank ein Glas Milch. Alles lief nach Programm. Keine weitere Aufregung.

Nach dem Frühstück fuhren wir gemeinsam mit dem Bus in die Stadtbibliothek Leyder. Sie konnte den Weg längst allein zurücklegen, ich hatte aber ebenfalls etwas in der Bibliothek zu erledigen. Außerdem brauchte ich jetzt Laura, die mir wie üblich mit gedämpfter Stimme versichern würde, dass meine Geschichte ein Happy End hätte.

Wir gingen zum Seiteneingang für Angestellte, Fritzi hämmerte mit voller Kraft dagegen, ein Mal lang, drei Mal kurz, ein Mal lang. Es dauerte einen Moment, dann öffnete Laura die Tür. Sie strahlte uns an, in ihrem milden Blick versteckte sich wie immer ein Stück Wehleidigkeit, sie streichelte Fritzi vorsichtig über den Kopf, die ertrug es, mich nahm sie in den Arm. Es fiel mir schwer, sie wieder loszulassen, Laura bemerkte es, verlängerte die Berührung über das Normalmaß hinaus und stellte keine Fragen, während sie mir mit einer Hand gleichmäßig über den Rücken streichelte. Hier war ich sicher, mit meinem Gesicht in ihrer perwollweichen Strickjacke, weiße Blüten, Lavendel und Bergamotte einatmend. Alles war eindeutig, die Wut auf Sera verschwand, zumindest für den Moment. Wann immer ich Niveacreme roch, hatte ich den Eindruck, die Niveacreme würde nach Laura riechen, nicht umgekehrt. Vielleicht war *mütterlich* das Wort für all das.

Wir ließen uns los, ihre Hand ruhte noch einen Moment auf meinem Oberarm, während sie sich an Fritzi wandte. »Wie war es bei Nonna in Italien? Hattest du einen schönen Urlaub?«

Fritzi hob den Kopf. »Da mir die Beantwortung dieser Fragen schwerfällt, entschließe ich mich, sie überhaupt nicht zu beantworten.«*

Sie setzte sich in Bewegung und verschwand mit einem neuen Buch an ihrem Tisch hinter der Wendeltreppe. Das japanische Sagenbuch hatte sie heute Morgen vor dem Aufstehen abgehakt. Laura und ich gingen zum Tresen im Eingangsbereich, sie goss uns beiden eine Tasse Hagebuttentee ein.

»Schön, dass ihr wieder da seid. Dass sie wieder hier ist. Der gute Geist der Bibliothek. Wenn sie nicht dahinten an ihrem Tisch sitzt, denke ich immer, es fehlt irgendetwas«, sagte sie und sah lächelnd zu Fritzi herüber. »Wie lief es mit den Großeltern in Italien?«

»Leider nicht so gut. Sie wollte partout keine italienischen Bücher lesen, und Nonno hatte nicht genug deutschsprachige dabei.«

Ich legte die deutschen und italienischen Bücher, die wir vor der Reise ausgeliehen hatten, auf den Tresen. Laura nahm sie zu sich und begann, die entsprechenden Karteikarten herauszusuchen.

»Dabei hat sie doch die ganzen Monate vorher ausschließlich auf Italienisch gelesen.«

»Ich verstehe es auch nicht. Wir haben zu Hause sogar Italienisch gesprochen, und ich habe ihr jede Menge italienische Fritzidialoge getippt. Eigentlich war sie bestens gewappnet.«

Laura überlegte.

»Sie reagiert empfindlich auf Umgebungsveränderung und braucht dann die absolute Nähe einer Vertrauensperson. Nonno

---

* Fjodr Michailowitsch Dostojewski: Die Brüder Karamasow

hatte in Italien bestimmt viel zu tun mit der Näherei? Vermutlich diente ihr die Sicherheit der deutschen Sprache als Anker.«

Laura notierte etwas auf einem Post-it und klebte den gelben Zettel über das Telefon an ihre Kante des Tresens. Seit sie die Leitung der Leyderer Stadtbücherei übernommen hatte, war sie zu einer Art Expertin für Autismus geworden. Fritzis Inselbegabung faszinierte jeden, der damit in Berührung kam, aber bei Laura war es etwas Besonderes. Sie hatte alle Bücher und eine Dokumentation auf Video über die *Savants,* wie die Inselbegabten genannt werden, bestellt. Einmal war sie sogar zu einer Fachkonferenz nach Frankfurt gereist. Hier in der Bibliothek verbrachte Fritzi mehr Zeit als irgendwo anders, und dank Laura sogar, wie auch jetzt, außerhalb der regulären Öffnungszeiten.

Eine Frau klopfte vorn an die Glastür und zeigte entrüstet auf ihre Armbanduhr. Es war eine Minute nach zehn.

»Oh, Frau Lumbacher. Jippi.«

Laura spielte ein übertrieben begeistertes Gesicht und ging zur Tür, um die Besucherin hereinzulassen. Ich griff hinter den Tresen und nahm mir die italienischen Bücher, zeigte sie Laura, deutete nach oben, sie nickte. Dann ging ich damit durch die Regale in Richtung Wendeltreppe, den Geruch alten Papiers zu mir nehmend. Ich ließ mir Zeit, wie ein Auto, das automatisch durch die Waschstraße geleitet wird und am Ende eine Heißwachsversiegelung bekommt.

In der hinteren Hälfte der zweiten Etage befand sich die fremdsprachige Literatur. Jede Sprache hatte ihre eigene Duftnote. Ich ordnete die Italiener wieder ein, labte mich noch einen Moment an den schwachen Resten von Mittelmeersalz und an der italienischen Druckerschwärze. Ganz am Ende des Ganges waren ein paar Regale mit einer Kordel abgesperrt. Dort lagerten allerlei bereits vorsortierte alte Bände aus den Ostblockländern, auf Rumänisch, Bulgarisch, Tschechisch und Russisch. Maschinenöl, Kohl, Holz und Erdreich. Ich beugte mich über das

Geländer der Galerie und blickte nach unten, direkt auf Lauras Schreibtisch. Frau Lumbacher verließ die Bibliothek bereits wieder. Sie hatte einen Stapel Bücher zurückgegeben, mit dem Laura nun beschäftigt war. Ich wandte mich ab, stieg über die Kordel und holte den Pass des Wilderers aus meiner Innentasche. Er war immer noch leicht gewölbt, ich bog ihn ein letztes Mal in die andere Richtung. Den Namen konnte ich mir einfach nicht merken, lediglich, dass der Vorname mit »C« begann. Also suchte ich bei den Tschechen den ersten Autor mit »C«. Es war *Josef Čapek*. Zufälligerweise hatte ich über ihn in der 10. Klasse ein Referat halten müssen. Er hatte sich 1920 das Wort »robot« ausgedacht, für ein Theaterstück seines Bruders Karel. Quizshowwissen, das ich nie wieder brauchen würde. Ich nahm das Buch von Čapek aus dem Regal, klappte es auf und steckte den Pass hinein. Hier würde ihn garantiert niemand außer mir finden.

So langsam, wie ich die Treppe heraufgekommen war, stieg ich sie nach unten, verabschiedete mich von Fritzi, die ohne aufzublicken nickte, und ging zurück zum Eingangsbereich. Laura sah zu mir auf und blies sich eine blonde Strähne aus dem runden Gesicht. Ich hatte mich noch nie gefragt, ob sie gut aussah. Sie war einfach schon immer Laura gewesen. Gerade erwachsen, als ich noch ein Kind war, aber deutlich jünger als meine Eltern. Wie eine coole junge Tante, die auf deiner Seite ist, wenn die Eltern schimpfen.

»Wie war es denn eigentlich bei dir? Hat das geklappt mit der Vogelwarte?«, fragte sie nun.

Ich grinste und nickte.

»Ab Januar sitze ich im Leuchtturm, zähle Vögel und schreibe meinen Roman. Und im Jahr darauf gewinn ich das *Text.Eval*. Alles wird gut.«

»Du hättest schon vor Jahren gewinnen können. Mit dem *Geliehenen Affen*.«

Jetzt fing sie auch noch damit an.

»Wenn ich erst mal meine Ruhe habe, werde ich zur Höchstform auflaufen, glaub mir. Du müsstest das sehen. Da ist wirklich absolut nichts, was mich ablenken könnte. Und mein Plot steht. Ich muss nur noch alles runterschreiben.«

Laura lächelte und nickte langsam, aber in ihr Gesicht mischte sich noch etwas anderes, Wehmut oder Sorge. Sie drehte den Kopf und blickte zu Fritzi.

»Meinst du denn, sie ist bereit? Kannst du Fritzi und Dito allein lassen?«

»Irgendwann muss er es lernen. Er ist ihr Vater, nicht ich.«

»Ja. Aber sie ist ein Sonderfall.«

»Ich bin auch ein Sonderfall. Sie wird schon zurechtkommen. Solange es dir nicht auf die Nerven fällt, dass sie ständig hier ist …«

»Keine Sorge. Solange ich hier bin, halte ich ihren Platz frei. Und ich geh hier so schnell nicht weg.«

Sie rollte die Augen, blickte genervt zur Decke, schielte mit einem Auge und streckte debil die Zunge heraus. Das sollte wohl eine Imitation ihres pflegebedürftigen Vaters sein. Die Bibliothek befand sich in den untersten beiden Etagen eines sechsgeschossigen Wohnblocks, Laura bewohnte mit ihrem Vater eine der barrierefreien Einheiten im dritten Stock und war allein für seine Versorgung zuständig. Wie auf Knopfdruck nahm sie wieder eine normale Haltung ein und kehrte in ihr Gesicht zurück.

»Was sagt denn Dito dazu, dass du ausziehst?«

»Er weiß es noch nicht.«

Sie hob die Augenbrauen, vorwurfsvoll und ungläubig zugleich.

»Wir sind gestern alle sehr spät zurückgekommen, und es gibt da gerade eine noch viel stressigere Baustelle. Sobald sich das ein wenig geklärt hat, werde ich ihn einweihen.«

»Lass mich raten. Rita macht wieder Ärger?«

»Nein, nicht wirklich. Die heult und schnarcht nur besoffen den Anrufbeantworter voll.«

Laura kicherte boshaft. »Die lernt es auch nicht mehr...« Sie schüttelte den Kopf. »Dito kann sich ruhig mal wieder blicken lassen, grüß ihn mal von mir.«

»Ich versuche ihn zum Abholen vorbeizuschicken.«

Laura erhob sich, sie legte mir noch einmal die Hand auf den Oberarm, rubbelte ihn ganz sacht, wie um mir Mut zu machen.

»Und rede mit ihm, Charlie. Je früher, desto besser.«

»Ja, Laura Brigge. Du hast immer recht. Danke schön.«

»Ja, Charlie Berg. Laura Brigge hat immer recht. Bitte sehr.«

Tape MAY32

Zu Hause prüfte ich als Erstes den Briefkasten, der Postbote war noch nicht da gewesen, zu uns kam er immer zum Schluss. Doch mir war längst klar: Mayras Tape würde nicht heute, auch nicht morgen, es würde gar nicht mehr kommen.

Ich legte einmal mehr die Kassette ein, die ich im Frühling von ihr erhalten hatte. Über ein halbes Jahr war das schon her. Fünfundfünfzig Minuten lang war es ein typisches Mayra-Tape, es begann wie immer, sie erzählte aus ihrem Leben, gab Feedback zu meinen letzten Plotideen, freute sich über die Idee mit dem Unterwasserbus, in den ich die Kussszene zwischen Held und Antagonist verlegt hatte, fand jedoch nach wie vor, dass Händchenhalten genug sei, und wollte wissen, welche Farbe der Bus hatte. Schon in der nächsten Szene saß sie selbst im Bus, ruckelnde Bilder vom Weg zu ihrer zahnlosen *Abuelita*, ihrer Oma, mit der sie fast auf jedem Tape etwas kochte. Diesmal gab es in Butter gebratene Schmetterlingslarven mit Zwiebeln, grünem Chili und *Epazote*, dem mexikanischen Drüsengänsefuß, von dem ich inzwischen wusste, wie er roch: zitronig, minzig und ein wenig wie Bohnenkraut. Sie schickte immer wieder Kräuter und Gewürze aus ihrer Heimat mit, ein wenig vom Aroma blieb auch an den Kassetten haften. Dann filmte sie ihr Viertel, den Markt, das Nachtleben, Ramón glücklicherweise nicht, dafür machte sie Aufnahmen von ihren *Cholas* beim Tequila-Trinken. Teresa und Camila prosteten mir zu, Camila filmte, wie sich Fernanda ein neues Tattoo von Mayra stechen ließ, ein flammendes Herz auf dem Brustkorb, dabei streckte Fernanda mir grinsend die Zunge raus und presste ihre Brüste hoch. Sie alle hatte ich nie getroffen, und doch waren sie ein Teil meines Lebens geworden. Immer wenn ein neues Tape von Mayra kam, sah ich es mir wieder und wieder an, so auch dieses, ich hatte es sogar mit in die Pension genommen, in der ich die süße Einsamkeit mit Meerblick für drei Wochen probegeschmeckt hatte. Dort hatte ich das Band jedes Mal gestoppt, bevor die schmerzhaften letzten fünf Minuten begannen. Jetzt ließ ich es weiterlaufen, holte Luft, rückte meine Brille zurecht und straffte den Rücken.

Mayra war ziemlich angetrunken, voll aufgerüscht mit dickem Lidstrich und falschen Wimpern: Über den dunklen Augen die zu einer feinen Linie gezupften und nachgemalten Augenbrauen, ihre roten Lippen hatte sie mit dunkler Outline umrandet. In Deutschland wäre das prollig und peinlich gewesen, aus Mexiko kommend machte es Sinn, war irgendwie ghettomäßig und cool. Die mit Haarspray hochfrisierte, sonst betonharte Tolle sah ebenso wie ihr Make-up leicht mitgenommen aus, es schien spät zu sein, sie kam wohl direkt vom Feiern. Als Haarband trug sie ein gerolltes rotes Bandana, das Holzfällerhemd nur im obersten Loch zugeknöpft. Darunter ein weißes geripptes Tank Top. *Chola Style.*

»Cha-Cha…«, so hatte mich Oma immer genannt, dann sagte es nur noch Mayra, und bald niemand mehr.

»… ich muss dir noch was Wichtiges sagen.«

Sie holte tief Luft.

»Das wird jetzt nicht leicht...«

Mayra sprach nicht weiter und ging aus dem Bild, der Kühlschrank wurde geöffnet und Glas klingelte, es ploppte. Dann kam sie mit einer Flasche *Dos Equis* wieder und nahm einen langen Schluck.

»Wenn Ramón und ich im Frühling heiraten...«

Sie suchte die richtigen Worte, knibbelte am Etikett des Bieres herum.

»Natürlich weiß er von unserer Brieffreundschaft, er ist ja auch auf ein paar der Tapes drauf, aber...«, sie setzte die Flasche an die Lippen, schloss die Augen und trank, »...aber es gefällt ihm nicht. Er fragt, warum ich deine Tapes allein gucken will, ob ich etwas zu verbergen habe.« Sie senkte den Blick. »Und ich kann das verstehen. Dass er eifersüchtig ist.«

Ja, ich erinnerte mich sehr gut daran, als Ramón das erste Mal auf einem von Mayras Tapes auftauchte, Tape MAY11. Ein Straßenköter mit Arm- und Halstattoos, der den Hitlergruß in die Kamera machte und das unfassbar lustig fand. Zwei neben das Auge gestochene Tränen zierten sein Gesicht, ein Symbol, das verschiedene Bedeutungen haben konnte, wie ich recherchiert hatte. Ob sie bei ihm für Trauer, abgesessene Gefängniszeit oder begangene Morde standen, hatte ich nie zu fragen gewagt.

»Ich meine, stell es dir andersrum vor. Ich fänd es auch seltsam, wenn er regelmäßig Videos von einer Frau aus Europa bekommen würde, die er sich allein anguckt. Und ich komme mir schäbig vor, weil er überhaupt keine Ahnung hat, wie viele Tapes wir uns die ganzen Jahre geschickt haben. Er denkt, es waren nur ein paar. Das geht irgendwie nicht. Er ist mein Verlobter, Cha-Cha. Ich liebe ihn, wir werden heiraten und endlich raus aus dieser Scheißstadt aufs Land ziehen, Kinder und eine kleine Farm haben.«

Sie nahm mehrere große Schlucke Bier und rülpste das Wort »*perdón*«. Auch das: cool in Mexiko, peinlich in Deutschland.

»… wir müssen damit aufhören, *Carnalito* …«

Jetzt schluchzte sie und verbarg ihr Gesicht in einer Hand. Als sie wieder auftauchte, war ihre Mascara vollkommen zerlaufen. Sie sah in die Kamera – in meine Augen –, sagte eine Zeit lang gar nichts. Sie schloss die Augen, ihr Brustkorb bibberte bis in die Unterlippe, während sie tief Luft holte.

»Darum wird das nächste Tape mein letztes sein. Ich hoffe sehr, dass du mich verstehen kannst.«

Die letzten Worte zerbrachen unter ihrem Schluchzen, sie versteckte erneut das Gesicht in der Hand und drückte sich die Bierflasche gegen die Stirn, wie um eine Stoßverletzung zu kühlen.

Dann zog sie hoch, wischte sich mit dem Handrücken über die Nase, ihr gesamtes Make-up war ein Trümmerfeld.

»*Adios, mi amigo!* Sei mir nicht böse.«

Sie beugte sich vor, küsste die Fingerspitzen ihrer offenen Hand und blies mir den Kuss zu. Das Lächeln, an dem sie sich versuchte, missglückte. Ihr Blick wanderte nach oben, sie griff nach vorn, um die Aufnahme zu beenden, noch nach Jahren hatte sie Schwierigkeiten, den Knopf auf Anhieb zu finden. Sie fluchte leise, der Fluch wurde abgeschnitten. Das Bild wurde schwarz, dann kam Rauschen.

Sie hatte eindeutig gesagt, ihr *nächstes* Tape würde das letzte sein. Aber dann war nie eines gekommen. Warum? War irgendetwas an meiner Antwort falsch gewesen? Ich hatte ihr noch am gleichen Tag geantwortet, ganz unaufgeregt und sachlich, meine Meinung über Ramón behielt ich wie immer für mich, aber die Sache an sich konnte ich natürlich verstehen. Diese Kinderei mit den Videotapes würde irgendwann zu Ende gehen, das war uns beiden doch die ganzen Jahre klar gewesen, oder? War ich dabei zu kühl geblieben? Ich hatte nicht geweint. Nicht vor laufender Kamera.

Vielleicht war es aber auch eine Art Übersetzungsfehler, weil sie Deutsch gesprochen hatte. Wollte sie eigentlich sagen: »*Dieses* Tape wird mein letztes sein«? Kleine Fehler wie dieser unterliefen ihr durchaus. Hatte ich am Ende die ganze Zeit vergeblich auf ein Abschiedstape gewartet? Oder war das Päckchen einfach nur verloren gegangen auf dem weiten Weg von ihr zu mir? Ich hätte längst einen Nachforschungsauftrag bei der Post stellen müssen. Und nicht zuletzt bestand die Möglichkeit, dass Ramón Stress gemacht hatte. Eventuell hatte er die vielen anderen Tapes gefunden, und es gab Streit.

Ich hätte natürlich anrufen können. Aber in all den Jahren hatten wir nicht ein einziges Mal telefoniert. Abgesehen davon, dass es unsere Eltern niemals erlaubt hätten, als wir noch klein waren, fanden wir es auch besser so, als wir älter wurden. Es war die räumliche Distanz, die Gespräche per Tape, die uns einander auf fast unheimliche Art nähergebracht hatten. Wahrscheinlich war es besser, wenn wir es auch so beendeten. Auf Tape. Ich kannte nicht mal ihre Nummer. Außerdem war das ja kein Groschenroman, das war mein Leben, da rief man nicht in Übersee an und beschloss am Telefon, nach jahrelanger Brieffreundschaft doch vielleicht noch ein Liebespaar zu werden. Das würde nicht passieren. Warum sollte ich also noch weiter an ihrem Leben teilhaben, auf meinem Bildschirm beobachten, wie sie ein Häuschen in der mexikanischen Pampa baute, ein Kind nach dem anderen in die Welt setzte und mit Ramón, dem ehemaligen Drogendealer und plötzlich liebevollen Familienvater, die besten Rinder und Agaven Mexikos züchtete? Passte dieser Schlussstrich nicht perfekt zu dem Eremitendasein, das ich ab Januar führen würde? Alle Zeit, Kraft und Gedanken konnte ich von nun an in meinen Roman investieren. Dieses eine Tape würde ich ihr noch aufnehmen, und dann: *Hasta nunca Mayra!* Auf Nimmerwiedersehen. Genullt in mein neues Leben starten. So war es am besten, auch wenn es schmerzte.

Ich holte das Stativ, stellte es auf die mit Tesafilm markierten Stellen und setzte die Kamera auf den Stativkopf. Danach duschte, rasierte und frisierte ich mich, bestäubte mich dezent mit *Allegorese der See*, meinem neuen, übersichtlich strukturierten Duft. Der Name war etwas cheesy, aber das Parfum war ja nur für mich. Obwohl es noch ein paar Wochen würde mazerieren müssen, funktionierte es schon erstaunlich gut. Ich schloss die Vorhänge, knipste die Softbox an und puderte mein Gesicht ab.

Erst ganz zuletzt zog ich vorsichtig ein schwarzes Hemd und einen ebenso schwarzen Anzug an. Einmal hatte ich versehentlich etwas Puder auf den Kragen bekommen und es erst gemerkt, als ich mir die Aufnahme anschließend ansah. Mit frischem Hemd hatte ich von vorn beginnen müssen, seitdem arbeitete ich nur noch mit angeschlossenem Fernseher.

Ich spulte ihr Tape zurück, nahm es aus der Kamera und holte meine angefangene Kassette mit den zu löschenden Aufnahmen aus dem Safe. Auch dieses Band spulte ich bis an den Anfang zurück. Die Kamera war bereit, ich nahm Haltung an und überprüfte die Version von mir, die auf dem Bildschirm zu sehen war.

Alles perfekt. Ich zögerte.

Konnte ich die Jagdszenen wirklich überspielen? Sollte ich sie mir nicht wenigstens ein Mal vorher ansehen? Ich hatte Angst davor.

Record oder *play*?

Mein Zeigefinger schwebte über den Knöpfen. Es klingelte, ich zuckte zusammen.

Die Polizei.

Eject.

Schnell nahm ich Tape CHA33 aus der Kamera und verstaute es wieder im Safe.

Diorissimo

Ich ging zur Tür. Eine dunkle Gestalt, die sich an unserem Briefkasten zu schaffen machte, war alles, was ich durch die Milchglasscheibe erkennen konnte. Nach einem Polizisten sah es nicht aus, auch der Postbote war es nicht.

Die Tür war noch keinen Zentimeter weit geöffnet, da hatten die Maiglöckchen meine Rezeptoren schon erreicht. Diorissimo. Mit Schuss.

Damit hatte ich nun wirklich nicht gerechnet.

»Mein Schlüssel passt nicht mehr.«

Es klang vorwurfsvoll, und es war auch so gemeint.

Sie stand dem geöffneten Briefkasten zugewandt und sah die Post durch. Anscheinend war der Briefträger inzwischen dagewesen, doch ein Tape war nicht gekommen. Die Brille mit den dunkel getönten Gläsern steckte im Haaransatz, sie musste die Augen zusammenkneifen, um die Schrift entziffern zu können.

Bei einem der Briefe zog sie die linke Augenbraue hoch, sortierte weiter, nahm schließlich einen der Umschläge an sich. Sie drehte sich in meine Richtung und händigte mir die restlichen zwei Briefe aus. Mit dem Schlüssel riss sie den aussortierten Umschlag auf, schob ihre Brille herunter und begann zu lesen.

»Hallo Rita«, sagte ich.

Ihre Lippen bewegten sich stumm, während sie den Brief studierte.

»Hallo«, sagte sie beiläufig. »Würdest du mir bitte aufschließen?«

Es war nicht zu erkennen, ob sie zu mir sah.

»Oben, du Gimpel. Mein Schlüssel für die Haustür passt nicht mehr.«

Nur meine Mutter konnte aus einem putzigen Vogel ein Schimpfwort machen.

»Entschuldige bitte, dass wir dir noch keinen neuen geschickt haben. Wir wussten leider nicht, wohin«, sagte ich. Ärgerlich, dass ich mitten im Satz schlucken musste. Es klang genauso weinerlich, wie es klang, wenn man mitten im Satz schlucken musste.

»Hättest du nicht vorher anrufen können?«, fragte ich. Das war schon besser. Mal sehen, wie sie ihren Anrufbeantworter-Exzess kommentieren würde.

»Ich war zu beschäftigt.«

Sie tat, als ob nichts gewesen wäre. Oder konnte sie sich wirklich nicht erinnern? Ein kompletter Filmriss wäre jedenfalls nichts Neues gewesen.

In diesem Moment stoppte auf der Straße ein schmuddeliger weißer Sprinter. Zwei Männer in Arbeitskleidung stiegen aus. Rita drehte sich zu ihnen um und rief: »Ich bin gleich so weit. Wartet am Auto.«

Mit dem Rücken zu mir fragte sie: »Ist dein Vater da?«

»Seit gestern wieder. Aber der schläft noch, Jetlag. War mit Stucki auf Tour. In Japan. Fürs Institut.«

Ich hoffte, es würde sie beeindrucken. Dito hoffte das sicherlich auch.

»Ist Nonno im Laden?«

»Ja, sie sind auch gestern erst wiedergekommen.«

Sie las weiter.

»Er war bei Nonna. Mit Fritzi.«

Sie ließ den Brief sinken und drehte sich um.

»Fritzi. Der Roboter. In Italien. Mit Nonno?«

Für einen Augenblick schimmerte so etwas wie eine Emotion unter ihrer Gesichtshaut auf, dann strafften sich ihre Züge wieder.

Auf meiner Mutter lag seit Langem ein Grauschleier. Lippen,

Zähne, Wangen, Augen, alles mit Patina überzogen. Ihre braunen Haare hatte sie schon immer pechschwarz gefärbt, am Scheitel offenbarte sich, dass dieser Teil von ihr inzwischen auch grau war.

Diors synthetische Maiglöckchen klingelten weiter im Hintergrund, die Augen hinter den getönten Gläsern schwiegen beharrlich. Genau wie ich war Rita von Kopf bis Fuß in Schwarz gekleidet. Sie musterte mich.

»Ist irgendjemand gestorben?«

Als hätte ich kein Recht, grundlos Schwarz zu tragen.

Ja. Opa.

»Für mich schon.«

Ob belustigt oder anerkennend blieb ihr Geheimnis, aber sie stieß auf eine dieser Arten Luft aus den Nasenlöchern.

Ich sah mir die Briefe an. Der erste war nur Werbung, vom Versandhandel, bei dem ich meine Notizhefte bestellte. Ich drehte das zweite Kuvert um.

Text.Eval
Konferenz für neue Texte

Ich blickte auf. Ihre Brille steckte jetzt wieder oben im Haar. Zum ersten Mal seit Jahren sahen wir uns in die Augen. Es machte etwas mit mir, ich wollte gar nicht wissen, was genau. Ihre Stimme klang jetzt wärmer, sie deutete auf den Brief und fragte: »Hast du dich beworben?«

Hatte ich nicht. Was ging sie das überhaupt an?

»Nein. Übernächstes Jahr erst.«

Langsam hob sie die Nasenspitze und schob das Kinn vor, immer ein sicheres Anzeichen für einen bevorstehenden Angriff.

»Ich dachte schon, du hättest tatsächlich mal was fertiggekriegt.«

Sie wusste immer noch am besten, wo es wehtat.

Bevor ich zum Gegenschlag ausholen konnte, setzte sie schnell hinterher: »Ich möchte meine letzten Sachen rausholen. Das

Auto und die zwei Polen kosten stundenweise. Gibst du mir jetzt den Schlüssel?«

Sie hielt die Hand auf. Dann schnupperte sie plötzlich in meine Richtung.

Sie kam sogar richtig nahe, ein paar Zentimeter neben meinem Gesicht machte sie Halt und schloss die Augen. Der Geruch von Asche hing in ihrem Haar, Alkohol vom vorigen Tag dampfte aus ihren Poren. Sie wich zurück, ihre Zungenspitze kam ganz kurz einen Millimeter zum Vorschein.

»Ist das von dir?«

Sie sog noch mal Luft ein, zwei Mal kurz, ein Mal lang. »Charlie, das ist gut.«

»Ist noch nicht ganz fertig«, antwortete ich.

»Algen, Salz, Sand, Sonnenmilch … und ist das tatsächlich Fisch?«

»Muscheln.«

»Warst du am Meer? Es riecht nach Fernweh. Wie Sehnsucht nach der See. *Seeweh*. Originell. Wie hast du es genannt?«

»Es hat noch keinen Namen.«

Seeweh war leider wesentlich besser als mein kitschiges *Allegorese der See*.

»Das mit deinen Düften solltest du verfolgen, Charlie. Darin bist du wirklich gut. Das Schreiben geht dir doch nicht ansatzweise so leicht von der Hand.«

»Danke für die Berufsberatung, Rita. Darin bist du wirklich gut. Das solltest du verfolgen.«

Ich hasste es, wenn sie mich lobte. Weil es sich so gut anfühlte. Und weil ihr ein Lob nie ohne eine schmerzhafte Wahrheit über die Lippen kam. Sie hatte recht. Ich komponierte Düfte, ohne Anstrengung, besondere Düfte, die ich selbst liebte und die bei Männern wie Frauen Entzücken auslösten. Beim Schreiben hingegen war ich noch nie zu einem Ergebnis gekommen, das mir wirklich zu hundert Prozent gefiel. In meinen Notizbüchern waren mehr durchgestrichene als lesbare Worte. Nur die Dialoge und Handlungsanleitungen für Fritzi konnte ich runtertippen ohne nachdenken oder korrigieren zu müssen. Aber das war auch eher Code als Literatur.

Die beiden Männer am Sprinter machten sich bereits ihre zweite Zigarette an.

»Hast du eigentlich die Geschichte mit dem Wolf gehört?«, fragte sie jetzt. Plötzlich hatte sie es doch nicht mehr so eilig. Der Duft hatte sie in der Gewalt.

»Die mit dem Mädchen und der Großmutter?«, fragte ich.

Sie ignorierte meinen Witz.

»Ein Wolf hat einen Jäger angeknabbert. Muss ganz bei Opa Kratzer in der Nähe gewesen sein. Er hat seinen Wagen gegen einen Baum gesetzt und ist dann blutend aus dem Auto gestiegen. Der Typ hatte den ganzen Wagen voller Wild. Das hat wohl den Wolf angelockt.«

So ein Dummbatz.

»Wahrscheinlich besser, dass seine DNA dem Genpool entzogen wurde«, sagte ich, als handelte es sich um eine beliebige Geschichte, die meine Mutter in der Zeitung gelesen hatte.

Sie lachte trocken.

»Ja, eigentlich hast du recht. Er lebt aber noch. Liegt in Sumbigheim im Krankenhaus.«

Ich spürte, wie mein Herz einen Versuch unternahm, aus dem Körper zu springen, an der Innenseite meines Brustkorbes abprallte und zitternd wieder in die alte Position zurückeierte.

Er lebt noch.

»Haben sie Opa...«, um ein Haar hätte ich *gefunden* gesagt, »... interviewt?«

»In der Süddeutschen stand jedenfalls nichts.«

Sogar die *Süddeutsche* berichtete darüber?

Das waren keine guten Nachrichten. Bundesweite Berichterstattung war in unserer Familie eigentlich Rita vorbehalten.

Ich griff hinter die Tür nach dem Schlüssel für Nonnos Wohnung. Unterm Dach war ihr altes Arbeitszimmer. Wenn sie heute alles ausräumte, konnte ich endlich hochziehen. Ein Zimmer für mich allein. Ein Bett für mich allein. Wie im Urlaub. Und Fritzi würde allein mit Dito im Souterrain wohnen. So konnten sich die beiden schonend auf die Zeit ohne mich vorbereiten. Und ich mich auf die Zeit mit mir.

Ich hielt ihr den Schlüssel hin.

Sie zündete sich erst eine Eve Slim an, bevor sie danach griff: »Danke.«

»Wirf ihn in den Briefkasten, wenn du fertig bist.«

»Charlie...«

Meine Hand lag bereits auf der Klinke.

»Was ist?«

Ich gönnte mir einen genervten Blick.

Sie tarnte einen Seufzer, indem sie Rauch auspustete. Dann winkte sie ab.

»Ach. Egal. Jetzt seid ihr mich wirklich endgültig los.«

Sie zückte ihr Portemonnaie und hielt mir zwei 100-DM-Scheine hin. So ähnlich musste sich ein Stricher fühlen. Bezahlt werden für etwas, das kaputt macht und sich nicht mit Geld reparieren lässt.

»Hier. Das Zimmer könnte mal renoviert werden. Vielleicht wird das ja dein Duftatelier...«

Mist.

Gar keine schlechte Idee.

»Zahl lieber Unterhalt an Dito. Dein Alibigeld kannst du behalten.«

Ohne die Scheine anzunehmen schloss ich die Tür. Seit gestern konnte ich mir das leisten.

Reismusik Vol. 2

Der Mörder meines Großvaters war noch am Leben. Wie konnte das sein? Ich musste mir schnellstmöglich ein paar Tageszeitungen besorgen. Vielleicht wusste die regionale Presse mehr als die *Süddeutsche*. Da sich die Polizei noch nicht bei uns gemeldet hatte, war Opas Leichnam offenbar noch nicht gefunden worden. Die Polizei würde ihn doch zumindest als Zeugen befragen wollen, immerhin war er für den Wald verantwortlich, in dem der Mann illegal gejagt hatte. Außerdem musste ich wissen, in welchem Zustand der Wilderer war. Ich hatte ihn erst angeschossen und später einem Raubtier zum Fraß vorgeworfen. Und ihn obendrein noch bestohlen. Hatte er wirklich verdient zu sterben? Auch er hatte eine Mutter, einen Vater, war ein Sohn, ein Enkelkind. Aber selbst, wenn der Schuss auf Opa nur durch eine Zuckung ausgelöst worden war und die Kamikazefahrt durch die Schranke nicht das Ziel gehabt hatte, mich aus dem Weg zu räumen – der Schuss auf mich ließ sich nicht anders deuten: Er hatte mich töten wollen. Würde er überleben, hatte ich ein Problem, das größer war als meine Mutter, Mayra, Sera und Stucki zusammen.

Ich setzte mich an den Schreibtisch, legte die beiden Briefe beiseite, nahm die Brille ab und vergrub mein Gesicht in den Handflächen. Warum konnte ich nicht einfach in Ruhe im Leuchtturm mein kleines Buch schreiben?

Es schien, als wollten mich alle mit vereinten Kräften davon abhalten.

Ich setzte die Brille wieder auf.

Vielleicht verlangten sie alle nur nach einem angemessenen Abschied.

Mein Notizbuch für »Allgemeines« lag griffbereit, ich öffnete es und machte, was ich immer tat, um mich zu beruhigen: eine Liste.

1. Mayra
- Szenen aus dem Wald löschen
- Abschiedstape aufnehmen
- nicht verschweigen, was ich wirklich über Ramón und ihre Hochzeit denke
- Nachforschungsantrag stellen

2. Dito
- von der Zivistelle erzählen
- ihm klarmachen, dass es in Zukunft seine Aufgabe ist, sich um Fritzi zu kümmern

3. Stucki
- Geld »auftreiben«
- ihn aus dem Gefängnis holen

4. »Robot«
(ich wagte nicht, den Begriff »Wilderer« hinzuschreiben)
- Zeitungen besorgen
- hoffen, dass es sich von allein erledigt
- und wenn nicht?

5. Sera
- herausfinden, wo sie wohnt
- einen Schlussstrich ziehen

6. Rita
- ihr Zimmer beziehen
- abhaken

Punkt eins bis vier lagen klar vor mir, ich konnte direkt damit beginnen, sie abzuarbeiten. Punkt fünf, Seras Anwesenheit, wühlte mich am meisten auf. Dabei war es nur diese eine Nacht gewesen, nicht mal das, gerade mal ein Abend, trotzdem hing mir mein kolossales Scheitern bis heute nach. Wie oft hatte ich mir gewünscht, wir hätten mehr Zeit gehabt und beide mit offenen Karten gespielt. Im Laufe der letzten Jahre hatte ich den Abend in der Rückschau wieder und wieder korrigiert, mit einer Regelmäßigkeit, die an Besessenheit heranreichte. Jedes Mal waren wir in ihrer filmkulissenhaften Wohnung gelandet, hatte ich ihr inmitten all der Kunstwerke die vollständige *Dave-Killer*-Behandlung gegeben, ihr stundenlang die langen Finger und Füße massiert, sie aus dem Jeansanzug herausgeküsst, ich hatte den Drink abgelehnt und alles war perfekt gelaufen. Immer wieder zwang ich mich mit aller Gewalt, von ihr abzulassen, diese Routine gewordene Fantasie aus meinem Leben zu verbannen. Und kaum, dass es mir gelungen war, kehrte sie zurück und legte mir ihre unsichtbare Leine erneut um den Hals.

Punkt sechs verlangte am wenigsten Einsatz, Rita hatte sich verabschiedet und endlich ihr Zimmer geräumt. Aber sie hatte nachgetreten und mich einigermaßen hart getroffen. Was, wenn sie recht hatte? Sollte ich das Schreiben sein lassen und eine Karriere als Parfümeur anstreben? Meine Nase war definitiv einmaliger als mein schriftstellerisches Talent. Wieder kroch der alte Zorn in mir hoch, spürte ich das Verlangen, meine Mutter beim Verlassen des Dorfes mit Kuhdung und faulen Tomaten zu bewerfen.

Doch erst einmal kam Punkt eins an die Reihe. Mayra. Ich schloss den Giftschrank auf, inhalierte zwei Atemzüge mit geschlossenen Augen, dann öffnete ich den Safe, um Kassette CHA33 wieder herauszunehmen. Dabei fiel mir die alte Mixkassette ins Auge, die ich als Elfjähriger aufgenommen hatte: *Reismusik Vol. 2*. Ausschließlich Solo Piano. Ich hatte sie Rita als Toi-toi-toi-Geschenk bei einer Premiere überreichen wollen, aber dazu war es nie gekommen. Sollte ich sie ihr einfach jetzt geben? Wäre das der richtige Abschied? Würde es sie so bewegen, dass sie bereute, nie für mich dagewesen zu sein? Nein, das wäre auch nur ein weiteres Hinterherkriechen. Ich wollte diese Tür ein für alle Mal schließen. Zumauern. Ich dachte an ihre betrunkene Performance auf dem Anrufbeantworter. Und darüber fiel mir ihr altes Autoradio ein. Wenn sie noch immer das gleiche Radio im Käfer hatte, dann konnte ich meiner Mutter das Abschiedsgeschenk machen, das sie verdiente. Doch dafür musste ich schnell handeln.

Ich ging vor die Tür, wartete, bis die beiden Arbeiter, die gerade Ritas Schreibtisch ins Auto luden, fertig waren und wieder im Haus verschwanden. Dann trat ich auf die Straße und vergewisserte mich mit einem kurzen Blick in ihren VW, dass es das alte Radio noch gab. Und tatsächlich: Es fehlten die gesamte Plastikfront und sämtliche Knöpfe. War die Kassette einmal im metallenen Schlitz verschwunden, kam sie erst wieder zum Vorschein, wenn sie ganz durchgelaufen war. Man konnte weder spulen noch stoppen, auch nicht lauter oder leiser drehen. Den festgerosteten Lautstärkenubsi hatte Nonno ihr mit der Zange irgendwann auf »ziemlich laut« gedreht. Wenn das Tape drinsteckte, war man der Musik ausgeliefert, solange der Motor lief. Typisch Rita: Sie fand das gut so.

Zurück in meinem Zimmer legte ich die Kassette aus dem Anrufbeantworter mit Ritas Vollrauschergüssen in die rechte Seite des Doppeltapedecks und spulte zurück. Mit einem Blick ins Heft wusste ich, nach wie vielen Sekunden ihre erste Nachricht kam. 066 auf dem Zähler, was drei Minuten und zehn Sekunden entsprach. Das reichte genau für Arvo Pärts *Variation 1–3*. Die hatte ich griffbereit auf Kassette. Mit Highspeeddubbing kopierte ich die Klavierminiaturen, die in doppelter Geschwindigkeit wie eine Micky-Maus-Spieluhr klangen, auf das Anrufbeantworter-Tape, löschte dabei die Nachrichten von Marlon, Kafka und David für immer, was mir überraschend wenig ausmachte, wohl weil mein kühner Plan und der Zeitdruck mich in Aufregung versetzten. Ich verspürte Macht – es war, als würde ich ein Stück Zeit auslöschen. Als der letzte Ton verklungen war, drückte ich sofort auf *stop*. Ein kurzer Test, *play*, Ritas Schnaufen erklang, perfekt. Ich spulte zurück und nahm mir die Hülle mit dem Cover, das ich als 11-Jähriger gestaltet hatte. *Reismusik Vol. 2* war als Balken über die Augen einer lachenden Frau aus den Achtzigern geklebt. Ich hatte sie damals aus einem Werbeprospekt ausgeschnitten, die blonde Dame trug eine weiße Schürze und lachte den Fensterreiniger in ihrer Hand an. Das eigentliche Mixtape blieb bei mir, die Anrufbeantworterkassette überklebte ich auf beiden Seiten mit frischen Etiketten, die ich mit etwas zerbröseltem Graphit und Spucke künstlich altern ließ. Dann schrieb ich in leicht unsicherer Kinderschrift *Reismusik Vol. 2* darauf, steckte sie in die Hülle und schob alles in einen wattierten Umschlag, auf den ich mit Edding dick »Rita« malte.

Auf ein leeres Blatt Papier schrieb ich schnell ein paar halbwegs versöhnliche Zeilen.

Hallo Rita,
nimm doch bitte auch diese Kassette mit, wenn du auszieht.
Sie ist mir neulich beim Aufräumen in die Hände gefallen,
vielleicht erinnerst du dich an »Reismusik Vol.1«. Ich hab dir
damals einen zweiten Teil gemacht und nie gegeben. Dies
scheint mir der richtige Zeitpunkt, um das nachzuholen.

Ich verzichtete auf ein »Dein« und unterschrieb lediglich mit »Charlie«. Ich wollte die Herzlichkeit nicht übertreiben, sonst schöpfte sie noch Verdacht. Dann faltete ich die Nachricht und schob sie in den Umschlag.

Das Poltern des Schlüsselbunds im Briefkasten schreckte mich auf. Als ich zur Tür eilte, sah ich Rita gerade ins Auto steigen. Der Lieferwagen mit ihren Sachen wartete mit laufendem Motor hinter ihr. Ich eilte auf die Straße und trat an die Beifahrertür, um an die Scheibe zu klopfen. Verrückt, genau wie damals. Sie beugte sich über den Sitz, auf dem ein Karton stand, und kurbelte das Fenster herunter, eine Zigarette, die noch nicht brannte, im Mundwinkel.

»Ja?«

»Ich hab hier noch was für dich«, sagte ich und reichte den offenen Umschlag hinein. Sie steckte ihre Zigarette an, legte das Feuerzeug weg und griff danach.

»Aha.«

Die Neugierde war ihr anzusehen. Als ich keinerlei Anstalten machte, wegzugehen, griff sie hinein, warf einen Blick auf das Cover der Kassette.

»Reismusik.«

Sie lächelte. Es sah echt aus.

Ich lächelte auch. Es sah ebenfalls echt aus. Jedenfalls gab ich mir Mühe. Dann entfaltete sie das Blatt Papier.

»Das ist wirklich ein Weilchen her. Wieder Streichquartette?«, fragte sie.

»Nein, diese ist mit Klaviermusik. Volume 2.«

Sie startete den Motor, entnahm die Kassette und schob sie in den Schlitz, klackend nahm das Gerät seine Arbeit auf. Jetzt schnell weg. Die ersten Pianotupfer erklangen. Ich blickte auf die Uhr, 11:12 und zehn Sekunden.

»Gute Reise«, sagte ich, hob kurz die Hand und ging weg.

»Danke, Charlie«, rief sie mir hinterher.

Ich drehte mich noch mal um und nickte, sie kurbelte das Fenster hoch und zog an ihrer Zigarette. Dann fuhr sie los.

Mit klopfendem Herzen setzte ich mich an meinen Schreibtisch, den Blick auf den Sekundenzeiger geheftet. Um 11:15 und zwanzig Sekunden strich ich Punkt sechs, Rita, von meiner Liste.

Unfassbar. Sie war tatsächlich ausgezogen. Jahrelang hatte ich mir im Souterrain ein Zimmer mit Fritzi geteilt, während ihr

Raum verschlossen und überwiegend ungenutzt unterm Dach lag. 114 Tage vor meinem Auszug wurde er endlich frei.

Es hätte nicht nur Fritzis Entwicklung gutgetan, wenn wir uns die letzten acht Jahre lang nicht ein Zimmer und ein Bett hätten teilen müssen.

Post von Messerschmidt

Vor mir auf dem Tisch lag der Brief vom *Text.Eval*. Ich griff mir den sandgelben, angenehm rauen Umschlag, erhob mich und fächerte mir seinen Duftkomplex zu. Der Geruch von handgeschöpftem Papier und japanischer Tinte vereinte sich angenehm mit einem Altherren-Aftershave. Zeder, Nelke, eine frische Zitrusnote, Lavendel, Leder und Moschus – das erkannte ich ohne Adrenalinschub, Pitralon Classic. Als es in den 60ern auf den Markt kam, erfreute es sich bei der Generation von Männern großer Beliebtheit, die damals gerade damit begonnen hatte, ihre ersten Barthaare wegzurasieren. Viele von ihnen blieben dem Aftershave aus Nostalgie und Einfallslosigkeit bis heute treu, es haftete immer wieder an Herren um die fünfzig. Aber es wurde auch von einer Persönlichkeit getragen, die ich erst einmal getroffen hatte: Skadi Messerschmidt. Erbin und seit dem rätselhaften Tod ihres Bruders Uller Alleininhaberin des angesehenen Messerschmidt-Verlags sowie Kommunikationschefin des *Text. Eval*, dem wichtigsten Literaturwettbewerb des Landes. Der Brief musste von ihr persönlich sein. Aber wieso?

Ich nahm den bleiernen Brieföffner vom Schreibtisch und setzte mich auf die Bettkante. Das Reißen des Papiers klang voll und edel, wie aus dem vergangenen Jahrhundert. Auch die

Handschrift schien aus einer anderen Epoche zu stammen. Der auf dem Briefkopf eingeprägte Widder mit den gigantischen, eingedrehten Hörnern starrte mich finster an.

Lieber Charlie Berg!

Die Jury hat getagt, und die Teilnehmer für das Text.Eval des Jahres 1993 stehen nun fest.
Wir freuen uns, Ihnen mitteilen zu können, dass Sie herzlich eingeladen sind, beim diesjährigen Text.Eval am Samstag, den 18.09.1993, ihren Text »Der geliehene Affe« vor der härtesten Jury des Landes zu lesen.
Da Sie aufgrund der Absage eines Kandidaten nachträglich nominiert wurden, erfahren Sie leider erst jetzt von Ihrer Teilnahme. Ihr Pate wird so schnell wie möglich Kontakt mit Ihnen aufnehmen.

Meine Schläfen pochten.
Hatte Kafka tatsächlich meinen Text eingereicht? Ohne meine Zustimmung? Und sie hatten mich angenommen?

Sollten Sie noch Fragen haben, zögern Sie nicht, mich anzurufen.
Unten finden Sie meine Nummer, die nur engste Vertraute und Freunde des Text.Eval kennen.

Herzlichst,
Ihre Skadi Messerschmidt

Am 18. September? Das war in zehn Tagen. Ich musste Messerschmidt sofort anrufen und absagen. Leider war unser Telefon abgeschaltet.
Jedoch – wenn die »härteste Jury des Landes« der gleichen

Meinung war wie Kafka, dann schien *Der geliehene Affe* wirklich eine gewisse Qualität zu haben. Der Text war einer meiner besseren, keine Frage. Es war auch eine der wenigen Erzählungen, die ich als »nahezu fertig« bezeichnet hätte. Ein wenig zynisch, mit ganz passabler Pointe, damals wollte ich noch der neue Roald Dahl werden. Aber ich war nie ganz zufrieden mit dem Mittelteil gewesen. Die Wendung wirkte mir zu konstruiert. Und jetzt sollte ich es damit ins Finale des *Text.Eval* geschafft haben? Mir war überhaupt nicht feierlich zumute. Zum *Text.Eval* wollte ich nur aus einem einzigen Grund: Ich wollte gewinnen. Ich wollte das Preisgeld und den Ruhm. Ich wollte ein fertiges Manuskript in der Tasche haben, meinen Roman, den ich direkt nach dem glorreichen Sieg den Verlegern vor die Füße warf, woraufhin sie sich mit unanständig hohen Angeboten gegenseitig überbieten würden.

Ich hatte mir die Szene oft genug vorgestellt: Ich nahm ihn an, den höchsten Vorschuss, der je einem Debütanten gezahlt wurde, Übersetzungen in fünf, in zehn, in zwanzig Sprachen, zeitgleiche Veröffentlichung weltweit, ich brauchte Opas Forsthaus gar nicht, ich kaufte mir ein eigenes Haus im Wald von dem vielen Geld für die Filmrechte, stellte einen Assistenten für die Recherche ein, einen Koch, einen Fahrer und einen Leibarzt, ließ ein Duftatelier hoch oben in den Baumwipfeln bauen ...

Die Welt meines Romans war fix und fertig, ich kannte mich besser darin aus als in der wirklichen Welt. Doch bisher war es mir in der wirklichen Welt nicht gelungen, die Zeit zu finden, um endlich alles aufzuschreiben. Ich dachte an den Leuchtturm. Das Vorstellungsgespräch. An die manipulierte Musterung. Alles war nach Plan gelaufen. Und dann funkte mir erst der Wilderer dazwischen und jetzt auch noch Kafka. Wie konnte er mir das antun? Mit dem *Geliehenen Affen* würde ich nicht gewinnen. Und man konnte nur ein Mal am *Text.Eval* teilnehmen.

Ich fügte meiner Liste einen weiteren Punkt hinzu.

7. Kafka
– zur Rede stellen

Er musste das mit Messerschmidt klären, schließlich hatte er mir die Sache eingebrockt. Kafka und Messerschmidt kannten sich seit vielen Jahren. Wenn er ihr die Sache erklärte, sähe es nicht so aus, als hätte ich weiche Knie bekommen. Denn dann war der Wettbewerb für mich verbrannt. Man wurde kein zweites Mal eingeladen, das hatte Kafka immer betont. Es kam wohl nicht selten vor, dass sich die Teilnehmer meldeten, nachdem sie den Brief mit der Einladung erhalten hatten – sie wähnten sich im Zirkel derer, die eine erste Qualitätskontrolle überstanden hatten, aber angesichts der einmaligen Chance wollten sie nun doch ihren absoluten Meistertext schreiben. So sortierte die Jury die Mutlosen und Zufallsbegabten aus.

Ich saß mit dem Brief in der Hand auf der Bettkante, die Linse der Kamera immer noch auf mich gerichtet. Ein perfekt ausgeleuchteter Charlie Berg war auf dem Bildschirm zu sehen, live und in Farbe. Ich griff nach vorn, um mich auszuschalten, gerade wollte ich mich nicht sehen, irgendetwas anderes, nur nicht mich. Einen kurzen Moment hielt ich inne. Dann drückte ich auf *play*.

Aufnahme läuft

Die Junghirsche im Vorbeifahren sind zu sehen.
Dann die Pirsch, Opa filmt mit zitternder Hand, wie ich das Gewehr anlege.

Ich schieße, Opa übergibt mir die Kamera, ich filme die Blutspur, ich filme unser Zeichen im Baum, ich filme Opa beim roten Riesen, ich schwenke herum, da ist er zu sehen, der verblutende Mann, das Bild rutscht nach oben, als ich die Kamera sinken lasse, der Autofokus sucht verzweifelt nach Halt, alles ist verschwommen und schlackert, dann sind Bäume zu erahnen, aber falsch herum, einmal, ganz kurz, sehe ich Opa auf dem Kopf, das letzte Mal lebend, der Vater meines Vaters, mein Opa, der Nazi, der mich das Schießen lehrte, und dann tatsächlich, das Bild kommt halbwegs zum Stillstand, der Fokus findet einen Fixpunkt, es ist der Wilderer, auch dieses Bild ist umgedreht, er hat das Gewehr gehoben und blickt hoch, das Gesicht von Schmerz oder Abscheu verzerrt, er zielt mit letzter Kraft, und dann erklingen sie: sein letzter Schuss und der Schuss von Opa im Chor. Dann nur noch aufgeregtes Gebaumel, nichts ist zu erkennen, bis ich die Kamera schließlich wieder in die Hand nehme. Beim Herumschwenken sieht man kurz Opa neben dem Hirsch liegen, sieht meine Füße, dann endet die Aufnahme.

Mit rasendem Herzen stoppte ich die Wiedergabe. Ich konnte diese Bilder nicht löschen. Wenn der Wilderer überlebte, dann durfte er nicht ungestraft davonkommen, und auf diesem Tape war der Beweis, dass er meinen Opa getötet hatte, und auch, dass ich ihn nicht absichtlich getroffen hatte. Sollte der Wilderer aus seinem Koma erwachen und sich an den Mann mit dem Roller erinnern, würde selbst die Leyderer Polizei irgendwann daraufkommen, dass der Enkel des getöteten Försters eine Vespa fuhr. Sie würden ihn ausfindig machen, untersuchen und – Nachhatars Restaurierungskünste in allen Ehren – wohl richtig vermuten, dass ich der Mann war, der den Wilderer aus dem Auto gestoßen hatte. Sehr wahrscheinlich würde mich das tatsächlich ins Gefängnis bringen. Vielleicht auch ein guter Ort, um einen Roman zu schreiben. Aber nur in Romanen. In meinem wirklichen Leben war ein Leuchtturm im Wattenmeer der perfekte Ort dafür. Mein Sehnsuchtsort, mein Schreibexil war zum Greifen nah. Ich roch an meinem Handgelenk, es roch nach *Seeweh*. Das Beste wäre, wenn der Wilderer nicht überlebte.

Das alles musste jetzt raus. Mit den Jahren war das regelmäßige Aufnehmen der Tapes zu einem Reinigungsritual geworden. So musste sich die Beichte oder Therapie für Leute anfühlen, die an so etwas glaubten. Ich spulte nicht zurück, nahm die Brille ab, überprüfte mein Äußeres im Ganzkörperspiegel und drückte auf *record*.

Ich erkläre Mayra, was sie gerade gesehen hat, Opa ist tot, ich erzähle vom roten Riesen, von seiner Warnung, die ich empfangen habe, vom Wilderer, von seinem Mordversuch, von Helmi, vom Wolf, von meiner Notwehr. Von Stucki in Thailand, obwohl ihre Mama, Kemina, mit Sicherheit längst Kontakt mit Mayra aufgenommen und erklärt hat, was los ist, ich erzähle von Fritzi in Italien, von Fritzi mit der Luger, von Rita, den Anrufbeantworter vergesse ich, auch das Geld fällt mir nicht ein, sonst gehe ich doch immer so strukturiert vor, die Aufregung lässt mich heute plaudern wie ein Rohrbruch, ich springe zum Text.Eval, zu Kafka, zurück zu Opa, Opa ist tot, er liegt noch im Wald, was passiert jetzt mit meinem Labor, mit dem Haus, warum bist du nicht hier, Mayra? Du wüsstest, was zu tun ist, wo bleibt dein Tape, dein letztes Tape, wieso kannst du mir keine Tapes mehr schicken, wenn du verheiratet bist, wieso heiratest du überhaupt diesen Gangster? Ich wünschte, ich könnte dir Glück wünschen, aber ich kann mir gar nicht vorstellen, dass du mit ihm glücklich wirst, und wenn er nicht wäre, dein bescheuerter Verlobter, ich hätte mir schon längst einen Topf Hirschgulasch gekocht und mich auf eine wichtige Reise begeben, mit dem Schiff, mein krankes corazón darf ja nicht fliegen, adios, Carnala, du bist die Beste, die Einzige, die Blaupause, keine ist wie du, ich würde alles für dich tun. Heb es gut auf, mein letztes Tape, falls der Wilderer überlebt, brauche ich es noch, und falls er stirbt, ist es besser, wenn es nicht bei mir gefunden werden kann. Und wenn du irgendwann doch noch aufwachst und verstehst, dass dein Gangster ein Idiot ist, komm zu mir, mi casa, su casa, das weißt du doch, ich warte auf dich und liebe dich, schon immer, für immer.

Zum ersten Mal weinte ich vor laufender Kamera. Und hoffte, es würde ihr das Herz brechen.

Ich spulte zurück. Ohne mir die Aufnahmen noch einmal anzusehen oder eine Kopie anzufertigen, steckte ich schon wieder ein Tape in einen wattierten Umschlag. Ein paar kurze, warnende Zeilen und die Bitte, die Aufnahme sicher zu verwahren. Ich klebte den Umschlag zu. Bloß schnell weg damit, bevor ich es mir anders überlegte.

Die Aufnahmen nicht zu löschen, aber auch nicht im Haus zu haben – das schien die Lösung zu sein. Die Kleidung verbrannt, die Schuhe im Altkleidercontainer, der Roller bei Nachhatar, von ihm in den Urzustand versetzt. Wenn das Tape weg war, zeugte nur noch Opas Pistole von meinem Besuch. Warum hatte dieser Idiot »Charlie« hineingravieren lassen? Ich holte die Luger aus dem Schrank, griff mir Nachhatars Schwingschleifer und ging in die Küche. In der Duschkabine schliff ich meinen Namen vom Lauf. Jetzt also das Tape nach Mexiko schicken und die Pistole zurück zu Opa bringen. Langsam hatte ich das Gefühl, nicht einen Roman, sondern meine Autobiografie schreiben zu müssen.

Auf dem pinken DDR-Roller fuhr ich zur Piesbacher Post. Frau Wolkenhaar saß mit einer Zigarette im Mundwinkel hinter dem Schalter. Auf ihrem Daumen steckte ein grüner, genoppter Gummifingerhut, mit dem sie die Seiten einer Illustrierten alle paar Sekunden so heftig umblätterte, dass man sich fragen musste, warum sie nicht zerrissen. Ihr Schweißgeruch hatte sich im Laufe der Zeit in die Holzvertäfelung des Raumes gefressen und würde noch viele Jahre nach ihrem Tod von ihr erzählen. Außer Toilettenpapier schien sie keinerlei Pflegeprodukte zu benutzen, nicht einmal Zahnpasta. Die Kleidung wusch sie mit Persil, ansonsten war sie vollkommen frei von industriellen Duftstoffen. Ihre Haare ein graubrauner Mopp aus Draht, nicht zu bändigen, das Gesicht wie zerlaufen, so sehr hing alles herunter, vor Jahren aus Wachs geformt, dann immer wieder den Fön draufgehalten.

Wortlos reichte ich ihr meinen Umschlag. Ohne mich anzusehen schmiss sie ihn auf die Waage.

»Luftpost, versichert, per Einschreiben – wie immer, ne?«, sagte sie mit der heiseren Stimme des kehlkopfkrebskranken Alten, der in keinem Mafiafilm fehlen durfte. Ein zugekniffenes Auge stach durch den Rauch, die Zigarette in ihrem Mundwinkel wackelte beim Sprechen, Asche fiel herab und landete auf Lady Dianas Haupt. Ich nickte und zahlte. Sie drückte die Luftpost- und Briefmarken mit dem Gummidaumen auf ein rundes, orangefarbenes Schwämmchen und klebte sie auf den Umschlag.

Ich erkundigte mich, wie das mit dem Nachforschungsauftrag ging.

»International? Hab ich nich hier. Musst du zum Hauptpostamt nach Leyder. Zeitpunkt der Verschickung, Absender, Zieladresse und zwei Kälber dem Postgott opfern. Wenn du mich fragst, Zeit- und Kalbverschwendung. Was war denn drin? Etwa Kohle?«

»Eine VHS-Kassette. Von meiner Freundin«, sagte ich, »Brieffreundin«, setzte ich schnell hinzu.

Wolkenhaar lachte dreckig und lang.

»Ach, Videobänder schickt ihr euch? Jetzt verstehe ich ... na, da hat einer jetzt den Spaß, den du wohl haben solltest, was?«

Sie lachte – ich hätte das nicht für möglich gehalten – noch dreckiger als zuvor. »Vielleicht verschwindet deine Kassette ja auch noch, wer weiß …«, dabei winkte sie mit meinem frankierten Umschlag und machte Nachtgespenstgeräusche, »und dann haben wir zwei heute 'ne heiße Nacht, mein Süßer, hahaha!«

Sie küsste die Luft zwischen uns. Aus meinem Hals stieg ein nicht zu mir gehörendes Geräusch. Wolkenhaar wischte sich, immer noch glucksend, eine Träne aus dem Augenwinkel.

»Kleiner Spaß, keine Sorge. Aber hat's alles schon gegeben. Bei der Post arbeiten auch nur ganz normale Verrückte wie du und ich.«

»Danke sehr. Und auf Wiedersehen, Frau Wolkenhaar.«

Ich trat aus dem Postamt und stieß mehrmals heftig Luft durch die Nase, Frau Wolkenhaars Körperdunst hatte meine Nasenschleimhäute wie Folie überzogen.

Und dann traf es mich noch einmal mit voller Kraft. Das war es jetzt. Endgültig.

Hasta nunca!

Auf Nimmerwiedersehen, Mayra.

In den Wald

Neben der Post war ein Kiosk, davor stand ein Karussell mit allerlei Tageszeitungen, ich blätterte ein paar von ihnen durch. Der Fall war nur eine Randnotiz in den überregionalen Nachrichten, lediglich im Lokalteil des *Sumbigheimer Tageblatts* war ein größerer Artikel. *Wer kennt diesen Mann?*, lautete die fantasielose Schlagzeile. Darunter ein Schwarz-Weiß-Foto des Wilderers, auf dem nicht einmal ich ihn hätte identifizieren können. Ich kannte nur sein geschniegeltes Passbild und das andere Extrem, mit Blut und Bart und Tarnfarbe im Gesicht. Hier war er mit geschlossenen Augen zu sehen, gewaschen, rasiert, die Oberlippe genäht. Er hatte Schrammen, Blutergüsse, Falten und Pflaster im Gesicht, einen Schlauch in der Nase und trug einen dicken Halsverband. Ich kaufte das Tageblatt und fuhr weiter nach Leyder, zum Militär-Secondhandshop *Waldschrat*. Dort besorgte ich mir die gleichen Stiefel wie die, die ich bei Opa stehen hatte, und zog sie gleich an. Meine Schuhe steckte ich zu der Holzkiste mit der Luger und der Tageszeitung in meine Umhängetasche.

Als ich aus der kleinen Stadt herausfuhr und auf der Landstraße dem Waldsaum entgegentuckerte, blendete mich die Mittagssonne. Mit dem gelben Laub wirbelten die Erinnerungen auf. An Sera und die missglückte Nacht, daran, dass in ihrem Kopf unter »Charlie« das Bild eines unerfahrenen Jünglings abgeheftet war, ein Abenteuer, von dem man keiner Freundin erzählte, und wenn, dann nur, um gemeinsam darüber zu lachen. Ich dachte an Oma, Opa, an das Baumhaus in meiner Buche. An den Sommer, als Fritzi geboren wurde, lang bevor es die Videotapes gab. Was passierte jetzt mit dem Haus? Es gehörte Jacques von Faunichoux. Ein neuer Wildhüter würde einziehen. Und mein Labor? War all das nun vorbei, endgültig Vergangenheit?

Ich tauchte ins Dunkel des Waldes ein und verlangsamte, als die Unfallstelle in Sichtweite kam. Anstelle der Schranke war eine Kette gespannt. Im Schritttempo inspizierte ich so gut es ging die Straße – ich wagte nicht, stehen zu bleiben. Dort, wo meine Vespa – Seras Vespa – langgerutscht war, sah man ein paar Schleifspuren, ich konnte nicht ausmachen, ob erkennbarer Farbabrieb zurückgeblieben war. Beim Hochklappen des Visiers schlug mir der Geruch des Waldes wie ein weiches Daunenkissen ins Gesicht, mit ihm die unzähligen Wochenenden und Sommerferien, die ich bei meinen Großeltern verbracht hatte. Beide waren sie tot, und beide Male war ich in unmittelbarer Nähe gewesen. So wie ich damals Oma im Keller gefunden hatte, würde ich gleich beim Einsammeln der Kiefernnadeln den Leichnam meines Opas finden, aufgeregt hin und her laufen und Stiefelspuren am Tatort hinterlassen. Dann würde ich im Forsthaus die Schachtel mit der blankgeputzten Luger im Waffenschrank deponieren und von dort aus die Polizei anrufen. Wo ich zur Zeit des Unfalls gewesen war? Gerade zu Hause angekommen! Dito würde keinerlei Erinnerungen an die Uhrzeit haben, und selbst wenn, würde er sofort an sich selbst zweifeln, sobald ich etwas anderes behauptete als er. Mein Vater wusste, wie zuverlässig mein Zeitgefühl war und wie dürftig sein eigenes.

Ich steuerte die Simson den Weg hinauf zum Forsthaus. Die Vespa hatte eindeutig mehr Zug gehabt. Als ich um die Kurve kam und das Grundstück auftauchte, verlangsamte ich das Tempo abermals. Das Tor stand offen, und auf dem Hof parkte eine dunkelblaue Limousine. Ich ließ die Maschine ausrollen, hielt vor dem Haus und nahm meinen Helm ab. Kurze Zeit später kam *Chanel N°5* um die Ecke, gefolgt von einer Frau mit einem blonden Pagenschnitt. Dahinter ein jüngerer Mann, dessen hübsches Gesicht von wippenden, dunklen Locken eingerahmt wurde. Er knöpfte sich gerade seinen kurzen Mantel zu. Die Frau trug einen olivgrünen Parka, eine modische Variante mit Hasenfellkragen an der Kapuze. Auch ihr Gesicht hätte schön sein können, wäre es nicht von feuersalamanderartigen Flecken in Braun-Weiß übersät gewesen. Leider war sie kein Alien, es musste sich um eine Pigmentstörung handeln. Ich schätzte sie auf Anfang fünfzig, der Mann war mindestens fünfzehn Jahre jünger.

»Kann ich Ihnen helfen?«, fragte ich.

»Guten Tag, Bentzin mein Name, Kriminalpolizei Sumbigheim. Das ist mein Kollege Dittfurt.«

Sie hielt mir einen Ausweis vor die Nase. *Carla Bentzin, Hauptkommissarin.* Auch ihr Kollege hielt seinen Ausweis in meine Richtung und zwinkerte mir mit einem seiner Knopfaugen zu. Jetzt, wo die Salamanderfrau nur einen Meter von mir entfernt stand, bückte sich ein Geruch unter dem $N^o 5$ hindurch, mit dem ich in dieser Situation nicht gerechnet hatte: Die beiden hatten noch vor wenigen Augenblicken Sex gehabt. Hinter dem Haus. Ohne Kondom. Aus dem Schritt von Carla Bentzin roch es nach frischer Samenflüssigkeit und nassem, weiblichem Geschlecht. Ihnen war äußerlich absolut nichts anzumerken. Kollege Dittfurt bohrte gedankenverloren in der Nase und sah in den Himmel, einem Vogel hinterher. Er rollte den Popel zwischen Daumen und Zeigefinger, warf einen konzentrierten Blick darauf und schnippte ihn seufzend weg.

»Darf ich wissen, warum Sie hier sind?«, fragte mich Frau Bentzin.

»Das wollte ich Sie auch gerade fragen. Was haben Sie hinter dem Haus meines Opas zu suchen?«

»Bardo Kratzer ist Ihr Großvater?«

»Ja. Ich bin Charlie Berg. Mein Vater ist der Sohn von Herrn Kratzer.« Ich lächelte freundlich. »Waren Sie auf der Suche nach einem Hotelzimmer?«

»Wie bitte?«

Die beiden sahen sich an, als wäre ich vollkommen verrückt.

»Manchmal kommen Leute hierher und fragen, ob mein Opa Zimmer zu vermieten hat. Das Forsthaus ist in einem älteren Fremdenführer fälschlicherweise als Herberge verzeichnet.«

»Ach so. Nein. Wir brauchen kein Hotelzimmer.«

Sie lächelte und drehte den Kopf, erneut warfen sich die zwei einen Blick zu, Dittfurt grinste verträumt.

»Wir sind auf der Suche nach Ihrem Großvater. Sie wissen nicht zufällig, wo er ist?«

»Was ist denn passiert? Hat er was angestellt?«

Ich gab mir Mühe, spöttisch zu klingen.

»Das würden wir ihn gern selbst fragen. Aber er ist offensichtlich ausgeflogen.«

»Dann ist er im Wald. Da ist er meistens, er arbeitet ja dort. Sie könnten im Haus warten, bis er wiederkommt, das mache ich auch immer so. Warten Sie, ich hole den Schlüssel.«

»Nein, bitte fassen Sie nichts an. Wir haben das Haus bereits versiegelt und warten auf die SpuSi.«

»Die Spurensicherung«, erklärte Dittfurt einem nicht anwesenden Kind.

»Auf die SpuSi?«, fragte ich.

»Es geht um den Unfall, der sich gestern hier in der Nähe ereignet hat. Vielleicht haben Sie davon gehört. Ein Jäger ist mit seinem Auto verunglückt und wurde anschließend von einem Wolf attackiert.«

Ein Jäger?

Die Kommissarin fuhr fort.

»Es gibt Grund zu der Annahme, dass eine zweite Person in den Vorfall involviert war. Und Ihr Großvater zählt zu dem kleinen Kreis der in Frage kommenden Individuen.«

»Mein Opa? Ich dachte, der Mann hat einen Unfall gebaut?«

»Wo waren Sie denn gestern zwischen 20:00 und 22:00 Uhr?«

»Ich? Gestern Abend? Zu Hause. In Piesbach. Da bin ich gerade aus dem Urlaub gekommen.«

»Waren Sie allein?«

»Im Urlaub? Ja. Zu Hause war noch mein Vater, der war gerade aus Japan beziehungsweise Thailand zurückgekehrt. Und später kam noch mein anderer Großvater Ernesto. Er war mit meiner kleinen Schwester in Italien.«

»Eine richtige Jet-Set-Familie. Toll.«

»Ist das ein Verhör? Mein Opa hat damit garantiert nichts zu tun. Haben Sie schon nach ihm gesucht? Er parkt meist oben auf der Kieslichtung. Ich bin gerade auf dem Weg dorthin.«

»Warum?«

»Ich brauche die Nadeln einer japanischen Kiefer, die nur dort wächst.«

»Ein Zauberer sind Sie also auch noch?«

»Eher ein Alchimist.«

Was war das für eine blöde Ziege? Ich setzte den Helm wieder auf.

»Den Wald haben Sie doch hoffentlich nicht versiegelt?«, fragte ich und verkniff mir eine weitere Anspielung auf den im Stehen vollführten Liebesakt hinter dem Haus. Sie schüttelte den Kopf, und ich startete die Simson.

»Ich schicke Opa nach Hause, sobald ich ihn treffe.«

Ob sie etwas ahnte? Sie hatte diesen lauernden Scharfsinn im Blick, den ich nur von Mayra kannte.

Langsam quälte sich die Simson den Berg hinauf. War ich erst gestern mit Opa hier entlanggefahren? Das Moped hatte große Mühe, mein Hals war Sandpapier. Ob die Vögel bereits Opas Augäpfel herausgepickt hatten? Und würde ich die Bestürzung überzeugend spielen können, wenn ich Bentzin und Dittfurt vom Fund des Leichnams berichtete?

Ich rollte auf die Lichtung, der Kies knirschte und bestäubte mir wie gestern die Sinne.

Etwas stimmte nicht.

Opas Nissan.

Er war nicht mehr da.

Im Wald

Sofort wurde Adrenalin in einer Menge ausgeschüttet, dass sich der gesamte Wald auf einmal ungebremst und wuchtig in meinen Kopf rammte. So heftig wie im Sommer 86, als ich im Kampf das Bewusstsein verlor und kurz davor war, für immer aus dieser Welt zu verschwinden. Ich hatte zum ersten Mal an der Schwelle zum Tod gestanden, damals im Alter von elf Jahren, und mein ohnehin überdurchschnittlicher Geruchssinn war plötzlich explodiert und zum ersten Mal in eine sprichwörtlich übersinnliche Sphäre vorgedrungen. Wieder zurück im Leben, hatte mich diese neue Fähigkeit zunächst maßlos überfordert, da sie mich von da an grundsätzlich heimsuchte, sobald mich körperlicher Schmerz, Wut oder Angst in einen Zustand erhöhter Erregung versetzten. Ich hatte das gezielte Abdimmen von Gerüchen erst noch lernen müssen. Mit den Jahren war es mir immer besser gelungen, die Akkorde auseinanderzudividieren, nach Tönen und Klangfarben zu sortieren und meine Wahrnehmung nur auf Teilaspekte des olfaktorischen Gesamtspektrums zu fokussieren.

Jetzt reichte mir ein Atemzug, und sämtliche Gerüche der wunderbaren Waldwelt umschwebten mich wie ein unsichtbares Orchester, dreidimensional gestaffelt und transparent, jeden einzelnen Teil davon konnte ich ausblenden oder bei Bedarf nach vorn holen: die Bäume mit ihren unterschiedlichen Harzen, das Laub, verwesendes und lebendes Getier, Pilze, giftig wie schmackhaft, die Nadeln und Zapfen der gesamten internationalen Koniferen-Elite, die Oma nicht weit von hier kultiviert hatte, dazu die Erde voller Würmer, Maden und Larven, außerdem Schnecken, Frösche, Steine, Moos, Farne, Flechten, Urin und Kot. Der Geist von Diesel und Gummireifen war anwesend, leise sein Verschwinden bejammernd. Aber wo war Opas Pick-up? Jemand musste ihn gestohlen haben. Ich stieg ab, trank einen großen Schluck Wasser, gurgelte und machte mich auf den Weg.

Zunächst beschnupperte ich das Vorhängeschloss. Nach mir hatte es niemand mehr angefasst. Ich öffnete das Tor und beschritt den gleichen Weg wie gestern mit Opa. Altes Wild- und Menschenblut vermischten sich, aber auch andere Ausdünstungen waren schwach zu vernehmen, nicht vom Wilderer und auch nicht von Opa. Mir war, als läge der Abglanz eines Parfums in der Luft, doch jedes Mal, wenn ich es packen wollte, entzog es sich meinen Sinnen. Von Weitem sah ich das Geweih des gefallenen Riesen aufragen, sein animalischer Todesdunst war mit jedem Schritt stärker geworden – aber was war mit Opas Verwesungsgeruch? Ein im Freien verstorbener Mensch war ebenfalls dem Ansturm der Aasfresser, Würmer und Insekten ausgesetzt und würde definitiv anders riechen als ein Leichnam im Krankenhaus. Nicht so süßlich? Ich hielt inne und schloss die Augen. Holte tief Luft. Holte stoßweise Luft. Befeuchtete meine Lippen. Das konnte nicht sein! Meine Nase arbeitete absolut verlässlich.

Ich eilte los, so schnell es das Mängelexemplar in meiner Brust erlaubte, doch noch bevor ich bei der Wildwiese ankam, wusste ich, was mich erwartete. Oder besser: nicht erwartete. Die Abwesenheit seines vertrauten, würzigen Odeurs ließ keinen anderen Schluss zu. Und doch starrte ich fassungslos auf die Stelle, an der mein Großvater gestorben war. Sie war leer. Opas Leiche lag nicht mehr dort. Auch sein Gewehr war verschwunden.

Ich schloss sofort wieder die Augen und schickte meine Nase auf Spurensuche. Und jetzt ließ er sich greifen, wenngleich nahezu vollständig abgeklungen, der florale Duft einer Blume, die es nicht gab. Komponiert aus Rose, tunesischer Orangenblüte, Patschuli aus Indonesien, einer Idee sizilianischer Mandarine, Ambra und Sandelholz. Als Ursprung des Parfumrestes identifizierte ich den Zweig einer Buche, der in etwa auf Halshöhe hing. Jemand, der *Miss Dior* getragen hatte, war hier gewesen und musste den jungen Baum gestreift haben. Wahrscheinlich eine Frau. Wobei der süßliche Duft auch von Männern aus dem orientalischen Raum getragen wurde. Ich dachte an Nachhatar und sein Rosenwasser. Und auch bei Schwulen war der Duft beliebt. Eine Frau, ein Mann aus dem Orient oder ein Homosexueller. Was für eine Spur.

Wer konnte Interesse daran haben, die Leiche und das Auto meines Großvaters verschwinden zu lassen? Eigentlich nur der Mörder selbst. Aber der lag im Koma. Dann musste es jemand sein, der ihn schützen wollte. Seine Schwester. Sein Kollege. Sein Liebhaber. Doch woher konnte die Person wissen, was vorgefallen war? Sie mussten verabredet gewesen sein, und die oder der andere hatte ihn am Unfallort gefunden und noch mit ihm reden können. Wer hatte den Krankenwagen und die Polizei gerufen? Davon stand nichts in der Zeitung, das galt es herauszufinden.

Auch wenn es keinen menschlichen Leichnam gab – wegen des Hirsches würden sie den Ort trotzdem nach Spuren absuchen. Also lief ich wie geplant kreuz und quer am Tatort umher, suchte dabei selbst nach neuen Fußabdrücken, konnte aber nichts erkennen, ich war kein Indianer. Mir erschienen auch keine weiteren Duftspuren. Für den Bruchteil eines Augenblicks gab ich mich dem lächerlichen Gedanken hin, alles wäre nur ein Traum gewesen und Opa noch am Leben. Ich wischte ihn sofort wieder beiseite. Träumerei hatte mir noch nie genützt.

Wo haben sie dich hingebracht, Opa?

Ich blickte mich noch einmal um, berührte mit der Hand das Zeichen im Stamm der Buche, Mayras und mein Zeichen, blickte hinauf zum Baumhaus und machte mich endlich auf den Weg zur Galerie, um die Nadeln der Schwarzkiefer zu pflücken.

Als ich wieder vor dem Forsthaus zum Stehen kam, parkten ein weiterer dunkelblauer Wagen und der Transporter der Spurensicherung auf dem Hof. Zwei Beamte, sehr groß und sehr klein, begannen gerade, in Schutzanzüge aus Papier zu steigen. Frau Bentzin stand vorn auf der kleinen Terrasse und rauchte. Mit links.

»Und, haben Sie ihn getroffen?«, rief sie mir entgegen.

Ich stieg ab.

»Nein. Aber da liegt ein riesiger Hirsch im Wald, ich würde sagen, erschossen. War das Opfer nicht Jäger?«

»Ja. Ich schicke ein paar Leute hin, danke.«

Ich stieg die Stufen zu ihr hinauf.

»Hat die Spurensuche was ergeben?«

Sie ignorierte meine Frage.

»Wann haben Sie Ihren Großvater das letzte Mal gesehen?«

Ich tat, als würde ich nachdenken.

»Das dürfte im Juni gewesen sein. Die Magnolien blühten gerade, ja.«

»Sie kleiner Romantiker. Und seitdem waren Sie nicht ein einziges Mal hier?«

Sie blickte mich ausdruckslos an und zog an ihrer Zigarette, als wäre das kein Vergnügen, sondern Pflicht. Ich betrachtete ihre Gesichtszüge, versuchte mir den Salamander wegzudenken und schüttelte den Kopf.

»Nein, wir hatten da eine Riesenkampagne in der Agentur, ich habe mehrere Monate durchgearbeitet.«

»Was sind Sie denn nun, Werber oder Zauberer?«

»Ist das nicht das Gleiche? Ich zaubere den Leuten das Verlangen nach Chips ins Lustzentrum. Haben Sie schon mal einen der *Crunchoxx*-Werbespots gesehen?«

»Die mit dem amerikanischen Polizisten?«

Sie imitierte die markante Stimme des Crunch-Cops: »*Crunchoxx – So viel Crunch kann nicht legal sein!*«, und versuchte, das übertriebene Krachen nachzuahmen, an dem die Sounddesigner drei Wochen gefeilt hatten.

»Das ist von Ihnen? Sie Ferkel. Ich habe mir tatsächlich schon eine Rolle von dem Kartoffelschrott gekauft. Widerlich.« Und dann, wieder im Ton des Crunch-Cops, der die Rolle Chips in Handschellen abführt: »*Ich muss Sie leider festnehmen.*«

Sie lachte meckernd, es klang tatsächlich wie eine kleine Ziege, eine völlig unpassende Lache, irgendwie zu niedlich für die Salamanderkönigin.

»Aber mal zurück zu unserem Fall. Wissen Sie, ob Ihr Großvater Schwierigkeiten hatte? Ärger mit Herrn von Faunichoux? Oder Schulden?«

»Wollen Sie mir nicht erzählen, wie Sie auf die absurde Idee kommen, dass ausgerechnet mein Opa mit der Sache zu tun hat?«

»Wir müssen unvoreingenommen in alle Richtungen ermitteln. Glauben Sie mir, zum Schloss fahren wir auch noch. Das ist heute Nachmittag dran.«

Sie rieb sich grinsend die Hände. Zum Schloss. So nannte man das Herrenhaus, wenn man sich über Jacques von Faunichoux lustig machen wollte, der Volksmund verspottete ihn auch gern als *King Fauni*.

Dittfurt trat aus der Tür, scheinbar erfreut, mich zu sehen. »Hat Ihr Großvater einen Koffer?«, fragte er.

Ich überlegte kurz, diesmal echt. »Ja, unter der Treppe hinter dem Staubsauger steht einer. Er hat ihn aber das letzte Mal 1973 benutzt. Mein Opa fährt nicht in den Urlaub. Der ist am liebsten hier im Wald.«

Er nickte. Zu seiner Liebhaberin gewandt sagte er: »Keine Socken und Unterhosen, der Koffer fehlt auch, sieht ganz so aus, als ob unseren Förster eine spontane Reiselust gepackt hätte. Und das hier kam per Funk von Cassandra rein. Sie hat die Regionalzeitungen der vergangenen Jahre *durchforstet*, hehe…«

Er freute sich wie ein Schüler über die Bemerkung mit Waldbezug und blickte erwartungsvoll von Frau Bentzin zu mir und zurück. Keiner von uns würdigte ihn eines Blickes. Die Kommissarin las die handschriftliche Notiz und sah mich ernst an.

»Also gut. Es gab in der Vergangenheit immer wieder Fälle von Wilderei hier im privaten Waldgebiet. Herr von Faunichoux hat mehrfach Anzeige erstattet, allerdings konnte nie ein Wilddieb überführt werden. Hat Ihr Großvater je davon erzählt?«

»Nein. Wir haben selten über die Jagd gesprochen.«

Jetzt nicht zwinkern. Und weiter in die Augen gucken. Aber nicht zu lang. Das reicht. Jetzt nachdenklich gen Himmel schauen.

»Also, nur wenn er einen wirklich großen Hirsch erlegt hatte oder so«, setzte ich unaufgeregt hinzu.

»In einem Interview von 1990 hat er wortwörtlich gesagt…«, sie blickte auf den Zettel, »*… Wölfe und Wilderer machen meine Waldpflege zunichte. Ich wünschte, ich dürfte sie wie in alten Zeiten zur Strecke bringen.*«

Anschließend gab sie Dittfurt den Zettel zurück und kramte in ihrer Jackentasche. Die halbseitige Rubrik *Menschen der Region* in der Wochenendausgabe des Tageblatts hatte damals für einigen Wirbel gesorgt. In Leserbriefen wurde in den nachfolgenden Ausgaben auf Opas Vergangenheit bei der NSDAP hingewiesen, der Vorstand des Jagdvereins spielte seine Aussagen und seine ehemalige Parteizugehörigkeit herunter, sogar Genscher, einer der im Ausland angesehensten Deutschen überhaupt, sei NSDAP-Mitglied gewesen. Erst als sich Jacques von Faunichoux persönlich einmischte und schützend seine Hand über den alten Bardo hielt, war die Sache erledigt.

»Ich verstehe nicht, was dieses alte Interview mit dem verunglückten Jäger zu tun hat?«, sagte ich. »Glauben Sie, mein Opa hat das Auto gegen den Baum gefahren?«

Carla Bentzin hatte eine Schachtel *Camel ohne Filter* hervorgeholt und steckte sich die nächste Zigarette am noch brennenden Stummel der letzten an.

»Zunächst sah alles so aus, als wäre der Jäger gegen den Baum gefahren, blutend aus dem Auto gestiegen, zusammengebrochen und vom Wolf angefallen worden.«

»So stand es in der Zeitung.«

»Uns war aber unklar, wieso er die Schranke durchbrochen hat und geradeaus gegen einen Baum gefahren ist. Bei der Versorgung der Bisswunde am Hals ist den Ärzten dann aufgefallen, dass ein Streifschuss die Halsschlagader des Mannes angeritzt hat. Auf ihn ist also geschossen worden, und er war geschwächt vom Blutverlust. Es könnte sein, dass er keine Jagderlaubnis für den Privatwald hatte, wir konnten seine Identität noch nicht ermitteln.«

Dittfurt, der hinter ihr stand, mischte sich ein. »Wir haben erst heute Nachmittag unsere Audienz bei Herr von Faunichoux, dann wird sich klären, ob der Mann illegal gejagt hat.«

»Bei *Herrn* von Faunichoux«, korrigierte ich, und zur Kommissarin gewandt: »Und aufgrund des Interviews glauben Sie, dass mein Opa auf den Mann geschossen hat?«

»Da er anscheinend das erste Mal seit – was sagten Sie? 1973? – seinen Koffer gepackt hat und ohne eine Nachricht zu hinterlassen verschwunden ist, handelt es sich durchaus um ein denkbares Szenario.«

»Sehr wahrscheinliches Szenario!«, sagte Dittfurt.

Seine Chefin hielt ohne sich umzudrehen den linken Zeigefinger in die Höhe, er presste die Lippen aufeinander.

»Sie haben sich bitte sofort zu melden, falls Ihr Großvater Kontakt mit Ihnen oder Ihrem Vater aufnimmt.«

»Das wird nicht passieren, die haben seit über zwanzig Jahren kein Wort mehr miteinander gewechselt.«

»Gut. Ich würde trotzdem gern mit Ihrem Großvater reden. Er ist Verdächtiger in einem Fall versuchten Mordes oder Totschlags, ihm bei der Flucht zu helfen wäre sicherlich keine gute Idee.«

Ich nickte. Mein müder Kopf bereitete mir Schwierigkeiten,

denn jedes Mal, wenn mich meine Supernase heimsuchte, ließ sie mich, sobald der Adrenalinspiegel wieder gesunken war, ausgezehrt und kraftlos zurück. Das komplizierte Lügenkonstrukt aufrechterhalten zu müssen war in diesem Zustand gefährlich. Jederzeit konnte mir ein Fehler unterlaufen. Am liebsten hätte ich laut herausgebrüllt, dass ICH auf den Wilderer geschossen hatte, und zwar AUS VERSEHEN, und dass mein OPA TOT war. Ich beschloss, mich schnellstmöglich zu verabschieden. Was war ein glaubwürdiger Abgang? Ich hielt ihr die Hand hin. Erst als sie zugriff, sah ich, dass ihre rechte Hand komplett weiß war, lediglich der Daumen war dunkel. Ihr Händedruck elektrisierte mich, war fest und weich zugleich.

Willst du auch mal mit mir hinters Haus kommen?

Das war ihre Stimme. In meinem Kopf. Aber nicht wirklich, nicht wie beim Hirsch, ich hatte es mir nur vorgestellt. Oder? Mein Kopf war kaputt und wollte ins Bett. In Gedanken blieb ich stumm, laut sagte ich schnell: »Ich werde mich selbstverständlich sofort melden, sobald ich etwas von ihm höre.«

Sie hielt mir ihre Karte hin. »Und beschreiben Sie bitte noch den beiden Kollegen Schaffner und Magnusson, wo Sie den Hirsch gefunden haben, ja?«

Carla Bentzin zeigte zum Transporter, wo die beiden Kollegen standen, der lange Mann und die gerade einmal halb so große Frau. Beide steckten in Schutzanzügen aus Papier und tranken Kaffee. Die gnomgroße Frau hielt ein Sandwich mit ausgestrecktem Arm nach oben und ließ ihren Kollegen, der sich dafür bücken musste, davon abbeißen. Er kaute ein paarmal, hob überrascht die Augenbrauen in die Höhe und nickte dann anerkennend.

Ich steckte die Karte ein, schüttelte auch Dittfurt die Hand und wandte mich zum Gehen. Ein weiterer in Papier gekleideter Mann erschien in der Tür. Er hatte hellblaue Plastiküberzüge an den Füßen. Das alles kam mir reichlich übertrieben vor. Auf der

Terrasse war kein Platz mehr, ich stieg die Treppe hinab und sah gerade noch, dass der Mann einige kleine, in Plastiktüten verpackte Glasflaschen in die Luft hielt.

»Wir haben unten ein Labor gefunden. Müssen Sie sich mal ansehen. Weiß der Teufel, was er da zusammengemischt hat, wir werden das analysieren.«

Wenn ich jetzt erwähnte, dass es sich um mein Labor und meine Riechstoffe handelte, würde ich weitere Fragen beantworten müssen und eine Durchsuchung meiner Tasche riskieren. Ich konnte nicht mehr, ich musste weg, nach Hause, zu Nonnos Kaffeemaschine, auf Ditos Sofa, ein Schläfchen in Nebel und Bass machen. Einfach nur sein, nichts wollen, nichts denken.

Langsam ging ich weiter, als hätte ich nicht mitbekommen, was der Mann gesagt hatte. Dem ungleichen Pärchen verriet ich die Nummer des Vorhängeschlosses, erklärte ihnen den Weg zur Buche und beschrieb, wo der Hirsch lag. Dann setzte ich mich auf Nachhatars Moped und fuhr zurück nach Piesbach. Diesmal rechts herum.

Schnell weg

Schneller als erlaubt knatterte ich durch den Wald. Kurz hatte ich überlegt, direkt zu Kafka zu fahren, doch mir war nicht wohl mit der Nazipistole im Gepäck. Ich hatte Glück gehabt, dass ich nicht vor dem Kommissarenpärchen in Opas Haus gewesen war und die Pistole wieder dort im Schrank verstaut hatte. Die Leute von der Sumbigheimer Spurensicherung hatten einen einigermaßen kompetenten Eindruck gemacht. Dass die Spuren des Schwingschleifers auf dem Lauf der Waffe noch frisch waren, konnte man wahrscheinlich sogar dann riechen, wenn man nicht mit der Nase eines Hundes ausgestattet war. Selbstverständlich hatte ich mir auch dafür eine plausible Geschichte überlegt – mein Opa hatte mir die Waffe vor einiger Zeit geschenkt, und ich hatte den eingravierten Reichsadler samt Hakenkreuz eigenhändig entfernt, hatte sie aber trotzdem zurückbringen wollen, weil ich keinen Waffenbesitzschein hatte –, aber mein Interesse daran, noch mehr Lügengeschichten auftischen zu müssen, war gering. Frau Bentzin hatte einen wachen Eindruck gemacht, in ihrem Blick lag etwas grundsätzlich Zweifelndes, mit ihr war zu rechnen. Die Waffe im Zancker Baggersee zu versenken kam jedoch nicht in Frage. Ich würde sie also zunächst wieder bei mir im Safe verstauen, bis mir ein sicheres Versteck einfiel.

Ich verlangsamte etwas, klappte das Visier hoch, am liebsten hätte ich den Helm ganz abgenommen, um mir den harzgetränkten Waldwind an den Kopf schaufeln zu lassen. Die Straße führte um die eine Kurve, bei der ich jedes Mal an Sera denken musste. Hier waren wir in ihrem himmelblauen Citroën durch den Wald geglitten, hier hatte sie sich den Zigarillo angesteckt und das Schicksal seinen Lauf genommen.

Zu meiner Verblüffung kam mir meine alte Vespa entgegen, auf der eine Frau in einem maßgeschneiderten, schwarzen und übertrieben lässigen Anzug saß – Mrs. Sera Stuart persönlich. Andere sprachen bei derartigen Erlebnissen gern von Schicksal oder gar von höheren Mächten, ich war schlicht verwirrt. Gerade hatte ich an sie gedacht, und nun kam sie mir im Wald entgegen – die Realität erschien mir plötzlich weniger glaubwürdig als meine abstrusesten Gedankenspiele.

Sera hatte anscheinend beschlossen, dass die deutschen Verkehrsregeln sich ihr anzupassen hatten: Sie fuhr auf der falschen Seite. Wir mussten beide scharf bremsen, konnten unsere Zweiräder nur mit Mühe unter Kontrolle halten, Sera kam auf der

Vespa zum Stehen, seitlich eingedreht, die Hände am Lenker, sie präsentierte mir die neuen Schrammen wie zum Vorwurf.

Ihr *Shalimar*-Zigarillo-Haut-Gemisch fuhr mir am Wald und dem Gummiabrieb vorbei direkt in die Helmöffnung. Ich spürte, wie ich schwach wurde, wollte mich bereits aufgeben, ihr in die Arme fallen, rief mir dann aber meine Liste ins Gedächtnis zurück.

Punkt 5.

Gleich hier und jetzt hatte ich die Gelegenheit, Sera zurechtzustutzen. Sofort hier auf der Straße.

Ich stieg ab, nahm den Helm vom Kopf und richtete mein Haar.

Sie klappte lediglich ihr Visier hoch, das Tuch, das sie zum Schutz über Mund und Nase trug, ließ sie, wo es war.

»Das gibt es ja gar nicht – Charlie! Ich habe gerade in diesem Moment an dich gedacht!«

Sie klang dumpf unter dem Tuch, ziemlich weit weg, und ich wartete, dass sie den dämlichen Fetzen endlich abnehmen würde. Was sie nicht tat. Sie blieb sitzen und sah mich an, ohne zu blinzeln.

In den vergangenen Jahren war ich ihr in meinen Wiedergutmachungsfantasien stets forsch entgegengetreten, hatte Sätze gesagt wie: »*Am besten wir löschen alles und fangen noch mal bei null an, was meinst du?*« Jetzt hörte ich mich stattdessen nur verlegen räuspern und öffnete meinen Mund. Es kam jedoch kein Satz heraus. Ich ging ein paar Schritte auf sie zu – sie machte noch immer keinerlei Anstalten, das Tuch vom Mund zu nehmen oder abzusteigen. Ich hatte keine Strategie parat. Ihr Mund war hinter dem Stoff verborgen. Was sollte ich tun?

Endlich stieg sie ab, wischte nebensächlich das Tuch nach unten, pflückte sich den Helm vom Kopf und schüttelte ihr langes Haar heraus, alles in einer einzigen eleganten Bewegung, kurz vor Zeitlupe. Ich rückte meine Brille zurecht, spürte hinter dem Ohr einen Tropfen Schweiß herabfließen. Dass mir der Mund offen stand, fiel mir erst auf, als sie von unten mit dem ausgestreckten Zeigefinger gegen mein Kinn tippte, um ihn zu schließen.

»Wir müssen uns dringend treffen, Charlie.«

Der ganze Schmerz kam in Originalstärke zurück, die Angst, ihr ausgeliefert zu sein, ich fühlte mich wie damals, fühlte mich wie Klein-Charlie, und ich wusste, dass ich alles wollte, nur keine Wiedergutmachung, kein Übereinanderherfallen, keine Gier. Ich wollte nie wieder in den Fängen dieser Frau landen.

»Wir treffen uns doch gerade. Reicht dir das nicht?«

»Nein. Ich habe schon mehrfach versucht, dich anzurufen, aber eure Leitung ist tot. Wann passt es dir?«

Es gelang mir, drei Mal hintereinander zu schlucken, dann waren die Speicheldrüsen leer. Für immer, wie ich befürchtete.

»Ich weiß nicht. Bei uns ist viel los gerade…«

Meine Augen huschten runter zu der zerkratzten Vespa. Sie folgte meinem Blick und drehte den Kopf wieder zu mir.

»Mach dir deswegen keine Sorgen. Das kriegt Nachhatar wieder hin.«

Ich nickte. »Sera, ich muss leider echt dringend weiter. Unser Telefon sollte bald wieder gehen. Hinterlass einfach eine Nachricht auf dem AB, wo ich dich erreichen kann.«

Ich drehte mich um, schwang mich auf den Roller, ließ den Motor an und setzte den Helm auf.

»Mach's gut!«, sagte ich und klappte das Visier runter, sie schüttelte kaum merklich den Kopf.

Dann entkam ich mit etwas zu viel Gas ihrem Bannkreis.

Besuch

Als ich in die Sudergasse einbog, sah ich von Weitem eine dunkel gekleidete Person, die neben einem tarnfarbenen Seesack auf unserer Treppe saß und den Kopf in die Hände gestützt hatte. Rita? Der Käfer war nirgends zu sehen. Weinte sie?

Ich spürte mein Herz, parkte die Simson, und die Frau hob den Kopf und sah in meine Richtung.

Es war höchst bizarr. Ich hatte fast vergessen, dass sie ein Mensch aus Knochen, Fleisch und Haut war. Und sie sah anders aus, ohne Make-up und Haarspray. Echter. Älter. Schöner. Die wunderbaren, intensiven Augenbrauen waren auf dem besten Weg, wieder voll zu werden, um den dünnen Strich war ein dunkler Hof aus kurzem Haar nachgewachsen, sodass ihre natürliche Form schon wieder zu erkennen war. Was für eine miserable Qualität VHS doch hatte. Mit verweinten Augen blickte sie mich an, fast ängstlich, ungewohnt.

Das war nicht möglich. Erst Sera, nach all den Jahren, und jetzt...

»Mayra?«

Zögerlich stand sie auf. Konnte ich ihr um den Hals fallen? Es wäre das Normalste der Welt gewesen, diese Frau kannte mich wie kein zweiter Mensch, sieben Jahre, vierundsechzig Videokassetten lang hatten wir uns alles – oder fast alles – voneinander erzählt. Aber sie machte keinerlei Anstalten, blieb mit hängenden Armen stehen, als wäre es unverschämt, mich hier so zu überfallen, dabei war es das Beste, was mir in diesem Moment, in diesem Leben passieren konnte – Mayra, hier in Deutschland, hier bei mir, meine Mayra, konnte das sein?

»*Carnalito*«, sagte sie und presste die Lippen aufeinander, als hätte sie das nicht sagen dürfen, und dann drückte ich sie einfach an mich, und auch sie schlang geradezu verzweifelt ihre Arme um mich, ganz fest, ich schlug meine Nase von oben in ihren Hals, das war neu – als wir uns vor Jahren zum Abschied umarmten, war ich noch elf, und sie mit vierzehn die Größere gewesen. Ich sog ihren Duft ein, kein Parfum, ihren Geruch, ich wollte darin versinken, Muskat, meersalzige Haut, Mandelblüte, Mayra, ich inhalierte ganz tief, mein Riechorgan besoff sich an ihr, wir ließen uns lange nicht los, Mayra ist hier, meine Mayra, *aber warum weinst du denn, Mayra, warum weinst du denn bloß?*

Teil 2

LIEBEN

· *Piesbach, 1985* ·

Reismusik Vol. 1

Es war einer dieser Morgen, an dem sie sich ins Auto setzen würde, um wieder für mehrere Monate zu verschwinden. Oben unter dem Dach vor ihrer Zimmertür saß ich auf dem Fußboden des kurzen Flurstücks zwischen Treppe und Yuccapalme und sortierte mit der rechten Hand die federleichten Tonkügelchen nach Größe. Die kleinen zur Pflanze, die dicken nach außen. Jedes Mal, wenn die Pflanze von Nonno gegossen wurde, kam alles wieder durcheinander. Mit der Linken umklammerte ich die Hülle der Mixkassette, die ich für meine Mutter gemacht hatte.

Es dauerte eine Weile, bis hinter der Tür die ersten Geräusche zu hören waren. Bald darauf ertönte das Klackern ihrer Schreibmaschine. Jetzt durfte man sie auf keinen Fall stören. Nicht, dass es zu irgendeinem anderen Zeitpunkt wesentlich erwünschter gewesen wäre. Doch die Momente vor der ersten Zigarette waren ihr besonders heilig.

Nach ein paar Minuten hörte das Tippen auf, ich erhob mich und ging in einstudierter Schrittfolge zur Tür. Welche Diele knarrte und welche nicht, wusste ich genau. Mein Ohr berührte das kühle Holz. Mit einem Ratschen wurde der Bogen aus der Maschine gezogen, danach erklang mehrmals das satte Geräusch der langen, nadelspitzen Papierschere, die sie in der obersten Schublade aufbewahrte. Eine Plastiktüte knisterte, und bald darauf war der mineralische Geruch von Ton zu erahnen. Sie machte neue Glückskekse, auf Vorrat, es war bald wieder

Premiere. Auf den kleinen, zusammengerollten Papierstreifen standen selbst getextete Einzeiler, Aphorismen, Reime oder Weisheiten. Mit nur einer Ausnahme. Am Abend der ersten Aufführung bekam jedes Teammitglied einen tönernen Glückskeks von ihr. Sie sahen aus wie ihre essbaren Brüder, nur hellgrau und hart. Da sich meine Mutter jedes Mal auch selbst einen aus der Tüte zog, hingen viele der kleinen Zettel mit Wäscheklammern befestigt an ihrer Gitterwand zwischen den Postkarten, Artikeln und sonstigen Erinnerungen.

»Schön, wie du bist, bist du schön«, stand auf einem, oder: »Wer geliebt wird, kann nicht frei sein«. Aber auch kleine Aufgaben, wie zum Beispiel: »Nächsten Montag: keine Hände!«, oder auch: »Gutschein für ein Mal großzügig sein«.

Bei jeder Premiere war nur ein »Unglückskeks« dabei. Dieser enthielt eine Beleidigung oder negative Botschaft und war so etwas wie der Hauptgewinn. Mamma hatte ihn erst ein einziges Mal gezogen. Auf ihrem stand: »Du bist Dreck, du kannst nicht lieben und wirst einsam sterben«.

Zigarettenqualm kroch unter der Tür hindurch ins Freie, ich trat leise die bekannte Schrittfolge zurück und lehnte mich an die gegenüberliegende Wand. Als die Tür aufging, konnte ich gerade noch rechtzeitig die Kassette in meiner Hosentasche verschwinden lassen.

»Guten Morgen, Mamma«, sagte ich und versuchte fröhlich, aber auf keinen Fall aufmunternd zu klingen. Sie sah nicht sehr begeistert aus. Was wohl auch damit zu tun hatte, dass sie mich zu dieser Zeit vor ihrer Tür antraf. Wenn ich es recht überlegte, wusste ich gar nicht, wie es aussah, wenn sie begeistert war. Da war ich noch nie dabei gewesen. Ein Rest Rauch und der dunkle Geist der Nacht krochen aus ihrem Mund, schwerelos, in den rissigen Lippen saß getrockneter Rotwein vom Vorabend. Ihre Finger waren weiß vom Ton.

»Charlie.«

Sie fuhr sich mit der Zunge über das Zahnfleisch, oben, wo die Vorderzähne im Kiefer verschwanden. Es machte ein ziependes Geräusch. Was auch immer da gesessen hatte, jetzt war es weg.

»Hast du schon gefrühstückt?«, fragte sie.

Ich schüttelte energisch den Kopf.

»Kannst du mir einen Kaffee machen, bevor ich aufbreche?«

Ich nickte etwas zu begeistert.

»Gut. Du weißt ja, wie.«

Nonno war bereits im Laden, die Maschine hatte er am Morgen eingeschaltet und den Siebträger sowie eine Tasse für seine Tochter zum Aufwärmen daraufgestellt.

Ich hatte lange mit ihm geübt. Sie trank ihren Kaffee *lungo*, mit einem Tropfen Milch: Die richtige Menge Kaffee mahlen, so viel, wie für einen doppelten Espresso nötig war, dann in eine vorgewärmte, mittelgroße Tasse durchlaufen lassen, nicht zu kurz, aber auf keinen Fall zu lang. Nonno hatte das alles im Blut. Ich hatte alles vermessen und notiert. Ihn den Kaffee mahlen lassen. Hatte den Inhalt des Siebträgers in einen kleinen Plastikbecher umgefüllt, die Füllhöhe markiert und den Becher auf Höhe des Striches abgesägt. So konnte ich das Mahlwerk einfach anwerfen und das Pulver hineinrieseln lassen. Wenn der Becher gehäuft voll war, streifte ich mit dem Messer das überschüssige Kaffeemehl ab, und der Inhalt kam in den angewärmten Siebträger. Die Dauer für den Durchlauf hatte ich bei Nonno mehrere Male mit meiner digitalen Armbanduhr gestoppt und den Mittelwert errechnet. Zweiundvierzig Sekunden. Lediglich der Anpressdruck blieb Gefühlssache. Aber ich fuhr ganz gut mit »fast so doll ich kann«. Zum Glück nahm sie nur einen Tropfen Milch und keinen Zucker, das war einfach. Alles andere hätte den Zubereitungsprozess erheblich verkompliziert und die Chance zu scheitern erhöht.

Als sie mit frisch aufgelegtem Parfum aus dem Bad kam, stand der fertige *caffè lungo* oben auf der Maschine und wurde warm gehalten.

Sie griff zu, schnupperte, schloss die Augen, trank.
Ich hielt die Luft an.
Sie leckte sich die Oberlippe ab.
Sie sagte nichts.
Ich atmete auf.
Erst als sie die Tasse auf den Küchentresen stellte, sah sie mich an. Der Kaffeeduft kämpfte in meiner Nase gegen ihr Diorissimo, als erklängen ein altes, italienisches Volkslied und ein französischer Chanson gleichzeitig. Mithilfe ihrer Gesichtsmuskulatur ahmte sie ein Lächeln nach.

»Dann sehen wir uns in drei Monaten.«
Bei der Premiere?
Ich nickte ohne etwas zu erwidern, nahm die Tasse, ging zur Spüle, wusch sie aus und trocknete mir die Hände ab. Wenn ich ihr die Kassette jetzt gab, würde ich nie erfahren, ob sie meinen Mix tatsächlich gehört hatte.

Sie bewegte sich in Richtung Tür.
»Ich komm noch mit raus«, sagte ich.
Sie blieb stehen und sah mich an. »Aha.«
Das hatte ich noch nie gemacht. In der Regel schlich sie aus dem Haus, wenn alle noch schliefen. Sie zuckte mit den Schultern, nahm ihre Tasche und verließ die Küche. Ich ging hinterher und dachte an den Film mit den Entenküken. Die Forscher hatten die Eier einer verendeten Entenmutter unter einer Wärmelampe ausgebrütet und den Kleinen nach dem Schlüpfen als Erstes ein ferngesteuertes Auto gezeigt, sodass sie, ihrem inneren Programm folgend, wie flauschige Bälle auf einer unsichtbaren Schnur einem Miniatur-Pick-up hinterherwatschelten.

Ihr rostroter Käfer parkte direkt vor unserem Haus. Rasch trat sie auf die Straße, öffnete die Fahrertür und stieg ein. Ich zog am Griff der Beifahrertür, die verschlossen war. Mamma beugte sich herüber, kurbelte das Fenster halb herunter und sah mich fragend an. »Was denn?«

Ich griff hinein, zog den kleinen Stöpsel hoch, öffnete die Tür und setzte mich zu ihr auf den Beifahrersitz. Ihre Augenbrauen zogen sich zusammen. Mit schwitzigen Fingern umfasste ich die Kassettenhülle in meiner Hosentasche.

»Mamma?«

Es sollte das letzte Mal sein, dass ich sie so ansprach. Zu meinem Vater hatte ich nie »Papà« gesagt, sondern schon immer *Dito*. Wahrscheinlich, weil er eher eine Art Maskottchen war als ein Vater.

»Habt ihr wieder so verrückte Musik in dem neuen Stück?«

»Das musikalische Konzept steht jetzt noch nicht.«

Sie steckte den Zündschlüssel ins Schloss und sah auf die Straße. In Gedanken war sie schon unterwegs. Oder bereits angekommen. Ich holte Luft.

Jetzt oder nie.

»Hier, ich wollte dir noch was mitgeben«, sagte ich und holte die Kassette aus der Tasche. »Habe ich für dich gemacht.«

Überrascht ließ sie den Schlüssel los, griff zu und betrachtete das Tape von allen Seiten. In großen, aus verschiedenen Illustrierten ausgeschnittenen Lettern stand REISMUSIK VOL. 1 auf dem Rücken. Ich erschrak. Erst jetzt fiel mir auf, dass ich ein »E« vergessen hatte. Ich wollte ihr die Kassette am liebsten gleich wieder aus der Hand nehmen, doch sie studierte bereits die selbstgestaltete Collage auf dem Cover. Ihre Nasenspitze hob sich, und sie schob das Kinn vor.

»Wer kippt denn da die Pfanne Reis über den fliegenden Hamster?«

Ich wünschte mir, dass die Bemerkung lustig gemeint wäre, und lachte gekonnt.

»Das ist ein Halbwolf. Der bei Vollmond tanzt. Und Mondlicht, kein Reis.«

»Aha.«

»Es ist natürlich keine Reismusik, das ist nur ein Witz«, versuchte ich. »Es ist *Reise*-Musik. Eine Mixkassette für die Fahrt.«

»Ahaaa!«, sagte sie noch einmal, diesmal so, als wäre sie erst durch meinen Hinweis auf die Idee gekommen, dass sie das Tape jetzt gleich im Auto hören konnte. Ich wusste nur zu gut, warum sie zögerte. Ihr kaputtes Autoradio würde sie dazu zwingen, das ganze Tape zu hören, zumindest eine Seite, ob es ihr gefiel oder nicht. Ich fasste den kläglichen Rest meines Mutes zusammen, beugte mich zum Fahrersitz hinüber und nahm ihr die Hülle ab. Sie hob die Hand, es gab ein kleines, schnalzendes Geräusch, als sie den Mund öffnete – doch ich schob bereits das Tape in die Öffnung des Radios. Klackend verschlang das Gerät die Kassette. Ich tat, als würde ich beim auf die Uhr Sehen Licht benötigen, und drückte auf den Knopf für die Beleuchtung. Dabei startete ich unbemerkt meine Stoppuhr.

Meine Mutter schnallte sich an und holte eine ihrer schlanken, langen Zigaretten heraus. Nach ein paar quälend stillen Sekunden erklangen endlich die ersten Takte Musik. Dank Nonno und seiner Zange »ziemlich laut«. Sie lauschte und hob die linke Augenbraue.

»Was ist das?«, fragte sie mit energischer Stimme und steckte sich die Zigarette an.

Sprach sie nur aufgrund der Lautstärke so?

»Das Kronos Quartett. Sie spielen Terry Rileys ›Salome Dances for Peace‹«, sagte ich.

»Riley«, verbesserte sie mein Englisch. Ich hatte »Rie-Lei« gesagt. »Dance« und »Peace« waren mir zum Glück geläufig, ich hatte es britisch ausgesprochen, wie sie, wenn sie englisch sprach. Da das Stück sehr dynamisch anfing, musste auch ich meine Stimme anheben, was bei mir neuerdings unangenehm schrill klang.

Sie hörte weiter zu und rauchte konzentriert, gerade so, als könnte man dabei etwas falsch machen.

Und dann sagte sie es.

Es kribbelte von unten die Wirbelsäule hinauf, erst in meinem Inneren, dann trat es im Nacken an die Oberfläche und breitete sich außen auf der Kopfhaut aus.

»Das ist sehr gut. Das muss ich Aaron vorspielen.«

Sie findet es gut.

Sehr gut sogar.

Aaron Schneyper war ihr Musiker, sie arbeiteten schon lange zusammen. In dem einzigen Sommer, den ich bei ihr am Theater hatte verbringen dürfen, verpasste ich Aaron knapp. Rita feuerte drei Wochen vor der Premiere das halbe Team, unter anderem den musikalischen Leiter. Aaron sprang ein und rettete die Produktion, die ein fulminanter Erfolg wurde. Ich fuhr vorher mit dem ehemaligen musikalischen Leiter namens Dito Berg sowie der heulenden Regieassistentin nach Hause. Es sollte der einzige Versuch einer Zusammenarbeit meiner Eltern bleiben.

»Mit Streichquartett wollten wir schon immer mal was machen«, sagte sie und sah mich an. »Da hast du mich jetzt aber auf eine richtig gute Idee gebracht.«

Mein kleines Herz klopfte wie ein Karnickel.

»Es sind nur Streichquartette drauf, von allen möglichen Komponisten«, antwortete ich so beiläufig wie möglich, was natürlich gar nicht ging, da ich fast schreien musste.

Sie sah mich an und machte wieder das mit der Augenbraue.

»Ja?«

Guckte sie verblüfft oder skeptisch? Vielleicht sogar begeistert? Sie war einfach unmöglich zu lesen.

»Wie praktisch.«

Sie nahm mir die Hülle wieder aus der Hand, klappte sie auf und murmelte die Namen der Komponisten vor sich hin. Ich hing an ihren Lippen und sprach in Gedanken mit: *Terry Riley,*

Philip Glass, Schostakowitsch, Mozart, John Cage, Beethoven, Steve Reich, Schönberg, Bartók.

Dann verfiel sie wieder in Schweigen und starrte durch die Windschutzscheibe, als würde dort ein Stück aufgeführt.

Ich kurbelte das Fenster auf der Beifahrerseite ganz herunter und hielt mein Gesicht in die frische Luft.

»Das ist der Tanz des verrückten Halbwolfs im Mondschein. Der vom Cover«, sagte ich und drehte meinen Kopf zurück in den Rauch und die Musik.

Meine Mutter starrte weiter geradeaus und sagte nur: »Wie schön sie spielen.«

Schweigend saßen wir nebeneinander und betrachteten das spannendste Stück Straße des Universums. Sie drückte die Zigarette im Aschenbecher aus und hob das Kinn, während sie den letzten Rauch über die vorgeschobene Unterlippe zur Decke blies. Dann griff sie zum Zündschlüssel und hielt sich daran fest.

»Schade, dass du nie ein Streichinstrument lernen wolltest. Da muss man mit anfangen, wenn man klein ist. Jetzt ist es zu spät«, sagte sie und startete den Motor. Die Musik ging kurz aus, mit dem Motorengeräusch setzte sie wieder ein.

Ich WILL Cello lernen. Ich BIN klein. Es ist NIE zu spät!
Meine Mutter blickte mich an.
Sie wollte los.
Ich wollte mit.

Ich sagte: »Am schönsten ist das Ende. Es klingt wie ein Fadeout, aber es sind die Musiker, die immer leiser spielen.«

»Ich muss jetzt wirklich los«, sagte sie und sah mich genervt an.

Ich probiere es einfach.

»Darf ich zur Premiere kommen?«

»Das ist ein Stück für Erwachsene«, sagte sie ohne Zögern. »Du würdest dich fürchterlich langweilen.«

Sie überlegte. Dann streichelte sie mir über den Kopf. Es fühlte sich an, als wollte sie die zärtliche Geste üben. Die Musik machte einen dramatischen Schlenker, der sie erstarren ließ, gerade als ihre Hand in meinem Nacken angekommen war, dann drehte sie sich nach hinten und kramte in ihrer Tasche auf dem Rücksitz. Plastik knisterte, und der Geruch von Ton griff mir in den Kopf. Sie hielt mir die Tüte mit den Glückskeksen hin.

»Komm. Du darfst dir einen nehmen. Aber erst am Abend der Premiere aufmachen, ja? Wie der Rest vom Team.«

Ich winkte ihr hinterher, bis der Käfer von der Sudergasse auf die Hauptstraße abbog, sah auf die Stoppuhr und eilte ins Haus. Die Zeit lief.

Mit stechender Brust ließ ich mich auf den Hocker vor meiner Anlage fallen und fing an zu spulen. Natürlich hatte ich mir auf Ditos Doppeltapedeck vorher eine Kopie von *Reismusik Vol. 1.* gemacht. Der genullte Zähler des Tapedecks drehte gemächlich los. Ich setzte meinen Kopfhörer auf, ein von Dito ausrangierter Sennheiser mit Wackelkontakt auf der linken Seite, tickte zweimal dagegen, bis das Brummen weg war, und blickte auf die digitalen Ziffern meiner Stoppuhr. Seit ich die Kassette bei Rita ins Autoradio geschoben hatte, waren sieben Minuten und zwölf Sekunden vergangen. Bei genau acht Minuten würde ich mich dazuschalten und hören, was meine Mutter im gleichen Moment hörte.

Mit dem bereitliegenden Taschenrechner rechnete ich um: acht Minuten waren 480 Sekunden, das entsprach einem Zählerstand von 168. Es waren einige Testreihen mit Stoppuhr und Taschenrechner nötig gewesen, um zu ermitteln, wie viele Sekunden einer Einheit auf den mechanischen Walzen entsprachen. Natürlich war das nicht exakt, aber es war meine beste Möglichkeit. Näher würde ich meiner Mutter nicht kommen. Ich stoppte das Vorspulen genau bei 168, drückte gleichzeitig auf *play* und *pause*. Die Stoppuhr sprang gerade auf sieben Minuten und

55 Sekunden, 56, 57, mein Finger lag auf der heruntergedrückten Pause-Taste, ich blickte auf die Ziffern und zählte im Stillen mit, 58, 59, genau bei Minute acht ließ ich los und synchronisierte mich mit der Reismusik im Autoradio meiner Mutter.

Wir waren kurz vor Ende des ersten Stücks, das wie ein Fade-out klang. Aus der untersten Schublade meines Schreibtisches holte ich das Diorissimo-Probefläschchen, sprühte einen Stoß in die Luft. Dann zündete ich den Zigarettenstummel, den ich mir aus Ritas Aschenbecher geklaut hatte, kurz an, wedelte den Qualm durchs Zimmer und drückte ihn auf einer Untertasse aus. Schwer atmend setzte ich mich aufrecht hin und schloss die Augen. Die Streicher spielten immer leiser und leiser. Ich dachte an meine Mutter, und sie dachte zur gleichen Zeit an mich. Mit dem Diorissimo- und Zigarettenduft war es, als säße ich bei ihr im Auto. Glücklich flog ich im verqualmten Käfer mit meiner Mutter durch die Landschaft. Der Kopfhörer machte keine Probleme, ich hörte jedes Stück mit ihren Ohren, und jeder Ton klang neu für mich.

Es war alles gut gegangen: Ich gehörte jetzt zum Team.

Heavy Rotation

Morgens nach dem Aufstehen, direkt nach der Schule, abends zum Einschlafen – Reismusik. In den nächsten Wochen hörte ich nichts anderes mehr. Abends zum Einschlafen machte ich die Musik so laut, dass ich die Bässe übertönte, die sich aus Ditos Studiokeller durch den Boden murmelten. Ich malte mir aus, wie Rita und Aaron meine Kassette hörten. Er war lange ein gesichtsloses Phantom gewesen, das ich mir wie einen modernen Mozart vorstellte, mit weißer Barockperücke, aber in Jeans und T-Shirt. Selbst nachdem ich ihn irgendwann zu Gesicht bekommen hatte, behielt er in meinem Kopf die Perücke auf.

Mein Mixtape musste mit voller Wucht bei Aaron eingeschlagen haben, ich konnte es mir nicht anders vorstellen: Er hatte die Kassette nach der ersten Probe an sich genommen. Völlig übernächtigt kommt er am nächsten Morgen mit einem Stoß Noten unter dem Arm zur Bühne und bittet Rita darum, mich kennenlernen zu dürfen, da das Tape eine so großartige Inspiration für ihn gewesen sei. Er hat die ganze Nacht durchkomponiert und geradezu Unwirkliches erschaffen. Bei der Hauptprobe hebt der Intendant insbesondere das musikalische Konzept lobend hervor, und Aaron erklärt selbstlos, was, beziehungsweise wer ihn dazu inspiriert hat. Auf das drängende Bitten des Intendanten hin lädt Rita mich schließlich zur Premiere ein. Ich trage meinen neuen Anzug und muss viele Hände schütteln, werde am Schluss sogar auf die Bühne gebeten, das Streichquartett und Aaron stehen hinter mir und machen dem Publikum mit Fingerzeigen deutlich, dass ich das Genie hinter der Musik bin, beklatschen mich, während meine Mutter, die Starregisseurin, wohlwollend nickt. Sie kommt zu mir, nimmt mich bei der Hand, auch Aaron kommt dazu, und wir verbeugen uns gemeinsam, Rita links, Aaron rechts, außen je zwei Streicher. Das Publikum ist außer sich.

Sie hatte gar keine Wahl, sie würde mich einladen *müssen*. Die Postkarte, die sie sonst aus jedem Theater an sich selbst adressierte und die für gewöhnlich das einzige Lebenszeichen während ihrer Abwesenheit war, würde sie diesmal an mich schicken:

PS: Lieber Charlie, vielen Dank noch mal für dein wundervolles Mixtape. Bitte komm doch auch zur Premiere. Ich habe eine Karte für dich hinterlegen lassen.

Die Postkarte

Jeden Tag nach der Schule saß ich draußen auf unserer Treppe und wartete auf unseren Postboten, Herrn Schwede. Er hatte sich seine Route so gelegt, dass unsere Straße immer als Letztes dran war.

An einem sonnigen Freitag, ich hatte bereits drei Wochen lang jeden Tag auf das Ende von Herrn Schwedes Schicht gewartet, kam er grinsend auf seinem gelben Fahrrad die Sudergasse heruntergeradelt. Die Ankündigung eines Gewitters sättigte die Luft, alles war mit einem Film aus Sommerschmiere und Licht überzogen. Einen letzten Brief warf er noch bei den Teitings zwei Häuser weiter ein, dann fischte er aus der großen schwarzen Tasche vor seinem Lenker die letzte Lieferung und winkte mir damit zu: eine Postkarte. Ich stand auf und ging ihm entgegen. Sein Grinsen war eindeutig. Er hatte die Postkarte bereits gelesen und von meinem großen Triumph erfahren. Ich war ihm nicht böse, bei Postkarten gab es kein Briefgeheimnis. Vielleicht sollte ich ja sogar für ein paar Tage zu den Proben stoßen, um Aaron zu beraten? Das würde mir gut gefallen. Sonderurlaub, ein paar Tage in der Schule fehlen – ich würde niemandem davon erzählen, die Mitschüler würden von Frau Heyde erfahren, wo ich war.

»Hier ist die Postkarte von deiner Mutter!«, rief Herr Schwede und kam vor unserem Haus zum Stehen. Sein hellblaues Hemd war unter den Armen, und da, wo Frauen Busen haben, durchgeschwitzt, denn er hatte auch ein bisschen Busen. Ich riss ihm die Karte aus der Hand, hielt sie mir an die Nase, Pappe, dreckige Postbotenfinger und Diorissimo, auf der Vorderseite war irgendein Dom oder Brunnen oder Rathaus zu sehen, vollkommen egal, auf der Rückseite standen nur ein paar Worte:

Hallo!
Es läuft gut.
Das mit den Streichern wird sensationell.
Zieh dich besser warm an, nach der Premiere
soll es stürmen.

Gruß & Kuss,
Deine Rita.

Kein PS. Keine Nachricht an mich. Es war wieder eine dieser Karten, die sie an sich selbst verschickt hatte. Ich schluckte. Herr Schwede sah mich an, wusste nichts, sagte nichts. Ich blickte an ihm vorbei, murmelte »Danke« und ging hinein.

Für Erwachsene

Wollte sie mich wirklich nicht dabeihaben? Wie konnte das sein? Ich hatte sie doch »*auf eine richtig gute Idee gebracht*«. Es musste daran liegen, dass es ein Stück für Erwachsene war. Aber was sollte daran so schlimm sein? Wieso glaubte sie, ich würde mich langweilen? Kindertheater langweilte mich. Rita wusste gar nicht, wie oft ich mit Nonna in die Oper ging. Ich hatte dutzende Morde auf der Bühne erlebt, einmal war sogar die rechte Brust einer Frau zu sehen gewesen. Na und? Ich wurde bald zwölf, kam aufs Gymnasium. Ich war kein Kind mehr. Nonno hatte mir bereits einen Anzug geschneidert, Nonnas Freundinnen aus der Oper, die ich nur anhand ihrer Parfums auseinanderhalten konnte, waren allesamt entzückt gewesen. *Bel giovanotto!,* hatten sie immer wieder gesagt, *bel giovanotto!*

Den Anzug hatte ich in Mammas Gegenwart noch nie getragen. Darin würde sie mich mit ganz anderen Augen sehen. Und im Moment des Triumphs liebend gern mit dem Team auf die Bühne holen. Ich gehörte ja schließlich dazu, ich hatte einen Glückskeks bekommen, den ich erst am Abend der Premiere öffnen sollte.

Wie der Rest des Teams.

Ich sah mir die Postkarte noch einmal an, ob ich vielleicht einen besonders klein geschriebenen Satz darauf übersehen hatte. Nein. Da war nichts.

Ich sah mir die Adresse an.

Da stand: »r. BerG«, in ihrer speziellen Handschrift. Stets durchmischte sie Groß- und Kleinbuchstaben, ohne erkennbares Prinzip, es sah wunderschön aus.

Doch halt.

Adressierte sie ihre Postkarten sonst nicht an »r. dEl MoNtE«? Mein Herz plusterte sich auf und fiel sofort wieder in sich zusammen. Das musste die Lösung sein! Es war gar kein »r« vor dem Nachnamen, sondern ein »c«. Gut, da war ein kleiner Haken am »c«, aber das änderte nichts. Die Karte war an »Charlie Berg« adressiert!

Ich las sie mir noch einmal durch und drückte sie mir anschließend ans Herz. *Das mit den Streichern wird sensationell, zieh dich besser warm an.*

Aber was, wenn ich mit Dito zur Premiere fuhr, und vor Ort stellte sich heraus, dass sie an der Kasse keine Eintrittskarte für mich hinterlegt hatte?

Ich ging hinunter ins Studio.

Unser letzter gemeinsamer Besuch bei einem Stück von Rita lag jetzt über ein Jahr zurück. Es war kein Stück für Erwachsene gewesen. Wir waren eine Stunde mit dem Zug gefahren, ich hatte schon während der Fahrt eine Cola trinken dürfen und in der Pause noch eine. Das Stück gab mir Rätsel auf, aber die Musik war verrückt und schön. Dito fand sie nicht so gut, das wusste ich, weil er die ganze Zeit »Pfff…« machte und im Dunkeln den Kopf schüttelte, sobald Musik erklang. Manchmal lachte er sogar verachtend und sagte: »Och nö«, während er entsetzt mit zusammengeknüllten Brauen den Kopf wegdrehte.

Auf der anschließenden Premierenfeier sagte er zu Aaron Schneyper, der leider keine weiße Perücke trug, dass die Musik ziemlich *groovy* gewesen sei. Man konnte einfach genau das Gegenteil von dem sagen, was man dachte. Ich sah Aaron das erste Mal aus der Nähe, er roch würzig, es wurde nach *Diorissimo* und Opas *Sandalo* After Shave der dritte Duft, dessen Namen ich kannte: *Tabac Original*. Während die beiden sich unterhielten, entdeckte ich Rita im Gewusel. Mit ihr reden durfte ich nicht, sie war bei der Arbeit. Auch Dito winkte ihr nur verstohlen zu, sie reagierte mit einem kurzen Anheben der Augenbraue. Also beobachteten wir sie von weitem, wie sie von Sektflöten schwingenden Fliegenträgern umringt wurde, Luftküsschen auf beiden Backen einsammelte und mit einem roten Mund selbst welche verteilte, ein fremder Mund, der ungewohnt laut lachen konnte. Alle Sorgenfalten, alles Grau war aus ihrem Gesicht verschwunden, und die wenigen Male, die ich sie so sah, wünschte ich mir, sie würde dieses Lachen einmal mit nach Hause bringen.

Doch sie brachte nie irgendetwas mit. Bei uns in der Sudergasse war sie die graue, stille Rita, zog sich in ihr Kinderzimmer zurück und zählte die Tage, bis sie wieder aufbrechen konnte, in die nächste Stadt, zum nächsten Theater, zum nächsten Erfolg.

»Rita meinte vor der Abfahrt, du sollst noch mal im Theater anrufen, nicht, dass die das mit unseren Karten wieder verschusseln«, sagte ich zu Dito, der gerade eine Saxofonspur von Stucki auf *solo* gestellt hatte und an den Reglern für die höheren und mittleren Frequenzen herumschraubte. Hin und wieder spulte er die Bandmaschine zurück und schaltete ein paar andere Instrumente dazu. Es dauerte eine Weile, bis er antwortete.

»Oha, gut, dass du es sagst.«

Genau das war letztes Mal passiert, und sie war ziemlich sauer gewesen, als sie kurz vor der Aufführung noch wegen solch einer Nichtigkeit belästigt wurde.

Dito ging hoch, um zu telefonieren, und ich blieb auf dem breiten, abgewetzten Ledersofa sitzen, das gleichzeitig sein Bett war. Das war Ditos Reich, hier verbrachte er den größten Teil seines Lebens. Er hatte einen bequemen Chefsessel mit Kopfstütze vor dem gigantischen Mischpult stehen, auf dem er von links nach rechts rollte, vor und zurück, überall waren Kabel zu stecken und Knöpfe zu drücken und Regler zu drehen. Im Laufe der Jahre war es ihm gelungen, immer mehr Geräte und Instrumente hier unten anzuhäufen, was Nonno nicht mitbekommen durfte, denn wir waren ständig bei ihm mit der Miete im Rückstand.

Mit schräg gehaltenem Kopf, damit er sich nicht stieß, kam er die Treppe wieder heruntergetänzelt.

»Ein Glück, die Deppen hatten tatsächlich nur eine Karte für uns zurückgelegt. Hab aber noch 'ne zweite bekommen.«

Mit Dito war es immer so einfach.

»Wir sitzen nur leider nicht nebeneinander«, sagte er noch.

»Das ist doch egal.«

War es mir wirklich. Es war sogar besser, wenn ich nicht neben Dito saß, man stelle sich nur die Situation vor: Rita steht auf der Bühne, der Applaus brandet auf, sie winkt mir zu, damit ich auf die Bühne komme, aber Dito fühlt sich angesprochen, wieso auch sollte ich gemeint sein, er weiß ja nichts von meinem Mixtape. Er freut sich, erhebt sich, und Rita muss ihm vor dem gesamten Publikum mit Handzeichen klarmachen, dass nicht er, sondern ich auf die Bühne kommen soll.

Eine Woche später saßen wir im Zug. Dito trug seinen ausgeblichenen Cord-Anzug mit dem viel zu großen Jackett und der Schlaghose, dazu eine gelbe Fliege. Niemals würde er in einen der »Bankerzwirne« aus der Schneiderei seines Schwiegervaters steigen. Er hasste es, sich herausputzen zu müssen, und Rita war es peinlich, wenn er es auf diese Art tat. Kein Wunder, dass er auf der Premierenfeier nie mit ihr reden durfte. Er sah aus wie ein Clown, der vergessen hatte, sich zu schminken.

Wie elegant ich dagegen wirkte, in meinem maßgeschneiderten dunkelblauen Dreiteiler, dem cremeweißen Hemd und der weinroten Strickkrawatte von Nonno. Dito staunte nicht schlecht, als ich vom Ankleiden herunterkam. Nonno hatte mir auch mit der Frisur geholfen, alle Haare waren zurückgekämmt, ich duftete nach italienischem Haarwasser und hatte mir etwas von seinem *Sandalo* an den Hals tupfen dürfen, es war wundervoll.

Auf der Zugfahrt starrten wir beide schweigend aus dem Fenster. Ich durfte eine Cola, Dito trank Bier aus einer 0,5-Liter-Dose. Ich hatte ihm immer noch nicht von meiner Mixkassette erzählt, und je länger wir nichts sagten, desto schwieriger wurde es, einen Anfang zu finden. Glücklicherweise brach Dito das Schweigen.

»Weißt du eigentlich, worum es geht in dem Stück heute? Is ja ziemlich harter Tobak.«

Ich hatte keine Ahnung. Ich wusste nicht einmal, wie das Stück hieß.

»Ja, Mamma sagte schon, dass es eigentlich ein Stück für Erwachsene sei.«

Mist. Ich wollte doch nur noch RITA sagen.

Unsere Augen tanzten weiter den vorbeihuschenden Gebäuden hinterher, und wir nickten beide ein wenig vor uns hin.

»Na ja, bist ja schon ein junger Mann«, sagte er schließlich. Er prostete mir anerkennend zu. Ich prostete zurück und nahm einen großen Schluck Cola.

»Bin gespannt auf das Streichquartett«, sagte ich.

»Welches Streichquartett?«

»Ich habe ihr ein Streichquartett-Mixtape aufgenommen. Sie und Aaron wollten wohl schon immer mal was mit einem Quartett machen.«

»Pfff...« Er schüttelte den Kopf. »Na, das kann ja was werden. Ich wusste gar nicht, dass Schneyper Noten kann.«

Er zog die Augenbrauen hoch, schloss die Lider und leerte seine Bierdose mit einem langen Zug. Mit dem Kopf im Nacken ließ er sich den Rest in den offenen Mund tröpfeln, dabei hob er die Dose immer höher. Dann wischte er sich mit dem Jackettärmel das Gesicht ab, zerknickte die Dose und stopfte sie in den kleinen Mülleimer unter dem Fenster, der sich schräg herausklappen ließ und danach nicht wieder ganz zuging. Er räusperte sich.

»Und du hast ihr ein Tape gemacht? Vielleicht sollte ich ihr auch mal wieder ein paar Skizzen komponieren. War doch eigentlich ganz lustig damals, wir drei im Theater, oder?«

»Ja. Fand ich auch.«

Er schwieg und trommelte mit allen zehn Fingern einen komplizierten Takt auf den Armlehnen, der mit einem lässig aus dem Handgelenk geschlagenen Luftbecken endete. Das Geräusch dazu lieferte er mit dem Mund: *Bischsch!*

»Aber, nee. Aaron und Rita sind schon ein echtes Dream-Team.«

Mein Vater zog den Mund in gewohnter Tja-da-kann-man-nichts-machen-Manier in die Breite. Der Zug machte ein dazu passendes, quietschendes Geräusch, wurde langsamer und kam zum Stehen. Das beißende Aroma von Industriestahl und elektrischer Hitze schlich sich ins Abteil.

»Und außerdem kann ich mit diesen Theaterfuzzies eh nichts anfangen. Insofern ist es wahrscheinlich besser so.«

Er stand auf, strich sich sein langes, lichtes Haar zurück und grinste mich an. »Komm. Schauen wir uns den Quatsch mal an.«

Toi toi toi

Als wir beim Theater ankamen, ging gerade die weiße Tafel über dem Eingang an.

In großen schwarzen Lettern waren der Titel des Stückes und der Name meiner Mutter zu lesen.

HEUTE PREMIERE:
HITLERS NUTTEN BITTEN ZUM TANZ
von Rita del Monte

Vorn war noch geschlossen, wir betraten das Theater durch den Seiteneingang. Es liefen Putzleute durch die Gänge, Menschen mit schwarzen Schürzen durchkreuzten schnellen Schrittes das Foyer. Ich dachte an die Stimmung, die jetzt hinter den Kulissen herrschte. Ein einziges Mal hatte ich das erleben dürfen. Diese sanft brodelnde Ruhe, Schauspieler liefen auf und ab, flüsterten ihre Texte, machten Atemübungen, wurden geschminkt. Musiker – Streicher! – stimmten ihre Instrumente.

Als Erstes holte Dito unsere Tickets ab. Ich steckte meins in die linke Innentasche, zu meinem Toi-toi-toi-Geschenk für Rita: *Reismusik Vol. 2*. Ich musste sie unbedingt noch vor der Aufführung treffen, schließlich wusste sie noch gar nicht, dass ich hier war, und würde mich somit auch nicht auf die Bühne bitten. Kurz vor dem Stück unangemeldet bei ihr aufzukreuzen war zwar ein gewagter Plan – doch falls sie sauer sein sollte, konnte ich mit diesem Geschenk sicherlich die Wogen glätten. Mit etwas Glück erwischte ich einen Moment, in dem Aaron in der Nähe war, dann konnte sie uns gleich miteinander bekannt machen.

Jetzt musste ich nur noch abwarten, bis Dito eine seiner

dicken, selbst gedrehten Zigaretten rauchen ging. Er liebte seinen blumig duftenden Tabak aus Thailand, und weil der Geruch nicht jedermanns Sache war, suchte er sich dafür immer ein Plätzchen, bei dem er ganz für sich war. So war es auch heute.

»Ich werde mal ein kleines Zigarettchen hinterm Haus verdampfen. Wir treffen uns um halb im Foyer, okay?«

In diesem Moment wurden die Vordertüren geöffnet und die ersten Leute hereingelassen. Dito verschwand nach draußen, und ich machte mich umgehend auf die Suche nach dem Zugang zum hinteren Bühnenbereich.

Ein junger blonder Mann in schwarzem Anzug stand vor einer in Frage kommenden Durchgangstür und lächelte mich an wie aus der Zahnpastawerbung. Ich lächelte zurück.

»Buona sera, Charlie del Monte mein Name.« Ganz dezent legte ich etwas Singsang in die Sprachmelodie. »Ich bin der Sohn von Rita del Monte, könnten Sie mir bitte sagen, wo ich sie finde?« Ich klopfte zweimal auf meine linke Brustseite. »Ich muss ihr etwas Wichtiges überbringen.«

Rita nutzte den gleichen Künstlernamen wie mein Großvater Nonno.

»Und, Charlie del Monte, hast du denn deinen Pass dabei?« Der Zahnpastamann grinste und zwinkerte mir mit einem Auge zu. Als ich ihn verunsichert ansah, trat er beiseite und öffnete die Tür. »Kleiner Scherz. Letzte Tür links. Sie ist gerade noch in einer Besprechung.«

Ich schlich den leicht gebogenen Gang hinunter und legte mein Ohr für einen Moment an die letzte Tür links. Es war nichts zu hören. Als ich die Klinke heruntergedrückte, erklang die Stimme meiner Mutter. Die Tür war jetzt einen Spalt geöffnet, gerade genug, um zuhören zu können.

»Lass uns später in Ruhe weitermachen«, sagte sie.

»Aber du willst mich doch so nicht auf die Bühne lassen? Du

weißt, wie unkonzentriert ich dann bin«, antwortete eine tiefe Männerstimme, anscheinend ein anderer Schauspieler.

Sie lachte. Meine Mutter *lachte*.

»Du bist unkonzentriert?« Sie sagte das irgendwie, als würde sie als Schauspielerin eine Rolle üben. »Wie unkonzentriert bist du denn?« So hatte ich sie noch nie sprechen hören, so weich und warm.

Natürlich, die beiden machten eine letzte Textprobe.

»Sehr, sehr, seeeeeehr unkonzentriert.«

»Aha.«

Der Schauspieler sagte nichts mehr, er brummte stattdessen wie ein bärengroßer Kater.

Dann klirrte etwas, irgendeine Flasche oder Tasse fiel zu Boden, aber es wurde nicht weiter kommentiert. Nur das gelegentliche Bass-Schnurren des Schauspielers war zu hören.

Vorsichtig öffnete ich die Tür weiter, aber nur einen Spalt, um eventuell noch einen Rückzieher machen zu können. Der Schauspieler begann mit einer Atemübung. Ich kannte das, auch von Nonna, wenn sie sich warmsang. Da wurden Tonleitern rauf- und runtergeträllert, die Lippen flattern gelassen, dass es klang wie ein Luftballon, der beim Zuknoten entwischte und wilde Loopings durch den Raum flog. Jetzt sah ich das Gesicht des Brummbären, und stellte erstaunt fest, dass es gar kein Schauspieler war – sondern Aaron Schneyper. Er lehnte an der Kante des Schminktisches, stützte sich nach hinten ab, hatte den Kopf in den Nacken gelegt und die Augen geschlossen. Im nächsten Moment fing er an zu tönen. Er bereitete sich auf seinen Auftritt vor. Dass auch er auf der Bühne performte, war mir neu. Aber vielleicht hatte er dieses Mal einen Gesangspart. Im Theater war alles möglich.

»Aaaaaaaaaaaa«, sang er mit tiefer Stimme. Ich sah an ihm vorbei, sah mein halbes Gesicht im riesigen Schminkspiegel. Von meiner Mutter sah ich nur den Rücken, sie hatte sich hingekniet, um die Scherben aufzusammeln. Ich wartete, bis sie wieder aufstand, dann konnte ich ihr zuwinken, Aaron wollte ich jetzt nicht stören. Oder war es gerade ein ungünstiger Moment? Sollte ich lieber vor der Tür warten, bis sie herauskamen?

Aaron nahm mir die Entscheidung ab, indem er die Augen öffnete und mich direkt anblickte. Er war einigermaßen überrascht, sagte aber keinen Ton – und grinste mich an. Meine Mutter war immer noch auf den Knien, sie machte irgendwas an Aarons Kostüm, vermutlich war das Getränk beim Herunterfallen auf die Hose geschwappt und hatte einen Fleck hinterlassen. Aaron winkte mir jetzt mit dem Handrücken zu, wie man eine Fliege verscheucht, nur in Zeitlupe. Der Kopf meiner Mutter bewegte sich rhythmisch, sie würde sich jeden Moment umdrehen, sollte ich schnell die Tür schließen? Wollte sie den Fleck mit Spucke entfernen? Aaron zwinkerte mir verschwörerisch zu, zeigte auf mich und zog mit spitzen Fingern einen imaginären Reißverschluss über die Lippen. Dann machte er mit seinen Atemübungen weiter, meine Mutter kniete weiterhin, sagte nichts und bewegte weiter den Kopf. Es war bizarr. Leise schloss ich die Tür.

Ich überlegte. Sollte ich warten oder die Kassette einfach vor die Tür legen? Ich hatte keine Karte, keinerlei Widmung geschrieben. Wer weiß, wem sie in die Hände fallen würde. Vielleicht konnte ich den Zahnpastamann bitten, Rita das Tape zu geben? Ich wollte gerade gehen, da ging hinter mir die Tür auf. Aaron erblickte mich und kam schnellen Schrittes auf mich zu. Seine Wangen waren gerötet. Er legte mir eine Hand in den Rücken und schob mich in Richtung Durchgangstür.

»Was willst du hier, das ist nur für Schauspieler, wer hat dich überhaupt reingelassen, Kleiner?«

Er hatte keine Ahnung, wer ich war. Wie auch. Als Dito und er auf der letzten Premierenfeier kurz ein paar kalte Worte gewechselt hatten, hatte ich stumm danebengestanden. Das war über ein Jahr her, ich war ein Kind gewesen, kein junger Mann im Anzug.

Wir erreichten die Tür, Aaron öffnete sie und schob mich hinaus, vorbei an dem Mann mit den perlweißen Zähnen.

»Ich wollte zu Rita. Ich hab ein Toi-toi-toi-Geschenk für sie.«

Der Begriff ließ ihn innehalten.

»Ich bin Charlie. Del Monte. Ich hatte die Idee mit dem Streichquartett.«

Er musterte mich skeptisch. Ich griff in meine Innentasche, holte *Reismusik Vol. 2* hervor. Diesmal war es nur Piano.

»Du bist Ritas Sohn?«

Na endlich.

»Ja. Und du bist Aaron, oder? Kannst du ihr das bitte geben?«

Verdattert sah er mich an, als ich ihm das Tape hinhielt. Er holte tief Luft.

»Jetzt hör mir mal zu. Ich muss dringend los. Und ich kann Rita nichts geben. Wir haben uns nämlich nie getroffen. Und du hast vorhin auch nichts gesehen, klar?«

Was für ein… ich dachte daran, wie Dito ihn immer nannte: *Arschloch Scheißer.*

Er kam etwas näher.

»Was fällt dir überhaupt ein, ohne zu klopfen in irgendwelche Garderobenräume zu spazieren? Sei froh, dass deine Mutter nichts mitbekommen hat.«

Ich sah ihn mit offenem Mund an und drückte meine Brille auf der Nasenwurzel fest. Wieso war er so wütend?

»Ich wollte ihr doch bloß das Geschenk bringen. Und ihr mitteilen, wo ich sitze. Von der Bühne aus hinten rechts, drittletzte Reihe. Kannst du ihr das sagen? Sie weiß nämlich nicht, dass ich hier bin.«

»Spinnst du? Wer hat dich überhaupt ins Theater gelassen? Das Stück ist für Erwachsene, auf der Bühne wird gefickt, Mann!«

Er machte wieder die Handbewegung zum Fliegenverscheuchen, dieses Mal schneller und mit beiden Händen. Dann drehte er sich um und ging im Stechschritt auf die Tür zu, die der blonde

Türsteher grinsend öffnete. Während sie sich hinter Aaron schloss, sah er mich an und zuckte mit den Schultern.

Auf der Bühne wird gefickt.
Selber Spinner. Ich wusste nun wirklich ganz genau, welche Form von Theater meine Mutter bevorzugte. Niemals war Blut zu sehen, bestenfalls tauschte ein Schauspieler vor den Augen des Publikums sein weißes Hemd gegen ein rotes, und ebenso schnell konnte er sich durch das Umhängen einer Handtasche in eine »Alte Dame« verwandeln. So ging Theater. Mit minimalen Hinweisen, Gesten und Accessoires wurden die wildesten Dinge behauptet – dem *Del-Monte*-Publikum gefiel das. Illusionstheater war etwas für das gemeine Volk, für den Jahrmarkt. Meine Mutter machte Kunst. Und *Arschloch Scheißer* machte die Musik dazu. Inspiriert von meinem Mixtape.

Gerade als das erste Mal die Glocke ertönte, kam ich zurück ins Foyer. Es war bereits voller Duft und Geplauder. Die Leute im Theater waren jünger als das Opernpublikum, alkoholisierter und nicht ganz so fein herausgeputzt. Schwarz dominierte, einige trugen sogar Turnschuhe. Die Parfums rochen anders, wenn auch der ein oder andere Operngeruch zu erkennen war. Ich ließ meinen Blick wandern, auf der Suche nach Dito. Mir fiel auf, dass einige der Leute ihre Köpfe zusammensteckten und tuschelten, als sie mich sahen. Ob sich herumgesprochen hatte, dass der Sohn der Regisseurin anwesend war? Ich nahm meine Brille ab und putzte sie lässig mit einem farblich zur Krawatte passenden Tuch. Als ich sie wieder aufsetzte, sprang mir Ditos gelbe Fliege ins Auge, zwei kleine Warndreiecke, die durch die dunkel gekleidete Menge auf mich zueilten.

»Komm mit aufs Klo!«, raunte er.

Ich folgte ihm. Wir betraten den beige gekachelten Raum, mir schlugen Urin und Kot entgegen. Ein Mann wusch sich die

Hände und musterte Dito und mich mit hochgezogenen Augenbrauen im Spiegel. Dann war er endlich weg, und Dito prüfte alle Kabinentüren. Wir waren allein.

»Also. Vorn kontrollieren sie allen Ernstes Ausweise, das Stück ist erst ab 18. Ist wohl besser, wenn du dich nicht mehr im Foyer rumtreibst. Du schließt dich jetzt ein, bis du die zweite Glocke hörst. Dann wartest du noch ein paar Minuten, fünf oder so in etwa, schleichst dich raus, und wenn es das dritte Mal bimmelt, gehst du als Letzter in den Saal, klar?«

Ich sah auf die Uhr.

»Und ich muss die ganze Zeit hierbleiben?«

»Anders geht es nicht. Sonst werfen sie dich raus. Und mich gleich mit. Du kannst dir vorstellen, was das für einen Skandal gibt, wenn irgendwer herausfindet, dass wir zu Rita gehören.«

Was für ein Alptraum.

Mein Vater konnte sich nicht ansatzweise vorstellen, was es für mich bedeutete, auf einer öffentlichen Toilette eingeschlossen zu sein. Die feine Nase hatte ich nicht von ihm geerbt.

»Bis später!«, sagte er und ließ mich allein.

Ich suchte mir eine Kabine aus, verriegelte die Tür, klappte den Deckel herunter, setzte mich darauf, zog die linke Seite meines Jacketts über die Nase und wartete. Allein die Kombination aus Flüssigseife und Klostein war ein Anschlag auf meine Geruchsnerven. Besucher kamen und gingen. Es gab wirklich Männer, die hier ihr großes Geschäft erledigten. Im Theater! Direkt neben mir hörte ich es pupsen und blubbern, knisternd fuhren Würste aus dem Darm und plumpsten in den Tiefspüler, begleitet von Press- und Keuchgeräuschen. Keinen Meter von mir entfernt, nur getrennt durch eine dünne Plastikwand, wurde schnaufend der After mit hartem Recycling-Toilettenpapier abgerieben. Wie konnte das normal sein? Wer entwarf öffentliche Toiletten? Auch an den Urinalen ließen Männer beim Pinkeln nebeneinanderstehend hemmungslos Darmwinde fahren, richteten minutenlang ihren Harnstrahl auf den unnatürlich grünen Klostein, als ginge es nicht ums Wasserlassen, sondern darum, den ätzend stinkenden Brocken kleinzuwaschen. Bald erklang die zweite Glocke, und endlich irgendwann die rettende dritte.

Ich machte mich auf den Weg, mit gesenktem Kopf, den Blick immer auf die Erde geheftet. Die Massen wurden in den Saal gesogen, ich wartete in sicherem Abstand, bis sich das Foyer geleert hatte. Gerade noch als Letzter huschte ich unter dem irritierten Blick der Türfrau in den Saal.

Es war voll, selbstverständlich, die Premiere war immer ausverkauft. Mein Platz war relativ weit außen, neben einem älteren Herrn mit Notizblock auf den Knien. Vorn, in der ersten Reihe, erblickte ich meine Mutter. Sie hatte sich hingestellt und ließ mit zusammengekniffenen Augen den Blick über die Menge wandern. Jetzt sah sie in meine Richtung. Suchte sie mich? Hatte Aaron ihr doch noch erzählt, dass ich hier war? Ich stand auf und winkte. Sie setzte sich wieder hin. Hatte sie mich gesehen? Nein, Aaron Schneyper wollte den Ruhm für sich allein, das war mir klar geworden. Heute würde mich niemand auf die Bühne bitten. Mir war schlecht. Der schale Geschmack im Mund ließ sich nicht wegatmen, ich schmatzte verzweifelt. Der alte Herr bot mir ein Kaugummi an.

Keine Süßigkeiten von Fremden annehmen.

Ich murmelte »Danke« und griff zu. Als ich das Kaugummipapier in die rechte Innentasche meines Jacketts stecken wollte – Nonno hatte auf meinen Wunsch hin in beide Innenseiten Taschen eingesetzt –, berührten meine Finger den aus Ton geformten Glückskeks, der dort steckte. Den hätte ich fast vergessen. Ich holte ihn heraus, knackte ihn, entnahm den Zettel und steckte die beiden Hälften zurück ins Jackett. Dann holte ich Luft und entrollte den Zettel. Mineralischer Geruch stieg mir direkt ins limbische System. Im nun langsam schwindenden Saallicht konnte ich gerade noch die drei Worte lesen, die Rita auf ihrer Adler unterm Dach getippt hatte. Dem kleinen »i« fehlte wie immer der Punkt.

»*Du wirst töten.*«

Die böse Botschaft. Ausgerechnet ich hatte den Hauptgewinn gezogen.

Das Licht ging aus, und ein Streichquartett trug seine Instrumente auf die Bühne. Das Gemurmel erstarb. Flackernde Neonröhren sorgten für unangenehmes Licht. Das Geräusch einer Säge war zu hören, dann erklang ein elektrischer Bohrer, beides mit Kontaktmikrofonen verstärkt.

Und dann erlebte ich die erste und letzte Aufführung von »Hitlers Nutten bitten zum Tanz«.

Hirschgulasch hilft immer

Immer wenn Rita eine Premiere hinter sich hatte, fuhr Dito mit seinem Liegefahrrad ins Pressecenter Leyder und kaufte dort die überregionalen Zeitungen, um mir in der Küche die Rezensionen vorzulesen. Die stets positiven Beschreibungen der Musik improvisierte er dabei ohne eine Miene zu verziehen ins Gegenteil. Ich schnitt die Artikel aus, klebte sie auf DIN-A4-Bögen, notierte Datum und Zeitung rechts oben und heftete alles in einem Leitz-Ordner ab.

Am Montag nach der Premiere von »Hitlers Nutten bitten zum Tanz« musste ich zum ersten Mal nichts ausschneiden. Ausnahmslos alle Artikel über den »größten Skandal der jüngeren deutschen Theatergeschichte« waren ganzseitig. Selten waren sich BILD und FAZ, die *Süddeutsche* und sogar die *taz* in ihrer Berichterstattung so einig gewesen:

»Abschied mit Ansage« – *Tagesspiegel*
»Ins Abseits provoziert« – *Frankfurter Rundschau*
»Das Ende einer Karriere – Verhaftung vor der Bühne« – *FAZ*
»Bombendrohung und Geschlechtsverkehr: Del Monte inszeniert Karrieresuizid« – *taz*
»SEK beendet Verschwendung von Subventionen« – *Sumbigheimer Tageblatt*

Nachdem Dito eine Weile die erstaunliche Ausbeute an Artikeln auf dem Küchentisch und dem Boden betrachtet hatte, ging er zum Telefon im Flur und machte etwas, was er sonst nur tat, wenn Stucki zu Besuch kam: Er wählte die Nummer seiner Eltern. Ich erkannte die 9-1-9-2 am abwechselnd langen und kurzen Zurückschnurren der Wählscheibe. Gespannt saß ich in der Küche und lauschte. Ganz schwach vernahm ich das leise Tuten. Jemand nahm ab, ich konnte nicht verstehen, ob Oma oder Opa. Ohne ein Wort zu sagen legte Dito wieder auf. Also war es Opa gewesen.

Er trat in die Küche und schwieg eine Weile. Dann blickte er mich an und fragte: »Kannst du mal im Forsthaus anrufen und nach Oma fragen?«

So richtig wollte mir niemand erzählen, was vorgefallen war. Ich wusste bloß, dass Dito schon die letzten paar Jahre, die er noch mit ihnen im Wald gelebt hatte, nicht mehr mit seinem Vater geredet hatte. So war es bis heute.

Trotz dieser verfahrenen Situation besuchte ich meine Großeltern regelmäßig. Eigentlich besuchte ich vor allem Oma. Opa war mir egal. Wenn er nicht im Wald unterwegs war, saß er herum, machte Kreuzworträtsel, sah fern, trank Bier und Schnaps und sagte nicht viel. Hätte es ihn nicht gegeben, ich wäre am liebsten dort eingezogen. Manchmal murmelte Dito: »Der säuft sich eh bald tot«, oder: »Das wird sich hoffentlich demnächst erledigt haben«. Dann machte ich mir ernsthaft Hoffnungen. Opa selbst befeuerte diese noch, denn immer, wenn Oma mit mir beim Kartenspielen saß und Sachen zu ihm sagte wie: »Bardolein, als altes Heimgemüse will ich nicht enden. Vorher erschießt du mich, ja?«, brummelte Opa aus der Ecke: »Nu red mal kein Blech, du wirst mich doch eh überleben.«

Aber Opa wollte einfach nicht sterben.

Ich wählte die vierstellige Nummer, die beiden Neunen machten am meisten Spaß, ich ließ den Finger in der stramm zurückrotierenden Wählscheibe mitwandern. Dieses Mal ging Oma dran.

»Hallo Oma!«

»Cha-Cha! Hast du gerade schon mal angerufen?«

»Nein, das war Dito. Er wollte dich sprechen.«

»Dietel? Was ist denn passiert?«

Dito nahm mir den Hörer aus der Hand.

»Hallo Mutti.«

Ich konnte Omas Stimme nur noch als dünnes, aufgeregtes Prickeln vernehmen.

»Ich brauche deine Hilfe.«

Kurze Pause.

»Kannst du mir einen Topf Hirschgulasch kochen?«

Am Nachmittag fuhren wir mit Nonnos Wagen hin. Wie immer, wenn Dito vorfuhr, blieb Opa unsichtbar. Oma kam raus, den riesigen, noch heißen Topf mit bunten, selbst gehäkelten Topflappen schleppend. Als ich nach hinten eilte, um ihr die Türen des Lieferwagens aufzuklappen, wuselte Helmi kläffend zwischen unseren Beinen herum. Erst dann konnte ich ihm durch das raue, struppige Fell wuscheln und Oma um den Hals fallen. Die Waldluft, das Hirschgulasch und das Walnussöl, mit dem sie alles Holz behandelte – so würde es im Himmel riechen, wenn es einen gäbe. Dass es keinen gab, wusste ich von Dito. Sie verschwand noch einmal im Haus und kam mit zwei Gläsern Kompott und einer Papiertüte selbst gebackener Kekse zurück. Dito nahm die Sachen durchs Fenster entgegen, Oma tupfte sich mit dem Oberarm eine Träne aus dem Augenwinkel. Als ich mich von ihr verabschieden und wieder ins Auto steigen wollte, fragte Dito: »Kann Charlie dies Wochenende bei dir bleiben?«

Er hatte offensichtlich einen Plan. Das kannte ich nicht von ihm. Mein Vater hatte mir einmal erklärt, dass er sich am liebsten in einer kleinen Schaluppe, auf die gerade mal ein Liegestuhl passte, den Fluss des Lebens hinuntertreiben ließ. Wenn die Strömung es wollte und er in Ufernähe hängen blieb, stieg er aus und sah sich an, was es an Land zu entdecken gab. Es reichte ihm aber meist, wenn er mit einer dicken Zigarette in der Hand dem Treiben der Einheimischen im Vorbeifahren zusehen konnte.

Und jetzt hatte er sein Boot also das erste Mal aus eigener Kraft ans Ufer gelenkt. Ich blieb an Land zurück und winkte ihm hinterher, als er mit einem Topf voller Zaubertrank ablegte. Denn Omas Hirschgulasch hatte magische Kräfte – das behauptete Dito jedenfalls. Dass Rita bald von einer anstrengenden Reise wiederkommen würde, hatte Dito seiner Mutter glaubhaft vermitteln können, indem er ein paar der fett gedruckten Schlagzeilen vorlas.

Das Thomas-Edison-Prinzip

Ditos Plan ging auf: Im Frühling des Jahres 1986, als der Trubel sich gelegt hatte und das Gerichtsverfahren überstanden war, begann Ritas Bauch runder zu werden. Um das Baby in ihr nicht krank zu machen, rauchte und trank sie nicht mehr, nicht einmal den geliebten *caffè lungo*. Ihr Diorissimo hatte noch nie so gut gerochen. Nonna Lucia kochte jetzt öfter für uns alle, und wir aßen zu fünft oben – oder zu sechst, wie Dito lächelnd meinte. Das hatte es zuvor selten gegeben, es wurde sogar gemeinsam gebetet, ohne dass mein Vater albern das Gesicht verzog, und anschließend wurde von Antipasti bis Dolce durcheinandergeschwatzt und gelacht, wie bei einer richtigen *famiglia*. Eine Familie wie diese hatte ich mir immer gewünscht, mit Nonna, Nonno, Mamma und Papà und bald einem *fratellino*, einem kleinen Bruder, dem ich vorlesen und den ich beschützen konnte. Als man auf dem Ultraschallbild erkennen konnte, dass Rita im Herbst tatsächlich einen Jungen zur Welt bringen würde, war ich der glücklichste Charlie der Welt.

»*Renzo*«, sagte Nonna, »ihr müsst den Jungen auf den Namen seines Urgroßvaters taufen.« Sie stand als Einzige, hatte ihre Schürze um und häufte reihum grüne, karamellisierte Spargelstangen auf die Teller.

»E, nennt ihn lieber nach seinem *nonno: Ernesto*«, meinte Ernesto. »Das ist eine vernunftige Name.«

»Wir können jetzt nicht mit italienischen Namen anfangen. Es muss ja auch zu *Charlie* passen«, sagte Rita und blickte lächelnd zu mir herüber. Ihre neue Wärme hatte noch etwas Gruseliges.

Dito pflichtete ihr bei. »Ganz genau. Deshalb wird der Junge *Chet* heißen. Chet Berg. Klingt fast wie Chet Baker.«

»Chet und Charlie? Das ist mir zu viel Jazz. Außerdem hast du dich beim letzten Mal schon durchgesetzt, jetzt bin ich dran.« Sie legte Messer und Gabel weg, richtete sie exakt rechtwinklig zur Tischkante aus, korrigierte noch einmal die Position des Tellers und streichelte sich das Bäuchlein. In der Pause, die nun entstand, war nur das Klappern unserer Bestecke zu hören. Dann sagte sie: »Fritz. Unser Sohn wird Fritz heißen.«

Dito riss entsetzt die Augen auf und sagte hustend: »Bist du wahnsinnig? Fritz?! Warum nicht gleich Otto oder Karl-Heinz?«

»*Metropolis* von Fritz Lang ist ein Meisterwerk. Mein Lieblingsfilm. Und da ich mich nach der Babypause dem Film zuwenden werde, wäre das doch ein schönes Omen.«

Nonno lachte und schob sich einen langen Streifen Scaloppine in die Backe. Kauend sagte er: »Klein Fritzchen? *Porco dio*, willst du das arme Kind bestrafen?«

Er wischte sich mit einer Stoffserviette über den Mund. »Charlie, was meinst du denn? Wie soll deine *fratellino* heißen?«

»Können wir ihm nicht einfach jeder einen Namen geben? Dann kann er sich später den besten aussuchen. Ich würde *James* beisteuern. Wegen James Bond.«

»Die Idee ist *fantastico*, Charlie.«

Nonno hob das Glas und sagte ernst: »So lasset uns trinken auf *Renzo Ernesto Chet Fritz James del Monte*«, und in der Küche meiner italienischen Großeltern wurde so laut und lange gelacht wie nie zuvor und wahrscheinlich niemals wieder.

»Und wer wird sein *padrino*?«, wollte Nonno wissen, während er sich die Tränen mit einem makellos weißen Seidentaschentuch abtupfte.

Rita blickte zu Dito. »Da haben wir noch gar nicht drüber nachgedacht. Vielleicht Aaron?«

Dito guckte angeekelt. »Aaron Schneyper? Vollkommen ausgeschlossen. Natürlich auch Stucki, wie bei Charlie. Wenn wir beide beim Sackhüpfen verunglücken, dann sollen die Jungs doch nicht auf zwei Paten verteilt werden. Die müssen doch zusammenbleiben!«

Die Jungs.

Das wären bald wir, Jamey und ich: Die Jungs. Sicher, der Altersunterschied würde mich eher zu einem Onkel als zu einem Spielkameraden machen, aber genau das gefiel mir.

Jamey darfst du nicht ärgern, der hat voll den großen Bruder.

Ihm würde mein Schicksal erspart bleiben. Ich war Hirni, die Brillenschlange, Mr. Braino, der Knirps. Mir konnte man die Hose im Sportunterricht einfach runterziehen. Aber ich hatte ja auch keinen großen Bruder.

»Apropos Stucki – du hast doch gestern ein Tonband von ihm bekommen, was hat er denn zu den Neuigkeiten gesagt?«, fragte Rita.

»Er ist schon etwas traurig, dass wir unsere Session um ein Jahr verschieben müssen.«

»Verschieben? Davon weiß ich ja noch gar nichts. Was ist passiert?«

Rita schaute besorgt und richtete erneut das Besteck neben dem Teller aus.

Dito zeigte grinsend auf ihren Bauch. »Na, *das* ist passiert. Im Sommer bist du im siebten Monat, da werde ich mich kaum mit Stucki für drei Wochen in Belgien einschließen.«

Als Stucki vor über zehn Jahren nach Mexiko auswanderte, war klar, dass das *Toytonic Swing Ensemble* trotz der Entfernung weitermachen würde. Sie mussten lediglich ihren Produktionsprozess den Umständen anpassen: Achill van Ackeren zahlte einen Vorschuss in Form einer Mehrspur-Bandmaschine, die zu Stucki nach Mexiko geschickt wurde. Es war die gleiche, die bei Dito im Keller stand. Von nun an konnten die beiden parallel arbeiten. E-Gitarre und Bass beherrschen sie beide. Dito spielte Schlagzeug und Blechbläser ein, Stucki die Holzblasinstrumente und den Berimbau, einen einsaitigen Musikbogen, der beim brasilianischen Kampftanz Capoeira zum Einsatz kam und über Umwege auch seinen Weg in die New Yorker Jazzszene gefunden hatte. Stucki hatte sich schon immer für alles Lateinamerikanische und speziell die indigene Kultur begeistert, er besaß allerlei exotische Ratschen, Rasseln, Trommeln und aztekische Flöten, die bei Totenritualen eine Rolle gespielt haben sollen und schauderhafte Töne hervorbrachten. Dito war eher für die Elektronik verantwortlich, nannte eine Vermona Drum Machine und ein Wurlitzer-Piano sein eigen, hatte eine ständig größer werdende Sammlung an Synthesizern sowie seine selbst gebaute Spiralen- und Stangenkiste, an der er mit einem Geigenbogen herumdokterte und die seltsame Geräusche produzierte.

Jeder tüftelte in seinem Heimstudio herum, schichtete ein paar Spuren aufeinander und schickte dann das ½-Zoll-Band und eine Audiokassette mit Anmerkungen über den Ozean. Die Kassette musste vom anderen beim ersten Durchhören der neuen Spuren zeitgleich mit dem Tonband auf einem kleinen Kassettenrekorder gestartet werden. Sie enthielt Kommentare, gesungene Ideen und allerlei Anmerkungen für den weiteren Verlauf der Produktion. Dies war die einzige Art der Kommunikation zwischen den beiden. Sie schrieben keine Briefe und telefonierten nicht, nur, bevor Stucki sich auf den Weg nach Deutschland machte und seine Ankunftszeit durchgab. Also alle zwei oder drei Jahre, wenn er für einen Sommer vorbeikam, um mit Dito die Aufnahmen zu finalisieren. Dafür fuhren sie mit einem Auto voller Equipment in eins der Ferienhäuser ihres Labelbosses Achill van Ackeren und kamen nach drei Wochen übernächtigt, noch bärtiger als zuvor und mit einem fertig abgemischten Masterband zurück.

Nichts wünschte ich mir sehnlicher, als bei einer dieser Sessions in Belgien dabei sein zu dürfen, insbesondere seit sie das sogenannte »Thomas-Edison-Prinzip« anwandten.

»Du willst das abblasen, weil ich schwanger bin?!«, fragte Rita. Ihre Nüstern bebten. Nonna legte die Hände auf die Brust und machte ein verzücktes Gesicht, zu dem das Geräusch »Ooooh« gehörte. Doch aus ihrem Mund kam kein Laut, denn ihre Tochter bewarf sie mit den Blicken eines Messerwerfers, der gerade erfahren hat, dass die Frau auf der rasend schnell drehenden Holzscheibe ihn mit dem Clown betrügt.

»Falls du denkst, dass das romantisch ist – es ist das Gegenteil. Ich bin schwanger, nicht behindert. Und ihr müsst doch für die Franzosen abliefern! Ihr fahrt auf jeden Fall und macht eure Platte fertig. Mir wird die Ruhe sogar ganz guttun, dann kann ich an meinem Drehbuch arbeiten.«

Die französische Sommerkomödie »*Un oiseau rebelle*« hatte vorletztes Jahr mehrere Interludes des Albums »*Thomas AvA Edison*« als Filmmusik benutzt, der Soundtrack verkaufte sich prächtig, und auch die ursprüngliche Platte vom *Toytonic Swing Ensemble* hatte mehrmals nachgepresst werden müssen.

Dito seufzte. »Aber Stucki hat jetzt schon zugesagt, dass er sich im Sommer um die Kleine kümmert. Das Institut hat gefragt, ob Kemina ein Projekt in Afrika betreuen könnte. Das hätte sie sonst nicht wahrnehmen können. Wir sind nun mal Traummänner – *family first*.«

Er grinste stolz.

»Ja. Im Traum seid ihr Männer. In echt seid ihr Vollidioten.«

Wo war sie all die Jahre gewesen? Egal, jetzt war sie hier. Hatte meine Mutter in unserem bisherigen Leben so gut wie gar nicht stattgefunden, schien sie sich nun um alles und jeden kümmern zu wollen.

»Warum bringt Stucki die Kleine nicht einfach mit, und ihr fahrt mit den Kindern zusammen? Ihr ernährt euch doch eh bloß von Smacks und Toast, das dürfte den beiden gefallen. Und drei Wochen in Dunkelheit finden die doch aufregend, oder?«

»Na klar«, rief ich. »Ich weiß nur nicht, wegen der Malinche, die kenne ich ja gar nicht. Wie alt ist die denn eigentlich?«

»So alt wie du«, antwortete Dito, »vierzehn.«

»Ich werde im Herbst zwölf.«

Dito grinste mich kopfschüttelnd an, als hätte ich einen Scherz gemacht.

»Kann die denn überhaupt Deutsch?«, wollte ich wissen.

Dito überlegte. »Keine Ahnung. Wohl eher nicht, is ja Mexikanerin.«

»Ist doch egal«, sagte Rita. »Dann lernst du von ihr ein bisschen Spanisch, ist doch super! Ihr werdet euch bestimmt gut verstehen.«

Regen

Mit einem fremden Mädchen in die Ferien? Ich wäre lieber mit Dito und Stucki allein verreist. Die einzige Vierzehnjährige, die ich kannte, war die Nachbarin meines Freundes David Käfer – und ziemlich bescheuert. Anja Künstler befolgte die in der BRAVO abgedruckten Schminkanweisungen, trug einen brüllend lauten, wenngleich irgendwie auch interessanten Drogeriemarktduft und blondierte sich die Haare zu Stroh. Ihre Fingernägel waren grundsätzlich hellrot lackiert, an den Fingern trug sie dicke Ringe aus Goldimitat. Im Garten sonnte sie sich mit ihrer Freundin Heike Jochensen angeblich oben ohne, was David vom Balkon aus beobachtet haben wollte. Er erzählte oft solchen ausgedachten oder übertriebenen Blödsinn, das Heft, in dem ich seine Märchen protokollierte, war bereits so gut wie voll.

Sechs Wochen vor meinem bevorstehenden Abenteuer mit dem *Toytonic Swing Ensemble* war bereits T-Shirt-Wetter. Die Tür zum Hinterhof stand offen, ich hatte mir in der Küche Musik angemacht und war damit beschäftigt, die Wäsche zusammenzulegen. Das Telefon klingelte. Ich überlegte, den AB rangehen zu lassen, doch dann gewann meine Neugierde die Oberhand. Also legte ich das Hemd beiseite, ging in den Flur und nahm den Hörer ab. Wie folgenschwer diese Entscheidung sein sollte, konnte ich nicht ahnen – sie löste eine Kette von Ereignissen aus, auf die ich in meinem Leben gern verzichtet hätte.

Am anderen Ende der Leitung war David. Es ging um Anja. Als ich kürzlich angezweifelt hatte, dass sie und Heike sich auf der Terrasse unter seinem Balkon gegenseitig den Busen eincremten, schwor er, die Wahrheit zu sagen und mich sofort zu benachrichtigen, wenn es das nächste Mal so weit wäre.

»Okolytenalarm! Fest, gratis und bereits vollständig eingeölt. Wenn du das sehen willst, musst du dich *jetzt* zu mir auf den Balkon beamen.«

»Die Brüste interessieren mich nicht. Ich will lediglich wissen, ob du lügst.«

»Laber nicht und komm her, das musst du sehen! Heike hat richtige Monster!«

Im Gegensatz zu David hatte ich noch nie masturbiert oder einen der »feuchten Träume« gehabt, von denen im Sexualkundeunterricht die Rede war. Die Abbildung eines nackten, weiblichen Oberkörpers im Biologiebuch machte David aus mir nicht nachvollziehbaren Gründen ganz wild. Er redete pausenlos von Brüsten, schwärmte von den vollbusigen Darstellerinnen aus »Erotisches zur Nacht«, eine Sendung, die spät nachts auf einem DDR-Sender lief, und behauptete, dass ein Freund von ihm eine Videokassette habe, auf der es ein Mann und eine Frau miteinander »trieben«. Der Mann steckte seinen Penis nicht nur in die Scheide, sondern auch in den Mund der Frau, was David »blasen« nannte. Wenn man ihn nicht unterbrach, ging seine Fantasie endgültig mit ihm durch und er behauptete, dass der Mann das Glied zum Schluss sogar in den Po der Frau schob. Auch das notierte ich selbstverständlich im Märchen-Heft.

Nach Davids Anruf schwang ich mich aufs Fahrrad und machte mich auf den Weg. Die ehemalige Druckerei, in der David mit seinem Vater wohnte, saß in der Mitte eines kleinen Industriegebiets am Rande Zancks. Hinter dem Backsteinbau stand ein weiteres winziges Häuschen, und darin wohnte Anja mit ihrer Mutter. Weit und breit gab es keine anderen Wohnhäuser. Die Schicksalsgemeinschaft der auf ein Minimum reduzierten Familien Käfer und Künstler war umringt von einer Kfz-Werkstatt, einer Lagerhalle, einer Arbeitskleidungswäscherei, einer von kleinen Birken besetzten Ruine und einer türkischen Baklava-Bäckerei, die ihr köstlich-orientalisches Duftgemisch aus gebackenen Walnüssen, Mandeln, Pistazien und Honig selbstlos mit der Nachbarschaft teilte, wo es sich mit dem Aroma von heißem Profiwaschmittel aus der Reinigung zu etwas Halbmagischem verband. Das alles war ebenso trostlos wie faszinierend, mir hätte es gefallen, so zu leben.

Auf mein Klingeln hin öffnete David ohne ein Wort die Haustür. Wir gingen vorbei an der Küche, in der sich wie immer das dreckige Geschirr stapelte und das Altglas den größten Teil des Fußbodens bedeckte, was einen Aufenthalt von mehr als einer Person unmöglich machte. Ein Geschirrschrank, der sich bereits vor Jahren von der Wand gelöst hatte, lag noch immer zerborsten auf dem Boden, die Porzellanscherben vor sich, wie ausgespuckt und nicht weggewischt.

Von innen war das Haus die Einrichtung gewordene Metapher für alle Pläne, die jemals auf halber Strecke aufgegeben wurden. In jedem Winkel ließ sich ein Renovierungs- oder Bauvorhaben im Zwischenstadium bestaunen: Der kleinen Küche fehlte die

Tür, außerdem war schon vor langer Zeit der Fliesenspiegel über dem Herd und den Arbeitsflächen abgeschlagen worden. Neben der nicht vorhandenen Küchentür fungierte eine kleine Palette mit unberührten Fliesen als eine Art Kommode. Die Zimmer von David und seinem Vater lagen in der oberen Etage, wo sie der Hausherr persönlich mit Ytongsteinen hineingesetzt hatte, als es noch eine Frau Käfer gab und alle Pläne so frisch waren, dass an ein Scheitern nicht zu denken war.

Das Herzstück des Hauses war ein märchenhafter Ort: die Halle, in der vor vielen Jahren die erste Auflage des »Leyderer Anzeigers« gedruckt worden war. Der Betonfußboden war komplett mit alten Teppichen ausgelegt, aus schwarzen Industrielampenschirmen fiel schummriges Licht. Der quadratische Raum hatte die Größe einer halben Turnhalle und war so eng mit mannshohen Bücherregalen zugestellt, dass man gerade noch hindurchgehen konnte. In der Mitte des Raumes ruhte der mächtige Altar: eine alte Heidelberg-Speedmaster-Druckmaschine aus dem Jahr 1974, groß wie eine Limousine. Direkt davor, als einziger Punkt des Raumes weiß erleuchtet, stand ein Lesepult mit der aktuellen Lektüre von Davids Vater.

Als wir die Bibliothek durchquert und die Treppe nach oben genommen hatten, holte sich David eine Rolle Toilettenpapier aus dem Badezimmer. Dann sah er mich ernst an, legte seinen Finger auf die Lippen und schob leise die Balkontür zur Seite. Die Rolle Toilettenpapier klemmte er sich unter den Arm, die rechte Hand verschwand in der Hose. Wir betraten den alten Balkon, kleine Schritte voreinander setzend. Einige der alten Fliesen waren zersprungen, wir mussten aufpassen, keine Geräusche zu machen. Am Geländer angekommen warf er mir noch einen Blick voller Vorfreude zu, dann beugten wir uns gleichzeitig nach vorn.

Tatsächlich, da waren Anja und Heike. Sie lagen auf Liegestühlen, direkt unter uns. Sie hatten die Stühle sogar in unsere

Richtung gedreht. Ob sie nach oben schauten, war nicht zu erkennen, sie trugen Sonnenbrillen. Und waren vollständig bekleidet. Einen Moment lang verharrten wir regungslos, die beiden Mädchen auf der Terrasse unter uns, wir stumm oben auf dem Balkon, ohne zu begreifen, was als Nächstes passieren würde. Dann zogen die beiden je einen von Davids Supersoakern unter ihren Liegen hervor und zielten auf uns. Sie machten Pumpbewegungen, boshaft lachend, und ich duckte mich rechtzeitig, doch David traf ein Strahl mitten ins Gesicht. Es stank nach Urin, ich konnte mich mit einem Sprung zurück in Sicherheit bringen.

»Iiiihh, ist das Pisse!?«, schrie er mit zusammengekniffenen Augen und taumelte nach hinten. Er wischte sich hektisch mit der ganzen Toilettenpapierrolle das Gesicht ab, rutschte auf den nassen Fliesen aus, fiel hin und wurde weiter von Urin eingeregnet.

»Ihr kleinen Wichszwerge, ihr habt doch noch nicht mal Haare am Sack!«, quiekte Anja, und Heike setzte hinzu: »Nächstes Mal pissen wir euch direkt in die Fresse! Wird Zeit, dass ihr mal ne Muschi seht, ihr Tittenglotzer!«

David rannte an mir vorbei ins Badezimmer und sprang fluchend unter die Dusche, ich schob die Balkontür zu. An die Scheibe spritzte weiterhin Mädchenurin. Als die ganze Munition verschossen war, landeten die beiden riesigen, neonbunten Wasserpistolen nacheinander auf dem Balkon, eine schlug ans Fenster und zerbrach. Ich fragte mich, wie sie den Urin eingefüllt hatten, und bewunderte im Stillen die Planungsarbeit der beiden.

Während die letzten Tropfen langsam die Scheibe hinunterliefen, sah ich hinaus und dachte an das vierzehnjährige Mädchen aus Mexiko. Drei Wochen in einem komplett verdunkelten Ferienhaus. Mit dieser Fremden, die im gleichen Alter war wie Anja und Heike. Ob das gutgehen würde?

Frisch geduscht betrat David in seinem Rocky-Balboa-Bademantel das Zimmer. Der Ekel war aus seinem Blick verschwunden, etwas anderes machte sich darin breit. Große Sorge, fast schon Angst. Er setzte sich auf die Bettkante und starrte in die Zimmermitte.

»Was ist?«, fragte ich.

»Wenn M&M von der Sache erfahren, bin ich geliefert.«

Mozart verzeiht nicht

David und ich waren seit der Orientierungsstufe in einer Klasse. Unsere Schule war mit der Haupt- und Realschule im gleichen Gebäude, man teilte sich auch denselben Schulhof. Anja und Heike gingen auf die Hauptschule. In ihrer Klasse waren Amadeus Fettkötter und Murat Çoban, und die beiden versuchten Anjas Gunst zu erlangen, indem sie David bei jeder sich bietenden Gelegenheit demütigten. Sie steckten bereits in jungen, pickligen Männerkörpern, Murat trug mit Stolz einen Oberlippenflaum und sein lockiges Haar im Nacken etwas länger. Amadeus war mit einem Blutschwamm im Gesicht gestraft, der die Form eines Koteletts hatte und sich vom Haaransatz auf der Stirn über sein linkes Auge bis hinunter auf die Backe zog. Ironischerweise betrieb die Familie seit mehreren Generationen die Fleischerei Fettkötter, die Wild für das Haus Faunichoux zu Wurst und Pastete verarbeitete. Obwohl Amadeus das Gegenteil eines kreativen Feingeistes war, nannten ihn alle *Mozart* – sogar die grobe, kräftige Frau, die seine Mutter war und ihn allein großzog. Niemand wusste, wer der leibliche Vater des Jungen war, nicht einmal Maria Fettkötter selbst, die einst am Morgen nach dem

Schützenfest im ausgetrockneten Graben unweit der Festwiese erwacht war. Gerüchten zufolge kam ein knappes Dutzend Dorfbewohner in Frage, in der Nacht zuvor hatte sich unter den vom Schnaps aufgegeilten Männern des Dorfes herumgesprochen, wo die vom Alkohol ausgeschaltete Fleischerstochter lag.

Mozart hatte sich nicht nur aufgrund seines Daseins als *Bastard von Piesbach* – »von GANZ Piesbach« wie gern hinzugesetzt wurde –, sondern auch aufgrund seines Blutschwamms seit Kindergartenzeiten gegen Hänseleien zur Wehr setzen müssen und dabei eine effiziente Erstschlag-Brutalität entwickelt. Wenn er austickte, konnte alles passieren. Bereits in der Grundschule war das erste Opfer seiner Anfälle im Krankenhaus erwacht, und es sollte nicht das letzte bleiben. Der Spruch, den er sich in Schreibschrift auf den Rücken seiner blauen Collegejacke hatte sticken lassen, war insofern vollkommen ernst gemeint: »*Mozart verzeiht nicht*«.

Am Tag nach der Pipidusche auf Davids Balkon kamen M&M – so wurden sie von allen genannt – kurz vor Beginn der letzten Stunde aus dem Hauptschultrakt herüber in unseren Klassenraum. Zielstrebig gingen sie zu David, um ihn zu *eimern*: Sie packten ihn an Füßen und Handgelenken, trugen ihn durch den Klassenraum und rammten ihn mit angelegten Armen und dem Po zuerst in den großen Plastikmülleimer, sodass nur noch Kopf und Füße herausragten. Wenn man das richtig machte, und das machten die beiden, steckte David so fest, dass er ohne fremde Hilfe nicht wieder herauskam.

»Wer ihn rausholt oder petzt, is Nächste dran!«, sagte Murat beim Rausgehen und guckte finster, Mozart zeigte mit Zeige- und Mittelfinger abwechselnd auf seine Augen und dann in die Klasse, wahllos Schüler fixierend, die daraufhin panisch den Blick senkten. Niemand verpetzte M&M.

Als Frau Heyde wenig später die Klasse betrat, schlug sie die Hände vors Gesicht.

»Aber wer macht denn so was!«, rief sie kopfschüttelnd, und bat mich, ihr dabei zu helfen, David zu befreien. Ich mochte Frau Heyde, obwohl sie mich regelmäßig vor der ganzen Klasse lobte und meine Hefte und Mappen als Musterbeispiele hochhob oder sogar herumreichen ließ. Hinterher waren immer ein paar Penisse hineingezeichnet, einmal sogar ein bebrilltes Männchen, was offensichtlich ich sein sollte, das einer Frau seine lange Zunge zwischen die Beine steckte. Über der Zeichnung stand: »In die Scheide von Frau Heyde«.

Nach dem Unterricht blieb sie sitzen, während alle Kinder aus dem Raum stürmten. »Charlie?«, fragte sie, ohne von dem Heft aufzublicken, das sie gerade durchsah. »Bleibst du bitte noch einen Moment?«

David sah mich mit aufgerissenen Augen an, legte einen Zeigefinger auf die Lippen und schüttelte langsam den Kopf, während er rückwärts hinausging. Als alle Schüler den Klassenraum verlassen hatten, steckte Frau Heyde die Kappe auf ihren Füllfederhalter, nahm die halbe Brille ab und ließ sie auf ihren Busen plumpsen. Eine goldene Kordel, die um ihren Hals hing, hinderte das rote Gestell am Abrutschen. Sie roch nach kaltem Kaffee und kaltem Aschenbecher, der Geruch schien aus ihrer Haut zu kommen.

Ihre Brille hob und senkte sich, als sie mich ansah.

»Hast du Angst vor Andrej?«, fragte sie mich. Sie sah betroffen aus.

»Vor *Andrej*?«

Andrej Wolgograd war ein stiller, kräftiger Russe aus unserer Klasse, mit dem ich noch nie ein Wort gewechselt hatte.

»Nein, wieso sollte ich?«

Sie schwieg einen Moment bedeutungsvoll.

»Und wenn ich dir verspreche, dass ich niemandem sage, von

wem ich es weiß. Würdest du mir dann verraten, wer David in den Papierkorb gesteckt hat?«

Sie lächelte mich mild an. »Es war der Andrej, oder?«

Andrej?

Wie konnte sie auf diese absurde Idee kommen? Andrej war zwar größer und kräftiger als alle anderen Kinder, aber gleichzeitig der gutmütigste Schüler der Klasse. Als Davids Fahrrad einmal dank Mozarts Hilfe im Ständer so doll festklemmte, dass er den Vorderreifen nicht losbekam, trat Andrej wortlos heran und pflückte es mit Leichtigkeit heraus.

»Du brauchst nichts zu sagen, ich habe verstanden. Das mit David darf nicht ungestraft bleiben. Ich werde noch heute mit der Direktorin sprechen.« Sie legte ihre Hand auf meine. Dann schrieb sie ein *gut gemacht!* in das Heft, das vor ihr lag, erst jetzt erkannte ich, dass es meins war.

»Aber es war nicht Andrej!«, rief ich.

»Charlie.« Sie blickte mich vorwurfsvoll an und spitzte etwas spöttisch die Lippen. Dann wieder, wie ein Programmwechsel, das milde Lächeln.

»Es waren Mozart und Murat, aus der Klasse von Anja Künstler!«, platzte ich heraus.

Sie setzte ihre Brille auf und sah mich forschend an.

»Das glaube ich nicht.«

»Doch, wirklich! Alle haben Angst vor ihnen.«

Ich sah auf den Tisch vor mir. »Ich auch.«

Frau Heyde legte jetzt beide Hände auf meine und sah mich mitfühlend an. Mit einem Ruck richtete sie sich auf und packte alles zusammen, was noch vor ihr lag.

»Musst du nicht. Bei mir ist das Geheimnis bestens verwahrt.«

Sie nahm einen unsichtbaren Schlüssel, drehte ihn in ihrem Mund um und warf den Schlüssel über ihre Schulter. Dann zuckte sie mit den Achseln und machte »Mmh-mmh-hmmmh«, als würde sie erfolglos versuchen zu sprechen.

Zwei Tage später machten die Neuigkeiten die Runde: M&M mussten zur Direxe. Das war nicht ihr erster Besuch in Frau Zahnerts Büro, doch dieses Mal war es ihr letzter. Murat prahlte anschließend damit, dass er sich von der *Arschfickfotze* nichts hatte sagen lassen. Anscheinend hatte er genau das auch zu ihr gesagt, denn er wurde von der Schule verwiesen. Seine Karriere im väterlichen Gemüseladen war auch ohne Schulabschluss gesichert. Bei Mozart sah das mit der Karriere im Familienbetrieb ganz ähnlich aus, allerdings hatte sein Kotelett über Nacht einen dunklen Rand bekommen. Mutter Fettkötter legte Wert darauf, dass der zukünftige Inhaber der Fleischerei einen Schulabschluss hatte, auch wenn es nur die Hauptschule war. Mit einer großzügigen Bratwurst- und Karbonadenspende für das Sommerfest der Schule stellte sie sicher, dass Mozart mit einer Verwarnung davonkam.

Auf dem Weg von der Schule nach Hause fuhr ich immer über die Römerwiese, ein unbebautes Grundstück, das bis auf einen schmalen Trampelpfad mit mannshohem Gestrüpp zugewuchert war. An dem Tag hatte ich extra getrödelt, weil ich keine Lust hatte, mit den anderen zu fahren.

Als ich den Weg über die Wiese nahm, lag Anjas rosa Fahrrad mitten auf dem Weg. Ich stieg ab und schob weiter – und hörte David quieken. Sein 21-Gang-Mountain-Bike lag einige Meter weiter im struppigen Gras. Die flirrende Luft roch nach den trockenen Flügeln der Wiesenbewohner. Anja fluchte. »Lass mich los, du Wichser!«

Stritten sich die beiden, hier im Gebüsch? Stoffreißen war zu hören.

»Oh, willst du dich ausziehen?«
Das war nicht David.
Das war Mozart.
»Du Schwein!«, kreischte Anja.

»Aah, lecker!«
Und das war Murat.
»Auarrr!«
Mozart schrie wütend auf.
»Du blöde Nutte!«, stieß er hervor, kurz darauf quiekte nun Anja.

Ich schlich mich langsam durch die kratzigen Sträucher, die mich um einen Kopf überragten. Bei den zwei verkrüppelten Pflaumenbäumen gab es eine kleine Lichtung, hier standen die vier. Vorsichtig lugte ich durch die Halme und Blätter. Unter meinem Fuß spürte ich etwas Hartes.

»Ich hab nichts gesagt, ich schwöre!«, heulte David, Murat hatte ihn im Schwitzkasten und rubbelte die Knöchel seiner Faust auf Davids Kopf hin und her.

»Dann sag schon, wer es war!«, schrie Anja. Mozart hielt sie von hinten umschlungen, das zerrissene T-Shirt entblößte ihre halbe Brust, und er versuchte immer wieder, sie komplett freizulegen und anzufassen. Anja zappelte und wehrte sich, sein Handrücken hatte bereits einige tiefrote Kratzspuren. Jetzt schlug sie mit dem Kopf ruckartig nach hinten, traf Mozarts Schweinenase, er jaulte auf, kurz sah es so aus, als könnte sie sich losreißen, doch sofort wurde sie wieder von ihm eingefangen. Diesmal drückte er sie frontal an sich und umschlang sie, sodass sie ihre Arme nicht mehr bewegen konnte. Er ließ seine ausgestreckte Zunge vor ihrem Gesicht tanzen, Anja wandte angewidert den Kopf ab. Ich bückte mich. Der kühle, glatte Stein wog schwer in der Hand. Er hatte eine Wolke kalten Erdgeruchs freigesetzt, als ich ihn aus dem Boden löste. Kellerasseln suchten panisch einen neuen Unterschlupf. Ich richtete mich langsam wieder auf und sah den durchgeschwitzten Rücken von Mozarts T-Shirt.

»Charlie«, sagte David leise. »Der Kleine mit der Brille aus meiner Klasse – der hat gepetzt.«

Über Mozarts Schulter hinweg sahen mich die zusammengekniffenen Augen von Anja an. Sie weiteten sich erstaunt. Ich erstarrte.

»Da isser!«, sagte sie fassungslos.

Mozart lachte höhnisch. »Oh, der war schlecht!«

Doch Murat war ihrem Blick gefolgt und hatte mich erblickt, bevor ich mich ducken konnte.

»Echt, Mozart, die Schlampe hat recht, da!«

Alle Köpfe drehten sich zu mir, sofort schleuderte Mozart Anja von sich, sie fiel rückwärts in die Sträucher. Seine Nase blutete, er hatte es noch nicht bemerkt. Murat rammte David sein Knie in die Hoden, der daraufhin lautlos zusammensackte. Ich ließ den Stein fallen und wetzte los, die beiden pusteligen Kraftpakete hinter mir her. Der Vorsprung war knapp, glücklicherweise hatte ich mein Fahrrad mit dem Ständer geparkt, und es gelang mir, über Davids liegendes Rad zu springen, meinen Lenker zu greifen, mich direkt auf den Sattel zu schwingen, den Schwung des Anlaufs zu nutzen und loszustrampeln. Noch nie war ich mir so geschmeidig vorgekommen. Murat war knapp hinter mir, ich konnte ihn schnaufen hören, sein bitterer Schweiß holte mich ein. Ich drehte mich um, er bekam meinen Ranzen zu fassen, der auf dem Gepäckträger klemmte, der Tragegurt blieb am gefederten Bügel hängen, bog diesen maximal nach hinten, und schon wurde ich langsamer. Ich stemmte mich in die Pedale, der Gurt riss, mit einem lauten Krachen schnappte der Bügel zurück, ich gewann wieder an Fahrt. Nach ein paar Metern blickte ich mich um. Murat war bereits dabei, Davids Fahrrad aus dem Gebüsch zu zerren, dann machte der Pfad eine Rechtskurve, und ich verlor ihn aus dem Blick. Ich strampelte und überlegte, welches der beste Fluchtweg war. Bis nach Hause war es noch zu weit. Rechts runter waren es nur fünfzig Meter bis zum Getränkemarkt Teuer, aber konnte ich Murat wirklich abhängen? Eigentlich ein hoffnungsloses Unterfangen, mein Herz, es stach, ich bekam kaum noch Luft, doch ich musste es probieren. Im

Augenwinkel bewegte sich etwas. Mozart hatte abgekürzt, er kam quer durchs Gebüsch gewalzt. Die Straße war schon in Sicht, der Trampelpfad weitete sich, knapp rechts hinter mir hörte ich ihn keuchen, ich musste nach links ausweichen, obwohl ich nach rechts musste, da schrie Mozart auf, ich blickte über die Schulter, Murat war voll in ihn reingekracht, beide lagen am Boden und hielten sich fluchend Kopf, Arme und Beine vor Schmerzen. Laut lachend schoss ich ins Freie, ich hatte es geschafft!

Irgendjemand hupte, ich dechiffrierte im Bruchteil einer Sekunde den Duft von über vierzig verschiedenen Gewächsen der Römerwiese, wenn auch ohne einen ihrer Namen zu kennen, außerdem roch ich Öl, Benzin, Asphalt, dazu Mozarts Schweiß, seinen ungewaschenen Schritt und das Haargel, mit dem er seine rotblonde Igelfrisur herstellte – als ob das bei dem Kotelettgesicht irgendetwas gebracht hätte –, ich konnte Murats Mundgeruch erkennen, schmeckte das Gummi von Autoreifen, das Gummi von Fahrradreifen, und Blut, mein Blut. Kein Scheppern, kein Krachen, obwohl doch alles durcheinanderwirbelte, der Himmel war blau, das Auto war blau, alles war blau. Dann erst kam der Schmerz, und dann völlig unerwartet ein Dunkelblau von nie erlebter Intensität, fast schwarz und doch leuchtend, und dann wieder Licht, grell, immer noch kein Ton, Anjas Krapfengesicht, ganz nah über meinem, ihr frischer Hefeschweiß, sie fragte etwas, ihr Mund bewegte sich lautlos wie der eines Fisches, ihr Parfum schlüsselte sich auf, in zwölf namenlose Elemente, halt, eines davon war Rose, das konnte ich benennen, und bevor es endgültig dunkel wurde, konnte ich noch in Anjas zerrissenes T-Shirt blicken und ihren Busen sehen, zwar nicht eingeölt, aber immerhin, ein richtiger Busen wie aus dem Biobuch, mit einer hellen Brustwarze, und ich fragte mich, was so toll daran sein sollte, ihn anzufassen. Dann starb ich.

Diagnose

Es war das erste Mal, dass ich sterben sollte, und das erste Mal, dass ich es in die Zeitung schaffte.

»Autofahrer tötet Schüler und begeht Fahrerflucht«, so lautete die Schlagzeile im Piesbacher Kurier.

Wie es zu dieser Fehlinformation gekommen war, ließ sich später nicht restlos rekonstruieren, eine missverständliche Aussage von David gegenüber dem Freizeitjournalisten Ferdinand Bruch könnte eine Rolle gespielt haben, auf jeden Fall war ich für einen Tag tot, gestorben, ein tragisches Unfallopfer.

Frau Heyde tritt vor die Klasse, nimmt die Brille ab und spricht mit ruhiger, langsamer Stimme. Wiebke Rehmann bricht in Tränen aus, sie weint allerdings bei jedem Vogel, der gegen die Scheibe fliegt, die Klasse bekommt für den Rest des Tages frei. David muss immer wieder erzählen, was er gesehen hat, als Trittbrettfahrer meines Heldentods sonnt er sich für den Rest des Tages im Brennpunkt des Interesses, umringt von Mitschülern beantwortet er Fragen, schildert die Ereignisse, erinnert sich wie immer höchst kreativ, er will von Weitem gesehen haben, wie ich fünf Meter hoch durch die Luft geschleudert wurde, das Auto ist bereits weg, als David zum Unfallort kommt, aber Anja hat es noch wegfahren sehen, ein blauer Wagen, laut David konnte es, dem Motorengeräusch nach zu urteilen, nur ein Porsche gewesen sein, damit kannte er sich aus.

»Mittelschwere Gehirnerschütterung, ein gebrochenes Wadenbein, zwei gequetschte Finger an der linken Hand und drei geprellte Rippen. Alles halb so wild, die jungen Knochen heilen fix«, sagte Frau Dr. Helsinki zu Dito und Rita. Die drei standen mir zugewandt am Fuße meines Krankenhausbettes, beide

Frauen hatten den Kopf auf die gleiche Weise schräg gelegt, als betrachteten sie ein gelungenes, aber rätselhaftes Kunstwerk. Dito, der in der zweiten Reihe stand, schob anerkennend die Unterlippe vor, nickte langsam, zog die Augenbrauen nach oben. Am breiten Rücken der Oberärztin vorbei zeigte er mir seinen in die Höhe gestreckten Daumen.

Dr. Helsinki überragte meine Eltern um etwas mehr als einen Kopf, um einen knallroten, glänzenden Kopf, ihr weißer Kittel spannte an allen Stellen, an denen ein Kittel spannen konnte, ohne zu zerreißen. Nichts an ihrer Erscheinung ließ den Gedanken an Gesundheit oder Heilung aufkommen, eher dachte man an Schweinebraten auf Autobahnraststätten, an abgebundene, chinesische Frauenfüße oder zu großzügig aufgetragene Fettcreme, die für Stunden nicht einziehen wollte.

»Was mir größere Sorgen bereitet, ist sein Herz. Wir haben festgestellt, dass es nicht so richtig klopft. Es macht manchmal *bumbimbum, bum… bembum*, nicht, wie vernünftige Herzen: *bogg-bogg… bogg-bogg… bogg-bogg… bogg-bogg… bogg-bogg…*«

Das Nachahmen eines gesunden Herzschlags schien sie in eine Art Trance zu versetzen, aus der sie gerade, als man ernsthaft in Erwägung zog, sie anzustupsen, wieder erwachte und weitersprach, als wäre nichts geschehen.

»Ist da nie zuvor was in der Richtung festgestellt worden?«

Für einen Moment hatte ich Angst, dass es sich bei ihr um eine Ärzte-Imitatorin handelte, eine Verrückte, die sich in Krankenhäuser schlich, um Patienten mit zynischen Fehldiagnosen den Aufenthalt zu versauen, und sei es nur für ein paar Stunden, bis der richtige Arzt vom Golfplatz kam und in sonnengebräunter Seelenruhe die endlosen, identischen Gänge abschritt.

»Ja, unser Hausarzt hat da mal was erwähnt«, sagte Rita langsam, sah mich fragend an und drehte sich dann zu Dito um, der jedoch mit den Schultern zuckte. Rita winkte ab und schaute auf zu Frau Dr. Helsinki. Sie war noch nie mit mir beim Arzt gewesen, das machte ich immer mit Oma, weshalb sie alle Informationen meine Gesundheit betreffend nur aus zweiter Hand hatte. Um sie aus ihrer misslichen Lage zu befreien, ergriff ich das Wort.

»Dr. Kutscher hat mal beim Abhorchen was gehört. Er meinte, das sind Wachstumsstörungen. Und dass sich das wieder zurechtklopfen wird, wenn ich größer werde.«

Helsinki verengte die Augen. »Dr. Kutscher? Aus Piesbach? Der darf noch praktizieren?«

Der Ton ihrer Fragestellung ließ sie von einem Moment auf den anderen über die Maßen kompetent erscheinen. Ich persönlich hatte unseren greisenhaften Hausarzt schon immer für einen Scharlatan oder zumindest für ruhestandsreif gehalten.

»Charlie, wie ist das denn beim Sport, bist du schnell aus der Puste?«

»Ja. Sehr schnell. Eigentlich habe ich gar keine Puste, um ehrlich zu sein.«

»Und hast du manchmal kalte Hände oder Füße?«

»Kalte Hände. Aber hat die nicht jeder manchmal?«

»Natürlich. Im Winter habe auch ich kalte Hände. Wenn ich keine Handschuhe trage. Das meine ich nicht.«

Sie schaute mit fassungslos geöffnetem Mund auf meine Eltern hinab: *Wie kann man nur ein so dummes Kind in die Welt setzen und nicht zur Adoption freigeben,* sollte das wohl heißen. Rita hatte sich bei dem Gespräch über die Temperatur meiner Gliedmaßen neben Dito gestellt und beide seiner Hände ergriffen, ihre Arme überkreuzten sich, wie beim Volkstanz. Was für ein Bild, händchenhaltende Eltern, auf diese Art, und dann auch noch die eigenen.

»Ja, im Sommer habe ich auch hin und wieder kalte Hände. Und manchmal piekst es ein wenig in der Brust«, sagte ich schnell.

Dr. Helsinki sah mich noch einen Moment an, nickte, dann drehte sie sich um. Aus meiner Perspektive, die eine liegende war, verdeckte die Leibesfülle der Ärztin nun meine immer noch eng beieinanderstehenden Eltern. Als sie weitersprach, stellte ich sie mir wieder als die Geisteskranke im Doktorkittel vor, die im Anschluss an ihre Fantasiediagnose noch mit imaginierten Angehörigen sprach. Eigentlich eine gute Geschichte, ich musste meine Eltern daran erinnern, mir beim nächsten Besuch mein Notizheft mitzubringen.

»Wir werden das weiter beobachten. Die Blutwerte deuten darauf hin, dass Ihr Sohn eine Myokarditis hat, also eine Herzmuskelentzündung. Das kann von einer nicht vollständig auskurierten Grippe kommen oder durch Bakterien verursacht werden. In jedem Fall ist es wichtig, sich körperlich zu schonen, und zwar sehr lange noch, damit das nichts Chronisches wird. Ich werde Charlie für den Rest des Schuljahres krankschreiben. Und auf unbestimmte Zeit ist er vom Sportunterricht befreit. Alkohol ist ja in seinem Alter sicherlich noch kein Thema, ich erwähne es trotzdem, das ist natürlich streng verboten. Wir werden den Jungen heute in ein Einzelzimmer verlegen.«

Meine Laune stieg schlagartig. In der ersten Nacht hatte ich das Zimmer mit zwei fremden, lautstark um die Wette pupsenden Jungen teilen müssen. Nie wieder Sport – und schulfrei bis zum Sommer? Ich wäre ihr am liebsten um den Hals gefallen. Mein Interesse, Mozart, David oder auch Anja wiederzusehen war denkbar gering. Nach den großen Ferien würden David und ich zwar beide das Seneca-Gymnasium in Leyder besuchen, doch garantiert in unterschiedliche Klassen kommen: Er hatte Französisch gewählt, weil sein Vater Klassenlehrer der Spanischklasse war. Und Mozart? Ich hatte dem Polizeibeamten gegenüber weder ihn noch Murat erwähnt. Ein totales Blackout, ich konnte mich auch nicht an die Farbe oder das Modell des Autos erinnern. Ich wusste, dass es so etwas bei Unfällen wirklich gab.

Da Mozart in naher Zukunft tagsüber damit beschäftigt sein würde, Wurstbrät in Därme zu füllen, war die Chance, ihm über den Weg zu laufen, zum Glück gering.

Neues Wissen

Nach einer Woche konnte ich das Krankenhaus auf Krücken verlassen. Mein erster Gang führte mich in die Stadtbücherei Leyder. Ich wollte meiner gesteigerten Sinneswahrnehmung im Moment des Unfalls auf die Spur kommen, den unbekannten Komponenten von Anjas Parfum und überhaupt aller Parfüms einen Namen geben können. Die Ausbeute war enttäuschend: Es gab einen Krimi mit einem kitschig aussehenden Ölgemälde-Cover, der »Das Parfum« hieß. Der würde mir nicht weiterhelfen. Dann gab es noch ein Sachbuch über den Geruchssinn, doch außergewöhnlich feine menschliche Nasen wurden darin nicht erwähnt. Allerdings fand ich ein schmales, wenn auch hoffnungslos veraltetes »Lexikon der Duftklassiker«, das mich mit der musikalischen Sprache der Parfumbeschreibungen und dem Konzept der Kopf-, Herz- und Basisnote von Duftkompositionen bekannt machte.

Meine Krankengymnastiktermine führten mich nun regelmäßig nach Sumbigheim, und jedes Mal stattete ich Nonno einen Besuch in seinem Laden ab, trank einen Latte Macciato, eigentlich eher heiße Milch mit einem kleinen Schuss Kaffee, und ging dann zwei Geschäfte weiter in die Parfümerie »La Couchette«, um dort zahllose Papierstreifen zu besprühen und zu beschriften.

Zu Hause schrieb ich die Namen der Eau de Toilettes und Eau de Parfums in ein neues Notizheft und versuchte mich an eigenen Beschreibungen. Die erste Seite widmete ich Diorissimo, den Duft kannte ich seit meiner Kindheit. Früher hatte ich gar nicht gewusst, dass es sich dabei um ein Parfum handelte, ich war lange davon ausgegangen, dass dies der Geruch meiner Mutter war.

Diorissimo von Dior (1956)
Der Modeschöpfer Christian Dior hatte eine Lieblingsblume: das Maiglöckchen. In jeden Saum seiner Modellkleider ließ er eines der Pflänzchen einnähen, und er wünschte sich nichts mehr als ein Parfum mit dem Duft ebendieser Blume. Leider ist das Maiglöckchen sehr widerspenstig, bis heute ist keine Methode gefunden worden, seinen Duft auf herkömmliche Art zu extrahieren.
Ein Jahr vor Christian Diors Tod gelang es seinem Parfumeur Edmond Roudnitska jedoch, den Duft glaubhaft zu synthetisieren – Dior war begeistert.
Das künstliche Maiglöckchen bildet die Basis des inzwischen zum Klassiker avancierten »Diorissimo«. Es handelt sich um einen frühlingshaft blumigen Duft, der sowohl von jungen Frauen als auch von Damen getragen werden kann und Frische, Zartheit und Eleganz transportiert.

Kopfnote: Bergamotte, grüne Blätter
Herznote: Amaryllis, Boronia, Flieder, Jasmin, Lilie, Maiglöckchen, Rosmarin, Ylang-Ylang
Basisnote: Sandelholz, Zibet

Weiterhin erschnupperte ich die Namen der Klassiker, die ich von meinen Besuchen in der Oper kannte – *Chanel N°5, Moschino, Maja, Shalimar, LouLou*, ich entdeckte die Neuerscheinungen *Poison* und *Coco*, Ersteres war mir eindeutig zu schwülstig, *Coco* gefiel mir hingegen gut. Einige der Flacons hatte ich schon von Anzeigen in der *Vogue* kennengelernt, die bei Nonno im Laden auslag. Bei den Herrendüften mochte ich vor allem die holzig-herben Eau de Toilettes und After Shaves wie *Balafre*, *English Leather* und *Elite*.

Die Tage wehten vorbei, das Parfumheft füllte sich, meine Duftprobensammlung wuchs ebenso wie Ritas Bauch, und ich humpelte – inzwischen ohne Krücken – dem Tag entgegen, an dem es endlich mit dem *Toytonic Swing Ensemble* nach Belgien gehen sollte. Die neue Rita war begeistert von der Idee, dass ich die Schreibmaschine mitnehmen wollte. Am Tag vor der Abfahrt stellte sie mir den grauen Hartschalenkoffer mit einem übertrieben dicken Stoß DIN-A4-Bögen vor das Zimmer in den Flur.

»Dann kannst du die neu gelernten spanischen Vokabeln alle gleich aufschreiben und abheften.«

Ich hatte bis zum Schluss gehofft, dass sich eine mexikanische Oma oder Tante finden würde, bei der das Mädchen den Sommer verbringen konnte. Leider passierte das nicht, Stucki und Malinche waren bereits mit dem Flugzeug unterwegs zu uns. Und es sollte noch schlimmer kommen. Rita kam mit einem dicken Stapel frischer Bettwäsche in mein Zimmer und sagte: »Komm, wir beziehen das Bett.«

»Für eine Nacht? Wir fahren doch schon morgen los.«

»Wenn Gäste kommen, bezieht man immer frisch. Dito schläft oben bei mir, damit Stucki im Studio auf dem Sofa übernachten kann, und ihr Kinder schlaft bei dir. Dein Bett ist breit genug für zwei. Los!«

Ich erstarrte. Jetzt sollte ich auch noch mein Bett mit dem Mädchen teilen? Was kam als Nächstes?

Während Rita und ich gemeinsam die Schlafstätte für Prinzessin Malinche bereiteten, entkabelte Dito im Keller das Pult, seine Synthesizer, die Effektgeräte, verpackte alle Tonbänder und die Bandmaschine sorgfältig in Kisten, holte die dicke schwarze

Folie aus dem Schrank und fuhr los, um Proviant für drei Wochen sowie diverse Rollen Gaffa-Tape zu kaufen.

Am nächsten Morgen wollten wir beide früh zum Flughafen aufbrechen. Wir frühstückten zu zweit, ich briet uns Eier und kochte Tee, den Dito mit kaltem Wasser aufgoss, um ihn schnell herunterstürzen zu können. Während ich die Pfanne abwusch und das Geschirr in die Spülmaschine räumte, wartete er im Flur, Nonnos Autoschlüssel in der Hand. Beim Aufbruch sprang mir die blinkende Lampe des Anrufbeantworters ins Auge.

»Warte mal, es hat jemand angerufen.«

»Ist doch egal, lass uns los«, sagte Dito, während der Autoschlüssel am Ring um seinen ausgestreckten Zeigefinger rotierte. Ich ließ mich nicht beirren, holte mein AB-Heft aus dem Zimmer und drückte auf Wiedergabe.

Küüühp!

»Hallo, Stucki hier. Es… äh, gab einen kleinen Notfall. Wir mussten in London von Bord gehen, sind jetzt in Dover und werden mit dem Schiff übersetzen. Ab Frankreich dann mit dem Zug. Kommen 21:45 am Hauptbahnhof Sumbigheim an.«

Das doppelte Piepen erklang. Keine weitere Botschaft.

»Ein Notfall? Und jetzt fahren sie mit dem Schiff? Können die nicht einfach ein anderes Flugzeug nehmen?«, fragte ich.

Dito grunzte.

»Keine Ahnung.«

Dann gähnte er und verschwand im Keller, um sich wieder hinzulegen.

Thomas AvA Edison

Abends drängelten wir uns endlich alle im Hinterhof der Sudergasse um die Feuertonne: Stucki, Malinche, die außer »Hola« noch kein Wort gesagt hatte und unablässig ihre großen, dunklen Augen über alles und jeden huschen ließ, daneben Rita, ihre neue beste Freundin, die Malinche hin und wieder etwas zuflüsterte, woraufhin ein Lächeln über deren Gesicht lief, daneben wiederum Dito, dann Nonno, schließlich der dicke, schnurrbärtige Achill von Ackeren aus Belgien und ich. Opa war wie immer im Wald, Oma in Kirgisistan, um eine dort heimische Weißtanne für ihre Galerie zu importieren. Sie würde morgen zurückkehren. Nonna war der Runde beleidigt ferngeblieben, da ihre Kochkünste nicht benötigt wurden: Oma hatte vorsorglich ausreichend Hirschgulasch gekocht und eingefroren. So saßen wir wie immer, wenn jemand eine Reise vor oder hinter sich hatte, über den dampfenden Tellern beisammen, während Dito und Stucki die diesjährige Version der *Forsthaus-Chronicles*-Entstehungsgeschichte zum Besten gaben. Dieses Mal trank Dito acht Kaffee am Tresen, während er auf Stucki wartete, und die gesamte Bagage fuhr vom Theater in nur einem Auto in den Wald, teilweise auf dem Dach des Bullis. Da Rita erstmals bei der Erzählung selbst mit dabei war, konnte auch sie neue Details hinzufügen – von der Huckepack-Kissenschlacht im Garten, aus der das Team Herr Bird/Rita als Sieger hervorgegangen war, hatte ich noch nie gehört.

Als der letzte Teller leer gekratzt war und alle noch verträumt dem langsam verebbenden Zauber des Hirschgulaschs nachschmeckten, kam die Sprache auf die bevorstehende Aufnahme- und Abmischsession in Belgien. Achill zündete sich eine Zigarre an.

»Jüngs, ich habe gestern mit die Franzosen gesproche, sie sind wirklisch echt heiß auf eure neuen Aufnahmen. Außerdem habe ich mich letzte Woche mit die Rédaction von *la septime* getroffen, das ist eine französische Kulturmagazin auf FR3. Und jetzt haltet euch fest: Sie wollen eine Documentation über die Entstehung von eure nächste Albüm bringen!«

Er ließ seine Augenbrauen tanzen und nuckelte zufrieden an seiner Zigarre.

»Aber... heißt das, dass ein Kamerateam vorbeikommt und uns filmt?«, fragte Stucki gequält.

»Nein, keine Angst«, sagte Achill grinsend und erhob sich. »Viel besser.«

Er verschwand in der Küche, um zwei mittelgroße Pakete zu holen, die er am Nachmittag bei seiner Ankunft umständlich hereingeschmuggelt und in der kleinen Kammer auf der Waschmaschine versteckt hatte.

»Packt aus, Jüngs!«

Wie zwei kleine Knaben an Heiligabend rissen Dito und Stucki um die Wette das braune Papier von den Paketen. Identische Kartons kamen zum Vorschein: zwei neue, hochwertige Videokameras. Achill grinste noch breiter als zuvor.

»Ihr macht die Filmaufnahmen selbst. Der Rédaction ist das Thomas-Edison-Prinzip bekannt. Sie lieben die Story von die im Wurmloch entstandene Werk, ihnen ist vollkomme klar, dass sie euch während des kreativen Prozesses in der Dunkelheit nicht stören können. Sie wollen euch nur beim Abkleben der Fenster filmen und vorher und hinterher ein Interview machen. Mit euch beiden – und natürlich auch mit mir.«

Stucki hob abwehrend die Hände.

»Also, danke für die Kameras, aber...«, er sah zu Dito, »... wir werden dieses Jahr nicht verdunkeln.«

Achill lachte schallend.

»So eine Blödsinn! Die Story ist die beste Promotion, die es gibt – ihr beide, drei Wochen ohne Uhr in einem vollständig vom Sonnelicht abgeschirmte Haus, und dann die Sache mit die Eieruhr und den Nickerchen –, zwei psychedelische Preußen, die an ihre Grenze gehe!« Achill gackerte lang auf seine komische Art, es klang immer, als ob er erstickte.

»Das geht aber dieses Mal nicht«, sagte Stucki. »Wir haben die Kinder dabei.«

Achill lachte noch heftiger, brach aber ab, als er realisierte, dass Stucki keinen Witz gemacht hatte.

»Welche Kinder? Diese beiden?«, fragte er und zeigte abwechselnd mit der Zigarre auf Malinche und mich, immer wieder, hin und her.

Rita schaltete sich ein. »Das ist doch kein Problem, Stucki. Kinder sollte man frühstmöglich an konzeptionelle, künstlerische Prozesse heranführen. Das ist eine richtig wertvolle Erfahrung für die beiden. Und außerdem können sie sich gut selbst beschäftigen, sie sind ja keine Babys mehr. Den Wahnsinn mit den fünfzehnminütigen Schlafpausen machen sie natürlich nicht mit.«

Achill zog die Augenbrauen gewaltig weit nach oben und tippte mehrmals mit dem Zeigefinger auf seine Zigarre, obwohl gar keine Asche mehr herunterfallen konnte. Dabei sah er abwechselnd von Rita zu Stucki und zu Dito, sagte aber kein Wort. Malinche heftete ihre Augen zur Abwechslung auf die Erde.

Wollte Stucki wirklich wegen uns vom Thomas-Edison-Prinzip abrücken? Sie hatten ihre Platte danach benannt, ihren größten Erfolg, und sie würden diesen Sommer *Thomas AvA Edison 2* abliefern. Achill hatte vollkommen recht, es war unumgänglich, dass sie wieder so verfuhren wie ihr geniales Vorbild, der Namenspate des Albums.

Thomas Alva Edison hatte in jedem seiner Labore eine kleine Pritsche gehabt, denn er arbeitete ununterbrochen. Sobald er müde wurde, legte er sich für kurze Zeit hin. Länger als eine

Stunde schlief er fast nie, meist sogar nur fünfzehn Minuten, das aber mehrmals am Tag. Dann sprang er erfrischt auf und arbeitete weiter. Dank dieser Methode konnte er neben der Glühbirne über tausend weitere Erfindungen patentieren lassen. Die sprechende Puppe, die das Cover des Albums zierte, gehörte zu seinen wenigen Flops.

Als Dito von dieser Arbeitsweise hörte, entstand die Idee, es noch eine Spur weiter als Edison zu treiben. Sie kauften genug Nahrungsmittel für drei Wochen, klebten alle Fenster des Ferienhauses sorgfältig mit schwarzer Folie und Gaffa-Tape ab und drehten die Sicherung für die Türklingel heraus. Sie nahmen keine Uhr mit, als einzigen Zeitmesser hatten sie eine altmodische Eieruhr zum Aufziehen dabei. Dann begannen sie, die letzten Overdubs einzuspielen und anschließend alles abzumischen. Wenn einer der beiden müde wurde, ging er mit der Eieruhr ins Schlafzimmer, stellte sie auf fünfzehn Minuten und machte ein Nickerchen.

In dieser tranceartigen Dunkelheit entstand *Thomas AvA Edison*, ein Album, das neben den typischen, langatmigen Stücken immer wieder mit kleinen Miniaturen überraschte. Es waren diese Interludes, die als Soundtrack bei der französischen Komödie Verwendung fanden. Somit war also völlig klar, dass die Arbeitsweise bei *Thomas AvA Edison Part 2* unter keinen Umständen verändert werden konnte.

»Ich leide seit einiger Zeit unter Klaustrophobie«, presste Stucki hervor.

In der Feuertonne war nur noch Glut, der Hinterhof lag fast im Dunkel.

»Ich habe es schon auf dem Flug kaum ausgehalten, trotz Valium. Deswegen mussten wir ab England mit dem Schiff weiterreisen. Ich kann das nicht noch mal, drei Wochen eingesperrt sein. Tut mir leid.«

Achill atmete durch seinen Walrossschnurrbart aus und steckte sich die erloschene Zigarre wieder an.

»Stucki«, paffte er in die Richtung der Silhouette, die zusammengesunken auf seinem Stuhl saß. Der kleine Stucki war sonst immer in Bewegung, ein Bein wippte, ein Fuß tippte, die Finger trommelten, der Po wackelte. Jetzt hing er in dem Campingstuhl wie ein Müllsack voller Sand.

»Stucki. Das ist doch, wie sagt man ... Hümbüg! Wieso hast du mit eine Mal Platzangst? Kannst du dich nicht ein bissche zusammereiße? Einen Trinken, was rauche, und dann geht's?«

Stucki antwortete nicht. Dito stand auf und legte neues Holz nach. Schon bald leckten die Flammen wieder aus der Tonne hervor und ließen reihum die trüben Gesichter flackern.

Mein Vater wandte sich an Achill.

»Wir können ja einfach so tun als ob. Lassen uns beim Abdichten filmen und machen dann die ganze Zeit normal die Türen und Fenster auf. Müssen die Franzacken vom Fernsehen ja nicht mitbekommen«, sagte er.

Das Feuer knisterte, ein Scheit fiel polternd um und ließ ein paar Funken auftanzen.

»Das ist scheiße. Ihr braucht doch die Feeling«, sagte Achill und stand ruckhaft auf.

Alle schwiegen.

Platzangst. Ich hatte das bisher immer für einen Witz gehalten, eine ausgedachte Krankheit, wie Leistenbruch, Hüftschnupfen oder Herzkasper. Gab es all diese Dinge am Ende wirklich? Achill warf seinen Stumpen in die Tonne und klopfte sich die Hände ab.

»Ein Fake kommt nicht in Frage. Und wenn ihr nicht abklebt, weiß ich nicht, ob sie euch wirklich filmen wollen. Und ob ihr dann noch mal so genial abliefert, dass es für den Film reicht.«

Wieder sagte niemand etwas. Mein Kopf war schwer, meine Augenlider auch, ein Ohrgeräusch kam und ging gleich wieder, wenn auch langsam. Ich fühlte mich doppelt betrogen: Endlich durfte ich mit in die kreative Dunkelheit, dann brachte Stucki erst dieses Mädchen mit, und jetzt wollte er auch noch das Thomas-Edison-Prinzip beerdigen.

In diesem Moment durchbrach Malinches Stimme die Stille.

»Es ist nicht Stucki.«

Ihr Deutsch war nahezu akzentfrei.

»Mali«, sagte Stucki und schüttelte den Kopf. Sie hob abwehrend die Hand.

»Ich bin die mit der Platzangst.«

Planänderung

Natürlich! Da hätte ich auch selbst drauf kommen können: Weil Malinche das ganze Flugzeug zusammengeplärrt hatte, mussten die beiden bereits in London aus dem Flieger steigen. Wegen *ihrer* Platzangst. Und deshalb hatte Stucki auch auf das Abkleben der Fenster verzichten wollen.

Die Runde schwieg, ich hasste mit brodelndem Herz im Stillen. Doch im nächsten Moment sagte Malinche selbst, was ich und vermutlich auch Achill dachte:

»Vielleicht kann ich ja einfach hierbleiben, bei Rita?«

Sie drehte den Kopf zur Seite und blickte an meiner Mutter hoch.

»Mali! Das kommt nicht in Frage, Rita braucht ihre Ruhe«, sagte Stucki streng und stieß noch irgendetwas auf Spanisch hinterher.

»Nein, nein, natürlich, das ist doch überhaupt kein Problem«, sagte Rita und ergriff Malinches Hand. »Fahrt ihr mal weg, wir drehen hier unseren eigenen Film, mit Nonnos 8mm-Kamera, nicht mit so 'nem Videoschrottding. Dann seid ihr ganz frei und könnt euer Album fertigstellen.«

Ich hole tief Luft. Die Frauen blieben hier, die Männer fuhren ins Kreativcamp. Alles wurde doch noch gut.

»Die Kinder bleiben bei mir, als Schauspieler kann ich die zwei gut gebrauchen, Charlie schreibt mit mir das Drehbuch, das wird großartig!«

Die KINDER?

Jetzt legte sie den ganzen Arm um das Mädchen aus Mexiko, Malinche lächelte vorsichtig. Schuldbewusst sah sie mir in die Augen. Die Welle aus Enttäuschung, Verzweiflung und Wut, die mich überrollte, hatte ich in der Intensität noch nicht erlebt. Sie jagte mir den Puls in den Hals und zerlegte den gesamten Hinterhof in seine einzelnen Duftbausteine. Sämtliche Hirschgulaschzutaten, die Reste von Achills im Feuer verglühender Zigarre und das seit Ewigkeiten so vertraute Diorissimo blätterten sich vor mir auf, als hätte ich das erste Mal die Motorhaube eines Autos geöffnet und den Motor nicht nur gesehen, sondern mit einem Blick begriffen, welche Aufgabe jeder Riemen, Kolben, jedes Zahnrad hatte. Kurz erschnupperte ich noch etwas Federweiches, ungreifbar Köstliches, doch gleich dem kurzen Aufblühen einer Feuerwerksblume, die nur für einen Moment den Nachthimmel schmückte, um dann in schnell schwächer werdenden, herabglitzernden Silberpartikeln zu vergehen, verschwand das Phänomen wieder, die Erinnerung daran so schwer greifbar wie ein Traum, der mir direkt nach dem Erwachen immer wieder durch die Finger rann, obwohl seine Stimmung noch lange auf jedem Atemzug lag.

Ich stand auf, benommen, murmelte etwas von Müdigkeit, streckte mich und riss den Mund dabei auf wie bei einem Gähnen, ging in mein Zimmer, streifte die Schuhe von den Füßen, legte mich aufs Bett, drückte mein Gesicht ins Kissen und weinte zitternd in den Stoff. Der intensive Waschmittelgeruch der Bettwäsche war nur Waschmittelgeruch, keine aufgeschlüsselte Duftstoffparade, die durch meine Nase tanzte wie soeben im Hinterhof oder auf der Römerwiese. Stattdessen erinnerte mich das frisch bezogene Bett daran, dass Malinche heute neben mir liegen, atmen, schwitzen, riechen würde, die platzängstliche Mali, die mir soeben das größte Abenteuer meines Lebens geraubt hatte. Womöglich machte sie noch ins Bett. Wenn ich sie im Schlaf mit dem Kissen erstickte, würden wir dann zu dritt nach Belgien in die Dunkelheit reisen, Stucki, Dito und ich? Vermutlich nicht. Lust dazu hatte ich dennoch.

Im Schein meiner Leselampe nahm ich mein Notizbuch zur Hand und ließ meinem Selbstmitleid und den Rachefantasien freien Lauf. Danach war es etwas besser. Ich schlüpfte in meinen Schlafanzug und ging ins Bett, ohne mir die Zähne zu putzen. Den Nachhall von Omas Gulasch wollte ich so lange wie möglich im Mund behalten.

Als kurze Zeit später Rita und Malinche leise mein Zimmer betraten, täuschte ich vor, bereits zu schlafen. Rita, mit einer Kerze ausgestattet, zeigte unserem Stargast das Bett, wünschte flüsternd *buenas noches,* verließ das Zimmer und schloss die Tür. Den Geräuschen nach zu urteilen gab sie Malinche vorher einen Gute-Nacht-Kuss. Ich hatte noch nie einen bekommen. Malinche, die sich im Dunkeln umgezogen hatte, schlich noch einmal zur Tür und öffnete sie. Doch anstatt hinauszugehen, ließ sie die Tür offen stehen, ging zum Fenster und zog den Vorhang ein Stück zur Seite. Ach ja. Platzangst. Ich blinzelte kurz, einäugig, sie trug ein weißes Nachthemd. Schnell schloss ich das Auge wieder. Sie kam zum Bett und kroch neben mir unter ihre Decke, langsam, um mich nicht zu wecken. Still lagen wir nebeneinander und atmeten die gleiche Luft, die jetzt eindeutig anders roch, besser, zimtig. Was war das? Es roch auch nach Muskat, und so ähnlich wie Marzipan. Es war diese blöde Kuh, die das Ungreifbare, Wunderbare verströmte, das ich vorhin, beim Verblassen dieses Duftblitzes im Hinterhof gerochen hatte. Ihr Atem wurde langsamer. Ich lauschte und beobachtete die digitalen Ziffern meines Radioweckers. Wenn die Minutenanzeige eine Zahl größer wurde, begann ich im Kopf bis sechzig zu zählen, wie jeden Abend. Ziel des Spiels war es, dass die Anzeige genau dann umsprang, wenn ich bei sechzig war. Meist schlief ich darüber ein, heute lag ich wach und horchte auf ihren Atem. Er war jetzt kaum zu hören, lief ganz ruhig. Als ich sicher sein konnte, dass sie eingeschlafen war, drehte ich mich geräuschlos um. Ich betrachtete sie. Das Feuer im Hinterhof tanzte lebhaft, und da sie den Vorhang beiseitegeschoben hatte, wurde Malinches Gesicht beleuchtet. Auch sie lag auf der Seite, den Kopf mir zugewandt und pustete fast unmerklich Luft aus dem Mund, die Lippen öffneten sich bei jedem Atemstoß klein und klickend. Sogar ihr Atem ließ an eine Süßspeise denken. Die Zone zwischen ihren kräftigen Augenbrauen war von dunklen Haaren besiedelt, und auch die Oberlippe war von einem leichten, dunklen Flaum überzogen. Ein bisschen wie diese Malerin mit dem Schnurrbart, von der Rita ein Bild an ihrer Gitterwand hängen hatte. War das nicht auch eine Mexikanerin? Wahrscheinlich war meine Mutter deshalb so vernarrt in dieses Mädchen – das die Augen jetzt völlig unverhofft weit aufriss und »Buh!« machte.

Ich zuckte zusammen, sie lachte laut auf. Sie hatte überhaupt nicht geschlafen. Das war zu viel. Schon hatte ich mein Kissen in der Hand und schlug auf sie ein, sie lachte weiter, aber es war kein boshaftes Lachen wie bei Anja und Heike, sie klang fröhlich und amüsiert, was mich noch wütender machte. Als ich mich aufrichtete und in schnellerer Frequenz auf sie eindrosch, hob sie schützend die Arme über Kreuz. Es gelang mir, mich auf sie zu setzen und nach einigen Schlägen das Kissen unter ihre Hände aufs Gesicht zu schieben. Mit meinem ganzen Gewicht warf ich mich, Brust voran, auf ihren Kopf, bekam ihre Handgelenke zu packen und drückte sie fest neben ihren Körper in die Matratze. Ich lag auf ihr, das Kissen zwischen uns, auf ihrem Mund, ihrer Nase, mein Herz pumpte in noch nie dagewesener Geschwindigkeit adrenalinsattes Blut durch die Venen, wir waren eingehüllt in die Duftaura der mexikanischen Himmelsbäckerei, die sie mitgebracht hatte. Sie setzte sich nicht zur Wehr, schien zu akzeptieren, was unvermeidlich, was angemessen war. Die Zeit hörte auf, eine nachvollziehbare, verlässliche Größenordnung zu sein, es gab nur noch diesen Moment, das *Jetzt*, das *Hier*, das *Genau-so-und-nicht-anders*, meine klopfenden Ohren, das Flackern des Hinterhofs, den Triumph des Stärkeren, von dem ich noch nie gekostet hatte.

Ein stechender Schmerz explodierte in meinem Rücken, als sie ihr Knie hineinrammte. Im gleichen Moment schüttelte sie das Kissen fort, riss ihre Hände, die ich noch immer am Gelenk umklammert hielt, nach außen und meine Arme dabei gleich mit, was mich ihrem Gesicht schlagartig näher kommen ließ. Sie befreite sich, packte mich an der linken Schulter und dem rechten Becken, wirbelte mich herum und saß plötzlich auf mir, wie kurz zuvor ich auf ihr. Dabei fixierte sie meine Handgelenke neben den Ohren und sah mich an. Mein Schlafanzugoberteil war bis zum Hals hochgerutscht, und ich spürte ihre nackten, muskulösen und zugleich samtigen Schenkel auf dem Bauch und an der Seite, da wo ich kitzelig war. In ihrer Mitte war die Unterhose schwitzig. Sie lächelte.

»*Perro loco.*«

Eine Weile sahen wir uns in die Augen, sie blies sich eine Strähne aus dem Gesicht, dann lockerte sie langsam ihren Griff. Auch meine Arme wurden ganz weich, alle Energie verließ meinen Körper, und ich schluchzte lächerlich laut in die Nacht. Sie hatte mich losgelassen.

»Es tut mir leid, dass wir wegen mir hierbleiben müssen.«

Nun rollte sie sich von mir herunter auf die Seite, setzte den Ellenbogen auf und stützte ihren Kopf in die Hand. Während sie mich ansah, zog sie mit der anderen Hand mein Pyjamaoberteil herunter, strich es glatt und ließ ihre Hand auf meinem Bauch liegen.

»Aber wenn du so was noch einmal probierst, kriegst du mein Knie nicht in den Rücken, sondern in die *huevos*.«

Wie um sicherzugehen, dass ich sie verstanden hatte, griff sie mir in den Schritt, umfasste meine kleinen Hoden und drückte einmal kurz und kräftig zu. So wie ein getrockneter Flaschenstäubling seinen gelben Pesthauch ausstößt, wenn man im Herbstwald auf ihn tritt, pulverte mir nun der Schmerz in die Lenden und Malinches übervolle Duftaura in den Knabenschädel. Im Abgang schmeckte es so süß wie das, was ihr Körper absonderte. Ich war satt. Ich hatte Hunger.

»*Buenas Noches.*«

Sie beugte sich zu mir herüber, gab mir einen Kuss auf die Wange, ihr Mundwinkel berührte meinen, mein Herz schlug Alarm. Dann deckte sie mich zu und drehte sich um. Schon bald war sie eingeschlafen. Als es irgendwann anfing zu dämmern, fielen auch mir die Augen zu.

Urlaub

Als ich erwachte, lag ich allein im Bett. Die Tür öffnete sich, Dito schaute herein und winkte, unter seinem Arm steckte Stucki den Kopf ins Zimmer, um sich ebenfalls zu verabschieden.

Ich stieg in meine Hausschuhe, leicht benommen von zu wenig Schlaf und zu viel Geruch. Erst im Flur fiel mir ein, dass ich die Aufwachzeit nicht notiert hatte, ich sah auf die Uhr und prägte mir 10:44 für später ein. Malinche war nicht in der Küche, es roch nach Kaffee und Spiegelei, der Tisch war ein Schlachtfeld. Durch die geöffnete Terrassentür kroch Morgenluft herein. Ich ging in den Hinterhof, sie stand an der Feuertonne, den Rücken mir zugewandt, die schulterlangen Haare zum Pferdeschwanz gebunden. Anscheinend hatte sie neues Holz aufgeschichtet und Grillanzünder daraufgegossen, sie riss ein Streichholz an und ließ es hineinfallen, Flammen leckten empor, dann begann es zu knistern. Als sie meine Anwesenheit spürte, drehte sie sich unvermittelt um, hielt den Kopf schräg, betrachtete mich einen Moment und grinste.

Ich stellte mich zu ihr an die Tonne. Das Feuer machte keinerlei Sinn, dieser Sommertag begann gerade damit, zu Höchstform aufzulaufen.

Malinche sah mich an. »Du bist echt ein Spinner.«

Mit großer Wucht und ohne Vorwarnung hieb sie mir ihre Faust auf den Oberarm und aktivierte damit die neue Hellsichtigkeit in meiner Nase. Es war ein gewaltiger Schock, als sich das olfaktorische Spektrum mit einem herrschaftlichen Ruck in die Höhe, Breite und Tiefe ausdehnte und alle anderen Sinneswahrnehmungen zu schmächtigen Krüppeln degradierte. Eines irritierte mich allerdings: Wieso konnte ich Blut riechen?

Als Antwort stürzte ein furchteinflößender Schrei auf uns herab. Das Geräusch kam eindeutig aus Ritas Dachluke.

Malinche riss die Augen auf. »Rita!« Sie rannte los, ich so schnell wie möglich hinterher.

»Weiter!«, rief ich, »bis ganz nach oben!«, sie war auf Verdacht zur Treppe gestürzt und zögerte auf der ersten Stufe.

Als ich außer Atem in der obersten Etage ankam, schoss Malinche bereits wieder aus dem Zimmer, nahm die Treppe mit drei langen Sprüngen nach unten, Nonna rief ihr »112« hinterher und »Sudergasse 25«, und ich taumelte ins Zimmer meiner

Mutter, die dort lag, gekrümmt auf der Seite, das Gesicht in einem weinenden Moment eingefroren. Sie hielt sich den runden Bauch. Im Schritt ihrer beigen Stoffhose glomm ein dunkelroter Fleck, der langsam größer wurde.

»Das Baby…«, sagte Rita. »Ich kann es nicht mehr spüren.«

Abschied von
Renzo Ernesto Chet Fritz James del Monte

Rita verlor viel Blut, beinahe zu viel, und Renzo Ernesto Chet Fritz James del Monte erblickte nicht das Licht der Welt. Sein Penis auf dem Ultraschallbild war nur die Nabelschnur gewesen. Ich bekam eine Schwester.

Als ich sie das erste Mal sah, war sie bereits in einen Glaskasten umgezogen. Sie war so winzig wie ein Meerschweinchen und hieß Fritzi. Zwei Monate zu früh. Frühchen Fritzi sah noch nicht ganz fertig aus. So oft es ging, brauchte sie Körperkontakt und musste mit der Flasche ernährt werden. Dito übernahm das, Rita war noch zu geschwächt. Glücklicherweise kehrte Oma, um einen Nadelbaum reicher, aus Kirgisistan zurück, und da die drei gemeinsam noch einige Zeit im Krankenhaus verbringen mussten, zogen wir Kinder zu ihr in den Wald. Stucki kabelte Ditos Studio in den Urzustand zurück und machte im Keller der Sudergasse allein weiter, das Album musste innerhalb der verbleibenden Zeit fertig werden. Ob das französische Fernsehen diese Story auch lieben würde? Es war mir gleich.

Nach ein paar Tagen, als alle Leben außer Gefahr und das neue Familienmitglied ausreichend begrüßt und vorsichtig geküsst worden war, fuhr Oma vormittags mit dem Pick-up ein paar Besorgungen machen. Sie tat dabei recht geheimnisvoll und ließ uns Kinder bei Opa zurück. Ich war noch nie mit Opa allein gewesen. Glücklicherweise saß er in der letzten Ecke des Hauses vor dem Fernseher, wollte seine Ruhe, ihm war das Leben, das mit uns Kindern bei ihm eingezogen war, gar nicht recht. Wir verzogen uns in den Garten, durchwateten Omas Kneippbecken hinter dem Haus und lachten den wasserscheuen Helmi aus, der wütend kläffend am Beckenrand auf und ab lief.

Nach etwa einer Stunde kam Oma zurück, die grüne Plastikfolie auf der Ladefläche war straff gespannt, beulte sich an einigen Stellen sogar vielversprechend aus. Oma, die geradeso über das Lenkrad gucken konnte, grinste so breit, dass man schon von Weitem ihre goldenen Backenzähne funkeln sah.

»Cha-Cha«, rief sie, als sie aus dem Pick-up sprang, das war ihr Spitzname für mich, und nachdem Malinche den Namen gehört hatte, nannte auch sie mich ganz selbstverständlich so, ebenso sagte sie »Oma« zu Oma, und auch in diesem Haus teilten wir uns ein großes Bett, atmeten nachts dieselbe, köstliche Luft, nichts davon fühlte sich falsch an, ganz im Gegenteil, so einiges hatte sich rückblickend nie ganz richtig angefühlt.

Nächtliche Ringkämpfe gab es keine mehr, nur einmal hatte Mali wohl einen bösen Traum, sie schreckte hoch, starrte mich für lange Sekunden an, passenderweise von einem halben Mond beschienen, hielt still, als dürfe sie sich nicht bewegen, als würde das ihr Ende bedeuten, sie reagierte auch nicht auf meine leise Ansprache. Erst als ich sie vorsichtig am Unterarm berührte, wich die Panik aus ihrem Gesicht und sie legte sich wieder hin, um ihren Kopf in meinem Hals zu vergraben. Ihre Hand landete wie in der ersten Nacht auf meinem Bauch, diesmal blieb sie allerdings dort liegen, ich wusste nicht, ob ich froh oder enttäuscht sein sollte. Meinen Arm, der zwischen uns eingeklemmt war, wagte ich nicht zu befreien, denn meine Nase steckte tief in ihrem Scheitel, und ich erkannte, dass hier die Hauptquelle des Zauberdufts lag. Während mein Arm langsam einschlummerte, lag der Rest von mir noch einige Stunden regungslos wach und inhalierte reine Glückseligkeit. Der Arm durfte gern absterben, das wäre es wert gewesen.

»Cha-Cha, was hältst du davon, wenn wir deine Buche ein wenig verschönern?«, fragte Oma.

»Wie kann man meine Buche denn noch schöner machen?«

»Was für ein Buche?«, fragte Mali, an Vokabular fehlte es ihr manchmal, und verblüfft fiel mir auf, dass in der Buche ein »Buch« steckte, was offensichtlich der Ursprung ihrer Verwirrung war.

»Kein Buch, eine *Buche*, das ist mein Baum … *un faggio?*«, versuchte ich.

»*Una haya*«, sagte Oma, die alle Baumnamen in allen Sprachen der Welt kannte, schlug die Plane zurück, darunter war alles voller Balken und Bretter und Rundhölzer, dazu noch einige Meter Tau, und etwas, das aussah wie kleine, aufgerollte Eisenbahnschienen.

»Kommt mit!«, sagte Oma, und wir folgten ihr in die Werkstatt.

Sie war nicht nur Botanikerin. Wenn irgendwo ein Baum gefällt oder beschnitten werden musste, wurde Ingrid Kratzer gerufen, dann rückte sie an, stieg in ihr Geschirr, zog sich mit einem Gurt hoch, sägte in luftiger Höhe mit einer japanischen Zugsäge die Äste vom Stamm, bis er fast nackt war, und dann hieb sie unten an der richtigen Stelle keilförmige Stücke aus dem Baum, auf dass dieser genau dahin fiel, wo er keinen Schaden anrichten konnte. Oma und Holz, das gehörte zusammen wie Opa und Schnaps. Das ganze Haus war bis unter das Dach mit selbst getischlerten Möbeln und Regalen, geschnitzten Tieren, Schachspielen und Schächtelchen ausgestattet. Beim Möbelbau verwendete sie so gut wie niemals Nägel, Schrauben oder Kleber, alles wurde mit ausgeklügelten Schwalbenschwanzverbindungen, Zapfen und Holznägeln fixiert und verströmte meist einen wunderbaren Walnussöl- oder Bienenwachsduft, wenn die Konstruktion insgesamt nicht aus unbehandeltem Wacholderholz bestand, der Königin unter den wohlduftenden Hölzern.

Als wir uns ihrem Arbeitstisch näherten, sah ich die stilisierte Zeichnung meiner Buche an der Pinnwand hängen, groß wie eine Tageszeitung. Von mehreren Seiten hatte Oma den prägnanten Wuchs meines Baumes festgehalten, der mächtige Stamm, der sich in einigen Metern Höhe in fünf ebenfalls kräftige Finger teilte, wie die Hand eines Zauberformeln beschwörenden Magiers. Schon als kleines Kind war ich mit Hilfe eines Eichenstamms, aus dem Oma mit der Motorsäge Stufen herausgesägt hatte, hinaufgeklettert, und irgendwann hatte sie mir in luftiger Höhe einen Sitz angebracht, mit einem Tischchen und einem kurzen Bücherregal. Einen Großteil meiner prägendsten Leseerlebnisse hatte ich in der Buche, dorthin verzog ich mich im Sommer sooft es ging mit meiner Lektüre, und jetzt musste ich an den Wald denken, den man vor lauter Bäumen nicht sah. Wie konnte mir all die Jahre entgangen sein, dass mein Lesebaum das Wort »Buch« in sich trug? Es musste erst eine Mexikanerin über das Meer kommen und mich darauf stoßen.

Neben die zwei Seitenansichten des Baumes hatte Oma noch etwas mit Bleistift gezeichnet, ein unförmiges Pentagramm. Ich begriff gar nichts, es war Mali, die laut rief: »*Una casa en el árbol!*«, und dann sah ich es auch: Zwischen den Blättern versteckt, gut getarnt und organisch geformt verband ein Plateau die fünf Stämme, hoch oben, mit Dach, mit Fenstern, nur mit einer Strickleiter erreichbar, und bei dem Fünfeck handelte es sich um den Grundriss: Das kleine Haus hatte ein Schlaf- und ein Wohnzimmer, eine Vorratskammer, und ich fiel Oma um den Hals, und Mali hüpfte und tanzte und klatschte in die Hände, und auch Oma begann zu tanzen, beide wackelten sie albern mit den Hüften und sangen »*Una casa en el árbol*« zu einer improvisierten Allerweltsmelodie spanischen Ursprungs, bis Opa oben »RUHE IM PUFF!« brüllte und Oma lachend die Augen verdrehte, sich erst an den Kopf tippte, dann nach oben zeigte und anfing, ihre Gurte und ihr Werkzeug zu packen.

Einen Baum pflanzen, ein Haus bauen, ein Kind zeugen, das sollte laut Opa ein Mann in seinem Leben getan haben. Ich war nicht mal zwölf, und zwei Drittel der Liste hatte ich bald abgehakt. Eine Buche von meiner Buche hatte ich in einem Blumentopf auf Omas Terrasse gepflanzt, ich wusste noch nicht, wo ich sie einsetzen sollte, aber der Gedanke gefiel mir, dass vielleicht meine Enkelkinder irgendwann in der von mir gepflanzten Buche sitzen und lesen würden wie einst ich in meiner Buche. Und sie könnten dort *mein* Buch lesen, denn Opas Liste hatte ich schon vor einiger Zeit um diesen Punkt erweitert: ein Buch schreiben. Von all den Punkten schien mir dies sogar der Wichtigste zu sein – und gleichzeitig die schwierigste Aufgabe von allen vieren.

Ein Haus bauen

Mit vereinten Kräften hatten Oma, Mali und ich tagelang durchgearbeitet, hatten gesägt, Balken und Bretter vertäut, damit Oma sie von oben in den Baum hochziehen konnte, wir hatten Bodendielen geschliffen und geölt, einige wenige Schrauben angereicht, bei Scharnieren machte Oma ebenso eine Ausnahme wie bei Schlössern. Jetzt hatten wir Muskelkater und Schwielen an den

Händen, aber das Haus war so gut wie bezugsfertig. Als Oma die Bodenluke einsetzte, begann der Tag sich bereits dem Ende zuzuneigen, sie kam die Strickleiter heruntergeklettert wie ein kleines Äffchen, ihr Werkzeug am Gurt, flink und barfüßig. Oma war fast immer barfuß, sobald der Schnee geschmolzen war, lief sie ohne Schuhe, sie hatte lederne Fußsohlen und konnte nur mit den Zehen einen Flaschenöffner greifen und ihr Sonntagsbier öffnen, dessen Hals sie zwischen großem Onkel und Zeigezeh festhielt.

»So, Kinder. Morgen schaffen wir zwei Matratzen nach oben, und dann feiern wir Einweihung. Ich mache euch ein schönes Proviantpaket, und wenn ihr es nicht euern Eltern erzählt, könnt ihr die letzte Woche allein im Baumhaus wohnen.«

Ich sah begeistert zu Mali, die auch zu lächeln schien, doch darunter offenbarte sich etwas, das sich jetzt mehr und mehr herausschälte, bis das Lächeln ganz verschwunden war und nur noch reine Traurigkeit in ihrem Blick lag. Dann verstand ich, und auch mich befiel eine Schwermut, die ich, wie so vieles in diesem Sommer, noch nie gefühlt hatte. *Die letzte Woche.* Es waren nur noch ein paar Tage. Ich hatte vergessen mitzuzählen, ich wusste nicht, welchen Tag wir hatten, wie konnte das sein, ich, die wandelnde Atomuhr, hatte mein Zeitgefühl verloren, und das ganz ohne schwarze Plastikfolie.

Frau

Für das Baumhaus wollte ich noch einige Dinge von zu Hause holen, also statteten wir der Sudergasse einen Besuch ab. Wir hatten tagelang nichts von Stucki gehört, warum auch, er war, wie wir, in den Untiefen des Arbeitsrausches versunken. Als wir vor unserer Haustür anhielten, sahen wir, dass sämtliche Fenster des Souterrains mit schwarzer Folie abgeklebt waren. Er hatte also beschlossen, das Thomas-Edison-Prinzip auch hier anzuwenden, allein.

Leise öffnete ich die Tür. Wir betraten das dunkle Haus, und nun stach mich doch noch eine kleine Wehmut, die Kühle und Dunkelheit verbreiteten eine feierliche, mystische Stimmung. Aus dem Keller blubberte ein Synthesizer, schon im Flur war es unheimlich verqualmt und roch nach den thailändischen Räucherstäbchen, die Dito auch immer anmachte. Im Gang lag Stuckis Yogamatte, auf der er jeden Morgen seine Dehn- und Kraftübungen machte. Oder das, was er für den Morgen hielt.

»Puh! Was soll das denn? Hier muss aber dringend gelüftet werden!«, sagte Oma und wollte bereits die Folie ablösen und ein Fenster öffnen.

»Halt!«, flüsterte ich eindringlich. »Stucki hat das Sonnenlicht ausgesperrt, das gehört zum Konzept, sonst klingt die Musik am Ende anders. Er weiß gar nicht, was für ein Tag heute ist, nicht einmal ob Tag oder Nacht. Am besten, er bekommt gar nicht mit, dass wir hier sind.«

Oma schüttelte den Kopf, musste aber lachen. »Diese beiden Quatschköppe wieder, werden die denn nie erwachsen?«

»Hoffentlich nicht«, sagte Malinche leise. Und recht hatte sie. Wenn Erwachsenwerden bedeutete, dass man aufhören musste, Quatsch zu machen, wollte auch ich lieber für immer Kind bleiben. Vielleicht nicht unbedingt so eins wie Dito, aber die Vorstellung, einen »vernünftigen« Beruf zu ergreifen wie die Väter meiner Klassenkameraden, die in Banken, Apotheken oder hinter Käsetheken lächelnde Gesichter zur Schau stellten, das konnte ich mir nicht vorstellen.

Selbst in meinem Zimmer war schwarze Folie am Fenster angebracht. Ich machte Licht. Auf dem Schreibtisch stand die

Adler-Schreibmaschine mit dem Stapel Papier. Daneben lag eine der beiden Videokameras sowie ein paar VHS-Kassetten, noch eingeschweißt. Mali und ich sahen uns an, niemand brauchte ein Wort zu sagen. Ich hinterließ eine Botschaft für Stucki, für den sehr unwahrscheinlichen Fall, dass er sich in mein Zimmer verirrte und darüber wunderte, dass die Videokamera und die Schreibmaschine verschwunden waren. Als wir das Haus verließen, hatte sich zum blubbernden Synthesizer ein verhalltes Glockenspiel gesellt, und gerade, als ich die Tür schloss, setzte der schnarrende Klang des Berimbau-Bogens ein.

Wir kletterten auf die Dreier-Sitzbank des Nissan, Mali in der Mitte, Oma fuhr mit quietschenden Reifen los.

Ich kurbelte das Fenster herunter, befeuchtete meine Lippen und atmete den Fahrtwind ein. Mali umschwebte seit heute ein seltsames Aroma, ihr Schweiß, ihr Atem, alles hatte eine andere Note als in den vergangenen Tagen. Es war schwer zu fassen, sie roch irgendwie dunkler. Konnte es sein, dass sich ihre getrübte Stimmung im Geruch niederschlug?

Beim Zubettgehen wurde es besonders deutlich. Es war, als hinge der nahende Abschied in der Luft. Ich versuchte, nicht daran zu denken, wollte eine Aromakerze anzünden, die allen Missgeruch verscheuchte oder zumindest eine Zeit lang übertönte.

»Ich kann es gar nicht glauben, morgen ziehen wir um«, sagte ich. Wir hatten das Licht bereits gelöscht und lagen nebeneinander. Die Dunkelheit zierte sich noch, es waren die längsten Tage des Jahres.

»*En la casa del árbol.*« Sie schwieg einen Moment. »Was für ein tolles Haus dir deine Oma gebaut hat.«

»*Unser* Haus. Wir drei haben es zusammen gebaut.«

»Ja, klar.«

Sie schwieg erneut, atmete tief ein und wieder aus.

»Ich habe Kopfschmerzen«, sagte sie nach einiger Zeit.

»Soll ich Oma fragen? Sie hat gegen alles ein Zaubermittel.«
»Danke. Ich glaube, ich muss einfach nur schlafen.« Sie gähnte und rieb sich die Schläfen. »*Buenas noches*, Cha-Cha.«

Die ganzen letzten Abende hatte sie den Gute-Nacht-Kuss weggelassen, er war eine einmalige Sache geblieben. Auch jetzt hoffte ich vergebens. Vielleicht gab es den nur nach einem Streit oder einem Kampf.

Und plötzlich wollte ich nichts lieber als mit ihr ringen, wühlen, mit Kissen auf sie einprügeln, bis die Daunen durchs Zimmer flogen, ihre Kraft spüren, von ihren starken Armen niedergerungen werden und meinetwegen auch ihr Knie mit voller Kraft in die *huevos* und ihren Scheitel in die Nase gerammt bekommen. Aber ihr Atem wurde bereits ruhiger, inzwischen kannte ich ihn gut, ihren echten, tiefen Atem, nicht den vorgetäuschten der ersten Nacht. Ich lauschte ihrem Rhythmus, drehte mich vorsichtig um, blinzelte, dann öffnete ich beide Augen und betrachtete ihr Gesicht im Abendlicht. Der Nissan sprang an und entfernte sich. Wer fährt denn um diese Zeit noch weg, dachte ich, und dann versank auch ich in der Schläfrigkeit.

Wilde mexikanische Flüche rissen mich aus einem Traum, es war mal wieder irgendwas mit Laufen, leichtfüßig und schnell, aber meine Träume blieben nie lange bei mir. Ich hatte auch keine Zeit, Erinnerungsversuche anzustellen, denn Mali war aus dem Bett gesprungen und hielt sich das Laken, das sie von ihrer Matratze abgezogen hatte, zusammengeknüllt vor den Bauch, so viel konnte ich erkennen.

»So eine verfluchte *merda*, jetzt geht das los, *Santa madre de Dios*, ich will das nicht, *puta madre*, und das auch noch hier, Mama, wo bist du …«, und immer so weiter. Ich suchte im Halbdunkel nach meiner Digitaluhr und drückte den Lichtknopf, es war 4:32 Uhr. Der Himmel begann schon wieder, sich rot zu färben. Ich knipste die Nachttischleuchte an.

»Was ist los?«

»Ich blute wie eine *puerca* auf der Schlachtbank. Vielen Dank!«

»Wieso? Was kann ich dafür?«

»Du *culero* richtest gerade dein Spotlight auf mich!«

Sie brüllte.

»Entschuldigung.« Ich machte das Licht wieder aus.

»*Hijo de puta,* was soll das, ich kann nichts mehr sehen!«

Zum dritten Mal innerhalb weniger Sekunden betätigte ich den Schalter.

Sie inspizierte ihren Schritt. Unten in der Mitte war ihre Unterhose rot. Auch ihre Fingerspitzen waren rot, irgendwie war auch Blut an ihre Stirn gelangt, der düstere Geruch vom Vorabend füllte nun das ganze Zimmer und meinen Kopf aus. Auch Eisen, natürlich, aber insgesamt ein anderer Geruch als bei Ritas Blutungen, und ganz anders als bei meinem Unfall, der mir in diesem Moment so weit entfernt vorkam, als hätte er in einem anderen Leben stattgefunden.

»*Chingado*, ich dachte, das bleibt mir noch eine Weile erspart!«

»Brauchst du irgendwas?«

»Ja, einen Körper, der nicht aus der *coño* blutet! Kann ich deinen haben?« Sie sah mich hasserfüllt an. Die Tür ging auf. Oma stand da, in einem ärmellosen Nachthemd, ihr kreideweißes Haar, das sonst immer zu einem festen Knoten im Nacken zusammengebunden war, fiel offen über ihre Schultern. So hatte ich sie noch nie gesehen, es war ein wenig unheimlich. Mali drehte sich zu ihr um, blickte genervt auf Omas Oberarm und blaffte sie an: »Was ist denn das für ein bescheuertes Tattoo?«

»Das ist nicht bescheuert, das ist die grüne Tara, die Schutzpatronin Tibets und Göttin der weiblichen Weisheit. Sie lässt fragen, was sie für dich tun kann.«

»Ich habe meine *menstruación* bekommen!«, brach es aus Mali heraus, tränenförmig, sie schmiss sich Oma an den Hals und schluchzte, und Oma strich ihr über das Haar und machte beruhigende Geräusche, wie Tauben, weiße, hübsche Tauben, ein ganzer Schlag, bei Nacht. »Alles gut, meine Kleine, das ist ganz normal, da hat die Natur uns Frauen einen Streich gespielt, das ist nicht fair und nervt, ich weiß. Ich habe bereits Beschwerde eingereicht, hat aber leider nichts gebracht. Dafür können wir besser Auto fahren als Männer und regieren die Welt, wenn auch im Geheimen.«

Mali löste sich ruckartig aus der Umarmung, sah Oma aus Armeslänge an, und dann lachte und weinte sie gleichzeitig, sie rangen ein wenig, dann wurde es langsam besser und ihr Schluchzen leiser, und die zwei plumpsten auf die Bettkante, Malis Kopf auf Omas Schulter, die ihren Arm um sie gelegt hatte.

Ich setzte meine Brille auf und wusste nicht, ob es erlaubt war, den Raum zu verlassen, vielleicht sogar erwünscht, ich hätte jedenfalls nichts dagegen gehabt, jetzt zu verschwinden. Selbstverständlich kannte ich die Fakten aus dem Biologiebuch, dem gleichen, in dem auch das von David so gern betrachtete Busenbild abgedruckt war, jedoch war mir eine direkte Konfrontation mit dem Thema bisher erspart geblieben.

»Weißt du, was die Arapesh auf Papua-Neuguinea machen, wenn ein Mädchen ihre erste Blutung bekommt? Die feiern ein Fest. Die Brüder bauen ihr zur Feier des Eintritts in den neuen Lebensabschnitt eine Hütte, in der sie eine Weile leben darf. Und in Japan gibt es zur Feier der Menarche rot gefärbten Glückwunsch-Reis, den *Osekihan*. Das koch ich uns morgen. Die Hütte haben wir dir doch auch schon gebaut.«

Mali nickte und wischte sich mit dem Handrücken die Nase ab.

»Danke, Oma. Hast du denn einen *tampón* für mich? Ich muss mir doch jetzt einen in die *concha* schieben, oder?«

Meine Anwesenheit wurde vollkommen ignoriert. Nicht, dass ich besonders gern in das Gespräch integriert worden wäre, aber die beiden dachten gar nicht daran, mich zu erlösen, und redeten weiter, als wäre ich Luft.

»Jetzt duschst du dich erst mal und wäscht dir die Scheide, bis morgen können wir ein Tuch in die Unterhose legen. Ich habe weder Binden noch Tampons im Haus. Das habe ich zum Glück schon lange hinter mir.« Oma lachte und winkte ab. »Aber ich hole dir welche, sobald die Drogerie am Morgen aufmacht.«

»Nein, nicht weggehen! Bitte!« Mali schmiegte sich verzweifelt an Oma. »Kann Opa die nicht holen?«

Oma lachte schallend. »Ich glaube, bevor Opa im Drogeriemarkt Tampons kauft, erschießt er sich lieber. Aber Cha-Cha kann das doch machen!«

Beide Köpfe drehten sich zu mir um. Was konnte ich anderes tun, als eifrig zu nicken?

Ein Haus bauen, einen Baum pflanzen, ein Kind zeugen, ein Buch schreiben. Und für seine Freundin Tampons kaufen. Dann war man ein Mann, Opa, erst dann.

OBs und Nagellack

Omas Damenrad war viel zu groß für mich, ich musste im Stehen damit fahren, doch zunächst einmal rollte ich den Hügel vom Forsthaus zur Landstraße im Sitzen herunter, ließ mir den Sommerwald ins Gesicht pusten und die Beine baumeln. Omas Einkaufsbeutel mit der Geldbörse hing am Lenker.

Der nächste Drogeriemarkt am Ortseingang von Piesbach war ungefähr fünf Kilometer entfernt. Er öffnete um 9:00 Uhr, und ich wollte so früh wie möglich dorthin, in der Hoffnung, der einzige Kunde zu sein.

Kurz nach neun kam ich mit stechendem Wadenbein an, das kleine Geschäft war noch leer. Ich schritt die Gänge ab, bis ich vor dem Regal mit Wattepads, Q-Tips, Binden und Tampons stand. Die Produktpalette war unübersichtlich, ich suchte nach einer Packung mit der Bezeichnung »mini«, das hatte Oma mir aufgetragen. Doch noch bevor ich fündig wurde, klingelte die automatische Türglocke des Geschäfts. Schnell ging ich ein paar Schritte weiter, drehte mich zum gegenüberliegenden Regal um und studierte das Angebot an Toilettenpapier, so als könnte ich mich nicht zwischen Drei- oder Vierlagigkeit entscheiden. Langsam kam ein Schlurfen näher. Um die Ecke bog Claudio, der große Bruder von Pedro Rodriguez aus der 6c. Claudio war mit Anja in einer Klasse. Und mit M&M. Er war nicht so pickelig und kräftig wie seine beiden Vorbilder, ganz im Gegenteil, er war kaum größer als ich, schmächtig, und hatte reine, hellbraune Haut, fast wie Mali. Der Mund schien zu klein für seine hervorstehenden Zähne. Wann immer Mozart und Murat es zuließen, hing er mit ihnen rum. Ernst genommen wurde er von beiden nicht, sie nannten ihn grundsätzlich *Claudia* und schickten ihn in der Pause in den gegenüberliegenden *Dummkauf*, wo er für sie Süßigkeiten »kochen« musste – ein anderes Wort für klauen. Claudio war ebenso bösartig und hinterhältig wie die zwei, allein stellte er jedoch kaum eine Gefahr dar. Er vergriff sich nur an den Kleinsten und an Mädchen, und das auch nur, wenn er mit den beiden Schulhofterroristen unterwegs war. Dann versuchte er sich zu beweisen, indem er Fünftklässlern ein Bein stellte, am Griff des Schulranzens rücklings zu Boden zog oder Mädchen den Rock hochhob, sodass man ihre geblümten Schlüpfer sehen konnte.

Aus dem Augenwinkel beobachtete ich, dass Claudio mich aus dem Augenwinkel beobachtete. Ich nahm eine 10er-Packung vierlagiges Toilettenpapier aus dem Regal, verließ den Gang am anderen Ende und bog in den nächsten ein, zum Waschmittel. Wenig später sah ich Claudio vorbeigehen, den rechten Hauptgang entlang, in den hinteren Teil des Geschäfts. Ich wechselte wieder zurück zu den Hygieneartikeln und warf dabei einen unauffälligen Blick in Claudios Richtung. Er stand in der Kosmetikabteilung. Rasch legte ich das Toilettenpapier zurück, fand schließlich die richtige Schachtel Tampons und wunderte mich über den Preis. Sie kosteten doppelt so viel wie das Toilettenpapier, konnte das sein?

Ich setzte mich in Bewegung, bog am anderen Ende des Ganges in Richtung Kasse ab, schnell, bevor Claudio mich sehen konnte. Zu schnell, ich blickte nicht nach rechts und stieß mit ihm, der ebenfalls hastig zur Kasse eilte, zusammen. Seine Einkäufe fielen klackernd zu Boden, etwas Kleines rollte den Gang entlang, ich stoppte es mit dem Fuß.

»Pass doch auf, Vollidiot!«, raunzte er mich an.

»Entschuldigung, hab dich nicht gesehen«, sagte ich. Er hatte eine Packung Wattepads in der Hand.

»Läuft dir die Muschi aus, oder was?«, fragte er und nickte in Richtung meiner Tamponpackung. Ich nahm meine Sohle von der kleinen Rolle und schaute auf den Boden. Ihm war hellroter Nagellack aus der Hand gefallen sowie eine etwas größere, eckige Flasche. Ich bückte mich und hob beides auf, Lack und Nagellackentferner.

»Is für meine Mutter«, sagte er und nahm mir die beiden Artikel aus der Hand. Er hatte unheimlich zarte, fast feminine Finger.

»Das auch«, sagte ich und wackelte mit der Tamponpackung.

»Uäh, danke für die Info.« Er machte ein angewidertes Gesicht und ging zur Kasse. Jetzt war es auch egal, ich folgte ihm. Wortlos standen wir hintereinander, während Frau Doll bei ihm kassierte. Ohne sich noch mal umzudrehen verließ er das Geschäft.

Als ich Frau Doll mein Geld hinlegte, sagte sie: »Was seid ihr für liebe Jungs, das würde meinem Bengel nie einfallen, Nagellack oder OBs für mich zu kaufen.« In höhnischem Singsang fügte sie hinzu: »Könnte man ja bei gesehen werden, wie peinlich, achgottogott.«

Vor dem Laden sprang knatternd Claudios Mofa an.

Sie gab mir das Wechselgeld zurück, ließ ihre Handfläche noch einen Augenblick auf meiner Hand liegen, umfasste sie sogar und drückte einmal sanft zu. Lächelnd sagte sie: »Bist ein guter Junge.«

Ich blickte an ihr vorbei, Claudio fuhr gerade los und zeigte mir, starr geradeaus guckend, seinen schönen, schlanken Mittelfinger.

Das letzte Stück des Weges bis zum Forsthaus war zu steil, ich musste absteigen und schieben. Ich war ermattet, mein Bein schmerzte, und ich musste an Dr. Helsinki denken.

Kein Sport.

Opas Nissan stand nicht auf dem Hof, er war also im Wald. Die Stimmung war immer am besten, wenn er nicht da war. Als ich das Haus betrat, lief laut Musik, Oma hatte eine ihrer alten Platten aufgelegt. Fred Astaire sang gerade: »*Heaven... I'm in Heaven...*«, und Mali und Oma tanzten, *Cheek to Cheek*. Nahezu alle Dunkelheit hatte sich verzogen, es roch nach frischem Schweiß und guter Laune. Mit der ersten Periode werden aus Mädchen junge Frauen. Auch das stand im Biobuch. Ich blieb eine Weile stehen und versuchte die beiden als Frauen zu sehen. Aber ich sah nur Oma und Mali.

»Cha-Cha! Unser Held! Da bist du ja wieder.« Das Lied war vorbei, Oma führte Mali an der Hand von der Tanzfläche, nahm mir die Packung ab und sagte: »Danke. Das Wechselgeld darfst du behalten.« Und zu Mali: »Komm, ich gebe dir jetzt mal einen Einführungskurs.«

Oma lachte als Einzige, die Mexikanerin verstand das Wortspiel nicht, und ich hätte es lieber gar nicht gehört.

Den gesamten Vormittag verbrachten wir in der Küche. Ich filmte, Mali half Oma, wo sie konnte. Die zauberte Köstlichkeiten für unser »CARE-Paket«, Hühnerbeine mit Lorbeer, Kräuterpfannkuchen, Buchweizen-Mandelkekse mit einem Hauch Estragon. Im Kühlschrank lagerten bereits mehrere Flaschen Zitronen-Eistee mit Pfefferminze, Lavendel und Verbene.

Ein jedes Mal,
Es muss zum Schluss,
an jedes Mahl,
ein grüner Kuss.

Diese von ihr selbst getextete Weisheit hing als Intarsienarbeit über dem Herd, das Gesetz ihrer Küche. Alles, auch Süßspeisen, veredelte sie zum Schluss mit Kräutern. Zitronenmelisse pürierte sie mit den ölreichen, leicht harzig schmeckenden Samen der Japanischen Rotkiefer und etwas Honig zu einem süßen Pesto, mit dem sie auf jedes Schälchen Vanillepudding meiner Kindheit ein Herz malte. Sogar in das eine Bier, das sie sich jeden Sonntag gönnte, steckte sie einen Stängel Basilikum oder Rosmarin.

Als Opa am Nachmittag wieder aus dem Wald kam, stiegen wir drei und Helmi direkt in den Pick-up und fuhren hinauf bis vor das Tor des Faunichoux-Waldes.

Zu Hause

Mali war die Strickleiter mit Leichtigkeit hochgeklettert, noch flinker als Oma, und jetzt kniete sie oben an der Luke und zog mit einem Seil nach und nach alles nach oben: die Proviantkiste, Geschirr, einen Plastikkanister Wasser, die Schreibmaschine, die

Videokamera, meine Bücher und Stifte, unsere zusammengerollten Matratzen und die Bettdecken.

Während der Bauarbeiten hatte Oma uns Kinder noch mit ihrem Geschirr hochgezogen, ich war um die Strickleiter bisher drumherum gekommen. Wir hatten den einigermaßen komplizierten Vorgang mit dem Wurfanker so lange geübt, bis jeder von uns es ein Mal geschafft hatte, den am Seil befestigten Stein über den dicken Ast zu werfen, die Strickleiter damit hochzuziehen und oben einzuhaken.

Erinnerungen an die Zeit, als ich noch am Sportunterricht teilnehmen musste, kamen hoch, während ich mit einer Hand an der Strickleiter nach oben blickte. Mali lachte mir aus der Luke entgegen: »Komm, Cha-Cha, du schaffst es! Es ist ganz leicht, wirklich!«

Im Turnunterricht hatten die Sportskanonen gerufen: »Guckt mal, Bergzwerg ist dran, das schafft der nie!« Wir sollten an dicken Seilen bis unter die Decke der Turnhalle klettern, und bereits in der Höhe von nicht einmal zwei Metern musste ich verschnaufen, hing zwischen Himmel und Erde und beneidete die Mädchen, die jede Woche pünktlich zur Sportstunde ihre Menstruation bekamen. Nach den Ereignissen der vergangenen Nacht war ich nicht mehr ganz sicher, ob mein Neid gerechtfertigt war.

»Lass dir Zeit. Eine Sprosse nach der anderen. Es ist genau, wie Mali sagt. Du schaffst das. Und wenn du fällst, fange ich dich. Aber du fällst nicht«, sagte Oma.

Sie sollte recht behalten. Es war nicht leicht, vielleicht sogar die größte sportliche Herausforderung meines Lebens, aber Aufgeben kam dieses Mal nicht in Frage. Zehn Kilometer Fahrradfahren im Stehen steckten mir noch in der Brust und in den Beinen, die Strickleiter wabbelte und wackelte hin und her, und auch hier musste ich nach der Hälfte eine Verschnaufpause einlegen. Helmi rannte wütend kläffend unter mir im Kreis herum, während ich mich daranmachte, die letzten Sprossen zu erklimmen. Ich griff nach oben, nahm Malis ausgestreckte Hand entgegen, sie packte fest zu, dann nahm sie auch die zweite Hand und zog mich hoch. Wir waren zu Hause.

Ich blickte mich um. Meine Bücher waren ins Regal geräumt, die Matratzen lagen im Schlafzimmer nebeneinander, die Betten gemacht. Der Proviant war in die Regale der kleinen Vorratskammer eingeräumt. Auf einem Tischchen, an dem man im Schneidersitz auf Kissen saß, standen drei Gläser Eistee. Das alles musste Mali in Wettkampftempo erledigt haben, während ich mit dem Aufstieg beschäftigt war. Aber wo kamen die Möbel her? Die Läden aller Fenster waren geöffnet, vor dem größten stand ein kleiner Schreibtisch mit Hocker. Nichts davon war gestern Abend, als wir die Arbeiten abgeschlossen hatten, hier gewesen. Auf dem Tisch stand die Schreibmaschine, ein Bogen Papier war bereits eingespannt. Ich setzte mich auf den Hocker, blickte auf die Wildwiese und atmete ein. War dies der schönste Moment meines Lebens? Ich wusste nicht, was ich sagen sollte, und drehte mich um. Omas Kopf tauchte gerade in der Bodenluke auf, sie schwang sich nach oben, es blitzte golden, ihr Mund grinste so breit es der kleine Kopf zuließ. Helmi schaute über ihre Schulter, sie hatte ihn in einem bunten Tuch auf den Rücken gebunden, wie eine afrikanische Feldarbeiterin ihr Kind. Ich sah sie fragend an.

»Hab 'ne kleine Nachtschicht eingeschoben. Ich fand gestern Abend, dass es noch nicht ganz fertig war. Kommt, Kinder, wir stoßen an.«

Oma schloss die Luke und setzte Helmi auf den Boden, der sogleich mit dem Schwanz wedelnd auf Schnuppertour im Schlafzimmer verschwand. Wir ließen die Gläser aneinanderklirren und tranken. Der Eistee war noch kühl, roch und schmeckte köstlich.

Sie nahm die kleine Ledertasche ab, die sie noch immer umhängen hatte, und holte ein jägergrünes Fernglas heraus. »Wer weiß, vielleicht kommen ja ein paar Tiere längs.« Sie kramte weiter und holte einen Kulturbeutel vor. »Zähneputzen nicht vergessen. Und, bevor ich euch allein lasse: Für den Notfall.« Sie griff noch einmal hinein, zog zwei Walkie-Talkies heraus und machte sie an. Eins gab sie mir, in das andere sprach sie, sodass ihre Stimme mit einem lauten, verzerrten Echo erklang: »Denk dran, Mali, regelmäßig die Tampons zu wechseln, die sind auch im Kulturbeutel. Die gebrauchten verscharrst du im Wald, das ist alles abbaubar. Wenn dir irgendwas komisch vorkommt oder du dich nicht wohlfühlst, das hier ist deine Vagina-Hotline.« Sie nahm das Walkie-Talkie vom Mund und winkte damit. Dann steckte sie das Funkgerät wieder in die Tasche, verstaute Helmi im Tuch, stemmte die Hände in die Hüften und grinste ihr Ma-Dalton-Grinsen. Sie sah von Mali zu mir und wieder zurück. »Viel Spaß, ihr zwei!«

Mali und ich wollten ihr gleichzeitig um den Hals fallen, dabei schlugen wir mit den Köpfen zusammen, es tat weh, aber roch gut, der Schmerz verstärkte meine Wahrnehmung für einen kurzen Moment.

»Danke, Oma. Für alles«, sagte ich.

»Eigentlich sollte es dein Geburtstagsgeschenk werden.«

»Das ist das schönste Geschenk, das ich je bekommen habe.«

»Aber: Das Verwöhnprogramm ist jetzt vorbei. Du bist nicht mehr mein Einzel-Enkelkind. In ein paar Jahren schon wirst du dir das Haus mit deiner Schwester teilen, und irgendwann bist du groß, und sie wird es ganz übernehmen.«

»Ich ziehe hier niemals aus.«

»Ich auch nicht«, sagte Mali und lächelte und seufzte.

Die erste Nacht

Wie konnte man gleichzeitig glücklich und traurig sein?
 Ich musste nicht mehr am Sportunterricht teilnehmen – weil ich ein entzündetes Herz hatte.
 Ich hatte ein Geschwisterchen bekommen – doch es war nicht der erhoffte Bruder geworden.
 Mali und ich wohnten in einem Traumhaus hoch oben in meiner Buche – aber nur noch sieben Tage.

Zum ersten Mal in meinem Leben hatte ich einen richtigen, guten, einen besten Freund, oder sollte ich sagen: eine Freundin? Wer hatte denn ahnen können, dass es möglich war, sich mit einem Mädchen anzufreunden? Und was sollte ich anfangen mit einer Freundin in Mexiko? Stucki kam nur alle zwei bis drei Jahre zu Besuch, Dito war noch nie drüben gewesen. Würden wir jemals wieder eine solche Zeit miteinander verbringen?
 Die Wochen bei Oma waren im Nu vorbeigezogen, und doch kam es mir vor, als läge der erste Abend mit Mali in der Sudergasse bereits Monate zurück.
 Was war eigentlich mit meinen Eltern und Fritzi? Ging es ihnen gut? Wann kamen sie nach Hause? Wurden wir jetzt doch noch eine Familie? Ging ich schon nächste Woche aufs Gymnasium? Und was zum Teufel war mit meiner Nase passiert? Warum konnte ich jedes Molekül erschnuppern, das in der Luft lag?
 Ein völlig neues Leben lag vor mir.
 Das Walkie-Talkie knisterte.
 »Hallo, hier Oma, Baumhaus *pchchch!* kommen.«
 Sie war kaum zu verstehen, so schlecht war der Empfang.
 Mali griff zum Handfunkgerät. »Hier Comandante Malinche, was gibt's?«

»Meine Fresse, klingt das scheiße. Bin ich au*chchchlecht!* zu *verstchchchch?*«

»Ja, du klingst, als könntest du Öl gebrauchen.«

Omas Lachen wurde in Störgeräusche zerhackt.

»Für das Abschiedsgulasch fährt Opa jetzt noch *ch! ch! ch!* der Flinte los, es kommen ein paar Leute mehr als geplant, wir haben *nikrch! krch!* Hirsch in der Kühlung. Also schleicht euch *nikcht! kcht!* Wald hinein, Opa ballert da ru*kcht! mkcht!*«

»Und wenn wir pinkeln müssen?«

»Das ist kein Problem er*kchkchkchrkch!* der Nähe des Sees jagen. Solange ihr ni*chchchc!* Idee kommt, eine Wanderung dorthin zu *mchchchckchchckch!* nichts passieren. Er weiß ja, *sssk!* ihr bei *sssk!* Buche seid. Ha*pchchch!* verstanden?«

»Opa jagt beim See, wir bleiben bei der Buche, verstanden.«

Einen Moment lang gab das Funkgerät nur ein leichtes Britzeln von sich.

»Dietrich hat auch ang*krch krch krchnnnnn!* schon morgen Abend mit Rita und Fritzi aus dem Krankenhaus. Und leider gibt es auch eine blöde *chrichrichi!* Stucki lässt ausrichten, dass er ein Schiff gefunden hat, mit dem ihr nach Hause kommt. Es braucht neun Tage bis nach *Mexkrchkrch!* und fährt von Le Havre. Deshalb mü*kkchkchkch!* ihr schon übermorgen mit dem Zug auf*brchbrchbrch!*«

Mali schluckte und sagte nichts. Wir sahen uns an. Auch ich schluckte. Sie trat mit dem Walkie-Talkie ans Fenster und blickte hinaus. Das Funkgerät knackte.

»Morgen ist leider schon eure letzte *Nchchcht* im Baumhaus.«

Mali sagte immer noch nichts.

Ich auch nicht.

»Okay. Dann wissen wir Bescheid«, entgegnete Mali.

»Schlaft *kkkt!*«

»Du auch. Over.«

»*Offffft!*«

Das Walkie-Talkie knisterte noch ein paarmal, dann verstummte es. Wir schwiegen ebenfalls. Mali starrte nach draußen. Ich war wütend, wusste aber nicht, auf wen oder was. Doch, auf Mali. War es denn wirklich so schlimm, für ein paar Stunden in einem Flugzeug zu sitzen? Man konnte doch die Augen schließen und schlief die meiste Zeit. Dann hätten wir jetzt noch eine ganze Woche. Aber war es ihr überhaupt so wichtig wie mir? Sie hatte schließlich auch ein Leben, in Mexiko, mit Freundinnen, vielleicht sogar mit Freunden, mir fiel auf, dass ich nichts über ihren mexikanischen Alltag wusste. Mali holte tief Luft, drehte sich um und setzte ein schwaches Lächeln auf, eines, das an den Rändern etwas flatterte.

»Ich habe Hunger. Wollen wir was essen?«, fragte sie.

Ich nickte.

Alles, was du willst.

Das Haus hatte auch oben eine Luke, über eine richtige Leiter aus Holz gelangte man aufs Dach. Wir trugen die Kissen hoch, den Proviant, das Walkie-Talkie, saßen auf dem Plateau an der frischen Luft zwischen den Blättern und schlürften Eistee. Das von der Sommerhitze gebackene Holz roch nach dänischen Butterkeksen. Wir schwiegen gemeinsam die Sonne an, die hinter den Nadelbäumen versank, jeder Wipfel auf eine andere Art gezackt. Ich schrieb etwas auf und legte mein Notizbuch beiseite. Als Mali fragte, ob sie etwas hineinmalen dürfe, zögerte ich einen Moment. Auf den ersten Seiten hatte ich den Abend in der Sudergasse beschrieben, und auch sonst waren allerlei Gedanken und Listen darin notiert, die für niemanden anders als mich selbst bestimmt waren. Unter anderem hatte ich versucht zu beschreiben, wie ihr Kopf und ihr Atem rochen. Ich drehte das DIN-A4-große Buch um, schlug die erste leere Seite von hinten auf und reichte es ihr.

»Hier.«

»*Gracias*.« Sie legte es sich quer auf die nackten Knie und nahm einen Bleistift aus meiner Federmappe. Dann brachte sie mit ruhiger Hand die Silhouette der Koniferengalerie zu Papier, verengte immer wieder die Augen, um die Konturlinie in der Ferne zu studieren. Ein Schuss ertönte, weit weg, sein Echo wurde in die anbrechende Dämmerung davongetragen.

»Was ist eigentlich mit deinem Opa? Warum redet der nicht?«

»Ich weiß auch nicht. Der war schon immer so.«

»Wieso ist Oma mit ihm zusammen? Die beiden passen überhaupt nicht zueinander.«

»Ich weiß. Dito sagt immer, sie hat eigentlich den Wald mit dem Haus geheiratet, und der Förster gehörte leider dazu. Und dass er sich eh bald totsäuft.«

Sie lachte. »Ihr seid echt eine lustige Familie.«

Dann hielt sie das Notizbuch hoch, prüfte ein letztes Mal ihre Zeichnung, signierte sie und klappte das Buch zu.

»Was willst du eigentlich auf der Schreibmaschine schreiben?«

»Ach. Nichts Besonderes. Es gibt so viele Geschichten, die in meiner Familie erzählt werden. Ich fänd es schade, wenn sie irgendwann verschwinden. Besonders die großen Gulascherzählungen.«

»*Die großen Gulascherzählungen?*« Sie lächelte. »Ich finde, das klingt schon wie ein Buch. Was ist das?«

»Das sind die Geschichten, die immer erzählt werden, wenn wir beim Hirschgulasch zusammensitzen. Eigentlich müsste man sie jedes Mal aufs Neue niederschreiben.«

Ich erzählte ihr von der dauerhaften Metamorphose aller Geschichten und auch, dass das Gulasch nur im Zusammenhang mit einer Reise gekocht werden durfte. »Deshalb gibt es immer Hirschgulasch, wenn Stucki nach Deutschland kommt. Und meistens auch, wenn er wieder fährt.«

»Echt? Und erzählt er dann auch Gulaschgeschichten aus Mexiko?«

»Klar. Vom Wetttrinken mit dem Kollegen deiner Mutter, das mit einer schmachvollen Niederlage endete. Wie er einmal einen Bandenkrieg beendet hat, weil er den Jugendlichen Instrumente organisieren konnte und sie lieber zusammen Musik gemacht haben, anstatt sich abzustechen. Und auch, wie er deine Mama kennengelernt hat.«

»Oh wirklich? Erzählst du mir die Geschichte?«

»Aber du warst doch selbst mit dabei?«

»Ja, aber ich war noch sehr klein. Außerdem meintest du doch, dass sich die Geschichten verändern. Bin gespannt, was aus ihr geworden ist.«

Ich versuchte mich zu erinnern. Es war wirklich schon eine Weile her, dass Stucki davon erzählt hatte, an alles konnte ich mich nicht erinnern. Und da begriff ich, dass es genau darum ging: Die Erinnerungslücken durfte man stopfen, womit man wollte, die langweiligen Passagen ein wenig verdichten, die Abfolge der Ereignisse neu ordnen, wenn es dadurch spannender wurde. Als Erzähler war man Herr über die Erinnerung. Bisher war ich immer nur Zuhörer gewesen, nie hatte ich am Gulaschtopf selbst das Wort ergriffen. Mein Herz klopfte, als ich zu erzählen begann.

»Zu Beginn der 1970er-Jahre führte Dom Um Romão, der Meister des Berimbau-Bogens, das einsaitige brasilianische Instrument in der New Yorker Jazzszene ein. Er spielte mit John Coltrane, Ella Fitzgerald und Cannonball Adderley, später bei *Weather Report*. Als Stucki das erste Mal Aufnahmen davon hörte, besorgte er sich sofort einen eigenen Berimbau. Er kannte den Bogen vom Capoeira, weil der brasilianische Kampftanz musikalisch darauf begleitet wird. 1978 nahm Stucki an einem Workshop von Dom Um Romão in Deutschland teil. Als die Woche vorbei war, zog dieser Stucki beiseite. Er habe großes Talent, doch wenn er es zur Meisterschaft bringen wolle, müsse er nach Brasilien gehen. Er vermittelte einen Kontakt zu seinem alten Lehrer, Mestre Machado in Goiânia. Und so beschloss Stucki, für ein Jahr auf Studienreise zu gehen, und machte sich mit seinem Berimbau und seiner Gitarre auf den Weg nach Lateinamerika. Sein erstes Ziel war Brasilien, dort vertiefte er zunächst ein halbes Jahr lang seine Capoeira-Fähigkeiten, sowohl die Kampfkunst als auch das Spiel auf dem dazugehörigen Bogen. Bisher hatte er beides von in Europa lebenden Brasilianern gelernt, noch nie zuvor hatte er Südamerika bereist. Hier explodierten seine Fähigkeiten. Als der Mestre ihm bescheinigte, dass er ihm nichts mehr beibringen könne, zog Stucki weiter über Kolumbien nach Mittelamerika, bis er schließlich in Mexiko landete. Er spielte mit Mariachis und Straßenmusikern Gitarre, um auch von ihnen zu lernen. Ursprünglich hatte er vor, sich danach bis in die Jazzclubs New Yorks durchzuschlagen, doch Nordamerika sollte er nie betreten. Schuld daran war eine schöne Mexikanerin. Stets adrett gekleidet schritt sie jeden Nachmittag mit ihrem kleinen Mädchen an der Hand über den Platz, wo der blonde, langhaarige Deutsche saß, Gitarre spielte und seine wehleidigen Lieder sang. Immer öfter kam sie am Abend allein zurück, setzte sich in einiger Entfernung in ein Café und hörte ihm lange zu. Ihre Augen hingen an seinen Lippen, obwohl Stucki auf Deutsch sang. Es waren selbst komponierte Lieder, sie erzählten von gescheiterter Liebe, von Einsamkeit und der Sehnsucht nach einer verwandten Seele, die er auf der ganzen Welt gesucht und nie gefunden hatte. Ohne je ein Wort mit ihr gewechselt zu haben, verliebte er sich, und er schrieb ein Lied für und über sie, das von einer schönen Mutter handelte, die abends im Café saß, dem singenden, traurigen Fremden lauschte und anschließend nach Hause ging und ein Brot für ihre Tochter und ihren Mann buk. Am Morgen, wenn sie beide wachküsste, füllte der Duft des frischen Brotes das Haus. Doch beim Kneten waren ihre Tränen in den Teig getropft, weshalb auch ihre Tochter und ihr Mann mit jedem Bissen, den sie von dem Brot aßen, von einer tiefen Traurigkeit erfasst wurden.

Die zweite Strophe handelte davon, dass die kleine Familie am Sonntagmorgen in die Kirche ging. Die drei überquerten den Platz, auf dem der traurige Fremde saß und sang. Er sah sie mit ihren düsteren Gesichtern vorübergehen und begriff, dass es Zeit war, weiterzuziehen.

All das sang Stucki der schönen Mexikanerin ins Gesicht, die sich inzwischen nur einige Meter entfernt von ihm auf einer Bank niedergelassen hatte. Er konnte ja nicht ahnen, dass kein Mann zu Hause auf sie wartete, und auch nicht, dass Kemina, die im Goethe-Institut arbeitete, fließend Deutsch sprach. Als sie das neue Lied hörte, realisierte sie, dass es von ihr handelte und auch davon, dass er im Begriff war, seine Reise fortzusetzen, vielleicht schon morgen für immer fort sein würde. Also stand sie auf, ging zu ihm und sagte: »Das war ein sehr schönes Lied. Ist es von dir?« – auf Deutsch. Stucki wurde rot. Sie erzählte ihm, dass sie ihren Mann schon vor einiger Zeit vor die Tür gesetzt hatte, da er sie mit ihrer besten Freundin betrog, und dass sie die Schnauze voll von mexikanischen Männern und kein Interesse an kurzen Abenteuern mit Fremden hatte. Sie habe ganz allgemein keine Lust auf Idioten. Daraufhin sagte Stucki, es tue ihm leid, er sei der größte Idiot, den sie jemals treffen werde – ob allerdings das Abenteuer, das für ihn gerade begonnen habe, ein kurzes werde oder eines, das ein Leben lang dauere, das liege ganz allein in ihrer Hand, er habe nichts weiter vor.«

Mali blickte in die Ferne. Ein leichter Wind war aufgekommen, die Baumwipfel hatten beschlossen, langsam hin und her zu schaukeln. Dann drehte sie sich um und sah mich an. »Eine sehr schöne Geschichte. Ist sie von dir?«

Sie grinste, mein Gaumen und meine Zunge wurden eins.

»Die musst du wirklich mal aufschreiben. Und die anderen auch.«

Ich versuchte zu schmatzen, sie hielt mir ihren letzten Schluck Eistee hin, mein Glas war bereits leer. Der Eistee war warm.

»Und wie geht deine Version?«, fragte ich.

Inzwischen war der obere Teil des Himmels schon so dunkel geworden, dass sich die ersten Sterne hervorwagten. Unten hatte die anbrechende Nacht noch einen rötlichen Rand. Eine feuchte Kühle legte sich auf den Wald. Mali wickelte sich den Rock eng um die Oberschenkel, zog ihre Beine an und umklammerte ihre nackten Schienbeine.

»Das erzähle ich dir ein andermal. Mir wird kalt. Wollen wir runtergehen?«

Wie in der Nacht zuvor wurde ich auch in dieser von Mali geweckt. Doch jetzt war es kein Fluchen, sondern ein sanftes Rütteln am Oberarm.

»He... Cha-Cha...«

»Hm?«

»Ich friere so sehr, Cha-Cha. Darf ich zu dir rüberkommen?«

Sie wartete die Antwort nicht ab, sondern schlüpfte zu mir unter die Decke und schmiegte sich von hinten an mich, so wie man das wohl in Mexiko machte, wenn man fror. Die Bretter unter uns knarrten. Sie zitterte ein wenig und legte den Arm um mich, ich spürte ihre kalte Faust an meinem Brustkorb, der Atem dagegen heiß, aus wenigen Zentimetern Entfernung in meinem Nacken. Ihre harten Knie fügten sich wie Puzzleteile in meine Kniekehlen, ihren weichen Oberkörper spürte ich an meinem Rücken. Vielleicht würde es ja morgen einen kleinen Kampf geben, ein freundschaftliches Gerangel, morgen, in unserer letzten Nacht, vielleicht würde es dann einen Gute-Nacht-Kuss geben. Ich legte wärmend meine Hände um Malis Faust und drückte sie an mein Herz.

Ein bisschen Liebe

Wir lagen auf der Wildwiese im hohen Gras, die Mittagssonne wärmte uns, mir war, als könnte man das Licht auf Malis Haut riechen. Den Zitronenfaltern musste es ähnlich gehen, sie ließen sich in einer Menge auf ihr nieder, man hätte es kommentieren müssen oder zumindest nachzählen sollen, um später davon berichten zu können. Doch geglaubt hätte es sowieso niemand. Also waren es hundert.

Hundert Zitronenfalter saßen auf Mali und tranken ihren Duft, sie war nahezu vollständig unter ihnen verschwunden. Mein Herz und alle Flügel schlugen ruhig im Gleichtakt.

Ich notierte den Satz langsam, um das Bild nicht mit einer zu schnellen Bewegung meiner Hand zu zerstören. Mali sagte nichts, lag still mit geschlossenen Augen neben mir und lächelte, das sollte wohl normal sein, *Schmetterlinge tanken meinen Nektar, willkommen in meiner Welt.* Mir fiel die Videokamera ein, mit ihr hätte ich es beweisen können, doch die lag oben im Baumhaus.

Am Morgen, Mali schlief noch, hatte ich den frühnebligen Ausblick vom Dachplateau gefilmt, später Mali beim Schnitzen des »*Mi casa su casa*«-Schriftzuges mit meinem Schweizer Taschenmesser. Oma hatte es am Tag zuvor frisch geschärft, und Mali schälte die langen, schlanken Buchstaben mit einer solchen Leichtigkeit aus dem Balken über dem Fenster mit Wiesenblick, dass ich nicht anders konnte, als ihr das Messer zu schenken. Später, als ich an der Adler saß, nahm sie die Kamera in die Hand und richtete sie auf mich. Sie wollte, dass ich wie ein von der Muse geküsster Schriftsteller tippe, rasend schnell mit zehn Fingern, hin und wieder sinnierend innehalte, den Bogen schließlich herausziehe und zerknülle. Kopf an Kopf hingen wir über dem kleinen Sucherdisplay, sahen uns die wackeligen Aufnahmen an, lachten und wunderten uns, wie komisch unsere Stimmen klangen.

Irgendwann mussten wir beide mal. Mali nahm das Walkie-Talkie und den Kulturbeutel mit, ich mein Notizbuch, wir verschwanden in entgegengesetzte Richtungen im Wald. Als wir fertig waren, trafen wir uns in der Mitte der Wiese wieder, legten uns ins Gras, betrachteten den Himmel und atmeten alles ein.

Ein leises Motorengeräusch erinnerte uns daran, dass wir immer noch in der Wirklichkeit wohnten. Mali richtete den Oberkörper auf und wurde von einer hellgelben Wolke umflattert. Dünn blubberte das Geräusch den Hügel herauf, der Nissan war es nicht, es kam von der anderen Seite, nicht aus Richtung des Forsthauses. Ein Mofa war es auch nicht. Es waren mehrere. Mindestens zwei, die jetzt nacheinander verstummten. Ich setzte mich auf und lauschte angestrengt.

»Wer kann das sein?«, fragte Mali.

»Vor ein paar Wochen waren irgendwelche betrunkenen Idioten hier im Wald und haben meinen Sitz mit dem Regal in der Buche entdeckt. Und tatsächlich meine *Unendliche Geschichte* geschändet.«

»*Rápidamente!* Ins Baumhaus.«

Sie lief los, wie immer pfeilschnell. Ich war gerade erst aufgestanden, da drehte sie sich, an der Leiter stehend, um und zeigte auf meine Füße, hielt sich etwas ans Ohr. Ich guckte nach unten. Im hohen Gras lag das Walkie-Talkie. Ich hob es auf, steckte es in die Hosentasche und ging so schnell wie möglich zum Baumhaus. Als ich an der Strickleiter ankam, konnte man leise Stimmen hören, aus einem dürren Lautsprecher krisselte Popmusik, beides kam langsam näher. Mali war bereits oben und sah mir aus der Luke entgegen. Ich stopfte mir das Notizbuch in den Hosenbund, atmete tief durch und machte mich an den Aufstieg. Diesmal ohne Sicherheitsnetz. Sprosse für Sprosse, die Leiter schwang hin und her, ich kannte den Song aus Omas Küchenradio, *bad bad bad bad boy, you make me feel so good,* sang eine Frauenstimme, und beim zweiten Mal sangen ein paar Männerstimmen schief mit. Die Hälfte hatte ich geschafft. Aber wir würden die Leiter noch hochziehen müssen, wenn wir unentdeckt bleiben wollten. Ich musste schnell machen.

»Ey Ratte, hier!«

Ratte.

Nur ein Mensch auf der ganzen Welt durfte Murat Çoban »Ratte« nennen. Sein Kumpel Mozart Fettkötter.

M&M waren hier.

Mein Brustkorb geriet in eine Schrottpresse, die nun humorlos ihre Arbeit aufnahm. Ich blickte nach oben zu Mali, die am Rand der Luke lag, sah ihren ausgestreckten Arm und die Lippen, die lautlos etwas Aufmunterndes formten, ich konnte es nicht lesen.

Ich bekomme keine Luft.

»Hier, bei den Scheißtannen.«

Alle Schüler aus der Gegend kannten Omas Koniferengalerie, zwangsweise, sogar Mozart. Das *bad boy*-Lied war langsam leiser geworden und verstummte jetzt vollends. Ich konnte wieder Luft holen, aber es schmerzte. Doch es musste sein, ich kletterte weiter. Ein zackiger Beat setzte ein. Fast war ich oben. Noch zwei Sprossen. Noch eine. Ich streckte den rechten Arm aus. Ein Bass-Synthesizer gesellte sich zur Drum Machine, spielte hüpfende Achtelnoten. Mein Fuß rutschte ab, der andere auch. Mali packte zu, umklammerte meinen Unterarm. Mit der linken Hand hielt ich mich an der Leiter fest, rechts hielt mich Mali, meine Füße baumelten im luftleeren Raum. Eine Zehenspitze fand die Leiter. Ich setzte auch den zweiten Fuß drauf, direkt daneben, doch das war ein Fehler, die Leiter schob sich unter dem einseitigen Druck weg, ich rotierte unfreiwillig um die eigene Achse, machte eine halbe Drehung. Nur der Spann meines rechten Fußes lag noch auf der Sprosse. Mein Notizbuch schob sich weit aus dem Hosenbund, neigte sich der Erde entgegen, stürzte mit ausgebreiteten Flügeln zu Boden.

Like ice in the sunshine, like ice in the Suuuunshine, plärrte das Radio.

Gleich würde auch ich fallen. Man musste nur richtig aufkommen, mit dem Kopf zuerst. Hatte ich ein schönes Leben gehabt? Eigentlich hatte es doch gerade erst begonnen. Mit einer Hand hielt Mali mich weiterhin am Unterarm fest. Mit der anderen Hand griff sie jetzt auch meinen zweiten Unterarm, den linken. Als sie mich sicher hatte, nahm ich meine Hand von der Sprosse, umschlang ebenfalls ihr Gelenk, dann löste ich die Zehen von der Leiter, schwang hin und her, baumelte aus, nur noch gehalten von meiner mexikanischen Freundin. Ich blickte hoch. Sie hatte erst gelegen, dann gekniet, jetzt gelang es ihr, einen Fuß nach dem anderen aufzusetzen, sie holte tief Luft und drückte langsam die Knie durch. Ich sah unter ihren Rock, warum hatte sie keine Unterhose mehr an? Wegen der Blutungen? Schnell senkte ich den Kopf, ein hellblaues Band hatte ich aufblitzen sehen, dann riss sie mich hoch wie ein kleines Kind. Ich landete mit Schwung direkt vor ihr und konnte nicht verhindern, mit meinem Gesicht gegen ihren Brustkorb zu prallen, gerade noch so weit oberhalb des T-Shirt-Kragens, dass meine Oberlippe und meine Nasenspitze nackte Haut berührten. Ich nahm einen kurzen, unauffälligen Zug und straffte mich.

»Mist, die Typen kenne ich«, sagte ich.

»Schnell, die Leiter«, sie schob mich zur Seite, kniete sich wieder hin und holte die Strickleiter in großem Tempo ein.

»Mein Notizbuch«, sagte ich leise und deutete nach unten.

Mali guckte durch die Luke. »¡*Me cago en la mierda!*« Gerade hatte sie das Ende der Strickleiter ins Haus gezogen. »Wir müssen Oma Bescheid sagen. Wo ist das Walkie?«

Ich tastete meine Hosentasche ab, riss die Augen auf, tastete auch die andere Tasche ab. »Ich hab es nicht mehr!«

»Oh, Cha-Cha!« Sie sah mich finster an.

»Was denn, *du* hast es doch auf der Wiese liegen gelassen!«, sagte ich.

Die Seile und Sprossen lagen als großes Knäuel neben uns. Kaum hörbar antwortete sie: »Ich hole die Sachen, schließ du die Fenster.«

»Warte, ich guck erst mal, wie nah die sind«, wisperte ich.

Sie fing bereits an, die Leiter zu entwirren. Ich stand auf und blickte durch das Fenster in den Wald. Die Jungs waren erschreckend nahe: Mozart, Murat – und Claudio. Das Haus lag gut geschützt hoch oben im Baum hinter den Blättern, trotzdem war es ein Wunder, dass sie mich und die Leiter nicht gesehen hatten. Ich blickte zu Mali und schüttelte den Kopf. »Mach die Luke dicht«, flüsterte ich, »die sind ganz nah.«

Unweit von uns errichteten sie ein kleines Lager. Zu ihren Füßen lagen Helme, Rucksäcke und anderes Gepäck, das Radio und ein Berg Bierdosen. Mozart hatte gerade sein Messer in eine Dose gerammt und hin und her gedreht, jetzt zog er die Klinge heraus, steckte sie zurück in die Scheide an seinem Gürtel, führte das Loch an den Mund, riss die Büchse oben auf und trank. Nach ein paar Sekunden setzte er das leere Getränk ab, ein dicker Schaumfaden zog sich in Richtung Waldboden und verschwand darin wie ein Geisterwurm. Mozart zerdrückte die Dose mit einer raschen Bewegung zwischen den Handballen und schleuderte sie laut rülpsend in den Wald.

»Ich muss mal pissen«, sagte Claudio.

»Aber nich hier ey.«

Erneut rülpste Mozart, schaumig und lang. Dem Brunftruf eines Hirsches ähnlich belegte er den Waldbezirk mit seiner aufgeblasenen Jungmännlichkeit. Er drehte sich zu Murat: »Was is mit Musik? Dreh mal Kassette um, Alter!«

Alles wurde im Befehlston geschnauzt, so laut, dass wir jedes Wort verstehen konnten.

Claudio entfernte sich von den beiden. Er nahm den Weg zur Wiese. Direkt auf uns zu.

»Es kommt einer hierher!«

Ich lugte noch einmal durch den Spalt, Claudio war stehen geblieben, betrachtete das sanfte Gefälle der Wildwiese und öffnete seine Hose. Die Fingernägel seiner rechten Hand leuchteten hellrot in der Sonne: Er trug den Nagellack aus dem Drogeriemarkt. Langsam schloss ich den Laden, dann leise auch die anderen Fensterklappen. Nur der obere Ausstieg aufs Dach war noch geöffnet, hierdurch fiel das einzige Licht. Und von unten, durch das fünfmarkstückgroße Loch, in das man mit dem Zeigefinger hineingreifen konnte, um die Einstiegsluke zu öffnen. Mali kniete sich hin und schaute hindurch. Ich horchte angestrengt. Ein neues Lied setzte ein. Irgendwann konnte man anhand der Stimmen erkennen, dass sie wieder zu dritt waren. Claudio hatte das Baumhaus nicht entdeckt. Ich öffnete vorsichtig den Fensterladen und guckte hinaus. Sie hatten es sich gemütlich gemacht.

Mali stieg hinter mir die Leiter hoch, aufs Dach, ich schloss den Laden und folgte ihr. Vom Rand des Plateaus konnte man sie noch besser beobachten.

»Ratte, bau ma einen«, ordnete Mozart an, und: »Claudia, was is mit Holz?«

Klar, wer der Chef war. Er lag auf einer graugrünen Isomatte, hatte sein T-Shirt ausgezogen und öffnete eine weitere Bierdose. Dann biss er in den Rand, legte den Kopf in den Nacken und trank sie mit ausgebreiteten Armen aus. Als er fertig war, drehte er lässig den Kopf zur Seite und ließ die Dose über die nackte Schulter abrollen. Murat kramte in einem Beutel, holte Tabak heraus und drehte eine dicke Zigarette. Mozart hatte ein langes dunkles Stück Holz aus einem Futteral gezogen, jetzt bog er es und spannte eine Sehne. Das war ein Bogen. Kein Flitzebogen mit Saugnapfpfeilen – sondern eine Waffe. Claudio schlenderte ein paar Schritte in den Wald und bückte sich von Zeit zu Zeit, sammelte Äste ein, die er über dem Knie in kurze Stöcke brach.

»Warte mal, Claudia – stell die mal da hinten auf.« Mozart nahm die leere Bierdose und warf sie in Claudios Richtung, sie flog direkt auf ihn zu, reflexartig ließ er die ganzen Zweige fallen und versuchte, die Dose zu fangen. Er war zu langsam. Sie prallte an seiner Brust ab und fiel ihm ebenfalls vor die Füße. M&M grölten.

Wenig später kroch ein vertrauter Geruch durch den Wald, Murat hatte die Zigarette angezündet, ein paarmal daran gezogen und reichte sie Mozart.

Ich beugte mich zu Mali. »Das ist doch der gleiche thailändische Tabak, den Dito und Stucki immer rauchen«, flüsterte ich.

Mali sah mich ungläubig an, ruckartig plusterten sich ihre Backen auf, mit der Hand gelang es ihr, den Lacher zu unterdrücken.

»Cha-Cha! Das ist ein *Joint*. Die rauchen *Marijuana*.«

»Marihuana?«

»Weed, Ganja, Sensimilla, Gras ... erzählt dir Dito etwa, er raucht thailändischen *Tabak*?« Sie musste immer noch lachen, heftiger jetzt, sie hielt sich den Mund zu, ein viel zu lautes Grunzen entwischte ihrer Nase. Wir duckten uns, sie bebte noch immer.

Mein Vater nimmt Drogen?

»Hast du das nicht gerochen, als wir gestern bei euch zu Hause waren? Stucki hatte die Wohnung doch komplett zugekifft?«

Dieser Geruch, der mich seit meiner Kindheit begleitete – das war *Marihuana*?

Ich musste an den Sozialkundeunterricht denken.

»Aber das ist doch voll gefährlich?«, flüsterte ich.

Bei Frau Heyde hatten wir gelernt, dass die Dealer, bei denen man den »Stoff« bekam, auch Haschisch an Kinder verschenkten, damit diese abhängig wurden und irgendwann Heroin kauften, was innerhalb weniger Wochen zum sicheren Tod führte.

»Quatsch, das ist total harmlos. Stucki kifft den ganzen Tag. Hab ich auch schon probiert.«

Sogar Mali nahm Drogen? Und es war gar nicht schlimm?

»Ist jedenfalls besser als Alkohol. Musik hört sich total cool an, man muss über alles lachen, und irgendwann kriegt man einen Riesenhunger.«

Dito, nachts vorm Kühlschrank, kalte Pasta im Stehen direkt aus dem Topf in sich hineinschlingend. Stucki und Dito bei einem ihrer Lachanfälle, wenn sie erzählten, wie der kleine, dicke Herbert »Herr Bird« Kaschnitz mit nacktem Oberkörper das Saxofonsolo im Forsthaus einspielte und dabei tomatenrot anlief. Die zwei erstarrten gern mit aufgerissenen Mündern und geschlossenen Augen, Dito machte verzweifelte, quiekende Geräusche, der kleine Stucki klang eher, als ob er Schmerzen hätte, und immer wenn sich einer von beiden zu beruhigen schien, setzte der andere ihn mit einem aufschluchzenden Todesschrei wieder in Gang. Die unzähligen Momente, in denen ich nach unten in den Studiokeller gekommen war, Dito mit ausgebreiteten Armen und Beinen in der Mitte des Sofas flezte, in seinem *Sweet Spot*, und laut *Bitches Brew* von Miles Davis oder *Umma Gumma* von *Pink Floyd* hörte. Wenn ich mich dann neben ihn setzte, sagte er minutenlang nichts, nur hin und wieder wies er mich auf verschiedene Details hin. »Achte drauf, gleich, die Fliege!«

Da war er also im Drogenrausch. Das erklärte einiges.

Mozart hatte sich erhoben, nahm einen Pfeil aus dem Köcher, spannte den Bogen ruckartig, legte ihn an und hielt zielend inne. Die Pfeilspitze zeigte in die Richtung, in der Claudio mit der Dose verschwunden war. »Hier?«, hörte man Claudio in einiger Entfernung fragen, von uns aus konnte man ihn nicht mehr sehen.

Murat stand auf. Er hatte noch immer den Joint zwischen den Fingern. Mozart blickte grinsend zu ihm herüber, dann legte er den Kopf wieder leicht schräg, um zu zielen. Er ließ los, der Pfeil zischte davon. *Fllrr!* Fast im gleichen Moment ertönte ein schabendes *Pchjck!* und ein Kreischen.

»Mann ey, spinnst du?«, rief Claudio wütend.

Mozart und Murat klatschten ab und brüllten vor Lachen.

»Das war voll knapp, ich war noch mit der Hand dran!«

»Näss dich nicht ein, du Schwanzlutscher! Zieh lieber den Pfeil raus und stell die Dose noch ma auf.«

Mozart hatte bereits den nächsten Pfeil aus dem Köcher geholt. Mali sah mich an und nickte nach hinten über die Schulter. Dann kroch sie rückwärts bis zur Dachluke und stieg nach unten. Ich folgte ihr. Hier im Haus konnten wir uns mit gedämpfter Stimme halbwegs normal unterhalten.

»Wer sind die Typen?«

»Das sind M&M.«

Ich gab ihr einen kurzen Überblick, mit wem wir es zu tun hatten, welche Rolle Claudio spielte, und erzählte dann, was vor wenigen Wochen auf der Römerwiese passiert war.

»Wenn die mitbekommen, dass ich hier bin, machen sie Hackfleisch aus mir.«

Sie griff sich die Kamera und hängte sich das Fernglas um den Hals.

»Dann werden wir hier oben bleiben, uns ruhig verhalten und uns die Typen angucken, bis sie wieder nach Hause fahren. Bringst du den Eistee mit?«

Wir zogen unsere Schuhe aus und machten es uns mit den Kissen am Rande des Daches gemütlich. Mali schaute durchs Fernglas, ich durch die Kamera. Das Bogenschießen ging weiter. Mozart traf jedes Mal, Murat schoss ständig daneben. Claudio konnte den Pfeil nicht wiederfinden, dann ging ein weiterer verloren.

Murat und Claudio mussten suchen, während Mozart weiter Bier trank und die beiden herumkommandierte.

»Boh, ihr Spastis, ich glaub es nicht, jetzt hab ich nur noch zwei Pfeile«, nörgelte er von der Matte aus. »Du kaufst mir neue, Ratte!«

Murat und Claudio suchten immer noch. Ich setzte die Kamera ab.

»Was ist mit seinem Gesicht?«, flüsterte Mali.

»Ein Blutschwamm. Hat er seit der Geburt. Als er klein war, haben ihn alle ›Kotelett‹ genannt, bis er irgendwann total ausgetickt ist und einem anderen Kind das Ohrläppchen abgebissen hat.«

Murat kam zurück, wenig später tauchte auch Claudio mit einem Arm voll Holz wieder auf. Er legte es beim Lager ab, wo Mozart einen weiteren Joint gedreht hatte. Der Haufen leerer Bierdosen wurde immer größer. Irgendwann trat auch Mozart ein paar Schritte zur Seite, um zu pinkeln. Er machte offenbar Muskeltraining, man sah es seinem mit aufgekratzten und verschorften Pickeln übersäten Oberkörper an. Als er wiederkam, war die Hose noch immer geöffnet. Er hielt sein Glied in der rechten Hand und massierte es ungehemmt. Sofort drückte ich auf *record*.

»So langsam werd ich geil, ihr Muschis.«

Murat nickte. »Aber echt, Alter, ich auch. Hast du mitgebracht?«

Mozart bückte sich und holte eine weiße Plastiktüte aus seinem Rucksack. Sein Penis hing halb erigiert aus der offenen Hose. »Klaro. Hier. Für unsern Muselmann extra vom Schwein. Du stehst doch auf richtig dreckig.«

Murat lachte und nahm die Tüte entgegen. »Ich muss es ja nicht fressen.«

Mozart wandte sich an Claudio. »So, Claudia, dein Auftritt. Alles dabei?«

Claudio nickte und kramte in einer Umhängetasche. Ich zoomte heran. Mali hatte die Ellenbogen aufgestützt und beobachtete die gleiche Szene durchs Fernglas. Claudio öffnete ein kleines Stoffsäckchen und schüttete den Inhalt in seine Hand. Es funkelte golden. Er hantierte etwas umständlich herum, dann zeigte er die Hand mit den lackierten Nägeln vor. Sie war mit Goldringen und einem Armreifen geschmückt.

»Geil, guck ma, Ratte. Genau wie die Nutte Anja. Und die Bluse?«

Claudio griff erneut in seine Tasche und schlüpfte in eine weiße Damenbluse, allerdings nur mit dem rechten Arm.

»Perfekt.« Und zu Murat: »Und du, verzieh dich.«

Er stoppte die Kassette und nahm sie heraus. Murat erhob sich und ging mit der Plastiktüte in der Hand zurück in Richtung Kieslichtung. Dabei inspizierte er immer wieder jüngere Bäume. Langsam kam er dabei der Buche näher. Mali kroch leise zum linken Rand der Plattform, um ihn besser im Blick zu haben. Ich versuchte, die Kamera so ruhig wie möglich zu halten. Mozart hatte eine neue Kassette in den Rekorder gelegt und es sich auf der Isomatte bequem gemacht. Die Hose war bis auf die Knie heruntergezogen, sein Penis, den er weiterhin ruhig bearbeitete, war inzwischen vollständig erigiert.

»Jetzt ab mit dir unter die Decke. Wenn ich beim Abspritzen deine hässliche Fresse sehe, muss ich kotzen!« Er warf Claudio eine zusammengerollte, dunkelblaue Wolldecke zu. Claudio verkroch sich darunter, legte sich neben Mozart, dann kam unter der Decke der Arm einer jungen Frau hervor, die Hand ragte aus dem Ärmel einer weißen Bluse, hatte schlanke, goldberingte Finger und leuchtend rote Nägel. Sie umfasste Mozarts Glied und begann langsam, es zu massieren und auf und ab zu reiben. Mozart drückte auf *play*.

Mali war zu mir herübergerobbt und sah fassungslos durch das Fernglas. Sie biss sich auf die Unterlippe und boxte mir auf den Oberarm, mehrmals kräftig hintereinander. Ich meinte, Mozarts ranzigen Penis riechen zu können. Wir sahen uns an, sie musste sich schon wieder das Lachen verkneifen, Mozart stöhnte. Aus dem Kassettenrekorder kam eine Frauenstimme. »*Oh, was haben wir denn hier? Das gute Stück muss ja dringend mal genauer untersucht werden. Ui, der ist ja riiiiiesig! So ein gigantischer Kolben, muss ich da vielleicht etwas fester zupacken?*«

Mali beugte sich zu mir. In ihren Augenwinkeln saßen Tränen vom unterdrückten Lachen. So nah an meinem Ohr, dass ihre Lippen mich berührten, flüsterte sie: »*Oh Dios mío!* Das sind ja absolute super-*pajeros*! Mit Porno auf Kassette... Film das bloß alles! Ich muss gucken, was der andere macht.«

Sie robbte hektisch zurück zum anderen Rand. Claudios Hand bewegt sich schnell auf und ab.

»*...ihn dir ganz langsam wichsen? So richtig laaaangsam?*«, schallte es blechern durch den Wald.

Mozart schlug Claudio auf die Hand.

»Ey, hör doch zu, du musst machen wie die Schlampe!«

»*...den Saft in Zeitlupe abmelken? Hm? Da stehst du doch drauf, oder?*«

Claudios Frauenhand bewegte sich nun in Zeitlupe. Mali gab mir einen sanften Tritt an den Fuß. Ich spürte ihre nackte Sohle an meinem Knöchel. Sie winkte mich aufgeregt zu sich, das Gesicht angewidert und erheitert in alle Richtungen verzerrt. Ihre Unterlippe musste bald anfangen zu bluten, so heftig biss sie darauf. Ich krabbelte vorsichtig rüber zu ihr. Sie legte sich den Finger auf die Lippen und zeigte nach unten.

Ich lugte über den Rand. Nur ein paar Meter von uns entfernt sah ich Murat, uns seitlich zugewandt. Er stand ganz nah an einer jungen Kastanie, die sich in der Höhe seines Schritts gabelte, seine Hose war geöffnet. Zwischen die Äste waren zwei dunkle Fleischlappen eingeklemmt, die er mit seiner linken

Hand fixierte. Ich zoomte heran. Es sah aus wie Leber. *Schweineleber.*

Mit der anderen Hand zog er nun seine Jeans herunter. Er strampelte etwas, sodass sie ihm bis auf die Knöchel rutschte. Die Unterhose riss er mit einer raschen Bewegung ebenfalls bis auf die Knie. Man sah seine behaarten Beine, das dicht gelockte, schwarze Schamhaar und sein kräftiges, beschnittenes Glied, das wie bei Mozart steif war. Ich wusste, dass bei Juden und Moslems aus religiösen Gründen die Vorhaut entfernt wurde, gesehen hatte ich es noch nicht. Schon gar nicht in erigiertem Zustand. Es sah aus, als müsste es wehtun. Er schob seinen harten Penis zwischen die zwei Leberlappen und begann die Hüfte vor- und zurückzubewegen. Meine Aufnahme lief weiter. Von der anderen Seite des Waldes hörte man Mozart stöhnen, immer lauter wurde er, und schließlich jauchzte er einmal kurz auf. »*Oh ja, gib mir die Ficksahne, komm hier auf meine fetten Titten, die ganze Ladung, ja, ooooh!*«, sagte die verzerrte Frauenstimme begeistert. »*Du geiler Riesenschwanz...*« *Tlanck!* Mozart stoppte das Band. Murat ächzte. Seine Bewegungen wurden jetzt schneller. Immer wieder stieß er seinen Penis in die Astgabel, er hatte die Augen geschlossen. Irgendwann durchschüttelte es ihn, ein unkontrolliertes Grunzen entfuhr seiner Kehle, ein letzter Stoß, und er ließ die Leberscheide los. Die beiden Lappen fielen lustlos ins Laub. Erschöpft lehnte er mit der Stirn am Baum, ließ seine Arme baumeln und atmete schwer. Dann zog er die beiden Hosen bis knapp unter den Hodensack hoch, nahm ein Papiertaschentuch aus der Tasche, putzte sich das Glied sorgfältig ab und bog den immer noch halb steifen Penis in die Unterhose.

Langsam schlenderte er zurück. Leber, Plastiktüte und Taschentuch ließ er zurück. Mali und ich krochen beide wieder in die Ursprungsposition. Mozart wischte sich ebenfalls mit einem Taschentuch den nackten Bauch ab, warf das zerknüllte Tuch auf den Holzstapel, rieb sich die Hände an seiner Jeans ab und knöpfte sie zu. Dann nahm er einen Schluck Bier. Claudio war wieder aufgetaucht. Er saß mit rotem, verschwitztem Kopf neben Mozart und kramte in seiner Tasche, holte Wattepads und den Nagellackentferner heraus.

»Ey nee, lass ma noch drauf. Ich werd später bestimmt noch ma geil.«

Murat setzte sich dazu. Mozart hatte ein langes Blättchen vor sich gelegt und öffnete gerade den Tabakbeutel. Er blickte zu Claudio. »Du solltest ein Geschäft aufmachen, das kannst du echt gut.«

Murat lachte laut auf.

»Claudias Handarbeitssalon«, Mozart malte ein unsichtbares Firmenschild in die Luft. Die beiden grölten, klatschten ab, bogen sich vor Lachen.

Als Mozart den Joint fertig gedreht hatte, steckte er ihn sich zwischen die Lippen. Das Feuerzeug ging nicht. Er versuchte es immer wieder, klopfte es auf den Oberschenkel, fummelte am kleinen Rädchen, schüttelte es. Nichts.

»Scheiße!« Er schleuderte es in den Wald. »Hast du noch Feuer, Ratte?«

Murat kramte in seinem Rucksack. »Scheiße, nee, nichts dabei.«

»Ich hab Streichhölzer«, sagte Claudio und wühlte in der Tasche, in der er die Bluse verstaut hatte. Er holte eine Schachtel heraus, Mozart griff danach und schüttelte sie. »Voll wenig, ey!«

»Du musst sie ja nicht benutzen«, sagte Claudio.

Mozart sah ihn an, hob die Hand zackig neben seine linke Backe, als wolle er Claudio mit der Rückhand einen Schlag verpassen, dieser zuckte zusammen und überkreuzte schützend die Unterarme vorm Gesicht.

»Werd ma nich frech, du Fotze.« Der Joint hing die ganze Zeit in seinem Mundwinkel. Er öffnete die Schachtel und sah Claudio vorwurfsvoll an. »Noch drei Stück.«

Er nahm ein Streichholz heraus, ratschte es an, versäumte aber, es vorm Wind zu schützen. Es erlosch, bevor er den Joint anzünden konnte. »Verdammte Ficke!«, brüllte er in den Wald.

»Ey, wir müssen noch Feuer machen für die Würstchen. Heb die letzten beiden Streichhölzer lieber dafür auf«, sagte Murat.

»Alter, nerv nich. Ich werde jetzt diesen Joint kiffen. Ein Streichholz muss reichen. Holen wir eben Benzin von den Mofas.«

Das vorletzte Streichholz flammte auf, Claudio schirmte es hastig mit beiden Händen ab. Der Joint brannte. Mozart inhalierte und blies zufrieden den Rauch in die Luft.

»Oder wir gucken hinten in dem Baum, wo der schwule Förster seine Bücher hat. Mit bisschen Papier kriegen wir das Feuer sicher in Gang.«

Ein kleiner Kampf

»Genau, hol ma paar Seiten, Claudia!«, sagte Murat.

»Hä? Woher denn?«

»Mann, der fette Baum am Rand von der Wiese.«

Mali und ich sahen uns an. Mozart zeigte mit dem Daumen über die Schulter. Claudio war anscheinend das erste Mal mit den beiden hier.

»Oben im Baum hat sich die Förstertunte ein kleines gepolstertes Sitzchen gezimmert, mit Tisch und Bücherregal, schwuler geht's nicht. Trinkt bestimmt noch Tee da oben und strickt oder so.«

Mali nickte mit dem Kopf zur Dachluke. Schweigend krochen wir rückwärts nach hinten und stiegen hinab ins Haus.

»Jetzt entdecken sie uns«, flüsterte ich.

»Sie entdecken das Baumhaus. Aber sie wissen ja nicht, dass wir hier sind. Und ohne Leiter können sie eh nicht hoch.«

»Und das Notizbuch?«

Mali sah mich an. »Abwarten.«

Wir lauschten und schwiegen und atmeten flach.

»Wie soll ich denn da hochkommen?«

Claudios Stimme, ganz nah.

»Bist du blöd oder was?«, rief Murat.

»Ey, hier is auch kein Sitz, hier ist voll das Haus im Baum! Guckt euch das mal an!«

Mali und ich verharrten in absoluter Bewegungslosigkeit.

»Mit Fenstern und allem, kommt mal her!« Claudio klang aufgeregt und stolz, weil er diese Entdeckung gemacht hatte. Bald erklang Mozarts Stimme, nur noch wenige Meter entfernt.

»Alter, was ist *DAS* denn? Geil. Das ist neu.«

»Ey, lass einsteigen!«, sagte Murat.

»Heftige Hütte! Da treffen sich die Schwuchteln bestimmt zum Gedichtelesen und Arschficken«, sagte Mozart. »Aber wo ist der Eingang?«

Die Stimmen kreisten unter uns.

»Ey, guck mal, hier.«

Das war Claudio.

»Gib her«, sagte Murat.

»Was ist das?«, fragte Mozart.

»Ein Malbuch. Ist aber erst ein Bild drin.«

»Zeig.« Und dann: »Die Scheißtannen.«

Wir sahen uns an, wagten nicht, uns zu bewegen.

Der Holzboden knarzte bei jedem Schritt und hätte uns sofort verraten.

»Hallo? Jemand zu Hause?«, rief Murat.

»Du kannst ruhig aufmachen, wir wollen nur mal gucken«, sagte Mozart, auch mit lauter Stimme.

»Meint ihr echt, da oben ist wer drin?«, fragte Claudio leise.

»Sollen wir dann nicht lieber abhauen? Vielleicht ist das wer von den Faunichoux?«

»Hier hinten is noch mehr drin«, sagte Mozart, und dann, nach kurzer Pause: »Ich sag's doch, Gedichte.« Er schien zu lesen. »Und Tagebuch oder so. Is aber Kinderschrift.«

Jetzt las er meine Notizen. Zum Glück schrieb ich niemals meinen Namen in die Notizbücher.

Mozart lachte auf. »Oh, hört mal.« Er verstellte seine Stimme und las mit nasaler Theatralik vor:

»*Jeden Abend beim Einschlafen muss ich an die erste Nacht denken. Starke Arme, die mich niederdrücken, und dann der Duft der mexikanischen Himmelsbäckerei.*«

Alle lachten.

Ich errötete und schloss die Augen.

»Was das für ne Homo-Scheiße?«, fragte Murat.

»Keine Ahnung, aber immerhin haben wir jetzt Papier.«

»Aber nur noch ein Streichholz. Wenn das nicht klappt, is echt kacke mit den Würstchen.«

»Hast ja recht. Claudia, geh mal zu den Mofas und hol Benzin.«

»Womit das denn? Und wie soll ich das Benzin überhaupt aus dem Tank kriegen?«

»Mann du Depp, häng halt irgend'nen Stofflappen in den Tank. Meinetwegen die Scheißbluse.«

»Die gehört meiner Mutter.«

»Dann nimm dein T-Shirt. Kannst ja stattdessen die Bluse anziehen. Steht dir bestimmt.«

Murat und Mozart lachten wieder, Claudio gab ein genervtes »Haa, haa, haa« von sich und verschwand offenbar in Richtung Kieslichtung.

Während er zu den Mofas ging, blieben M&M unter dem Baum stehen.

»Ey, wie kommen wir da hoch? Du ne Idee?«, fragte Mozart.

»Mit nem fetten Seil? Muss man da über den Ast werfen. Oder mit ein Lasso, guck mal, da sind so Pflöcke drin.«

»Lass eins besorgen und morgen wiederkommen, ohne die spanische Schwuchtel. Vielleicht kann man da oben paar coole Sachen abgreifen.«

»Ja, geil. Wie viel Meter brauchen wir?«, fragte Murat.

»Drei oder vier höchstens.«

»Echt? Ey, guck mal, das is voll hoch, sechs Meter oder so.«

»Quatsch. Niemals. Vier Meter reichen, so dickes Seil is auch voll teuer – oder hast du eins?«

Es sind drei Meter fünfundsechzig.

Die Stimmen begannen, leiser zu werden. Mali und ich sahen uns an. Sie neigte ihren Kopf einmal auf die linke und dann auf die rechte Seite, jedes Mal knackte es im Nacken.

»Hallo Baumhau*rchkrchkrch!* Bitte kommen, hier Oma.«

Mali machte große Augen und hielt sich die Hand vor den Mund. Das Walkie-Talkie. Im hohen Gras hatten sie es übersehen, doch jetzt spuckte es Omas verhackstückte Stimme quer über die Wiese.

»Bitte k*mchmch!* Es ist wichtig. Ihr dürft das Baumhaus NICHT verlassen! Opa ha*rjch! krjch!* keinen Erfolg und geht heute noch mal los. Habt ihr verst*fffffch?*«

Keiner von uns bewegte sich.

Die Stimmen von M&M waren nicht mehr zu hören.

»Baumhaus *kschchch!* kommen! Habt ihr verstanden?«

Eine hohe Stimme, direkt unter uns antwortete.

»Ja, verstanden.«

Mozart. Mit Kopfstimme.

»Okay, also bleib*chchch!* So lange oben, bis ich Bescheid sage, *okch?*«

»Okay!«

»Alles in Ord*krchchch!* euch, Kinder?«

»Alles roger!«, flötete Mozart.

»Dann bis später. Oma over!«
»Over!«
Mozart und Murat lachten dreckig.
»Kinder? Hallöchen?« Mozarts Stimme war voller Vorfreude und Hohn. »Wir haben doch so nett gefragt, wieso lasst ihr uns denn nicht rein, liebe Kinderchen?«
Mali schüttelte den Kopf und legte den Zeigefinger auf die Lippen.
»Wir wollen doch nur mal euer schönes Haus gucken!«, sagte Murat. Auch ihm war das breite Grinsen anzuhören.
Wir antworteten nicht. Vielleicht würden sie aufgeben, wenn wir lange genug schwiegen.
»Macht auf. Ich bin doch nicht bescheuert.« Mozart klang verärgert.
Ganz langsam kniete ich mich hin und blickte durch das Fingerloch in der Bodenluke. Ich konnte sie beide sehen. Mozart flüsterte Murat gerade etwas ins Ohr, woraufhin dieser wegging. Danach hob Mozart den Kopf und blickte mir direkt ins Auge, bevor ich meinen Kopf zurückziehen konnte.
»Ich hab dich gesehen, Homo. Mach die Luke auf.«
»Mit wem redest du?« Das war Claudio. Er war wieder da.
»Da oben is wer. Irgendwelche Kinder. Wir haben ein Walkie-Talkie gefunden, wo die Oma sich gemeldet hat.«
»Ist die Oma hier in der Nähe?«, fragte Claudio. In seiner Stimme lag Angst.
»Quatsch, die klang so weit weg wie vom Mond, Alter.«
Eine Weile geschah nichts. Mit Claudio war ein neuer Geruch angekommen, der sich penetrant ausbreitete.
Benzin.
»Hier!« Murat war auch wieder da.
»Ah, sehr gut, gib her«, sagte Mozart.
Und dann, nach ein paar weiteren Sekunden, in denen Mali und ich uns anstarrten, als es fast gleichzeitig *Frrrrllll!* und

Ssfffock! machte, roch ich auch das Feuer, adrenalinverstärkt jetzt in allen Einzelteilen, ich war überrascht, aus wie vielen, unüberschaubar vielen Komponenten Benzin zusammengesetzt war. Der brennende Pfeil schlug unter uns, nicht weit von der Luke im Holz ein.

»Das soll uns wohl Angst machen?«, fragte Mali. Sie konnte ja nicht riechen, was ich roch.

»Sie haben den Pfeil mit einem benzingetränkten Stück Stoff umwickelt und angesteckt. Die wollen unser Haus abfackeln.«

Mali zeigte zur Vorratskammer. »Schnell, den Wasserkanister!«

Sie verschwand im Schlafbereich und kam mit einem Bettlaken wieder. Ich hielt ihr den Kanister hin. Sie schraubte den roten Deckel mit dem eingebauten Plastikwasserhahn ab und goss den Inhalt des Kanisters auf das Laken. Dann zog sie es lang, machte einen dicken Knoten in das Ende und schlang sich das andere Ende zusammengewickelt um die Hand, alles in fließenden Bewegungen, die wie einstudiert wirkten. Sie kniete sich zur Klappe, riss sie auf und steckte den Kopf durch, um nach dem Pfeil zu sehen. Der Holzfeuergeruch, der sich inzwischen entwickelt hatte, war auch für Menschennasen zu vernehmen.

»Oh, halloooo, wen haben wir denn da?«, fragte Mozart.

»Alter, ne Tusse!«, rief Murat ungläubig.

»Und was für eine!« Mozart war begeistert. »Vielleicht sind da oben ja noch mehr? Dann kann sich Claudia für den Rest vom Tag freinehmen.« Murat lachte, es war klar, was er sich ausmalte.

Mali legte sich hin und beugte den Oberkörper aus der Luke, den Bewegungen zufolge versuchte sie mit dem nassen Laken den unter uns steckenden Pfeil zu treffen. Nach ein paar Versuchen stemmte sie sich an den Rändern der Öffnung nach oben, drehte den Kopf herum und zischte mich an: »Komm her! Er steckt zu weit weg, hinter dem dicken Ast, du musst dich auf meine Beine setzen, damit ich mich weiter raushängen kann!«

Ich lief zu ihr und ließ mich mit angewinkelten Beinen auf der Rückseite ihrer Oberschenkel nieder, direkt hinter dem Po. Sie ruckelte sich weiter in Richtung der Öffnung, ich rutschte mit, bis meine Knie an der Kante der Luke anstießen und sie an der Hüfte rechtwinklig abgeknickt mit dem gesamten Oberkörper aus der Dachluke baumelte. Ihr Rock war hochgerutscht, ich zog ihn vorsichtig zurück über den nackten Hintern und stopfte ihn unter mir fest. Meine Knie schmerzten.

»Oh, eine kleine Zirkusvorführung, wie schön!«

Die Jungs grölten, ich roch heißes Holz.

Vorsichtig beugte ich mich ein Stück weit nach vorn. Als ich Mozarts Haarschopf sehen konnte, zog ich den Kopf schnell zurück.

»Da is echt noch ne Tusse, glaub ich!« Mozart machte ein paar Schritte und tauchte in dem Ausschnitt der Wiese auf, den ich aus meiner Position sehen konnte. Ich vergrub mein Gesicht in den Händen und luschterte durch die Finger. Mozart hielt etwas in der Hand. Seinen Bogen.

Von unten trommelte der tropfnasse Stoffknoten immer wieder an die Holzdielen, brennendes Benzin und Qualm wurden immer deutlicher. Mali stöhnte inzwischen nach jedem Schlag vor Anstrengung, ich fühlte, wie sich ihre Schenkel- und Po-Muskeln unter mir anspannten. Dann knackte es. Der Pfeil.

»Ich hab ihn!«, rief Mali.

»Keiner bewegt sich«, schrie Mozart. »Schön hängen bleiben, sonst gibt's was richtig Spitzes in den Arm.«

Murat und Claudio lachten brav. Mali, die mit dem Rücken zu Mozart hing, bewegte sich trotz Mozarts Warnung, sie wandte ihren Kopf herum, drehte sich aber wieder zurück, als sie ihn mit dem gespannten Bogen im Anschlag sah. Die Pfeilspitze zeigte auf meinen Arm. Wenn ich mich zur Seite werfen würde, konnte ich dem Pfeil dann ausweichen? Möglich. Aber Mali würde es dann wie dem Walkie-Talkie und dem Notizbuch gehen. Sie würde fallen. Mit dem Kopf voraus. Nur mein Gewicht hielt sie in der Luke.

»Nimm die Hände weg, ich will deine Fresse sehen«, rief Mozart.

Ich blinzelte durch die Finger. Murat und Claudio standen neben ihm. »Das is keine Tusse. Das is so'n kleines Scheißkind«, sagte Murat.

»*En ›vamos‹ te arrojas a un lado, me aferro a la rama. ¿Lo tienes?*«

»Schnauze! War das Spanisch? Was sagt sie, Claudia?«, rief Mozart.

Ich hatte genug verstanden.

»*VAMOS!*«, schrie Mali, bevor Claudio übersetzen konnte, ich nahm die Hände vom Gesicht und hechtete zur Seite, im gleichen Moment erklang wieder der zugleich schneidende wie federnde Sound, den Bogen und Pfeil beim Abschuss machten, nur das Geräusch des Einschlags war dieses Mal ein anderes, weicheres. Weiß mit hellgrünen Rändern zerplatzte der dazugehörige Schmerz in meinem Oberarm. Malis Beine rutschten aus der Luke, verschwanden, sie war nicht mehr zu sehen, in mir steckte ein Pfeil, es blutete. Er hatte mich nur am äußeren Arm erwischt, die Spitze und ein gutes Stück Schaft guckten auf der anderen Seite wieder heraus, der Pfeil war eigentlich nur durch ein paar Zentimeter Haut und Fleisch gedrungen. Das Schmerzgefühl und die hormonelle Reaktion meines Körpers lösten die mir allmählich bekannten Vorgänge aus, regelten die Geräuschkulisse und das Temperaturempfinden deutlich herab, ich war jetzt hauptsächlich Nase, nicht nur, aber doch über die Maßen fokussiert. Wie durch eine Wand aus Lehm drangen die Stimmen zu mir durch, wie durch eine Gaze nahm ich die Welt wahr, wie aus einer Schrotflinte gefeuert schlugen die Geruchspartikel auf meiner Nasenschleimhaut ein.

»Ich glaub's nich, der kleine Itaker!«, hörte ich Mozart dumpf, »Das wird ja immer besser hier.«

Sein Haargel, Fleisch von Kühen, von Schweinen, Ochsenblut.

»Die Brillenschlange, die euch verpetzt hat?«, fragte Claudio.

»Den Wichser hab ich schon heute Morgen getroffen.« Das helle Rot seines Nagellacks ließ sich zerlegen, unter den Lösungsmitteln konnte ich einige verwirrende Einzelteile herausschmecken.

»Und kennst du die spanische Tusse?«

»*Soy de mexico*«, sagte Mali mit klarer Stimme. Sie konnte ich besser hören, deutlich näher als die Stimmen der anderen. Und riechen. Alles war voll von ihr. Sie hing unter mir am Ast neben der Luke. Ich riss den Pfeil mit einem Ruck aus meinem Arm, es blutete weniger als erwartet, dafür schmerzte es mehr als gedacht. Die Gerüche des Waldes in all seinen Facetten, die Aromen von Eisen, Schweiß, Sperma, Angst, Alkohol und Erregung dämpften alle anderen Sinne fast vollständig ab. Nach etwa zehn Sekunden begann das gesteigerte Geruchsempfinden wieder abzuebben, der Schleier, der über allem anderen lag, wurde durchlässiger. Entkräftet von meinem erneuten Ausflug in das Reich der höheren Olfaktorik, zog ich mein T-Shirt aus, wickelte es mir um den Oberarm und schaffte irgendwie, es festzuknoten. Die Welt war wieder halbwegs normal, jedenfalls was meine Wahrnehmungsorgane betraf.

»Cha-Cha, bist du in Ordnung?«, fragte Mali.

»Alles bestens hier«, antwortete ich. Ich wusste, dass Mozart keine Pfeile mehr hatte, also hängte ich meinen Kopf aus der Luke.

Wir sahen uns an.

»Kannst du mich hochziehen?«, fragte sie leise. »Ich kann nicht mehr.« Auch sie klang erschöpft, hing da, mit ausgestreckten Armen, den dicken, waagerecht verlaufenden Ast von beiden Seiten umklammernd, sah zu mir, sah meinen notdürftig bandagierten Arm und dann nach unten.

»Ich weiß nicht«, sagte ich, mein rechter Arm schmerzte, war aber einsatzfähig. Trotzdem reichte ich ihr lieber die linke Hand.

»Schnell, nimm mich auf die Schultern, Ratte.« Mozart hatte uns beobachtet und wurde von Hektik ergriffen. Erst jetzt bemerkte ich, dass ihm das schnelle Sprechen Schwierigkeiten bereitete, so betrunken war er. »Die kleine Mexiko-Nutte holen wir uns.«

Murat ging in die Hocke, Mozart klemmte sich seinen Kopf zwischen die Beine, seinen Bogen warf er ins Gras, den leeren Köcher hatte er immer noch umgeschnallt, der dünne Lederriemen schnitt diagonal über die pickelnarbigen Brustmuskeln und in seine nackte Schulter. Mali löste vorsichtig die linke Hand vom Baum, als sie meine Finger spürte, sie bekam meine Hand zu fassen, ich lag auf der Brust, sie hing an meinem ausgestreckten Arm. Ihr anderer Arm umschlang den Ast, der aber so dick war, dass sie mit der Hand nicht zupacken konnte. Mali hochzuziehen, so wie sie zuvor mich – es war undenkbar. Murat erhob sich und verlor beinahe das Gleichgewicht mit seinem Kumpel auf den Schultern und dem vielen Bier im Blut, Mozart musste mit zur Seite gestreckten Armen ausbalancieren, jetzt kamen sie näher, Mozart zwei Meter fünfzig groß.

»Ich schaffe es nicht«, sagte ich verzweifelt. Was würde geschehen, wenn ich sie fallen ließ?

Die Antwort auf diese Frage gab Mali selbst, indem sie mit beiden Beinen nach hinten Schwung holte, beim Nach-vorn-Schwingen meine Hand ebenso wie den Baum losließ und sich dem Huckepackpärchen entgegenwarf, Füße voraus. Mit ihren Beinen umklammerte sie Mozarts Hüfte, ihre Stirn krachte mit Wucht auf seine Nase, die Faust nagelte sie ihm in die kleine Kuhle zwischen Magen und Herz, da wo einem die Luft wegblieb, wenn man beim Völkerball getroffen wurde, Mozart heulte auf, alle drei brachen zusammen, Murat schrie vor Schmerzen, als er unter den oberen beiden begraben wurde, Mali gab keinen Ton von sich. Mozart gelang es, sie von hinten zu umfassen, so wie Anja auf der Römerwiese, dann rollte er mit ihr von

Murat runter, der aufsprang und Malis zappelnde Beine an den Fußgelenken fixierte. Mozart hielt sie im Sitzen von hinten im Schwitzkasten, hatte ihr den rechten Arm auf den Rücken gedreht, mit seinem Bein umklammerte er sie und ihren linken Arm. Seine Nase blutete wieder, auch wie auf der Römerwiese, Claudio rannte aufgeregt hin und her.

»Claudia, Messer!« Mozart nickte ruppig in Richtung seines Gürtels, Claudio bückte sich und zog das Messer heraus. Unsicher hielt er es in Malis Richtung, fuchtelte damit wie mit einem zu kurzen Degen, ihm war offenbar nicht klar, worin genau seine Aufgabe bestand.

»Gib her, du Idiot«, sagte Mozart und öffnete die Hand des Arms, der Mali von unten die Kehle zudrückte und den er deswegen nicht bewegen konnte. Claudio legte den Griff des Messers hinein. Bei der ganzen Aktion war Malis Rock hochgerutscht, man konnte sehen, dass sie keine Unterwäsche trug und bereits Schamhaare hatte. Wie die Frau im Biobuch.

»Alter, das Flittchen will ficken, die hat nichts drunter!«, sagte Murat, der von seiner Position direkt das haarige Dreieck zwischen ihren zusammengekniffenen Beinen sehen konnte. Mali versuchte die Beine zu überkreuzen, doch Murat setzte sich zusätzlich auf ihre Schienbeine, mit den Händen drückte er die Knie runter.

Mozart hielt das Messer an Malis Hals und sah zu mir hoch.

»So, du kleiner Wichser, du kommst jetzt hier runter, aber schnell.« Er drückte Mali die Klinge so kräftig an den Hals, dass ich mich wunderte, warum kein Blut floss. Mali sah mir in die Augen und blinzelte zwei Mal ganz langsam. Was wollte sie mir damit sagen? Ich wusste es nicht. Mir blieb sowieso nichts anderes übrig. Ich nahm den umflochtenen Stein des Wurfankers und ließ ihn zwischen den Pflöcken hindurch hinter dem Ast hinabsausen. Dann hängte ich die oberste Sprosse der Leiter ein und schob den Rest durch die Luke. Da lag auch der blutige

Pfeil, ich ließ ihn mit dem Leitergetümmel durch die Öffnung zu Boden fallen. Mit einem längeren, der Situation völlig unangemessen sanften Geräusch entdedderte sich die Leiter, baumelte aus, der Pfeil verschwand unbemerkt im tiefen Gras darunter, und ich konnte mich an den Abstieg machen.

»Claudia, geh hin und halt ihn fest.«

Kaum, dass ich unten angekommen war, drehte Claudio mir den Arm auf den Rücken, meinen anderen hielt er ebenfalls fest, der Polizeigriff gehörte wohl zur Grundausbildung bei Schulhofterroristen. Er führte mich zu den anderen.

»Knie dich da hin. Du darfst zugucken«, sagte Mozart.

Und zu Murat: »Du darfst sie als Erster ficken.«

Murat lachte mit jetzt tatsächlich irrem Blick, sie meinten das ernst, das war schon lange kein *Ärgern* mehr, das war echte Gewalt. Und sie schienen das nicht zum ersten Mal zu machen. Niemand verpetzte M&M, Mädchen schon gar nicht. Murat zerrte ihr T-Shirt hoch, so hoch, dass Malis kleiner Busen zum Vorschein kam. »Oh Mann, die hat ja schon richtig geile kleine Titten«, sagte er und knetete grob an den Brüsten herum. Mozart schielte von hinten über die Schulter auf Murats Hände und sagte: »Geil, mach schnell, ich will auch.«

Murat kniete sich hin, mit den Schienbeinen noch immer auf Malis Fußgelenken. Sie beobachtete ihn ruhig, Mozarts Klinge am Hals. Er griff sich in den Schritt, holte seinen Penis nach oben, dann zog er die Hose runter, das Glied, beschnitten und halb steif, stand ab wie vorhin. Er spuckte sich in die rechte Hand und rieb sein Geschlechtsteil ein, mehrmals, dann griff er ihr in die Kniekehlen, zog sie nach oben und drückte die Beine auseinander.

»Uaäh!«, angewidert drehte er sich weg.

»Die hat nen Stopfen inner Fotze, ihh!« Er schloss die Augen und streckte mehrmals die Zunge raus, als hätte er beim Fahrradfahren eine Fliege verschluckt.

Sofort verstaute er wieder alles und zog die Hose hoch. »Da fick ich nich rein«, sagte er zu Mozart. »Du etwa?«

»Ach, komm schon, viel blutiger als eine Schweineleber ist das auch nicht«, sagte Mali und lächelte süß.

Murat packte ihr Gesicht mit einer Hand, Daumen auf der einen Wange, die restlichen Finger auf der anderen und drückte zu. »Pass bloß auf, Nutte!«

»Sie will also blasen«, sagte Mozart grinsend.

Murat sah ihn und Mali abwechselnd an.

»Ich weiß nicht... was is, wenn die beißt?«

»Macht sie nicht.« Mozart drückte ihr Kinn nach oben und das Messer noch fester an ihren Hals. Jetzt floss tatsächlich Blut, auch wenn es nur ein Ritzer war. Er senkte sein Gesicht. »Oder?«, fragte er sie leise aus wenigen Zentimetern Entfernung.

Murat war das nicht geheuer. »Nee, außerdem, wie soll die mit dem Messer am Hals blasen, da sticht die sich doch aus Versehen selbst ab, wenn die den Kopf bewegt.«

Das Argument schien Mozart einzuleuchten. Er sah mich an und überlegte.

»Claudia, zieh dem Zwerg mal die Hose runter und bring ihn her«, sagte er.

Meine Hose herunterziehen? Was hatte Mozart vor? Wollte er etwa, dass Mali *meinen* Penis in den Mund nahm?

Claudio gab einen Arm frei, damit ich mir selbst die Hose herunterziehen konnte. Die Unterhose behielt ich an, aber Claudio riss sie nach unten. Ich schämte mich. Dann führte er mich langsam zu Mozart und Mali, wobei ich mit der Hose an den Knöcheln nur Minischritte machen konnte.

»Hierher, direkt vor die Fresse. Genau.« Mein Kindergeschlechtsteil hing jetzt vor Malis Mund, eher ein Zipfel als ein Glied, ganz zart hatten vor einigen Monaten am Hodensack die ersten flaumigen Haare zu sprießen begonnen, ansonsten war da nichts. Mali hatte die Augen geschlossen. Mozart ließ von ihrem

Hals ab, mit einer schnellen Bewegung führte er die Klinge an meinen Penis und drückte auch hier gefährlich kräftig zu.

»Komm her, Ratte, übernimm mal das Messer.«

Murat stand auf, Mali hatte die Augen wieder geöffnet und beobachtete, was vor sich ging. Murat griff sich mit der einen Hand meinen auf den Rücken gedrehten Arm, mit der anderen das Messer von Mozart und schob Claudio beiseite. Der stand völlig nutzlos zwischen allen und wusste nicht, was er machen sollte. Er spreizte die Finger und betrachtete seine rechte Hand mit den hellroten Nägeln.

»Claudia, halt du die Arme bei ihr fest.« Mozart drehte Malis Arme noch ein wenig weiter auf den Rücken, sodass ihr ein kleiner Schmerzenslaut entfuhr. Claudio griff zu, Mozart stellte sich vor Mali und öffnete den Gürtel und den Knopf seiner Jeans. Während er den Reißverschluss runterzog, sagte er: »Wenn du mir wehtust, wird der Schniedel von deinem kleinen Freund hier ein wenig gekürzt. Verstanden?«

Sie nickte. Er holte seinen Penis raus, der direkt auf Malis Mund zeigte.

»Lutsch.«

Mali wandte angewidert den Kopf zur Seite.

Er umklammerte ihr Gesicht mit beiden Händen und drehte ihren Kopf langsam zurück. Dann streichelte er ihr über die Wange, *zärtlich* war kein Wort, das in die Situation gehörte, auch wenn Mozart das vielleicht so meinte. Die Sehnsucht, die aus dieser Geste sprach, ließ mich fast Mitleid mit dem blutschwammgestraften Fleischerskind empfinden.

»Und schön langsam, da steh ich drauf«, sagte Mozart mit leiser Stimme.

Ich war nach der Geruchsexplosion immer noch leicht betäubt auf den anderen Kanälen und immer noch etwas wacher als sonst in der Nase. Aus dem Wald wehte etwas Neues herüber, der kräftige Geruch eines Tieres, vielleicht ein Dachs oder ein

Fuchs. Mozarts linke Hand fuhr in Malis Ausschnitt, um zu kneten, das Messer an meinem Penis war kühl oder heiß, ich konnte es nicht einschätzen. Niemand sprach. Mali öffnete den Mund. Durch Mozarts halbe Erektion ging eine Welle der Erregung, der Penis bäumte sich auf und zeigte steil nach oben.

»Ich brauche meine Hand«, sagte sie.

Mozart nickte, Claudio ließ ihren rechten Arm los. Mali griff sanft zu, bog das Geschlechtsteil langsam nach unten und machte mit der Hand dieselbe Auf-und-ab-Bewegung wie Claudio zuvor. Mozart stöhnte.

»Ui, der ist ja riiiiiiesig! So ein gigantischer Kolben, muss ich da vielleicht etwas fester zupacken?«, fragte Mali.

Mozart guckte irritiert. Dann öffnete sie den Mund. Aus dem Wald, gar nicht weit entfernt, erklang ein Schuss. Mozart schrie auf, warum, konnte ich nicht sehen, Malis Kopf schlug nach hinten, in Claudios Gesicht, gleichzeitig schnellte ihr Fuß nach vorn, sie trat Murat das Messer aus der Hand, es flog in hohem Bogen durch die Luft und landete irgendwo im Gras, Mozart schrie immer noch und fiel mit den Händen im Schritt auf die Seite, Blut quoll aus seinen Fingern hervor, Murat bekam einen Tritt ins Gesicht, ein Knie in die *huevos* und war fürs Erste ausgeschaltet. Mozart und ich, beide mit nackten Oberkörpern und auch untenrum frei, zogen zeitgleich unsere Hosen hoch, sein Penis blutete an der Seite, wo sich die mexikanischen Zähne hineingegraben hatten. »Kümmert euch um die Brillenschlange«, schrie er Claudio und Murat zu, während er seinen Reißverschluss hochzog, dann bekam Claudio von Mali einen Tritt, der ihn niederstreckte, ich machte mich auf den Weg zum Baumhaus, einige Meter waren es nur, irgendwo da lag der Bogen, ich lief so schnell ich konnte, und da war auch der Pfeil im Gras, das Adrenalin konnte den Schmerz, der mit meinem Brustbein den Platz getauscht hatte, nicht unterdrücken. Ich musste. Den Schritt. Verlangsamen. Ich drehte mich um. Ich sah zu Mozart. Er umkreiste

Mali in gebückter Kampfhaltung, wie ein Boxer im Ring. Mali begann ebenfalls mit erhobenen Händen zu tänzeln, wie Stucki beim Capoeira. Murat stand wieder und sagte etwas zu Claudio, der sich an die Nase fasste und prüfend in die Hand sah, doch er blutete nicht, dann taumelte Murat los, in meine Richtung, er hielt sich den Schritt und machte ein schmerzverzerrtes Gesicht. Ich war am Baumhaus. Da war der Bogen. Als Mali mit den Beinen am Boden langwischte, eine Drehung auf den Händen machte, Mozart die Beine unter dem Körper wegtrat, ihre nackte Hacke unter sein Kinn rammte und sich mit einem Salto rückwärts in Sicherheit brachte, begriff ich. Das war nicht *wie beim* Capoeira, das *WAR* Capoeira. Ich fand den Pfeil, sah Murat näher kommen, hinter ihm Claudio, der auf Malis Rücken gesprungen war und sie von hinten umklammerte, Mozart hatte sich wieder aufgerappelt und verpasste Mali einen gewaltigen Tritt in den Unterleib, woraufhin sie mit Claudio auf dem Rücken nach hinten umfiel. Ich legte den Pfeil auf den Griff, die Nocke in die Sehne, mein verbundener Oberarm pochte, Murat war nur noch wenige Meter entfernt, ich konnte ihn nicht verfehlen – soweit es der Schmerz in meinem Oberarm zuließ, spannte ich die Sehne, der Pfeil sauste mit der Miniversion des satten Geräuschs davon, *fllrr* machte die Sehne nur, *fwsh* der Pfeil, er flog einen kleinen, lächerlichen Bogen und blieb genau an der gleichen Stelle wie bei mir im Oberarm stecken. Allerdings in dem von Mali, die Claudio abgeschüttelt und sich gerade wieder erhoben hatte. Mozart rammte sie wie ein amerikanischer Footballspieler, rang sie zur Erde, Murat rammte mich, ich fiel zur Erde, er schleuderte den Bogen zur Seite, setzte sich auf mich und begann mich zu würgen. Ich drehte den Kopf zur Seite, das war es jetzt, ich hab's verbockt, entschuldige, liebe Mali. Ich versuchte gar nicht erst, mich zu wehren, roch Murats Schweiß, roch sein Geschlecht, die Leber, sein Frühstück, orientalische Gewürze, Deo, roch viele Tage Schweiß, Talg und Körperfette, das Gelbe in den Pickeln. Mali wurde von hinten gewürgt, Mozart hatte sie in der Eisenklemme, rechter Unterarm unter das Kinn, mit der Hand den eigenen Bizeps des anderen Arms greifen und die linke Hand hinter den Kopf legen, dann mit aller Kraft nach vorn drücken. Dito hatte mir das mal gezeigt, *als ob ich das jemals bei irgendjemandem machen würde,* hatte ich noch gedacht. Das war schon ein komischer Kerl, mein Vater. Und meine Mutter erst. Die zwei hatten jetzt ein neues Kind, das erste war ein wenig kaputt in der Brust und hatte nur knapp zwölf Jahre gehalten. Mein letzter Blick galt Mali, wie sie sich den Pfeil aus ihrem Oberarm zog. Dann starb ich, mal wieder, in diesem Sommer gehörte das anscheinend zusammen: Mozart und Sterben.

Alles

Im nächsten Moment war ich im Himmel. Einem Schnitt im Film gleich, eben noch Murats Hände am Hals, seinen Alkoholhauch im Schädel, und ganz weit hinten Mali, wie sie den Pfeil in Mozart rammt, knapp unter die Rippen, Kriegsgetrommel, *zarreng!* – plötzlich Ruhe und im Himmel.
Es gibt also doch einen.
Allen Berichten zum Trotz war er dunkelblau, nicht gegenlichtig hellweiß. Es herrschte dieselbe tiefblaue Nacht wie in der Römerwiesenohnmacht. Gleichzeitig samtig dunkel und doch so intensiv glühend, als hätten Wissenschaftler der Zukunft ein Rezept in die Vergangenheit gesandt, mit dem sich Weltallblau und Neon kreuzen ließen. Absolute Stille. Keine Vögel sangen, keine Engel. Nicht einmal die Blätter rauschten oder mein Blut. Ich fühlte nichts, keinen Schmerz, keine Temperatur, keine Schwer-

kraft. Kein Herzschlagen. Aber ich roch. Alles. Ich hatte ja keine Ahnung gehabt. Diese neue Dimension, sie hatte sich in den vergangenen Wochen und Tagen immer nur für kurze Momente aufgetan, um augenblicklich wieder zu versanden, doch nun war sie in ihrer ganzen Pracht gekommen, und hatte vor zu bleiben. Das spürte ich. Ich war jetzt woanders. In völliger Gelassenheit konnte ich in meinem neuen Aromaparadies lustwandeln, nicht hastig nach allem greifen, was in der Überfülle ohnehin unmöglich vollständig zu erfassen gewesen wäre. Nicht verzweifelt mit der Nase in alle Winkel hetzen, um möglichst vieles in der kurzen Zeit einzuschlürfen und dann doch nur den Abdruck einer Erinnerung in den Riechzellen übrig zu behalten. Nein. Hier im Himmel war es anders. Sicher, mir fehlten nach wie vor die Begriffe, um all das mit Worten zu belegen, aber: *Muss man die Namen der Instrumente kennen, um den Klang einer Symphonie zu genießen?*

Ich roch Mali. Sie war das Bett, die Decke und der Rahmen meines Himmels, war überall, wie ein unaufdringliches, musikalisches Thema, das in Moll, in Dur, als Kanon erklang, das solo geflüstert und dann wieder mit dem ganzen Orchester geschmettert wurde, verwoben mit den beglückenden Duftklängen des Waldes. Da waren auch die jungen Männer, die traurigen Lakaien ihrer eigenen Unfähigkeit, so viel Sehnsucht, so viel Angst, so viele unerfüllbare Wünsche zogen in ihrem Geruch mit, es war anrührend, und dann fühlte ich Liebe, für all das, für alles, was es gab, und ich wünschte mir, zurückzukehren und alles mitnehmen zu können, das Blau, die Rührung, die Gewissheit, und dann rauschte es doch, mein Blut und die Blätter, und dann hörte ich das Splittern von Knochen und Blau, und ich rieselte zurück in die Lautstärke, in den Durst und den Schmerz, die Umrisse schälten sich aus dem Dunkel, wie im Zeitraffer wurde es Licht und Geräusch. Und dann, verhallt und seltsam, hörte ich Stimmen, fühlte ich eine Temperatur und sah in etwas

Helles, sah helles Blau, sah dunkles Grün, ich war wieder in der Wiesenwelt. Und ich hatte eine Supernase mitgebracht.

Unscharf hockte jemand über mir und tätschelte meine Wange. Ingwer, Walnussöl. Ein Bier hatte sie auch getrunken, war denn Sonntag? Sie hatte Mehl und Butter mit Zimt, Zucker und Estragon zu etwas Köstlichem verbacken, sie hatte sich am Morgen nass rasiert, sich unter der Dusche mit ihrer Speick-Seife gewaschen, die Lavendel, Bienenhonig und Bienenwachs enthielt, das begriff ich nun endlich, und wie immer hatte sie die Zähne mit einer linsengroßen Menge Ajona geputzt.
»Da isser ja!«, sagte sie und lächelte.
»Oma«, antwortete ich.
Sie versorgte meine Armwunde. Neben ihr lag der Erste-Hilfe-Kasten aus dem Nissan.
Ich hob den Kopf. Da war Murat, die Hände auf dem Rücken gefesselt, besiegt, die Augen voll Grimm geschlossen, sein Gesicht sah demoliert aus. Ein paar Meter entfernt stand Mali mit dem Rücken zu uns, breitbeinig mit den Händen in den Hüften und beugte den Oberkörper abwechselnd nach links und nach rechts. Dann ließ sie ihren Kopf kreisen, legte ihn erst in den Nacken, dann auf die Brust, zog mit der linken Hand den rechten Ellbogen hinter den Kopf, als machte sie ein Aufwärmtraining vor dem Sport. Unter ihr lag Mozart, ebenfalls gefesselt, an Händen und Füßen, daneben saß Claudio. Er hatte die Hände als Einziger vor dem Körper zusammengebunden und versteckte sein Gesicht zwischen den Knien. Er zitterte. Ich glaube, er weinte.
Die Wiederherstellung meiner anderen Sinne war fast vollständig abgeschlossen, alles war nahezu so hell, laut und warm wie zuvor. Doch der Geruchssinn verharrte im Superstatus. Irgendwo, ein paar Kilometer entfernt, weidete Opa einen Hirsch aus, ihm entfuhr ein Pups, es hatte Kohl gegeben, mit Kardamom und jungem Lorbeer von Madeira, dazu Bier und später Korn.

»Alles klar, Cha-Cha?«, rief Mali herüber.

»Ich bin zurück«, sagte ich.

Sie nickte und lächelte. »Kannst du aufstehen?«

Ich konnte. Mit Omas Hilfe.

Oma stupste Murat an. »Du auch.«

Er erhob sich, Arm in Arm gingen Oma und ich hinter ihm her, rüber zu Mali, und stellten uns vor Mozart auf, der sich jetzt aufsetzen durfte. Murat wurde daneben platziert.

Der Sohn der Fleischerin sah uns der Reihe nach aggressiv an. Es bestand kein Zweifel daran, dass er vorhatte, diese Niederlage irgendwann, irgendwie zu rächen.

Mozart verzeiht nicht.

»Hausfriedensbruch, Brandstiftung, Vandalismus, sexuelle Nötigung, Körperverletzung, versuchte Vergewaltigung. Dafür geht man auch mit sechzehn in den Knast«, sagte Oma.

»Ihr könnt nichts beweisen«, sagte Mozart. »Und das traut ihr euch sowieso nicht.«

Wie in einem schlechten Jugendfilm spuckte er zur Seite aus, um seine Aussage zu bekräftigen.

»Wollen wir auch gar nicht«, sagte Mali. »Wir regeln das auf unsere Art.«

Ich blickte sie erstaunt von der Seite an, sie ignorierte mich, dann sah ich zu Oma, auch sie fixierte weiterhin Mozart. Die beiden hatten, während ich im Himmel war, irgendetwas abgesprochen.

»Bald wird ganz Piesbach wissen, dass Claudio dir mit lackierten Fingernägeln einen runterholt«, sagte Oma.

Mozarts Schläfen beulten sich aus, seine Kiefer mahlten.

»Was laberst du für einen Scheiß? Wir ham das nicht gemacht. So einen Quatsch glaubt euch keiner.«

Sie bückte sich zu Claudio und hob seine zusammengebundenen Hände hoch. Die Fingernägel der rechten Hand leuchteten.

»Wir haben es von oben gefilmt«, sagte Mali. »Und das Videotape werden wir vervielfältigen und im ganzen Dorf gratis verteilen.«

Dann blickte sie zu Murat. »Am besten ist Teil 2: *Rattes Leber.*« Murat senkte den Blick.

Oma übernahm wieder. »Es gibt aber einen Weg, wie ihr verhindern könnt, für immer die Königswichser des Dorfes zu sein.«

Mali sagte nun einige Sätze auf Spanisch zu Claudio, ich verstand nicht alles, konnte mir aber zusammenreimen, dass er sich in Zukunft von den beiden *idiotas completas* fernhalten solle, und dass sie persönlich aus Mexiko kommen würde, um ihm die *huevos* abzureißen, wenn ihr zu Ohren kommen sollte, dass er weiterhin Zeit mit den beiden verbrachte. Dann löste sie seine Fesseln und entließ ihn mit einem kräftigen Tritt in den Hintern. Er eilte zum Lager, griff sich seine Tasche und verschwand in Richtung der Kieslichtung. Oma, die das Ganze mit verschränkten Armen beobachtet hatte, wandte sich an Mozart und Murat.

»Ihr lasst Charlie in Ruhe, kommt nie wieder hierher und erzählt niemandem vom Baumhaus. Wenn ihr gefragt werdet, woher die Wunden kommen, habt ihr euch mit ein paar fremden Jugendlichen angelegt, die in der Überzahl waren.«

Mali hatte auf einmal Mozarts Messer in der Hand, ging rüber zur Buche und schnitzte ein großes C in den Stamm. Der untere Bogen ging über in ein geschwungenes M, jedoch nach innen, sodass es aussah wie ein grinsender Pac Man, der den Kopf in den Nacken legte und aus dessen Unterkiefer zwei riesige, spitze Zähne ragten. Es dauerte, sie ließ sich Zeit. Alle schwiegen und beobachteten sie. Ein einsames Mofageräusch erklang in der Ferne und wurde leiser. Mali drehte sich um und kam zurück.

»Das ist unser Gebiet. Wenn ihr noch einmal hier gesehen werdet, sage ich meinem Cousin in Zanck Bescheid. Der kommt dann vorbei, mit seinen Freunden, und die verstehen nicht so viel Spaß wie ich. Sie ging zu Mozart und hielt ihm das Messer vors Gesicht. »Ist das klar?«

Mozart grinste spöttisch. Mali steckte ihm die platte Klinge in den Mund. »Lutsch.«

Er öffnete den Mund, sie drehte die Klinge um 90 Grad, sodass er sich die Lippen aufschneiden würde, sobald er den Mund schloss. Langsam schob sie die Schneide in den Mundwinkel, er öffnete den Mund immer weiter und sagte so gut es ging: »Ja.«

Es klang eher wie »Aa«.

Jetzt begann Oma zu sprechen.

»Seht es als Chance, neu anzufangen. Wenn ihr so weiter macht, landet ihr früher oder später im Kittchen. Und dann verbringt ihr die besten Jahre eures Lebens damit, euch oder dem Boss einen runterzuholen. Wir rufen jetzt eure Eltern an und auch Herrn von Faunichoux. Dann besprechen wir, was für Konsequenzen das alles für euch haben wird.«

Das Gericht

Auf der Fahrt zum Forsthaus fuhren Mali und ich vorn bei Opa mit, Oma saß zwischen M&M auf der Ladefläche des Pickups, neben einem erlegten Junghirsch. Mein Geruchssinn begann langsam, sich in die Normalität zurückzuziehen. Niemand sprach, ich hatte das Fenster heruntergekurbelt, meine Lippen befeuchtet, ich konnte die Angst von Mozart und Murat noch schmecken, wenn ich darüberleckte, das begriff ich jetzt endgültig, Angst konnte man *spüren*, wie Nebel oder Pollen, das war nichts Bildliches, das hatte mit Molekülen zu tun.

Mein müder Kopf begann nur langsam wieder Gedanken zu denken, die nichts mit Duftstoffen zu tun hatten. Ich drehte mich um und betrachtete die synchron schaukelnden Hinterköpfe des

Trios auf der Ladefläche. Von den Eltern der beiden und Jacques von Faunichoux war die Rede gewesen. Wollte Oma denn nicht die Polizei rufen? Ich hätte M&M am liebsten im Gefängnis gesehen. Vor Gericht gestellt und weggesperrt, möglichst lange, in Einzelhaft, das wünschte ich mir. Sie konnten das jederzeit wieder tun, und die wenigsten Mädchen hatten einen Capoeira-Meister als Ziehvater.

Im Forsthaus mussten Mozart und Murat sich zu Opa ins Wohnzimmer setzen, der sich gleich den Hörer griff. Wir Kinder wurden hochgeschickt. Mali duschte, Oma kochte Kräutertee, Opa telefonierte.

Nach einer halben Stunde, der Nachmittag warf bereits lange Baumschatten gegen den Abend, sah ich von oben am Fenster den schwarzen Mercedes der Familie Çoban auf den Hof rollen. Bald darauf fuhr auch der Lieferwagen mit der Aufschrift »Fleischerei Fettkötter« vor. Maria Fettkötter – ein Schrank von einer Frau – pulte sich aus dem Auto wie eine Krabbe aus einem zu engen Cocktailkleid und schlingerte o-beinig zur Tür.

Weitere zehn Minuten später folgte noch Jacques von Faunichoux' cremefarbener Jaguar. Oma trat vors Haus, ein Lächeln leuchtete in ihrem und dem Gesicht des wie immer perfekt, wenn auch eine Idee zu exaltiert gekleideten *King Fauni*. Oma war die einzige Person, die ihn mit diesem Spottnamen direkt ansprach, er lächelte es wie jedes Mal weg, schickte sich an, Omas Hand zu küssen, sie entzog sie ihm lachend, und dann küssten sie sich links, rechts auf die Wange, nahmen sich bei den Händen und wechselten ein paar ernste Worte, die ich nicht verstand, da sie sehr leise gesprochen wurden, man musste sagen: geflüstert wurden.

Was dann genau im Wohnzimmer der Kratzers besprochen und entschieden wurde, wir wussten es nicht. Die Polizei wurde jedenfalls nicht eingeschaltet. Mali und ich blieben oben und schwiegen, sie saß mit feuchten Haaren auf der Bettkante, kalligrafierte in mein Notizbuch, eine Seite nach der anderen füllte sie mit langen, eckigen Buchstaben. Ich sah nicht hin und stellte mich ans Fenster. Der Drang, alles Erlebte niederzuschreiben, war riesengroß, doch ich wagte nicht, Mali zu unterbrechen und sie um mein Notizbuch zu bitten. Die Schreibmaschine war noch im Baumhaus.

Nach sechsundvierzig Minuten, ich sah auf die Uhr, fuhren die Autos der Fleischerin und des Gemüsehändlers vom Hof, bald darauf verließ auch der Jaguar das Grundstück. Oma klopfte und kam mit zwei aneinandergeschmiegten Bechern Tee, die sie mit einer Hand an den Henkeln hielt, ins Zimmer. Die andere Hand hob sie wie ein Indianerhäuptling ernst zum Gruß. Sie stellte die Becher ab, setzte sich neben Mali, legte einen Arm um sie, Malis Kopf sank auf Omas Schulter. Sie tätschelte auf den leeren Platz rechts von ihr, ich setzte mich, wurde ebenfalls umarmt und legte den Kopf ab. So saßen wir eine Weile und schwiegen zu dritt.

»Sie wollten das Videoband haben«, sagte Oma.

Mali und ich hoben gleichzeitig die Köpfe.

»Sie haben sehr viel Geld geboten.«

Wir sahen uns an Oma vorbei an und blickten dann beide zu ihr hoch.

»Aber sie haben es nicht bekommen.«

Oma grinste. Wir auch.

»Ich muss unbedingt ein paar Sicherheitskopien machen«, sagte ich. »Ich hoffe, das geht von Kamera zu Kamera mit den richtigen Kabeln. Wir müssen Stucki anrufen, er soll die mitbringen. Weiß er schon Bescheid? Und Dito und Rita?«

Oma zog die Arme zurück und legte die Hände in den Schoß.

»Ich habe sie gerade angerufen. Sie müssten bald hier sein.«

Ich nickte. Dann sah ich Oma an. »Warum habt ihr nicht die Polizei gerufen?«

Sie seufzte.

»Cha-Cha, das ist vielleicht schwer zu verstehen, aber glaub mir, so ist es am besten.«

Sie holte tief Luft und atmete mit geschlossenen Augen lange aus.

»Was würde passieren? Ein Gerichtsverfahren, wer weiß, wann. Mali müsste aus Mexiko wiederkommen für ihre Aussage. Wie soll das gehen, während der Schulzeit? Mit dem Boot? Und Jacques müsste vor Gericht aussagen. Ich auch. Es gäbe eine riesige Schlammschlacht, die das Ende der Fleischerei Fettkötter bedeuten könnte. Sie ist auf die Aufträge von Jacques angewiesen. Die Dorfgemeinschaft könnte sie ächten. Und Maria Fettkötter hat nun wirklich genug Tiefschläge in ihrem Leben erlitten. Sie kann nichts dafür. Hinzu kommt, dass es dank deiner unglaublichen Freundin hier nur bei einer *versuchten* Vergewaltigung geblieben ist. Ich hatte außerdem die Aufsichtspflicht, ihr wart auf dem Faunichoux-Grundstück in einem Baumhaus, von dem Jacques zu dem Zeitpunkt noch nichts wusste. Am Ende kämen die zwei womöglich mit einer Bewährungsstrafe davon, und niemand hätte etwas gewonnen.«

Sie stand auf, drehte sich zu uns um und sah uns nacheinander an. »Die letzte Nacht verbringt ihr besser hier. Heute Abend ist sowieso das Abschiedsessen mit der ganzen Sippe. Sogar Nonna kommt, kannst du dir das vorstellen, Cha-Cha?«

In diesem Moment rollte hupend ein Auto auf den Hof. Helmi kläffte. Ich trat ans Fenster. Nonnos Lieferwagen, mit zwei Zauselbärten darin. Aus dem Inneren drang laute Musik. Vermutlich die neuen Aufnahmen, *Thomas AvA Edison 2*. Dito und Stucki blieben noch einen Moment im Wagen sitzen, warteten, bis das Lied vorbei war, dann erklang begeistertes Gebrüll, und sie purzelten lachend aus den Türen. Mali, die sich zu mir gestellt hatte, sah mich von der Seite an.

Ich nickte wissend.

»Völlig bekifft, die beiden.«

Die ganze Sippe

Nonna kam tatsächlich. Und nicht nur sie. Es wurde die größte Runde aller Zeiten. Wir saßen hinten im Garten um das Feuer, der riesige Herdentopf hing darüber, und das blubbernde Hirschgulasch begann bereits, alles mit seinem magischen Duft zu überziehen. Meine vier Großeltern auf einem Fleck, das hatte ich noch nie zuvor gesehen. Achill war da, mit einer jungen blonden Frau, die kein Deutsch sprach, einen goldenen, schulterfreien Hosenanzug trug und alles lustig oder *verbazingwekkend* fand. Sogar Herr Bird war eingeladen worden, er hatte das Haus das letzte Mal bei den Aufnahmen vor zwölf Jahren gesehen und musste sich zunächst grinsend ins Wohnzimmer stellen, um den Erinnerungen auf die Sprünge zu helfen. Außerdem waren da natürlich noch Mali und ich, Stucki, Dito, Rita – und Fritzi. Sie war wirklich unglaublich winzig, aber inzwischen sah sie einem Baby ein wenig ähnlicher als direkt nach der Geburt. Sie lag abseits in einem Kinderwagen, schlummerte die meiste Zeit, doch selbst wenn sie wach war, gab sie keinen Ton von sich. Mit Rita hatte ich nur ein paar Worte zu Beginn wechseln können, sie war die ganze Zeit in Erwachsenengespräche verstrickt, saß mir genau gegenüber, zwischen uns das Feuer. Sie sah müde aus.

Als die Teller leer waren und es ans Erzählen ging, durfte ich anfangen. Meine erste Gulascherzählung. Ich fasste die Geschehnisse des Tages zusammen, begann mit den Zitronenfaltern auf Mali, inzwischen waren es bereits *mehrere* Hundert, so schnell ging das also, die Bierdose musste Claudio sich wie bei Wilhelm Tell auf den Kopf stellen, und als ich von den Joints erzählte, die fortwährend gebaut und geraucht wurden, sah ich Dito direkt ins Gesicht, woraufhin er mich breit angrinste und seinen Tabakbeutel zückte. Ich sah zum ersten Mal, wie er drei Blättchen zusammenklebte, ein kleines Döschen öffnete und eine Bahn aus grünen, trockenen Kräutern auf ein Bett aus Tabak streute, einen Streifen Pappe zu einem Filter rollte und alles mit langen Fingern an der Zunge entlangzog und vorsichtig zusammendrehte. Als er fertig war, steckte er den Joint in Stuckis Mund, entzündete ihn mit einem Feuerzeug, woraufhin sein Freund inhalierte und ihn ausatmend anlächelte.

Bei der Szene mit Claudio zögerte ich etwas, hier wollte ich die Details lieber weglassen als hinzufügen, doch Mali sprang mir bei, erzählte in aller Ausführlichkeit und zur allgemeinen Erheiterung von den lackierten Fingernägeln, imitierte die Stimme der Frau von der Kassette beim Satz: »*Oder soll ich ihn dir ganz langsam wichsen?*«, alle lachten laut, und spätestens bei den beiden Leberlappen in der Kastanienastgabelung war es Zeit für Stuckis und Ditos ersten Lachstillstand. Den Kampf kürzte Mali stark ab, dass ich ihr den Pfeil in den Arm geschossen hatte, verschwieg sie und beendete die Geschichte mit ihrem Tritt gegen Murats Schädel, der mir wahrscheinlich das Leben gerettet hatte, wie ich hinzusetzte. Von meinem Besuch im Himmel und der Nase, die ich dort bekommen hatte, erzählte ich nichts.

Das war jetzt also eine neue Gulascherzählung, und in Zukunft würde ich sie immer wieder erzählen. Wann würde Mali wieder dabei sein? Wir hatten das gut gemacht, uns abgewechselt, gegenseitig ergänzt, wie ein eingespieltes Team.

Als Nächstes war wieder die Entstehungsnacht der *Forsthaus Chronicles* dran, und heute kam eine ganz neue Version hinzu – Herr Bird behauptete, dass sie damals mit vier Autos vom Theater losgefahren waren, mit mindestens dreißig Leuten, das würde man doch an den Chören hören, außerdem habe er nie und nimmer mit entblößtem Oberkörper Saxofon gespielt, er habe den ganzen Abend seinen Anzug getragen, und Stucki und Dito machten wieder das mit den verzerrten Gesichtern und dem Quieken und Winseln.

Als auch diese Geschichte vorbei war, wurde in kleineren Runden ein wenig durcheinandergeplaudert. Stucki setzte sich zu Mali, und sie sprachen eine Zeit lang leise auf Spanisch. Mali machte ausufernde Arm- und Fußbewegungen, ihm erzählte sie den Kampf in aller Ausführlichkeit nach, Stuckis Gesicht litt und kämpfte mit, auch seine Hände hob er manchmal, wie um Schläge abzuwehren. Zum Schluss nahm er Mali in den Arm und küsste sie auf die Stirn. Alle anderen Gespräche waren zeitgleich ausgetröpfelt.

Mali erhob sich, ihre Augen glänzten, sie wischte sich einmal mit dem Handrücken über die Nase. Alle sahen sie an.

»Malinche war der Name, den mein Vater seinem kleinen Mädchen gab. Ich bin kein Mädchen mehr, schon gar nicht das meines Vaters. Ich bin jetzt eine Frau. Ab heute bin ich Mayra.«

Teil 3

SCHREIBEN

· Piesbach, September 1993 ·

Mayra

Sie ließ mich los, trat einen Schritt zurück, wischte sich die Tränen ab und lachte endlich.

»*Carnalito*, wie groß du bist!«

Mali, wie gut du riechst.

Mir gefiel der Name Mayra sehr, aber wann immer mir der Geruch unseres Sommers und das Baumhaus in den Sinn kamen, dachte ich an das Mädchen aus Mexiko namens Malinche. Und jetzt stand sie vor mir, verströmte eine aufregend gealterte, nein, gereifte Version der ehemals unschuldigen Himmelsbäckerei – und war Mayra.

Es fiel mir schwer, mich auf irgendetwas anderes zu konzentrieren als auf ihren Duft. Ich musste mich zurückhalten, um nicht in mein Jackett zu greifen, die Sicherheitsnadel aus der Innentasche zu lösen und mir in die Hand zu pieksen, wie ich es immer tat, wenn ich meine Superkraft auf Bestellung brauchte. Ich schloss kurz die Augen, schüttelte mich frei und hob ihren Seesack auf.

»Was ... machst du hier? Komm doch erst mal mit rein«, sagte ich, als könnte sie nach all den Jahren tatsächlich auf der Straße stehen bleiben.

»Cha-Cha, was meinst du? Hast du mein Tape nicht bekommen?«

»Dein Abschiedstape? Nein. Da warte ich schon sehr lange drauf.«

Sie sah mich skeptisch an und wischte sich mit einer ruppigen Bewegung die letzte Träne aus dem Gesicht.

Ich senkte den Blick.

»Ich dachte ehrlich gesagt, es kommt gar nicht mehr, weil du in den Hochzeitsvorbereitungen steckst.«

»Die Hochzeit.« Sie stieß ein kleines Lachen aus, wischte sich über die Nase, zog das Lachen wieder hoch, betrachtete die Rosen im Vorgarten unserer Nachbarn, einige hatten bereits begonnen, ihre gelben Blütenblätter auf den Bürgersteig zu erbrechen.

Was war mit der Hochzeit? Sollte die nicht im Frühling stattfinden, wenn ich gerade im Leuchtturm saß? Wieso war sie hier und nicht in Mexiko?

»Bist du mit Schiff und Zug gekommen?«

Sie nickte.

»Warum hast du denn nicht angerufen? Ich hätte dich doch abgeholt.«

»Aber ... ich hab doch angerufen! Es war niemand da. Ich hab auf den AB gesprochen, mehrmals. Bis die Kassette voll war.« Ihre Augenbrauen versuchten grummelig zu wirken, was zum Scheitern verurteilt war, da sie noch nicht komplett nachgewachsen waren. »Das hast du ... auch nicht gehört?«

Ritas AB-Exzess, der in minutenlangem Schnarchen endete. Das war nicht das Ende des Bands gewesen! Sie musste doch noch aufgewacht sein und den Hörer aufgelegt haben. Was war ich für ein Vollidiot. Ich hatte Mayras Nachrichten verpasst. Und offenbar waren es sehr wichtige Nachrichten gewesen. Als Archivar hatte ich komplett versagt.

»Das ist eine etwas kompliziertere Geschichte, aber, nein, leider, die habe ich nicht gehört. Ich war im Urlaub, und das Tape aus dem AB ist ... verschwunden.«

»Du hast weder mein Abschiedsvideo gesehen noch meine Nachrichten auf dem AB gehört?«

»Nein, nichts. Was hast du denn erzählt?«

Sie sah mich an, jetzt war es an ihr, zu schlucken. Irgendwie klarte ihr Gesicht auf, und ich bemerkte erst jetzt, dass zuvor ein Schatten darauf gelegen hatte. Sie murmelte »Egal« und »Schöne Brille übrigens«, nahm mir den Seesack aus der Hand und ging ins Haus.

In meinem Zimmer ließ sie sich rückwärts aufs Bett fallen und lag für einen Moment mit ausgestreckten Armen und geschlossenen Augen da. Schließlich richtete sie sich auf und überkreuzte die Beine zum Schneidersitz. Ich stand in der Tür, sie sah sich im Zimmer um, zeigte fragend auf das Filmlicht mit dem weißen, rechteckigen Schirm, winkte dann aber ab. Mein Gaumen klickte. Ihre Aufnahmen waren nie so perfekt ausgeleuchtet gewesen wie meine, sie hatte einfach immer drauflosgefilmt, egal wie unvorteilhaft Licht oder Perspektive für sie waren. Völlig verkatert und ungeschminkt am Morgen, noch im Bett liegend, total zerbeult nach einem Capoeira-Wettkampf oder einfach nur volltrunken, das unscharfe Doppelkinn-Gesicht von unten, die Kamera im Schoß. Immer unverstellt, immer echt. Ich hatte bereits mit vierzehn aufgehört, bei den Aufnahmen meine Brille zu tragen, war im Anzug vor die Kamera getreten, später kamen dann Softbox und Puder dazu, sodass ich für Mayra die idealisierte Version meiner selbst inszenieren konnte, ohne glänzende Haut und ohne Sehhilfe. Den Cha-Cha, der ich immer hatte sein wollen.

»Wie klein das Zimmer ist. Als wäre es geschrumpft.« Sie blickte auf Fritzis Seite des Betts, zeigte entzückt auf den kleinen, sorgfältig zusammengelegten Schlafanzug. »Wo ist Fritzi? Ich bin so gespannt. Und Stucki und Dito? Sind die unten? Die müssten doch längst zurück sein aus Japan, oder?«

Natürlich. Sie hatte die letzten zwei Wochen auf einem Schiff verbracht und wusste von nichts. Und ich wusste nicht, wo ich anfangen sollte. Stucki im Knast, Opa tot, gestohlenes Geld im Schrank. Oben Ritas leeres Zimmer, in wenigen Tagen schon

Text.Eval, Sera in der Stadt, die mich aus irgendwelchen Gründen treffen wollte. Die Polizei. Mein Abschiedstape.

Mein Abschiedstape! Ich musste es dringend abfangen, es durfte nicht nach Mexiko geschickt werden. Dass ich Mayra nun als Menschen aus Fleisch und Blut vor mir hatte, hier in Deutschland, das änderte einiges. Hatte ich ihr wirklich all diese Dinge gesagt? Über Ramón, über uns? Und keine Sicherheitskopie von den Jagdszenen gemacht, die Opas Unschuld bewiesen? Meine Fehlerquote beunruhigte mich.

»Cha-Cha?« Sie sah mich fragend an.

»Was? Ach so, entschuldige, nein, äh, es ist einiges passiert. Am besten, ich koche erst mal was und erzähl dir dann alles in Ruhe beim Essen. Du hast doch bestimmt Hunger, oder?«

Sie grinste breit und nickte langsam. »Und ich habe eine lange, anstrengende Reise hinter mir.«

Sie legte den Kopf schräg, erst zur einen, dann zur anderen Seite, das zweimalige Knacken erklang, ein wenig voller und tiefer als damals. Zur Entschuldigung zeigte sie ihre gleichmäßigen Zähne, was in ein Gähnen überging. Hinten, bei den Backenzähnen, blitzte es golden.

Ich griff in meine Innentasche, zauberte den Zweig der Schwarzkiefer hervor und drehte ihn in meinen Fingern. »So ein Zufall.«

»Japanische Schwarzkiefer?«

Sie machte einen Schritt auf mich zu, knickte eine Nadel und schnupperte daran, das ätherische Öl explodierte ins Zimmer. Der Geruch musste auch für normale Nasen intensiv sein, sie sah mich mit leuchtenden Augen an. Wir lächelten, sie holte tief Luft, und dann nahm sie mich noch einmal in den Arm, jetzt nicht mehr so verzweifelt, ohne zu weinen, sie legte ganz langsam ihre Arme um mich und ihren Kopf auf meine Schulter und nordete unsere Atemzüge ein. Wie schade, dass beim Gulaschessen üblicherweise die ganze Sippe zusammenkam. Etwas Zeit zu zweit hätte ich – hätten wir – jetzt gut gebrauchen können. Einen kleinen Ausflug ins Baumhaus.

»Du hast dir den richtigen Moment ausgesucht«, murmelte ich in ihren Scheitel.

»Cha-Cha«, antwortete sie ganz leise. »Es ist so schön, wieder hier zu sein.«

Sie hielt mich weiter fest.

Ich wartete noch ein wenig, der Duft der Schwarzkiefer und ihr Scheitel, ihre Wärme, so hätte ich gern den Rest des Tages verbracht. Oder den Rest meines Lebens.

Schlechte Neuigkeiten

Was es zu bedeuten hatte, dass Mayra nicht bei ihrem Verlobten war, sondern bei mir, würde sie mir früh genug erklären. Zunächst einmal musste ich ihr erzählen, warum Stucki nicht hier war. Sie liebte ihren Ziehvater über alles – er hatte sie und Kemina damals von dem Dämon erlöst, der sie, die kleine Malinche, stets in den Schrank sperrte, während er ihre Mama verprügelte.

»Es gibt leider schlechte Neuigkeiten.«

Sie drückte sich von mir ab und sah mich an.

»Stucki sitzt im Gefängnis.«

Sie riss die Augen auf.

»*Como por favor?* Stucki? Im Gefängnis? Hier oder in Japan?«

»In Thailand.«

»In *THAILAND?!*«

»Ja. Leider in diesem Horrorknast, dem Bangkok Hilton.«

»Was? Aber wieso?«

»Sie hatten einen Auftritt in Thailand, und Stucki wollte etwas von dem überaus exzellenten Marihuana aus dem Land schmuggeln.«

»Bitte? *Tonto del culo!*«

»Kemina ist noch vor Ort und kümmert sich darum, dass er rauskommt.«

»Mama ist auch in Thailand? Aber was machen die denn da? Die drei waren doch in Japan unterwegs?«

In diesem Moment hörte man, wie die Haustür geöffnet wurde und kurze Zeit später krachend ins Schloss fiel. Dito kam pfeifend den Flur heruntergeschlendert. Ich lehnte mich nach hinten, sah über die Schulter aus dem Zimmer und lächelte ihm entgegen.

»Dito, du wirst nicht glauben, wer hier…«, begann ich, aber da war Mayra schon an mir vorbeigeschossen, baute sich vor Dito auf und stemmte die Hände in die Hüften. »Was ist mit Stucki? Was macht ihr für einen Scheiß?«

»Malinche?«, fragte Dito verwirrt und kratzte sich den unrasierten Hals.

»Dietrich?«, äffte sie ihn samt Halskratzen nach. »Ich heiße Mayra!«

»Ach ja, tschuldige. Mayra. Du bist aber groß geworden! Was machst du hier?« Er sah mich fragend an, ich zuckte mit den Schultern.

»Das Begrüßungskomitee kommt später, was ist mit Stucki?«

»Alles halb so schlimm. Ich komme gerade von einem Anwalt, der sich mit so was auskennt. Wenn wir die Kohle zusammenhaben, sollte es kein Problem geben.« Und zu mir: »Hast du zufällig schon mit Marlon gesprochen?«

»Nein, ich hatte zu tun. Unter anderem war ich im Wald, da war alles voller Polizei. Wegen des Unfalls mit dem Wilderer.«

»Hat Nonno schon erzählt! Heftig, der Wolf oder was?«

»Ich war beim Waldhaus. Opa ist weg. Und die Polizei denkt, er könnte etwas mit der Sache zu tun haben.«

»Opa ist weg?«, fragten Dito und Mayra gleichzeitig.

»Wie, weg?«, setzte Dito hinzu.

»Na, weg. Das Auto ist weg, Opa ist weg, Helmi ist weg, die SpuSi hat das Haus versiegelt und untersucht, es fehlen Socken, Unterhosen und sein Koffer. Und im Wald liegt ein riesiger erschossener Hirsch. Die glauben, Opa hat irgendwas mit dem Unfall zu tun.«

»So ein Quatsch. Der Alte ist saufen gegangen und schläft irgendwo seinen Rausch aus.«

»Opa ist seit Jahren trocken, das weißt du.«

»Alkoholiker ist man für immer. Ich hab nur drauf gewartet, dass er wieder anfängt.«

»Die Theorie erzählst du bitte nicht der Kommissarin, das ist völliger Blödsinn.«

»Wie, werde ich verhört?«

»Kommissarin Bentzin meinte so was, ja.«

»Geil.« Er grinste begeistert.

Mayra blickte uns ratlos an und schnupperte dann unter ihrem Arm. »Ich würde gern duschen und mich umziehen«, sagte sie. »Habt ihr ein Handtuch für mich?«

Ich nickte und ging in mein Zimmer.

Und Dito sagte, bereits auf dem Weg nach unten: »Apropos Begrüßungskomitee, ich kümmer mich mal um das *Willkommensfeuerwerk*, oder?«

Mayra kam zu mir ins Zimmer und kramte in ihrem Seesack. Sie zog einen Kulturbeutel hervor, inspizierte sich im Ganzkörperspiegel, wuselte durch ihr Haar und klemmte sich eine Strähne hinters Ohr. Dann wandte sie sich um und zeigte aufs Bett.

»Schlafen wir hier zu dritt?«

Es sollte kein Witz sein, sie schien das für möglich zu halten.

»Ich bin im Begriff, nach oben zu ziehen, in Ritas altes Zimmer. Sie ist allerdings erst heute endgültig verschwunden, ich weiß gar nicht, wie es da aussieht.«

»Wie, nach oben? Und Fritzi und Dito sind dann hier unten allein?«

»Das müssen sie ohnehin üben. Im Januar ziehe ich aus.«

»Du ziehst aus? Wohin?« Sie sah mich verblüfft an.

»Die beiden wissen noch nichts davon. Hat sich gerade erst bestätigt, ich komme mehr oder weniger frisch von der Nordsee. Ich hatte dir doch von der Zivistelle erzählt.«

»Dieser Leuchtturm, wo man Vögel zählen muss?«

»Genau. Da gehe ich hin. Ab Januar.«

»Und schreibst endlich deinen Roman.«

Sie grinste mich an.

Ich nickte. Das *Text.Eval* fiel mir noch ein, und Sera, aber sie boxte mir bereits mit voller Wucht auf den Oberarm.

»Cha-Cha!«

Der Schmerz katapultierte mir ungedrosselte Mayra ins olfaktorische System, die restliche Welt dimmte sich herunter.

»Dann wird ja endlich alles gut, und du wirst reich und berühmt!«, klang es wie durch eine meterdicke Wand aus Zuckerwatte.

Meine Lippen formten die Antwort in Zeitlupe.

»Das war doch der Plan, oder?«

Heiß/kalt

Mayra stand mit Handtuch, frischer Unterwäsche und Kulturbeutel im Flur.

»Hilf mir mal kurz... wo ist noch mal euer Badezimmer?«

Sie war damals nur einen Abend in der Sudergasse gewesen, und den hatte sie im Hinterhof und in meinem Zimmer verbracht. Dann waren wir für den Rest des Sommers im Wald verschwunden und nur einmal kurz wiedergekehrt, um die Videokamera zu holen.

»Wir haben keins. Unsere Dusche ist in der Küche.«

Wir gingen hinüber, und sie lachte, als sie die braune Plastikkabine in der Ecke sah. Ich hatte ihr nie davon erzählt, und auch auf keinem der Tapes, auf dem ich für sie kochte, war die Dusche zu sehen, darauf hatte ich peinlich genau geachtet.

Mir fiel mein Abschiedstape ein, das ich vor wenigen Stunden bei Frau Wolkenhaar abgegeben hatte. Ich musste so schnell wie möglich zurück zum Postamt, bevor es nach Mexiko gesandt wurde, wo Mayra es sich früher oder später ansehen würde. Die Wilderersequenz war nicht das Problem, ich würde ihr bei der nächsten Gelegenheit davon erzählen. Aber danach – hatte ich wirklich all diese Dinge gesagt? Ihren Verlobten als einen Idioten bezeichnet und ihr meine *Liebe gestanden*? Mir wurde heiß bei dem Gedanken an das, was ich womöglich noch gesagt haben könnte, ich hatte nur vage Erinnerungen an meine Botschaft, hatte sie wie im Rausch aufgenommen. Bloß schnell zur Post.

»Ich muss noch eine Flasche Rotwein für das Gulasch besorgen, bevor der Supermarkt schließt. Dauert nicht lang.«

»Warte, ich dusche kurz, dann komm ich mit, ja?«, sagte Mayra und zog sich den Kapuzenpullover aus.

Verdammt. Natürlich, sie will mit. Wir haben uns sieben Jahre lang nicht gesehen.

»Mach dich doch in Ruhe frisch, ich bin gleich zurück.«

Sie stutzte, sah mich verärgert an.

»Cha-Cha, ich war lange genug allein auf diesem Schiff. Warte doch kurz, ich bin sofort fertig.«

Ich nickte. Vielleicht bekam ich es hin, dass sie draußen wartete, während ich ins Postamt zu Frau Wolkenhaar ging. Und wenn sie mit reinkam, und so von dem Band erfuhr? Dann würde sie es sehen wollen. Ich konnte mich erinnern, wie gut es sich bei der Aufnahme angefühlt hatte, die ganze Opa-Sache mit ihr zu teilen. Wie der Wilderer dagelegen hatte, blutend. Wie er Opa kaltblütig erschossen hatte. Dann der Unfall bei der Schranke. Wie ich ihn dem Wolf hatte vorwerfen müssen. Wenn jemand verstehen würde, was ich getan hatte, dann Mayra aus Mexiko. Aber würde es mir gelingen, rechtzeitig und möglichst nebensächlich die *stop*-Taste zu drücken? Was, wenn sie fragte, ob das Tape noch weiterging? Oder wenn ich zu spät kam, und der ausgeleuchtete Charlie im Bild erschien? Ich musste meine nachfolgende Botschaft irgendwie löschen. Aber wann und wie sollte ich das tun?

Mir fiel ein, dass ich noch immer die Luger in der Umhängetasche mit mir herumtrug. Ich ging in mein Zimmer, zog die Tür hinter mir zu und nahm die Holzschachtel mit der Nazipistole heraus. Dann griff ich mir an den Hals, holte den Schlüssel an der Kette hervor, schloss den Schrank auf, öffnete das Zahlenschloss des Safes und legte die Pistole hinein. Ich blickte noch einmal auf die Reihe unserer vielen Videobänder. Dass es jetzt schon zwei Kassetten gab, die dort fehlten, machte mich unruhig, ich musste den Blick abwenden.

»¡*Carajo!*«

In unserer Küche fluchte es mexikanisch. Ich lächelte, schloss den Schrank ab und durchschritt den Flur. Als ich in die Küche trat, stand Mayra unter dem laufenden Wasserstrahl, die Duschkabine geöffnet, Wasser spritzte auf den Linoleumboden.

»Was ist das für eine *merda*, das ist total kalt!« Sie machte das Wasser aber nicht aus, und während der kalte Strahl weiterhin auf ihren Rücken prasselte, sah sie mich nur an. Ich sah sie auch an. Ihre tätowierten Arme kannte ich schon. Ein roter, in Flammen stehender Würfel, der eine Vier gewürfelt hatte, ein Herz vor gekreuzten Knochen, eine Bilderbuch-*Chola* mit Gesichtstattoos und Baseballcap, Maria mit Heiligenschein, Cadillacs, Jesus mit Kippe, zwei Streifen Bacon. Und auf der Schulter die grüne Tara. Das war ihr erstes Tattoo überhaupt gewesen. Noch im Forsthaus hatte sie Omas Tätowierung zu Papier gebracht. Und an ihrem 17. Geburtstag hatte sie sich die tibetische Gottheit stechen lassen, ich hatte das auf Video miterlebt. Selbstverständlich registrierte ich auch ihren Busen, der wie der Rest ihres Körpers größer geworden war, in ihrem Schritt war Schaum, der sich nun langsam im herabfließenden Wasser auflöste und ein dunkles Dreieck freigab. Das alles nahm ich jedoch nur am Rande wahr, denn mein Blick galt ihrer Körpermitte, ihrem Bauchnabel, den ein Piercing schmückte, oder vielmehr galt mein Blick der Tätowierung, von der er umrandet war. Vier Worte standen dort, zwei oben, zwei unten, im Halbkreis: *mi casa* und *su casa*. Unser Hausspruch, den sie damals in den Balken geschnitzt hatte. Wann immer ich in den vergangenen Jahren aus dem Fenster auf die Wildwiese geblickt hatte, waren meine Augen einmal über die hübschen, langen Buchstaben gestrichen. Jetzt starrte ich auf ihren Bauchnabel. Ich hatte sie mir nie nackt vorgestellt, jeden Gedanken daran aus meiner Fantasie verbannt wie ein Mönch.

»Wird das irgendwann wieder heiß?«, fragte sie mit einem zugekniffenen Auge, während hinter ihr das Wasser aufspritzte.

Ich riss meinen Blick von der Tätowierung los und sah ihr ins Gesicht.

Immer in die Augen, nur in die Augen, die Augen, die Augen.

»Äh ... ach so, nein, der Boiler hat nur für zwei Minuten heißes Wasser.«

»¡*Qué mierda!* Sag das doch.« Sie drehte das Wasser ab, stieg aus und trocknete sich ab.

»Entschuldige, hab ich nicht dran gedacht.«

Sie gab sich nicht die geringste Mühe, die Erhebungen und Mulden ihres Körpers zu verbergen, und sah mir in die Augen – als wollte sie mich herausfordern.

Warum tut sie das?

Was würde Ramón davon halten?

Damit sie sich in Ruhe abtrocknen konnte, machte ich einen Schritt in den Flur und sagte, mit dem Rücken zu ihr: »Dann können wir ja gleich los, oder?«

»Warte, Cha-Cha, ich muss kurz noch was trinken, habt ihr Bier?«

»Ja, im Kühlschrank.«

Ich wagte noch immer nicht, mich umzudrehen. Aber es fühlte sich noch viel dämlicher an, so aus dem Flur zu ihr herüberzurufen, als es sich angefühlt hatte, mit ihr zu reden, während sie nackt unter der Dusche stand.

Der Kühlschrank ging auf, eine Schublade wurde aufgezogen, und Mayra kramte darin herum. Als es ploppte, drehte ich mich wieder zu ihr um.

Sie stand nun in schwarzer Unterwäsche in der Mitte der Küche und trank mit geschlossenen Augen aus einer Bierflasche, lange und viele Schlucke, in der linken Hand hielt sie ein Messer, Klinge nach hinten, als wollte sie zustechen. Mit dem Griff schien sie die Flasche geöffnet zu haben. Dann stellte sie das Bier auf den Tisch, legte das Messer daneben, stieß lautlos in den Mund auf und stieg in ihre Jeans.

Ich sah auf die Uhr. Sie verdrehte genervt die Augen, fasste sich von oben in den BH, rückte den Busen zurecht und raunzte leise: »Ich komm ja schon.«

Und nun sah ich doch hin, unmittelbar geradeaus, was sie dazu veranlasste, sich abermals an die Brüste zu fassen, von außen diesmal, und zweimal schnell zuzudrücken.

Dazu machte sie das Hupgeräusch des Roadrunners.

Der Trainer kommt

In diesem Moment klingelte es glücklicherweise Sturm.

»Ist das Fritzi?«, fragte sie.

»Nein, Fritzi hat einen Schlüssel und kommt erst mit dem 17:25-Bus.« Es war Viertel vor vier.

Mayra verschwand mit dem Bier, sich mit der Handtuchhand den schräg gelegten Haarschopf reibend, in meinem Zimmer.

Das Klingeln setzte nach kurzer Pause erneut ein, diesmal rhythmisch und scheinbar eine Spur lauter als zuvor. Es war irgendein Allerwelts-Takt, jedes Fußballstadion hätte sofort mitklatschen können. Erst dachte ich, es sollte der Bolero werden, was die allermeisten Fankurven vermutlich überfordert hätte, doch dann erkannte ich den Marsch aus dem *Nussknacker*.

drrh! drr-drr-drr-drrrh! drrh! drrh! drrh! drrrrrrrrrrrrh!
drrh! drr-drr-drr-drrrh! drrh! drrh! drrh! drrrrrrrrrrrrh!

Immer wieder nur dieser eine Teil, keine erlösende Wendung zur zweiten Hälfte.

Seufzend schritt ich den dunklen Flur entlang. Die Person, die meine Nerven und unsere Türglocke einem Stresstest unterzog, hatte offenbar Gefallen an der Idee gefunden, Tschaikowski zu klingeln, denn sie hörte gar nicht wieder auf. Ich ertappte mich dabei, wie ich meinen Schritt dem Tempo der Rhythmusfigur anpasste, was mich noch mehr ärgerte als die Penetranz der Aktion an sich.

Die verschwommenen Flecken von Türkis, Magenta und Gelb, die ich nun auf der anderen Seite der Milchglasscheibe unserer Haustür erkennen konnte, ließen sich nur einer einzigen Person meines Bekanntenkreises zuordnen. Müde lächelnd öffnete ich die Tür.

»Charles!«, rief David, sichtlich übernächtigt und erregt. Er ließ sofort von der Klingel ab und griff an die Aufschläge meines Jacketts. Vor nicht allzu langer Zeit musste er masturbiert haben, eine Wolke frischen Spermageruchs umfing ihn und mischte sich unter seine herbe Grundnote.

»Wir werden reich und berühmt!«

Er begann mich sanft zu schütteln, wie eine Mutter, die ihr Kind bedächtig aus einem bösen Traum löste. Mit ebensolcher Stimme sprach er auch zu mir, beruhigend, die Worte »reich und berühmt!« kamen noch einmal über seine Lippen. Auf seiner Stirn standen Schweißperlen, er war außer Atem, sein verzerrtes Grinsen ließ keinen Zweifel zu. Er hatte offenbar, nach dem ersten Fehlversuch vor zwei Jahren, endlich eine zuverlässig funktionierende Zeitmaschine entwickelt.

»Na, dann komm mal rein«, sagte ich und versuchte auf die letzten Meter noch in einen angemessen verschwörerisch raunenden Tonfall zu wechseln.

»NADANN KOMMAREIN?«, äffte er mich nach, bei ihm klang es jedoch wie ein orientalischer Name, *Nâdaan Comachein*. »Wer soll das sein?«, reimte er.

Er trippelte im Flur hinter mir her, ich hatte noch immer seinen Marsch im Ohr. Es musste ihn verrückt machen, mich nicht überholen zu können. Ich verlangsamte absichtlich und bremste sogar komplett ab, als ich die Hand auf die Klinke der Küchentür legte.

»*Nâdaan Comachein* ist die Frau des Botschafters von Perversien, die müsstest du doch eigentlich kennen?«, sagte ich.

David warf den Kopf in den Nacken und gab mit weit geöffnetem Mund ein nasales Schnarren von sich, was Freude, Zustimmung, Wut, Erregung, Trauer oder auch Langeweile bedeuten konnte. Es war seine Universal-Reaktion auf alles, was bei ihm Emotionen auslöste.

Wir betraten die Küche. Mit der gewohnten Selbstverständlichkeit nahm er sich ein Glas aus dem Regal, öffnete den Kühlschrank, goss sich Milch hinein und trank es in einem Zug leer.

Dann zog er die Jacke seines ballonseidenen Trainingsanzugs aus und hängte sie über eine Stuhllehne. Er hatte einen Milchbart. Er rülpste. Er bewegte mit rascher Bewegung seine rechte, gekrümmte Hand zum Hintern, ging leicht in die Knie und pupste hinein. Als hätte er ein zartes, langbeiniges Insekt gefangen, führte er die hohle Faust zur Nase, schloss die Augen und atmete das konzentrierte Darmgas genussvoll ein.

»Ich kann mich an alles erinnern. Aber wir müssen sofort anfangen, bevor es verschwindet!«, sagte er und begann die Küche auf und ab zu schreiten. Mit dem Ärmel seines Stefan-Edberg-Tennishemds wischte er sich den Schweiß von der Stirn und die Milch von der Oberlippe.

Ich war zur Terrassentür getreten und hatte sie geöffnet, um seine Darmgase hinauszulassen.

»Bevor was verschwindet?«, fragte ich.

»Der Hit!«

Verzweifelt reckte er mir die Hände mit gespreizten Fingern entgegen und machte einen Schritt in meine Richtung, wie um mich zu würgen. Instinktiv wich ich zurück.

»Dito produziert den Song, ich singe, dann brauchen wir noch ein Mädel aus der Funkenmarietruppe, das tanzt und den Refrain trällert, und du machst das Video. Wir schicken es an MTV, landen in der Rotation – zack!«, er klatschte laut in die Hände, wie ein Schuss peitschte es durch die Küche, »und die Millionen stapeln sich auf unserm Konto.« Er zeigte mit den Handflächen zur Decke, um die Unausweichlichkeit des soeben Beschriebenen zu untermauern. »Und ich WEISS, dass es ein Hit wird, denn es war ein Agathe-Tychinski-Traumdiktat. Ich habe den Hit heute Nacht geträumt, das komplette Video, den ganzen Text, die Melodie, alles hier drin«, er tippte sich an den Kopf, »aber wir müssen es ganz schnell aufnehmen. Ist Dito da?« Er sah sich in der Küche um, als bestünde die Möglichkeit, dass er ihn in der Eile übersehen hatte.

»Du *singst*?«, vergewisserte ich mich.

»Ja, nee, eher so labern, Barry-White-mäßig, aber auf Deutsch. Ich bin«, und dann, Barry-White-mäßig: »DER TRAINER.«

Er holte eine Pilotensonnenbrille aus der Hosentasche und setzte sie auf, griff sich in den Ausschnitt und zog eine Kordel samt Trillerpfeife hervor. Dann stellte er sich breitbeinig hin, stemmte den linken Arm in die Hüfte, zeigte mit dem Finger der anderen auf mich, senkte den Blick und brummte mit bassiger Stimme: »*Hört auf was der Trainer sagt!*«

Auf das »sagt« rückte er sich mit links den Hodensack zurecht. Dann begann er im Takt mit dem Fuß aufzustampfen, auf die Zwei zu schnippen und sang:

»Der Trainer kommt!
Der Trainer kommt!
Das hier ist
Der Trainersong
Er handelt davon
Dass der Trainer kommt!«

Er wechselte in die Imitation einer hohen Frauenstimme und sang in einer zugegebenermaßen einprägsamen Melodie: »*Ein bisschen Uuh-Uh-Uh, Uuuh-Uh-Uh-Uuh…*«, wobei er eine dieser Tanzbewegungen vollführte, mit denen notdürftig bekleidete Frauen in amerikanischen Musikvideos unverhohlen sexuelle Stellungen andeuteten. Es folgten Varianten der erotischen Tanzeinlage, zu »*Aah-ah-ah*« und zu »*Ohh-oh-oh*«, wobei Letzteres eher nach »*Oohng-Ohng*« klang, da er vorgab, den Mund während einer Oralpraktik voll zu haben.

Ich nahm meine Brille ab und massierte mir mit geschlossenen Augen den Nasenrücken.

»Wir teilen durch vier – Dito, Du, Funkenmaria und ich.« Er lüftete mehrmals ruckartig den Ausschnitt seines Shirts.

Als ich immer noch nichts sagte, trat er an mich heran und legte abermals seine Hände an mein Revers. »PRINCE CHARLES!« Seine Stimme überschlug sich. »Der Sommerhit! Weißt du, was eine Nummer eins abwirft!? Dann sind wir SAFE, Alter! *FRÜH-REN-TE!*«

Er atmete durch und wartete strahlend auf meine Reaktion.

»David. Du glaubst doch nicht allen Ernstes, dass ich ...«

»Doch doch doch doch doch! Auf jeden Fall! Du weißt, was es bedeutet, wenn Frau Tychinski mir etwas im Traum diktiert. Ich sage nur Pokalspiel 1990, Bayern? Wer hat 200 Mark gesetzt und es zu kurzzeitigem Reichtum geschafft?«

Die Traumdiktate waren zugegebenermaßen etwas unheimlich. Von Zeit zu Zeit erschien ihm nachts eine Frau namens *Agathe Tychinski,* selbstverständlich eine unbekleidete Frau, die Haut wie rote, metallische Knallfolie hatte. Sie diktierte ihm, was zu tun war, dabei drückte sie an sich herum und brachte die kleinen Bläschen zum Platzen. Als sie ihn Anfang August 1990 aufforderte, Geld auf einen 1:0-Sieg des Drittligisten FV Weinheim gegen den Rekordmeister Bayern München zu setzen, folgte David ihrer Ansage und gewann eine hübsche Summe Geld – die er in kürzester Zeit exzessiv und großzügig verprasste.

»Ich weiß, der Pokalsieg, der Radio-...«

»...-jinglewettbewerb! Ganz genau! Dicke Welle«, fiel er mir ins Wort.

Eine weitere relativ unglaubliche Geschichte. Als das neu gegründete Privatradio *Dicke Welle* ihre Hörerinnen und Hörer in einer wochenlangen Anrufaktion aufgefordert hatte, Ideen für einen Jingle vorzusingen, wurde ihm in Frau Tychinskis Traumreich eine Melodie diktiert. Er sang sie vor, gewann, bekam laut Dito lächerlich wenig Geld, der Jingle dudelte noch immer in unzählbaren Varianten aus dem Radio.

Für David war der Fall klar, was Agathe Tychinski sagte, war Befehl.

»Wir ziehen das durch, ihr seid dabei, wir werden reich. Wir müssen nur noch eine hochattraktive Funkenmaria finden.«

In diesem Moment öffnete sich die Küchentür. Mayra betrat den Raum, sie hatte dezent Kajal aufgelegt, die Haare zum Pferdeschwanz gebunden. Zur Jeans trug sie nun ein weißes Tanktop, aus dem an den Seiten ihr schwarzer BH hervorlugte.

Funkenmayra

»Wenn das mal nicht der berühmte *Dave Killer* ist!«, rief Mayra mit sehr viel Mittelamerika in der Stimme.

David erstarrte.

»Mayra? Aus Mexiko?« Er sah zu mir und dann wieder zu Mayra. »Oh my God!« Er legte sich die Hände an die Backen, ging x-beinig in die Knie und wisperte: »Bist du es wirklich?«

Dann fielen sie sich kreischend in die Arme – sie kannten sich von den Videotapes, denn im Laufe der Jahre hatten Mayra und ich unseren gesamten Freundeskreis miteinander bekannt gemacht. Immer wieder wurden Grußbotschaften von ihren *Cholas* an David und Ruven verschickt. Wenn ich die *DieHearts* im Proberaum filmte, legte sich David mit absurden, erotischen Tanzperformances stets mächtig ins Zeug. Im Laufe der Jahre hatte sich so ein heißer Video-Flirt zwischen Mayras bester Freundin Fernanda und ihm entwickelt, der dazu führte, dass David noch ungeduldiger auf Mayras Tapes wartete als ich.

»Mayra! Dich schickt Agathe!«, rief er nun und trat einen Schritt zurück. »Wir brauchen dich!«

Rasch erklärte er, was es mit den Traumdiktaten auf sich hatte, Mayra tat, als hätte sie noch nie etwas davon gehört. David gab eine etwas kürzere Version des Trainer-Songs samt Tanzeinlage zum Besten und schloss mit den Worten, während er als Trainerstatue auf sie zeigte: »Und du bist die Sängerin. Und Tänzerin.«

Mayra musste sich am Küchentresen abstützen, so sehr zerriss sie die Lachattacke.

»Du bist ja tatsächlich genauso bescheuert wie auf den Videos!«, japste sie. »Ich dachte immer, dass du nur eine Performance ablieferst.«

»Das ganze Leben ist eine Performance. Nur so macht es Sinn. *Lebe jeden Tag so, als ob er dein letzter wäre?* Zicke Zacke Ziegenkacke! *Lebe dein Leben als Performance und geh davon aus, dass du ewig lebst!* So muss es richtig heißen. Erst dann ist alles egal.«

In diesem Moment ging die Kellertür auf, und der Geruch von Schwarztee, Röhrenverstärkern und Gras kündigte Dito an. Er hatte anscheinend soeben *einen Nachmittags-Stängel eingeführt.* Oder *einen Kickstopper beatmet. Den Tag prophylaktisch in Watte gepackt.* Seine Bezeichnungen für das Rauchen von Joints waren ähnlich fantasievoll wie Davids Begriffe für die körperliche Liebe oder die primären und sekundären Geschlechtsorgane.

»Ditowitsch! Alter Lümmel, immer im Einsatz, das lob ich mir! Du kommst genau richtig. Wir werden sehr reich und sehr berühmt und teilen durch vier, Mayra und ich singen und tanzen, du machst den Beat, Charlie das Video. Bist du dabei?«

David hatte den Arm um die Schultern meines Vaters gelegt, sie grinsten sich verliebt an. Auch Dito war riesengroßer Fan von David. Die beiden redeten schon seit Längerem darüber, ein *Dave-Killer*-Hörspiel aufzunehmen, zum Glück war es aufgrund ihrer generellen Verplantheit noch nicht dazu gekommen.

Als David nun zum dritten Mal sein Traumdiktat vorführte, holte mein Vater die *Dimensionskeule* hervor, die hinter seinem Ohr klemmte, entzündete sie und beobachtete das Schauspiel mit professionellem Interesse. Nach dem Trillerpfeifensignal atmete er aus, hielt Mayra den Joint hin und fragte: »Und du bist dabei?«

Mayra sah mich an. »Also, später gern, aber Charlie und ich wollten eigentlich gerade los, einkaufen.«

»So ein Quatsch!«, rief David. »Was ist denn hier jetzt wohl wichtiger? Weltherrschaft oder Aldi?«

Mayra wollte etwas sagen, doch ich winkte ab. »Macht ihr mal den Welthit, ich geh derweil einkaufen. Ehrlich gesagt passt das sogar ganz gut, ich muss dringend noch was mit Davids Vater unter vier Augen besprechen.«

Und mein Liebesgeständnis vom Tape löschen.

Mayra sah mich enttäuscht an.

Ich blickte schnell zu David. »Ist Kafka zu Hause?«

»Der ist da, na klar. Ach stimmt, ich soll dir ausrichten, dass du dich bei ihm melden sollst.«

Jetzt erst nahm Mayra Dito den Joint aus der Hand, inhalierte und atmete aus. Dann sang sie mit heller Stimme: »*Ein bisschen Uuh-uuh-uuh, Uuh-Uuh-Uh-Uh!*«, woraufhin David sich breit grinsend die Hände rieb und das Trio im Keller verschwand.

Wolkenhaar und Engler

Als ich im Postamt ankam, saß Frau Wolkenhaar immer noch hinter dem Schalter, sie hatte noch immer eine Zigarette im Mundwinkel, nur die Illustrierte war verschwunden. Stattdessen starrte sie geradeaus ins Leere und bewegte stumm die Lippen. Ich stellte mich vor sie und wartete. Die Zigarette wippte. Sie reagierte nicht. Ich winkte. Nichts.

»Frau Wolkenhaar?«

»12 874!«, raunzte sie mich böse an. »So kurz vor einem neuen Rekord! Was willst du?«

»Mein Brief von heute Vormittag, ist der noch hier?«

»Die Pornopost?«

»Der Videobrief.«

»Nein, der ist längst in Leyder. Wir sind die Post. Wir bewegen Briefe durch das Land. Möglichst schnell. Das ist unser Alleinstellungsmerkmal.«

»Dann muss ich nach Leyder.«

»Ja, leider nach Leyder.« Es war der dämlichste Witz der Welt, und sie warf mit ihrem Lachen um sich wie ein Affe im Zoo mit Kot.

»Können Sie vielleicht dort anrufen, bei einem Kollegen, und versuchen, den Brief zurückzuhalten?«

»Schatz, bis ich da den Zuständigen am Apparat habe, ist Weihnachten.« Sie schüttelte den Kopf, nahm die Zigarette in die Hand und legte die andere auf den Telefonhörer. »Aber für dich versuche ich es trotzdem. Fahr du schnell los!«

Sie küsste schon wieder die Luft zwischen uns, nahm einen Zug von ihrer Zigarette, verschluckte sich und hustete so feucht und ätzend, dass ich vor dem Sprühnebel fliehen musste.

Die Hauptpost in Leyder kannte ich bisher nur von außen. Das Gebäude wirkte seltsam überdimensioniert für eine Stadt von dieser Größe, vier Stockwerke hoch ragte es in einen traurigen, farblosen Himmel. Ich ging durch den Haupteingang und betrat eine Halle, die in ihrer Protzigkeit noch eine Schippe Unangemessenheit drauflegte. War das tatsächlich glänzender Terrazzofußboden? Ich steuerte direkt auf den einzigen besetzten Schalter zu. Dahinter saß ein nach Kernseife riechender, ebenso kahlwie spitzköpfiger Mann und lächelte beseelt in seinen dunklen Sechstagebart.

»Guten Tag! Ich möchte einen Brief abfangen, den ich heute Morgen gegen 11:10 im Postamt in Piesbach aufgegeben habe. Ein kleines Paket, wie eine Büchersendung, es sollte per Luftfracht nach Mexiko verschickt werden. Könnten Sie mir da eventuell weiterhelfen?«

Der Mann lächelte mich an. »Ich weiß. Wolkenharry hat schon angerufen.«

Wolkenharry. Sie nennen sie Wolkenharry.

Sofort poppte ein Bild von der Weihnachtsfeier der Post vor meinem inneren Auge auf. Frau Wolkenhaar saß in einem aus der Mode gekommenen, etwas zu festlichen Abendkleid allein in eine Wolke aus Zigarettenqualm gehüllt etwas abseits an einem Tisch, auf dem leere und halb volle Gläser standen. Ihre Kolleginnen tanzten mit den jungen Kollegen, spielten »laute Post« mit Anfassen und machten sich tuschelnd über *Wolkenharry* lustig. Ich tat, als würde meine Nase jucken, und schob dabei heimlich die Fingerspitzen unter das Brillenglas.

»Hab schon geguckt, der Transporter ist vor einer halben Stunde vom Hof gefahren, tut mir leid.«

Verdammt.

Konnte ich hinterherfahren? Mit meiner Simson? Dazu hatte ich keine Zeit, außerdem war sie zu langsam.

»Welches ist denn die nächste Station, kann man dort vielleicht anrufen und das Paket aufhalten?«

»In Sumbigheim am Flughafen, bei den Zollbullen? Vergiss es.«

Verdammt.

Ich versuchte das Problem als unlösbar abzulegen und ging die Liste im Kopf weiter durch.

Der Nachforschungsantrag für das verschollene Tape aus Mexiko. Ich erkundigte mich nach den Details.

»Am besten, der Absender stellt ebenfalls einen Antrag«, klärte Herr Engler mich auf, so hieß der Beamte laut Namensschild. »Doppelt hält besser. Und bei der mexikanischen Post natürlich auch.«

Wenigstens das war nicht ganz verloren. Also musste ich

Mayra auch ein Formular mitbringen. Er händigte mir zwei Exemplare aus, ich steckte sie gefaltet in meine Innentasche, drehte mich um und schritt durch die Halle. Mein Abschiedstape war also nach Mexiko unterwegs. Mayra würde es sehen, sobald sie wieder daheim war. Ich sollte ihr besser vorher erzählen, was darauf war. Nicht nur von Opa und dem Wilderer berichten, sondern wiederholen, was ich über Ramón und sonst noch gesagt hatte. Von Angesicht zu Angesicht. Es kam mir unmöglich vor. Wie sollte das gehen? Mein Herz meldete sich. Ich musste kurz innehalten.

Hatte sie überhaupt vor, nach Mexiko zurückzukehren? Was war dort vorgefallen? Sie schien erleichtert gewesen zu sein, als sie erfuhr, dass ich ihr Tape nicht gesehen hatte. Was hatte sie mir darauf erzählt oder gezeigt?

Langsam ging ich zum Roller und machte mich auf den Weg ins Industriegebiet, zu Kafka, um wenigstens zu versuchen, die Teilnahme am *Text.Eval* zu verhindern.

Royal Brackla

»Wilhelm und David Käfer« stand auf dem Klingelschild, darunter war ein bereits leicht verwitterter, gelber Streifen Klebeband angebracht, auf den David mit seiner Massenmörderhandschrift »Kafka & Killer« geschrieben hatte. Ich drückte den Knopf, das Türglockengeräusch im Inneren schallte etwas zeitversetzt aus den 50er-Jahren herüber. War ja auch ein weiter Weg.

Kafka öffnete. Sein Gesicht hellte sich unmerklich auf.

»Berg, na endlich! Komm rein!«

Er trat zur Seite, hielt mit der einen Hand die Tür geöffnet und wies mir mit der anderen den Weg nach innen.

»In die Bibliothek«, sagte er überflüssigerweise, denn der Flur führte nirgendwo anders hin als geradewegs in sein Heiligtum. Wir gingen vorbei an der türlosen Küche und der Kachel-Palette, die noch immer als Kommode diente. Als wir die Bibliothek betraten, atmete ich tief ein. Die betörende Mischung aus Antiquariats- und Druckereigeruch, Pfeifentabak, Pfefferminztee, Rotwein und Whisky hatte ich bereits mehrmals versucht, als Parfum nachzubauen – es war mir nie vollständig gelungen. Wir gingen bis zum Lesepult, dann nahmen wir den Gang, der nach links führte, zu den zwei grünen, ledernen Clubsesseln.

»Setz dich! Was darf ich dir bringen? Zur Feier des Tages ausnahmsweise einen Schluck Whisky? Ich habe eine Flasche *Royal Brackla*, die seit sechzehn Jahren auf ihren Auftritt wartet. Dies wäre der passende Moment.«

Ich setzte mich nicht.

»Kafka, ich will keinen Whisky, ich will wissen, warum du meine Karriere als Schriftsteller ruinieren willst, bevor sie begonnen hat? Was soll das?«

Kafka sah mich streng an.

»Wie, ruinieren? Das ist doch großartig, dass du nachrücken konntest! Berg, dir ist nicht klar, was das bedeutet!«

»Das bedeutet, dass ich einer der Autoren sein werde, die auf dem *Text.Eval* lesen, nicht gewinnen, danach keinen Roman veröffentlichen und sofort wieder in Vergessenheit geraten. Du weißt genau, dass ich mit dem *Affen* nicht Erster werde.«

»Und da, mein Lieber, irrst du dich gewaltig. Glaub mir, ich kenne alle eingereichten Texte, sie sind bestenfalls okay.«

Ich schwieg.

»Dein *Geliehener Affe* wird alles überstrahlen. Auch den Text meines Schützlings.«

Seines Schützlings? Was meinte er damit? Jedes Jurymitglied durfte nur Pate *eines* Autoren werden, und, wenn er mich vorgeschlagen hatte, wen meinte er dann mit »seinem Schützling«?

»Dein Schützling? Das bin doch wohl ich?«

»Nein. Ich hatte bereits Humboldts Text eingereicht, als die Dinge begannen, sich derart dramatisch zu entwickeln.«

»Du bist Jana Humboldts Pate? Science-Fiction? Hab ich irgendwas verpasst?«

»Ja. Sie hat etwas Historisches geschrieben. Mit Nazis und Juden, kurz vor Ende des Krieges.«

Ich sah ihn fassungslos an.

»Einen Hunderoman«, sagte er und legte sich ein paar Falten auf die Stirn.

Er machte keine Witze. Er lachte nie. Sein Spitzname war *Kafka*.

»Einen *Nazi-Hunderoman?*«

»So ist es. Rachmiel, der Mischlingshund eines jüdischen Bäckers, wird im KZ von einem Wärter, der Mitleid mit dem Tier hat, aufgenommen.« Kafka seufzte. »Der Versuch, ihn zum Wachhund auszubilden, scheitert. Rachmiel beobachtet, wie sein altes Herrchen vom neuen Herrchen totgeprügelt wird. Er flieht aus dem KZ und erlebt allerlei Abenteuer in den letzten Wirren des Krieges.«

»Und trifft am Ende Blondie.«

»Exakt.«

»Ich wollte einen Witz machen.«

»Hast du aber nicht. Der jüdische Mischlingsköter trifft die reinrassige Schäferhündin, nachdem Hitler sich selbst, Eva und seiner über alles geliebten Hündin gerade die finale Giftspritze gesetzt hat. In der Passage, die wir beim *Text.Eval* hören werden, ist Eva schon hinüber. Der *Föhrer*« – er sagte dies auf Hitlerisch –, »der *Föhrer* und sein Hündchen sind ebenfalls schon so gut wie regungslos, aber beide noch bei Bewusstsein. Nun muss Adolf Hitler mit ansehen, wie Rachmiel, den die KZ-Aufseher in ihrem grenzenlosen Zynismus mit einem Judenstern am Halsband ausgestattet haben, seine Blondie besteigt, während rundherum die Bomben einschlagen.«

Er nickte.

Ich holte Luft. »Ein Schelmenroman in der Nazizeit. Aus jüdischer Hundesicht. Mit Tiersex.«

Die Luft, die ich ausatmete – mehr als ich eingeatmet hatte –, schmeckte nach Untergang.

»Ich habe keine Chance.«

»Blödsinn! Viel zu berechnend, *das hat kein Herz*, das merkt die Jury sofort. An den Erfolg dieses dämlichen Katzenkrimis anknüpfen zu wollen, aber gleichzeitig ein Thema zu wählen, das sich mit dem dunkelsten Kapitel der deutschen Geschichte auseinandersetzt? Ohne jeden familiären Bezug zum Thema? Und dann auch noch humorvoll? Das kann nur schiefgehen.«

»Janas Großmutter ist im KZ gestorben.«

»Sagt sie. Halte ich für Wunschdenken. Die Humboldts sind durch und durch arisch.«

»Außerdem glauben Menschen, die etwas für Wangenknochen übrig haben, dass sie gut aussieht. Und sie trägt hervorragende Kleider, ich meine, sogar maßgeschneiderte Einzelstücke.«

So wie ich.

Ich fuhr fort. »Für das aparte Gesicht kann sie nichts, und jede soll anziehen, was sie will, aber die Jury ist überwiegend maskulin besetzt. Und wie sämtliche Besprechungen ihrer Texte zeigen, scheinen ihr Äußeres und ihr Werk für die meist männlichen Rezensenten nicht voneinander trennbar zu sein.«

Von einem neutralen Standpunkt aus betrachtet konnte Jana einem in dieser Hinsicht sogar leidtun. Während es in fast allen anderen Berufszweigen von Vorteil, wenn nicht sogar die Grundvoraussetzung für den Erfolg einer Frau war, attraktiv zu sein, stand jede erfolgreiche Literatin mit einem hübschen Kopf unter Generalverdacht, es hauptsächlich wegen des Aussehens geschafft zu haben. Als hätten gutaussehende Frauen keine vollwertigen Leidensgeschichten vorzuweisen.

»Komm, das ist doch Quatsch, Berg, das weißt du. Zwei Schwule und zwei Frauen sitzen auch noch in der Jury. Und ich.«

»Stimmt, du hast ja keinerlei Interesse an hübschen Frauen im Studentenalter.«

Frau Käfer, die Mann und Sohn direkt nach der Geburt verlassen hatte, war zu dem Zeitpunkt gerade mal achtzehn gewesen, und auch bei seiner ersten Frau hatte es sich um eine junge Studentin gehandelt. Ein gewisser Ruf bezüglich dieser Vorliebe eilte ihm somit voraus. Er sah mich missmutig an.

»Wenn ich etwas an ihr schätze, dann ihre sprachliche Intelligenz… ihre Erzählstimme.«

»Aber wenn du ihren inhaltlichen Ansatz fragwürdig findest – wieso unterstützt du sie und ihren Text dann?«

»Stilistisch hat sich Jana enorm weiterentwickelt. Es ist gut geschrieben und – es wird am Markt funktionieren. Ich will auch mal gewinnen, Charlie. Selbst, oder besser gesagt, gerade wegen der erwartbaren Verrisse im Feuilleton wird sich *Rachmiel* prächtig verkaufen.«

»Und das möchtest du? Damit gewinnen?«

»Jetzt, wo du nachgerückt bist, wird da sowieso nichts draus. Gewinnen wirst natürlich du. Jana wird trotzdem ihr Buch veröffentlichen, das ist so gut wie sicher.«

Wir standen noch immer vor den zwei Sesseln.

»Berg, jetzt setz dich doch erst mal. Ich hole uns was zu trinken und erklär dir alles. Sicher, dass du keinen *Brackla* willst? Nicht mal kosten?«

Ich nahm meine Brille ab und putzte sie.

»Ein Glas Pfefferminztee, bitte.«

Er nickte und wollte losgehen, um die Getränke zu holen, hielt aber noch einmal inne.

»Nur so viel vorweg: Du wirst es mir ewig danken.«

»Warum sollte ich?«

Kafka holte tief Luft, als müsste er überlegen, ob er zu viel sagen würde. Ich setzte meine Brille wieder auf.

»Es kann sein, dass es das letzte *Text.Eval* wird. Jedenfalls so, wie wir es kennen.«

Und damit ließ er mich sitzen, wie damals in der Schule, wenn er zum Unterrichtsschluss noch eine philosophische Frage in den Raum warf oder eine provokante These formulierte, die uns bis zur nächsten Stunde keine Ruhe ließ.

Während Kafka den Gang zum Altar hinabschlenderte und dann in Richtung Küche abbog, setzte ich mich in den rechten Clubsessel für Gäste. Immer wieder überraschte mich, wie bequem er bei aller Härte war. Ich schloss die Augen und holte den Duft der Bücher nach vorn, die Erstausgaben, die Sammlung der vielen verschiedenen *Buddenbrooks*-Bände, garniert mit etwas Pfeife, Leder, dahinter platzierte ich die Druckerschwärze. Die übelriechende Küche mit den getrockneten Speiseresten sowie die in der Maschine vergessene Wäsche aus dem 2. Stock rechnete ich komplett heraus, erst dann konnte ich damit beginnen, meine Gedanken zu sortieren.

25 Jahre *Text.Eval*

King Fauni hatte den Wettbewerb 1969 für seine literaturbegeisterte, damals noch kükenjunge Gattin Eva-Ludmilla ins Leben gerufen, »*Eval*«, wie sie von Freunden des Hauses genannt werden durfte. Sie legte das Regelwerk fest, bestimmte die obszöne Höhe des Preisgeldes und stellte aus guten Freunden sowie einigen Persönlichkeiten des Kulturbetriebs das Komitee zusammen. Die meisten der Gründungsmitglieder waren bis heute im Amt, da sie ihren Sitz auf Lebenszeit innehatten. Zur ursprünglichen Runde gehörten die *Toxic Book Brothers* Dieter Parfuss und Josef Manngeburth, der exzentrische Lyriker Marvin Vladimski, der Theaterregisseur Frerk Zander, die zwei ehemals liierten und nun aufs Blut verfeindeten Literaturkritiker Bert Rügenglies und Karsten Mink, der Sternekoch Lutz Alfalfa, die früh verwaisten Verlegergeschwister Uller und Skadi Messerschmidt sowie selbstverständlich die Namenspatronin des Wettbewerbs, Frau von Faunichoux höchstselbst.

Kafka wurde 1977 aufgenommen, zwei Jahre, nachdem Uller Messerschmidt und Eva-Ludmilla von Faunichoux auf mysteriöse Weise umkamen, wobei Eval zunächst nur als verschollen galt. Sie liebte es, in der tschechischen Heimat mit ihrem Deutsch Drahthaar »Barracuda« auf Muffeljagd zu gehen, und galt als hervorragende Schützin. Unter anderem hatte ein mächtiger Goldmedaillenwidder, den sie an ihrem achtzehnten Geburtstag gestreckt hatte, zu diesem Ruf beigetragen. Auf seinem Schädel thronten dichtgerillte, schwarzbraune Schnecken von unendlicher Perfektion, welche in der Wertung die maximalen Zuschläge für Schönheit und Drehung bekamen. Der unwirklich große Kopf des Tiers hing im Saal des Faunichoux-Herrenhauses an prominenter Stelle, überblickte die Lesebühne und diente in stilisierter Form auch als Logo des Wettbewerbs.

Von einem ihrer einsamen Jagdausflüge im Winter 1975 war Eval nicht zurückgekehrt. Ein plötzlich einsetzender Schneesturm erschwerte die Suche. Auch von Barracuda fehlte jede Spur. Dass im gleichen Jahr auch Uller Messerschmidt bei einem Skiunfall tödlich verunglückte, ebenfalls in der Tschechoslowakei, sorgte nicht nur im Königreich Leyder für fantasievolle Spekulationen. Es hielt sich das Gerücht, Eval und Uller seien gemeinsam durchgebrannt, was dadurch befeuert wurde, dass der Leichenpräparator Teile von Messerschmidts Gesicht hatte rekonstruieren müssen, denn das meiste davon war an einer Felswand zurückgeblieben. Skadi hatte ihren Bruder zwar aufgrund »besonderer Merkmale« seines Körpers identifizieren können, doch Uller Messerschmidts Gummigesicht stützte nach Ansicht der meisten Bewohner Leyders die Theorie, dass es sich bei der Leiche nicht wirklich um den Inhaber des Messerschmidt-Verlags gehandelt hatte.

Das Ende des Debütantenpreises galt als beschlossene Sache, als im Frühling des Jahres 1976 eine skelettierte Hand gefunden wurde, die den Siegelring der Familie Faunichoux trug. Eine DNA-Analyse war damals noch nicht möglich, das Gericht erklärte Eva-Ludmilla für tot.

Ihre Hand wurde in einem schuhkartongroßen Sarg beigesetzt, was viele für geschmacklos hielten, Jacques von Faunichoux wollte damit jedoch zum Ausdruck bringen, dass für ihn lediglich Eva-Ludmillas Hand gestorben war. Er glaubte, dass sie noch lebte, weswegen es seine Pflicht sei, kommissarisch die Leitung des *Text.Eval* zu übernehmen und den Wettbewerb in ihrem Sinne fortzuführen.

Das alles war nun fast zwanzig Jahre her, Kafka war an die Stelle Uller Messerschmidts gerückt und somit eines der neun festen Jurymitglieder, die Jahr für Jahr einen Kandidaten ins Rennen schickten. Für Eva-Ludmillas vakanten Posten des Juryvorsitzes wurde eine neue Regelung gefunden: Jedes Jahr saß eine andere Persönlichkeit der Jury vor, und da der Wettbewerb sich nicht zuletzt aufgrund des überaus üppigen Preisgeldes zum wichtigsten Literatur-Event der Republik gemausert hatte, war dies ein stets prominent und immer weiblich besetzter Posten. Es galt als Ehre, berufen zu werden. Dass die anderen Jurymitglieder auf Lebenszeit gesetzt waren, wurde dennoch oft kritisiert. So kam es, dass Mitte der 1980er-Jahre die bis heute letzte Neuerung eingeführt wurde: Dreiundzwanzig Publikumsjuroren, allesamt Laien, verfolgten das Wettlesen mit zwei Drückern in der Hand, für positiv und negativ. Ähnlich denen, die bei Testvorführungen von Fernsehsendungen in der Marktforschung zum Einsatz kamen. Die Wertung der *Dreiundzwanzig* floss als eine Stimme in die Endauszählung ein. Zusätzlich wurde seitdem noch ein weiterer, nicht ganz so hoch dotierter Preis verliehen: der *23er*.

Das letzte Mal

Der Pfefferminztee kündigte sich an, nahm die Abkürzung über die Bücher. Zwei Momente später schlurfte Kafka in seinen Birkenstocks mit einem dampfenden Glas um die Ecke, in der anderen Hand eine Flasche Whisky, auf deren Hals ein umgedrehtes Glas hin und her schlenkerte.

»Was meinst du damit? Das letzte Mal?«, rief ich ihm entgegen.

Er wartete mit der Antwort, bis er bei mir angekommen war. Erst einmal setzte er sich und stellte mir den Tee hin.

»Der alte Faunichoux hat ziemlich abgebaut.«

»Faunichoux? Der ist doch gerade mal sechzig, geht regelmäßig reiten und bringt das Wild rudelweise zur Strecke. Anfang des Jahres habe ich ihn im Wald beim *Joggen* getroffen.«

Fliumbp!

Kafka pflückte den kleinen Korken aus der Flasche und goss sich zwei Finger hoch schottische Highlands ins Glas. Eichenlaub und Vanille, Rosinen, Orangenmarmelade, frischer, grüner Apfel und Getreide. Wenn ich Alkohol vertragen würde, Whisky wäre definitiv mein Getränk.

Kafka schloss die Augen, schmatzte genussvoll und sog Luft ein.

»Krebs, im ganzen Körper verteilt. King Fauni will keine Chemo, er will sterben.«

Kafka hielt das Glas gegen das Licht und betrachtete die bärenurinfarbene Flüssigkeit, als wollte er überprüfen, ob er die Zukunft auch richtig gelesen hatte.

»Und dann gibt es kein *Text.Eval* mehr?«, fragte ich.

»So könnte es sein. Was uns zum wirklich spannenden Punkt der Angelegenheit führt.«

Er sah mich an. »Dein Pate.«

Ach ja. Wenn Kafka nicht mein Pate war, wessen Schützling war ich dann?

»Bitte nicht Frerk Zander.«

»Nein.«

»Manngeburth?«, befürchtete ich mit geschlossenen Augen, sah ihn vor mir, in seinem mottenzerfressenen Led-Zeppelin-T-Shirt und dem speckigen Lederjackett, den winzig kleinen Goldring im angewachsenen Ohrläppchen.

»Nein. Du hast die große Ehre, der Schützling des diesjährigen Juryvorsitzes zu sein.«

Wie konnte das denn sein? Niemand aus dem Literaturbetrieb kannte mich.

»Wie bitte? Wer ist das denn dieses Jahr?«

Kafka, Dramaturg durch und durch, nahm noch einen Schluck Whisky und ließ ihn im Mund herumrollen. Er schluckte. Er schmatzte. Er holte tief Luft. Er sah mir in die Augen und sagte: »Frau von Faunichoux.«

Frau von Faunichoux

Einiges, was als Nachrichten in den letzten Monaten durch die lokale Presse gegeistert oder wie ein Virus über die Friseursalons verteilt worden war, machte nun Sinn oder erschien in einem neuen Licht. Die Wiedereinführung des »Faunitags« konnte man sich noch mit dem Jubiläum erklären. Ein Feiertag, den es nur hier in Leyder und den dazugehörigen Gemeinden gegeben hatte und der zur Freude aller Schüler und Angestellten den Freitag vor dem Wettlesen zu einem freien Tag machte. Kurz nach der Einführung der Publikumsjury in den 80er-Jahren war dieser Feiertag kommentarlos wieder abgeschafft worden. Der zur gleichen Zeit beginnende Verkauf von größeren Waldgebieten aus dem Besitz der Grafschaft hatte für Spekulationen gesorgt. Der Graf sei knapp bei Kasse. Die Umwandlung des renovierungsbedürftigen Prunkbaus in ein Museum stünde kurz bevor, da die laufenden Kosten des Anwesens die finanziellen Reserven des alten Adelsgeschlechts aufzehrten.

Doch seit Kurzem schien es wieder gut zu laufen: Umfangreiche Sanierungsarbeiten hatten begonnen, die Parkanlagen luden wieder zum Lustwandeln ein, und einige der Waldgebiete konnten zurückgekauft werden. Schließlich wurde sogar die Wiedereinführung des *Jour d'évaluation*, so hieß der Feiertag offiziell, verkündet. Skadi Messerschmidt, die Kommunikationschefin des *Text.Eval*, erklärte, dass mit dem 25. Jahrestag ein neues Kapitel in der Geschichte des Wettbewerbs beginnen werde. Womit der Geldsegen zusammenhing, wurde mit keinem Wort erwähnt. Wenn Eva-Ludmilla von Faunichoux wirklich zurückgekehrt war, dann war es ein streng gehütetes Geheimnis.

»Frau von Faunichoux lebt also tatsächlich noch?«

»Ich habe schon zu viel gesagt. Das Geheimnis soll erst mit der Eröffnungsrede gelüftet werden.«

Kafka trank sein Glas aus und füllte es sogleich wieder auf. Ich nahm mehrere Schlucke Tee. Er hatte inzwischen seine ideale Trinktemperatur erreicht, einen Zustand zwischen heiß und warm, den man nicht in Worten, nur in Zahlen hätte ausdrücken können, wenn man denn gewollt hätte.

»Aber deine Patin wird dich zeitnah kontaktieren. Ich wundere mich eigentlich, dass sie es noch nicht getan hat. Ist ja nicht mehr lange hin.«

»Unser Telefon ist gerade abgestellt.«

Er nickte.

»Du musst deine ganze Schauspielkunst aufwenden, wenn ihr euch begegnet, denn natürlich darfst du nichts davon wissen.«

Als wäre das Lügengebäude, in dem ich seit Opas Tod Unterschlupf gefunden hatte, nicht schon baufällig genug. Mein ganzes Leben verwandelte sich allmählich in eine notdürftig kaschierte Lüge. Nonno war kein Italiener, meine Wehrdiensttauglichkeit hatte ich mir mit Hilfe einer Urkundenfälschung ermogelt, beim Jagen ohne Jagdschein hatte ich einen Mann lebensgefährlich verletzt, besaß Geld, das ihm gehörte, und plante, damit meinen Patenonkel freizukaufen, einen vom Goethe-Institut geförderten Marihuanakonsumenten, der es für eine gute Idee gehalten hatte, Drogen aus Thailand nach Deutschland zu schmuggeln.

»Du wirst lesen, und du wirst gewinnen, glaub mir. Die Jury, die *Dreiundzwanzig*, sie alle werden den *Geliehenen Affen* lieben.«

»Aber der Text ist zu lang. Ich müsste ihn dafür kürzen.«

Egal ob man fertig gelesen hatte oder nicht, nach exakt zwanzig Minuten ging beim *Text.Eval* das Mikrofon aus, und ein gnadenloses Summen ertönte.

»Sie ist deine Patin, sie hat den Text behutsam auf die richtige Länge eingedampft.«
»Wie bitte?«
»Sie ist gut. Es wird der Geschichte nicht geschadet haben.«
Mein Glas war leer. Ich wollte weg. Mayra war in der Sudergasse. Wir konnten ins Baumhaus fahren, schon morgen. Zu den Zitronenfaltern und dem Eistee.
Ich stand ruckartig auf.
»Kafka. Danke. Ich hatte mir das alles etwas anders vorgestellt mit dem *Text.Eval*. Das muss ich jetzt erst einmal verarbeiten.«
»Verständlich.«
»Und ich muss dringend nach Hause, ich habe heute überraschend Besuch bekommen.«
Ich sah auf die Uhr.
»Hast du eine Flasche Rotwein für mich?«
Er sah mich verdutzt an.
»Zum Kochen. *Sangiovese* oder *Cabernet Sauvignon*, irgendetwas mit viel Tanninen.«
»Oh, etwa für das berühmte Hirschgulasch? Aber gern.«

Zitate, Plagiate

Als ich zu Hause ankam, war es bereits dunkel. Fritzi war noch nicht da. Ich öffnete die Kellertür, ein Gemisch aus dem Schweiß dreier Lieblingsmenschen plus Gras, Bier und den elektrischen Ausdünstungen des umfangreichen Geräteparks warf sich mir an den Hals. Ich wäre gern zu ihnen gegangen, doch Mayra sang gerade: »*Ein bisschen Uuh-Uh-Uh, Uuuh-Uh-Uh-Uuh*«, und ich wollte die Aufnahme nicht stören. Und eigentlich wollte ich das auch alles nicht mitansehen müssen. Hatte ich sie da reinmanövriert? Nein, Mayra hätte nicht mitgemacht, wenn sie nicht gewollt hätte, offenbar konnte sie über Davids stumpfen Sex-Humor lachen.

Ich seufzte, nur für mich, schloss die Tür wieder und ging mit der Flasche Rotwein in die Küche. Dort angekommen legte ich meine Schürze um, spülte das aufgetaute Stück Hirschschulter ab, tupfte es trocken und begann, es auszulösen. Dann schnitt ich es in Stücke, würzte und mehlierte es. Als die Pfanne gerade heiß war, hörte ich Fritzi nach Hause kommen. Ich warf die Fleischwürfel in die Pfanne, es zischte, und sofort verteilte sich der köstliche Duft in der Küche und setzte Speichelfluss und Erinnerungen in Gang.

Fritzi trug wie immer ihren Stoffbeutel voller Bücher über der Schulter. Jetzt mit ihr sprechen zu können war ungemein wohltuend. Sämtliche Floskeln oder Einleitungssätze waren unnötig. Je komprimierter die Information war, desto besser – Wortspiele oder Gefühlsäußerungen zu dechiffrieren war nicht ihre größte Begabung.

»Hallo Fritzi!

Meine Freundin Mayra aus Mexiko ist zu Besuch. Du hast manchmal ihre Videos mit angesehen.

Sie ist unten bei Dito.

Sie nimmt mit David ein Lied auf.

Rita hat ihre Sachen abgeholt.

Ihr Raum ist jetzt endlich frei.

Ich werde noch heute oben einziehen, mit Mayra.

Du hast dann das Zimmer für dich allein.

Später gibt es Hirschgulasch.«

Ich rüttelte an der Pfanne, die ersten Brocken lösten sich, ich wendete sie mit der Fleischpinzette.

»Eine Frau braucht Geld und ein Zimmer für sich allein, wenn sie Bücher schreiben möchte, und das lässt, wie Sie sehen werden, das große Problem der wahren Natur der Frau und der wahren Natur der Literatur ungelöst.«*

Fritzi war die wandelnde Literaturquizshow. Sie hatte zu jeder Situation ein Zitat parat. Ich brauchte einen Moment, bis ich begriff, dass sie das Zitat nicht auf sich selbst bezog. Fritzi würde keine Bücher schreiben – auch wenn Germanistikstudenten und Bildungsbürger ihre helle Freude daran gehabt hätten. Eine Collage, vollständig aus Zitaten gebaut. Nein, sie bezog sich auf Rita. Wenn unsere Mutter anwesend war, hatte sie dort oben an ihren Drehbüchern und früher an Theatertexten geschrieben.

»Ich habe eine Botschaft von Laura für dich«, fuhr sie fort. Laura tippte manchmal ein paar Zeilen, gab sie Fritzi zu lesen und überbrachte so Botschaften an Dito und mich. Sie liebte das, ich antwortete selten. Leider hatte David irgendwann davon erfahren und machte sich hin und wieder einen Spaß daraus, Fritzi verstörende Botschaften aufsagen zu lassen.

»Lass hören.«

Fritzi räusperte sich.

»Hallo Charlie, ich hatte eine Idee: Fritzi könnte der Plagiatskontrollgruppe beim *Text.Eval* helfen, und zwar bei der Untersuchung der Texte. Dito müsste sein Einverständnis geben, ich habe den Schrieb vorbereitet und in *Das Buch der lächerlichen Liebe* gesteckt. Könntest du deinen Vater bitten, ihn zu unterzeichnen? Außerdem: Ich habe heute aus der Zeitung erfahren müssen, dass ein gewisser Herr Charlie Berg seinen Affentext beim *Text.Eval* liest. Du kleiner Satan, hast du dich also doch beworben. Herzlichen Glückwunsch!«

Fritzi nickte, um zu signalisieren, dass die Nachricht vorüber war. Dann sagte sie: »Ich gehe lesen«, drehte sich um und verschwand in ihrem Zimmer.

---

* Virginia Woolf: Ein Zimmer für sich allein

Fritzi sollte die Texte auf Plagiate überprüfen? Das war genial. Vor einigen Jahren war dem Gewinner Ferdinand Teuer der Preis nachträglich aberkannt worden, als sich nach einigen Tagen herausstellte, dass er ohne Quellenangaben Zitate eingebaut hatte. Was eine wohlwollende Bezeichnung war für die Raubkunst, die er betrieben hatte. Ganze Passagen waren aus Texten verschiedener studentischer Literaturzeitungen übernommen worden, wenn auch nicht im exakten Wortlaut, jedoch klar erkennbar.

Da es zu viel Zeit in Anspruch genommen hätte, alle zehn Texte im Voraus durchzuchecken, hatte man sich darauf geeinigt, nur den Gewinnertext auf Plagiate abzuklopfen, und das konnte mehrere Tage dauern. Mit Fritzis Hilfe würde sich dieser Vorgang drastisch verkürzen, sie würde die Geschichte direkt nach der Lesung mit ihrer gigantischen, inneren Bibliothek abgleichen und wäre in kürzester Zeit damit fertig. Die Schwachstelle: Wurde der Text wie im Falle Ferdinand Teuer nur leicht umformuliert, wäre fraglich, ob Fritzi die Übereinstimmung erkennen würde. Ich stellte mir ihre innere Suche wie zwei Folien vor: Auf der einen stand der zu untersuchende Text, die andere dehnte sich unendlich in alle Richtungen aus und huschte unter der oberen Folie hin und her, um Stellen zu finden, an denen auffällig viele Worte aufeinanderpassten.

Nachdem ich auch die Zwiebeln geschnitten und zu dem mittlerweile im eigenen Saft badenden Fleisch gegeben hatte, goss ich den Rotwein und die Brühe an, zerstieß Piment, rieb Zimt und gab alles mit den restlichen Gewürzen in die rotbraune Flüssigkeit. Zum Schluss nahm ich das Stoffsäckchen aus der Schublade, wusch es kurz, pflückte die Kiefernnadeln vom Zweig und hängte es in den Topf. Als das Gulasch eine Weile gekocht hatte, reduzierte ich die Hitze und machte mich auf den Weg nach oben. In mein Zimmer für mich allein.

Ritas Raum

Ich hatte Ritas Raum noch nie während ihrer Abwesenheit betreten. Er war immer ihr Heiligtum gewesen. Stets verschlossen. Früher, wenn sie zwischen den Produktionen für einige Tage oder wenige Wochen zu Hause war, klopfte ich manchmal an, und wurde ich hereingelassen, saß ich ehrfürchtig schweigend vor dem weiß lackierten Baugitter, das den größten Teil der Stirnwand ausfüllte. Reden war verboten, während sie tippte und dabei Wein trank. Dito und Rita hatten das Gitter in jungen Jahren gemeinsam »organisiert«, kurz nachdem sie mich hatte herausschneiden lassen und aus ihrem ehemaligen Kinderzimmer das Arbeitszimmer gemacht hatte.

Mit Wäscheklammern, Tesafilm und Magneten waren hauptsächlich Seiten aus Magazinen, eigene Skizzen, selbst verfasste Glückskekstexte und Fotos daran befestigt. Aber auch Socken, die niemals gestopft wurden, Konzert- und Theaterkarten, eine halbe rote Salami aus Spanien und jede Menge Postkarten – alle von Rita an Rita. In meiner Kindheit war das Gitter kaum noch zu sehen gewesen, so voll hing es mit Erinnerungen, Plänen und Inspiration. Nur hier und da hatte eine weiße Strebe hervorgelugt. Jetzt war es nahezu komplett blank. Wie ein Skelett, an dem noch ein paar Fetzen Fleisch hingen – so hätte man auf einer Theaterbühne eine Gefängniszelle dargestellt. Die einzigen Fenster im Raum waren die beiden Luken, oben in den Dachschrägen. Rita hatte das nie gestört: »Wozu brauche ich ein Fenster? Um *Piesbach* zu sehen?«

Die Salami hing noch immer dort, sie musste inzwischen zu Stein geworden sein. Ihr Geruch trug subtil zum Raumduft bei. Am Fuß des Gitters stand ihr alter Kassettenrekorder. Ich prüfte, ob eine Kassette drinsteckte, aber er war leer. Wahrscheinlich ging nicht einmal mehr das Radio. Ich schaltete es an, ein Kultursender spielte alten Jazz, angemessen blechern. Außer der Salami, den Wäscheklammern und Magneten hing am Gitter nur noch eine Socke – und eine Plastikfigur. Ich stutzte. An den Superhelden hatte ich jahrelang nicht gedacht, doch ich erkannte ihn sofort. Mayra hatte ihn mir zu meinem zwölften Geburtstag aus Mexiko geschickt.

Ich erinnere mich noch genau, wie ich das Ding aus einer anderen Welt anstarrte, nachdem ich das Geschenkpapier sorgfältig auseinandergefaltet hatte. Die Figur aus hartem, glänzendem Kunststoff war so lang wie ein Telefonhörer, knallrot, mit gelber Hose – und sie konnte fliegen. So etwas gab es in unserem Haushalt ebenso wenig wie Fernsehen. Plastikspielzeug war etwas für Asoziale, Fernsehen machte dumm.

Aus einer kleinen Öse in seinem Bauch kam eine Nylonschnur, die an einem Griff befestigt war, der entfernt an einen Pistolenkolben erinnerte. Hielt man diesen fest und ließ die Figur wie eine Steinschleuder in schnellen Bewegungen über dem Kopf kreisen, wurde die Schnur immer länger. Mit Hilfe der Fliehkraft und etwas Geschick konnte man die gefederte Spule in seinem Bauch nach und nach komplett abwickeln und den schweren, brummenden Superhelden majestätische Bahnen ziehen lassen. Wenn man die Geschwindigkeit drosselte, rollte sich die Schnur langsam wieder auf, und in immer enger werdender Kreisbahn flog er schneller und schneller zurück nach Hause. Es war das allerbeste Geschenk, das mir in meinem ganzen Leben gemacht wurde. Dito griff sich die Figur, um mir zu demonstrieren, wie es funktionierte. Dabei hatte ich mir längst die spanische Bedienungsanleitung durchgelesen und die Schwarz-Weiß-Fotos studiert, auf denen ein mexikanischer Junge die Figur kreisen ließ. Es gelang Dito, meinen Superhelden nach wenigen Umdrehungen gegen die Hauswand fliegen zu lassen. Als er das Spielzeug mit dem Kommentar »so ein Vollschrott« auf den Gabentisch zurückwarf, war die Schnur verknotet und eine Hand abgebrochen. Meine Mutter – damals noch im postnatalen Hormonrausch – versuchte mich zu trösten. Sie nahm den Superhelden, hob auch sein kleines Händchen auf, versprach mir, dass sie die Schnur entwirren würde, und brachte den namenlosen Plastikmann hoch in ihr Reich, wo er monatelang am weißen Gitter hing. Dann verschwand sie nach Wien, und ich war davon ausgegangen, dass sie den Superhelden entsorgt hätte. Doch jetzt war er zurück.

Ich nahm ihn in die Hand. Er war winzig, viel kleiner, als ich ihn in Erinnerung hatte. Vom Nylonschnurgewirr war nichts mehr zu sehen. Seine Hand war da, wo sie sein sollte. War es ein neues Spielzeug? Erst bei näherer Untersuchung konnte ich die Bruchstelle sehen, sauber geklebt. Ich war damals einfach viel kleiner gewesen – die meisten Helden der Kindheit schrumpfen, wenn man sie mit erwachsenen Augen sieht. Ob die Mechanik auch wieder funktionierte? Ich hielt ihn in der linken Hand, zog mit der rechten am Griff – der Faden ließ sich mit angenehmer Spannung aus dem Bauch ziehen. Als ich die Figur losließ, schnellte sie zum Griff, die Spule machte ein surrendes, sauberes Geräusch. Es war unglaublich befriedigend.

Ich hob den Arm und begann vorsichtig, ihn über dem Kopf kreisen zu lassen. Tatsächlich spulte sich der Nylonfaden ab, und der Superheld machte den brummenden Sound, erst ganz leise, dann mit größer werdender Bahn wurde das Geräusch lauter und satter. Es machte mir mehr Spaß als einem Zwölfjährigen. Der Superheld legte sich mächtig in die Kurve, die Kreisbahn, die er beschrieb, war bald so groß, dass er wie in Zeitlupe um mich herumflog, ich musste aufpassen, damit er nicht die schrägen Wände berührte.

Mayra würde Augen machen.

Das Brummen schwirrte durch die Luft, übertönte bald die Jazzmusik, ich war wie in Trance: die kreisende Bewegung, der

Geruch der alten Chorizo, der satte, mächtige Sound eines gigantischen Insekts, das weiße, blanke Gitter im weißen Raum, und jetzt roch es auch nach mexikanischer Himmelsbäckerei, die Tür ging auf, ein hässliches Geräusch erklang: *Krfilschch!*

Der Faden schnellte zurück zu mir, ohne Superheld. Sein Körper war beim Zusammenstoß mit der Tür in viele Stücke zersprungen und hatte sich über den Fußboden verteilt.

Leicht benommen blieb ich stehen, wie aus einem im Mittagsschlaf geträumten Traum gerissen.

Mayra machte Augen.

Louis und Ella

»Was war das?«, fragte sie.

»Dein Superheld«, antwortete ich und blickte vom Griff in meiner Hand zu den Plastikscherben auf dem Boden. »Rita hat ihn anscheinend doch repariert. Er hing hier am Gitter.«

»Oh nein, Cha-Cha, das tut mir leid!«

Sie hockte sich hin und schob die Reste des Superhelden zusammen, sehr langsam und sorgfältig. So benebelt kannte ich sie nur von einigen Momenten auf den Tapes. Die Aufnahmesession in Ditos Keller hatte Spuren hinterlassen. Ich warf den Griff dazu.

»Egal. Ich habe ihn noch ein letztes Mal fliegen lassen. Und gleichzeitig war es das erste Mal. Du hast ihn mir geschenkt und mit dem Öffnen der Tür auch wieder zerstört. Kafka wäre begeistert.«

Sie lächelte mich mit schmalen Augen an. Im Radio setzte ein neuer Song ein, *Cheek to Cheek,* tatsächlich. Mayra zog die halb nachgewachsenen Augenbrauen hoch und trat mit ausgestrecktem Arm auf mich zu. Ich griff nach ihrer Hand, und schon hatte sie mich einmal um die eigene Achse gedreht und an sich gezogen. Es war die beswingte Version mit Louis Armstrong und Ella Fitzgerald, nicht die zackige Fred-Astaire-Nummer, zu der Oma und Malinche damals getanzt hatten. Mayra grinste breit und führte, meine linke Hand landete notgedrungen auf ihrer Hüfte, die im Takt hin- und herschwang. Wir sahen uns an, dann kam sie näher, kam richtig nah, und ich versuchte so gut wie möglich mitzuschwingen, und schließlich landete ihre Wange an meiner Wange, und ich spürte ihre Brust an meiner Brust, und auch unsere Hüftknochen gingen auf Tuchfühlung, und ich versank in all dem wunderbaren Geruch und Gefühl und Getanz.

Louis' übercremige Stimme verstummte, und Ella setzte ein. Um ihrer Stimmlage gerecht zu werden, schraubte sich das Lied in einem irritierenden Harmoniewechsel in die Höhe, Ähnliches geschah in meinem Schritt. Als ich realisierte, was vor sich ging, war es bereits zu spät. Auch Mayra musste es gespürt haben. Ich fühlte die Hitze in mein Gesicht schießen, rückte rasch von ihr ab, und für einen Moment tanzten wir mit züchtigem Abstand noch weiter, bis ein vorzeitiges Fade-out und eine fröhlich plaudernde Moderatorin uns erlösten. Ich ging zum Radio und schaltete es aus.

»Du kannst hier oben schlafen«, sagte ich und zeigte auf Ritas Futon, links an der Wand auf der Erde. »Ich bleibe erst mal bei Fritzi.«

»Ich dachte, das hier ist jetzt dein Zimmer?«

»Ja schon, aber du musst ja auch irgendwo schlafen.«

Ich dachte an unsere erste Rangelei. An die Nacht im Baumhaus, ihre kalte Faust an meinem Herz. Ich war immer davon überzeugt gewesen, dass unsere Liebe vom Minenfeld der Sexualität ferngehalten werden musste. Nur dann würde sie ewig währen und nie verblassen.

»Komm, dein eigenes Zimmer? Da träumst du doch seit Jahren von«, sagte sie. »Lass uns deine Sachen hochtragen.«

Endlich Hirschgulasch

Ich nahm den Deckel vom Topf, schöpfte etwas Gulasch mit einem kleinen Löffel heraus, pustete und überprüfte zunächst nur mit der Nase, zerlegte die Aromen, wartete, pustete erneut und probierte. Es fehlte noch der Honig und frisch gemahlener Anispfeffer. Nachdem ich beides dem Gericht in der richtigen Menge hinzugefügt und langsam gerührt hatte, um den Thymianhonig gleichmäßig zu verteilen, schöpfte ich den abschließenden Probierlöffel mit einem Brocken Fleisch heraus und pustete drauf. Ich hielt ihn Mayra hin. Sie griff meine Hand und führte den Löffel in Richtung Mund, bis er zwischen ihren Lippen verschwand und blitzblank wieder herauskam. Auf ihrem Gesicht konnte man miterleben, welche Erinnerungen und damit zurückkehrenden Emotionen der Geschmack in ihr auslöste.

»Oooooaaaah, Cha-Cha, sieben Jahre ist das her!« Sie schmatzte langsam mit geschlossenen Augen. »Mmmmmmmh! Noch besser, als ich es in Erinnerung hatte.« Dann riss sie die Augen auf. »*Quiero más!*«

Sie versuchte, mir den Löffel abzunehmen, aber ich war schneller, versteckte ihn hinter meinem Rücken und setzte den Deckel zurück auf den Topf.

»Nein«, sagte ich streng, »lass uns auf die anderen warten.«

Mayra spielte ein zickiges Gesicht, das ganze Programm mit gekräuseltem Nasenrücken, zu Schlitzen verengten Augen, halb rausgestreckter Zunge und leichtem Kopfschütteln. Was aber nur ein Ablenkungsmanöver war, denn im nächsten Moment riss sie mit einer blitzschnellen Bewegung den Deckel vom Topf, stippte den Mittelfinger ins kochend heiße Gulasch, um ihn mir zu zeigen und mit hochgezogenen Augenbrauen genüsslich abzulutschen. Dabei sah sie mir in die Augen, stöhnte und lutschte länger als nötig. Als sie mein Gesicht sah, zog sie den Finger mit einem *slüjt!* aus dem Mund, lachte ein belustigtes »*Carnalito!*« und verpasste mir den obligatorischen Boxhieb auf den Oberarm.

Im Flur öffnete sich die Tür. Die beiden Kellerkinder kamen aus dem Nebel nach oben gekrochen. Dito, mit extrem verkleinerten roten Augen blieb kurz stehen, als er die Küche betrat, inhalierte den Wohlgeruch und brummte, dann nahm er sich ein Bier aus dem Kühlschrank und setzte sich zu Mayra. David, die Trainerbrille im Gesicht, wedelte verheißungsvoll mit einer Kassette und grinste glücklich.

»Es ist vollbracht. Ich halte unsere sorgenfreie Zukunft in den Händen.«

Ich stand am Schrank und war im Begriff, die Teller herauszuholen.

»Was ist mit dir, David, isst du mit?«

Er schob die Brille in den Haaransatz und lächelte mich an, Liebe im Blick.

»Ich fühle mich geehrt und weiß die Bedeutung dieser Einladung zum familiären Gulaschessen zu schätzen. Jedoch habe ich noch *Termine*-Termine, wenn Sie verstehen, was ich meine.«

Er schob die Brille zurück auf die Nase und runzelte die Stirn in einem Dolph-Lundgren-Loop. *Termine*-Termine hatten immer etwas mit *Winterschlussverkauf, der in den Sommer verlegt wird,* zu tun. David war also mit einer seiner Ü50-Bekanntschaften zum Geschlechtsverkehr verabredet.

»Ein andermal gern«, sagte er, »doch jetzt heißt es Abschied nehmen. Lass dir von deinem hochbegabten Vater eine Kopie unserer Frührente ziehen, ich mache mich derweil zügig ans Storyboard für das Video. Im Nightliner habe ich genug Zeit totzuschlagen. Sobald wir von der Tour zurück sind, können wir drehen.«

»Sagtest du *Nightliner*?«

David riss die Augen auf. »Ach, das weißt du noch gar nicht!« Er legte die Hände an die Schläfen. »Alter, der Hammer: Wir spielen mit den *Die-Hearts* vier Konzerte als Vorgruppe von ...«, er machte ein Trommelwirbelgeräusch mit dem Mund und die entsprechende Geste mit den Zeigefingern, »... den *Mucho Muchachos*! Als Dankeschön für meine noble Karrierestarthilfe.«

Frau Tychinski hatte David befohlen, seine Beziehungen zur *Dicken Welle* spielen zu lassen, und die Single der *Mucho Muchachos* mehreren Radiomoderatoren nahegelegt. »Agga Agga« war dadurch so etwas wie der alternative Sommerhit des Jahres geworden, hatte an den Top Ten der Charts gekratzt und der neunköpfigen Party-Ska-Band zu einem Majordeal verholfen. Für *The Die-Hearts* bedeutete das, wenn auch nur als Vorband, zum ersten Mal in ausverkauften Großstadt-Clubs zu spielen. Nicht, wie sonst, in dürftig besuchten Jugendzentren oder Partykellern.

»Das ist ja mal was!«, sagte ich.

»Ja, und deswegen«, er wedelte wieder mit der Kassette, »hat mir Tychinski auch das hier diktiert. Alles Teil eines größeren Plans, wie mir scheint. Die Penner von Watusi Records kommen nämlich auch zum Abschluss-Gig nach Sumbigheim, und da werde ich ihnen den Song Backstage direkt unter die zugekoksten Näschen und in die aufgesperrten Öhrchen reiben. Der Plattenvertrag ist rein wahrscheinlichkeitsrechnerisch bereits unterschrieben, ihr könnt beginnen, Luxusgüter zu shoppen.«

Er drehte sich halb um und zeigte nacheinander auf jeden von uns, leicht außer Atem.

»Wo in Sumbigheim spielt ihr denn? Und wann?«, fragte ich.

»Nächste Woche, Chantalle, am Abend vor dem Fauni-Tag, in der *Ma-schi-ne-rie-hi*!«, das *Maschinerie* sang er mit Knabenstimme und flatternden Fingern neben den Ohren. »Letzter Tag der Tour, ganz Leyder und Umgebung hat am nächsten Tag frei, die Partytiere *Mucho Muchachos* feiern ihren Plattenvertrag, die *Die-Hearts* spielen im Vorprogramm, der gesamte, bereits geschlechtsreife Teil des Seneca-Gymnasiums wird anwesend sein. Ihr wisst, was das bedeutet, Kinder: spektakuläre Entgleisungen vor, auf sowie hinter der Bühne. Selbstredend hinterlege ich an der Kasse Backstage-Pässe. Charlie, für dich sogar einen Presseausweis. Du wirst das alles nämlich filmen.« Er sah hinüber zu Dito. »Ditschmann, auch für dich: Pflichttermin. Ich muss dich den A&R-Pfosten von der Plattenfirma vorstellen. Du stehst plus eins auf der Liste. Und Mayra, du musst natürlich auch dabei sein. Kann ich auf euch zählen?«

Mayra hob zustimmend ihr Bier, nickte und rülpste, sie hatte die Füße auf den Tisch gelegt, Dito hob grinsend den Daumen, während er einen Schluck Bier nahm. Ab einer gewissen Anzahl *geritterner Tümmler* redete er nur noch das Nötigste, und diese Anzahl war während der Produktion des Trainer-Songs offensichtlich geritten worden.

Der Trainer warf den Kopf in den Nacken, schnarrte und machte die Runde durch die Küche, um mit uns allen abzuklatschen.

Joseph Suder

Am Ende dieses wilden Tages, Nonno war inzwischen zu uns gestoßen, saßen wir zu fünft um den kleinen Tisch unserer kleinen Küche in der kleinen Souterrainwohnung in einer nach Joseph Suder benannten Straße, einem mäßig erfolgreichen und nicht sehr bekannten Komponisten. Viele Werke hatte er nicht geschaffen, hatte sich zeit seines Lebens nicht um den Zeitgeist des frühen zwanzigsten Jahrhunderts geschert, in das ihn das Universum gespuckt hatte, mitten in die Weltkriege hinein, und da der ganz große Erfolg ausblieb, musste er die meiste Zeit seines Lebens damit verbringen, an der Hochschule zu unterrichten. Lediglich seine Kammersinfonie fand international ein wenig Beachtung, wurde ein Mal sogar von Herbert von Karajan dirigiert. Dito hatte sich dem unbekannten Komponisten aufgrund der Parallelen zu seiner eigenen Musikerbiografie immer nahe gefühlt, nicht zuletzt, weil er ausgerechnet in der nach Suder benannten Sackgasse gestrandet war. Und so hob er auch jetzt seine Flasche Bier und sagte: »Auf Joseph Suder. Auf den Trainer. Und auf das Ende der brotlosen Kunst.«

Gläser und Flaschen klirrten aneinander, peinlich genau wurde darauf geachtet, dass sich niemand beim Zusammenstoßen der Getränke in die Augen blickte und sich grundsätzlich über Kreuz zugeprostet wurde, so wollte es das Familienritual. Dann tranken und aßen wir.

Nonno, der vom endgültigen Auszug seiner Tochter erfahren hatte, blieb wortkarg, Fritzi sowieso. Dito und Mayra waren im Stadium des sogenannten »Fressflashs« angekommen, in dem Sprechen keine Option darstellte und Tischmanieren zweitrangig waren. Es brauchte drei Portionen, bis sie sich endlich ermattet zurücklehnten. Dito brachte sogleich *einen Verdau-*

ungsapparat in Gang, Fritzi räumte ab und verschwand in dem Zimmer, in welchem sie fortan allein wohnen würde. Diese fundamentale Änderung ihrer Lebensumstände hatte sie mit erstaunlicher Gleichmütigkeit akzeptiert. Ein gutes Zeichen. Sie kam mit Kunderas *Buch der lächerlichen Liebe* wieder und begann es einzulesen. Ich betrachtete das mir gegenübersitzende, ungleiche Trio: den falschen Italiener, die bleiche, inselbegabte Bücherfresserin und den langhaarigen Fall für die Lebenshilfe, der auf beiden Oberschenkeln einen Takt klopfte, zur Seite sah und rhythmisch nickte. Sie würden bald zu dritt hier wohnen. Konnte das gutgehen? Der Schenkelbeat setzte aus, als meine Freundin aus Mexiko meinem Vater den Joint reichte. Niemand machte den Anschein, eine Gulaschgeschichte erzählen zu wollen. Ich dachte an Stucki im Thaiknast, diese Episode war noch nicht im Zustand der Erzählbarkeit angekommen, ich dachte an Oma, an Opa, an Rita, an das Baumhaus – und an den Leuchtturm.

»Ich hab euch noch gar nicht von der Nordsee erzählt. Und weshalb ich eigentlich da war.«

Dito reichte den *Grasknochen* zurück an Mayra, trommelte einen Lauf über die imaginären Toms und schlug eines seiner Luftbecken, das er wie bei einem Break aber sofort festhielt, um es verstummen zu lassen: »*Bwfsh!*« Er nickte mir auffordernd zu. Nonno lehnte sich zurück und trank einen Schluck Rotwein. Fritzi nahm ihren Finger aus dem Buch, klappte es zu und sagte: »Niemand wird lachen.«*

Alle vier sahen mich an.

---

* Milan Kundera: Das Buch der lächerlichen Liebe

Zwickmühle mit Rochade

Wie bei jeder guten Gulaschgeschichte musste ich etwas weiter ausholen.

Alles nahm seinen Anfang im letzten Schuljahr vor den Abiturprüfungen. Davids fortwährendes Geraune während des Unterrichts ging mir irgendwann auf die Nerven, und ich fuhr ihn an: »Kannst du nicht mal für einen Tag den Mund halten? Ich habe tatsächlich Interesse am Unterrichtsstoff, auch wenn du das nicht nachvollziehen kannst.«

»Wenn ich wollte, könnte ich mein ganzes Leben lang mönchsgleich schweigen. Ich will aber nicht.«

»Was muss ich dir geben, damit du nur eine Woche lang den Schnabel hältst?«

»Deinen Kopf.«

»Meinen Kopf?«

»Ja. Ich schweige eine Woche. Im Gegenzug darf ich dich frisieren, so wie ich es möchte.«

»Und wenn du doch sprichst?«

»Dann darfst du mir eine Frisur deiner Wahl verpassen.«

Ich überlegte.

»Was ist mit Lachen, darfst du lachen?«

»Meinetwegen nicht mal das. Ich bin der Sohn eines Mannes, der noch nie gelacht hat, und werde stumm bleiben wie eine Nacktschnecke.«

Er hielt mir die Hand hin. Ich schlug ein, denn ich wusste sofort, wie ich diese Wette gewinnen würde.

Noch nie hatte David meinen Penis gesehen, obwohl er immer wieder darum gebeten hatte. Sein Glied hingegen hatte ich bereits unzählige Male bewundern dürfen, denn er holte den *Prächtling* zu jeder unpassenden Gelegenheit hervor. Mir lag diese Form der Freizügigkeit mehr als fern, ich interessierte mich nicht für die Geschlechtsteile anderer Männer. Seine Penis-Obsession hingegen ging so weit, dass er mir bereits ein Lied komponiert hatte, das »*Lied für dein Glied*«. Wenn ich ihm nur ein einziges Mal während des Unterrichts, so seine Bedingung, mein Geschlechtsteil zeigen würde – ich dürfe es auch auf vorzeigbare Größe anmassieren, das könne er abstrahieren –, werde er sofort in der nächsten großen Pause auf die Bühne der Pausenhalle treten und das Lied laut singen, das hatte er mir feierlich versprochen.

Dieses Versprechen würde ihm nun zum Verhängnis werden. Wenn ich ihm während seiner Schweigewoche einen Bogen Papier mit dem Bild eines Elefantenkopfes zeigte, der anstelle des Rüssels ein Loch hatte, aus welchem mein Penis ragte, im besten Falle vollständig erigiert, untermalt von einem Trompetengeräusch aus meinem Mund – er würde vor Glück glucksend auflachen, er würde bewundernde, dankbare Worte sprechen *müssen*, und sollte er sich wider Erwarten beherrschen können, so müsste er dennoch umgehend in der Pausenhalle das Lied singen. Und spätestens damit hätte er sein Schweigegelübde gebrochen. Die perfekte Zwickmühle.

Der Verlierer musste einen Monat lang mit der Frisur herumlaufen, die der Gewinner ihm verpasste, ohne erzählen zu dürfen, dass es sich um Wettschulden handelte, nein, er musste sogar auf Nachfrage angeben, dass die Frisur das Ergebnis einer Stilberatung sei.

Die Woche begann und verlief, wie David sie sich vorgestellt hatte. Ich versuchte mit einigen harmlosen Aktionen, ihn aus der Reserve zu locken, einmal öffnete er sogar den Mund und bebte leicht, doch er blieb standhaft, stumm, sein Gesicht in vollkommener Gleichgültigkeit festgefroren. Im Unterricht schwieg er, in den Pausen drückte er sich im Dummkauf herum, nachmittags lag er in seinem Zimmer und hörte *Pornography* von *The Cure*, eine Platte, die er sich einst nur aufgrund des Titels bei einem Musikversand bestellt hatte und verabscheute. Da sein Gelübde auch galt, wenn er allein war, machte ich den ein oder anderen Überraschungsbesuch im Hause Käfer, begleitete Kafka nach der Schule, schlich mich hoch zu David und lauschte an der Tür, stand abends unter seinem Fenster. Er blieb stumm.

Die Woche neigte sich dem Ende zu, ich sparte mir den Triumph für den Freitag auf. Im Kunstunterricht besetzten wir beide als Einzige einen Tisch in der letzten Reihe. Unsere Zeichenlehrerin Frau Muhde, eine kleine Frau mit einer graubraunen Frisur, die aus den 60er-Jahren übrig geblieben war, teilte zu Beginn jeder Stunde Objekte aus. Während wir diese mit Bleistift aufs Papier übertrugen, las sie für eine halbe Stunde die *taz* und leerte dabei eine Thermoskanne Filterkaffee, schwarz. In den letzten fünf Minuten machte sie ihren Rundgang, begutachtete unsere Zeichnungen, überzog uns mit ihrem Kaffeeatem und überschüttete alle mit Lob, auch die hoffnungslosen Fälle.

Ich hatte die rechte Hosentasche vorsorglich innen aufgetrennt, fuhr nun mit der Hand hinein und griff mir langsam in die Unterhose. Warm und weich, wie eine nackte, schlafende Labormaus lag er in meiner Hand. Ich konzentrierte mich, schloss die Augen, rechnete sämtliche Gerüche aus der Welt, dachte an schöne Dinge und arbeitete langsam und unauffällig in meiner Hosentasche. Nichts tat sich. Das hätte ich vorher üben müssen. Ein nach oben ragender, erigierter Penis im Gesicht eines Elefanten hätte *Dave Killer* auf der Stelle zerlegt. Aber es war nicht möglich, ich konnte in der Schule keine Erektion bekommen, nicht mal die besagte »vorzeigbare Größe« ließ sich herbeimassieren. Also musste ich die Aktion mit dem schlaffen Glied durchziehen.

Vorsichtig nahm ich das Elefantenbild aus dem Block, ohne dass David die Vorderseite zu Gesicht bekam, wendete es unter dem Tisch und hielt es mir mit der Linken über den Schoß. Aus dem Augenwinkel beobachtete ich David, der heute einen Golfpokal zeichnen musste. Die golden funkelnde Figur des Golfspielers hielt mit beiden Händen einen Schläger vor dem Körper, wie beim finalen, zum Sieg führenden Put. Auf Davids Zeichnung hielt der Golfspieler selbstverständlich etwas anderes in seinen Händen. Er war hochkonzentriert, seine Zungenspitze bearbeitete unablässig den Mundwinkel. Mit der rechten Hand fuhr ich unter das Elefantenbild, öffnete meinen Reißverschluss, fummelte den verloren gegangenen Rüssel heraus, die Spitze mit der zusammengeschrumpelten Vorhaut lugte sogleich durch das Loch. Von oben zupfte ich an meinem Penis und arrangierte ihn unauffällig. Dann lehnte ich mich zurück und drehte mich samt Stuhl leicht zu David.

Ich machte ein winziges Schmatzgeräusch und flüsterte: »Hey. *Killer*.«

»Kann ich mal dein Geodreieck haben?«, fragte Katja Neufels, die sich lautlos hinter mir materialisiert hatte, um sich sogleich mit einem »Ihh, Alter, wie krank seid ihr denn?« wieder abzudrehen. Ich errötete, schämte mich, fixierte weiter David. Er bebte, doch sein Gesicht täuschte überzeugend Bedrücktheit vor. Dann kroch langsam etwas anderes in seine Züge, bewundernd senkte er immer wieder den Blick auf mein Elefant-/Penis-Arrangement. Mit Tränen der Rührung in den Augen beugte er sich hinab, um den Rüssel zu küssen, wie der Papst es bei einem besonders gottesfürchtigen Kind getan hätte.

Schnell entfernte ich das Blatt Papier und stopfte alles zurück in die Hose. Er hatte nicht gelacht. Er schwieg zufrieden. Frau Muhde kam vorbei und überschüttete uns mit Lob.

Ich hatte gehofft, David auf herkömmliche Art besiegen zu können. Der Triumph wäre rein und makellos gewesen. Aber dann musste es auf die dreckige Tour sein. Manchmal spielt die Dramaturgie des Lebens richtig gut mit, in diesem Augenblick erklang nämlich die Pausenglocke.

»Pausenhalle, Bühne, das Lied für mein Glied. Ich erwarte dich.«

Ich packte meine Sachen, schob den Stuhl zurück und erhob mich. Jetzt schweigen zu müssen war eigentlich unmöglich für einen *Dave Killer*, in seinem Gesicht wurde eine Schlacht in historischen Kostümen aufgeführt.

»Oder ist das Versprechen eines *Dave Killer* plötzlich nichts mehr wert?«

Mit diesem letalen Stoß drehte ich mich ab, ging in die Pausenhalle, stellte mir einen Stuhl vor die Bühne und wartete.

David beeilte sich, es strömten bereits Schüler in die Halle. Schnell stellte er sich auf die Bühne und sang das Lied. Es war ein wunderschönes Liebeslied. Das besungene Geschlechtsteil trug meinen Namen. Johlende Siebtklässlerinnen feuerten ihn an und zeigten auf mich, der ich namentlich erwähnt wurde, beim letzten Refrain sangen sie und einige hinzugestoßene Schüler die eingängige Melodie bereits mit.

Obwohl er definitiv verloren hatte, hielt er bis Sonntag um Mitternacht weiterhin seinen Mund und lachte auch nicht. Ich saß mit einem hartnäckigen Ohrwurm bei ihm im Zimmer, ausgerüstet mit Schere, Kurzhaarschneider und Wasserstoffperoxid. Um Punkt zwölf platzte es aus ihm heraus: »Du hinterhältige, kleine, miese, stinkende Darmzotte des Teufels! Punkt eins: Die Idee mit dem *Penisfant* war meine. Punkt zwei: Wenn du meinst, auf diese Art gewinnen zu können, irrst du dich gewaltigstens. Denn, Punkt drei: Ich habe die ganze Woche weder gesprochen noch gelacht!«

Er hatte sich vor mir aufgebaut, stemmte die Hände in die Hüften und stampfte mit dem Fuß auf.

»Und wessen schöne Stimme durfte ich in der Pause am Freitag das *Lied für dein Glied* singen hören?«

»Du sagst es selbst: SINGEN. Ich habe NICHT gesprochen.

Singen ist was anderes. Die Mönche im Schweigekloster halten ihr Leben lang die göttliche Schnute, singen aber, was das Zeug hält, Choräle und alles. Dass ich da nicht selbst draufgekommen bin! Ich hätte die ganze Woche singen können.« Den letzten Satz sang er.

Ich protestierte, er antwortete singend, so ging das minutenlang. Am Ende einigten wir uns darauf, beide verloren und beide gewonnen zu haben.

»Also machen wir uns gegenseitig eine Traumfrisur«, erklärte David grinsend. »Du darfst anfangen.«

Er bekam von mir einen von Ohr zu Ohr reichenden, zwei Zentimeter kurzen Irokesenschnitt verpasst, in den ich anschließend ein Leopardenmuster hineinblondierte. Seine Augenbrauen entfernte ich vollständig mit Wachs. Direkt im Anschluss machte er sich bei mir ans Werk. Ich bekam exakt die gleiche Frisur spendiert.

Wir rannten einen Monat lang mit diesem Desaster auf dem Kopf herum.

Jedenfalls war das die offizielle Version, die wir nach Ablauf eines Monats nach und nach streuten.

Der eigentliche Grund für die irrsinnigen Frisuren war tatsächlich ein ganz anderer.

Wir stellten uns gemeinsam vor den Spiegel und übten das gleiche Gesicht ein. David musste dafür seine schmalen Augen etwas unnatürlich weiten und ich meine dezent zusammenkneifen. So machten wir Passbilder. Durch die fehlenden Augenbrauen und den albernen Haarstreifen sahen wir uns auf eine oberflächliche Art ähnlich, der einstudierte Gesichtsausdruck rundete das Zwillingshafte noch ab.

Dann »verloren« wir beide unseren Personalausweis. Wir mussten zum Amt, mit den Frisuren, neue Ausweise beantragen. Das taten wir an unterschiedlichen Tagen, jeder bei einem anderen Sachbearbeiter. Als Foto gaben wir das Bild des jeweils anderen ab, niemand im Amt bemerkte es. Ich bekam also einen neuen Pass mit dem Foto von David samt Idiotenhaarschnitt und er seinen Ausweis mit einem Bild meines Frisurenverbrechens. Diese Pässe tauschten wir. Ich war jetzt David, er war Charlie. Wir waren ungefähr gleich groß, die zwei Zentimeter Unterschied würden sich versenden. Sportskanone David war allerdings viel kräftiger gebaut als ich. Er hungerte sich sieben Kilo vom Leib, die letzte Woche vor der Musterung fastete er sogar. Denn dafür hatten wir all den Aufwand betrieben: David würde für mich und ich für ihn zur Tauglichkeitsprüfung gehen.

Mit meinem kaputten Herzen verschaffte ich David Käfer eine Einstufung als wehrdienstuntauglich. Und der falsche Charlie Berg bekam selbst abgemagert noch T1. Ich konnte Zivildienst machen. Und David hatte nach dem Abitur erst einmal frei.

Weiterdrehen

»Im Januar bin ich weg, ihr Lieben. Ich werde im Leuchtturm sitzen, Vögel zählen und meinen Roman schreiben.«

Ich holte tief Luft und blickte in die Runde. Nonno grinste, Fritzi versuchte aus den Gesichtern aller Anwesenden zu lesen, ob das gut oder schlecht war, was ich gesagt hatte. Und Dito? Er hatte die ganze Zeit vor sich auf den Tisch gestarrt. Bisher war er davon ausgegangen, dass ich weiter bei Künstler & Pennie in der Werbeagentur arbeiten würde, mich wie gehabt um Fritzi kümmern würde, die Wäsche, den Haushalt, den Einkauf erledigte. Und dass er einfach so weiter durchs Leben treiben konnte wie bisher. Mein Vater erhob sich.

»Ihr kleinen Schlingel. Das habt ihr aber mal ganz schön ausgefuchst durchgezogen, Respekt!«

Er grinste, nickte anerkennend, also mit der vorgeschobenen Unterlippe und den Richtung Stirn verschobenen Brauen, ging zum Kühlschrank und holte sich noch ein Bier, öffnete und hob es: »Auf das Ende der brotlosen Kunst.«

»Und ich wohne dann oben wieder ganz allein?«, sagte Nonno gespielt vorwurfsvoll. »Du bist doch gerade erst eingezogen!« Dann drehte er sich lächelnd zu meiner kleinen Schwester. »Fritzi, was meinst du?«

»Das ist das Beste, was ich seit Langem gehört habe. Kann ich jetzt gleich einziehen?«*

»Na, noch bin ich nicht weg!«, antwortete ich.

»Aber wenn, dann kann ich endlich das Zimmer hier unten übernehmen!«, rief Dito begeistert und nahm einen Schluck Bier. »Ein richtiges Schlafzimmer! Habe ich schon lange von geträumt.«

Mayra und ich tauschten einen Blick. Niemand war traurig oder sauer, ich hatte mit wesentlich mehr Drama gerechnet. Aber gut, sie brauchten mich nicht. Dann konnte ich also beruhigt meines Weges ziehen. Eine kleine Enttäuschung machte sich in mir breit.

Immerhin, niemand war in der Stimmung, eine weitere Gulascherzählung zum Besten zu geben. Mir war es recht.

Nonno gähnte. »Ich muss ins *letto*.« Er erhob sich.

Ich begann, die Spülmaschine vollzuräumen, Dito ging nach unten, Fritzi in ihr Zimmer, Nonno schlich nach oben, nur Mayra blieb noch in der Küche stehen.

»Können wir morgen ins *casa en el árbol* fahren, Cha-Cha, geht das?«

Ich nickte. *Nichts lieber als das.*

---

* Astrid Lindgren: Lotta zieht um

Sie gähnte und streckte sich mit geschlossenen Augen, der weiße Feinrippstoff spannte über ihrem Busen, ich sah weg.

»Gut, ich leg mich schon mal hin. Kommst du auch gleich?«

Ich nickte erneut.

Mayra verließ die Küche und nahm die knarrende Holztreppe nach oben.

Ich kochte mir einen Fencheltee und setzte mich allein an den Küchentisch, um mich zu sortieren. Das war erstaunlich rund gelaufen – irgendwie zu rund. Ich fragte mich, ob ich irgendetwas übersehen hatte. Wieso war Dito nicht in Panik ausgebrochen? Er schien geradezu erfreut gewesen zu sein über meinen baldigen Auszug. Und auch Nonnos Reaktion überraschte mich. Dass er Lust hatte, da oben zu zweit mit Fritzi zu wohnen. Vielleicht war es ihm einfach zu still, seit Nonna dauerhaft in Italien war. Vielleicht nahm ich mich einfach viel zu wichtig. Vielleicht würde sich die Sudergasse 25 auch ohne mich weiterdrehen.

Ins Bett gehen

Als ich nach oben kam, lag Mayra auf dem Futon unter meiner großen Decke und schnarchte. Ein kleines, verzauberndes, ziemlich alkoholisiertes, aber immer noch wohlriechendes Schnarchen. Sie schmatzte im Schlaf und murmelte »mmmmh«, ich schlüpfte in meinen Pyjama und kroch vorsichtig zu ihr unter die Decke. Völlig selbstverständlich rückte sie näher an mich heran und legte ihren Arm auf meinem Brustkorb ab und den Kopf auf meine Schulter. In meiner Körpermitte blieb alles ruhig. Sie seufzte zufrieden, ich verharrte, regungslos, Mayra atmend. Gegen fünf Uhr morgens schlief ich leider ein.

Una casa en el árbol

Beim Erwachen musste ich mich kurz orientieren, wusste nicht, wo ich war, die neue Position meines Radioweckerdisplays irritierte mich, dann begriff ich, erinnerte mich an alles und notierte die Uhrzeit in meinem Schlafheft.

Nonno war bereits im Laden, er hatte zwei Tassen auf die Maschine gestellt. Während Mayra oben mit ihren Dehn- und Kraftübungen beschäftigt war, bereitete ich unser Proviantpaket vor: Eistee mit Zitronenverbene, Sandwiches mit Huhn, Mayonnaise, gehackten Mandeln und etwas zerstoßenem Lorbeer. Dann machte ich mir einen Espresso und ihr einen Cappuccino, mit einem schäumenden Herz, das ich schnell mit dem Löffelstiel zu einem Baummuster verzog, als sie die Treppe herunterkam.

Ich ging ins Badezimmer und legte *Allegorese der See* auf, das ich im Kopf längst *Seeweh* nannte. Durch die cremige Blütenschicht blitzte der Grund aus Muschel und Alge auf, flankiert von Salz und Kokos, ich schloss die Augen und war am Leuchtturm.

Wir gingen nach unten, um zu frühstücken. Auf dem Tisch lag ein Zettel, Fritzi war in der Bücherei. Im Keller war es noch still. Ich holte den zweiten Helm aus dem Schrank im Flur.

Draußen war es kühl und feucht, die Luft hing voller Asphalt und Laub, beides nass. Mayra, die meine Vespa von den Videos kannte, stutzte kurz, als wir auf die Simson zusteuerten, sagte aber nichts. Sie setzte sich hinter mich, schlang ihre Arme um mich. Ich fuhr einen langen Umweg.

Als wir in Hochstimmung auf die Kieslichtung rollten, sank meine Laune augenblicklich wieder. Ich klappte das Visier hoch. Wir waren nicht allein. Die bekannten Limousinen und der weiße Transporter der Spurensicherung waren hier, Dittfurt stand am Auto, auf der Motorhaube lag ein kleines Deckchen, darauf eine Thermoskanne nebst einer Porzellantasse mit blauem Zwiebelmuster samt Untertasse. Ein Schraubglas voller Kluntje und ein Plastikbecher mit Sahne standen auch dort. Ich stieg ab, nahm den Helm vom Kopf und strich mir über die Haare.

»Herr Berg! Ich grüße Sie«, den Blick hatte Dittfurt längst auf meine weibliche Mitfahrerin geheftet. Als Mayra nun ebenfalls den Helm abnahm und ihr Haar erst schüttelte und dann zurechtwuschelte, unternahm er keinerlei Anstalten, seine Schockvergiftung zu verbergen. Mit geöffnetem Mund starrte er sie an. Mayra nickte ihm zu, er reagierte nicht. Er war, ohne es zu wissen, vollkommen im Bann ihrer Duftaura gefangen.

»Gibt es neue Erkenntnisse? Was machen Sie hier?«, fragte ich.

In diesem Moment erschien Frau Bentzin auf der Bildfläche. Sie kam aus Richtung der Koniferengalerie und näherte sich der Kieslichtung, auf der wir standen. Dittfurt erwachte erst jetzt aus seiner Trance. Schnell öffnete er das Schraubglas und ließ einen sanft klingelnden Zuckerstein in die Tasse gleiten. Dann drehte er den quietschenden Deckel der Thermoskanne auf und goss Tee auf den Kluntje, der selbstvergessen knackte. Das war guter Ostfriese, keine Supermarktware. Er tröpfelte drei, vier, fünf Tropfen Sahne hinein. Das machte er nicht zum ersten Mal.

Die Kommissarin öffnete das angelehnte Tor. Zwischen den Pfosten war ein rot-weiß gestreiftes Polizeiband gespannt, unter dem sie jetzt flink hindurchschlüpfte, ohne es zu berühren. Heute trug sie einen knöchellangen, hummusfarbenen Wollmantel. Sie kam zu uns und reichte erst Mayra und dann mir ihre weiße Hand mit dem dunklen Daumen. Mayra schien des Öfteren mit Menschen Kontakt zu haben, deren Haut salamanderfleckig war. Ich hingegen starrte die eigentümlich pigmentierte Kommissarin immer noch an, als wäre sie eine Außerirdische.

»Was ist das für ein Baumhaus in der Buche, wissen Sie das?«, fragte sie mich.

Mayra sah mich von der Seite an.

»Ja. Das ist unseres.« Ich drehte mich kurz zu Mayra, wir lächelten, nein, sie grinste. »Wir haben es als Kinder gebaut und wollen gerade dorthin. Meine Freundin ist aus Mexiko zu Besuch und hat es seit vielen Jahren nicht mehr gesehen.«

»Ach Gott, wie romantisch, Ihr Leben möchte ich haben.« Sie nahm die Tasse Tee von Dittfurt entgegen, rührte zwei Mal um, klopfte den Löffel an der Kante ab, legte ihn auf die Untertasse und trank einen Schluck mit abgespreiztem, kleinem, weißem Finger.

Dittfurt sah sie an, sie nickte ihm zu und formulierte ein lautloses »Perfekt« samt angedeutetem Lächeln.

Zu mir gewandt sagte sie: »Ich fürchte, dass die geplante Liebesszene in den Baumwipfeln des Privatwaldes ausfallen muss. Wir haben das Gebiet weiträumig abgesperrt.«

Ich seufzte.

»Immer wenn ich hierherkomme, sind Sie schon da und schicken mich wieder weg. Langsam nehm ich das persönlich.«

Sie lächelte. »Das ist mein Beruf, ich bin bei der Polizei. Man sperrt Orte ab, sucht nach Spuren und befragt Leute. Ist ein toller Job.« Sie trank die Tasse aus und reichte sie Dittfurt.

»Klingt spannend. Wenn ich bezüglich meiner Berufswahl ideenlos wäre, würde ich mich glatt bewerben.«

Dittfurt löffelte sich den Zuckerbrocken aus der Tasse und zerbiss ihn krachend. Frau Bentzin hob strafend die Augenbrauen in seine Richtung, dann sah sie von mir zu Mayra und wieder zu mir und nickte mit ihrem blonden Pagenkopf nach rechts, der anschließend sanft ausschaukelte. Sie ging in die angezeigte Richtung, ich folgte ihr. Als wir außer Hörweite der anderen waren, öffnete sie den Mund, doch ich kam ihr zuvor.

»Frau Bentzin. Was auch immer Sie von mir wissen wollen,

ich werde es Ihnen nur sagen, wenn Sie Mayra und mich ins Baumhaus lassen.«

Sie sah mich prüfend an. »Das meinen Sie ernst.«

»Wir haben uns seit über sieben Jahren nicht gesehen, und mit dem Bau dieses Baumhauses hat unsere Freundschaft begonnen.«

Sie blickte hinüber zu Mayra, die gerade mit einem Schulterzucken auf eine von Dittfurt gestellte Frage antwortete und gelangweilt zu uns herübersah. Als die Kommissarin ihren Kopf wieder zu mir drehte, war es, als wären ihre Augen etwas feuchter als zuvor. Sie nickte ein sehr kleines Nicken. Dann holte sie tief Luft und sagte mit gedämpfter Stimme: »Ihr Großvater hat doch einen Hund.«

»Ja, einen Dackel. Helmut. Ein gefürchteter Dachsjäger alter Schule, jeder hier im Wald kennt seinen Namen.«

»Wann haben Sie ihn das letzte Mal gesehen?«

»Bei meinem letzten Besuch im Sommer, wieso?«

»Wie ging es ihm?«

»Seine wilden Tage sind definitiv vorbei. Er kann kaum noch gucken. Ist was mit Helmi?«, fragte ich so besorgt wie möglich.

»Er ist tot. Wir haben ihn im Garten gefunden, frisch vergraben, vermutlich in der Nacht des Unfalls. Er wurde erschossen.«

Ich sog scharf die Luft ein, dann hielt ich mir die Hand vor den Mund, nahm meine Brille ab und wischte mir übers Gesicht. Erleichtert stellte ich fest, dass die Erwähnung von Helmis Tod und die damit verknüpfte Erinnerung meine Augen ganz von allein feucht werden ließen. So musste ich mir bei meiner Darbietung nicht allzu schmutzig vorkommen. »Oh nein, Helmi…«, sagte ich, fast flüsternd.

»Im Müll haben wir eine Spritze und die leere Flasche eines Narkotikums gefunden, das zur Euthanasie von Tieren benutzt wird. Ich vermute, dass ihr Großvater vorhatte, den Hund einzuschläfern, dies aber nicht recht gelingen wollte und er so zum letzten Mittel greifen musste. Klingt das realistisch?«

Sie ist gut.

»Keine Ahnung. Er hat diesen Hund über alles geliebt. Seit dem Tod meiner Oma war Helmi sein einziger Freund. Ich kann mir nicht vorstellen, dass er ihn erschossen hat.«

Warum sage ich so was?

»Wer käme sonst noch in Frage?«

Ich zuckte mit den Schultern. Mayra hatte sich inzwischen seitlich auf den Roller gesetzt. Sie schob den Kies vor sich mit den Schuhen zu einem Häufchen zusammen. Dittfurt wandte sich ab und begann mit gesenktem Kopf, die Tee-Utensilien seiner salamanderschönen Chefin im Auto zu verstauen. Ich kostete mit geschlossenen Augen vom Rest des Chanels. Erst wenn die Kopfnote von *N°5* verflogen war und die blumige Herznote aus Iris, Maiglöckchen und Rose abzuklingen begann, erreichte mich dieser Duft: die Basis aus Amber, Sandelholz, Vanille und Vetiver, jenes Gras aus den Tropen, aus dessen Wurzeln ein fantastisch duftendes Öl gewonnen wurde – das alles entwickelte sich vortrefflich auf der Haut der Kommissarin.

»Haben Sie einen Jagdschein?«

»Nein, mein Vater ist absoluter Pazifist, das hätte er niemals gewollt.«

»Und Sie? Können Sie schießen?«

Als ich die Lippen zusammenkniff, bemerkte ich ihren Blick. Er nahm alles mit, ob man es hergeben wollte oder nicht. Ich musste aufpassen, dass ich es mit meinem Minenspiel nicht übertrieb.

»Bitte erwähnen Sie es nicht meinem Vater gegenüber. Aber mein Opa hat mich manchmal auf dem Schießstand Kipphasen schießen lassen. Als Kind wäre ich gern Jäger geworden, ja.«

»Und jetzt? Romancier?«

Ich schluckte meine Verblüffung herunter.

»Sie sind doch der Charlie Berg, der in letzter Minute noch beim *Text.Eval* nachgerückt ist, oder? Ihr Name steht im Tageblatt.«

»Oh, das habe ich noch gar nicht gesehen. Ja, das stimmt, am Samstag bin ich dabei. Aber, um auf Ihre Frage zurückzukommen: Ich habe den Dienst an der Waffe verweigert. Im Januar trete ich meinen Zivildienst an.«

Sie nickte und steckte sich eine ihrer filterlosen Zigaretten an. »Gut. Da Sie am Wettlesen teilnehmen, besteht wohl keine Gefahr, dass Sie in nächster Zeit die Gegend verlassen. Ich weise Sie trotzdem darauf hin, dass Sie bitte erreichbar bleiben.«

»Wo sollte ich denn hingehen?«

»Nach Thailand? Nach Italien? Nach Mexiko? Ihr fabelhaftes Leben bietet mannigfaltige Möglichkeiten, um Leyder zu entkommen.«

Nach Mexiko. Mit Mayra. Auf dem Schiff.

Sie fuhr fort. »Und ich würde gern noch mal in Ruhe mit Ihnen sprechen, auf dem Präsidium. Könnten Sie Montag vorbeikommen?«

»Ich muss eigentlich wieder zur Arbeit, aber für so etwas bekommt man frei, oder?«

Sie lachte Rauch aus, schmetterte die nicht einmal halb verglühte Zigarette in den Kies und stampfte mit der Hacke ihres Stiefels drauf. Es knirschte.

»Aber ja«, sagte sie, immer noch amüsiert den Kopf schüttelnd. »Ich schreibe Ihnen eine Entschuldigung. Und bringen Sie bitte Ihren Vater mit.«

In diesem Moment erschienen die Kollegen von der Spurensicherung, die kleine Frau Schaffner entfernte das Absperrband, das sich für sie auf Halshöhe befand. Der doppelt so lange Kollege Magnusson winkte grinsend mit einer Handvoll kleiner, durchsichtiger Plastiktüten. Beweismaterial.

»Fertig«, rief er.

Frau Bentzin lächelte mir zu. »Na bitte. Zeit für die Lovestory.«

Über den Gipfeln

Mayra stand am Stamm und befühlte unser Zeichen. Ich kniete etwas abseits und wischte das Moos und Laub beiseite. Da waren Schaffner und Magnusson nachlässig gewesen, sie hatten die in der Erde versenkte Stahlkiste nicht entdeckt. Ich nahm den Schlüssel aus der Innentasche, öffnete das kleine Vorhängeschloss und klappte den Deckel auf. Mayra kam zu mir, kniete sich neben mich und holte das Seil heraus. Am einen Ende befand sich der mit Makrameetechnik umflochtene Stein – der Wurfanker. Das andere Ende des Seils war an der Strickleiter festgeknotet, alles war sauber aufgerollt.

Wir stellten uns unter das Baumhaus, Mayra ließ die Strickleiter auf die Erde plumpsen und warf das Seil vor sich aus, damit es sich nicht verheddern konnte. Sie wog den Stein in ihrer Hand, blickte zu mir und dann hinauf zum dicken, quer abstehenden Ast der Buche, in dessen Oberseite Oma vor Jahren die Pflöcke getrieben hatte. Daneben war noch immer der schwarze Brandfleck zu sehen, ein Mal des Bösen.

»Oder willst du?«, fragte sie.

»Nein, ich habe das oft genug in den letzten Jahren gemacht.«

Sie sah mich an. Ihr Gesicht glänzte feierlich, und sie biss sich auf die Unterlippe. Wir blickten gemeinsam nach oben, sie prüfte weiterhin das Gewicht des Steins, warf ihn ein paar Zentimeter in die Luft, fing ihn wieder auf.

Gleich beim ersten Versuch gelang es ihr. Der Stein flog über den Ast und zwischen den beiden Pflöcken hindurch. Er rauschte auf der anderen Seite herunter, zog das Seil hinter sich her und mit seinem Gewicht die Strickleiter ein Stück in die Höhe. Sie zog weiter am Seil, bis die erste Sprosse oben andockte, schlug ein paar Wellen mit der wabbeligen Leiter, dann verhakte sich die oberste Querstrebe hinter den beiden Pflöcken. Bei ihr sah alles immer so einfach aus, man wollte ihr stundenlang zusehen, egal was sie tat.

Als wir beide oben waren – sie mit Leichtigkeit, ich unter größter Anstrengung –, öffnete Mayra sofort alle Fensterläden.

»*Carnalito*, es hat sich ja überhaupt nicht verändert!«

Sie ging ins Schlafzimmer, legte sich auf die Matratze, schloss die Augen und atmete tief ein.

»Wie es hier riecht. Genau wie früher.«

Ihr Brustkorb hob und senkte sich. Ich lehnte am Rahmen des Durchgangs und lächelte. Sie hatte recht. Endlich roch es hier wieder so wie früher.

»Komm.« Sie erhob sich und ging in den Hauptraum, zur Dachluke, kletterte die Holzleiter nach oben und verschwand auf dem Plateau. Ich reichte ihr die Tasche mit dem Proviant nach oben, außerdem Gläser, Teller und eine Decke. Als ich hochkam, war diese bereits ausgebreitet und die Sandwiches lagen bereit. Mayra schenkte Eistee ein.

Lange blickten wir schweigend auf die sanft abfallende Wildwiese. Ein Hirsch röhrte in weiter Ferne, Mayra sah mich an und grinste.

»Warst du eigentlich je mit irgendwem anders hier?«

»Nur mit Fritzi.«

»Du hast hier keine *chicas* mit hergebracht? Aber Cha-Cha, warum das denn nicht?«

»Ich hab es mir zwar oft vorgestellt, aber wirklich dazu gekommen ist es nie. Nach Sera lief bei mir gar nichts mehr. Das weißt du doch.«

»Was weiß ich, ich dachte, vielleicht willst du mir einfach nicht alles erzählen.«

Doch. Also: fast alles.

»Gestern ist sie mir um ein Haar in den Roller gefahren.«

»Wer? Sera? Sie ist zurück?«

»Ja.« Ich biss in mein Sandwich, kaute, schluckte, sie tat es mir gleich. Dann tranken wir Eistee, nicht ohne vorher anzustoßen.

»Sie ist zurück, und sie will mich treffen.«

»Oha. Aber das willst du doch hoffentlich nicht?«

»Jahrelang wollte ich nichts anderes. Aber als wir gestern plötzlich voreinander standen, merkte ich, dass ich sofort wieder zu dem kleinen Charlie von damals geworden bin. Für sie bin ich nur Spielzeug.«

Ich hatte Mayra nie die ganze Geschichte erzählt. Nur dass wir »im Bett« gewesen waren. Und natürlich von ihrem Verschwinden, später auch von meinem Anruf in England. Wie der Abend mit Sera endete, hatte ich verschwiegen.

»*Carnalito*, lass da bloß die Finger von. Die hat dich so kaputt gemacht damals. Was ist mit ihrem Mann? Und dem Kind?«

»Ich habe keine Ahnung. Nachhatar von der Oldtimerwerkstatt meinte, sie wäre wegen des *Text.Eval* hier.«

»Was hat sie denn damit zu tun?«

»Ich glaube, sie hat früher schon bei der Organisation mitgeholfen, Kafka hat mal so was erwähnt. Wahrscheinlich ist ihr langweilig in England.«

Wir schwiegen eine Weile, ein paar Bäume weiter erzählte eine Krähe der anderen, wie ihr Tag war.

»Und das mit dem *Text.Eval* ist gleich die nächste Sache«, fuhr ich fort.

»Was meinst du?«

»Rate mal, was mir kurz nach dem Urlaub ins Haus geflattert ist? Eine Einladung. Ich soll doch bitte den *Geliehenen Affen* auf dem *Text.Eval* lesen.«

»Was? Aber wie kann das sein? Du hast dich doch gar nicht beworben, oder?«

»Eben. Deshalb musste ich gestern so dringend zu Kafka. Er hat das ohne meine Zustimmung eingefädelt. Tut wahnsinnig geheimnisvoll. Ich würde auf jeden Fall gewinnen, und es sei meine letzte Chance.«

»Wie seltsam.«

»Damit nicht genug – kannst du dich an die Geschichte mit der verschollenen Gräfin erinnern?«

»Die, von der nur die Hand beerdigt wurde?«

»Genau. Laut Kafka ist sie wieder aufgetaucht. Und zu allem Überfluss auch noch meine Patin.«

»*Dios,* Cha-Cha, *eso es increíble!* Das ist ja wie in einer Telenovela hier!«

Begeistert von diesen jüngsten Entwicklungen gab sie mir einen Schubs. Ich musste mich abstützen, um nicht das Gleichgewicht zu verlieren, und fand plötzlich auch alles viel spannender als zuvor.

»Das Riesengeheimnis wird übrigens erst am Abend des Wettbewerbs gelüftet. Ich darf eigentlich noch gar nichts davon wissen.«

Wie einfach das war, von Angesicht zu Angesicht. Wie wohl das tat. Mit einem Menschen zu sprechen, der einen gut kannte. Und der direkt antwortete. Und der Mayra war.

Ich sah sie an.

»Und bei dir?«

Sie trank ihr Glas aus, stellte es ab, zog die Beine an und umfasste ihre Knie.

»Ich habe die Hochzeit abgeblasen.«

Sie sah mich an und zog ihr Gesicht in die Länge, wie *Der Schrei* von Munch, nur albern.

»Oh. Warum das denn?«

»Ach, Cha-Cha. Die Scheißdrogen. Ramón hatte mir versprochen, dass er mit dem Dealen aufhört. Er hatte sogar eine kleine Farm gekauft. Wir wollten raus aufs Land ziehen, Rinder züchten.«

»Rinder?«

»Ja, was weiß ich, Rinder, Hühner, Agaven, jedenfalls raus aus der Stadt. Aber dann hatte er andere Pläne.«

»Und zwar?«

»Egal, Cha-Cha, er ist ein Idiot.«

Du sprichst ein großes Wort gelassen aus.

»Ich hätte ihn schon viel eher verlassen sollen.«

Mein Puls nahm Tempo auf. Ich holte unauffällig tief Luft und atmete leise aus, bis ich sicher sein konnte, dass meine Stimme nicht beben würde.

»Und wie hat Ramón reagiert?«

»Er … weiß es vielleicht noch gar nicht?«

Sie versteckte ihren Kopf zwischen den Knien.

»Er weiß es nicht?!«

Eine Welle der Anspannung rollte durch ihren Körper, sie legte den Kopf mit geschlossenen Augen in den Nacken, trommelte genervt mit den Handballen auf die Decke und rief: »Cha-Cha! Ich bin jetzt nicht in Mexiko, sondern hier, und zwar, damit ich genau darüber nicht nachdenken muss. Okay?«

»Okay.«

Sie lehnte sich an mich, ihr Kopf landete auf meiner Schulter. Ich legte meinen Arm um sie.

»Irgendwann muss ich das klären, weiß ich selbst. Aber nicht jetzt.« Sie hob den Kopf und blickte mich von der Seite an. »Kann ich so lange bei dir bleiben?«

Ich drehte ebenfalls den Kopf und lächelte ihr ganz nah ins Gesicht.

»*Mi casa, su casa*, Mayra, das weißt du doch.«

Goldständer

Als wir uns wieder auf den Weg machten, wollten wir eigentlich nach Hause, um es uns mit den Videos gemütlich zu machen. Doch die Vorstellung, ab Montag abermals meine kostbare Lebenszeit damit zu verschwenden, mir Kampagnen für Vollwaschmittel oder Möbel aus Pressspan auszudenken, während Mayra bei mir wohnte, war unerträglich. Hatte ich das noch nötig? Nicht wirklich. Selbst wenn ich einen Großteil des Wilderergeldes für Stuckis Rettung hergeben musste, war noch genug übrig, um die nächsten drei Monate über die Runden zu kommen. Und da ich noch in der Probezeit war, konnte ich von einem auf den anderen Tag kündigen. *Herrlich.*

Also fuhren wir direkt zum Bahnhof, ich parkte den Roller, und wir nahmen die Regionalbahn nach Sumbigheim. Dort brachte ich Mayra bei Nonno im Laden vorbei, tippte in seinem Büro meine Kündigung und machte mich auf den Weg. Zunächst besuchte ich die Filiale der Volksbank und eröffnete ein Konto, auf das ich das restliche Geld aus dem Portemonnaie einzahlte. Dann nahm ich die Bahn zur Agentur.

Als ich im 8. Stock bei *Künstler & Pennie* aus dem Fahrstuhl stieg, schallte mir sogleich ein lustvolles Jauchzen entgegen. Manuel, der Empfangsherr, hielt die Muschel seines Telefonhörers bedeckt und blickte deprimiert den Seitengang hinunter, der sich meinem Blickfeld entzog und aus dem die Geräusche sich näherten.

»Bitte rufen Sie später noch einmal an, ja? Wiederhören«, flötete Manuel und legte auf. Er sah mich hilfesuchend an.

»Charlie Berg, du bist der einzig Vernünftige hier. Kannst du mich nicht heiraten, und dann gehen wir weg von hier? Ganz weit weg?«

Das Gequietsche war derweil bei uns angekommen. Marlon Künstler krabbelte mit nacktem Oberkörper auf allen vieren in den Empfangsbereich. Um den Hals trug er ein Hundehalsband, die Leine war straff gespannt und wurde, wie sich wenige Schritte später herausstellte, von Bianca Pennie geführt. Ihre blonde Lockenpracht war durcheinandergeschüttelt, der rote Lippenstift verwischt. Sie war barfuß, durchgeschwitzt, in der rechten Hand hielt sie eine Reitgerte. Aus dem geöffneten Schlitz ihrer dunklen Anzughose ragte der *Goldständer*. Es gab ihn also wirklich.

Als Marlon mich registrierte, bellte er zweimal laut und keifend, es klang wie Helmi, anschließend blickte er winselnd hoch zu Bibi. Dann sah auch sie mich, und beide begannen zu kreischen. Marlon bekam per Handbewegung die Erlaubnis, aufzustehen. Als er sich erhob, sprangen mir die roten Striemen auf seiner Brust ins Auge. Bibi war sofort bei mir und begrub mich unter ihrem riesigen Busen. Sie war 1,95 Meter groß, mit starken Knochen, und kannte weder Schamgefühl noch eine andere Hemmschwelle. Sie war geisteskrank, im klassischen, also nicht klinischen Sinne, obgleich eine Persönlichkeitsstörung definitiv im Bereich des Denkbaren lag.

Der Goldständer drückte gegen meinen Bauch, ihr Achselschweiß, in etwa auf meiner Nasenhöhe abgesondert, roch nach Buttersud, der restliche Körper nach Maische. Darüber lag ein neuer Duft von Revlon namens *Charlie Red*, der, obwohl großzügig aufgetragen, alle Mühe hatte, seine perverse Sirupsüße gegen diese Ursuppe durchzusetzen. Alles zusammen drückte auf meine Brust wie ein Nachtalb, Anzug und Hemd mussten möglichst bald kremiert werden. Marlon löste mich unter größter Kraftanstrengung aus ihrer Umschlingung und drückte mir feuchte Küsse auf beide Wangen. Sein Atem roch nach Wodka und Champagner. Die Augen glasig, seine Pupillen so sehr geweitet, man hätte auch sagen können: geöffnet, wie Löcher, durch die man bis in seinen Schädel blicken konnte, ich meinte, es neongelb blitzen zu sehen.

»Goldberg, wir haben ihn! Schau doch nur!«, raunte er und streckte hechelnd seine Zunge heraus.

Bibi machte einen Schritt zurück, stemmte die Hände in die Hüften und schob das Becken vor. Marlon griff den riesengroßen, goldglänzenden Metallpenis mit beiden Händen und massierte ihn zärtlich.

»In mein Büro«, ordnete Bibi an, »Chefinnenbehandlung.«

Jetzt war es an mir, einen hilfesuchenden Blick Richtung Manu zu werfen. Er zuckte kopfschüttelnd mit den Schultern. Da konnte er nichts machen.

Also nahmen mich die beiden geschäftsführenden Inhaber der Werbeagentur Künstler & Pennie GmbH in ihre Mitte und führten mich ab.

An dem kreisrunden Spiegeltisch in Bibis Büro wurde ich in einen der Jean-Prouvé-Stühle gedrückt. In der Mitte des Tischs war ein Champagnerkühler eingelassen, darin steckte eine umgedrehte Flasche, zwei Gläser standen daneben. Auch in dem drei Meter langen Quallenaquarium, welches das gesamte Büro in ein mystisches Blau tauchte, waren zwei Champagner- und eine Wodkaflasche versenkt worden. An der Seite des Tisches, an dem Bibi saß, waren schmale, daumenlange Vertiefungen in das spiegelnde Glas gefräst, fünf an der Zahl. Sie griff sich in den Ausschnitt ihrer Bluse, holte ein Tütchen aus dem BH und schüttete weißes Pulver neben die Furchen. Mit dem Fingernagel verteilte sie das Kokain in drei der Vertiefungen und strich es glatt, lutschte sich den Fingernagel ab, schlug Marlon auf die Hand, als dieser versuchte, hineinzutippen, und rollte einen Hundertmarkschein zusammen.

»Ma-Ma, Haare!«, stieß sie hervor, Marlon raffte sogleich ihre Lockenpracht zusammen, sie beugte sich vor, hielt sich ein

Nasenloch zu und schnupfte mit dem anderen eine Bahn durch die Banknote. Anschließend schüttelte sie sich wie ein nasser Hund, ließ dabei ihre fleischigen Wangen geräuschvoll schlabbern, rubbelte sich mit dem Handballen die Nase und hielt Marlon das Röllchen hin. Er, immer noch mit nacktem Oberkörper und Halsband, schnupfte ebenfalls seine Portion, hielt den Hunderter in meine Richtung und sagte: »Komm. Zur Feier des Tages. Wir haben den *Ständer*. Und du bist daran nicht ganz unschuldig.«

Er sang die Titelmelodie des James-Bond-Klassikers, den jüngsten Entwicklungen entsprechend umgetextet: »*Goooooldständer...*« Und während er das Bläserthema mit den Lippen blies, prokelte er mit dem gerollten Geldschein in meinem Nasenloch herum, Bitterkeit schoss mir in den Schädel.

Ich wandte den Kopf ab.

Bibi hatte sich erhoben, stellte sich hinter mich, legte mir die Hände auf die Schultern und die Brüste auf den Kopf. »Los. Bergihase. Dann darfst du ihn auch mal tragen.«

Sie fummelte die goldene, geäderte Penisattrappe aus ihrer Hose und stellte sie mitsamt dem Gurt direkt vor mich auf den Tisch. Dann bückte sie sich herunter zu meinem Ohr und raunte verschwörerisch: »Ich hatte ihn schon drin.«

Marlon sah mich mit leuchtenden Augen an, nickte und flüsterte, leicht nach vorn gebeugt: »Ich auch.«

Der Goldständer war ein inoffizieller Wanderpokal, den *K&P* mit zwei weiteren Werbeagenturen ins Leben gerufen hatte, vor über zehn Jahren, als Marlon und Bibi die eigene Agentur gründeten. Die anderen beiden, *Singer, Rubicon & Singer* sowie *Young de Silk* waren zwei Urgesteine der deutschen Werbebranche. Marlon hatte in jungen Jahren als Creative Director für *YdS* einige »Fäuste« eingeheimst, Bianca ebenso bei *SR&S*. Die sogenannten »Fäuste« vergab der *Creative Campaign Club* jedes Jahr für die besten Werbefilmchen und Kampagnen in Gold, Silber und Bronze. Der ganze Wettbewerb war allerdings eine komplette Farce. In den Jurys saßen ausschließlich die Chefs und Kreativdirektoren der großen Agenturen, die sich gegenseitig die Preise zuschoben. Für jede Einreichung war eine pervers hohe Gebühr fällig, und teilweise wurden Kampagnen ausschließlich zu dem Zweck entwickelt, eine der begehrten Goldfäuste ins Haus zu holen. Da die Kampagnen aber wirklich geschaltet werden mussten, um gewinnen zu können, bedienten sich die Agenturen eines Tricks: Sie versendeten einen viel zu verrückten Werbespot für eine große Marke irgendwo nachts im Regionalfernsehen, oder sie klebten in vergessenen Kleinstädten tausend Plakate, nur um die Auflagen für die Teilnahme am Wettbewerb zu erfüllen. Die Agentur gewann ihre Faust, stieg im Kreativ-Ranking der Fachpresse und steigerte damit ihren Marktwert. Die beworbene Marke wurde für ihren Mut gelobt, alle feierten sich gegenseitig, das gemeine Volk bekam von dem ganzen Zirkus nichts mit.

Seit dem Gründungsjahr von *Künstler & Pennie* wurden jedes Jahr die in sämtlichen Kategorien gewonnenen Goldfäuste zusammengezählt – wer von den dreien die meisten gewann, bekam den Goldständer. *SR&S* und *YdS* hatten ihn sich jahrelang gegenseitig abgeluchst, sie spielten mit ihren riesigen Etats großer Automarken und Getränkemultis in einer ganz anderen Liga, hatten mehrere Niederlassungen und einige Hundert Angestellte. Doch *K&P*, die jungen Wilden, wuchsen Jahr um Jahr und holten immer weiter auf. Und in diesem Jahr war es zum ersten Mal so weit. Ausgerechnet mit meiner *Crunchoxx*-Kampagne räumten *Künstler & Pennie* in allen Kategorien Gold ab: Print, Out-of-Home, Ambient, TV, Funk, Kino, Point of Sale, Guerilla, Packaging, das ganze Programm. Karsten Wensel, der Schauspieler, der den Crunch-Cop darstellte, wurde auf der Straße erkannt und bekreischt wie ein Popstar, seine Karriere war vorüber, niemand würde ihn jemals wieder für eine ernsthafte Rolle zum Casting einladen. Dafür musste er bis an sein Lebensende auf Partys sein sonores »Ich muss sie leider festnehmen!« zum Besten geben. Ich war von der *Art Of Sale* als sogenanntes »New Talent to Watch« gelistet worden, meine Verweigerung, mich für die Fachpresse ablichten zu lassen, und der Fakt, dass ich unter einem Pseudonym arbeitete, hatten einen kleinen Kult um meine Person entstehen lassen, der mir mehr als unangenehm war. Der Zivildienst kam genau richtig.

»Hier ist übrigens dein Arbeitsvertrag, wir hatten ja vor deinem Urlaub drüber gesprochen«, sagte Marlon und zauberte einige zusammengeheftete Papiere hervor. Ich warf einen kurzen Blick darauf und schluckte, als ich die Zahl sah: 6800 DM Monatsgehalt. Ich würde in drei Monaten mehr verdienen, als ich mit meinem versuchten Raubmord eingeheimst hatte. Die dritte Bahn Kokain lag noch immer in der Vertiefung, Bibi und Ma-Ma tauchten hin und wieder ihre angeleckten Finger hinein und rieben sich das Pulver aufs Zahnfleisch. Ich schüttelte den Kopf und schob den Vertrag ebenso beiseite wie zuvor den gerollten Geldschein.

»Nein«, sagte ich.

Marlon nahm den Vertrag in die Hand, warf einen Blick darauf und machte ein maximal erstauntes Gesicht. Er erhob sich und ging zum Telefon, tippte eine Kurzwahl und drückte den Lautsprecherknopf.

»Jaaa?«, seufzte Manuel traurig.

»Manumaus, ich habe hier gerade den Berg-Vertrag in den Fingern und stelle Folgendes fest: Dir ist da ein klitzekleiner Zahlendreher unterlaufen. Das muss acht-sechs heißen, nicht sechs-acht. Machst du den bitte noch mal flux neu und bringst ihn rein zu Bibi? Und ASAP please, danke Schatz!« Er legte auf und setzte sich wieder zu uns. »So was, der Manu ist doch sonst so zuverlässig!«

Bibi schüttelte ebenfalls die Mähne und machte besorgt: »Tz tz tz!«

Beide sahen mich mit müden, seligen Gesichtern an.

Ich griff in meine Innentasche und holte das Schreiben hervor, das ich zuvor in Nonnos Laden getippt hatte.

»Spart euch die Mühe. Ich bin hier, um zu kündigen.«

Die Gesichter wurden zu kaltem Stein, sehr fein gearbeitet.

»Einen eigenen Firmenwagen«, stieß Bibi hervor.

»Wirklich, ich bin nicht hier, um zu pokern.«

»Wer hat dich gekauft?«, schrie Marlon und sprang auf, der Designerstuhl kippte um.

»Niemand, beruhigt euch. Ich fange im Januar meinen Zivi an und will vorher noch ein bisschen entspannen. Hab was angespart. Tut mir leid.«

Ich erhob mich. Die zwei verharrten im Schockzustand, Marlon grimmig, Bibi entsetzt.

»Macht es gut. Viel Spaß mit dem Goldständer.«

Immer noch keine Reaktion. Bibis Gesicht wechselte ganz langsam von verstört zu erbost, Marlon stellte den Stuhl wieder hin, setzte sich und fuhr ein letztes Mal mit dem angelutschten Finger durch die Pulverfurche. Eigentlich hätte ich Marlon noch davon in Kenntnis setzen müssen, dass er als Alibi-Geldgeber fungierte, nur für den mehr als unwahrscheinlichen Fall, dass Dito ihm zufällig über den Weg lief und ihn auf seinen großzügigen Vorschuss ansprach. Erst jetzt fiel mir ein, dass die Geschichte durch meine Kündigung mehr als wacklig wurde.

Von wegen Mr. Ripley.

fast forward

Das Wochenende verbrachten wir, als wäre es das Normalste der Welt, ein Wochenende miteinander zu verbringen. Mit Spazierengehen, Einkaufen und Kochen, doch die meiste Zeit blieben wir oben bei mir im Zimmer. Wir hörten den Trainer-Song und lachten Tränen, während Mayra die Choreografie nachtanzte. Den Sonntag verbrachten wir im Bett. Wir begannen all unsere alten Videobriefe in chronologischer Reihenfolge anzugucken. Noch vor Mayras Tape, mit dem im September 1986 alles begonnen hatte – MAY01 –, legte ich die Kassette aus dem Waldhaussommer ein: Oma und Mayra, damals noch Malinche, in der Küche beim Braten der Hühnerbeine und Pfannekuchen, dann der frühmorgendliche Blick aus dem Baumhaus über die neblige Wildwiese, ich als getriebener Schriftsteller. Dann war es Zeit für Mozarts und Murats Masturbationsexzesse, die Frauenhand, die unter der Decke hervorlugt und Mozarts Penis bearbeitet, Mayra winselte bereits. Dann Murat und die Leberlappen. Mayra kreischte vor Vergnügen und Ekel, vergrub ihr lachtränennasses Gesicht im Kissen, lugte wieder hervor und beobachtete Murats gleichmäßige Beckenbewegung. Als die Szene vorbei war, kam auf dem Schirm die kleine Malinche ins Bild, das Mädchen aus Mexiko. Das jetzt sieben Jahre schöner und eine Frau war.

»Zurückspulen, Cha-Cha!«, forderte sie atemlos, als die Szene vorbei war. Sie rieb sich die Tränen aus den Augen.

Wir arbeiteten uns durch die Zeit. Mich selbst in jungen Jahren in die Kamera reden zu sehen, war schwer auszuhalten. Mayra ging es bei ihren eigenen Monologen ähnlich. Jedes Mal, wenn die Peinlichkeit unerträglich wurde, musste Mayra mich davon abhalten, vorzuspulen – ebenso häufig hechtete sie zur Kamera, wenn sie ihrer Meinung nach besonders unangenehm war. Wir rangelten und lachten und hielten uns gegenseitig Augen und Ohren zu.

Ich musste Frau Bentzin recht geben: Was hatte ich doch für ein fabelhaftes Leben. Sobald der Wilderer aus seinem Koma erwachte, würde es vorbei sein. Sobald Mayra zurück nach Mexiko reiste, würde es vorbei sein.

Ich wollte nicht, dass es vorbei war.

Am Montagvormittag fuhr ich mit Dito ins Präsidium. Bentzin sagte tatsächlich den ganzen Kram aus dem Fernsehen auf, *Sie haben das Recht, zu schweigen*, den ganzen Sermon, gelangweilt und monoton. Das sich anschließende Gespräch diente lediglich dem Zweck, ein Protokoll meiner bisherigen Aussagen anzufertigen. Sie roch schal, hatte am Wochenende Knoblauch gegessen, wirkte müde und ratterte die schon einmal gestellten Fragen als Katalog herunter, den ich mit Leichtigkeit parierte. Ich blieb fehlerfrei, nach mir war Dito dran, ich wartete vor der Tür. Als er nach einer Minute wieder herauskam, grinste er mich an.

»Stark, wie im Krimi! Man darf wirklich die Aussage verweigern.«

»Und du hast von deinem Recht Gebrauch gemacht?«

»Ja sicher! Jede Minute, die ich über den Alten rede, ist verschwendete Zeit. Fahren wir?«

Danach versuchte ich, mich auf den Wettbewerb einzustellen. Leyder hatte sich inzwischen vollständig in ein Literatur-Disneyland verwandelt, überall hingen Fähnchen mit dem Widder-Logo, wehten Wimpel mit fürchterlichen Tintenfass- und Federkiel-Symbolen. Diese Woche war die wichtigste des Jahres für das ansonsten von Touristen eher mäßig besuchte Städtchen. Das gesamte Bildungsbürgertum des Landes richtete seine Aufmerksamkeit auf das kleine, stolze Leyder, und das abgegriffene

Wortspiel hatte Hochkonjunktur in den Kommentarspalten der Kulturseiten. Die Stadt füllte sich mit literaturinteressierten Touristen, Deutschlehrern, Feuilletonisten, Germanistikstudentinnen, Autoren und Verlegern, alle mussten »leider nach Leyder«. Überall fanden Lesungen und Buchsignierstunden statt, die Woche vor dem Wettbewerb hatte sich im Laufe der Jahre zu einem Literaturfestival entwickelt, das sich durch sämtliche Gassen der Innenstadt bis in die Cafés und abends in die Kneipen und ins Stadttheater zog.

Fritzi ging wieder in die Schule, der Anwalt hatte mit den zuständigen Behörden in Thailand Kontakt aufgenommen und schon am Freitag das Geld überwiesen, das Telefon ging wieder – aber niemand rief an. Ich hatte das dringende Verlangen, meine Patin zu sprechen, nur sie hatte die redigierte Version meines Textes, ich musste mich damit vertraut machen. Die wieder auferstandene Gräfin Eva-Ludmilla von Faunichoux. War sie wirklich noch am Leben? Das war doch Irrsinn. Aber warum sollte Kafka mir ein Märchen auftischen? Es musste also stimmen. Da ich offiziell noch nicht wissen durfte, wer sie war, konnte ich mich nicht einfach bei ihr melden. Aber streng genommen war es eine Frechheit, dass sie ihrerseits noch nicht mit mir in Kontakt getreten war. Es waren nur noch vier Tage bis zum Wettlesen.

Montagabend klingelte zum ersten Mal das Telefon. Mayras Mutter, Kemina, war dran. Sie war noch in Thailand. Erleichtert fing sie an zu weinen, als sie erfuhr, dass Mayra bei uns war. Beide sprachen und weinten eine ferngesprächsbedingt kurze Zeit miteinander. Als Mayra sicher war, dass ihr Ziehvater bald heil aus dem Knast kommen würde, bekam ich den Hörer zurück. Kemina bedankte sich für das Geld, das ich ihr und Stucki zur Verfügung stellte, und erklärte mir, was als Nächstes zu tun sei, welche Telefonate geführt und womit die Anwaltskanzlei im Einzelnen beauftragt werden musste, nur zur Sicherheit, Dito würde das schon hinbekommen, oder? Die Zeit lief ihr davon, sie musste bald zurück nach Mexiko. Und am liebsten mit Stucki. Ich würde versuchen, da auch noch ein Auge drauf zu haben. Noch war ich der Depp der Familie, der alles am Laufen hielt.

Dienstag war endlich ein Umschlag mit dem eingeprägten Wappen derer von Faunichoux im Briefkasten. Die mit der Maschine getippte Nachricht war eine knapp gehaltene Einbestellung, unterschrieben mit »von Faunichoux«.

Am Abend legte ich mein *menù fisso* auf, einen meiner ältesten Düfte. Ich hatte ihn schon einige Male nachgemischt und bei jeder Charge leicht optimiert. Fenchelsamen, Ingwer, Süßholz, Lorbeer, rosa Pfeffer und ein Hauch Patchouli machten das Ganze zu einer gourmandig-orientalischen Angelegenheit, die vorsichtig dosiert werden musste. Dann zog ich den braunen Nadelstreifenanzug an, dazu ein hellblaues Hemd sowie Socken in der gleichen Farbe und machte mich in der frisch anbrechenden Nacht auf den Weg zum Herrenhaus.

Im Herrinnenhaus

Als sich die Tür öffnete, gab ich mir Mühe, verblüfft zu wirken. Schwer fiel es mir nicht.

Ihre eigentümliche Schönheit hatte etwas an Spektakel eingebüßt, die Haare trug sie immer noch sehr lang. Ihre Erscheinung wurde wie gehabt von einer Duftreduktion flankiert, perfekt dosiert, pudrig, vanillig, ohne allzu süß die Nase zu verkleben.

Auf ihrer Haut und an ihrem Haar hafteten nur noch die schwersten, die besten Moleküle. Ich konnte mir nicht vorstellen, dass es noch jemanden gab, der *Shalimar* so tragen konnte wie sie. Als hätte Jacques Guerlain den Duft nur für sie komponiert, so wie einst der indische Kaiser Shah Jahan die *Shalimar*-Gärten für seine geliebte Prinzessin Mumtaz Mahal hatte anlegen lassen.

»Charlie. Da bist du ja endlich.«

»Und da bist du«, entgegnete ich, geistreich wie eine Sprechpuppe.

Sie machte einen schnellen Schritt auf mich zu, um mir ihre Lippen auf den Mund zu drücken, mineralisch, zimtig, lauwarm. Ich zuckte zurück, sie gab nicht auf, wieder waren unsere Münder aufeinander, nur diesmal fuhr ihre Zunge in meinen Mund und begann ihn von innen auszulecken, es war so fürchterlich wie erregend. Ich riss mich los.

»Sera. Was ist hier los?«

Sie streichelte mir über die Wange, ihre Finger wanderten zu meiner Unterlippe, sie zupfte daran.

»Komm rein, es ist gar nicht so kompliziert, wie du denkst.«

Nachdem wir den mit Ölgemälden überfrachteten Eingangsbereich durchschritten hatten, betraten wir den hohen Hauptraum, einen kleinen Saal, der ungleich geräumiger wirkte, als ich ihn in Erinnerung hatte. Was daran lag, dass keine Stuhlreihen voller murmelnder Besucher ihn füllten und das Licht so gedämpft war, dass man die hintere Wand nur erahnen konnte. Dort würde in wenigen Tagen die Lesebühne stehen. Der Kopf des Goldmedaillenwidders hing hoch oben im Halbdunkel auf der Lauer, wie ein Leibwächter, bereit, bei der kleinsten Bedrohung hervorzuschnellen, um die neue Hausherrin zu verteidigen. Denn das musste Sera sein: *die neue Gräfin.*

»Was möchtest du trinken?«, fragte sie, während sie mich zur Sitzlandschaft am Kopfende des Raums führte. Hier war es heller und wärmer, ein breites Kaminfeuer brannte mit deprimierender Selbstverständlichkeit vor sich hin.

»Gern Tee. Minze, wenn du hast.«

»Ich hätte frischen Salbei.«

»Salbei ist auch gut.«

»Nimm doch bitte Platz«, sagte sie und wies mit der Hand einladend in Richtung einer mit beigem Samt bezogenen Chaiselongue. Dann verließ sie den Raum durch eine bis eben noch unsichtbare Tür für Bedienstete.

Ich sammelte mich und meine Nerven, sortierte Aromen und versuchte den Geruch des Todes wegzudenken, der nicht von den präparierten Tierköpfen, die um mich herum die Wände schmückten, sondern von weiter oben auf den Saal fiel, ausgeschickt von einem Sterbenden, um der Welt von seinem bevorstehenden Abschied zu verkünden: In der zweiten Etage lag Graf Jacques von Faunichoux in einem Zimmer mit Waldblick und wartete auf die Ankunft des langen Schattens, in den er sich bald zurückziehen durfte.

Die Treppe, die sich von der oberen Etage in den Saal hinunterwand, knarrte. Schritte waren keine zu hören, nur die Regelmäßigkeit des Geräuschs ließ erahnen, dass sich jemand näherte. Ich drehte mich um. Langsam schälte sich eine Figur aus dem Dunkel. Ein kleiner Junge. Er musste drei, höchstens vier sein, hellblond. In einem blau-weiß gestreiften Pyjama steuerte er ohne Scheu auf mich zu, mit der linken Hand hielt er den Arm eines weißen Stofftiers fest, dessen Füße über den Holzfußboden schleiften. Als er vor mir stehen blieb, konnte ich erkennen, dass es sich um einen einäugigen Hasen handelte.

»*Where is Mummy?*«, fragte er und setzte sich zu mir ans Feuer.

Seras Sohn sah mich an.

»*She is making a cup of tea and will be right back*«, sagte ich, so britisch wie möglich.

Er musterte mich weiter und platzierte den Hasen auf seinem Oberschenkel, damit der mich ebenfalls sehen konnte.

»*Are you Charlie, the writer?*«

Der Satz durchfuhr mich wie ein warmer, weicher Blitz und ließ ein ungekanntes Wohlgefühl in mir zurück.

»*Yes*«, brachte ich mit Mühe hervor.

Die Tür neben uns öffnete sich wie automatisch, und Sera betrat den Raum mit einem Tablett in den Händen. Darauf dampften zwei hellblaue Porzellantassen. Sie hatte das Geschirr passend zu meinem Hemd ausgewählt, ich war mir sicher.

»Sebastian, *what are you doing here?*«, fragte sie freundlich, der Name wurde als »ßebaastschen« verzerrt. Sie stellte das Tablett ab und hockte sich vor ihn. »*Mr. Hase is very tired and has to go to sleep*«, sagte sie und kraulte das Tier zwischen den fadenscheinigen Ohren.

Der Junge nickte. Sie streichelte ihm über beide Wangen.

»*Go to bed, honey. All right?*«

Er sah zu mir, als wüsste er nicht, ob das, was er zu sagen hatte, in meiner Anwesenheit in Ordnung war. Dann beugte er sich zu seiner Mutter.

»*The old man is making funny noises again.*«

»*Jacques is in pain*«, wies Sera ihn etwas zu harsch zurecht. Dann wieder in kontrollierter Sanftheit: »*Now go to our bedroom and try to sleep, dear.*«

Sie erhob sich. Der kleine Junge rieb sich das rechte Auge und stoffelte zur Treppe. Als das Knarren der Stufen langsam leiser wurde, griff Sera die beiden Tassen vom Tisch und setzte sich zu mir. Jetzt sahen wir uns an. Sie pustete auf ihren Tee, ich holte tief Luft. Was sollte ich tun?

»Charlie, als Erstes möchte ich mich entschuldigen.«

Sie legte ihre Hand auf meinen Oberschenkel.

»Ich habe dich ziemlich überrumpelt mit der Nachnominierung. Als Dirk Felsenkroog abgesprungen ist und Wilhelm mir deinen Text zeigte, musste ich schnell handeln. Leider konnte ich dich telefonisch nicht erreichen. Ich war derselben Meinung wie Wilhelm, dein *Geliehener Affe* ist wirklich sensationell.«

»Willst du mir nicht erst mal erzählen, was du hier machst? Bist du jetzt *Frau von Faunichoux*? Ich dachte, du hast einen Mann in England?«

Sie trank einen Alibischluck.

»Mein Mann lebt nicht mehr. Er ist verunglückt.«

Das dazu passende Gesicht machte sich von ganz allein, ich musste ihr nichts vorspielen.

»Oh nein. Das tut mir leid, Sera.«

Sie schwieg eine Weile und machte etwas mit den Lippen, das ich bisher nur aus amerikanischen Romanen kannte und das stets mit »schürzen« übersetzt wurde. Jetzt wurde mir endlich klar, wie das aussah: *Sie schürzte ihre Lippen.*

Sera fuhr fort.

»Wir hatten uns wieder mal gestritten. Weil er immer so viel arbeitete und kaum zu Hause war. Ich saß allein mit dem Kind in der schicken Wohnung am Chester Square, oft auch am Wochenende.«

»Was hat er denn gearbeitet?«

»Fenzil war Stock Broker, immer unterwegs mit Investoren und Kollegen. Feiern und wichtige Reisen machen.«

Sie setzte die *wichtigen Reisen* mit ihren gekrümmten Mittel- und Zeigefingern in Anführungszeichen, dann trank sie noch einen Schluck. Ich tat es ihr gleich. Der Salbei war angenehm dosiert und überzog die Situation mit einem dünnen Firnis ätherischer Frische.

»Nach dem Streit wollte er mir ein freies Wochenende *gönnen*«, sie seufzte und verdrehte die Augen. »Also schnappte er sich Sebastian, packte ein paar Sachen und setzte sich wutentbrannt ins Auto. Natürlich vergaß er die Hälfte. Das letzte Mal, dass ich meinen Mann lebend sah, bewarf ich ihn an einem Freitagabend aus dem Fenster des zweiten Stocks mit Windeln und Feuchttüchern. Sebastian weinte, weil Fenzil Mr. Hase vergessen hatte. Also warf ich auch ihn hinunter. Dabei ist sein Glasauge kaputtgegangen.«

Das Feuer erinnerte mich mit einem sanften Knacken daran, dass ich kein Graf war.

»Er ist irgendwo in Cornwall auf völlig gerader Strecke vom Weg abgekommen und mit dem Auto gegen einen Baum gefahren. Sebastian war damals zwei, er saß auf dem Beifahrersitz. Als die Sanitäter am Unfallort ankamen, gingen sie zunächst davon aus, dass beide tot wären. Aber dann schlug Sebastian vollkommen unversehrt die Augen auf. Anscheinend hat er den Unfall komplett verschlafen.«

»Hilfe, was für ein Horror. Wie hat er es überwunden?«

»Er kann sich an nichts erinnern. Nicht mal an seinen Vater.«

Sie trank aus und stellte die leere Tasse zurück. Um nicht schon wieder das Gleiche zu tun wie sie, nahm ich nur einen kleinen Schluck und gab mir Mühe, bis zum nächsten etwas zu warten.

»Und dann saß ich in London, die deutsche Witwe mit dem Kind. Die Freunde meines Mannes waren allesamt Idioten, ich hatte kein Interesse daran, sie zu sehen, und anscheinend beruhte das auf Gegenseitigkeit. Immerhin war Fenzil ziemlich gut in seinem Job. Finanziell sind wir bestens versorgt.«

Sie ließ ihre beringten Finger tanzen, überall funkelten die Steine.

»Wenigstens etwas«, sagte ich.

»An Geld gewöhnt man sich schnell. An Einsamkeit nie. Ich habe Sebastian aus dem Kindergarten genommen, aber das hat auch nicht geholfen.«

»Und was war mit deinem Job in der Tate Gallery? Davon hast du damals erzählt. Oder stimmte das gar nicht?«

»Doch, doch. Da hatte ich einen Job. Meinen Traumjob. Und

ich war so gut, wer weiß, ich hätte die erste Direktorin der Tate Modern werden können. Dummerweise geschah damals ein Wunder.«

»Was für ein Wunder?«

»Gleich nach der Hochzeitsnacht wurde ich schwanger. Das war ein ziemlicher Schock. Meine Gynäkologin hatte mir mit siebzehn eröffnet, dass ich niemals Kinder bekommen würde.«

»Und dein Mann war schockiert, als du schwanger warst?«

»Überraschenderweise überhaupt nicht. Das war ja der eigentliche Schock. Ich dachte immer, Männer zeugen nur Kinder, weil sie von der Evolution darauf programmiert sind, ihren Samen in möglichst vielen Frauen zu verteilen. Oder weil die biologische Uhr ihrer Partnerin zu ticken beginnt. Aber Fenzil weinte vor Glück. Als ich davon sprach, das Kind wegmachen zu lassen, hatten wir unseren ersten Ehestreit.«

»Und dann hast du für das Kind deinen Traumjob aufgegeben?«

Sera lachte wieder bitter.

»Wenn du es in einem Laden wie der Tate schaffen willst, dann ist das ein 24-7-Job. Das kannst du als Mutter vielleicht machen, wenn dein Kind im Internat ist oder dein Mann zu Hause bleibt. Aber nicht mit einem Stock Broker, der jeden Abend unterwegs ist. Der Museumsdirektor hat das getan, was ich an seiner Stelle auch gemacht hätte: Er hat mich noch während der Probezeit gekickt.«

»Das ist nicht fair«, sagte ich schnell.

Sie lehnte sich zurück, atmete tief durch die Nase ein und kämmte sich mit den gespreizten Fingern beider Hände durch die Haare.

»Nach Fenzils Tod habe ich ein Jahr allein mit Sebastian in meinem Bermudadreieck aus Wohnung, Supermarkt und Spielplatz verbracht. Ein paarmal waren wir im Stall, aber ich habe nicht einmal auf dem Pferd gesessen. Ich war wie gelähmt. Ich wollte es Fenzil gleichtun und bin einige Male bis nach Cornwall gefahren. Aber immer wenn der Baum näher kam, verließ mich der Mut und ich raste daran vorbei. Und dann meldete sich Jacques. Er war in London bei einem Spezialisten. Das war vor zehn Monaten. Als wir uns zum Lunch trafen, hatte er gerade erfahren, dass sein Hirntumor inoperabel ist und er höchstens noch ein Jahr zu leben hat.«

»Oha. Wie gut kanntet ihr euch?«

»Wie gut kann man einen Grafen kennen? Ich weiß es nicht. Als Schülerin habe ich beim *Text.Eval* am Tresen gearbeitet, später im Orga-Team. Ich war einige Male zum Tee bei ihm. Wir haben über Kunst und Philosophie geredet, natürlich auch über Literatur. Seine Bildung und sein scharfer Geist haben mich fasziniert. Ich glaube, er hatte eine gewisse Schwäche für mich, wahrte aber immer respektvoll Abstand. War ja auch völlig absurd, bei dem Altersunterschied.«

»Aber in London hat er dir direkt nach der Diagnose einen Antrag gemacht? Hatte er rein zufällig einen Ring dabei?«

»Wie bitte? *Are you out of your mind?*« Sera lachte, so sehr, dass sie sich gegen mich lehnen musste und ein paar von den guten Molekülen an mir zurückließ. »Natürlich nicht!«

Mir fiel auf, dass ich sie so noch nie hatte lachen hören. Immer nur das hässliche, kurze Aufschnauben, die frustrierte Schwester der schönen Lache.

»Nein, das hätte er nicht gewagt. Er brauchte jemanden, bei dem er sich ausheulen konnte. Er hatte fast sein gesamtes Vermögen aufgezehrt, und ihm graute davor, dass das Faunichoux-Anwesen in ein Museum umgewandelt würde. Und dass das *Text.Eval* nach seinem Tod Geschichte sein könnte.«

»Was hast du entgegnet?«

»Ich dachte sofort daran, ihn finanziell zu unterstützen und mich für das *Text.Eval* zu engagieren. Die Mittel hatte ich. Das schien die ideale Gelegenheit zu sein, um meiner Luxushölle in

London zu entkommen und etwas Sinnvolles mit meinem Leben anzufangen. Aber seine Idee ging viel weiter: Er schlug vor, mich zu adoptieren.«

Sie grinste mich unpassenderweise triumphierend an.

Es war dieses Siegerlächeln, das mich zurück in die Wut holte, alles Mitleid mit ihrem Witwenschicksal verflog. Für sie begann ein aufregendes, neues Leben, während meins in sich zusammenfiel. Genau wie damals.

»Das ist ja mal was«, entgegnete ich leise.

Sie nickte vorsichtig.

»Kannst du dir ansatzweise vorstellen, was das für mich bedeutet? Es ist wie ein Traum: Ich habe das *Text.Eval* gerettet. Und sitze der Jury vor. Und bin die neue Gräfin. Es ist vollkommen bizarr!«

Es klang wie eine Entschuldigung. Vermutlich sollte es auch eine sein. Wer würde zu so einem Angebot auch Nein sagen können?

»Und als erste Amtshandlung hast du dir überlegt, meinen Traum vom Schriftstellerdasein zu zerstören. Vielen Dank, Euer Hochwohlgeboren.«

Ich erhob mich.

»Hast du bitte den von dir liebevoll lektorierten Text für mich? Diese Kurzgeschichte mit dem Affen, die ich vor hundert Jahren in der großen Pause geschrieben habe? Ich würd gern noch einmal draufschauen, bevor ich mich am Freitag vor dem versammelten deutschen Feuilleton *selbst zum Affen* mache.«

Die Wut kochte über und katapultierte mir jetzt das gesamte Spektrum des Herrenhauses in die Nasenlöcher: Das Fell und die Chemie der präparierten Tierköpfe, das Jahrhunderte alte Tafelparkett aus verschiedenen Nadelhölzern, Fichte, Douglasie und Lärche, die noch älteren Möbel, das inzwischen nur noch glühende Eichenholz im Kamin, die Bestandteile des Salbei – Cineol, Cymol, Thujon, Borneol – sowie das ganze Badezimmer mit all seinen Duschgels und Shampoos, Kinderzahnpasta und Handwaschseife, dazu die vielen Bestandteile des schleichenden Tods in einem Zimmer unterm Dach. Ich schwankte. Mein Herz. Es war nicht mehr da. Ich fasste mir an die Brust. Doch, da klopfte etwas, zum Glück, ohne Herz kam man nicht weit, und ich musste möglichst weit weg von hier, irgendwohin, wo sie keine Macht über mich hatte.

Sera stand ebenfalls auf und griff mir an den Arm. »Charlie, alles in Ordnung?«

Ich straffte mich, atmete durch und streifte ihre Hand ab wie ein großes, aber harmloses Insekt.

»Ich verstehe das nicht. Warum? Sera, ich ziehe mich nächstes Jahr in einen Leuchtturm zurück, um meinen Roman zu schreiben. Und danach wollte ich zum *Text.Eval*, das war der Plan. Mit einem Auszug aus meinem Buch. Wenn ich jetzt absage, darf ich in zwei Jahren nicht wiederkommen, das ist ja hinlänglich bekannt.«

Ich sah sie wütend an, sie öffnete die Lippen, doch ich ließ sie nicht zu Wort kommen. »Wenn du die neue *Queen Fauni* bist, kannst du doch das Gesetz ändern und mich in zwei Jahren ein weiteres Mal auf dein Schloss einladen. Da ich mich gar nicht selbst beworben habe, kann ich ja wohl ohne Probleme von dieser Nominierung zurücktreten, oder?«

»Das würde dir nicht helfen, Charlie.«

»Wieso? Wenn ich dieses Jahr lese, ist meine einmalige Chance vertan. Ich werde nicht gewinnen, und selbst wenn ich den ein oder anderen Verleger auf mich aufmerksam machen kann, habe ich gerade mal ein Exposé vorzuweisen.«

Wären Augen in der Lage gewesen, zu funkeln, meine hätten es jetzt getan.

»Es wird sich einiges ändern, Charlie. Du musst mir einfach glauben: Dies dürfte deine letzte Chance sein. Und ich bin mir sicher, dass du gewinnst.«

Genau so hatte Kafka auch geklungen. Was sollte diese ständige Geheimnistuerei? Ich hatte es satt. Ich brauchte dieses dämliche *Text.Eval* nicht.

Sera schritt zu einem Sekretär, zog eine Schublade auf, entnahm einen Umschlag und hielt ihn mir hin.

»Lasst mich doch einfach alle in Ruhe«, sagte ich und ging los, durch den Saal in Richtung Ausgang. Sie kam mir hinterher. »Charlie, warte doch, bitte!«

Ich nahm meinen Mantel, durchquerte den Eingangsbereich, zog die schwere Tür auf und ging zu meiner Simson. Sera hatte eine Strickjacke übergeworfen und folgte mir, der Kies knirschte unter unseren Schuhen. Wir kamen vor dem DDR-Mofa zum Stehen.

»Beruhig dich, Charlie. Ich will doch alles wiedergutmachen, begreifst du das nicht? Das war nicht die feine Art von mir damals, das gebe ich zu.«

Sie hielt mir den Umschlag mit meinem Text hin. Ich nahm den Helm in die Hand, schwang mein Bein über den Sattel und setzte mich.

»Ich habe auf dich gewartet, Sera. Drei Wochen lang«, ich lachte belustigt auf, »drei Monate, drei Jahre. David hat mir gleich gesagt, ich solle mir keine Hoffnungen machen.«

Ich starrte an ihr vorbei in den kalten, harzigen Wald. Sie verengte ihre Augen zu schmalen Schlitzen.

»Und du? Du warst ja auch nicht ganz ehrlich. Ich dachte wirklich, du bist neunzehn oder zwanzig. Wenn ich gewusst hätte, dass du erst sechzehn warst, wäre es nie so weit gekommen.«

Ich sah sie an. Und wusste nichts zu sagen.

Sie fuhr fort.

»So ein hübscher Kerl, der Interesse an mir hat, einer bald verheirateten Frau? Ich habe mich noch nie zu einem Fremden so hingezogen gefühlt wie damals zu dir. Im Rückblick liegt der ganze Tag im Nebel. Als hättest du mich verzaubert.«

»Ja genau, ich habe dich mit meinen magischen Kräften willenlos gemacht, und wir haben beide gelogen. Sind wir jetzt quitt, oder was?«

Minutenlang zog ich jetzt schon meine Augenbrauen zusammen, es wurde langsam anstrengend. Ich nahm meine Brille ab, putzte sie und entspannte meine Gesichtsmuskulatur. Als sie mir den Umschlag erneut hinhielt, griff ich zu und steckte ihn in die Innentasche meines Mantels.

»Ob ich Samstag lesen werde, muss ich mir noch gut überlegen, Sera.«

Ein Pferd wieherte, schon zum zweiten Mal. Sera wandte den Kopf in Richtung Stall.

»Ich glaube, ich muss mal zu Sera«, sagte Sera. Sie beugte sich vor und hauchte mir einen Kuss auf die Lippen. Unter dem Zimt hatte sich eine Idee Kardamom versteckt. »Sie ist erst gestern aus England gekommen.«

»Was? Wer?«

»Meine Stute.«

»Das Pferd heißt *Sera?*«

Sie lachte, hell und fröhlich.

Ich musste hier weg, bevor ich begann, mich an das neue Geräusch zu gewöhnen.

»Ja, das ist aber wirklich Zufall. *Seraphina* ist ihr Zuchtname. Englisches Vollblut.«

Mir wurde klar, wie wenig ich diese Frau und ihr Leben kannte. Uns trennten nicht nur Jahre, sondern auch Welten. Letztlich hatten wir nicht einmal einen ganzen Tag, nur ein paar magische Stunden miteinander verbracht. Stunden, auf die ich gern verzichtet hätte, da sie mich ungleich mehr Zeit meines Lebens gekostet hatten.

Ich setzte meinen Helm auf. Wir sahen uns an. Als ich das Visier herunterklappte, wieherte Sera erneut. Ohne noch etwas zu sagen startete ich den Motor und fuhr nach Hause.

Schlimassel

Als ich nach Hause kam, grummelten die vertrauten, tiefen Frequenzen im Keller und drangen von unten in das Zimmer, in dem Fritzi nun allein schlief. Ich warf einen Blick hinein, der Raum wirkte immer noch nackt ohne meinen Schreibtisch, ohne die Kleiderstange mit den Anzügen, ohne mein Bücherregal. Fritzi lag allein in der Mitte des Betts und war winzig.

Ich schloss leise die Tür, setzte mich mit einem Glas warmen Wassers an den Küchentisch und holte den Umschlag aus der Manteltasche. Dann nahm ich meine Uhr ab und stellte den Timer auf zwanzig Minuten. Wie lange hatte ich mir die Erzählung nicht mehr angesehen? Kafka hatte den Text immer wieder heiliggesprochen, trotzdem hatte ich schon früh beschlossen, den *Geliehenen Affen* als einigermaßen gelungene Übung zu den Akten zu legen und mich auf den Plot meines Debüts zu konzentrieren.

Ich entfaltete die Blätter, startete den Countdown und begann langsam zu lesen. Um die Lesedauer einer realistischen Prüfung zu unterziehen, murmelte ich den Text halb laut in die leere Küche, gab mir Mühe mit den Betonungen – und war überrascht. Von mir selbst, aber auch von Sera. Sie hatte mit feinem Skalpell Ballast entfernt, ohne der Geschichte zu schaden. Das Erzähltempo war rasant, die Sätze kamen mir unfassbar knackig vor. Hatte ich das geschrieben? Lediglich durch Streichungen hatte sie alles aus meinen Zeilen herausgeholt. Der Mittelteil, die alte Problemzone, war von ihr radikal gekürzt worden, was dazu führte, dass die Wendung viel überraschender kam und die Pointe sich wesentlich offener, interpretierbarer anfühlte. Mein Herz klopfte bis hoch in die Augen, als ich zum letzten Abschnitt kam. Ich las ihn laut und deutlich, als säße ich vor Publikum,

atmete schwer aus, blickte in die Runde. Die Digitaluhr piepte wenige Sekunden später. Ich nahm einen Schluck Wasser.
Was für eine Wendung.
Zum ersten Mal glaubte ich daran, dass Kafka und Sera recht haben könnten, der Text hatte wirklich eine erstaunliche Qualität. Ich wurde von einer Hochstimmung erfasst, mit der ich nicht gerechnet hatte, aller Groll war verflogen. Konnte doch noch alles gut werden?

Beschwingt ging ich nach oben. Wie gestern lag Mayra bereits auf dem Futon und schnarchte ihr kleines Schnarchen. Die Heizung war voll aufgedreht, die Bettdecke hatte sie weggestrampelt. Ihr T-Shirt war etwas hochgerutscht. *Mi casa su casa.* Der Fernseher ließ unsere Dachkammer in schwarz-weißem Rauschen flimmern. Wir waren gestern bis ins Jahr 1990, Tape MAY10, vorgedrungen, Ramón war das erste Mal auf der Bildfläche erschienen, grüßte mich mit dem Hitlergruß, was für einen Schwall mexikanischer Flüche bei Mayra gesorgt hatte, sowohl bei der echten neben mir als auch der filmenden, die nur auf der Tonspur zu hören war. Dann Mayra beim Stechen ihres ersten Tattoos. Wir wollten mit der nächsten Kassette, CHA10, weitermachen, sobald ich von meinem Treffen zurückkam. Ausgerechnet dieses Tape hatte ich im Herbst nach meinem Erlebnis mit Sera aufgenommen. Ich war nicht besonders erpicht darauf, mir mit Mayra anzusehen, wie ich bis unter den Scheitel mit Liebesgift geflutet von Sera schwärmte. Schließlich musste ich ihr auch noch von den jüngsten Entwicklungen der Telenovela erzählen, die jetzt mein Leben war. Von der neuen Gräfin Sera, und wie der willenlose Schwächling Charlie sich nicht gegen ihre Kussattacke hatte zur Wehr setzen können.

Im Rekorder lag Tape CHA01 – sie hatte einfach noch mal von vorn begonnen. Ich spulte zurück, machte den Fernseher aus und legte mich zu ihr.

Am nächsten Morgen saßen wir zu zweit am Frühstückstisch. Nonno war im Laden, auch Fritzi war bereits zur Schule aufgebrochen, Dito schlief aus, wie immer. Ich legte die beiden Nachforschungsanträge vor uns auf den Tisch. Während ich meinen ausfüllte, zögerte Mayra.

»Ich weiß nicht, Cha-Cha, vielleicht ist es ein Zeichen, dass das Tape verschollen ist. Ramón, dieser Wichser, ist auch drauf und labert wieder so unwitzige Scheiße. Es ist total peinlich, und ich erinnere mich kaum, was ich aufgenommen habe, so betrunken war ich am Ende.«

»Bei mir ist es ähnlich.«

»Was?«

»Ich habe dir ein Antworttape geschickt. Das solltest du dir besser auch nicht ansehen.«

»Was? Wieso das denn?«

»Also, zum Zeitpunkt der Aufnahme dachte ich, dass du mir kein Abschiedstape mehr schicken würdest. Ich dachte, das war's jetzt, sie heiratet – und tschüss. Ich war sauer. Und da habe ich ... vielleicht ein bisschen Quatsch erzählt.«

»Oh nein, Cha-Cha«, sie stand vom Küchentisch auf und umarmte mich von hinten. »Das tut mir leid. Wie blöd.«

Ich zuckte mit den Schultern, sie setzte sich wieder hin.

»Aber ich brauche das Tape unbedingt. Ich habe ausnahmsweise keine Kopie angefertigt.«

»Das sagst du doch nur, damit wir es jetzt nicht gucken müssen!« Sie lachte, trank ihren Cappuccino und leckte sich Milchschaum von der Oberlippe.

»Nein, es ist ... Beweismaterial. Ich musste es außer Landes schaffen. Darauf ist zu sehen, was mit Opa passiert ist. Und dass ich dabei war.«

Ihre Augen weiteten sich. Sofort erfasste sie den Ernst der Lage. »Was habt ihr für einen Blödsinn gemacht?«

Und dann erzählte ich ihr die ganze Geschichte, genau wie auf dem Tape, vom Hirsch, der mit mir kommunizierte, vom seltsam klingenden Schuss, vom blutenden Wilderer, von Opa, der zusammenklappte. Bis zum Finale mit dem Wolf.

»Cha-Cha, was für ein ... wie sagte Oma doch immer? *Schlimassel?*«

»*Was für ein Schlamassel.* Aber *Schlimassel* ist viel besser.«

»Und wenn die Kommissarin das rausfindet, musst du in den Knast, oder?«

»Ich denke schon.«

»Fuck.« Sie kaute auf ihrer Unterlippe.

»Aber immerhin lässt sich mit dem Tape beweisen, dass Opa unschuldig ist, und vor allem, dass er nicht abgehauen, sondern mausetot ist. Wer auch immer ihn weggeschafft hat, versucht wahrscheinlich, den Wilderer zu schützen.«

»Hat der echt den Opa abgeknallt?«

»Ja. Warum auch immer. Ich habe nicht die geringste Ahnung, ob es Zufall war oder ob der Typ tatsächlich Opa umbringen wollte. Ausgerechnet Opa! Jedenfalls liegt der Wilderer jetzt in Sumbigheim im Krankenhaus im Koma. Ich würde am liebsten hin und die Geräte abstellen.«

»Ich helf dir.«

Ich musste lachen. Das war Mayra. Sofort bereit, sich ohne Rücksicht auf Verluste in den Kampf zu stürzen.

»Lass uns erst mal hoffen, dass mein Tape sicher bei dir in Mexiko landet. Und jetzt stellen wir trotzdem die Nachforschungsanträge für dein Tape. Sollte das Band noch auftauchen, kannst du es dir ja erst mal allein ansehen, und dann kannst du immer noch entscheiden, ob du alles oder nur Teile davon zensieren möchtest.«

Sie juckte sich an der Nase und klemmte sich eine Strähne hinter das Ohr.

»Du weißt doch, wie sehr ich Lücken in meinem Archiv hasse«, setzte ich hinzu.

Das schien sie einzusehen, also verließen wir bald das Haus.

Einzelkämpfer und Fajitas

Später machte Mayra sich mit der Bahn auf nach Sumbigheim. Am Abend wollte sie für alle mexikanisch kochen, also erklärte ich ihr den Weg zur Markthalle, wo sie die nötigen Zutaten bekommen würde. Frischer Koriander war in ganz Leyder nicht aufzutreiben, reife Avocados nur mit Glück, von verschiedenen Chilisorten ganz zu schweigen – es war ein Trauerspiel.

Als Fritzi aus der Schule kam und sich sogleich auf den Weg nach Leyder in die Stadtbücherei machen wollte, hatte ich eine Idee.
»Hey Fritzi, kannst du Laura was ausrichten?«
Ich setzte mich an meine Schreibmaschine und tippte los.

Hallo Laura!
Meine liebe Freundin Mayra aus Mexiko ist überraschend
zu Besuch gekommen. Heute Abend kocht sie, es gibt Fajitas
mit Rindfleisch, Pico de Gallo und Guacamole. Falls du keine
Angst vor scharfem Essen hast und es spontan einrichten
kannst, komm doch auch vorbei, es wird sicher sehr nett.
Wir essen gegen 19:00 Uhr.
Herzliche Grüße
Charlie

Bei der Zubereitung des Abendessens saßen wir alle in der Küche. Nonno prüfte den Rotwein, Dito rollte einen *Appetit-Einpeitscher*, ich rieb Käse und hackte Chilischoten. Mayra stand am Herd, buk Tortillas und briet Rindfleisch an.

Jeder bekam eine Maistortilla auf den Teller, da klingelte es. Dito sprang auf, als hätte er sich auf einen Igel gesetzt. Geduckt eilte er zur Tür.

Man hörte Dito murmeln, Laura lachen, dann tuschelten sie eine Weile. Schließlich kamen sie in die Küche, ein grinsender Dito, dicht gefolgt von Laura, die eine Flasche Rotwein in der Hand hielt und sich neugierig lächelnd umsah. Sie war noch nie hier gewesen.

»Laura, wie schön, hast du noch jemanden gefunden, der bei deinem Vater bleibt?«, fragte ich.

»Elsa hat das Babyphone, das muss reichen. Was soll schon passieren, er ist ja alt genug«, antwortete sie und alle lachten laut.

Mayra gab uns einen kleinen *Fajita*-Kurs: Sie bestrich den Fladen mit Guacamole und häufte das in Streifen geschnittene Steak, Salat, geriebenen Käse, eine Menge der höllisch scharfen *Pico de Gallo* und einen Klecks Sour Cream auf ihren Maisfladen. Dann zeigte sie, welches die beste Klapp- und Rolltechnik war, damit die Füllung nicht herausrutschen konnte. Ditos Inhalt fiel trotzdem sofort unter großem Gelächter auf den Teller, sodass er mit den Fingern weiteressen musste und in seinem fisseligen Bart ein Sauceninferno inszenierte.

Als irgendwann das Telefon klingelte, rechnete ich mit Kemina, vielleicht Kafka, doch am anderen Ende erklang eine fremde Männerstimme.

»Guten Abend, Dr. Gargamel hier.«

Das konnte nur David sein.

»Hallo Dr. Gargamel, hier ist Papa Schlumpf. Schlumpfine ist leider schon im Bett«, sagte ich mit Schlumpfstimme.

Für einen Moment herrschte Stille. Dann räusperte sich der böse Zauberer.

»Äh, bin ich da richtig bei Familie Berg? Ich bin auf der Suche nach Frau Laura Brigge, ist die bei Ihnen?«

Das war nicht David. Die Stimme des Doktors klang ernsthaft irritiert, weshalb ich in einen normalen Tonfall wechselte.

»Ja, die ist hier, worum geht es denn?«

»Das möchte ich gern mit Frau Brigge besprechen. Könnten

Sie so freundlich sein, und sie an den Apparat holen? Es ist wichtig.«

»Ja sicher. Und Ihr Name ist wirklich Dr. Gargamel?«

»Nein, Dr. Karamell.«

Ach so, das ist natürlich besser.

Ich trat in die wild durcheinander plaudernde Küche, Nonno war in Rage, wie immer, wenn es um Fußball ging, ich rief Lauras Namen, doch sie hörte mich nicht, sie hatte ihren Kopf vorgebeugt, das Ohr nah an Ditos Mund, um ihn besser verstehen zu können.

»*Wa-sa-bi!*«, versuchte er sich gegen seinen Schwiegervater durchzusetzen, der gerade winselnd einen Herzanfall vorspielte, dann bemerkte Dito mich und stupste Laura an. Als sie mich schließlich mit dem Telefonhörer winken sah, machte sich in ihrem Gesicht sofort die Sorge breit, von der sie immer etwas bei sich trug. Sie eilte zu mir, nahm den Hörer entgegen, hielt sich ein Ohr zu und ging in den Flur. Ich schloss die Tür, jetzt erstarb auch die lebhafte Unterhaltung zwischen Nonno und Mayra, es war um das Jahrhundertspiel zwischen Italien und Deutschland im Azteken-Stadion bei der WM 1970 gegangen, ein Spiel, das Mayras Onkel und Cousins im Stadion gesehen und Nonno laut eigener Aussage nur knapp überlebt hatte.

In der plötzlichen Stille hörten wir Laura durch die Tür »Wie bitte?!« rufen. Dito glotzte mich an wie ein vor Schock aufgeblähter Kugelfisch, dem eingefallen war, dass er den Geburtstag seiner Frau vergessen hatte. Laura öffnete die Tür, kam blass und mit zusammengekniffenen Augen zurück in die Küche. Ihre Lippen arbeiteten, sie wirkte irritiert, fast ein wenig ungehalten.

»Ich muss nach Hause. Meinem Vater ist etwas zugestoßen. Elsa hat ihn gehört und den Krankenwagen gerufen.«

Sie schloss die Augen, die Lippen zitterten jetzt. Ich trat an sie heran.

»Er ist tot«, presste sie hervor und ihr gesamtes Gesicht zog sich zusammen. Ich nahm sie in den Arm, sie reagierte nicht, Dito stand auf, setzte sich aber wieder hin, als er sah, dass auch Mayra aufsprang, zu uns kam und Laura über den Rücken streichelte. Sein kieksender Schluckauf zerriss die Stille.

Ich brachte Laura mit dem Roller nach Hause. Als wir vor der dunklen Leihbücherei ankamen, fuhr gerade ein Leichenwagen vor und kam neben dem Krankenwagen zu stehen.

»Soll ich mit hochkommen?«, fragte ich.

Sie schüttelte den Kopf und beobachtete die Männer, die den metallenen Transportsarg aus dem Heck hoben.

»Dieses Arschloch«, sagte sie.

»Wer?«

»Mein Vater.«

Ich sah sie irritiert an.

»Wieso?«

»Sie haben ihn in der Küche gefunden.«

»Ja ... und?«

»Mein Vater war bettlägerig. Der konnte gar nicht mehr allein aufstehen. Ich musste ihn immer in den Rollstuhl heben und schieben.«

»Aber wie ist er dann in die Küche gekommen?«

»Das ist es ja. Er ist selbst gegangen. Hat sich sogar einen Stuhl an den Schrank geschoben, weil er an das obere Fach wollte. Wo die Süßigkeiten liegen.«

»Ich verstehe nicht ganz ...«

»Er hat mich verarscht, Charlie. Seit ich ihn zu mir geholt habe. Ich bin in den letzten Jahren abends nie mehr weggegangen. Weil er mir die Ohren vollgejammert hat, ich könne ihn nicht allein lassen. Tagsüber war ich unten in der Bibliothek und konnte im Notfall und zum Windelwechseln schnell nach oben. Eingekauft habe ich, wenn die Tagespflege da war. Und da nehme ich meine erste Einladung seit einer gefühlten Ewigkeit an, ohne einen Babysitter zu buchen – und was macht er? Spaziert durch die Wohnung und fällt vom Hocker. Weil er ein Hanuta wollte.«

Ein Auge füllte sich mit Tränenflüssigkeit, das linke. Wütend wischte sie darüber, wieder nahm ich sie in den Arm, diesmal blieben ihre Arme nicht reglos hängen. Niveacreme und alte Bücher mit einer leichten Chili-Rotweinfärbung legten sich um mich.

Jetzt beginnt ein neues Leben für dich.

Hätte ich am liebsten gesagt. Doch die Leiche ihres Vaters lag noch in der Küche. Vielleicht würde das neue Leben erst etwas später losgehen.

Auf dem Heimweg fuhren meine Gedanken an den beiden alten Männern vorbei.

Herr Brigge mit seinem Doppelleben, Opa, der seine Frau erst lieben lernte, als es zu spät war. Dessen Sohn nichts mehr mit ihm zu tun haben wollte.

Zwei einsame Einzelkämpfer.

So wollte ich nicht enden.

Tote Väter

Am nächsten Morgen standen Bentzin und Dittfurt vor der Tür. Keine Ahnung, wo, vermutlich im Dienstwagen, aber sie hatten vor Kurzem Verkehr gehabt, das konnte man sogar ohne Supernase erkennen: beide gerötete Wangen, beide seliges Grinsen, leicht verwuschelter Haarschopf bei Frau Bentzin, nur halb geschlossener Hosenstall bei Herrn Dittfurt. Wie in einer sehr schlechten, sehr deutschen Komödie. Ihr *N°5* war ausnahmsweise frisch aufgetragen worden, vermutlich direkt nach dem Akt. Die helle Kopfnote aus Bergamotte, Zitrone und Neroli ging mit dem Geruch von Dittfurts Samen und Bentzins Vaginalsekret eine blasphemische Verbindung ein.

»Guten Morgen, Herr Berg«, sagte Frau Bentzin ernst.

»Ach, meine Lieblingspolizisten! Guten Morgen. Wieder mal auf der Suche nach einem Hotelzimmer? Wir sind leider ausgebucht«, konnte ich mir nicht verkneifen.

Dittfurt sah auf die Uhr, so lange, als wolle er sie auswendig lernen.

»Ist Ihr Vater da?«

»Ja.«

»Dürfen wir reinkommen?«

»Wir frühstücken noch, zum Teil in Schlafanzügen. Wenn Sie das nicht stört, gern.«

Nach dem Schock am Abend zuvor waren wir alle zeitig zu Bett gegangen, deshalb war Dito schon wach und hatte sich zu uns an den Frühstückstisch gesetzt. Fritzi war in ihrem Zimmer. Als wir die Küche betraten, trank mein zauselbärtiger Vater im Pyjama gerade seinen vierten Filterkaffee. Glücklicherweise hatte er noch keinen *Sonnengruß in die Haut gefaltet*.

»Frau, äh, Dings, Diesel? Was machen Sie denn hier? Ich habe nichts gemacht!«

Dito grinste und hob abwehrend die Hände.

»Bentzin ist der Name«, wies ihn Dittfurt ruhig zurecht.

Sie ergriff übergangslos das Wort, ohne zu bemerken, dass Fritzi hinter ihr den Raum betreten hatte.

»Herr Berg, ich muss Ihnen leider mitteilen, dass Ihr Vater höchstwahrscheinlich tot ist. Die Kollegen in der Tschechoslowakei haben seinen Nissan mit einem Leichnam darin gefunden.«

»Was?«, entfuhr es mir. »Wieso *höchstwahrscheinlich*?«

»Die Leiche lässt sich nicht eindeutig identifizieren, da der

Wagen gerade in Flammen aufgegangen war, als die Einsatzkräfte eintrafen. Das Fahrzeug ist vom Weg abgekommen und eine Böschung hinuntergerollt. Der Fahrer hatte einiges an Munition und ein Gewehr dabei.«

Das ist nicht Opa.

Dito schwieg und nickte. Die Salamanderin fuhr fort.

»Da die Körpermaße übereinstimmen, gehen wir davon aus, dass…«

»Woher kennen Sie denn seine Körpermaße?«, fiel ich ihr eine Spur zu aggressiv ins Wort.

»Die stehen in seinem Pass. Den haben wir im Handschuhfach des Wagens gefunden. Leicht angeschmort, aber noch lesbar.«

Dito nickte erneut und zog die Augenbrauen hoch. Mayra erhob sich, trat hinter ihn und legte ihm beide Hände auf die Schultern. Ich ließ mich auf meinen Stuhl fallen.

»Dann war er vermutlich besoffen«, sagte Dito und nahm einen Schluck Kaffee.

»Mein aufrichtiges Beileid«, sagte Frau Bentzin.

»Von mir auch herzliches Beileid«, sagte Dittfurt und machte sich die Hose zu.

»Wir lassen den Leichnam und das Auto jetzt nach Deutschland überführen. Unsere Forensiker werden sich das ganz genau ansehen. Das Gesicht ist durch die Verbrennungen leider vollkommen entstellt, der Schädel zertrümmert, daher ist eine Identifikation nur über die Zähne möglich. Wissen Sie, bei welchem Zahnarzt Ihr Vater war?«

»Bei keinem. Kranksein war seiner Meinung nach was für Frauen und Schwule.«

»Der Körper ist erstaunlicherweise überwiegend unversehrt geblieben. Gibt es irgendwelche Merkmale, anhand derer Sie ihn eindeutig identifizieren könnten? Ein Muttermal vielleicht, oder eine Narbe?«

»Keine Ahnung, ich habe meinen Vater nie nackt gesehen.«

Die Kommissarin sah mich an. »Sie hatten anscheinend eine engere Bindung zu Ihrem Großvater, fällt Ihnen etwas ein?«

»Ich hab ihn auch nie nackt gesehen, falls Sie das meinen.« Dito kicherte.

Mayra, die noch immer hinter Dito stand, sah mich an. Sie nahm eine Hand von der Schulter, machte eine Pistole mit Daumen und Zeigefinger und schoss damit nach unten, in Richtung Fuß. Sie meinte es gut, aber das war leider nicht besonders klug. Bentzin hatte alles beobachtet und sah mich fragend an. Dito blickte nichtsahnend vor sich hin, mit aufgestützten Ellenbogen hielt er den Kaffeebecher in beiden Händen und nuckelte gedankenverloren am Rand. Er hatte nie vom Malheur seines Vaters erfahren. Dieses eine Mal war Bardo Aust Kratzer zum Arzt gegangen. Als er seine Pistole reinigen wollte, hatte sich ein Schuss gelöst, den linken kleinen Zeh getroffen und ihn in die ewigen Jagdgründe geschickt. Ich war dabei gewesen. Wenn es nach ihm gegangen wäre, hätte er ein Pflaster draufgeklebt. Ich fuhr ihn in die Notfallambulanz.

»Ich hab es nie gesehen, aber er erwähnte mal eine ernste Verletzung am kleinen Zeh. Ob links oder rechts, weiß ich nicht, es müsste ein ganzes Stück fehlen.«

»Danke, das hilft uns sehr.«

»Aber nach wie vor halte ich es für vollkommenen Blödsinn, dass sie versuchen, meinem Großvater irgendetwas anzuhängen. Ich kann mir nicht vorstellen, dass es sich bei dem Leichnam um ihn handelt. Was sollte er im Ausland wollen?«

»Dass dieser Unfug auch gar kein Ende nehmen will! Schwäche, Polizeiversäumnis«[*], warf Fritzi ein.

Dittfurt und Bentzin fuhren erstaunt herum. Fritzi machte auf der Hacke kehrt und ging zurück in ihr Zimmer.

---

[*] Theodor Fontane: Frau Jenny Treibel oder wo sich Herz zum Herzen find't

»Meine kleine Schwester. Sie spricht gern in Rätseln, denken Sie sich nichts dabei.«

Frau Bentzin sah ihr weiter hinterher, Dittfurt drehte sich um und sagte zu Dito: »Sie müssen das jetzt sicher erst mal sacken lassen. Aber falls Ihnen doch noch eine Idee kommt, was Ihr Vater in Tschechien zu suchen hatte, rufen Sie uns bitte an.«

»Aye-Aye, Sir«, sagte Dito.

Frau Bentzin wandte sich an mich. »Und Ihnen viel Glück am Samstag, Charlie. Falls Sie unter diesen Umständen überhaupt lesen werden«, sagte sie und verließ den Raum, nicht ohne mir ein geheimnisvolles Amphibienlächeln dazulassen.

Als die zwei Polizeibeamten fort waren, holte Dito seine Utensilien hervor und *knüpfte einen grünen Frühstarter.*

»Der alte scheiß Nazi, jetzt isser tot.«

Kopfschuss

Dito hatte sich wieder zu seinen Maschinen zurückgezogen, Mayra und ich waren oben. Ich ging im Zimmer auf und ab, Mayra drehte sich langsam auf meinem Schreibtischstuhl.

»Sagtest du nicht, der Wilderer wäre auch ein Tscheche?«, fragte sie.

»Tscheche. Ja. Das beschäftigt mich ebenfalls. Erst der Wilderer und jetzt Opa.«

»Aber wie ist Opa dort hingekommen? Die müssen ihn doch da hingeschafft haben. Es kann ja nicht sein, dass er überlebt hat und selbst gefahren ist, oder?«

»Theoretisch schon. Denk an Oma. Professor Dohle hat uns

damals erklärt, es wäre gar nicht mal so selten, dass Menschen nach einem Kopfschuss wieder genesen. Manche sogar vollständig.«

»Aber Oma hat sich doch nicht in die Schläfe geschossen, sondern von unten, oder? Ich dachte, das war der Grund gewesen, warum sie überlebt hat. Weil die Kugel zwischen ihren Hirnhälften durchflutschen konnte.«

»Das stimmt. Laut Professor Dohle ist aber auch ein Schuss in die Schläfe nicht zwingend tödlich.«

Mayra nahm etwas mehr Anschwung und drehte sich mehrmals mit angehobenen Füßen im Kreis. »Trotzdem. Danach steht man doch nicht auf, packt seine Sachen und fährt davon.«

»Ich kann mir das auch nicht vorstellen. Vor allem wäre Opa niemals ohne Helmi gefahren. Er konnte ja nicht wissen, dass ich ihn längst beerdigt hatte.«

»Dann hat ihn jemand noch in der Nacht dort weggeschafft.«

»Ja. Jemand, der *Miss Dior* getragen hat. Ich habe am Tatort einen Rest davon gerochen.«

»Eine Frau? Könnte das Sera sein?«

»Nein. Sie trägt ausschließlich *Shalimar*. Im Herrenhaus war ich kurz so wütend, dass ich das gesamte Gebäude bis ins Badezimmer in Duftmoleküle zerlegt habe. Ich hätte gerochen, wenn *Miss Dior* im Haus gewesen wäre.«

»Aber es konnte doch niemand wissen, wo Opa im Wald liegt? Oder wurdest du beobachtet?«

»Entweder das, oder die Person hat den Wilderer gefunden und noch mit ihm sprechen können. Vermutlich die gleiche Person, die auch den Krankenwagen gerufen hat.«

Mayra betätigte den Hebel unter der Sitzfläche und glitt begleitet von einem sachten *fffscht!* auf Wichtelhöhe nach unten.

»Was für ein Schlimassel.«

Das Konzert

Am Nachmittag rief ich Laura an. Es ging ihr blendend. Der Papierkram war bereits erledigt, Krankenbett und Rollstuhl abgeholt, sie hatte es eilig mit dem neuen Leben. Als ich ihr von Opa erzählte, machte sie sich ebenso eilig auf den Weg zu uns, sodass wir schon kurze Zeit später zu viert in der Küche saßen.

Ich dachte an das Konzert am Abend in der Maschinerie. In der Regel mied ich größere Menschenmengen, vor allem in geschlossenen Räumen. Besuche in der Oper oder im Theater bildeten die einzigen Ausnahmen. Selbst dort, wo das Publikum frisch gewaschen und mit überwiegend wohlkomponierten Parfums bestäubt war, stellte die schiere Menge an verschiedenen Menschengerüchen eine enorme Herausforderung für meine Nase dar. Ein Konzert in der Maschinerie, mit tanzenden, Bier schwitzenden Fröhlichkeitsfanatikern? Das wegzudimmen würde absolute Schwerstarbeit werden. Ich hätte also nichts dagegen einzuwenden gehabt, wenn wir den Abend absagten. Wäre da nicht David gewesen. Er rechnete fest mit uns. Ich sollte filmen, Dito und Mayra die A&Rs von Watusi Records kennenlernen. Doch gleich zwei Todesfälle, einer davon in der Familie? Das musste sogar *Mr. Dave Killer* als Grund für ein Fernbleiben akzeptieren.

»Ich versuche mal David in der Maschinerie zu erreichen. Aufs Konzert gehen wir heute ja wohl nicht mehr, oder?«

»Was für ein Konzert?«, fragte Laura.

»Freunde von mir spielen als Vorband von so einer Disco-Ska-Band«, antwortete ich.

»Die *Mucho Muchachos*? Da habt ihr Karten für?!«, Laura schnellte hoch.

Ich hatte nicht gewusst, dass sie sich für Populärmusik interessierte. Dito war wie ein aus der Siesta geweckter Mexikaner hochgeschreckt und blinzelte sie von unten an.

»Logisch, Gästeliste. Ich hab plus eins, willst du mit?«, fragte er.

Laura jauchzte wie ein kleines Mädchen, das ein Pony zu Weihnachten bekommen hatte. Dito grinste stolz.

»Wollen wir nicht erst mal ein wenig trauern?«, fragte ich.

»Nein!«, riefen Laura und Dito im Chor, und Mayra klatschte begeistert. »Und ich dachte schon, ich verpasse diese falschen Mexikaner!«

In die Maschinerie

Wir konnten glücklicherweise an der langen Schlange der Normalsterblichen vorbeigehen, direkt zum Einlass für Gäste und Presse. Die Maschinerie war früher eine Fabrik gewesen, für Bratpfannen und Töpfe oder für Konservendosen, einige sprachen mit gesenkter Stimme von Munition, da gingen die Geschichten auseinander. Im Eingangsbereich verliefen noch die alten, in die Erde eingelassenen Schienen, das Kassenhäuschen war in einem neben der Spur geparkten Waggon untergebracht.

Zwei jobbedingt jugendlich gekleidete Mittvierziger, beide mit der gleichen Playmobilfrisur und identischen Brillen, diktierten dem nasenberingten Listenmann gerade ihre Namen.

»Dellmeier und Hoschke«, sagte der eine, »Watusi Records« gähnte der andere.

Wir taten es ihnen gleich, nannten Namen, wurden abgehakt, bekamen Backstagepässe, ich nickte einem der beiden zu. Dellmeier, oder Hoschke, zog betreten den Mund in die Breite. Da sie beide das gleiche Aftershave benutzten, waren sie sowieso nicht auseinanderzuhalten.

Als wir den bereits einigermaßen gefüllten Innenbereich betraten, klatschte mir die Schweißsekretion von mehreren Hundert Transpiranten in die Rezeptorzellen. Ich musste mich kurz sammeln, Laura und mein Vater verabschiedeten sich, da Dito den alten Trompetenlehrer Satchmo Müller erblickt hatte. Mayra hatte ein breites Grinsen ins Gesicht modelliert, sie nahm meine Hand und sah sich um. Ein blonder Surfertyp im mintfarbenen Muskelshirt balancierte zwei Biere in jeder Hand und schob sich an uns vorbei. Als er Mayra sah, spitzte er seine Lippen zu einem Luftkuss in ihre Richtung. Dazu zwinkerte er mit einem Auge. Mayra zeigte ihm den Mittelfinger, woraufhin er seine hin und her tanzende Zunge herausstreckte und die Augen halb schloss. Sofort drückte sie ihm ihren Mittelfinger ins Gesicht, er wich zurück, sie drückte weiter, die ganze Faust, drehte die Hand und bohrte ihm den Finger in den Mund. Er spuckte ihn aus, hob die Hand zur Abwehr, wofür er zwei der Biere fallen lassen musste, die so ideal aufkamen, dass er komplett eingenässt wurde und wir überhaupt nicht.

»Ihh, was soll *das* denn, du Fotze?«

»Du bist hier die Fotze, ich habe dich gerade gefickt, Wichser!«, rief Mayra, noch ihren Mittelfinger wedelnd. Sie wandte sich zu mir und zeigte mir grinsend ihre mehr als vorzeigbaren Zahnreihen.

»Endlich mal wieder Feiern gehen! Das ist ja Ewigkeiten her!«

Wir nahmen die Treppe in Richtung VIP-Rang, hielten einem gutmütig grinsenden, Hefepilz und Drachenwurz ausdünstenden Teddybären unsere laminierten Ausweise unter die Nase und betraten den abgesperrten Bereich. Dito hatte mich als Kind zu einem Giora-Feidman-Konzert mit in die Maschinerie genommen, den ganzen Nachmittag hatte mir die Erinnerung bereits den jubilierenden, schnatternden Plexiglasklarinettenton Feidmans ins Ohr gespült. Damals hatten wir unten auf Stühlen gesessen, und mein Blick war sehnsüchtig über die oberen beiden Ränge gewandert, die ebenfalls voller Zuhörer waren. Direkt gegenüber der Bühne hatte dort auf der ersten Etage der Tonmeister hinter seinem Mischpult gestanden, und der Bereich links von ihm war für das Publikum gesperrt und mit Fotografen, Crewmitgliedern und Freunden der Klezmerband besetzt gewesen.

So war es auch heute. Mit dem Unterschied, dass ich diesmal zu den Freunden der Band gehörte und hinaufdurfte. Wir fanden noch einen freien Platz an der Seite, fast direkt über der Bühne, von dort hatten wir die Band und auch das Publikum im Blick. Da heute keine Stühle aufgebaut waren, passten etwa 600 Menschen in die Maschinerie, auf den Rängen fanden sicherlich noch einmal 300 Platz. Mayra baute das Stativ auf, während ich die Kamera langsam über die Menge wandern ließ. Einige bekannte Gesichter vom Seneca-Gymnasium hatten sich vor der Bühne versammelt, sie waren hier, um ihre Helden *The Die-Hearts* zu feiern. Der Rest setzte sich aus hippiesken Studierenden, einigen Punks und natürlich der Armee der Gesichtslosen zusammen, jenen Großraumbürohengsten und Supermarktkassiererinnen, die den Muchacho-Sommerhit »Agga Agga« aus dem Radio oder vom All-inclusive-Urlaub auf den Balearen kannten.

Mayra stand am Geländer und betrachtete das riesige Stoffbanner mit der mexikanischen Landschaft, die Deko-Kakteen auf der Bühne und die vielen Sombreros im Publikum, ihr Grinsen wurde immer breiter. Eine Gruppe junger Frauen hatte sich die schwarz-weißen Totenmasken aufgeschminkt, so wie es in Mexiko am *Día de los Muertos* üblich war.

Mayra schüttelte grinsend den Kopf. »Das ist so bekloppt. Wenn ich das Video meinen *Cholas* zeige, die glauben gar nichts mehr.«

In diesem Moment wühlte sich direkt unter uns für den Bruchteil einer Sekunde ein bekannter Geruch an die Oberfläche, um sogleich wieder im Duftgewühl abzutauchen: *Shalimar*. Mit Zigarillo.

»Sera ist hier«, sagte ich.

»Was? Wo?«, fragte Mayra, sah mir ins Gesicht und folgte meinem Blick.

Ich schüttelte den Kopf und zeigte auf meine Nase.

»Keine Angst, ich pass auf dich auf«, sagte Mayra, hakte mich unter und gab mir einen sanften Bodycheck mit der Hüfte.

The Die-Hearts

Als die *Hearties* die Bühne betraten, konnte ich sie durch den Sucher meiner Kamera für einen beglückenden, kurzen Moment mit den Augen eines Fremden sehen: drei Jungs und ein kleines Punkermädchen, alle ziemlich lässig und hungrig.

Ruven, der groß gewachsene, sehnige Sänger, trug seine schwarzen langen Haare heute offen. Er richtete den Mikrofongalgen aus, trat auf sein Stimmgerät und prüfte nacheinander jede Saite seiner mit Aufklebern von Skateboardherstellern zugepflasterten *Gibson*. Sein *Black-Flag*-T-Shirt war so ausgewaschen, dass man den Schriftzug nur lesen konnte, wenn man wusste, was dort einmal gestanden hatte. Er war Halbamerikaner und wurde von allen – außer mir – *Raven* genannt.

Jens Butter, oder auch: Butterfly, trug Tarnhose, ein *New-York-Yankees*-Trikot und bis auf eine verfilzte Wurst im Nacken Glatze. Er hatte seine schwarze *Flying V* umgeschnallt und stellte seinen Fuß auf den Verzerrer, bereit loszutreten.

Die kleine Nikita mit der rosa Struwwelpeterfrisur stand aufrecht vor ihrem Verstärker, die Hände hinter dem Rücken verschränkt, den riesigen Wurzelholz-Fünfsaiter vor den Bauch geschnallt, das Kinn kampflustig in die Höhe gereckt. In der Vorgängerband, den »Hardies«, hatte David noch Bass gespielt und die Texte geschrieben. Die anderen hatten aber irgendwann keine Lust mehr auf deutschen Funpunk gehabt, und so wurde aus den »Hardies« die Hardcore-Ska-Band »The Die-Hearts«, was den Vorteil hatte, dass ihre alten Fans nach wie vor »die Hearties« sagen konnten.

David blieb der Band treu, wurde zum Faktotum der Truppe, gestaltete Flyer, Plakate, organisierte Auftritte, tanzte im Proberaum, fuhr den Bandbus und machte den Roadie. Jetzt gerade verteilte er noch in aller Eile Getränke, dann verließ er geduckt die Bühne und stellte sich an den Rand. Die anderen vier sahen sich an, Ruven nickte, und sofort begann Speedy ohne Vorzähler den überschnellen, humpelnden Takt von »Lady Die« zu spielen. Butterfly trat auf seinen Verzerrer und drehte sich zum Verstärker um, die Rückkopplung setzte ein, gefolgt vom Break, in den Ruven seinen Trademark-Schrei über das nun einsetzende Gitarrenriff erklingen ließ, ein tiefes, kehliges Metal-Monstergrunzen, das sich langsam hocharbeitete bis ins höchste *Bee-Gees*-Falsett – und dann prügelten sie los.

Die jungen Senecas fingen sofort an zu pogen, etwas überengagiert, geradezu so, als hätte man sie vorab großzügig dafür bezahlt. Schnell entstand eine Lücke zwischen dem Publikum und der kleinen Privatveranstaltung vor der Bühne. Mitten im Gewusel entdeckte ich Bongo, unseren Dorfpunk, die Arme schlenkernd wie ein Muppet im Urlaub. Die Red Skins konzentrierten sich am Rand stehend darauf, mit verschränkten Armen Desinteresse zu demonstrieren und die jungen Gymnasiasten mit kräftigen Schubsern in den Mosh Pit zurückzubefördern. Als der Song jedoch urplötzlich in einen tanzbaren Off-Beat-Teil mündete, ließen sogar sie sich auf eine Runde Ellenbogengebuffe ein, stets um einen spöttischen Gesichtsausdruck bemüht. Schließlich handelte es sich bei den *Hearties* um eine Schülerband.

David stand an der Seite, am Rand der Bühne, und starrte vor sich hin. Zwischen den Stücken applaudierte er abwesend und betrachtete das Publikum. Wahrscheinlich war die Tour eine einzige lange Backstageparty gewesen und er entsprechend entkräftet.

Die *Die-Hearts* für ihren Teil hechelten hochmotiviert durch die Setlist und beschränkten die Pausen zwischen den Liedern auf ein Minimum. Dann war es auch schon vorbei, Ruven presste ein kurzes »*Thanks a lot, good night!*« ins Mikro, ein knappes Dutzend Minderjähriger forderte eine Zugabe, aber vergeblich, die Musik ging wieder an, »It's a Kind of Magic« von *Queen*.

Ich ließ das Stativ an Ort und Stelle, nahm nur die Kamera mit, und wir stiegen gemeinsam die Treppe am Ende des Ranges hinunter. An der Tür zum Backstagebereich huschte Mayra am Aufpasser vorbei, ohne ihn eines Blickes zu würdigen. Ich versuchte meinen All-Areas-Pass so nebensächlich vorzuzeigen, als würde ich das ständig tun. Direkt hinter der Tür stand David und fiel uns in die Arme. »Da seid ihr ja!«

Er wollte uns gar nicht wieder loslassen. Ich registrierte seinen glasigen Blick, er schien wirklich etwas neben der Spur zu sein. Vielleicht war er auch einfach nur betrunken und übernächtigt. Er fing sofort an, Mayra von den beiden A&Rs zu erzählen und das spätere Vorgehen zu besprechen, er hatte Dellmeier und Hoschke bereits kennengelernt. Ich sah mich im Raum um, der überraschend breit und tief war und entfernt an die Opiumhöhle aus »Once Upon a Time in America« erinnerte. Ich schaltete die Kamera ein und machte einen langsamen Schwenk. Die hohe Decke war mit gebatikten Tüchern abgehängt, traurige Sofas und Couchtische standen herum. Es sah aus, als hätte ein gelangweilter Inneneinrichter mit Sperrmüll gewürfelt. Überall lungerten schnurrbärtige Ponchoträger herum, teilweise mit Blechblasinstrumenten, überwiegend mit Bierflaschen oder Zigaretten in der Hand, manche trugen Sombreros. Es roch wie im Second-Hand-Laden und nach Gras.

»David«, sagte nun ein etwas zu groß geratener, langhaariger Muchacho, der unrasiert einen blauen Anzug aus der Altkleidersammlung vollschwitzte, einen Anzug, der vermutlich trotz mehrfachen Besitzerwechsels noch nie eine Reinigung von innen gesehen hatte. Er legte David den Arm um die Schultern und wedelte mit einer kleinen Flasche vor seinem Gesicht herum. »Hm? Das hast du dir doch verdient, oder?«

Ohne eine Antwort abzuwarten, griff er ihm zärtlich ins strubbelige Haar, zog ihm den Kopf behutsam in den Nacken, bettete diesen wie einen Säugling in seiner Armbeuge, um ihm anschließend die klare Flüssigkeit in den Mund laufen zu lassen. In der durchsichtigen 0,1-l-Flasche trudelte irgendetwas Rotes. Während er Nuckel- und Schmatzgeräusche von sich gab, sagte er alle paar Sekunden: »... fein, ganz fein ...«, und ließ den Schnaps langsam in Davids Mund strömen. Als die Flasche schließlich leer war, sagte er: »... uuuuuund stopp!«

David richtete sich auf, die Brauen hochgezogen, und atmete langsam, mit den Augen klimpernd aus.

Der hagere Typ drehte sich um und rief laut: »Ronnie! *ALLE!*« Dann wandte er sich uns wieder zu und fragte David: »Und wer sind deine charmanten Freunde?«

Mit *charmant* meinte er scharf, und mit *Freunde* meinte er Mayra.

»Das sind Mayra und Charlie.«

Er nickte, überprüfte Mayra von oben bis unten, ihr Karohemd, die Jeans, die Army Boots, dann inspizierte er kurz meinen Anzug – der ansatzweise die gleiche Farbe wie seiner hatte, im Gegensatz zu diesem jedoch maßgeschneidert und frisch gereinigt war. Anschließend zog er den blauen Sombrero, strich sich seinen Schnurrbart glatt, verbeugte sich, musketierhaft vor Mayra mit dem Hut herumfuchtelnd, und sagte: »Sehr erfreut! Sándor Muchacho ist der Name.«

Bevor er sich den Hut wieder aufsetzte, fing er damit eine neue Flasche auf, die ihm nach kurzer Vorwarnung von Ronnie zugeworfen wurde, einem kleinen Dicken, der als einziger Mann im Raum einen Vollbart und ein Kleid trug. Einen Sommelier parodierend hielt Sándor nun Mayra die Flasche hin, leicht vorgebeugt, den freien Arm auf dem Rücken. Auf dem Etikett stand WENN AUF DANN ALLE. Mayra stieg sofort ein, gab den anerkennend nickenden Gourmet, woraufhin Sándor die Flasche, die konsequenterweise mit einem Kronkorken verschlossen war, öffnete. Jetzt verstand ich, weshalb von Zeit zu Zeit ein »ALLE!«-Schrei durch den Raum gellte.

»Darf ich?«, fragte Sándor in Richtung Mayra, die lachte und »Ich verdurste!« antwortete. Er griff ihr ins Nackenhaar und zog das Fütterungsspiel durch, eine Spur vorsichtiger und zwei Spuren zärtlicher als zuvor bei David.

Mayra schüttelte sich, als die Flasche leer war, bedankte sich, nahm meine und Davids Hand und zog uns in Richtung eines freien Sofas. Wir betrachteten das Treiben im Raum, ich in der Mitte eingeklemmt zwischen meinen beiden Freunden.

Zwei der *Muchachos* waren im Moment hochkonzentriert damit beschäftigt, in sehr hoher Geschwindigkeit karnickelhafte Hüftstöße gegen Butterflys Hintern zu vollführen und dabei mit heraushängender Zunge zu hecheln. Butterfly kniete auf einem Sessel und stöhnte. Ich machte die Kamera an und hielt kurz drauf. Nikita kam zu uns und setzte sich neben David auf die Sofalehne. Mayra beugte sich vor, stützte beide Hände auf meinem Oberschenkel ab und fragte unter der Kamera hindurch: »Erzähl mal, wie war es mit denen auf Tour?«

David winkte lachend ab. »Hör mir auf. Wie Klassenfahrt, bloß ohne Lehrer.«

Nikita machte ein müdes Gesicht. »Der reinste Männerzoo. Ich freue mich richtig auf meine Behinderten-WG morgen.«

Einer der beiden Saxofonisten spielte sich warm, ein Bandkollege fasste ihm von hinten mit beiden Händen an die Hüfte. Auch dieser Muchacho deutete mit eindeutigen Beckenbewegungen und Vollkontakt Sex an, woraufhin der Saxofonist dazu überging, seine Töne erst im Takt der Hüftstöße und dann wie lustvolles Jauchzen erklingen zu lassen.

»Machen die das öfter?«, fragt Mayra und zeigte auf die beiden.

»Die ganze Zeit. Auch auf der Bühne. Auf diese Weise drücken sie Anerkennung aus. Sie nennen es *Kötern*.« Nikita zog den Mund in die Breite und legte die Stirn in Falten.

»Etwa auch bei dir?«

»Oh, nein!«, Nikita hob abwehrend die Arme. »Nur die Hetero-Jungs unter sich. Sogar Ronnie, die einzige echte Schwucke in dem Verein, wird verschont. Das gibt hervorragende Irritationen, wenn so bullige Fleischmützen im Publikum stehen und die Jungs ihr ›Neuner-Steckmodul‹ auf der Bühne aufführen.«

»Das Neuner-Steckmodul?«, fragte ich.

»Naja, irgendwann gegen Ende des Sets versammeln sie sich auf der Bühne, verlangen vom Publikum, die Augen zu schließen, dann stellen sie sich im Kreis auf und kötern sich, alle im gleichen Takt. Und dann rufen sie ›Augen auf!‹«

Speedy kam vorbei und drückte jedem von uns ein Bier in die Hand. Ich tat so, als wäre ich dankbar, und stieß mit allen an. Probieren kam jedoch nicht in Frage. In dieser Situation, an diesem Abend, Alkohol zu trinken wäre Selbstmord gewesen. Ich wollte die Flasche gerade auf den Boden stellen, da bemerkte ich, dass David sein Bier bereits ausgetrunken hatte. Er rülpste, es stank fürchterlich, ich reichte ihm meins.

Die Bläser, die sich jetzt mit umgeschnallten Instrumenten zusammmengefunden hatten, stimmten langgezogene, schmachtende Töne an, die Trompete legte eine mit hispanischen Schlenkern verzierte Mondschein-Melodie darüber, der Rest der Truppe köterte die Bläser. Mir kam das alles etwas überzogen vor, und ich fragte mich, ob hier vielleicht noch andere Substanzen als Alkohol und Marihuana im Spiel waren.

David deutete mit der Bierflasche in die Raummitte. »Das ist Stretchy. Der ist immer für 'ne Überraschung gut.«

Als hätte Stretchy David gehört, holte der sehr große und sehr dicke Tubaspieler nun seinen – irritierenderweise leicht erigierten – Penis aus der Hose, knetete kurz seinen Hodensack und brüllte: »SENFGLIED!«

Sofort wiederholten alle *Muchachos* im Chor: »SENFGLIED! SENFGLIED! SENFGLIED!«

Ich wagte nicht, zu filmen.

»Senfglied?« David lehnte sich vor und rieb sich die Hände. »Das ist neu.«

Wir drei saßen auf den besten Plätzen, in der ersten Reihe des Theaters. Der Bassist, der sich kurz zuvor noch mit wilden Läufen warmgespielt hatte, schnallte nun sein Instrument ab, hastete zum Kühlschrank und kam mit zwei großen Gläsern zurück. Eines war voller Bockwürstchen, bei dem anderen handelte es sich um ein Glas Löwensenf extra scharf. David erhob sich vom Sofa, um besser beobachten zu können, was vor sich ging. Unter den fortdauernden »SENFGLIED!«-Anfeuerungsrufen öffnete der Bassist das Senfglas und hielt es rechtwinklig gekippt vor den nun doch eindeutiger angeschwollenen Penis von Stretchy. Die Band skandierte weiter. Stretchy reckte die Arme zur Siegerpose in die Höhe – und schob das kurze, dicke Geschlechtsteil mehrmals so tief es ging in den Senftopf. Die gelbe Masse quoll an den Seiten heraus und blieb in seinem tiefschwarzen, dicht gelockten Schamhaar hängen. Eigentlich hätte die Band schon längst auf der Bühne sein müssen, stattdessen begannen nun alle *Muchachos* – bis auf Sándor und den Dicken mit dem

Senfglied –, auf die Knie zu fallen und hündisch zu winseln. Ich fragte mich, ob sie dieses Backstage-Ritual für die eigene Legendenbildung exakt durchchoreografiert hatten oder ob sie einfach sehr gut darin waren, zu improvisieren. David hetzte in die Mitte des Raums, ließ sich auch auf allen vieren nieder und drängelte sich in die erste Reihe.

»Ich!«, winselte er, »nein, ICH!«, der nächste, »ichichich!«, fiepten alle durcheinander und falteten ihre Hände wie zum Gebet. Stretchy blickte streng in die Runde, zeigte schließlich auf David und gab ein donnerndes »Du!« von sich. David kroch auf Knien näher an Stretchy heran und begann unter bewundernden »MMMH!«- und »OOOH!«-Rufen der Band, das Glied mit seiner Zunge vom Senf zu säubern. Er nahm ihn nicht vollständig in den Mund, sondern leckte ihn von allen Seiten sorgfältig ab. Antigo, der Bassist, öffnete das Glas mit den Würstchen und verteilte sie, in Senf gestippt, wie Trostpreise an die leer ausgegangenen Brüder.

Als David unter ungläubigem Gejohle das nun vollständig erigierte Glied ganz in den Mund nahm, zuckte Stretchy mit der Hüfte zurück und hielt Davids Kopf auf Abstand. Das ging anscheinend selbst ihm zu weit, alles vorher war ein Spiel, ein derber Scherz gewesen, jetzt zog er seine Hose hoch. Es kam zu einer kurzen, unbeholfenen Pause, das Gejohle der Mexikaner wurde leiser, einige applaudierten anerkennend, Stretchy bekam ebenfalls ein in Senf gestipptes Würstchen gereicht und biss hinein.

Mayra und ich sahen uns mit großen Augen an. Sie neigte sich zu mir. »Was war das denn?«, fragte sie langsam.

»Ich habe keine Ahnung«, antwortete ich noch langsamer.

David wischte sich über den Mund, erhob sich und sagte: »Könnt ihr mir eins versprechen, Jungs?«

Die *Muchachos* erhoben sich nach und nach, die Bläser suchten ihre Instrumente, Antigo schnallte sich seinen Bass um. Dann sahen sie alle mit hinter dem Rücken verschränkten Armen zu David.

»Da ich vor euch sterben werde – könnt ihr bitte auf meiner Beerdigungsparty spielen?«

Wie auf Kommando warfen alle *Muchachos* ihre Köpfe in den Nacken und schnarrten im Chor.

Lupita

Eigentlich wäre es nun höchste Zeit gewesen, auf die Bühne zu verschwinden, doch David ereilte eine Erkenntnis offenbar göttlichen Ausmaßes. Sein Gesicht verkündete es schon, bevor er noch einmal bebend seine Stimme erhob.

»Jungs!«, rief er, »Jungs!«

Alle schauten zu ihm.

»Sorry, eine Sache noch. Ihr könnt es ja gar nicht wissen... aber wir haben heute eine ECHTE MEXIKANERIN zu Gast – Mayra!«

Er drehte sich auf der Hacke um und zeigte mit beiden Fingern auf Mayra, die echte Mexikanerin. Alle Blicke im Raum hefteten sich auf meine Sitznachbarin. Sie reagierte mit einem ironisch gemeinten, von allen jedoch als zauberhaft verstandenen Lächeln.

Augenblicklich gerieten die *Muchachos* in höchste Erregung.

Sándor brüllte mit weit aufgerissenen Augen: »AAAAAHH, HAU AB! ECHT?«, kam dann zu uns herüber, zog Mayra aus Mexiko vom Sofa, fiel ihr schreiend um den Hals. Sie schrie mit. Ihn hielt nichts mehr, er hüpfte aus dem Stand im Schlusssprung auf den nächsten Tisch und hob die Arme. »Brüder! MUCHACHOS! Hört mal her! *JU-HUNGS!*«, und als die beiden Saxofonisten immer noch nicht aufhörten, ihre Erregung in Tonleitern zu übersetzen, noch einmal mit allem Nachdruck, den Hacken seines Cowboystiefels auf den Tisch knallend: »*JUNGS!*« Wie ein schlaksiger Hobbydirigent hatte er die Arme ausgestreckt, beide Zeigefinger an die Decke gerichtet. Das Orchester wartete auf sein Zeichen. »Brüder«, Sándor wischte sich mit der Rechten über den nassen Schnurrbart, »es steht doch wohl außer Frage: Mayra muss heute Lupita sein.«

Lupita? Der Vorschlag versetzte die gesamte Band augenblicklich in noch größere Rage als zuvor. Wie auf der Jahreshauptversammlung der Vollbekloppten verfielen sie abermals in zustimmendes, hündisches Gewinsel, alle warfen sich vor Mayra auf den Boden, Ronnie, der Tänzer, zog sich das schwarze Kleid über den Kopf und fuchtelte damit, lediglich mit einer weißen Feinrippunterhose bekleidet, eine Spur zu aufdringlich vor ihrem Gesicht herum.

»Wer ist Lupita?«, rief Mayra in das Gewinsel und Geschreie.

Sándor, der als Einziger stehen geblieben war, sah sie ernst an. »Während des ersten Songs, der unserer schönen Schwester Lupita gewidmet ist«, erklärte er, »tanzt Ronnie im Kleid auf der Bühne, mit einem Tablett voller Tequila, die er dann unters Volk bringt.«

Mayra lachte schallend, legte den Kopf auf die Brust und schlug mädchenhaft die Hände vors Gesicht. Irritiert beobachtete ich sie vom Sofa aus, Mayra, die nun vor mir stand, und lächelnd mit einer Strähne ihres Haars spielte. War das die Mayra, die auf mich aufpassen wollte?

Sándor griff nach ihren Händen und ging vor ihr auf die Knie, wie um ihr einen Heiratsantrag zu machen. Dann sagte er: »Es wäre den *Mucho Muchachos* eine große Ehre, wenn heute eine echte Mexikanerin den Part unserer Schwester Lupita übernehmen würde.«

In der Stille hörte man nur vereinzelt das ein oder andere vorsichtige Fiepen. Alle starrten Mayra an.

Mayra sah zu mir.

»Du musst das nicht machen«, formte ich lautlos mit den Lippen, als ob sie sich je von irgendjemandem hätte vorschreiben lassen, was zu tun war.

In diesem Moment platzte der Veranstalter Bernhard, ein väterlicher Typ mit pferdelangem Gesicht, grauer Anzugweste und silberner Nickelbrille, in die abwartende Stille des Backstageraums: »Leute, ihr müsst jetzt langsam echt auf die Bühne. Stagetime war eigentlich zweienzwanzich-hundert.«

Niemand reagierte, sogar das Hundegewinsel hatte aufgehört, alle schauten mit heraushängenden Zungen zu Mayra. Sie hielt immer noch inne. Dann verdrehte sie die Augen, schnappte sich das Kleid, warf den Kopf in den Nacken und schnarrte.

Und so, wie David es vor einer Woche angekündigt hatte, eskalierte die Situation hinter der Bühne nun vollständig. Die *Mucho Muchachos* jubelten und schrien, köterten sich gegenseitig, auch Bernhard wurde durchgenommen und ließ das Ganze mit äußerster Gelassenheit und herunterrutschendem Brillengestell über sich ergehen. Sombreros flogen hoch, die Blechbläser erklangen alle gemeinsam, kleine Tequilaflaschen wurden geleert, Bier spritzte. Ich musste hinter dem Sofa in Deckung gehen. Der halb nackte Ronnie sortierte Schnapsgläser auf ein großes, rundes Silbertablett und begann hektisch, sie zu füllen. Mit geübten Händen goss er aus zwei Flaschen gleichzeitig ein, ohne abzusetzen. Sándor schnallte sich seine E-Gitarre um, Mayra kam lachend zu mir herüber.

»Wo ist denn hier die Toilette? Kommst du mit? Und siehst du irgendwo Klebeband?«

Ich schnappte mir eine Rolle Gaffa, nahm Mayras Hand und zog sie ans andere Ende des Raums, wo sich die Damentoilette befand. Drinnen roch es überraschend sauber und war angenehm kühl, dazu wurde der Schall gedämpft, sodass wir uns für einen Moment von dem Wahnsinn abkapseln konnten.

»Wie hart sind die denn drauf?«, sagte ich, noch immer erschüttert von Stretchys und Davids pornografischer Einlage.

Mayra zog ihr Karohemd aus. »Ist Dave bi?«

»In solchen Kategorien denkt der gar nicht. Ich würde es *sexuell sehr aufgeschlossen* nennen. Aber so habe ich ihn auch noch nicht erlebt.«

Sie zog auch das Tanktop aus, stieg aus der Jeans und warf sich das Kleid über. Ich raffte es hinten zusammen und fixierte es mit schwarzem Textilklebeband. Mayra drehte sich vor dem Spiegel, hin und her, sie war zufrieden. Dann öffnete sich die Tür, und Nikita, die Bassistin, kam herein.

»Oh, sorry, störe ich?«

»Quatsch, komm rein.«

Sie trug einen winzig kleinen Rucksack. »Brauchst du noch irgendwas?« Nikita öffnete ihr Täschchen, darin waren Flaschen und Tuben.

»Oh, super! Danke!« Mayra lächelte sie an. »Das habe ich seit Wochen nicht mehr gemacht.«

Sie begann sich zur *Chola* umzubauen: Die Tolle wurde mit Haarspray hochlackiert, rote Lippen gemalt, dunkel umrandet, übertrieben Kajal aufgelegt, das ganze Programm, das ich nur in VHS-Qualität kannte. Vor mir entstand eine andere Frau. Vermisste sie ihr Leben in Mexiko? Die Feierei mit den Freundinnen, den Rausch der Nacht? Mit mir war da nicht viel gegangen bisher. Und würde wohl auch nie viel gehen. Vielleicht bekam sie allmählich Sehnsucht nach Ramón, oder zumindest nach Typen wie Ramón.

»Ich geh schon mal raus«, sagte ich, verließ das Bad und gesellte mich zu David und Sándor. Der grinste mich breit an.

»Krass, deine Freundin. Die schickt echt der Himmel«, sagte Sándor und klopfte mir auf die Schulter. Es fühlte sich an, als zollte er mir Anerkennung für ein besonders wohlgeratenes Pferd aus meinem Stall.

Wenige Minuten später kamen Nikita und *Chola* Mayra aus der Toilette. Jetzt erst sahen alle ihre volltätowierten Arme. Ein Raunen ging durch den Raum. Sándor schnalzte mit der Zunge und wisperte, mehr zu sich selbst als zu mir: »*Perfectamente!*«

Mayra kam zu mir herüber, gab mir einen Kuss auf die Wange, und ich verzweifelte an ihrem Duft, der giftig eingetrübt war von Haarlack und Schminke. Sie lachte und tippte auf meine Wange, weil der Lippenstift Spuren hinterlassen hatte. Mir hatte gefallen, dass an diesem Abend nicht klar war, ob wir ein Paar waren oder nur gute Freunde, der züchtige Kuss auf die Wange schien aber der Hinweis gewesen zu sein, auf den Sándor gewartet hatte. Er lächelte nun siegesgewiss, drehte sich ab und erhob die Stimme.

»STAGE TIME, KOLLEGEN! AUF GEHT'S!«

Mayra drückte noch einmal meine Hand und sah mir in die Augen. Ich nickte, hielt meine Kamera hoch und drückte auf *record*. Sie hob eine Hand über den Kopf und drehte sich einmal elegant um die eigene Achse, ich drückte *stop*. Dann ging sie zu Ronnie, der das Tablett mit den Schnäpsen bereithielt. Während die *Muchachos* sich hinter der Bühne versammelten, wo sie noch einen letzten Joint kreisen ließen, ging ich nach oben, um das Spektakel mit der Kamera einzufangen.

Vogelperspektive

Der Platz um das Stativ herum war immer noch frei, ich setzte die Kamera drauf und richtete den Bildausschnitt ein. Ich wollte nur Mayras Auftritt filmen und dann wieder im Backstageraum verschwinden. Das Geruchsmassaker der vielen Angeschwitzten war jetzt schon erdrückend. In all der olfaktorischen Kakophonie meinte ich plötzlich wieder *Shalimar* zu riechen. Aber konnte das sein? Was wollte die Gräfin auf diesem Konzert? Ich ließ meinen Blick über die Menge schweifen, und gerade, als ich sie tatsächlich zu entdecken glaubte, erlosch das Licht und die Pausenmusik ging aus.

Das Publikum applaudierte lautstark und lange, während die neun Mitglieder der Band sich positionierten. Immer wieder erklangen vereinzelt »Agga! Agga!«-Rufe. Als alle *Muchachos* sich nacheinander nach hinten gedreht hatten und zu Heinrich, dem Drummer, blickten, zählte er dreimal vor, die Vier schlug er auf Standtom und Snare, und dann erstrahlte das Intro von »Lupita«. Ich erkannte die Bläsermelodie aus dem Backstageraum, sie erklang nun verstärkt in ihrer ganzen Pracht, vielstimmig und von Wurlitzer-Piano, Bass und Gitarre unterlegt. Der Percussionist bearbeite ein Ölfass und etwas, das aussah wie das Sägeblatt einer Kreissäge. Gleichzeitig wurde der Saal in Stroboskopgeflacker getaucht, und wie auf Kommando reckten die Fans der *Muchachos* allesamt die Hände in die Luft und wedelten damit. Es sah beeindruckend aus. Ein Sombrero wurde im Publikum hoch in die Luft geworfen. Mayra hatte das Tablett vorerst auf einem der äußeren Verstärker abgestellt und vollführte in der Mitte der Bühne ihre Drehungen, ebenfalls die Arme in die Höhe gereckt, was noch beeindruckender aussah. Als der Song mit einer fröhlichen Kirmesmelodie in die volle Beleuchtung losritt, begann der ganze Menschenbrei im Saal zu schäumen. Aus dem Sombrero im Publikum war augenblicklich ein Spiel geworden: Wer auch immer ihn fing, warf ihn gleich wieder möglichst hoch in die Luft. Der Trompeter ließ seine Mondscheinmelodie erklingen und wurde dabei im Takt von Sándor gekötert. Mayra eilte zum Seitenrand, wo Ronnie bereits mit dem Tablett wartete. Als sie damit das Publikum erreichte, kam es zu kleinen Tumulten: Den von der exotischen Schönheit ausgeschenkten Gratisalkohol wollte sich niemand entgehen lassen, schon gar nicht die bulligen Skins. Sie wühlten sich nach vorn und schoben dabei rücksichtslos langhaarige Studenten und hellblauhemdige Bankangestellte beiseite. Das Tablett war in wenigen Sekunden leergeräumt, die Band peitschte dem Publikum ihren Disco-Offbeat um die Ohren, und Sándor und der andere Sänger, Angel, sangen »*Señorita Lupita Muchacha, unsere Schwester ist die schönste Frau der Welt*«. Bereits nach der Hälfte des Liedes war der Schweißgeruch der Maschinerie nicht mehr in den Griff zu kriegen. Ich musste dringend in den Backstageraum. Oder an die frische Luft.

Hier oben gab es immerhin Fenster, die auf Kipp standen. Ich ging rüber zum nächsten, hielt meine Nase in den Spalt und inhalierte die vergleichsweise wohltuenden Abgase und Imbissdämpfe der Stadt. Unten ging derweil der zweite Song los, überraschend punkig, und ich sah, dass Mayra gar nicht daran dachte, die Bühne zu verlassen. Ronnie hatte ihr zwei neue Tequilaflaschen gereicht, die sie am Bühnenrand willigen Jungmännern direkt in den Mund laufen ließ. Einem der Redskins war es gelungen, vorbei am Sicherheitspersonal die Bühne zu entern. Er trug Hosenträger über dem weißen Fred-Perry-Poloshirt, seine Domestos-Jeans steckte in roten Doc Martens. Er zeigte tanzend auf die Tequilaflasche, deutete mit einer Geste an, daraus trinken zu wollen. Mayra hielt ihm die Flasche mit der Linken hin, als er danach greifen wollte, hatte sie ihm schon den Arm auf den Rücken gedreht und führte ihn an den Bühnenrand zurück, von wo sie ihn mit einem Arschtritt ins Publikum beförderte. Niemand fing ihn auf. Der Song war vorüber, und unter tosendem Applaus und höhnischem Gelächter und weiteren Arschtritten seiner Freunde wurde der Skinhead ans hintere Saalende befördert. Er hatte sich von einer Frau in aller Öffentlichkeit den Hintern versohlen lassen und würde sich nun die Haare lang wachsen lassen und über eine Karriere als Schnittlauchbauer oder Serienmörder nachdenken müssen.

Als ich die Kamera in die Hand nahm, um endlich zu stoppen, stellte ich fest, dass die Aufnahme gar nicht lief. War die Kassette bereits voll? Oder hatte ich etwa nicht auf *record* gedrückt? Hastig spulte ich ein paar Sekunden zurück, *play*, oh nein, tatsächlich! Die letzten Aufnahmen zeigten Mayras Drehung aus dem Backstageraum. Nichts von ihrer fantastischen Bühnenshow war auf Tape verewigt worden.

Meine Schläfen pochten. Unten rauschte der nächste Schnellzug über das Publikum.

Eigentlich war es viel besser so. So konnten wenigstens in den kommenden Jahren immer irrsinnigere Versionen von Mayras Bühnenschlägerei erzählt werden, und keine ernüchternden Videofakten würden David oder mich Lügen strafen, wenn von einem Roundhousekick die Rede war, der zehn Skinheads gleichzeitig ausschaltete. Ich sah hinunter. Mayra tanzte noch immer, das Personal der Maschinerie hatte jedoch die Tequilaflaschen eingezogen und sperrte die Bühne nun vollständig ab. Am Rand sah ich David im Gespräch mit einem grünhaarigen Typen. Ich blickte durch die Kamera und zoomte heran. Mein Herz verknotete sich kurzzeitig, nur langsam konnte ich es mit ruhigen Atemzügen wieder entheddern. Das war ohne jeden Zweifel Mozart Fettkötter. Die beiden unterhielten sich allerdings friedlich. Dann stimmte Davids Geschichte also doch, ich hatte das meiste davon für *Gulasch* gehalten. Angeblich hatte er Mozart im Drama 24-7 wiedergetroffen, einem Technoclub in Sumbigheim, wo dieser inzwischen als Türsteher arbeitete. Eindeutig der blühenden Fantasie Davids hatte ich das Detail zugeordnet, dass Mozart sich seinen kotelettförmigen Blutschwamm inzwischen hatte übertätowieren lassen – mit einem Kotelett. Auch wollte er fortan nicht mehr Mozart genannt werden. Sondern *Kotelett*. Sie hatten Frieden geschlossen, sich die Hand gereicht, *Kotelett* hatte David ein »buntes Tütchen« geschenkt, denn inzwischen versorgte er die ganzen Dörfer der Umgebung mit Pillen, Pulvern, Pilzen und Pappen. Weshalb ihn niemand *Kotelett*, sondern alle nur *4P* nannten.

Als ich die Treppe herunterkam und hinter der Bühne entlang zum gegenüberliegenden Rand ging, bog Mozart gerade mit David um die Ecke. Wir stießen fast zusammen, die in den tiefen meines Hirns abgespeicherte Erinnerung an seinen Körpergeruch löste einen Fluchtreflex aus, den ich nur schwer unterdrücken konnte. Ich sah sein Gesicht in Nahaufnahme vor mir, und da, wo einst sein Blutschwamm gewesen war, befand sich tatsächlich die fotorealistische Tätowierung eines rohen Koteletts. Es sah fantastisch aus.

Mozart nickte mir zu, ich nickte zurück, dann verschwanden David und er im Backstagebereich. Ich überlegte kurz, ob ich besser hinterhergehen sollte, doch er und David schienen sich geradezu vertraut unterhalten zu haben. Ob Mozart Mayra erkannt hatte? Hatte sie ihn schon gesehen? Ich stellte mich noch eine Weile an den Bühnenrand, versuchte Blickkontakt mit ihr aufzunehmen, doch es war hoffnungslos.

Im Backstageraum war ich allein. David und Mozart waren nirgends zu sehen.

Wer einmal einen Schweißhund erlebt hat, der nach stundenlanger Nasenarbeit vollkommen ermattet in einen tiefen Schlaf fällt, hat eine ungefähre Vorstellung davon, wie es mir jetzt ging. Ich zog meine Schuhe aus und legte mich auf eins der Sofas. Bernhard betrat den Raum, öffnete die hintere Tür und die Fenster, sodass kühle, halbwegs frische Luft hereinströmte. Ich schloss die Augen, und es dauerte nicht lange, da war ich eingeschlafen.

A Kind of Magic

Ich erwachte, weil *Shalimar* an meiner Nase rüttelte und mich zurück in die Welt zerrte. Irritiert schreckte ich hoch und sah mich um. Das Konzert war vorbei, der Backstageraum begann sich wieder zu füllen. Zu den *Die-Hearts* und den durchgeschwitzten *Mucho Muchachos* gesellten sich immer mehr Freunde und Freundinnen, Crewmitglieder, die irgendwann alles verladen hatten und ihr Feierabendbier zelebrierten, außerdem eine Gruppe aus betont schrillen Gestalten, bei denen es sich nur um Mitglieder der Musikbranche handeln konnte. Von Sera keine Spur. Die Musiker wirkten leicht sediert, erschlafft, hingen in den Sofas, die frische Luft war längst wieder mit Qualm und Schweiß durchsetzt. David, Mayra, Nikita, Ruven und Sándor standen in der Mitte des Raums im Kreis. Ich erhob mich, zog meine Schuhe an und schlenderte zu ihnen.

»Guten Morgen!« David grinste mir breit entgegen.

»Alles gut?«, fragte Mayra.

Ich zeigte verstohlen auf meine Nase und ließ den Finger mit rollenden Augen an meiner Schläfe kreisen, sie nickte. Das *Shalimar* kam näher, von hinten, ich wandte mich um, gerade als Sera an die Gruppe herantrat.

»So, dann wollen wir mal.«

Sie balancierte ein silbernes Tablett mit Schnäpsen auf den Fingerspitzen der linken Hand und verteilte mit rechts die kleinen Gläser, auf denen halbe Zitronenscheiben lagen. Einen an David, »Mein lieber David«, Sándor wurde mit einem »Señor Muchacho« bedacht, dann reichte sie Ruven ein Glas und eins Nikita: »Lady and Lord Die-Heart.«

Mayra kannte Sera nur aus meinen Erzählungen, ich hatte nie ein Foto von ihr besessen, geschweige denn Filmaufnahmen.

»Hallo Sera«, sagte ich zu ihr, hauptsächlich für Mayra.

»Hallo Charlie. So schnell sieht man sich wieder.« Sie lächelte und hielt mir ein Glas hin, ich lehnte dankend ab.

»Ach stimmt, du verträgst ja keinen Alkohol«, sagte sie und wandte sich an Mayra. »Lupita. Du musst Charlies Freundin aus Mexiko sein?«

Mayra sah sie an. »Ja. Eigentlich Mayra. Und du heißt Sarah?« *Hehe.*

»Sera. Charlie und ich hatten mal einen Unfall zusammen, vielleicht hast du davon gehört.«

»Ach so, der mit dem Reh?«

Sera nahm ein Glas vom Tablett und hielt es ihr hin. »Ein Junghirsch, um genau zu sein.«

Mayra verdrehte die Augen, nahm den Schnaps, schnippte die Zitronenscheibe herunter und hob ihn hoch. »*Encantada de conocerte.*«

»Halt!«, rief Sera. »Erst noch das Salz.«

Sie nahm den Salzstreuer, alle leckten sich oberhalb der Daumenwurzel über die Hand und streckten sie Sera entgegen, die reihum Salz draufstreute. Mayra sah sich das Schauspiel an. »Was ist das denn für ein Quatsch?«

»Das müsstest du als Mexikanerin doch wissen: Salz lecken, Tequila trinken, in die Zitrone beißen? Hier, ich hab noch eine«, sagte Sera und hielt ihr eine frische Zitronenscheibe hin.

Mayra lachte schallend: »Wer hat sich denn den Blödsinn ausgedacht? *¡Salud!*« Sie schüttelte den Kopf und stürzte den Schnaps hinunter.

Alle anderen leckten das Salz von der Hand, warfen den Kopf in den Nacken, quälten sich den nach UHU riechenden Tequila hinein und bissen schnell in ihre Zitrone.

»Brrrr ... Euer Chili-Tequila schmeckt ja schon scheiße«, sagte sie zu Sándor, »aber das hier ist der unglaublichste Rotz, den ich je getrunken habe.«

»Wenigstens hast du ihn getrunken«, sagte Sera, »die Geste zählt.«

Die beiden tauschten unter der Hand zwei gefälschte Lächeln aus.

Nikita sagte: »Ich würd jetzt langsam mal in'n Sack haun. Was is mit euch? Kommt wer mit? Wollen wir uns ne Taxe nach Leyder teilen?«

»Nikitorr!«, rief David entsetzt. »Das festliche Fest befindet sich in der Anflugphase – und du willst gehen? Bist du denn vollkommen *Marmelade*?«

»Ich muss in die Heia. Meine Behindis kennen keine Gnade, die scheißen sich auch am Faunitag ein.« Sie streckte sich und gähnte.

Auch ich wollte nichts lieber als weg hier, sah zu Mayra, doch die machte meine Hoffnung sogleich zunichte, indem sie konstatierte: »Ich bin hier noch lange nicht fertig.«

»So ist's brav«, nickte David zufrieden.

Nikita umarmte alle der Reihe nach, bis auf Sera, die ihr geziert die Hand entgegenhielt. Dito und Laura waren ebenfalls im Backstageraum aufgetaucht, jedoch nur, um sich zu verabschieden, sodass die drei sich gemeinsam aufmachten, um ein Taxi zu finden.

Ich ließ mich auf den nächstgelegenen Sessel plumpsen. Der Hintereingang des Raums öffnete sich, kalte, metallische Luft zog herein. Mozart kam mit einem Muchacho durch die Tür. Er erblickte Mayra und erstarrte. Anscheinend erkannte er sie erst jetzt. Unschlüssig blieb er an der Tür stehen und beobachtete, wie sie und David sich mit den Männern von der Plattenfirma unterhielten, es ging wohl um die Situation mit dem Skinhead auf der Bühne, oder um Selbstverteidigung allgemein, sie machte einen Luftkick und drehte Dellmeier, oder Hoschke, zum Spaß den Arm auf den Rücken. Die von Mayras Duft verzauberten Zwillinge waren ihr komplett verfallen, der Plattenvertrag für sie und den »Trainer« war reine Formsache.

Irgendjemand legte ein Tape rein, *Kool & the Gang* erklang. Dellmeier und Hoschke, die zwei Pressefrauen von Watusi Records und ein paar der *Muchachos* begannen sofort zu tanzen.

Sera näherte sich von der Küchenzeile in der Ecke des Raumes, wo sie ihr Tablett abgestellt hatte. Ich sah schnell in die andere Richtung, zur verlockenden Hintertür, da trat Bernhard an die Anlage und fuhr die Musik herunter.

»Leute, alle mal herhören, bitte.« Er wartete mit Förderlehrergeduld, bis die Buh-Rufe verklungen waren. »Wir machen oben jetzt dicht, also wer auf dem VIP-Rang noch Sachen hat – letzte Schangse.«

Mein Stativ, die Rettung. Die Musik ging wieder an, alle glaubten, den Text zu kennen und grölten mit. Ich legte die Kamera aufs Sofa und ließ Sera, die gerade bei mir angekommen war, stehen, verließ den Raum und nahm die Treppe nach oben.

Nachdem ich alles zusammengeräumt hatte, stellte ich mich ans Geländer und beobachtete das Treiben. Für die Haustechniker war immer noch nicht Feierabend, sie rollten Kabel auf und schoben Boxen. Der Saal hatte sich geleert, nur an den Tresen standen noch kleine Grüppchen, tranken Bier zum dreifachen Supermarktpreis und brüllten sich überflüssigen Mist ins Ohr. Wie man den Großteil seiner Freizeit auf diese Art verbringen konnte, würde mir immer ein Rätsel bleiben.

Als ich zurück nach unten kam, lief der Trainersong. Alle tanzten. Mayra war unstoppbar in Fahrt, sie musste inzwischen mehr getrunken haben, als ich mitbekommen hatte, rieb ihren Körper an Sándor und köterte David so hart, dass der sich dabei an den irre kreischenden Watusifrauen festhalten musste. Sogar die Gräfin stand am Rand und zuckte im Takt mit dem langen Kopf. Den Blick auf den Boden geheftet schlich ich mich an dem tanzenden Sexmob vorbei zur Hintertür.

Ein Ende war nicht zu sehen

Ich kam in eine unbeheizte Halle, es fehlte an *Celsius* und *Lux*, dafür aber auch an *Olf*, der Maßeinheit für Geruch, wie ich damals von Düne gelernt hatte. Eine ruhende Person sonderte einen *Olf* ab, Raucher und verschwitzte Sportler schlugen etwa mit fünfundzwanzig bis dreißig *Olf* zu Buche. Im Gegensatz zu den über tausend *Olf*, die während des Konzerts in der Maschinerie geherrscht haben mussten, tat sich hier eine wohltuende Weite vor meiner Nase auf, steinern, stählern, feucht und urban.

Links am Tor konnte man die Umrisse des schwarzen Nightliners erkennen. Er war notdürftig von innen beleuchtet, es pulsierte dumpf eine durchlaufende Bassdrum. Daneben stand ein weiterer, etwas kleinerer Bus ohne Fenster, vermutlich für das Equipment. Zu meiner Rechten führte eine Stahltreppe nach oben, dort verliefen Gitterroste in beträchtlicher Höhe an der Wand entlang, und über mir durchquerte ein metallener Steg die Luft. Rechter Hand versackte die Halle vollständig im Schwarz, ein Ende war nicht zu sehen, es zeichnete sich schwach ein weiterer Steg in der Höhe ab. Einzig erleuchtet war eine Art Gartenlaube, nur zehn Schritte entfernt. Davor lag grüner Kunstrasen, einige rosa Gartenzwerge standen im Kreis, in der Mitte ein kleines goldenes Reh. Das ganze Ensemble wurde von einem kniehohen Jägerzaun samt Pforte eingegrenzt, und durch das vordere Fenster der Hütte konnte man im Inneren eine altmodische Stehlampe sehen. Da hatte wohl jemand Kunst gemacht.

Die Laube bestand aus einem einzigen Raum, es roch muffig und stockfleckig, das Sofa war wie die Sitzmöbel des Backstageraums vom Sperrmüll gerettet worden, die Spiralen darin machten ein ulkiges Geräusch, als ich mich setzte. Eine Zeit lang ruhte ich mit geschlossenen Augen und genoss die unterkomplexe Geruchswelt.

Dann hörte ich in der Halle ein leises Quietschen. Im Dunkel zog sich eine senkrechte Linie aus gelbem Licht in die Breite, wurde kurz zum Rechteck, eine Silhouette und die Geräusche der Feier glitten in die Frische. Die Tür schloss sich wieder, und mit dem schmaler werdenden Lichtspalt wurde auch die Vergnügungskulisse heruntergefahren. Ich roch das *Shalimar* erst, als Sera bereits in das Licht des Vorgartens eintrat. Offenbar hatte sich meine Nase inzwischen in den Feierabend verabschiedet.

Sie klopfte und kam herein, ohne eine Antwort abzuwarten. Mit letzter Kraft subtrahierte ich den Mief der Laube, sodass wir bald vollständig in *Shalimagic* eingekapselt waren. Trotz allem noch immer ein Erlebnis.

»Und, morgen? Kann ich auf dich zählen?«, fragte Sera.

Ich sah sie an. Das Gewese, das um schöne Augen gemacht wurde, hatte ich nie begriffen. Augen waren Augen, alle gleich, nur in Form und Farbe unterschieden sie sich. Große Augen waren ebenso interessant oder banal wie schmale Augen. Selten konnte ich mich an die Augenfarbe einer Person erinnern, und das, obwohl ich der ungeschlagene Meister im Niederstarren war. Auch Sera hatte ein Paar Augen, ich sah das erste Mal richtig hin, eine Farbe war hier im Schummerlicht nicht auszumachen. Blau-grau-braun. Sie sah nicht weg, ich auch nicht, wir spielten also eine Runde. Als in der Dunkelheit der Halle die Tür des Backstageraums ein weiteres Mal auf- und zuging, sah ich nicht hin. Ihre Augen hüpften hinüber. Ich hatte gewonnen.

»Ja, ich werde lesen. Deine Überarbeitung ist wirklich gelungen. So gut hat mir meine eigene Geschichte vorher nicht gefallen.«

»Danke.«

»Ich habe zu danken.«

Draußen ratterte die Stahltreppe, bald darauf klapperten Schritte auf dem Steg, begleitet von leisem Stimmengemurmel.

Sera rückte näher und legte eine Hand auf meine Wange. Ihr Mund öffnete sich leicht, sie legte den Kopf schräg. Draußen beschwerte sich jemand, lachend, eine Frau. Ich horchte angestrengt. Sera ignorierte, was zu hören war.

Sie sagte: »Du kannst dich vor allem bei Wilhelm bedanken, dass er dich ins Spiel gebracht hat, obwohl er selbst schon einen Schützling hatte. Ich kann mich noch erinnern, wie er von der Erzählung geschwärmt hat, als du damals neu in seiner Schreibgruppe warst.«

»Echt?«

»Ja. Für ihn war völlig klar: Wenn er irgendwann mit dem *Geliehenen Affen* als dein Pate ins Rennen gehen würde, dann könnte er endlich auch mal gewinnen. Hat er ja noch nie.«

Das hatte er mir auch immer gesagt. So gesehen war das wirklich selbstlos von Kafka. Trotzdem war mein Ärger darüber, dass ich ungefragt von ihm in diese Situation manövriert worden war, noch nicht vollständig verflogen.

»Ich verstehe es trotzdem nicht. Wieso konnte er nicht warten, bis ich meinen Roman geschrieben habe?«

»Weil ich ihn überredet habe.«

»Wieso das denn?«

Die Stimmen draußen, in der Dunkelheit, wurden lauter, schienen zu diskutieren. Ich versuchte, mich auf Sera zu konzentrieren, die unbeeindruckt fortfuhr.

»Nennen wir es ausgleichende Gerechtigkeit.«

»Geht es etwas weniger geheimnisvoll?«

»Kannst du dir vorstellen, wie es ist, wenn man schriftstellerische Ambitionen hat, und der eigene Stiefvater und Mentor sitzt in der wichtigsten Jury des Landes, hat aber nur Augen und Ohren für dieses hochbegabte Jüngelchen *Charlie Berg* aus seiner Schreib AG?«

Mein Hals kratzte, ich versuchte, mich zu räuspern. »Das stell ich mir nicht so schön vor.«

Dass sie gerade unfreiwillig zugegeben hatte, bei unserem ersten Zusammentreffen sehr wohl mein Alter gekannt zu haben, kostete ich im Stillen aus. Wenn Kafka so von mir geschwärmt hatte, müsste ihr doch sogar mein Name etwas gesagt haben. War sie zu stolz gewesen, das zuzugeben?

Sera steckte sich einen Zigarillo an und paffte ein paar Wölkchen. »Aber er hatte ja recht. Als er mir vor ein, zwei Wochen deinen Text vorschlug, wusste ich sofort, dass ich damit gewinnen würde. Als deine Patin, als neue Leiterin des *Text.Eval*, als Gräfin von Faunichoux. Und ebenso klar war, dass Wilhelms Traum, mit dir den Sieg zu holen, sich damit erledigt hatte.«

Sie lächelte zufrieden.

Draußen zischte jemand einen spanischen Fluch. Da wurde gestritten, es klang nicht mehr lustig. Eine weitere spanische Schimpftirade nahm mir endgültig die Fähigkeit, sinnvolle Gedanken zu fassen, zog mich, ohne dass ich es steuern konnte, in die Höhe.

Es konnte nur Mayra sein, doch ihre Stimme klang fremd, anders als betrunken, sie leierte wie ein altes Tonband. Die Betonungen, alles war aus dem Tritt geraten. Der Steg schepperte in der Ferne. Ich war bereits bei der Tür und stellte mich in den Vorgarten. Jetzt erklang ein Schrei, der jedoch sofort erstickte – oder erstickt wurde? In der Halle, auf dem Übergang weiter hinten, im komplett dunklen Teil wurde gerangelt. Oder gekämpft. Ich roch Mayra.

Sie war wütend. Sie hatte Angst.

Ich rannte los.

Ein Schrei durchriss die Dunkelheit, mein Herz riss ebenfalls, ich wurde langsamer, mit schmerzender Brust schaffte ich es bis zum metallenen Übergang. Fünf Meter über mir der Steg, zwei Menschen kämpften darauf, Mayra röchelte. Ich konnte nichts sehen und ging zur rechten Wand, in der Hoffnung auf eine Treppe oder wenigstens einen Lichtschalter. Die Angst schärfte mich neu ein, ich roch Mayra, roch Sándor, ich witterte seine Geilheit jetzt überdeutlich, sein Präejakulat, seinen schwitzigen Schritt, vermischt mit den feuchten Steinplatten unter mir, mit Öl, Rost und Metall, all das schraubte sich in meinen Kopf, in mein Herz, das Adrenalin half mir, alles auseinanderzusortieren und mich aufs Wesentliche zu fokussieren. Ich erkannte Kabel, Elektrizität, fettige Finger, fand den Schalter im Dunkeln, klimperndes Licht ging an, ausgehend vom anderen Ende, dort, wo die Fahrzeuge standen, nach und nach erhellten die Neonröhren die ganze Halle. Ich blickte nach oben, da lagen sie, Mayra, halb auf dem Steg, halb an das Geländer gelehnt, ich rannte zurück in die Mitte, alles in Zeitlupe, die Panik machte mich langsam und hell zugleich. Ein hässliches, metallenes Reißen und Geratter ertönte, das Geländer war an einer rostigen Stelle geborsten und bog sich unter dem Gewicht der Kämpfenden komplett um, nach unten, Mayra bekam es irgendwie zu packen, Sándor fiel rückwärts herunter, die Hose auf den Knien, sein nackter Hintern steuerte auf mein Gesicht zu, instinktiv wandte ich mich ab, er landete auf meinen gekrümmten Schultern und schmetterte mich mit zu Boden. Er selbst schlug hart mit Arm und Kopf zuerst auf.

Ich lag mit der Wange auf dem kühlen Steinboden und atmete ein paarmal tief durch. Drehte mich auf den Rücken. Mayra hielt sich mit einer Hand an dem umgebogenen, nun nach unten zeigenden Geländer fest, den linken Fuß hatte sie hinter einem Stahlpfosten auf dem Steg verhakt. Ihre Unterhose hing auf den Knöcheln und schränkte ihre Beinfreiheit ein, sie unternahm einen kraftlosen Versuch, sich freizustrampeln. Gleichzeitig suchte ihre freie Hand oben nach Halt, bekam aber nichts zu fassen, der Arm sackte immer wieder ab.

»Cha-Cha …«, ganz leise sagte sie, flüsterte sie meinen Namen.

»Mayra.«

Schon einmal hatte ich ihr nicht helfen können, damals, als sie am Ast unter dem Baumhaus baumelte. Es sah nicht so aus, als ob es mir diesmal gelingen würde. Mayras Kleid war bis zum Bauchnabel hochgerutscht, auf ihrem nackten Hintern und ihren Oberschenkeln waren Kratzspuren zu erkennen. Dieser Widerling. Verzweifelt versuchte sie, sich hochzuziehen, ich versuchte aufzustehen, beides wollte nicht gelingen, wir waren mit unseren Kräften am Ende. Hinten an der Backstagetür gab es neues Geratter, jemand nahm die Treppe im Laufschritt, näherte sich auf dem Steg. Mayra schloss die Augen, der freie Arm wies schlaff und müde in Richtung Erdball. Sie würde zuerst das Geländer loslassen, am verhakten Fuß herumschwingen, dann würde dieser sich ebenfalls lösen und sie mit dem Kopf voraus auf dem Steinboden landen. Die Schritte auf dem Steg waren jetzt nah, kamen über mir zum Stehen. Meine Wahrnehmung flirrte, ich war kurz davor zu verschwinden. Ich sah eine Hand, sie umfasste Mayras Handgelenk, eine zweite löste ihren Fuß, das Bein fiel herab, sie fiel herab, wurde aber an dem Arm festgehalten, die andere Hand griff ebenfalls zu, zwei Hände hielten Mayras Unterarm umschlossen, sie schwang mit hängendem Kopf und geschlossenen Augen hin und her. Darüber erschien, neonkalt beleuchtet, was ich längst gerochen hatte: ein Kotelett. Mozart lag auf der Brust, mit ausgestreckten Armen umklammerten seine Hände den Arm der bewusstlosen Mayra, der Rest von ihr hing schlaff herunter, auch das Kleid war endlich in die Ursprungsposition gerutscht. Mozart versuchte sie hochzuziehen, schaffte aber nur ein paar Zentimeter.

»Ich krieg sie nicht hoch. Kannst du sie fangen? Ich kann nicht mehr lange halten«, presste er hervor.

Ich wälzte mich auf den Bauch und drückte mich hoch in den Vierfüßlerstand. Dann machte ich auf allen vieren eine halbe Drehung und hob langsam den Kopf in den Nacken. Sándor stöhnte. Die Wut auf den Mistkerl versorgte mich mit Adrenalin und Kraft, es gelang mir, aufzustehen und die Arme nach oben zu strecken. Mayras Fußspitzen waren etwa anderthalb Meter von meinen Händen entfernt.

»Lass los, ich fange sie«, sagte ich.

Und Mozart ließ los.

Mayra fiel herab, ich griff zu, doch sie war nicht bei Bewusstsein, es war, als wollte ich einen langen, schlabberigen Sack fangen. Sie rutschte mir durch die Umarmung und landete nur leicht abgebremst mit den Füßen voraus auf dem Steinboden. Ich konnte gerade noch nachfassen, ging mit ihr in die Knie und verhinderte so, dass ihr Kopf aufschlug.

Vorsichtig bettete ich sie, brachte sie in Seitenlage, legte mich dazu, und während ich Mayras Gesicht aus nächster Nähe betrachtete und mein Herz zu Sand wurde, rieselte ich ins Kosmosblau, mal wieder. Mozart und Sterben, ich hätte es wissen können, das gehörte zusammen.

Aufgelöst

Dieses Blau war nur von kurzer Dauer. Ich erwachte, als sich die kalte Halle mit Stimmen füllte. Schnell erhob ich mich, kniete mich neben Mayra und schob ihr mein Jackett unter den Kopf, streichelte ihr über das Gesicht. Von hinten traten Sanitäter heran, einer schob mich kommentarlos beiseite und begann mit routinierten Bewegungen, Mayra zu untersuchen: Lid hoch, Taschenlampenlicht rein, Puls fühlen. Ich versuchte mich aufzurichten, es ging.

Der Krankenwagen, in den sie Sándor verluden, fuhr extrem

langsam los, fast Schrittgeschwindigkeit, immer ein schlechtes Zeichen, das hatte ich mal gehört. Wir hingegen rasten mit Blaulicht und Dauerhorn ins Krankenhaus. Ich saß hinten bei Mayra und den Sanitätern, mir wurde eine Decke umgelegt. Von einem Schock war die Rede, ich überlegte, ob das eventuell stimmen könnte. Mir wurden Fragen gestellt. Ich konnte keine beantworten. Konnte nicht sagen, ob sie das öfter hatte. Ob sie chronische Krankheiten hatte. Ob sie Medikamente nahm. Ob sie Allergien hatte. Ob sie außer Tequila und Marihuana noch etwas anderes eingenommen hatte. Ich hielt ihre schlaffe, heiße Hand und wusste nur eines: dass ich Angst hatte. Aber danach wurde ich nicht gefragt.

Selbst hatte ich den drohenden Kollaps wegatmen können, das Herz war wieder angesprungen, als ich das leuchtende Kosmosblau schon schmecken konnte. Ich durfte mir nichts anmerken lassen, unter keinen Umständen durften sie mich zur Beobachtung dortbehalten. Ich hatte am Samstag einen Termin. Den wichtigsten.

Als ich aus dem Krankenwagen stieg, musste ich feststellen, dass Phantásien sich bereits vollständig aufgelöst hatte: Ich fiel ins Nichts.

Ich wurde einen Gang entlanggerollt,
in ein Zimmer,
es wurde dunkel,
ich wurde an Geräte angeschlossen,
es wurde hell,
es wurde richtig dunkel.

Eine alte Bekannte

Ich erwachte aus einem grauen Traum, der wie eine Sekunde schien, aber die ganze Nacht gedauert hatte. Mein Bein schmerzte. Mein Herz stach. Mein Mund war aus Pappmaché, von Dreijährigen modelliert. Am Bett stand ein Glas Wasser, ich goss es in mich hinein wie in einen Schwamm.

Was war mit Mayra? Hatte Sandór überlebt? Was war mit mir?

Ich konnte hier nicht herumliegen, ich musste morgen beim *Text.Eval* lesen! Wie spät war es? Auf dem Nachttisch lag meine Uhr, ich schnallte sie um, 10:32 Uhr. Dann drückte ich auf den Knopf für die Schwester.

Eine Minute später öffnete sich die Tür, eine Ärztin kam herein. Eine alte Bekannte, auch wenn sie mindestens zur Hälfte weggeschmolzen war: Dr. Helsinki. Sie war absurd dünn, wie eine Birke, immer noch riesig, immer noch rot im Gesicht. Und wie sich zeigen sollte, hatte sie es sich endgültig im Wahnsinn bequem gemacht. Dr. Helsinki wedelte mit meiner Krankenakte.

»Herr Berg, wir kennen uns! Dr. Helsinki mein Name.« Sie schüttelte mir die Hand. »Sie haben sich ja überhaupt nicht verändert.« Erwartungsvoll sah sie mich an.

Ich kratzte mir die Bartstoppeln am Kinn.

Sie klappte meine Krankenakte auf.

»Auf diesem Konzert ging es ja ziemlich heiß her gestern.« Helsinki studierte das Schriftstück. »Sie haben ein paar Stauchungen, nicht der Rede wert.« Dann tätschelte sie mein Bein, was schmerzte, ich schmeckte ihr Nasenfett. »Aber Ihrem Herzilein ist das leider nicht so gut bekommen.«

»Was meinen Sie?«

»Das erklärt Ihnen heute Nachmittag der Herzdoktor.«
Sie schmatzte und legte die Akte beiseite.
Das *Text.Eval*. Ich richtete mich auf, drehte mich zu ihr und setzte mich in den Schneidersitz. »Das mit meinem Herz ist nichts Neues. Hab ich manchmal, besonders wenn es sportlich wird.«
»Das gestern war also Sport? Na, Ihr Trainingspartner möchte ich sein.«
»Nein wirklich, ich kenne das. Viel wichtiger ist, wie es meiner Freundin Mayra geht. Ist sie auch hier? Wir müssen gestern etwa zur gleichen Zeit eingeliefert worden sein.«
»Die liegt eine Etage höher, hat ihren Rausch ausgeschlafen, Fuß ist gebrochen und gegipst, alles bestens. Die wird schon wieder.«
Ich atmete auf. »Gleich hier, über uns? Kann ich sie sehen, bevor ich aufbreche?«
»Aufbrechen? Wo wollen Sie denn hin?«
»Nach Hause? Ich habe morgen einen wichtigen Termin, auf den ich mich noch vorbereiten muss.«
Sie lachte schallend. »Herr Berg, der einzige wichtige Termin, den Sie morgen haben, den haben Sie hier bei uns. Im OP. Sie bekommen einen hübschen kleinen Schrittmacher eingepflanzt. Und zwar *pronto*.«
Stolz ließ sie die Augenbrauen tanzen, weil sie sich meiner halben italienischen Herkunft erinnern konnte.
»Einen Herzschrittmacher?«
Die Vorstellung, dass Dr. Helsinki diese Entscheidung gefällt haben könnte, womöglich aus einer Laune heraus, beunruhigte mich etwas. Ich wollte lieber den erwähnten Herzdoktor sprechen.
»Heute Nachmittag werden Sie abgeholt, dann ziehen Sie um auf die Herzstation. Sie haben Glück, wir haben hier seit Neuestem einen echten Guru im Haus, Professor Hartlieb.«

»Aber das geht nicht, ich muss Samstag auf dem *Text.Eval* lesen.«

»Das klären Sie am besten mit dem Professor, ich bin für Sie leider nicht mehr zuständig.« Sie zückte ein Fieberthermometer. »Nur ein letztes Mal müssten wir noch Fieber messen. Drehen Sie sich bitte auf die Seite und machen den Poschi frei.«

»Das ist nicht Ihr Ernst.«

Sie ließ die Schultern sacken.

»Man kann es ja mal versuchen.« Enttäuscht steckte sie das Thermometer wieder ein.

»Haben Sie schon probiert zu laufen? Mit dem Tropf? Dann nehm ich Sie gleich mit hoch zu Ihrer Freundin.«

Tex Avery

Es ging langsamer als erwartet. Ich schob den Ständer, an dem die Kochsalzlösung hing, meine Schulter juckte von innen, mein Bein schmerzte, von Zeit zu Zeit stichelte auch mein Herz, stärker als gewöhnlich, ich versuchte, mir nichts anmerken zu lassen. An der Tür vor Mayras Zimmer sagte Dr. Helsinki: »Gehen Sie ruhig schon mal rein. Ich muss noch mal was naschen, mein Blutzucker«, sie machte eine wegwerfende Geste, »dann komme ich auch gleich.«

Ich klopfte.

»¡*Adelante!*«

Mayra lag mit einem Gipsfuß im Bett.

»Cha-Cha!«, sie richtete sich so gut es ging auf, wir nahmen uns so gut es ging in die Arme, lange, und noch ein wenig länger. Sie legte ihre Stirn gegen meine.

»Wie geht es dir?«, fragten wir gleichzeitig und lachten, dabei lösten wir uns, ihre Hand blieb auf meinem Unterarm liegen.

Sie ergriff zuerst das Wort.

»Was ist mit dir?« Mayra zeigte auf meinen Tropf.

»Ach, das Herz, wie immer.«

Sie sah mich weiter fragend an und sagte nichts.

»Ich sollte vielleicht etwas weniger joggen. Aber wie geht es dir?«

Sie schüttelte den Kopf.

»Kannst du mir sagen, was passiert ist? Ich hab einen kompletten Filmriss.«

»Was ist denn das Letzte, an das du dich erinnern kannst?«

Sie schloss die Augen.

»Ich war wirklich auf der Bühne, oder? Ich habe getanzt, Schnaps ausgeschenkt. Und einen Skinhead abgeführt. Backstage wurde noch getanzt, ich glaube, ich habe David dabei… *gekötert*? Ab da weiß ich nichts mehr.«

Ich berichtete vom Kampf auf dem Steg, aus meiner Perspektive, und schilderte meinen missglückten Fangversuch.

»Mayra, es tut mir leid, ich war leider nicht mehr ganz bei Kräften.«

»Hör auf! Wenn du nicht gewesen wärst, wäre ich doch direkt auf dem Steinboden gelandet – und hätte jetzt beide Beine in Gips. Danke, Cha-Cha.« Sie ergriff meine Hände, die mir sofort noch kälter vorkamen, weil ihre so warm waren. Meine Finger zog sie lang, strich einmal sanft darüber und fing an, ihre Handflächen gegen meine zu reiben. Der erste Hauptsatz der Thermodynamik erledigte den Rest.

Es klopfte.

Dr. Helsinki betrat das Zimmer und begrüßte Mayra.

»In welchem Verhältnis stehen Sie eigentlich, wenn ich fragen darf?«, fragte sie und ließ ihren Zeigefinger in unsere Richtung kreisen.

»Sie können in seinem Beisein alles sagen«, sagte Mayra, »er ist mein Lebensgefährte.«

Ich wunderte mich mehr über das Wort als über dessen Bedeutung. Zweifelsohne, es war wunderschön, *mein Lebensgefährte* aus ihrem Mund zu hören, gleichzeitig klang es ein bisschen wie eine Sprachübung.

»Wie geht es eigentlich Sándor?«, fragte ich, »der dürfte doch auch hier irgendwo liegen.«

Dr. Helsinki sah uns beide an. »Auch ein Lebensgefährte von Ihnen?«

Ich blickte zu Mayra, doch sie reagierte nicht.

»Ein Freund«, sagte ich.

»Dann darf ich Ihnen leider nicht sagen, dass er eine Schädelfraktur und eine vollkommen zermatschte linke Hand hat. Rock'n'Roll ist für den vorbei, der wird höchstens noch Triangel spielen. Aber das darf ich nur Angehörigen erzählen. Sie geht das Ü-BER-HAUPT-NICHTS-AN.«

Mayra und ich wechselten ein paar hochgezogene Augenbrauen.

»Im Übrigen müsste die Polizei jeden Moment hier sein. Bei der Kombo *Psychodrogen, Vergewaltigung & Schädelbrüche* kommen die Staatsdiener standardgemäß vorbei, um nach dem Rechten zu sehen. Lässt sich leider nicht verhindern.«

Sie zog das schlanke Gesicht in die Breite und zuckte mit den Schultern, wie eine Bäckerin, die sich dafür entschuldigte, dass der berühmte Hefezopf schon aus ist.

»Psychodrogen?«, fragte ich.

»Vergewaltigung?«, fragte Mayra.

»Na gut, *versuchte* Vergewaltigung. Sie haben noch mal Glück gehabt. Wobei Sie sich vermutlich gar nicht erinnern würden, selbst wenn es passiert wäre. Sie hatten eine Pferdeportion GHB im Blut. Kann man auch locker hopsgehen mit der Dosis und Ihren Promillen.«

»GHB?«, fragte ich. Sie hatte die drei Buchstaben englisch ausgesprochen.

»Gamma-Hydroxybuttersäure. Der ganz heiße Scheiß. Wird auch als *Liquid Ecstasy* verklärt, hat aber mit Ecstasy...«, jetzt beugte sie sich verschwörerisch vor, senkte die Stimme und sagte: »was echt ganz geil sein kann«, schnappte zurück in die Ursprungsposition und -stimmlage und fuhr fort, »... überhaupt nichts zu tun. Manche sagen auch ›K.-o.-Tropfen‹. Sehr beliebt bei Typen, die es nur schaffen, mit Frauen zu schlafen, wenn diese sich nicht wehren können. Viele suchen sich in Clubs oder auf Partys ihre Opfer. Die tun das den Damen ihrer Träume in den Drink, und die merken nichts davon, das Zeug ist nämlich geruchsfrei, und je nach Dosierung geilt es einen ziemlich auf, ein Tröpfchen mehr, und es betäubt und löscht alle Erinnerungen – noch etwas Alk obendrauf, und es schickt dich ins Koma, beziehungsweise direkt ins Jenseits. Kannste alles haben. Fantastisch, oder?«

»Und nimmt das auch irgendwer freiwillig?«, fragte ich.

Mayra schwieg.

»Aber ja! Sie glauben gar nicht, was die Leute sich alles aus freien Stücken reinzimmern, nur weil sie vom Leben gelangweilt sind.«

Jemand klopfte an die Tür.

»Aah, das sind bestimmt die Bullen«, rief Dr. Helsinki erfreut, zeigte ihre Zähne und kratzte mit zehn gekrümmten Fingern in flinken Bewegungen die Luft vor ihrer Nase. Das musste sie von Tex Avery gelernt haben. In Richtung Tür flötete sie: »Hereinspaziert!«

Carlas Lüge

Dittfurt war gekleidet wie immer. Er aß ein Sandwich, an seiner Wange klebte Ei. Carla Bentzin hatte einen königsblauen Blouson an, an ihren dank Salamanderfärbung hellen und dunklen Ohrläppchen schaukelten goldene Kreolen. Sie trug kein Chanel. Mein Herz verhoppelte sich: Sie trug *Seeweh*. Ich konnte es nicht mehr anders denken, seit Rita es so getauft hatte. Aber wie konnte das sein? Carla stand es ausgezeichnet. Ich wollte stundenlang mit ihr am Nordseestrand spazieren gehen, später in einer Teestube ein Kännchen schwarzen Ostfriesentee bestellen, den Kluntje und ein paar Tropfen Sahne in einer Tasse versenken, nicht umrühren und Geschichten aus ihrer Jugend lauschen, während der Tee mit jedem Schluck süßer und runder schmeckte.

»Oh, eine *Büllin*! Und dann auch noch mit irrsinnigen Features! Ich bin wirklich ausgesprochen begeistert.«

Frau Bentzin ignorierte das lange Elend, Dittfurt sagte: »Das ist Hauptkommissarin Bentzin, mein Name ist Dittfurt, wir grüßen Sie.«

»Sind Sie verwandt mit Bison Dittfurt, dem Schlagersänger?«

»Das ist mein Cousin, ja.«

»Echt? Mit dem habe ich mal vor zwölf Jahren geschlafen, nach seinem Konzert im Dahlienpark.«

Dittfurt schüttelte ohne erkennbare Irritation ihre ausgestreckte Hand. Solche Gespräche im Rahmen einer polizeilichen Untersuchung zu führen, schien beiden nicht unangebracht vorzukommen. Er setzte an, um etwas zu entgegnen, doch Frau Bentzin drehte sich zu ihrem jungen Kollegen um und stieß ein kurzes »*Tzsch!*« hervor, woraufhin Dittfurt seine Lippen im Mund verschwinden ließ.

»Ist jemand gestorben?«, fragte ich sie. »Oder warum ist die Mordkommission hier?«

»Die *Mordkommission*?«, rief Dr. Helsinki und klatschte mehrmals schnell in die Hände. »Das ist ja der *Ham-mer!*«

Bentzin senkte die Lider.

»Wir machen auch normale Verbrechen. Bei uns ist nämlich gerade nicht viel los. Eigentlich nur der Fall mit Ihrem Großvater, da haben die Forensiker ganze Arbeit geleistet. Aber dazu später mehr.«

Sie räusperte sich und blickte zur Ärztin.

»Nun zu letzter Nacht. Dr. Helsinki, was haben Sie zu berichten?«

»Die junge Frau hier, Ma-irgendwas aus Mexiko, war aufgrund einer polytoxikologischen Spezialbehandlung nicht mehr bei Sinnen. Kratzspuren an Schenkelchen und Poschi deuten darauf hin, dass jemand versucht hat, sich an ihr zu verlustieren.«

»Jemand? Sándor!«, entfuhr es mir.

»*Tzsch!*«, zischte die Salamanderin über die Schulter.

»Wir haben sie untersucht, also unterrum«, Helsinki rührte vor ihrem Schritt in der Luft, »die Mumu hat aber kein Aua. Auch nicht die Popomumu.« Sie zeigte auf ihr Gesäß.

»Sind Sie Kinderärztin?«, fragte Bentzin.

»Nein, wieso?«

»Ihre imbezile Art, über Sexualdelikte zu sprechen, legt diesen Gedanken nahe.«

Dr. Helsinki imitierte mit flatternder Zunge ein lautes, langes Pupsgeräusch in Richtung der Kommissarin, diese ignorierte die Doktorin und las sich den Bericht aufmerksam durch.

»Alkohol, Marihuana, Kokain, Psilocybin und GHB. Haben Sie Todessehnsucht?«

Frau Bentzin sah zu Mayra.

»Ich bin Mexikanerin. Da gehört das dazu.«

»Und die Pilze, haben Sie die aus der Heimat eingeführt?«

»Eingeführt ...«, kicherte Helsinki, Dittfurt kicherte mit, die Kommissarin begnügte sich mit dem in die Höhe gereckten Grundschullehrerinnenzeigefinger, flankiert von einem Augenrollen, allerdings nur mit dem linken Auge, was ihr amphibienhaftes Auftreten endgültig in eine unwirkliche Dimension verfrachtete.

»Nein, die Pilze habe ich gestern geschenkt bekommen.«

»Von wem?«

»Das weiß ich nicht mehr, irgendjemand im Backstageraum, ich hab nur ein kleines Stück genommen. Mit Pilzen kenn ich mich aus.«

Bentzin sah sie streng an.

»Ich möchte Sie bitten, mir eine vollständige Liste aller Personen zu geben, mit denen Sie letzte Nacht getrunken und Drogen konsumiert haben. Das GHB haben Sie vermutlich nicht freiwillig genommen?«

Mayra schüttelte den Kopf. Bentzin fuhr fort.

»Sicherlich handelt es sich bei Sándor Gardeleid um den Hauptverdächtigen«, sie bedachte mich mit einem verständnisvollen Blick, »doch da in seinem Blut ebenfalls GHB gefunden wurde, wenn auch in wesentlich geringerer Konzentration, ist nicht auszuschließen, dass noch jemand involviert war. Fakt ist: Irgendjemand hat Ihnen gestern K.-o.-Tropfen verabreicht, wahrscheinlich in einem Getränk. Wir müssen die in Frage kommenden Personen einkreisen. Bekommen Sie das hin? Die Liste?«

Mayra sah mich an. Ich nickte. Sie nickte.

»Gut. Dr. Helsinki, würden Sie so freundlich sein, und uns einen Moment allein lassen?«

»Wie, jetzt, wo es um den Mordfall geht?«

»Genau.«

»Och, menno.«

Sie ließ die Schultern sacken.

Dittfurt ging zur Tür, öffnete sie, und die Kommissarin verwies die spargeldürre Ärztin des Raumes. Der Cousin des Schlagersängers verharrte kurz an der geöffneten Tür, sah ihr hinterher, dann ging er ohne ein Wort zu sagen oder sich noch einmal umzusehen ebenfalls hinaus.

Frau Bentzin atmete lange aus. »War das eine echte Ärztin?«
»Ich dachte zunächst auch, es wäre der Klinikclown.«
»Unfassbar.« Sie faltete den Bericht und steckte ihn in ihre grüne Handtasche von *Miu Miu*, einem neuen Unterlabel von Miuccia Prada. Ich hatte bei Nonno in der *Vogue Italia* Bilder der ersten Kollektion gesehen.

»Herr Berg, Sie fahren einen Roller?«
»Naja. Eine Simson S51.«
»Seit wann?«
Wenn ich jetzt log, machte ich mich verdächtig.
»Seit Mittwoch letzter Woche. Ich musste meine Vespa zurückgeben, da es sich um eine Leihgabe handelte.«
»Wem gehört die Vespa?«
»Eine Bekannte hat sie mir überlassen, als sie nach London gezogen ist. Sera Stuart. Das war vor etwa vier Jahren.«
»Und wo haben Sie die Vespa abgegeben?«
»In der *New and Oldtimer Werkstatt* von Nachhatar Singh, in Zanck.«
»Gut. Dort haben wir sie beschlagnahmt. Der hintere linke Kotflügel weist frische Kratzspuren auf. Am Unfallort, dort, wo der Jäger die Schranke durchbrochen hat, haben wir auf der Straße Lackabrieb gefunden. Dieser lässt sich eindeutig der Vespa zuordnen. Der Vespa, mit der Sie zu diesem Zeitpunkt noch gefahren sind.«

Ich nickte. Was war aus Nachhatars vollmundig angekündigter Spurenbeseitigung geworden?
Sieht aus wie alt.
Angeber.
Mayra sah mich an. Ihre Augen wurden schwer.

»Waren Sie mit der Vespa an besagtem Unfallort?«

»Ja.«

Bentzin wartete. Ich überlegte. Dann nickte ich.

»Als ich letzte Woche Dienstag von der Nordsee kam, wollte ich meinem Großvater am Nachmittag einen Besuch abstatten. Er war jedoch nicht da, und so fuhr ich unverrichteter Dinge davon. Richtung Leyder, Besorgungen machen. An der Schranke bei der Auffahrt zum Faunichoux-Anwesen brach ein junger Rehbock aus dem Wald, ich musste scharf bremsen und stürzte.«

»Warum haben Sie diesen Besuch bisher nicht erwähnt?«

»Ich habe dem wohl keine Bedeutung beigemessen oder es schlicht vergessen. Ich fahre recht häufig unangemeldet bei meinem Opa vorbei, oft genug treffe ich ihn überhaupt nicht an.«

Sie fixierte mich mit all ihren Augen. »Der Leiche aus Tschechien mit dem verbrannten Kopf fehlt übrigens der linke kleine Zeh. Wir haben noch einen DNA-Test geordert, aber das dauert. Wir gehen, Stand jetzt, davon aus, dass es sich bei dem Toten im Nissan um Ihren Großvater handelt.«

Ich schloss die Augen.

»Und jetzt wird es richtig interessant: Wir haben im Wald, direkt neben dem Hirsch, Fasern von der Kleidung und Blut Ihres Großvaters gefunden. Außerdem Blut und Spuren des Wilderers. Wir haben Projektile von drei verschiedenen Gewehren gefunden. Sie lassen sich dem tschechischen Gewehr des Wilddiebs zuordnen, weiterhin dem Gewehr, das wir im Wagen Ihres Großvaters in Tschechien gefunden haben. Und einer Steyr aus dem Waffenschrank im Keller des Forsthauses. Dieses Gewehr ist im Gegensatz zu der restlichen Waffensammlung so sauber, als wäre es fabrikneu. Es befindet sich nicht ein einziger Fingerabdruck darauf. Oder sonst irgendein Abdruck. Jemand hat es sehr, sehr sorgfältig geputzt.«

Sie sah mich erwartungsvoll an.

Einfach alles sagen.

Einfach ins Gefängnis gehen.

»Das klingt ja wirklich mysteriös. Haben Sie eine Idee, wer der geheimnisvolle Dritte sein könnte?«

»Einen Dritten kennen wir. Wir haben Fußspuren am Tatort gefunden, von Ihrem Großvater, vom Wilderer – und von Ihnen.«

Ich musste schon wieder nicken.

»Als ich den Hirsch gefunden habe und erkannte, dass er keines natürlichen Todes gestorben ist, habe ich mich dort umgesehen. Das kam mir gleich seltsam vor.«

»Aber Sie haben den Tatort nicht zufällig schon einen Tag vorher betreten? Mit der Steyr?«

»Nein«, sagte ich so ruhig wie möglich, »ich war erst am Tag nach dem Unfall dort, kurz nach unserem ersten Zusammentreffen beim Waldhaus.«

»Wir haben Spuren von einer weiteren Person gefunden.«

»Wo? Im Wald? Beim Hirsch?«

»Ja.«

»Haben Sie eine Theorie?«

»Nein. Ich habe viele Fragen, aber keine Theorie.«

»Wenn ich Ihnen helfen kann, gern.«

»Ich muss erst nachdenken. Aber ich melde mich.«

Sie hielt mir die Hand hin, ich griff fest zu. Dann trat sie zu Mayra, legte ihr die weiße Hand mit dem dunklen Daumen auf den Oberarm. Mayra öffnete die Augen und lächelte schwach.

»Gute Besserung. Wir werden den Kerl schon überführen.«

»*Gracias.*« Sie sprach langsam, konnte die Lider kaum noch oben halten.

»Bis bald«, sagte ich.

Frau Bentzin zeigte auf meinen Tropf.

»Wie schade«, antwortete sie leise, mit einem Blick auf Mayra, der die Augen endgültig zugefallen waren. Wir flüsterten.

»Wieso?«

»Ich habe noch eine Karte fürs *Text.Eval* bekommen und

wollte morgen Ihrer Lesung lauschen. Das fällt jetzt wahrscheinlich aus?«

»Das muss ich noch mit dem zuständigen Professor klären. Ich hoffe, er ist etwas zurechnungsfähiger als Dr. Helsinki.«

»Viel Glück.« Sie ging in Richtung Tür.

»Eine Sache noch«, sagte ich leise und folgte ihr.

Die Kommissarin hielt inne, ihre Hand lag bereits auf der Klinke. Ich sah ihr in die Augen.

»Steht Ihnen gut, der Duft.«

Sie öffnete den Mund, sagte nichts, schloss ihn wieder. Carla Bentzin fühlte sich ertappt. Ich genoss es. Dann wisperte sie: »Die Untersuchungen der Chemikalien aus dem Keller Ihres Großvaters haben gezeigt, dass es sich um Duftstoffe und Parfums handelt. Als ich an einem der Fläschchen geschnuppert habe, hat es Dittfurt mir ungefragt aufgesprüht. Er fand das wohl witzig. Ich nicht.«

Carla Bentzin verließ den Raum und schloss die Tür. *Seeweh*, aufs Vortrefflichste mit ihrem Hautgeruch vereint, wirbelte noch eine Weile durch die Krankenhausluft.

Nicht der geringste Rest von *N°5* lag darunter. Sie hatte den Duft also nicht gegen ihren Willen aufgesprüht bekommen. Sie hatte ihn ganz gezielt aufgelegt. Nach dem Duschen.

Am Bett, im Bett

Ich wartete an Mayras Bett, die sich unruhig hin und her wälzte. Nach einer halben Stunde schreckte sie auf, sah sich im Zimmer um, entdeckte mich und ließ erleichtert den Kopf aufs Kissen sinken.

»Cha-Cha.« Sie streckte ihre Hand nach meiner aus und lächelte. »Komm kuscheln.«

Ich wusste nicht, wann ich auf die Herzstation umziehen musste, aber Dr. Helsinki wusste ja, wo ich war, sie würde mich hoffentlich rechtzeitig abholen. Ich rollte den Tropf ans Bett, Mayra hob die Decke mit einem Arm, und ich kroch zu ihr. Das Bett war schmal, wir lagen beide auf der Seite, ihre Knie in meinen Kniekehlen wie Puzzleteile, ihr weicher Oberkörper an meinem Rücken. Sie legte von hinten ihren Arm um mich und brummte zufrieden. Ich umschloss ihre heiße Faust mit meinen wieder erkalteten Händen.

»Ich bin so froh, dass du lebst«, sagte ich.

»Ich auch. Und dass ich hier lebe, bei dir.«

Für immer?

Sie öffnete ihre Hand und legte sie auf meinen Brustkorb.

»Was macht dein Herz?«

Es schlug schneller, deutlich zu schnell.

»Das klopft, wie es will.«

Fünfzehn Minuten später war sie wieder eingeschlafen. Ich spürte ihren regelmäßigen Atem in meinem Nacken, atmete im gleichen Takt und sank ebenfalls in einen Schlaf, weich wie Daunen.

Dr. Helsinki streichelte mir über die Wange. Ich schlug die Augen auf, sie lächelte mild. Dann nickte sie stumm in Richtung Tür.

Ich schälte mich aus dem Bett, deckte Mayra zu, gab ihr einen Kuss auf die Wange, griff meinen Tropf und trottete hinter der dürren Doktorin her.

Last-Minute-Liebe

Als ich in mein Zimmer kam, saß Nonno dort, die Stirn in Falten gelegt. Er schnellte aus dem Besucherstuhl hoch und ließ die spitzen Finger eines Italieners vor seinem Gesicht tanzen.

»Charlie, was macht ihr für Sachen, e? Wie geht es dir?«

Ich winkte ab. »Die wollen mir morgen einen Herzschrittmacher einbauen.«

Er wurde nicht bleich, aber er machte ein Gesicht als ob.

»*Merda*, Morgen? Aber da musst du doch lesen!« Er griff sich in die Außentasche seines Anzugjacketts und holte die gefalteten Ausdrucke des *Geliehenen Affen* hervor. »Hier, hab ich dir extra mitgebracht. Ich dachte, du willst vielleicht noch üben.«

»Danke. Ich habe den Professor noch nicht gesprochen. Natürlich will ich unbedingt lesen. Aber ob man die OP um einen Tag verschieben kann, weiß nur Professor Hartlieb. Er müsste eigentlich jeden Moment kommen.«

»Und wie geht es Mayra?«

»Sie hat sich den Fuß gebrochen. Ist alles etwas wild gewesen gestern. Hat Dito dir von ihrer Tanzeinlage auf der Bühne erzählt?«

»Ich war heute schon mehrmals unten bei euch, aber ich wollte ihn nicht stören. Aus dem Keller kam die ganze Zeit … nun ja … *rumore*.«

Er rückte seinen Hut zurecht und legte mit aller Kraft die Stirn in Falten. Viele Falten, er war ein kräftiges Kerlchen.

»Was für Geräusche?«

»Erst dachte ich, er nimmt Gesang für eine seiner *canzoni* auf. Aber dann wurde mir klar, dass er Damenbesuch hatte!«

Entrüstet stemmte er seine Hände in die Hüften und drehte den Kopf mit geschlossenen Augen zur Seite.

»Was meinst du?«

»Es ging ziemlich heiß her.« Seine Stimme bekam etwas Anklagendes, mit einem weinerlichen Unterton. Verständlich, es war sein Haus, in welchem er den Schwiegersohn beim Geschlechtsverkehr belauscht hatte, und da seine Tochter endgültig ausgezogen war, musste es sich um eine andere Frau gehandelt haben. Um welche, war mir sofort klar.

»Dito und Laura. Das lag bereits in der Luft. Hast du ihm denn trotzdem sagen können, dass ich hier bin?«

»Nein. Als ich später noch mal runterging, waren sie *mancante*.«

Er griff in die Innentasche seines Jacketts und holte einen Zettel hervor. »Hier. Lag auf dem Küchentisch.«

Hallo Charlie!
Laura und ich brauchen nach all dem Trubel mit unseren
Vätern erst mal etwas Abstand. Wir haben heute Morgen
Last Minute eine Woche Teneriffa gebucht. Sonntag sind wir
zurück, dann kümmern wir uns um die Beerdigungen.
Dir viel Glück beim Text.Eval!
Hol dir den Goldwidder,
Dito

Darunter, in Lauras Schrift:

Lieber Charlie,
du wirst gewinnen. Ich freue mich jetzt schon für dich.
Wenn wir wiederkommen, bist du ein Star!
Bis nächste Woche,
Deine Laura

Ich ließ den Zettel sinken und sah Nonno an.

»Ich lese beim *Text.Eval*, und mein Vater fährt in den Liebesurlaub?«

Er zuckte mit den Schultern und sagte verächtlich: »*Amore regge senza legge.*«*

Hartlieb

Professor Hartlieb entpuppte sich als höchst angenehmer, dezent nach einem unbekannten Chypre-Duft riechender Arzt, der davon überzeugt war, dass er wusste, was er tat. Die grauen Professorenhaare waren bei ihm nur an den Schläfen vorhanden, ansonsten war das Haar braun und voll und lag am Kopf wie ein Gedicht in der Steilkurve einer Bobbahn.

»Herr Berg, gibt es in Ihrer Familie eine Geschichte der Herzkrankheiten? Eltern, Onkel, Tanten, Großeltern. Ist irgendjemand an Herzversagen verstorben?«, fragte er mit sanfter Kunstlehrerstimme, dieser Kunstlehrer, der auf Klassenfahrt die Kifferrunde hinter der Jugendherberge überraschte und wie selbstverständlich mitrauchte, ohne das Vergehen auch nur mit einem Wort zu kommentieren.

»Ja, meine Oma ist daran gestorben. Sie war aber bereits bettlägerig, nach einem Schlaganfall, der sie nahezu bewegungsunfähig gemacht hat.« Den Kopfschuss, den sie kurz darauf überlebt hatte, erwähnte ich nicht. Und auch nicht, woran sie wirklich gestorben war.

»Was ist eigentlich mit Ihrer Familie? Wir haben bei Ihnen zu Hause niemanden erreicht.«

»Mein Großvater war gerade hier. Mein Vater scheint spontan in den Urlaub gefahren zu sein. Er war auch auf dem Konzert,

---

* Liebe regiert ohne Gesetz, ital. Sprichwort

hat es aber früher als ich verlassen und weiß noch gar nicht, was alles passiert ist.«

Er nickte.

»Es sollten sich auf jeden Fall alle Familienmitglieder einmal untersuchen lassen. Sie leiden womöglich unter einem genetischen Defekt, einer Erbkrankheit.«

»Ich dachte, ich habe eine Herzinsuffizienz, wegen einer verschleppten Grippe?«

Er winkte mit den Röntgenaufnahmen in seiner Hand. »Ich denke eher, Sie haben eine *arrhythmogene rechtsventrikuläre Kardiomyopathie*, kurz *ARVC*. Bei dieser Krankheit wird die rechte Herzkammer nach und nach durch Fettgewebe ersetzt, später auch die linke. Sie machen vermutlich keinen Sport?«

»Nein, das kann ich schon seit der Kindheit nicht.«

»Das passt. Sport wäre in Ihrem Falle tatsächlich Mord.«

»Und kann man das reparieren?«

Er lachte. »Operieren.«

»Ich weiß, dass es *operieren* heißt.« Allmählich ging mir seine seifige Entspanntheit auf die Nerven. »Das war ein *Witz*.«

»Haha, Lachen ist immer noch die beste Medizin. Als Arzt sollte ich das vielleicht nicht sagen, aber ich selbst lache mindestens dreimal täglich – und bin kerngesund.«

Wie zum Beweis lachte er noch einmal. Waren vielleicht alle Ärzte in diesem Krankenhaus verrückt? Sofort wurde er wieder ernst.

»Wir werden Ihnen morgen einen Kardioverter-Defibrillator implantieren müssen. Das ist ein …«

»… Herzschrittmacher. Dr. Helsinki erwähnte das bereits.«

»Ein Routineeingriff, Sie brauchen sich keine Sorgen zu machen. Habe ich allein gestern dreimal gemacht.«

»Das ist schön zu hören. Es gibt da nur ein Problem. Morgen ist ein sehr wichtiger Tag für mich. Könnte man die OP eventuell auf Sonntag verschieben?«

Er lächelte mild.

»Wir haben bereits alles in die Wege geleitet. Ihr Termin muss warten. Ich hoffe, es ist nicht die eigene Hochzeit?«

»Nein. Meine Geburt.«

Noch einmal lachte er sein Kunstlehrerlachen. Ein Schuljahr später, nach den Sommerferien, erzählte man sich, dass er gar nicht inhaliert hatte. »Na, Sie gefallen mir.«

»Nein, im Ernst, ich lese morgen auf dem *Text.Eval*. Das ist ein sehr wichtiger Termin.«

»Tut mir leid, das ist leider vollkommen ausgeschlossen. Sie brauchen diesen Herzschrittmacher, Herr Berg, und zwar sofort.«

Und damit schüttelte er meine Hand etwas zu lange und ließ ein wenig von seinem Geruch daran zurück.

Das war's dann also mit dem *Text.Eval*.

Ich würde nicht lesen.

Ich würde nicht gewinnen.

Meinen Zivildienst im Leuchtturm würde ich nicht antreten können – mit einem Herzschrittmacher würde ich nachträglich ausgemustert werden.

Ich würde keinen Roman schreiben.

Ich würde auf allen vieren in die Werbeagentur kriechen und Bibi und Marlon um Vergebung bitten müssen.

Taxi

»Haben Sie ein Taxi bestellt?«, weckte mich die Stimme von Helmut Kohl am nächsten Vormittag.

In Krankenpflegerkleidung stand er an meinem Bett, mit dem

Gesicht von David. Neben ihm ein Rollstuhl. Grinsend hielt er mir seine graue, fusselige Strickjacke einstiegsbereit entgegen. In den Fasern: alter Schweiß und Samen von gestern. Ich überlegte nicht lange, zog die Nadel des Tropfes aus dem Arm und schlüpfte hinein. Anschließend holte David eine blonde Perücke aus seiner Hosentasche, setzte sie mir auf den Kopf, betrachtete sein Werk, zupfte meine neue Frisur an der rechten Seite etwas nach unten und klebte mir einen ebenfalls blonden Schnurrbart auf. Dann half er mir in den Rollstuhl.

»So, Abfahrt. Tu so, als ob du schläfst. Wenn wir angesprochen werden, rede ich. Nonno und Mayra warten unten am Auto.«

Mayra drückte mir mit rissigen Lippen einen Kuss auf den Mund. Einen Geschwisterkuss. Wie lange darf man einen Geschwisterkuss küssen? Ich wollte nicht abbrechen, was sie da angeküsst hatte, sie wohl auch nicht, trotzdem mussten wir uns voneinander lösen, als David zur Eile mahnte.

Sie setzte sich mit ihrem Gipsfuß zu ihm nach vorn. Während David den Motor startete und eine Kassette zurechtspulte, ging ich wie in Trance mit Mayra auf meinen Lippen zum Heck des Lieferwagens. Unbewusst hatte ich stets alle anderen Frauen mit ihr abgeglichen, an Mayra gemessen, ohne jemals in Betracht zu ziehen, dass das Original für mich in Frage käme. *Ich bin froh, dass ich hier lebe* – das hatte sie doch gesagt? Und wenn Mayra in Deutschland lebte, für immer, dann könnte sie unmöglich jemals einen anderen Partner haben. Am Ende gar aus meinem Bekanntenkreis. Ruven. Oder David. Nein. Wie sollte das gehen? Es gab nur einen, der in Frage kam.

Nonno hatte den Rollstuhl eingeladen, jetzt half er mir von unten auf die Ladefläche. Er schob, ich schwankte, er stemmte sich gegen meinen Hintern. Im Wagen stützte ich mich an der Seitenwand ab. Er hatte tatsächlich eine Kleiderstange dort aufgebaut, Sarto Ernesto del Monte, der jetzt hinter mir in den Wagen gekrabbelt kam und die Türen schloss. Er machte die Innenbeleuchtung an. So, wie er es bei sich im Geschäft getan hätte, präsentierte er mir nun den Anzug für den heutigen Abend: mein ockerfarbener Dreiteiler mit kaum sichtbarem Karomuster, der Zwirn für besondere Anlässe. Es war genau die Wahl, die auch ich getroffen hätte.

David fuhr vorsichtig los. Ich hielt mich kurz an Nonnos Schulter fest, dann wählte ich ein cremeweißes Hemd mit langem Kragen. Nonno nickte. Im Sitzen zog ich frische Unterwäsche, Hemd und Anzug an. Dann erhob ich mich wieder, ich kam kaum aus eigener Kraft auf die Beine. Wackelig, gestützt von Nonno, hielt ich mir vor dem Ganzkörperspiegel verschiedene Krawattenschals an. Ich entschied mich für den zitronenfaltergelben.

Aus dem Fahrerhäuschen erschallte in maximaler Lautstärke, nur minimal durch die Trennwand abgemildert »No Control« von *Bad Religion*. Es war eines der wenigen Stücke von Davids altem Punkrock-Mixtape, an das ich mich noch erinnern konnte, da im Text tatsächlich James Hutton zitiert wurde, der Vater der modernen Geologie, der mit seinen Erkenntnissen über das Alter von Gestein die biblische Zeitrechnung zum Einsturz gebracht hatte. Ein wohltuender Bildungslichtblick auf einer Kassette, die ansonsten voller primitiver Parolen und geschmackloser Scherze war, besonders auf der deutschsprachigen Seite. David hatte mir immer gesagt, dass ich Punk nicht verstanden hätte, und ich hatte ihm stets geantwortet, dass wohl eher die Abwesenheit von Verstand nötig sei, um diese formelhafte Musik genießen zu können.

Während das James-Hutton-Zitat solcherlei Erinnerungsketten in mir auslöste, wollte ich mich setzen, um in meine braunen Wildlederslipper zu steigen. Doch David fuhr, aufgepeitscht vom comichaften Tempo der Band, etwas zu rasant in eine Kurve, sodass ich mit voller Wucht in den Stuhl geschleudert wurde und einen Augenblick lang mit ausgestreckten Armen auf den hinteren beiden Beinen balancierte, bevor ich wieder nach vorn kippte. Nonno war in den Anzugständer gewirbelt worden und baumelte an der Stange wie ein jugendliches Faultier. Als die Gesangslinie des Sängers beim abschließenden »*You have no control, You are not in command*« nun von den Backingchören seiner Bandmitglieder begleitet wurde, kam mir das Lied nach all den Jahren wie ein freundlicher Gruß aus der Kindheit vor, wie ein lang vergessenes Foto, auf dem die eigenen Eltern noch jung waren und lachten, sich noch mit Beiläufigkeit berührten. Ich war kaputt, ich war glücklich. Diese ganze Aktion war Wahnsinn, trotzdem hatte ich mich lange nicht so lebendig gefühlt. Die Herz-OP knicken, um eine Tiergeschichte vorzulesen. Hatte ich Punk schlussendlich doch noch verstanden?

Nonno stellte sich wieder hin, klopfte seinen schwarzen Anzug zurecht und kramte in einer Tasche zu seinen Füßen. Er holte meinen Kulturbeutel heraus. Vier meiner eigenen Düfte waren darin. *Menù fisso*, *Almodio*, *Koniferencurry* und das kleine Fläschchen *Seeweh*. Zunächst dachte ich an *Almodio*, einen holzig-farnigen Duft mit einem Hauch Moschus und elegant abstrahlenden Moos-Akzenten, entschied mich jedoch dagegen und legte meine jüngste Kreation auf: *Seeweh*.

Eine ganze Weile fuhren wir in der spärlichen Innenbeleuchtung des improvisierten, fensterlosen Ankleidezimmers durch den Mittag, vorbei an den Bäckereigerüchen und Pizzaaromen der Sumbigheimer »Futtermeile«, rollten eine ganze Zeit lang durch die Abgaswolken der Autobahn und bogen schließlich bei der Ausfahrt Leyder ab. Als der Lederfettgeruch des kleinen Schusters in der Innenstadt vorbeizog, wusste ich, dass wir bald da sein würden. Diesel, Super, Öl, Carnauba-Wachs, wir ließen die Tankstelle mit der Waschanlage samt Heißwachsversiegelung links liegen, fuhren Laub aufwirbelnd durch den mit Rindenmulch bedeckten Kreisel beim Ortsausgang, bis ich endlich meine Freunde, die Bäume, riechen konnte. Der Waldboden vibrierte in meinen Füßen. Es ging leicht bergauf, langsam fuhren wir zum Herrenhaus.

Nonno öffnete die Tür, beim Aussteigen stieß ich mir hart den Kopf, weil David den Wagen abwürgte. Augenblicklich versank ich in meinem persönlichen Universum, das von Transmittern und Epitheln zusammengehalten wurde. Wie durch ein Becken sämiger Soße watend durchquerte ich den Gang an der Seite des noch leeren Saals, vereinzelt standen Mitglieder des Literaturvereins Leyder e. V. und Service Personal herum, ein paar Presseleute waren schon da, unbekannte Gesichter nickten mir zu, ich nickte wahllos zurück, jemand rief meinen Namen durch eine wollene Wand und führte mich am Arm zur Treppe, ein uniformierter Scherge hakte eine Absperrkordel aus und winkte uns hindurch. Was oben geschah, ich kann es nicht sagen, Sera war wohl nicht dort. Das Interview, welches ich nahezu ohnmächtig gab, war von einer solch monströsen Bizarrität, dass ich es später nicht über mich brachte, mir die Aufzeichnung in ganzer Länge anzusehen.

Die Erinnerung setzte in der ersten Reihe wieder ein. Wir zehn Kandidaten saßen dort, nur vier von ihnen kannte ich, die anderen sagten mir nichts. Drei Frauen, sieben Männer. Ich saß als Nummer zehn ganz außen, direkt neben mir saß Mayra, die meinen Rollstuhl übernommen hatte, neben ihr zwei weitere Rollstuhlfahrer, alle hatten ihre Betreuer dabei, David als Einziger in Pflegerkleidung. Direkt vor uns die Bühne, mit weißen Stoffbahnen verhangen. Dann ging das Licht aus, der Vorhang öffnete sich, von unsichtbaren Händen gezogen, das komplett weiblich besetzte Alma Schindler Quartett – den Namen des Ensembles entnahm ich dem Programmheft – spielte das Allegro aus Schostakowitschs Streichquartett No. 1. Ich weinte, still, aber hemmungslos. Mayra nahm meine Hand. Neben mir saß Jana Humboldt und versuchte ebenfalls, sich eine Träne herauszudrücken, es gelang ihr. Sie trug ein sensationelles, schlichtes Kleid, schwarzblau, weißer Kragen, mit leichten Anleihen aus den 50er-Jahren, ohne dabei retrospektiv zu wirken. Mit Hilfe meiner Sicherheitsnadel brachte ich meine Rezeptoren auf Touren, ein kleiner Pieks in den Oberschenkel, und sie schnurrten wieder mit voller Kraft los. Innerhalb kürzester Zeit hatten sie sich den Raum zurechtgebogen und das brodelnde, olfaktorische Allerlei hinter eine graue, wabernde Wand gesperrt, aus der nur hin und wieder ein grelles Molekül hervorblitzte. Davor konnte ich mir die Gerüche zurechtlegen, die ich bereit war, zu riechen. Janas Parfum gehörte dazu. Missoni – frisch und süß erklang es als ein breit gefächerter Akkord, der in beständigem Wandel begriffen schien. Auf halber Strecke zwischen Aufbringen und Verschwinden kippt dieses Meisterwerk von der einen Identität in eine aufregende andere, die Partitur aus Rosengeranie, Himbeere, Kassa und Hyazinthe wird von seiner Basisnote unterwandert, und Eichenmoos, Honig, Patschuli und Styrax modulieren sich mit unbedingtem Willen zur Machtübernahme nach oben. Genau diesen recht kurz andauernden Moment der Duftkomposition durfte ich neben ihr sitzend miterleben. Jana lächelte mich ob des perfekten Timings allwissend an. Mit ihrem Manuskript fächerte sie mir ihren Duft und sich selbst frische Luft zu. Ich konnte den Titel auf der ersten Seite lesen: *Rachmiel.*

Dann betrat die neue Festivalleiterin die Bühne. Ein erschrecktes Raunen ging durch die Menge, ich schreckte mit. Sie hatte die Haare blondiert und zu einem komplizierten, zopfdurchdrungenen Dutt gebunden. Diese Frisur war Eva-Ludmillas Markenzeichen gewesen. Sie trug auch das Kleid, in dem Eva-Ludmilla sich noch zu Lebzeiten in Öl hatte porträtieren lassen: ein Prinzessinentraum von 1960 in zwei verschieden hellen Blautönen. Um den Bauch war eine schlichte Schärpe gewickelt, die aus dem gleichen Chiffon wie der untere Teil des Kleides bestand. Der obere Teil, der in einem blasseren Blau gehalten war, zeigte Muster aus Goldstickereien – Rauten und Ovale, die sich in der Bordüre, die den Kragen bildete, wiederholten. Das Kleid war ebenfalls aus dem Hause Missoni, und Janas Durchtriebenheit wurde mir einmal mehr bewusst. Sie trug ihr Parfum nicht als Duft, sondern als sich anbiedernde Geheimbotschaft für Auskenner wie mich.

Das großformatige Gemälde, das an prominenter Stelle im Eingangsbereich hing, zeigte im altmeisterlichen Duktus die verschollene Gräfin, mit ihrem treuen Deutsch Drahthaar *Barracuda*. Und nun schien sie direkt aus dem Totenreich durch das Gemälde hindurch auf die Bühne des *Text.Eval* hinter das Rednerpult gestiegen zu sein.

»Einen wunderschönen guten Abend, verehrtes Publikum.« Sera ließ den Blick über die verstummte Menge wandern und genoss das Klackern und Aufblitzen der Fotoapparate.

»Mein Name ist Sera von Faunichoux. Ich bin die neue Leiterin des *Text.Eval* und sitze seit diesem Jahr der Jury vor.«

Gemurmel, Getuschel, Geblitze. Zögerlicher Applaus, der aber nicht vollständig in Gang kam und schnell ins Nichts ausfranste.

»Jacques von Faunichoux hat mich …«, sie machte eine wirkungsvolle Pause, »… vor einigen Monaten adoptiert.«

Das nun einsetzende Geraune verstummte nicht so bald, Sera wartete entsprechend lange.

»Wie Sie alle wissen, stand die Existenz des *Text.Eval* auf der Kippe. Jacques und ich haben gemeinsam überlegt, was zu tun wäre, um das Festival zu retten, das zum Aushängeschild dieser Stadt geworden ist. Das seit so vielen Jahren schon wie ein treues Herz Leben durch unsere Straßen und unseren Geist pumpt. Wie dieses einmalige Fest der Liebe zur Literatur zu retten wäre und welche Modernisierungen überfällig sind. Glücklicherweise verfüge ich über die nötigen Mittel hierfür. Und, meine Damen und Herren, ich darf heute verkünden, dass der Fortbestand des *Text. Eval* auf viele Jahre hinaus gesichert ist.«

Jetzt brandete endlich der angemessene Applaus auf, den Sera jedoch mit beschwichtigender Geste herunterdimmte.

»Hoffentlich verzeihen Sie mir die Wahl meines Outfits. Doch es geht vor allem darum, den wichtigsten Debütantenpreis im deutschsprachigen Raum und das dazugehörige Wettlesen im Sinne Eva-Ludmillas weiterzuführen. Sehen Sie mich als ihre Tochter, die sie nie gebären durfte.«

Wieder toste Applaus, diesmal ließ Sera dem Publikum alle Zeit, die es wollte.

»Leider muss ich Ihnen auch eine traurige Nachricht überbringen. Der große Jacques von Faunichoux, mein Vater und Gönner, der Förderer und Unterstützer der Region weit über die Literatur hinaus, ist in der gestrigen Nacht verstorben.«

Kollektives Einatmen schichtete sich zu einem geräuschvollen Mehrklang aufeinander, die Betroffenheit aller Anwesenden ließ sich fühlen wie Wetter.

»Nach langer und schwerer Krankheit hat er gestern in meinem Beisein seinen letzten Atemzug getan. In den letzten Minuten des *Jour d'Evaluation*. Einen passenderen Tag hätte Tyche, die Göttin des Schicksals, nicht wählen können.«

Sie deutete ein versöhnliches Lächeln an.

»Seine letzten Worte waren: ›*Sorg dafür, dass sie lesen.*‹«

Sie zog ein Taschentuch unter dem Pult hervor, wandte sich leicht ab und tupfte eine Träne aus dem Auge. Dann holte sie Luft und fuhr fort.

»Und genau das wollen wir jetzt tun. Meine Damen und Herren, lassen Sie uns gemeinsam das Lebenswerk von Eva-Ludmilla und Jacques von Faunichoux zelebrieren, mit einem lebensbejahenden Applaus für unsere zehn Debütantinnen und Debütanten, die ich nun auf die Bühne bitten möchte!«

Unter tosendem Beifall erhoben wir uns nacheinander und watschelten wie dressierte Pinguine über eine kurze Treppe die flache Bühne hinauf, Sera verlas nacheinander die Namen der

Autoren und der dazugehörigen Paten aus der Jury, die bei Nennung von der anderen Seite auf die Bühne traten und sich neben ihren jeweiligen Schützlingen positionierten. Jana war als Vorletzte dran, Kafka trat auf die Bühne, stellte sich neben Jana und stieß mir seinen Ellbogen in die Seite, er ließ sich nicht anmerken, ob es Absicht war. Danach las Sera meinen Namen vor und kam zu mir, legte mir von Beifall befeuert ihren Arm um die Schulter und belächelte das Publikum mit strahlendem Zahnweiß. Das Mikrofon hielte sie in der anderen Hand. Noch ein kurzer Tusch, irgendein Motiv von Beethoven. Während der Applaus gar kein Ende nehmen wollte, entdeckte ich Fritzi, sie saß oben bei der Plagiatskommission neben den *Dreiundzwanzig*, Nonno war bei ihr. Ich winkte den beiden zu, sie winkten zurück, dann winkte mir irgendjemand aus der dritten oder vierten Stuhlreihe zu, direkt neben der TV-Kamera. Ich brauchte einige Zeit, um sie zu erkennen. Wolkenharry, eingehüllt in eine mondäne Stola, das drahtige Haar niedergerungen und elegant an den Kopf gelegt. Sie lachte laut, jeder konnte es hören, ihr Kollege, der Spitzkopf Engler, saß neben ihr und lachte mit, in seinen Acht-Tage-Bart hinein. Weiter rechts, auf der anderen Seite des Mittelgangs, entdeckte ich Carla Bentzin. Sie saß neben Nachhatar Singh. Was war hier los? Konnte das Zufall sein? Oder kannten sich die beiden?

Sera trat einen Schritt nach vorn, hob das Mikrofon an den Mund und den linken Arm mit zur Decke gerichteter Handfläche in die Höhe, gönnerhaft wie eine Cäsarin.

»Mögen die Spiele beginnen!«

Tod und Spiele

Mikkel Meises Text war gewollt literarischer Schrott, Letzteres selbstverständlich ungewollt, befriedigenderweise wurde der gegelte Arztsohn von der Jury so lange zerrissen, bis er in seinen Pullunder weinte. Marvin Vladimski, der sich als sein Pate nicht an der Diskussion beteiligen durfte, kochte. Die Texte der zwei darauffolgenden Frauen, deren Namen ich noch nie gehört hatte, waren – nett ausgedrückt – experimentell. Anders gesagt: unnachvollziehbar wirr. Der Stimmungsmesser der *Dreiundzwanzig*, ein Balken aus vielen roten und grünen Leuchtdioden, der direkt unter Evals Widdertrophäe angebracht war, schlug ins maximale Rot aus. Jeder der *Dreiundzwanzig* durfte seine Knöpfe pro Lesung fünf Mal drücken, links für negativ, rechts für positiv. Je nachdem, welche Wahrnehmung bei den Publikumsjuroren überwog, wuchs der Balken – nur für die Besucher im Saal sichtbar – ins Grün oder verschob sich in den roten Bereich. Die Autoren und die Jury bekamen von diesem, in Echtzeit die Stimmung abbildenden Instrument nichts mit, es sei denn, ein rascher Ausschlag in die ein oder andere Richtung sorgte im Saal für einen orchestrierten Blick nach oben samt Gemurmel oder scharf eingesogener Luft.

Dem vierten Vorleser, einem gewissen Sören Hatte, der aus seinem Romanrudiment *Große Angst* vorlas, gelang es tatsächlich, sich noch vor Beendigung seines Textes vom lauten Summen ausbremsen zu lassen. Ohne Vorwarnung schnitt es ihm nach zwanzig Minuten mitten im Satz das Wort ab. Danach schaffte ich es nicht mehr, dem Inhalt des nächsten Konkurrenten zu folgen, so sehr langweilte mich alles. Auch die auf der Bühne ausgetragenen Jurydiskussionen, die ich in den letzten Jahren oft im Publikum sitzend, die restlichen Male im Fernsehen mit Begeisterung verfolgt hatte, kamen mir einstudiert und übertrieben aufgedreht vor. Lediglich das Eva-Ludmilla-Double Sera blieb nüchtern und fair wie ihre Vorgängerin, legte berechtigterweise ihren Finger in kitschige, mit Adjektiven infizierte Wunden, deckte bei den männlichen Autoren Machismen auf und schritt, einer Talkshowmoderatorin nicht unähnlich, vermittelnd ein, wenn die Emotionen dem Siedepunkt nahe kamen. Also ständig. Karsten Mink und Bert Rügenglies lieferten sich ihre üblichen, von Zickigkeiten gespickten Scharmützel, suhlten sich in der Rolle der Klischeeschwulen, wobei ich zu bemerken meinte, wie Mink seinem Ex-Freund Rügenglies nach einem besonders deftigen Schlagabtausch ein verstohlenes Lächeln zuschickte. Kafka echauffierte sich über die Maßen, Skadi Messerschmidt drohte, aufstehend, mehrmals damit, die Diskussion und die Jurysitzung zu verlassen, *FÜR IMMER*. Alfalfa täuschte daraufhin schnarchend Einschlafen vor, Zander schlief tatsächlich, Paarfuss und Manngeburth betranken sich mit Rotwein und machten lallend anzügliche Scherze in Reimform. Marvin Vladimski schmollte, da als Lyrik getarnte Zoten doch eigentlich seine Domäne waren. Das Ganze glich einer American-Wrestling-Darbietung, die von vorn bis hinten durchchoreografiert war, mit dem Unterschied, dass beim Catchen alle Zuschauer wissen, dass ein Kampftheaterstück aufgeführt wird. Die Diskussionen, die auf dieser Bühne abgebildet wurden, gaben jedoch vor, authentisch zu sein, und ich schien als Einziger zu erkennen, was für eine Farce die gesamte Debatte darstellte. Das alles war keinen Deut besser als der Goldfaustwettbewerb des *Creative Campaign Club*, wenngleich der Literaturzirkus auf völlig andere Weise falschspielte.

Was für ein Schlimassel.

Schlussendlich realisierte ich, dass der Gewinner ebenso wie die Diskussionsverläufe längst festgelegt waren. Deshalb waren sich sowohl Kafka als auch Sera so sicher gewesen. Meine einzige Hürde bestand darin, in der vorgeschriebenen Zeit zum Ende meines Textes zu gelangen. Wenn mir das gelang, hatte ich gewonnen. So einfach war das.

Nach der fünften Lesung und der sich anschließenden Jurydiskussion erklang der Pausengong, ich sah auf die Uhr. 18:47 Uhr. Noch vier Lesungen, dann kam ich. Als Letzter. Nach Jana.

Draußen stellte der Wald mit seiner beruhigenden Ehrlichkeit meine Rezeptoren wieder auf die Füße. Ich schob Mayra über den Kies, was ihr zu langsam ging, woraufhin sie aus dem Sitz stieg und ihren Rollstuhl humpelnd selbst schob. Schließlich bildeten wir etwas abseits einen Kreis, Mayra setzte sich wieder, und alle tauschten Meinungen über die soeben gehörten Texte aus. Ich konnte und wollte nicht mitreden, bis David mich fragte: »Wo ist denn eigentlich der feine Hörr Vatör? Habe ihn noch gar nicht gesehen.«

»Der ist Last Minute für eine Woche nach Teneriffa geflogen. Mit Laura. Sie machen da eine *Fortbildung im Palmen Umtopfen*.«

»Ist! Nicht! Wahr!«, rief David begeistert. »Ein einwöchiges *Saminar*! Dieser alte Schlingel! Und deine Mutter? Der ist das doch egal, oder? Hast du von ihr mal wieder was gehört? Wir müssen unbedingt mit *Rita del Monte* das Trainervideo für unsere Frührente drehen. Es gibt richtig Budget dafür. Die *Watusis* wollen Montag schon die Verträge schicken. Das geht jetzt Schlag-auf-Schlag!«

Er klatschte unter jedes der letzten drei Worte den rechten Handrücken in die linke Handfläche, was so laut knallte, dass sich eine Gruppe von Gästen in Abendkleidung zu uns umsah, woraufhin David die Geste mit erhobenen Händen in ihre Richtung schießend wiederholte und sie sich pikiert abwendeten.

Mayra blickte zu David und zeigte auf ihren Gipsfuß. »Und wie soll ich damit tanzen?«

David legte den Kopf in den Nacken, um nachdenklich zu schnarren. »Da hast du natürlich recht …«

Dann sagte er mit der Ernsthaftigkeit eines Molekularbiologen: »Eigentlich musst du gar nicht tanzen. Du singst ja bloß im Chorus B, da musst du mich nur von hinten nehmen, dich abreiten lassen, und dann blas ich dir noch einen.« Er nickte zufrieden, Mayra machte ein Verrücktheitsgeräusch samt Gesicht.

In diesem Moment trat Frau Bentzin zu uns, wie so oft nach vor Kurzem vollzogenem Koitus riechend. Zugleich schlug mir ihr Parfum wie eine Steinfaust in die *Regio olfactoria*: Galbanum, Bergamotte, Jasmin, Rose, Gardenie, Eichenmoos, Ambra, Sandelholz und Patchouli.

Miss Dior.

»Herr Berg, müssten Sie nicht gerade in einem Krankenbett erwachen?«

Wieso trug sie dieses Parfum? Das konnte nur Zufall sein. Ich hatte es zuletzt im Wald gerochen, an der Stelle, wo mein Opa verschwunden war.

»Die OP muss warten.«

»Das nenne ich *ein Leben für die Kunst*.«

Sie spielte mit ihrer Bernsteinkette, riesige Bernsteine, ein halbes Zimmer.

»Wenn Sie meinen. Ich nenne es *Vorlesen*«, entgegnete ich.

Sie lachte, es klang ehrlich amüsiert.

»Ist Dittfurt etwa auch hier?«, fragte ich und dachte an ihre Körpermitte.

»Dittfurt? Wo denken Sie hin. Der liegt daheim und schaut ›Lass jucken, Kumpel‹. Mein Kollege liest höchstens Bedienungsanleitungen.« Sie seufzte.

»Dafür hat er andere Qualitäten«, tröstete ich sie treu lächelnd.

Der Pausengong erklang, handgeklöppelt von einem der uniformierten Schergen.

Während der nächsten drei Lesungen gelang es mir, mich vollständig abzudunkeln. Nur die allernötigste Aufmerksamkeit widmete ich der Welt im Saal, nur von Zeit zu Zeit tasteten sich meine Riechhärchen durch das Grau, das mich einhüllte wie ein Kokon. Erst als Jana die Bühne betrat, schaltete ich mich wieder an.

»*Rachmiel.*«

Jana trank mit geschlossenen Augen einen siegesgewissen Schluck Quellwasser.

»*Seit Tagen irrte Rachmiel nun schon durch das zerfallende Land. Er hatte von giftigen Brunnen getrunken und überlebt. Er hatte die Druckwellen der Feuerbälle gespürt und hatte Aas gefressen. Seine schlimme Pfote war noch schlimmer geworden. Er sehnte sich nach einem Dach über dem Kopf, einer rauen Decke in der Nähe eines Ofens. Ein Ofen, vor dem er sich behaglich streckend seine alten Knochen wärmen konnte. Würde von Zeit zu Zeit eine Hand seinen Nacken kraulen und eine zweite ihm Wurststückchen in den Fang schieben, er hätte nichts dagegen.*«

Rasant, geradezu filmisch, beschrieb sie nun Rachmiels abenteuerliches Eindringen in den Führerbunker. Sofort begann der *Dreiundzwanzig*-Balken, sich in den grünen Bereich vorzutasten. Rachmiels Nase zog ihn mit biomagnetischer Kraft in die Richtung, in der er das Süßeste wittern konnte, was der »jüdische Rüde« (hierbei erloschen einige der grünen Dioden) in seinem Leben je erschnuppert hatte: den Geruch einer läufigen Hündin, die ihre Paarungsbereitschaft lautlos in die Welt hinauskläffte. Er hetzte vorbei an Wachen, lieferte sich Kämpfe mit blutrünstigen Schäferhunden, jagte durch ein düsteres Treppenhaus, in dem einige Stufen fehlten. Er musste an Leichen von Nazioffizieren vorbei, die den Freitod gewählt hatten, und die nun von ihm markiert wurden, kroch unter umgeworfenen Regalen hindurch, es roch nach Blut, Erbrochenem und Urin, doch dann, endlich, stand er vor der Tür, hinter der das Ziel seiner langen, langen Reise frohlockend die Schnalle in die Luft reckte.

Der Balken hatte sich kontinuierlich weiter ins Grün gearbeitet, stagnierte jetzt aber bei etwa der Hälfte. Jana sah auf ihre Uhr und trank ihr Glas bis auf einen letzten Schluck aus. Dann steckte sie sich eine Zigarette an, nahm einen tiefen Zug und fuhr fort.

»*Mit einem Satz aus letzter Kraft und Fortpflanzungsdrang sprang Rachmiel hoch und drückte die Klinke der schweren Eichentür mit seinen Vorderpfoten herunter. Die Tür öffnete sich einen Spalt, breit genug, dass er seine Schnauze hineinstecken konnte. Er witterte die Hündin. Und zwei Menschen. Mit Wucht rammte er seinen Kopf in die Öffnung, es schmerzte, doch die schwere Tür schob sich so weit auf, dass er in den dunklen Raum eindringen konnte. Dort lag sie. Schlapp, hechelnd, heiß. Neben ihr auf der Erde lagen ein Mann und eine Frau, die blonde Dame hatte bereits ihren letzten Atemzug getan. Der Herr hatte das Gesicht, das Rachmiel von vielen Bildern kannte, mit dem eckigen Stück Fell unter der Nase. Im Lager hatte es an der Wand gehangen, in den Straßen war es plakatiert. Dieser Mann schien ein Alphamännchen zu sein. Er kraulte seine Hündin. ›Blondie‹, sagte er leise, ›ach, meine Blondie ...‹ Als er Rachmiel erblickte, fiel sein Blick auf den Davidstern, der an Rachmiels Halsband baumelte.*«

Während Hitler kraftverlassen zusammensackte, besprang Rachmiel die vereinigungswillige Schäferhündin, die unter seinem Gewicht zusammensackte. Jana beschrieb in aller biologischen Ausführlichkeit den animalischen Geschlechtsakt, den Biss in den Nacken, die Hüftstöße, das Anschwellen des *Bulbus glandis* und das damit einhergehende Verhaken von Rachmiels Penis in Blondies Vagina, Jana ahmte die Geräusche nach, die Rachmiel von sich gab. Es gab noch ein paar grüne Lämpchen obendrauf. Der Blick des Führers flatterte, als Rachmiel zum ersten Mal in seinem Leben in einer Hündin ejakulierte, ein Gefühl, von dem er sich nicht hatte vorstellen können, dass es existierte. Der Anblick des verzückten, seine reglose Blondie begattenden *Judenköters* machte Hitler so wütend, dass ihn die körpereigenen Drogen kurz revitalisieren konnten, ein letztes Aufbäumen vor dem langen, wohlverdienten Schlaf.

»*Der Herr mit dem Fellquadrat im Gesicht tastete hinter sich im Dunkel umher. Träge wandte er den Kopf ab. Als er sich nun wieder zu den noch immer miteinander verbundenen Liebenden umdrehte, richtete er mit schwankendem Arm eine Luger auf den Hund. Rachmiel schaute mit immer noch zuckender Hüfte in den Lauf. Der Mann drückte ab. Die Hand mit der Waffe sank herunter, und auch er tat seinen letzten Atemzug. Blondie war schon seit einigen Minuten tot.*«

Jana legte den letzten ihrer Bögen nieder, trank den letzten Schluck Wasser, sah auf die Uhr und reckte den Finger in die Höhe. Ihre zwanzig Minuten waren um, das Summen erklang. Das Publikum applaudierte und jubelte begeistert, vereinzelt waren auch Pfiffe und Buhrufe zu hören, die langsam lauter wurden, woraufhin der Applaus noch stärker aufbrandete. Das Ganze dauerte außergewöhnlich lange. Bei mir meldete sich ein Harndrang, der sich nicht mehr ignorieren ließ. Ich hatte über den Abend verteilt viel Wasser getrunken. Als die Jury sich in Stellung brachte, beugte ich mich zu Mayra.

»Ich muss dringend mal.«
»Aber du bist doch gleich dran!«
»Es geht nicht anders.«
Ich erhob mich und verließ den Saal, so schnell es mir mög-

lich war. Ich musste raus, auf keinen Fall konnte ich die öffentliche Toilette aufsuchen.

Ich ging seitlich vorbei am Herrenhaus, wo die Stallanlagen lagen. Hinter einem Busch erleichterte ich mich. An der Rückseite der Boxen waren offene Fenster, aus denen die Pferde ihre Köpfe in die Welt strecken konnten. Eines schaute heraus und schnaubte mit den Nüstern. Ob das Sera war? Ich ging hinüber und streichelte dem Tier die warme, weiche Nase. Es schnubbelte mit den samtigen, leicht stoppeligen Lippen auf meiner ausgestreckten Handfläche herum. Es war so schön, dass ich bleiben wollte. Sera schnubbelte und schnubbelte, ich kraulte sie hinter den Ohren, zwischen den Augen, am Hals, den sie genießerisch streckte ... und erschrak. Ein Blick aufs Handgelenk. Ich hatte versäumt, beim Hinausgehen auf die Uhr zu sehen. Wie viel Zeit war vergangen? Ich lief los. Mein Herz stach, doch auf keinen Fall durfte ich zu spät kommen. Vor der Tür verlangsamte ich den Schritt. Als ich den Eingangsbereich betrat, fiel mein Blick auf das Gemälde, und ich musste kurz innehalten, die Nase, das Herz, das Jetzt ausrichten. Während ich Eva-Ludmilla von Faunichoux fixierte, erklang im Saal die Stimme ihrer Kopie.

»Danke schön! Somit erkläre ich die Jurysitzung für beendet, die Mitglieder notieren bitte ihre Punkte für Jana Humboldt, und wir kommen zur letzten Lesung.«

Ich betrat den Saal. Ein Kameramann bekam Regieanweisungen und schwenkte herum. Unter tosendem Applaus schritt ich in der Mitte der Stuhlreihen den Gang entlang. Wie ein Boxer beim Einmarsch. Das Streichquartett spielte noch einmal das furiose Finale des Schostakowitsch-Quartetts vom Anfang. Hätte es jetzt noch Konfetti geregnet, ich hätte meine Arme in Siegerpose in die Höhe recken müssen. Und, wie immer, war in solchen Situationen auf *Dave Killer* Verlass. Er tauchte geduckt in der ersten Reihe auf, in der linken einen Beutel, griff hinein und schleuderte goldenes Glitzerfolienkonfetti in die Luft. Na gut, dann sollte es wohl so sein. Ich drehte mich zum Publikum um und reckte die Arme in die Höhe.

Der Saal klang wie ein Regenwald zur Paarungszeit.

Gleitflug

Ich glitt durch meinen Text wie ein samtweicher Souverän, ein vom Volke geliebter Herrscher. Das anschwellende Grün des Balkens – ich konnte es riechen. Als ich einen Blick ins Publikum wagte, sah ich in viele weit aufgerissene Augen, auch die Carla Bentzins. Mit gekonnter Leichtigkeit setzte ich in Dialogen verschiedene Stimmfarben ein, imitierte die Rufe des Affen, murmelte verschwörerisch, verlangsamte, schlug mit der Hand auf den Tisch, galoppierte mit geschlossenen Augen in Hochgeschwindigkeit durch das rhythmische, fast gebetsartige Finale. Ich konnte den Text auswendig, also fixierte ich die Fernsehkamera. Er spulte sich so routiniert ab, dass ich dabei nachdenken konnte. Dies war der einzige Teil, den meine Patin unangetastet gelassen hatte. An fast jedem der vorangegangenen Sätze hatte sie eine winzige Änderung vorgenommen, Kommata durch Punkte ersetzt, Umbrüche eingefügt, Worte gestrichen oder ausgetauscht. War das überhaupt noch mein Text? Und wenn ich heute gewinnen sollte, war es dann mein Sieg?

»Als er den Sargdeckel vorsichtig beiseiteschob, weinte er seine ersten echten Tränen. Denn nicht sein Vater lag dort. Als ob er schliefe, in seinem schwarzen Anzug, auf Samt gebettet, ruhte dort Chester. Sein geliehener Affe. Der einzige Freund, den er je gehabt hatte.«

Ich legte den letzten Bogen nieder, eine Kralle fuhr mir in die Herzkammern, mit vor der Brust gekreuzten Armen ließ ich mich auf den Tisch sinken.

Jetzt kannte die Welt kein Halten mehr. Ein Lärm brach los. Der Griff der Klaue lockerte sich, langsam richtete ich den Oberkörper auf. Erste Menschen erhoben sich klatschend, mehr und mehr, bald standen alle, sogar die Rollstuhlfahrer. Sie jubelten und jubelten und jubelten.

Die anschließende Jurysitzung war eine einzige Huldigung meiner Schreibkunst. Rügenglies und Mink waren sich das erste Mal in der langen Geschichte des *Text.Eval* einig, vertrugen sich sogar und küssten sich unter brüllendem Applaus in der Mitte der Bühne, lange, mit Zunge und Über-die-Hüfte-Streicheln. Das Streichquartett stieg spontan ein und spielte eine freche Pizzicatofigur. Kafka überschlug sich, mit väterlichem Stolz streute er ein, bei wem dieser neue Stern am Himmel der deutschsprachigen Literatur sein Handwerk erlernt hatte. Frerk Zander fand den Text »richtig, richtig schnafte«. Und: »Das Ende – bestes Ende seit immer«, gab er außergewöhnlich wortreich zu Protokoll. Als alle ihre Lobpreisungen dargeboten hatten, trat Sera lächelnd auf die Bühne und nahm sich das Mikrofon.

»Verehrtes Publikum, die Jury zieht sich jetzt zurück, nach Auszählung der Punkte und der Wertung der *Dreiundzwanzig* werden wir hier in dreißig Minuten die Sieger des Hauptpreises und des Publikumspreises bekanntgeben. Unser Plagiatskomittee wird sich, sobald die Sieger feststehen, beraten, eine vollständige Kontrolle wird leider den ganzen Abend in Anspruch nehmen. Was bereits ein deutlicher Fortschritt ist, da wir dieses Jahr Unterstützung von einer enorm talentierten Dame haben. Bitte haben Sie Verständnis, dass sie nicht auf die Bühne treten möchte, da sie noch sehr jung ist. Doch ein besonderer Umstand macht es nötig, dass ich Sie über ein Detail in Kenntnis setze, da wir den Vorgang so transparent wie möglich halten möchten: Bei unserer Hochbegabten, die nicht nur den größten Teil der Stadtbibliothek Leyder auswendig kennt, sondern auch die Programme vieler Kleinverlage sowie sämtliche Jahrgänge der aktuellen Literaturzeitschriften, handelt es sich um eine enge Verwandte des letzten Kandidaten, meines Schützlings Charlie Berg.«

Ein enormes Gemurmel füllte den Raum.

»Wir haben in der Jury ausgiebig diskutiert, ob dieser Umstand ein Problem darstellt, und sind zum Schluss gekommen, dass keine Befangenheit zu befürchten ist. Doch wollen wir nicht, dass Sie, verehrte Besucherinnen, sich betrogen fühlen. Somit haben Sie jetzt die Möglichkeit, in einer einfachen Abstimmung darüber zu entscheiden, ob die erwähnte Spezialistin überhaupt zum Einsatz kommen soll. Nur für den Fall, dass Charlie Bergs Text geprüft werden muss.«

Das Publikum lachte kurz auf, auch Sera lächelte mild.

»Müssten wir auf ihre Dienste verzichten, würde sich das Prüfungsverfahren wie in den letzten Jahren eine ganze Woche hinziehen, und wir könnten heute nur die vorläufigen Gewinnerinnen oder Gewinner verkünden. Mit der Hilfe unseres kleinen Genies würden wir jedoch bereits im Laufe des Abends zu einem sicheren Ergebnis kommen. Heben Sie die Hand, wenn Sie dagegen sind.«

Drei, vier Arme reckten sich in die Höhe, einer wurde wieder heruntergenommen.

»Zur Gegenprobe heben nun bitte alle den Arm, die einem Einsatz der Fachkraft zustimmen würden.«

Der gesamte Saal reckte die Hände in die Höhe, manche Besucher sogar alle beide.

»Dann entlasse ich Sie hiermit in die Pause.«

Der Gong erklang, die Masse strömte an die Weinbar, bevölkerte den Biertresen, wühlte sich nach draußen. Ich auch. Alle legten im Vorbeigleiten ihre beseelten Blicke auf mich wie auf einen Heiland, Wolkenharry schickte mir aus sicherer Deckung hinter Englers Rücken einen Kuss zu, dann hakte sie sich bei ihrem Kollegen ein. Sie hatte versucht, ihrer beißenden Körpermarke mit Hilfe eines *bac* Deodorants beizukommen, es war ihr nicht gelungen.

Wir bildeten wieder unseren Kreis, oder eher zwei kleine Grüppchen, Frau Bentzin und Nachhatar gesellten sich zu mir wie alte Bekannte. Alle grinsten breit, Nachhatar »*Spezialbehandlung*« Singh schlug mir auf die Schulter, Mayra gab mir im Rollstuhl sitzend einen Knuff auf den Oberschenkel. Auf Carla Bentzins Haut roch ich *Miss Dior,* zu erahnen war darunter noch etwas *Chanel N°5*, nicht gänzlich zerfallen, aber mindestens zwanzig Stunden alt.

»Carla«, ich beschloss, zum Vornamen überzugehen, so wie sie es bei mir längst tat, der Vorname und *Sie*, wäre es doch bloß normal, sich auch unter guten Freunden so anzureden, »Sie tragen schon wieder so einen bezaubernden Duft. Um was für ein Parfum handelt es sich, wenn Sie mir diese recht intime Frage gestatten?«

»Sie haben ein wirklich feines Näschen, Charlie. Wollen Sie nicht bei uns als Spürhund anfangen?«

»Der Duft bleibt also Ihr blumiges Geheimnis?«

»Sie haben mich schon wieder ertappt. Ich bin ein Duft-Vampir. Wann immer ich in fremden Badezimmern allein bin, schnuppere ich an den Parfums, und wenn mir eins gefällt, lege ich den Duft auf. Ich gestehe, dass ich Sie gestern angeflunkert habe. Dittfurt ist unschuldig, ich selbst habe mir das Parfum mit dem schönen Namen *Tränenwind* aufgesprüht. Es roch einfach zu verführerisch.«

Ach ja, die Flasche im Waldhaus hatte ich umetikettiert. *Tränenwind* war auch nicht so schlecht.

»Ich muss Sie leider festnehmen«, sagte ich mit der Stimme des Crunch-Cops, und sie lächelte ihr bestes Salamanderlächeln.

»Vermute ich richtig, dass nicht Ihr Großvater, sondern Sie der begnadete Parfümeur sind, dessen Labor wir im Waldhaus ausgehoben haben?«

Ich dachte mir nichts dabei und nickte lächelnd.

»Sie haben viele Talente.«

»Vielen Dank, aber die Parfums, das ist eher ein Hobby.«

Ein Mann eilte an uns vorbei, stieg in seinen Zweisitzer, ein Mazda, der vorgab, ein roter Sportwagen zu sein, und fuhr Kies versprühend den Weg hinunter.

Entweder wusste Carla Bentzin wirklich nicht, dass der Duft, den sie aufgelegt hatte, *Miss Dior* hieß, oder sie wollte es aus irgendeinem Grund verbergen. War sie es, die die Spuren des Parfums am Tatort hinterlassen hatte? In der Nacht *Miss Dior*, am Tag *N°5*? Aber was für ein Interesse konnte Carla Bentzin daran haben, die Leiche meines Opas verschwinden zu lassen – und den Fall anschließend selbst aufzuklären? War ihr langweilig?

Der Pausengong erklang, ich ließ Nachhatars Rosenwasser wieder zu und wandte mich zum Gehen. Schließlich hatte ich einen Preis entgegenzunehmen. Da stach es mir plötzlich durch das rotblättrige Blüten-Inferno des Inders hindurch in die Riechschleimhaut: Der Geruch seines Geschlechts, seines Samens, und ich realisierte, dass ich ihn bereits kannte. Sofort fokussierte ich den Schritt der Kommissarin, und richtig, es handelte sich um das Sperma, das zusammen mit Carla Bentzins Vaginalsekret das Gebräu eines nur Stunden zurückliegenden Liebesakts ergab.

Carla Bentzin hat mit Nachhatar Singh geschlafen?

Ich war ebenso beeindruckt wie irritiert von ihrer mit gelassener Selbstverständlichkeit gelebten Promiskuität.

Alle setzten sich in Bewegung, auch Mayra war im Begriff, wieder aufzustehen, ich legte ihr meine Hand auf den Arm.

»Warte.«

Wir blieben zurück. Mayra saß im Rollstuhl, ich schob, ganz langsam.

»Carla Bentzin hat mit Nachhatar geschlafen.«

»WAAS?«

»Ich hab's eindeutig gerochen. Und weißt du, was ich noch gerochen habe?«

»Sag schon.«

»Sie trug *Miss Dior*.«

Mayra legte den Kopf in den Nacken, um mich anzusehen. Es dauerte einen Moment, bis die Fäden in ihrem Kopf zueinanderfanden.

»Also war sie in der Nacht am Tatort?«

»Ich habe nicht die geringste Ahnung.«

Geschichtsstunde

Sera hatte sich derweil Evals Kleides entledigt und trug nun ein schwarzes, schlichtes Oberteil mit durchsichtigen Nylon-Ärmeln und dazu eine ebenfalls schwarze Marlene-Dietrich-Hose. Die Frisur war geblieben. Die Gräfin schritt zum Mikrofon.

»Während die Plagiatskommission weiterhin ihrer Arbeit nachgeht, möchte ich die verbleibenden Minuten bis zur Verkündung der Gewinnerin oder des Gewinners nutzen, um Ihnen einen Ausblick zu geben, was das *Text.Eval* in Zukunft sein wird. Denn dass es nach fünfundzwanzig Jahren einer Modernisierung unterzogen werden muss, ist, so denke ich, Konsens.«

An der Wand hinter ihr war während der Pause eine große Leinwand aufgespannt worden, ein moderner Videoprojektor warf ein weißes Rechteck darauf. Der Saal wurde abgedunkelt.

Am oberen Rand der weißen Fläche erschien ein Zeitstrahl, beginnend bei 1901. Sera drückte auf eine Fernbedienung, und es erschien ein Strahl aus parallel von links nach rechts verlaufenden Linien, die am Kopf durchnummeriert waren. Achtzehn an der Zahl. Sie waren rot, nur zwei wiesen eine grüne Unterbrechung auf, eine war für wenige Jahre in der linken Hälfte grün, eine weitere Linie ab 1978 bis heute. Das Ende der untersten Linie war auch noch grün. Im Jahr 1992.

»Was Sie hier sehen – sofern sie nicht rot-grün-blind sind«, der Saal lachte, »ist einigermaßen erschütternd.«

Sera drückte erneut auf die Fernbedienung, und unter den achtzehn Linien blendete sich ein weiterer roter Balken ein. Er war nicht so breit, bestand bei genauerem Hinsehen aus nebeneinanderliegenden Quadraten, eins für jedes Jahr, und war in den allermeisten Fällen rot. Bis in die 40er-Jahre tauchten vereinzelt grüne Quadrate auf, fünf an der Zahl. In den gesamten 50er-, 60er-, 70er- und 80er-Jahren war nur ein halbes grünes Quadrat zu sehen, es teilte sich den Platz mit einem roten. Erst kurz vor Ende der Linie, im Jahr 1991, wurde der Balken noch einmal kurz grün.

»Der größte Literaturpreis der Welt, der Literaturnobelpreis, wird seit 1901 vergeben.« Sera drehte sich um, und wies mit einem Zeigestock auf den oberen, breiten Balken.

»Dieser Balken zeigt das Geschlechterverhältnis des Nobelkomitees, das über die Kandidatinnen und Kandidaten entscheidet, und auch darüber, wer den Preis erhält. Jede Linie steht für einen der achtzehn Stühle, die auf Lebenszeit besetzt werden.« Sie fuhr die Linien entlang, dann wechselte sie zum unteren Balken. »Die Farben der Quadrate des unteren Balkens symbolisieren das Geschlecht des Gewinners oder der Gewinnerin des jeweiligen Jahres.«

Der Saal schwieg. Mit einer Geschichtsstunde hatte wohl niemand gerechnet.

»Ganz schön rot, das alles oder?«

Der Saal begann leise zu murmeln.

»Das Rot zeigt den Anteil der weiblichen Teilnehmer und Mitglieder des Nobelkomitees.«

Jetzt hob das Gemurmel an, wurde zu einem Brausen. Hatte sie sich versprochen? Das konnte nicht sein. So viele Frauen hatten doch nicht den Literaturnobelpreis gewonnen? Sera beschwichtigte die Menge mit den Händen.

»Ein kleines Experiment, Sie müssen mir verzeihen.« Sie lächelte und wartete, bis wieder Ruhe einkehrte.

»Aber wieso hätte es uns alle so gewundert, wenn der Anteil der Frauen wirklich so hoch gewesen wäre? Wieso stört es uns nicht, dass dieser Wettbewerb seit jeher von Männern für Männern gemacht wird? Dass jahrein, jahraus die Männer im Komitee überwiegen, dass es grundsätzlich mehr Männer als Frauen in die Endauswahl schaffen und fast ausschließlich Männer den Preis gewinnen?«

Zwei Gäste, männlich, erhoben sich und gingen.

Sera drückte auf die Fernbedienung, eine neue Grafik erschien. Diesmal ein Kurvendiagramm. Eine Kurve, die langsam in die Höhe stieg, der untere Teil grün, der obere Teil rot.

»Und das, obwohl der Anteil der Leserinnen, zumindest in Europa und Amerika, seit Jahren kontinuierlich steigt und schon lange über der Fünfzig-Prozent-Marke liegt?«

Noch größere Unruhe im Publikum machte sich breit, es wurde jetzt auch, während Sera sprach, immer lauter gemurmelt. Sie hob die Stimme an.

»Aber ich will Sie nicht mit noch mehr Statistiken langweilen.«

»Ja, bitte!«, »Komm zum Schluss« und »Auszieh'n!«, riefen einige tiefe Stimmen.

Sie fuhr unbeirrt fort.

»Bei unserem kleinen *Text.Eval* läuft es leider nicht viel besser. Die Jury, die Kandidaten, die Gewinner, sogar die *Dreiundzwanzig*: Auch bei uns herrscht ein – im Gegensatz zum Nobelpreis progressives – Geschlechterverhältnis von eins zu sieben. Immerhin ist der Juryvorsitz stets weiblich besetzt – was im Ausland als geradezu exotisch wahrgenommen wird. Ich frage Sie, verehrtes Publikum. Finden Sie das in Ordnung? Soll das so bleiben? Und wenn ja – warum sollte es das?«

Nun war es endgültig mit der Zurückhaltung vorbei. »*Emanze!*«, wurde Sera entgegengeschleudert, was wiederum zu erbosten Kommentaren von einigen Besucherinnen und übermäßigem Applaus von Männern führte. Sera hätte schreien müssen, um sich gegen das Gelärm durchzusetzen. Stattdessen wartete sie ab, bis sich alle wieder gesetzt hatten und Ruhe einkehrte. Was einige Minuten dauerte.

»Aufgrund dieses Umstands habe ich mich dazu entschieden, die Satzung des Wettbewerbs zu ändern.«

Sie drückte auf die Fernbedienung, riesengroß erschien das Wort »TEXT.EVAL«. Dann stützte sie sich mit beiden Armen auf dem Pult ab und atmete mehrmals tief durch, wie eine Skifahrerin, bevor sie sich beim Riesenslalom den Abhang hinunterstürzt.

»Ab nächstem Jahr wird sowohl die Jury der *Dreiundzwanzig* als auch die Fachjury ausschließlich aus Frauen bestehen.«

Während der Saal ein weiteres Mal in aufgeregtem Geraune versank, drückte sie auf die Fernbedienung, und dem Wort »TEXT.EVAL« auf der Leinwand wurden zwei Buchstaben in der Mitte hinzugefügt.

TEXT.SHEVAL

Auch die Jurymitglieder sahen sich ungläubig an und steckten die Köpfe zusammen, Rügenglies erhob sich, Skadi Messerschmidt lachte zufrieden, Vladimski klatschte mit spöttisch vorgeschobener Unterlippe langsam in die Hände und rief »Tooooooooll!« Lediglich Kafka saß ruhig da und nippte an seinem Whisky.

Sera war noch nicht fertig. Mit fester Stimme verkündete sie: »Außerdem werden, um das ungerechte Geschlechterverhältnis der Vergangenheit auszugleichen, für die nächsten zehn Jahre ausschließlich weibliche Schützlinge zum Wettbewerb eingeladen.«

Mit dieser Nachricht war es endgültig vorbei. Es wurde schlagartig laut, zu laut, um weiterreden zu können, Besucher standen auf und fanden sich in kleinen Gruppen diskutierend zusammen.

Mayra und ich wechselten einen Blick, sie nickte anerkennend und winkte mich zu sich. Ich beugte mich zu ihr herunter.

»Sie mag eine blöde Kuh sein, aber das ist ja wohl ziemlich cool.«

Ich nickte.

Inzwischen verließen weitere Männer schimpfend den Saal, vielerorts wurde aufgeregt diskutiert, zornige Frauenstimmen und beleidigte Männerstimmen schaukelten sich hoch. Sera wartete und blickte mit leicht erhobener Nasenspitze über die Menge. Mayra hatte recht. Wie sie da unter dem Widderschädel stand, wirkte sie wie eine umstrittene, aber gerechte Königin. Eigenartig schön. Die unbeirrbare Herrscherin, die unbequeme Entscheidungen fällt, weil sie weiß, was richtig ist für ihr Volk.

Kafka war also klar gewesen, dass er im nächsten Jahr nicht mehr zur Jury gehören würde. Dass auch für lange Zeit keine männlichen Kandidaten mehr zugelassen würden. In elf Jahren, wenn das erste Mal wieder Männer zugelassen waren, wäre ich schon dreißig. Zu alt. Dies war tatsächlich meine letzte Chance gewesen, und Sera und Kafka hatten mich mit vereinten Kräften auf die Siegerstraße gebracht.

Das Herz massierte mir die Schläfen von innen, aber es war ein gutes Gefühl, mein Herz. Ganz regelmäßig und ruhig und groß schlug es in mir.

We have a winner

Als die Streicher einsetzten, legte sich das wunderbare *Andante* aus Mozarts Streichquartett Nr. 15 wie eine Decke in D-Moll um die Schultern des Publikums. Obwohl es ein Stück war, das ich von Nonna kannte, dachte ich an Omas heiße Honigmilch mit marokkanischer Minze. Man musste warten und lange pusten, bis man die wohltuende Süße in kleinen Schlucken in sich aufnehmen konnte, die gleichzeitig beruhigte und erfrischte. Ich fühlte, wie die Musik all ihre Wärme in mir ausbreitete und mich von innen feinjustierte. Beide Großmütter hatten mir so viel mehr mit auf den Weg gegeben als meine Eltern. Trotzdem waren auch sie beide nicht hier, im Herrenhaus derer von Faunichoux, im Moment des Triumphs. Eine tot, die andere wieder daheim in ihrem geliebten Italien, das sie niemals hätte verlassen sollen.

Ich blickte zu Mayra, ihre Augen waren geschlossen, sie lauschte dem Stück, und so schloss auch ich meine Augen und ließ mich mitnehmen von den vertrauten Wendungen der meisterhaften Komposition des nicht mal dreißigjährigen Wolfgang Amadé. Das Ensemble interpretierte den Satz überraschend zurückhaltend, um einiges langsamer als das namenlose Streichquartett auf Nonnas knisternder Schallplatte. Während der letzten Töne bemerkte ich, dass jemand vor mir stand. Ich öffnete die Augen. Fritzi sah mich an. Sie beugte sich an mein Ohr.

»Warum? Das will ich dir offenbaren«, flüsterte sie. »Ich tue es für mich und für alle hier Versammelten, aber auch für dich. Denn die Nachwelt soll nicht sagen, es hätte einen König gegeben, der um einer Laune willen im Reich die Weisheit ausgetilgt habe.«*

---

* Stanislaw Lem: Robotermärchen

Die letzten, Hoffnung versprühenden Streicherschichtungen verklangen, und meine seltsame kleine Schwester ließ mich mit diesem Zitat allein, huschte, geduckt wie der Glöckner von Notre-Dame, vorbei an den Rollstuhlfahrern, die Treppe hinauf, zurück zu Nonno, der oben bei den *Dreiundzwanzig* auf sie wartete.

Sera trat erneut ans Rednerpult.

»Wir wollen Sie nicht länger auf die Folter spannen. Ich habe heute genug Langeweile verbreitet und will den Abend nicht noch mit ausschweifenden Laudationes in die Länge ziehen.«

Vor sich hatte sie die beiden Trophäen platziert: den goldenen Widderkopf für den von der Fachjury ermittelten Gewinner und zudem den bunt lackierten Schädel für den Publikumspreis der *Dreiundzwanzig*.

»Allerdings hält dieser geschichtsträchtige Abend noch eine weitere Überraschung für uns parat. Zum ersten Mal seit der Einführung des Publikumspreises im Jahre 1985 geht der Preis der *Dreiundzwanzig* auch an den Preisträger des großen Preises.«

Ein letztes Mal ließ sie sich von den zahlreichen, an ihren Lippen hängenden Augenpaaren liebkosen.

»Sie dürften ahnen, um wen es sich dabei handelt. Meine verehrten Damen und vor allem Herren, die Sie sich verständlicherweise etwas überrumpelt fühlen von der Neuausrichtung des Wettbewerbs: Feiern Sie mit mir den vorerst letzten Mann, der das *Text.Eval* gewonnen hat: Applaus für Charlie Berg!«

Der Teil des Publikums, der nicht das Weite gesucht hatte, schien vorerst versöhnt und nutzte die Möglichkeit zum Jubel als Ventil, um die angestauten Emotionen herauszulassen. Die Männer brüllten verbrüdernd, fast trotzig, und schienen besonders lautstark in die Hände zu klatschen. Die Frauen jubelten etwas von oben herab, triumphierend, doch auch herzlich und bestärkend. Es war die außergewöhnlichste Applauskulisse, der ich je hatte lauschen dürfen.

Langsam schwamm ich durch das Getöse, nahm die kurze Treppe zur Bühne, Sera küsste mich links, küsste mich rechts, sie trat zum Pult, nahm die beiden Widderköpfe und hielt sie mir breit grinsend mit ausgestreckten Armen entgegen. Ich nahm sie an mich, drückte sie mir ans Herz, drehte mich zum Publikum, küsste die kalten Köpfe der Trophäen wie eine Mutter von Zwillingen, die beide Kinder gleichzeitig stillt und liebt. Dann reckte ich den goldenen und den bunten Widderkopf in die Höhe, der ganze Saal erhob sich ein letztes Mal geschlossen und drehte die Lautstärke vollständig auf. Ich nahm alles mit, Bentzin, Nachhatar, Wolkenharry, Mayra, David, ich sah hoch zu den *Dreiundzwanzig* und winkte mit dem bunten Schädel, bedachte die Fachjury mit einem angedeuteten Diener, küsste den Goldschädel, winkte Fritzi und Nonno mit den Trophäen zu, als direkt darunter, an der mir gegenüberliegenden Seite der Bühne, ein Mann auftauchte. Ich erkannte in ihm den Fahrer des roten Zweisitzers, der vorhin den Kies hatte aufspritzen lassen. Er hielt ein kleines Büchlein in der Hand, es war hellblau. Sera bemerkte ihn, sah ihn fragend an und winkte ihn zu sich, ging selbst ein paar Schritte in seine Richtung. Der Applaus ebbte langsam ab und versandete im gewohnten Gemurmel. Ich hatte natürlich, für alle Fälle, eine Dankesrede vorbereitet, holte den Zettel aus der Innentasche und entfaltetet ihn. Dann blickte ich zu Sera, ihr Blick fiel auf das Buch, das der Mann nun an einer mit einem gelben Klebezettel markierten Stelle aufschlug. Sie las eine Passage, schloss die Augen, las noch einmal, sah zu mir herüber. Sie hielt das Buch in meine Richtung, sodass ich das Cover sehen konnte. Dunkelblaue Schrift auf hellblauem Grund, kein Motiv. Aber ich konnte nicht lesen, was dort stand, ich hatte das Buch noch nie gesehen. Ich zuckte mit den Schultern. Sera ließ es sinken, würdigte mich keines Blickes und schritt zum Mikrofon.

Mayra sah mich fragend an.

Sera wartete abermals, bis das Publikum von allein verstummt war und alle sich gesetzt hatten.

»Sie können sich erinnern, der Fall Ferdinand Teuer vor einigen Jahren markierte einen Tiefpunkt in der Geschichte des *Text.Eval*. Deshalb wird seitdem ungeheurer Wert auf die Überprüfung der Gewinnertexte gelegt.« Sie schloss die Augen und atmete einmal durch. »Und wie sich leider auch heute zeigt, zu Recht.« Sie wandte ihren Kopf zur Seite und blickte mich scharf an. »Die Expertin hat trotz ihres engen verwandtschaftlichen Verhältnisses zu Herrn Berg ihre Unbefangenheit unter Beweis und ihr phänomenales Gedächtnis in den Dienst der Sache gestellt. Sie war es, die sich an eine Textstelle erinnern konnte, welche eine so große Ähnlichkeit mit einer Passage aus dem ›Geliehenen Affen‹ von Charlie Berg aufweist, dass man nur von einem Plagiat sprechen kann.«

Der Adrenalinstoß katapultierte mich in eine neue, noch nie dagewesene Dichte, alles klang verhallt und sumpfig zugleich, ich sah nur noch schwarz-weiß, versank in einem Strudel aus ringförmig angeordneten Duftmolekülen, viele Ringe, hinter- und ineinander verschlungen, in ständiger Bewegung. Ich hörte Seras Stimme und sonst nichts.

Sie hatte das Buch aufgeschlagen und las vor:

»*Als er den Sargdeckel vorsichtig anhob, weinte er seine ersten echten Tränen. Denn nicht seine Mutter lag dort. Als ob sie schliefe, in ihrem schwarzen Kleid, auf Samt gebettet, ruhte dort Marie, das Au-pair-Mädchen aus seiner Kindheit. Die einzige Frau, die er je geliebt hatte.*«

Und dann starb ich. Diesmal wirklich.

Teil 4

FICKEN

· *Leyder, August 1989* ·

Eine kurze Geschichte der Vergiftungen

Meine erste Vergiftung überlebte ich im Alter von fünfzehn, nach den Sommerferien zu Beginn der neunten Klasse. Daniela Neumeier hatte sich im Laufe der sechs Sommerwochen neu erfinden lassen, war mit sonnengebräunter Haut, kurzen Haaren, einem anderen Kleidungsstil und Rundungen aus den großen Ferien zurückgekehrt. Ihre Augen glubschten nicht mehr durch Glasbausteine, sie trug jetzt Kontaktlinsen. Außerdem bewegte sie sich geschmeidig, ein überlegenes Lächeln auf den Lippen. Und sie roch nach Vanille, an den ersten Schultagen haftete noch der Geruch des Meeres an ihr, was mich an Gebäck und an Salz auf ihrer Haut denken ließ.

Wieso interessierte mich das Salz auf Daniela Neumeiers Haut? Weshalb hinkte mein Herz jetzt schneller, sobald sie den Klassenraum betrat? Daheim schrieb ich ihren Namen in mein Notizbuch, immer wieder, bis die Seite voll war, als könnte ich damit dem Geheimnis auf die Spur kommen.

Bereits nach den Herbstferien allerdings war Danielas Sommerfeuer wieder erloschen. Ihr Parfum begann so kostengünstig zu riechen, wie es war. Ich ahnte lediglich, was es mit dieser kurzen Blüte der übertriebenen Zuneigung auf sich gehabt haben könnte. Ich las die Briefe, die ich ihr geschrieben hatte, und war erleichtert, sie nicht abgeschickt zu haben, auch wenn ich sie vorsichtshalber auf der Schreibmaschine ohne i-Punkt getippt und mit »Arno Nühm« unterzeichnet hatte.

Dafür sorgte Emine Güreli aus der 10b wenige Wochen später

für erneute Herzrhythmusstörungen. Auf dem Weg in die Schulbibliothek, in der ich seit der siebten Klasse ausnahmslos jede Pause lesend verbrachte, musste ich an der Mädchenclique vorbei, die von den Oberstufenschülern als *Hühnerfarm* bezeichnet wurde und deren Anführerin sie war. Die stark geschminkten Mädchen saßen nebeneinander auf der Stange des Sportplatzgeländers – Emine immer an erster Stelle – und pfiffen den größeren Jungs hinterher, die den schmalen Durchgang zwischen Aschenbahn und Bibliothek passierten. Einige der Jungs machten dann *bwock! bwock! bwooock!* und schlugen wie beim Ententanz mit den Flügeln, ohne die Mädchen eines Blickes zu würdigen.

Als Neuntklässler war ich selbstverständlich keinen Pfiff wert. Wie Luft konnte ich in jeder Pause an ihnen vorüberziehen. Eines Tages jedoch bedachte mich Emine mit einem Lächeln, spitzte sogar ihre rot angepinselten Lippen zu einem heimlichen Luftkuss. Ich wagte nicht, zurückzulächeln, verbrachte aber fortan die Pausen in der Bibliothek nicht mehr lesend, sondern an Emine denkend. Ich sah in Richtung Tür, malte mir aus, wie sie aufging und Emine eintrat: Suchend lässt sie den Blick über die Tische des stillen Lesesaals wandern, an denen vereinzelt Schüler sitzen. Als sie mich erblickt, hellt sich ihr Gesicht auf. Sie kommt zielstrebig zu mir herüber. »Ach, hier bist du also jede Pause«, flüstert sie kirschrot. »Was liest du denn?« Sie lupft das Buch in die Höhe, das aufgeschlagen vor mir liegt. Es ist die *Foundation-Trilogie* von Asimov, alle drei Bände in einem Taschenbuch. Ausgerechnet Science-Fiction. In der Rolle des Einzelgängers, der keine Freunde braucht, habe ich mich bisher sehr wohl gefühlt. Jetzt ist es mir zum ersten Mal unangenehm, dem Klischee des bebrillten Außenseiters vollständig zu entsprechen. Über Emines Gesicht jedoch geht ein Glanz, als sie das Cover erblickt, sie greift in ihren Stoffbeutel und holt *Odyssee 2010* hervor, den zweiten Teil von Arthur C. Clarkes Tetralogie. Sie hat sowohl den berühmten ersten Teil als auch den nicht so berühmten zweiten als Film gesehen, und auch sie bemängelt, dass die chinesische Jupitermission im Film weggelassen worden ist, wo doch die Szene mit den lichtsüchtigen Tentakeln, die aus dem Eis des Mondes Europa hervorwachsen und das Raumschiff *Tsien* zerstören, zu den eindrucksvollsten Passagen des Romans zählt.

Natürlich öffnete sich die Tür nicht. Bereits am nächsten Tag war ich wieder Luft für Emine. Kein Lächeln, kein roter Luftkuss. Auch wenn ich es mir jeden Tag aufs Neue vornahm, wagte ich nicht, sie auf dem Weg in die Bibliothek anzulächeln. Erst als das Herzpumpen eines Tages nicht mehr einsetzte und ich beim Vorbeigehen lediglich damit beschäftigt war, den chemischen Geruch von Haarspray und Make-up wegzukalkulieren, kam ich dem Hormonbetrug auf die Schliche. Ich legte ein neues Heft an: das Giftheft. Dann studierte ich alle Werke zum Thema Verliebtheit, Paarungsverhalten und Partnerschaft von sämtlichen Anthropologen und Verhaltenspsychologen, die sich in der Leihbücherei finden ließen. Mit der Zeit legte ich einen Besteckkasten zum Zwecke der Selbstanalyse an, mit dessen Hilfe ich die einzelnen Phasen des Kontrollverlusts analysieren konnte, die ich mit großer Zuverlässigkeit bei jeder neuen Vergiftung durchschritt:

Phase 1
Rausch.
Er kann wie eine Faust zuschlagen, aus dem Nichts Mitschülerinnen in hochattraktive Zauberwesen verwandeln, sich aber auch langsam anschleichen, bis die Tagträume allmählich einen Großteil der Gedankenzeit besetzen.

Rückblickend faszinierte mich am meisten die Wahllosigkeit, mit der die Biologie Partnerinnen für mich auswählte. Klassenkameradinnen, neben denen ich schon in der Orientierungsstufe gesessen hatte, erlangten plötzlich Bedeutung und überstrahlten alle anderen. Wildfremde Mädchen, die bei *Bücher Wesemann* einen Roman aus dem Regal zogen, den ich bereits gelesen hatte. Sogar die junge Referendarin Annika Stillmer, zu der wir heimlich *Nika* sagen durften.

Wie ich in einer Abhandlung des Sexforschers John Money las, entwerfen Kinder bereits im Alter zwischen fünf und acht Jahren ihre persönliche Liebeskarte: So nannte er die Verschaltung innerhalb des Gehirns, die sich aus Erfahrungen mit Familienmitgliedern, Freunden, Lehrerinnen, aber auch Begegnungen mit Fremden zusammenbaut und die unser Leben lang als Schablone für unsere romantischen und erotischen Vorlieben dient. Im Laufe der Jugend wird die *lovemap* zu einer immer genaueren Blaupause für zukünftige Liebhaber, sodass sich Vorlieben für Haut- und Haarfarbe, Statur und Gesichtsformen manifestieren. Meine persönliche *lovemap war* anscheinend noch sehr ungenau gezeichnet. Wahrscheinlich hatte ich bisher zu wenige Eindrücke zusammengesammelt, um ein Prinzip herausbilden zu können – die Unterschiede zwischen den Mädchen in meiner Galerie der vorübergehend Angebeteten hätten größer nicht sein können.

Phase 2
Verzehrung.

Jeder Blick, jedes gewechselte Wort, jeder gemeinsam erlebte Moment wird mit Genuss einer Rückschau unterzogen, wieder und wieder. Der Zusammenstoß auf der Treppe. Die zufällige Nebeneinanderplatzierung im Chemiesaal. Ihr selbstverständliches Zurechtzupfen meiner Haarsträhne, die von der Schutzbrille hochgeschoben wurde.

Ich malte mir unzählige Situationen aus, in denen sie und ich plötzlich allein waren. In der Bibliothek (immer entpuppte sich das Mädchen als leidenschaftliche Leserin), im Dummkauf (wir mochten dieselben seltsamen Kekse und griffen zeitgleich ins Regal zur letzten Packung, die wir uns anschließend in der Sonne hinter dem Supermarkt auf einer Holzpalette sitzend teilten, *Werte und Normen* schwänzend), sogar im Faunichoux-Wald bei der Wildwiese waren wir allein. (Wir waren nach der Exkursion zur Koniferengalerie einfach dort geblieben, Frau Franck, unsere Biolehrerin, hatte zuvor netterweise erwähnt, dass meine Großmutter diese einmalige Sammlung an Nadelbäumen kultiviert hatte. Ich konnte mit meinem Baumhaus auftrumpfen, warf die Strickleiter mit Hilfe des Wurfankers lässig an den Baum und kletterte mit Leichtigkeit hinauf, half ihr beim Einstieg, ließ sie von der Dachterrasse durch das Fernglas sehen.)

Die Verhaltenspsychologin Dorothy Tennov prägte für diesen Zustand der Schwerstvergiftung den Begriff der *Limerenz* und beschrieb den Vorgang der *Kristallisation*, der sich von der Idealisierung dadurch unterscheidet, dass der Vergiftete Fehler und negative Eigenschaften des begehrten Partners durchaus wahrnimmt, jedoch bewusst als irrelevant oder gar charmant abtut.

Ich tippte seitenweise Briefe und Gedichte, die um ebendiese charmanten und bezaubernden Macken tanzten, Seiten, die niemals abgeschickt wurden. Für jede Angebetete erfand ich einen Fantasienamen, *Ara Bernstein, Zuckersalza, Musine, Fliederwiena*. Unter allen Umständen musste verhindert werden, dass meine Aufzeichnungen entschlüsselt wurden, sollten sie jemals in fremde Hände gelangen. Die Seite mit Daniela Neumeiers Klarnamen hatte ich aus meinem Notizbuch herausgetrennt und verbrannt.

Phase 3
Nachforschungen.
Wo wohnt sie?
Mit welchem Bus fährt sie nach Hause?

Welche Art von Musik hört sie?
Was isst sie gern?
Was macht sie nachmittags?
Und, am wichtigsten: Liest sie, und wenn ja, was?

Phase 4
Aneignung.
Diese Phase bereitete mir noch mehr Freude als das Zusammentragen der Informationen über das Leben der jeweils Angebeteten, denn ich kam mir vor wie ein Agent auf geheimer Mission: Ich hörte mir in Leyder bei *Tammuscheck Music* die Platten der Bands an, die auf ihrem Federmäppchen standen. Da ich Popmusik nur aus Omas Küchenradio kannte, lernte ich auf diese Art Bands wie *U2*, die *Pet Shop Boys*, *The Bangles*, *Prince* und *Depeche Mode* kennen, deren LPs ich mir kaufte, bei Dito im Keller auf Kassette überspielte und anschließend zum Umtausch in den Laden zurückbrachte.

Ich trieb mich im Zancker Freibad herum, beobachtete sie beim Beobachten der brustbehaarten Handballer, die sich gegenseitig mit immer tollkühneren Sprüngen vom Fünfmeterturm übertrumpften. Einer sprang tatsächlich vom Fünfer auf das Brett des Dreiers, das ihn wie ein Trampolin abermals in die Luft wirbelte, wo er einen anderthalbfachen Salto schlug, um ohne den geringsten Spritzer mit den Händen voraus im Wasser zu verschwinden. Ich breitete meine Decke in sicherem Abstand zu ihr und ihren Freundinnen aus, aber so, dass sie an mir vorbeigehen musste, wenn sie aus dem Wasser kam. Manchmal hatte ich Glück, und sie duschte sich nach dem Schwimmen das Chlorwasser ab. Dann konnte ich ihr, über den Rand ihres Lieblingsbuches schielend, dabei zusehen. Das löste bei mir noch immer keine sexuelle Erregung aus – ebenso wenig wie das Busenbild im Biologiebuch –, aber ein wohliges Prickeln empfand ich immerhin.

Phase 5
Depression.
Irgendwann, wenn alles in Erfahrung gebracht ist, eventuell sogar Kontakt stattgefunden hat, zum Beispiel in Form eines *»Kann ich mal dein Radiergummi haben?«* im Geometrie-Unterricht oder eines *»Kannst du einen Zehner wechseln?«* am Eisstand im Freibad, folgt der Einbruch. Die Angebetete zeigt nicht das geringste Interesse, hat vielleicht einen Freund, es ist hoffnungslos.

Ich war ein namenloser Außenseiter, der nur sprach, wenn der Lehrer ihn im Unterricht drannahm. Warum hätte sich ein frauenhübsches Mädchen mit mir beschäftigen sollen? Mich verließ in dieser Phase tatsächlich die Lust zu leben. Morgens aufzustehen wurde schwerer. Es schmerzte, sie zu sehen, es stach, auf dem Weg zur Schule *Prince* zu lauschen, während sich über den Feldern die Morgensonne hinter purpurnen Wolken in den Tag stemmte. Und doch lappte dieser Schmerz mit einer letzten Hoffnung noch ins Melancholische, ich verstand inzwischen den Begriff *bittersüß*. Und jedes Mal war es so schlimm wie nie zuvor.

Phase 6
Erneutes Aufflammen.
Gerade wenn der Vergiftete wieder klarer denken kann und die Analysefähigkeit sich zurück in den Vordergrund kämpft, wenn sich also abzeichnet, dass man irgendwann im Stande sein könnte, das eigene Verhalten zu belächeln, gibt es plötzlich neue Hoffnung: eine flüchtige Berührung beim Verlassen des Klassenraums, ein interessierter Blick auf die aktuelle Lektüre. Kopfhörer, die ungefragt von hinten abgenommen werden: *»DU hörst Depeche Mode?«*

Ihr Geruch haftete noch tagelang an den Schaumstoffmuscheln, weshalb ich sie ununterbrochen trug. *Black Celebration* lief in

Dauerschleife. Ich fuhr Buslinien, die nicht nach Hause führten, fand mich in Dörfern wieder, in denen ich nie zuvor gewesen war, saß in Eiscafés herum und mutete meinem Gaumen grässlich-synthetische Aromastoffe zu. Ich saß in Kinos, las Liebesromane und backte Kekse, die ich dann selbst aß.

Phase 7
Zerfall und Besinnung.
Die seltsamste und unberechenbarste Phase. Der Spuk kann sich innerhalb kürzester Zeit in Luft auflösen, die Phasen 2, 5 und 6 können sich aber auch in einem Looping monatelang hinziehen und nur sanft bei jeder Schleife an Kraft verlieren. Die Fachliteratur beschreibt den hormonellen Höhenflug grundsätzlich als vorübergehenden Zustand, wobei er sich im Extremfall über mehrere Jahre hinziehen kann. Wenn alles vorbei ist, kommt das Ende so nebenbei, dass man es nicht einmal bemerkt. Das Gift ist ausgewaschen.

Ich war wieder Herr meiner Sinne und blickte erstaunt auf meine Aufzeichnungen. Daniela, Emine, Nadja, Suada oder Karmen waren wieder die normalsten Mädchen der Welt, hatten ihren Zauber verloren, ich betrachtete die plumpen Körper, die fehlgeschlagenen Frisurversuche, hörte ihr Lispeln, roch ihren sauren Schweiß, der mit stümperhaft zusammengeklatschten Drogeriemarktdüften übertüncht war. Ich empfand Irritation darüber, wie man so berechnend zusammengesteckte Lieder wie die von *Madonna* tagein, tagaus hören konnte, und verspottete sie innerlich, weil sie Textzeilen wie *I know for sure his heart is here with me / Though I wish him back, I know he cannot see* sehnsuchtsvoll in ihrer schrecklichen Handschrift auf ihre Federmäppchen schrieben, mit rosa Dufttinte, was für ein Kitsch, in Reimform, in Reinform.

Phase 8
Der Selbsthass.

Ein großes Wort, doch es beschreibt die Wut am treffendsten, die sich einstellt, sobald die Vergiftung vollständig überwunden ist. Hier zeigt sich, dass es sich bei der Verliebtheit aus neurobiologischer Sicht um eine Art Zwangsneurose handelt, denn der Motor hinter all den beschriebenen Aktivitäten ist: Angst. Diese wird paradoxerweise durch ein Absenken des Serotoninspiegels hergestellt, dem Glücksbotenstoff. Gleichzeitig sorgt eine Schwemme von Dopamin und Oxytozin dafür, dass der Zustand als Hochgefühl erlebt wird, Monogamie erstrebenswert erscheint, soziale Interaktionen angestrebt und Hemmungen abgebaut werden. Der Testosteronspiegel beim Mann wird gesenkt, und handelt es sich um eine beidseitige Verliebtheit, steigt der der Frau an. Man wird sich ähnlicher.

Wozu das alles? Ich wollte mich doch gar nicht paaren. Warum musste mir mein eigener Körper ständig vorgaukeln, Mädchen X sei diejenige, mit der ich mein Leben verbringen wollte? Wie konnte es sein, dass ich, der ich stets alles unter Kontrolle hatte, zu einem willenlosen, ferngesteuerten Säugetier wurde? Die Macht der Chemie über den Intellekt widerte mich an. Menschen waren getriebene Tiere, und ich gehörte dazu.

Und dann, nach dem Erlebnis in Omas Badewanne, wurde alles noch viel komplizierter.

Mann

Zu den Halbjahreszeugnissen der neunten Klasse hatte ich bereits das halbe Giftheft gefüllt. Wundersame Verwandlungen wie die von Daniela Neumeier fanden jetzt immer öfter statt, im gesamten Jahrgang griff eine Art fehlgeleitetes Modebewusstsein um sich, seltsame Trends und vollkommen rätselhafte, kollektive Geschmacksverirrungen erfassten meine Mitschüler. Auch ich überlegte, ob es endlich an der Zeit wäre, zu meinem Cha-Cha-Stil zurückzukehren, doch die Erinnerungen an den Spott und Hohn, mit dem ich in der siebten Klasse überzogen worden war, wirkten noch immer nach. Nonno hatte mir damals zum Eintritt in das Gymnasium einen dunkelblauen Anzug geschneidert, stolz war ich mit Hemd und Krawatte am ersten Tag zur Schule gegangen. Als *Cha-Cha*. Eine Woche hielt ich die Hänseleien und das Gelächter aus, dann trug ich wieder die schlichten Stoffhosen und einfarbigen Sweatshirts ohne Aufdruck von C&A.

Die Schamlosigkeit, mit der einige Jungs auf die Experimente der Mädchen reagierten, war schockierend. Ulla Meinhardts Oberweite war innerhalb eines Jahres auf enorme Größe angeschwollen, und sie hatte beschlossen, diese mit Hilfe eines weit ausgeschnittenen Dekolletés, das einen rosafarbenen Spitzen-BH erkennen ließ, zu präsentieren. Ralf Allwasser und Karsten Speckhahn gaben sich keinerlei Mühe zu verbergen, dass sie Ullas Busen inspizierten, forderten sie sogar auf, damit zu wackeln, was sie erstaunlicherweise manchmal tat, und gaben freimütig zu, beim Masturbieren an sie zu denken: »Booar«, stöhnte Ralf so laut, dass die halbe Klasse es hören konnte, »ich habe gestern wieder auf Ullas Monstermöpse gewichst.«

Selbstverständlich hatte auch ich daheim von Zeit zu Zeit eine Erektion. Das war nichts Neues, schon als kleiner Junge war ich morgens damit erwacht. Doch ich hatte immer noch nicht *den Traum* gehabt, der einen – so stand es im Biobuch – zum Mann machte. Ich war noch nicht Teil des geheimen Zirkels, ich hatte keine Ahnung, wie *Wichsen* ging. Aber ich begann, darüber nachzudenken.

Im Forsthaus genoss ich das unbegrenzte Warmwasser. Sobald Opa im Wald verschwunden war, durfte ich so lange duschen, wie ich wollte. Im unteren Bad gab es sogar eine Badewanne, und jeden Sonntagabend, wenn Opa im Fernsehzimmer verschwunden war, Fritzi im Bett lag, Oma ihr Bier trank und *Billie* oder *Ella* auflegte, lag ich bei geöffneter Tür in der Wanne und lauschte den geheimnisvollen Stimmen aus einer anderen Zeit, einem anderen Land, einer anderen Welt.

Ich kann mich nicht erinnern, ob ich planvoll vorging, als ich eines Sonntags die Tür verriegelte. Sonst drehte ich den Hahn auf, und während die Wanne volllief, ging ich zu Oma, maß zwischendurch mehrmals die Temperatur und regelte die Heißwasserzufuhr, um die Idealtemperatur von 39,5 Grad zu erreichen. Wenn die Wanne voll war, entkleidete ich mich im Bad und stieg hinein. Heute legte ich mich bei verschlossener Tür nackt in die leere Wanne. Ich stellte die Armatur auf *Duschen*, spürte die kalte Emaille an Po und Rücken und ließ das heiße Wasser aus größter Höhe auf mich niederprasseln. Der Abfluss war verriegelt, und so stieg der Wasserstand langsam in die Höhe, während ich mit geschlossenen Augen den tropischen Regen genoss. Irgendwann stellte ich fest, dass mein Penis steif war und in Richtung Bauchnabel zeigte. Die dicken Tropfen lösten, wenn sie die richtige *Stelle* trafen, ein herrliches Gefühl aus. Die Vorhaut hatte sich vollständig zurückgezogen, schutzlos wippte die Unterseite meiner Eichel dem Tropfenbombardement entgegen. *Die Stelle*, wo die Vorhaut mit dem Bändchen verbunden war – da lag das Geheimnis verborgen. Millimeterweise verschob ich meinen Po, die Wanne gab verräterische Walgesänge von sich, bis ich den magischen Punkt im Zentrum des zuverlässigsten Strahls platziert hatte. Der Duschkopf spie das Wasser mit der ganzen Kraft der Gravitation auf mich, den heiligen Urstoff und Beginn allen Lebens, den größten Bestandteil unseres Körpers, unserer Erde – Wasser, *ich bin Wasser*, dachte ich noch und ahnte, was mit mir geschah, dies war kein Traum, es war besser, die Eichel explodierte und ich feuerte die erste Ladung Samen meines Lebens in die Welt, zuckend rutschte ich in der nicht einmal halb vollen Wanne auf und ab, das Wasser schwappte über den Rand, mein Becken hob sich in die Höhe, der Hodensack rückte in den Fokus des Strahls, ein greller Schmerz schoss durch mich durch, ich roch, schmeckte, ich war das Universum, im Zeitraffer vom Urknall bis jetzt, in Zeitlupe, ich bin ein Mann.

Küssen, Lesen, Sprechen, Jubeln, Schreiben

Mayra erzählte ich nichts von alledem. Nicht von den Vergiftungen, nicht von Omas Badewanne. Auf ihren Videos tauchten schon seit Längerem Jungs auf. Behaarte, tätowierte Mexikaner. Junge Männer. Aber auch sie erzählte nichts, ließ die kurzen Sequenzen unkommentiert, die Gesichter blieben namenlos.

Dann kam das Video von der Party zu ihrem achtzehnten Geburtstag.

Laute Musik. Trinkende Frauen am Tresen, ich erkenne die ein oder andere Freundin Mayras, sie prosten in die Kamera. Die Hand, die jetzt ein Glas haltend vom unteren Bildrand hereinragt und mit den anderen Frauen anstößt, ist nicht Mayras, ich erkenne es an den langen, lackierten Fingernägeln und den vielen Ringen.

Die Hand verschwindet, alle trinken, das Bild schwenkt herum. Die Musik wechselt, eine Ballade erklingt, alle jubeln, eine volle Tanzfläche ist zu sehen, die Kamera gleitet über die Körper, irgendwann kommt auch Mayra ins Bild. Sie tanzt eng umschlungen mit einem der jungen Männer, er trägt ein Kopftuch, das auf der Stirn zusammengeknotet ist, und einen Schnurrbart, ein viel zu großes Karohemd und viel zu große Jeans. Die beiden küssen und streicheln sich, die Kamera hält eine Weile drauf, ein tätowierter Affe zeigt mit beiden Fingern von oben auf das Paar und applaudiert feixend in die Kamera, dann gibt es einen schnellen Schwenk, es ist Mayras Freundin Fernanda, die sich nun selbst filmt und ebenfalls ein belustigt-erstauntes Gesicht samt Luftknutschern in die Kamera macht.

Der Typ tauchte nie wieder auf, und ich fragte nicht nach ihm.

Auf meinen eigenen Videos waren keine Partys zu sehen, ich filmte stattdessen den Wald, Oma, Helmi, Fritzi, manchmal Dito, niemals Rita, wie auch. Als kurz nach der Geburt der Anruf aus Wien kam, hatte Rita nicht einen Moment gezögert, ihre Filmkarriere auf unbestimmte Zeit verschoben, und das Land verlassen. Immerhin ließ sie ihre Schreibmaschine zurück, und ich durfte sie zu mir ins Zimmer stellen. Nur für den Prozess wegen der Bombendrohung bei der Premiere von *Hitlers Nutten* reiste sie an, ansonsten kamen in den folgenden Jahren nicht einmal die an sich selbst adressierten Postkarten. Lediglich im Feuilleton lasen wir von ihren Erfolgsproduktionen.

Da es grob fahrlässig gewesen wäre, Dito tagsüber mit einem Säugling allein zu lassen, und Oma auch das erste von der Mutter verstoßene Lämmlein mit der Flasche großgezogen hatte, übernahm sie die Rolle bei Fritzi noch einmal. Somit war auch ich ständig im Forsthaus. Nahezu täglich schaute ich nach der Schule vorbei, mehrmals die Woche übernachtete ich dort, mit Fritzi in einem Bett. Wenn ich da war, gab ich ihr die erste und die letzte Flasche des Tages, wickelte sie, bevor ich sie schlafen legte, und morgens, wenn sie erwachte. Nur am Wochenende fuhr Oma uns in die Sudergasse, dann putzten wir die staubige Wohnung, räumten die verdreckte Küche auf, sie kochte etwas und setzte sich mit ihrem Sohn und den beiden Enkelkindern an den Tisch, Fritzi sah uns aus der Babyschale beim Essen zu und gab keinen Laut von sich. Näher kamen wir der Darstellung einer Familie nicht. In diesen Jahren hoffte ich mehr als einmal, dass Opa sich endlich ins Jenseits trinken würde, dann hätten Fritzi und ich endgültig im Forsthaus einziehen können, zu Oma und Helmi. Dito wäre jedes Wochenende für einen Besuch aus seinem verqualmten Keller gekrochen, und alles wäre gut gewesen. Doch auch wenn Opas lila aufgeblühte Nase bereits vom nahenden Ende kündete, sterben wollte er nicht.

Und jetzt war Fritzi drei. Sie war immer noch sehr klein und zart und hatte bisher nur die Worte »Nein« und »Baumbolle« gesagt. Beim Bilderbuchangucken merkte ich bald, dass ihr Interesse an den Buchstaben größer war als das an den Bildern. Als ich einmal den Finger beim Vorlesen am Text entlangführte, griff sie meine Hand, sobald ich sie sinken ließ, und führte den Finger zurück ins Buch. Gebannt folgte sie den Worten, die ich ihr vorlas. Es zeigte sich, dass sie kein großes Interesse hatte, irgendeins der Bücher zweimal anzusehen. Ich reizte ständig das maximale Ausleihkontingent in der Bücherei aus und bekam spitze Bemerkungen von der alten Frau Mentzel zu hören, wenn ich schon nach wenigen Tagen einen Stapel Kinderbücher gegen einen neuen austauschen wollte. Irgendwann hatte Fritzi die Kleinkinderbuchabteilung durch, und ich musste zwangsläufig zu »richtigen« Lesebüchern greifen. Die Bilder interessierten sie sowieso nicht, und mit einem dicken Buch kamen wir manchmal durch eine ganze Woche. Ständig für ausreichend Vorlesestoff zu sorgen und auch das Vorlesen selbst raubten mir eine Menge Zeit.

Bis sie selber anfing zu lesen. Da war sie dreieinhalb. Und kurz danach fing sie auch endlich an zu sprechen.

Eines Abends waren wir mit Oma, Nonno und Dito bei uns in der Küche, erzählten die schlechtesten Witze, die wir kannten, und lachten laut. Fritzi saß im Kinderstuhl stumm daneben. Als eine Pause entstand, weil Nonno nach Atem japste und Dito sich verzweifelt die Augen mit den Handballen in den Kopf rubbelte, öffnete Fritzi den Mund.

»Mächtig viel Betrieb hier heute Nacht.«

Unsere Köpfe fuhren herum und starrten sie an. Dann brach Jubel aus, »Fritzi, du kannst ja sprechen!«, »Das gibt's doch nicht!«, »*Un miracolo!*«, und so weiter, alle redeten durcheinander und bombardierten sie mit Fragen, bis Oma mahnend die Hände hob, den Lärm mit beiden Armen herunterregelte und sich zu Fritzi drehte.

»Mit wem redet ihr überhaupt?«*, sagte Fritzi.

Und da erinnerte ich mich. Das waren beides Sätze, die der Felsenbeißer im zweiten Kapitel der *Unendlichen Geschichte* sagt. Die Anfangssequenz in *Phantásien*, wo sich die vier Boten trafen und vom *Nichts* erzählten. Ich hatte das Buch insgesamt achtmal gelesen, und den Anfang erst gestern im Bus noch einmal, als ich es in die Bibliothek zurückbringen musste. Fritzi hatte es sich innerhalb von zwei Tagen in den Kopf übertragen. Und jetzt hatte sie nicht nur aus der *Unendlichen Geschichte* zitiert, sondern die Zitate auch noch sinnvoll eingesetzt.

Ab da sprach Fritzi fast täglich. Und zitierte dabei ausschließlich aus Büchern. Bald schaffte sie eins pro Tag. Oft war verwirrend, was sie von sich gab – die Zeit stimmte nicht, sie sagte »du«, wo ein »wir« angebracht gewesen wäre, und manches Mal erschloss sich mir der Zusammenhang des Zitates nicht. Es gab einfach

---

* Michael Ende: Die Unendliche Geschichte

nicht für jede Situation den richtigen Satz, jedenfalls nicht in den Geschichten, die Fritzi bisher gelesen hatte. Ich wünschte mir, jemand würde Bücher für sie schreiben, die voller Sätze waren, die wir im Alltag benutzen konnten. Und irgendwann wurde mir klar, wer diese Geschichten für sie schreiben musste.

Den Frühling verbrachte ich nahezu komplett im Wald. Stundenlang saß ich auf dem Dach des Baumhauses und ersann Geschichten von Fritzi, Oma, Helmi, Dito, Nonno, Nonna und mir, tippte, bis sich Hornhaut auf meinen Fingerkuppen bildete. Fritzi las jeden Abend Seite für Seite, und tatsächlich: Immer eleganter jonglierte sie mit den Zitaten. Ich experimentierte mit der Form. Was konnte ich weglassen? Ich schrieb einen Satz für verschiedene Personen und in unterschiedlichen Zeiten ohne erzählerischen Zusammenhang auf. Sie las alles. Allerdings fiel es ihr leichter, die Sätze korrekt anzuwenden, wenn ich sie in passende Szenen einbettete. Die Fritzigeschichten kamen dabei ohne große Dramaturgie aus, ein richtiges Ende war nicht erforderlich, es handelte sich über weite Strecken um Dialoge, meist banale Gespräche. Meine Lust, diese ganzen Sätze zu etwas Sinnvollem zu verknüpfen, wuchs allerdings mit jedem Bogen, mit dem ich die hungrige Adler fütterte.

Bis zum Sommer hatte ich eine ganze Sammlung an Fritzigeschichten fertiggestellt, die ich allesamt abheftete. Ich konnte mich nicht davon trennen, auch wenn Fritzi sie längst verinnerlicht hatte. Sie konnte alles abspulen, was sie je gelesen hatte. Für Gedrucktes hatte sie das absolute Gedächtnis.

Als die Ferien vorbei waren, war ich sechzehn und kam in die zehnte Klasse. Ich fuhr nach der Schule immer noch ins Forsthaus, wir aßen zusammen, ich tippte ein wenig, die Schreibmaschine stand jetzt in Omas Werkstatt. Unter der Woche fuhr ich zum Schlafen nach Hause, denn nur so hatte ich ein Zimmer für mich allein. Ich fand heraus, dass sich *die Stelle*, die der Duschkopf mir offenbart hatte, auch mit dem Zeigefinger erwecken ließ. Ich musste nur die Fingerkuppe mit Spucke befeuchten, sie dort auflegen und dann mit sanftem Druck kreisen lassen, bis dieser neue elektrische Strom durch meine Nervenbahnen kribbelte, ich mich mit stechendem Herzen entlud und schief atmend einschlief.

In der zehnten Klasse mussten wir uns für eine AG entscheiden, unsere Klassenlehrerin Frau Sehler teilte eine Liste mit kurzen Beschreibungen der Arbeitsgemeinschaften aus. Zunächst verzweifelte ich am Angebot: *Angeln* (beim dicken Herrn Limburger, der selbst in die Welt glotzte wie ein Fisch), *Bundesjugendspielvorbereitung* (beim sechzigjährigen »Eisenvater«, der immer noch eine Riesenfelge am Reck konnte), *Christliche Lieder singen* (bei der vollkommen weltfremden Religionslehrerin Frau Darmlenker), – und so ging das ganze ABC des Grauens weiter. Erst nach *Jazzdance* (bei der kleinen, hübschen Frau van der Burg) blieb mein Auge beim Buchstaben *K* haften:
Kreatives Schreiben
Lehrer: Wilhelm Käfer.
Thema: Wir beschäftigen uns mit Schreibtechniken und Erzählformen, lesen gemeinsam Kurzgeschichten und schreiben selbst welche. Jeder, der gern liest und bereits Tagebuch, Gedichte, Liedtexte oder eigene Geschichten geschrieben hat, ist herzlich willkommen.

Ich konnte es zunächst nicht glauben. Schreiben lernen. Bei meinem geliebten Klassenlehrer aus der siebten und achten Klasse: Herrn Käfer. Mit trockener Kehle machte ich ein dickes Kreuz.

Und so kam es, dass ich schreiben lernte, Freunde fand und eine Frau küsste.

Warum bin ich hier?

Herr Käfer wurde aufgrund seiner legendären Übellaunigkeit von allen nur Kafka genannt und war nicht besonders beliebt bei meinen Mitschülern. Ich bewunderte ihn. Schon allein wegen seiner riesigen Bibliothek, die ich in der sechsten Klasse kennengelernt hatte, als ich noch mit seinem Sohn David befreundet gewesen war. Endgültig zu meinem Helden wurde Kafka, als ich erfuhr, dass er der Jury des *Text.Eval* angehörte. Leider hatte ich ihn nur in der siebten und achten Klasse gehabt, seit der Neunten war Frau Sehler meine Klassenlehrerin. Ihr Deutschunterricht war für Kinder.

Als ich nach ein paar Wochen mein erstes Einzelgespräch mit Kafka hatte, war ich entsprechend aufgeregt. Wir waren zu zweit im leeren Klassenraum der 7a, wo unsere AG am Montagnachmittag stattfand. Nervös ließ ich mich im Stuhl vor dem Lehrerschreibtisch nieder. Das Thema der Schreibübung hatte gelautet: *Warum bin ich hier?*

Er hatte keinerlei Vorgaben in Sachen Länge, Genre, Erzählperspektive oder Zeit gemacht – alles war erlaubt. Und die Ergebnisse waren so unterschiedlich ausgefallen, wie man es von den Mitgliedern einer Schreib AG erwarten konnte.

Jana Humboldt aus der Parallelklasse hatte hohe Wangenknochen, trug etwas zu damenhafte Kleidung und schilderte in ihrem Text *Wo bin ich?* das Entsetzen eines Mannes, der ohne Erinnerung in einer dystopischen Zukunft erwacht und in einer langen Schlange mit gleichgekleideten Männern steht. Alles, was er weiß, ist, dass dies nicht das Zeitalter war, in das er gehörte. Jana war wie ich großer Science-Fiction-Fan, ich bevorzugte die Klassiker, sie liebte aktuelle Titel. Besonders William Gibson hatte es ihr angetan, ihr Sound war stark von der *Neuromancer-*Trilogie beeinflusst und gefiel mir zunächst gut. Nach der Entgiftung erkannte ich, was für einen Schrott sie schrieb, und auch von Kafka wurde sie gnadenlos verrissen.

»Das hat kein Herz! Lies den Science-Fiction-Mist wenigstens im Original, wenn es schon sein muss. Du klingst wie schlecht übersetzt. So spricht und schreibt doch keiner!«, ätzte Kafka, übellaunig wie immer.

Frieda Untermeier schrieb eine ihrer trostlosen Teenagerstories in Tagebuchform, ich hatte sie im Verdacht, dass sie den Text einfach aus ihrem eigenen Tagebuch übernahm. Kirsten Beller steuerte eine rührend tragische Miniatur zweier ungleicher Schwestern bei, von der jede den Lebensstil der anderen verabscheute und die dennoch im geerbten Elternhaus zusammen alt wurden. Die eine erblindete, während die andere ihr Gehör verlor.

David schien die AG nur belegt zu haben, um seinen Vater in den Wahnsinn und den Mädchen die Schamesröte ins Gesicht zu treiben. Alle seine Texte handelten von Kämpfen und Geschlechtsakten zwischen Zauberwesen. Es wurde im Fliegen, feuerspeiend, »*doppelschwänzig*« und in Vulkanen kopuliert, Götter, Riesen, Hexer und Dämoninnen trieben es so wild und zumeist interfamiliär, dass die griechische Mythologie dagegen ein Kindergeburtstag war. Samenergüsse waren in seiner Welt Munition oder Sintfluten, Vaginen hatten meist Zähne oder waren Tore in eine andere Dimension, wo die strenge Sexgöttin *Klitoria* herrschte. *Dave Killer,* so sein Pseudonym und der Name seiner Hauptfigur, versuchte so viele Tabus wie nur möglich zu brechen, und ihm schien nichts peinlich zu sein.

Kafka war zu uns allen gleich hart und direkt. Zu Davids Texten sagte er so gut wie nichts, was viel erniedrigender war als ein schonungsloser Hinweis auf Mängel in der Figurenpsychologie oder der Erzählstruktur. Doch das Schweigen seines Vaters stachelte David zu immer wilderen Exzessen an. Sein Beitrag zu *Warum bin ich hier?* begann beispielsweise mit »Weil mein Donnerkolben eines Morgens so riesig und hart war, dass ich bei jeder Bewegung ungewollt einen Trakt meines Palastes einriss«, gefolgt von einer Reihe von Sätzen, die alle mit »Und dann« verknüpft waren, jedoch keinerlei inhaltlichen Zusammenhang hatten. Die ganze Erzählung war ein vollkommen absurder Ritt, der in einem schwebenden Klassenzimmer beim Vorlesen seiner Geschichte endete.

»Originell. Ein wenig pubertär, wie immer, aber das geht vorbei«, war alles, was Kafka dazu sagte.

Er irrte sich gewaltig.

Die Idee für meine Erzählung zum Thema *Warum bin ich hier?* fand ich so naheliegend, dass ich die anderen *Schreiberlinge*, so hießen wir, zunächst vorsichtig aushorchte, was sie schreiben würden, da ich befürchtete, dass jemand das Gleiche vorhatte. Ich hatte mich dazu entschlossen, die Geschichte meiner Eltern aufzuschreiben, und zwar jene wilde Nacht, in der ich gezeugt worden war: *The Forsthaus Chronicles*.

Kafka legte die Bögen vor sich auf den Schreibtisch.

»Die Geschichte deiner Eltern«, sagte Kafka, »schildert nur die Perspektive deines Vaters. Wieso hast du dich dazu entschieden?«

»Er ist es, der sie immer wieder gern erzählt«, sagte ich.

»Es ist also … eine wahre Geschichte?«

»Na ja. Mein Vater ist das Paradebeispiel eines unzuverlässigen Erzählers. Aber ich selbst habe kaum etwas hinzugedichtet.«

Kafka trank einen Schluck Pfefferminztee.

»Die Geschichte gefällt mir ganz gut. Doch das eigentlich Starke ist das Geheimnis der Mutter, das macht die Sache spannend. Man will wissen, was sie in den erwähnten sechs Monaten gemacht hat, und was sie dazu bewogen hat, ihre Meinung zu ändern. Das könntest du noch ein bisschen in den Fokus rücken ... Aber das Mysteriöse solltest du erhalten, vielleicht ein paar irreführende Andeutungen machen.«

Mir fiel auf, dass ich das nie gefragt hatte, weder Dito noch Rita, geschweige denn mich selbst. Wie hatte meine Mutter den Abend erlebt? Wann hatte meine Mutter bemerkt, dass sie schwanger war? Wie hatten Nonna und Nonno reagiert? Hatte sie je erwogen abzutreiben? Mich allein großzuziehen? Mit Sicherheit nicht.

Kafka las meine Gedanken und sagte: »Aber bitte lauf jetzt nicht zu deiner Mutter und frag sie aus. Mit dem Aufschreiben von Familiengeschichten kann man sich viele Feinde in der eigenen Verwandtschaft machen, und ich möchte nicht der Auslöser für einen Streit sein.«

»Dafür brauchen wir sie nicht«, sagte ich. »Das kriegen wir auch so hin.«

Bronco y Ramón

Dito und Stucki pflegten wie gehabt ihre musikalische Fernbeziehung. Früher hatten sie zu jedem Tonband ein Audiotape mit Anmerkungen vollgesprochen, doch seitdem es die Kameras gab, schickten sie sich nur noch Videos. Wenn Dito mit seinen neuen Aufnahmen fertig war, stellte er die Kamera aufs Stativ, setzte sich die Kopfhörer auf, startete die Mehrspurbandmaschine und drückte beim ersten Ton die *Record*-Taste der Kamera. Während das Band durchlief, plauderte und sang er die Ideen zu den einzelnen Stücken für Stucki ins Objektiv, dabei rauchte er und trommelte in der Luft herum. Dann schickte er das VHS-Tape und die Tonbandspule nach Mexiko. Zwei bis drei Monate später kam die Antwort.

Stuckis erste VHS-Kassette dieser Art, die er direkt nach dem magischen Sommer 1986 auf die Reise schickte, hatte ich noch verpasst. Als jedoch irgendwann die Antwort auf Ditos Tape da war, kam ich genau zum richtigen Zeitpunkt in den Keller. Mein Vater hatte gerade die Spule eingehängt und das Band in die Leerspule eingefädelt, er drückte auf der großen Bedieneinheit mit dem dicken Kabel die *play*-Taste, wartete konzentriert auf den ersten Ton und startete, als er erklang, das Video. Der Fernseher zeigte kurz ein Rauschen, dann kam ein grinsender Stucki ins Bild. Ich hatte das mexikanische Heimstudio noch nie gesehen, es war im Gegensatz zu Ditos Kellerloch sonnendurchflutet und aufgeräumt. Bunte Vorhänge schaukelten sanft im Wind. Ein Plattenregal füllte die gesamte Wand im Hintergrund aus, davor standen allerlei Instrumente auf Ständern, Congas, die Bassklarinette, ein Synthesizer. Jetzt, in der dritten Ping-Pong-Runde, begann sich langsam herauszuschälen, in welche Richtung das erste Stück gehen würde. Begonnen hatte Stucki mit einer Drumcomputerspur, etwas Percussion und Wurlitzertupfern, Dito hatte in der zweiten Runde echtes Schlagzeug hinzugefügt, mit seinem Moog-Synthesizer eine repetitive Bassspur und eine ebenso eintönige Gitarre eingespielt. In der neuen Fassung konnten wir hören, dass Stucki zwei Bassklarinettenspuren aufgenommen hatte. Er sang eine weitere Stimme als Idee für Dito, es lief nicht ganz synchron, Dito bremste die Tonbandrolle der 16-Spur-Maschine minimal mit der Hand ab, indem er sie mit sanftem Druck kurz berührte, dann passte es. Stucki kündigte mit zwei erhobenen Zeigefingern etwas an, er zeigte mit beiden Fingern genau auf die Eins in die Kamera, parallel dazu erklang der Berimbau-Bogen. Völlig unerwartet betrat Mayra das Studio, blieb grinsend hinter Stucki stehen und winkte, ohne einen Ton zu sagen. Ich stellte überrascht fest, wie weh es tat, sie zu sehen.

Ich hatte überhaupt nicht gewusst, dass etwas auf diese Weise weh tun konnte. Eine ungekannte Sehnsucht breitete sich in mir aus, und ich musste lange nachdenken, bis ich das Gefühl benennen konnte: Ich war eifersüchtig. Und neidisch. Auf Mexiko, auf ihr Leben, das sie dort führte, ohne mich. Ich hatte mich noch nie zuvor einsam gefühlt, bisher war das Alleinesein mein Idealzustand gewesen. Damit war es nun wohl vorbei. Sicher, auch die Vergiftungen hatten jedes Mal ein Verlangen in mir ausgelöst, ich hatte stets in der Nähe des Mädchens sein wollen, das mich gerade kontrollierte – aber das hier war etwas anderes. Das hier würde nicht verpuffen, würde nicht in wenigen Wochen vorbei sein. Als ich Mayra hinter Stucki in Mexiko auftauchen und lachen sah, wurde mir klar: *Was immer das hier ist, es ist für immer.*

Ich musste schlucken.

Als das Tonband mit insgesamt drei Stücken durchgelaufen und Stuckis Videokommentar vorbei war, griff Mayra sich die Kamera.

Sie läuft durch das Haus. Kemina sitzt mit Lesebrille am Schreibtisch und sieht Dokumente durch, ich habe Mayras Mama erst ein Mal hier in Deutschland getroffen, vor Jahren, kann mich kaum daran erinnern, lachend hält sie die Hand vor die Linse der Kamera und dreht sich weg. Mayra filmt die Küche, Limetten in einer Schale, den Blick aus dem Fenster, geht hinaus, dreht sich im kleinen Innenhof im Kreis, Nachbarskinder verstecken sich und rufen ihren Namen, Katzen liegen bräsig in der Sonne, zufrieden mit ihrem Dasein. Mayra dreht die Kamera um, filmt sich mit weit in den Nacken gedrücktem Kopf selbst und winkt zum Abschied.

So nahm alles seinen Anfang. Schon kurz nach Weihnachten kam das erste Tape von ihr, nur für mich. Sie zeigte mir ihr Zimmer und nahm mich mit zu ihrer Oma, wo sie Hühnchenschenkel mit *mole poblano* kochten. Ich antwortete auf die gleiche Art, und ab da nahmen wir uns regelmäßig etwas auf. Anfangs noch im Rhythmus des *Toytonic Swing Ensembles*, doch schon bald verschickten wir unsere Kassetten unabhängig von den beiden, fast alle zwei Monate. Da Dito glücklicherweise einen Videorekorder hatte, konnte ich meine fertigen Kassetten bei ihm im Keller kopieren, bevor ich sie verschickte. Die Vorstellung, dass eins meiner Tapes verschwinden könnte, war ein Alptraum. Außerdem liebte ich es, mir die Bänder noch einmal anzusehen und mir dabei vorzustellen, dass Mayra gerade das Gleiche tat.

Im Sommer 1990, zu Beginn der zehnten Klasse, erreichte mich ihr zehntes Tape. Mayra wusste nach wie vor nichts von der geheimnisvollen *Stelle* oder meinen Vergiftungen, sie kannte auch David noch nicht, wohingegen ich alle ihre Freundinnen kannte und gesehen hatte, wie sie auf der Tanzfläche einen Mann küsste. Sie hatte anschließend nicht viel von ihm erzählt, die Sache war ihr eher peinlich, weil sie betrunken gewesen war und der Typ ein Idiot. Das hatte sogar ich aus der Ferne erkannt.

Ich setzte mich vor den Bildschirm, schloss die Kopfhörer an, legte das Tape ein und drückte auf *Start*.

Ein dicker, gutmütig grinsender Riese mit Silberblick. Seine langen, schwarzen Haare hat er zum Pferdeschwanz gebunden, er trägt ein schlichtes, schwarzes T-Shirt wie eine Haut, die indigenen Gesichtszüge sind deutlich ausgeprägter als bei Mayra. Sie kommt ins Bild, die Kamera hat sie irgendwo im Regal positioniert.

»Hey Charlie, hast du schon von Bronco gehört? Stucki hat ihn in den barrios bajos *aufgetrieben.« Bis hierher spricht sie Deutsch. Jetzt legt sie ihm eine Hand auf die kräftige Schulter, blickt lächelnd in die Kamera und sagt: »Que eres un fenómeno«, er schaut zu ihr hoch, lächelt sie an, vollkommen im Bann der Schönheit, die er nie besitzen wird.*

Schnitt.

Bronco am Klavier. Mayra schaltet das Radio ein, man sieht nur ihre Hand. Ein amerikanischer Popsong erklingt, das Bild zurück auf Bronco, der sofort einsteigt und mitspielt, das Lied wird dadurch besser. Wieder Mayras Hand, die zum Radio greift, sie wechselt zum nächsten Sender. Mexikanische Mariachis, Bläser und akustische Gitarren. Bronco wechselt die Tonart und das Tempo, ohne dass auch nur ein einziger falscher Ton erklingt. Mayra dreht weiter am Knopf, bis zu einem Klassiksender, eine mir nicht bekannte Barockkomposition erklingt. Das Klavierspiel von Bronco fügt sich nahtlos ein. Sie dreht die Kamera um und guckt hinein:
»Ist das nicht unglaublich? Er kann JEDEN Song mitspielen!«

Bronco war der erste Junge auf Mayras Tapes, der einen Namen bekam. Ein hochbegabter Waisenjunge aus dem Armenviertel. Stucki gab dort Musikworkshops für Jugendliche, um sie von der Straße fernzuhalten, dabei hatte er ihn entdeckt und sich seiner angenommen. Gegen Bronco konnte man nichts sagen, er war so gut gelaunt wie liebenswert, so dankbar wie dick.

Kurz danach tauchte jedoch auch Ramón das erste Mal auf. Als Mayra die Kamera auf ihn richtete, hielt er sich zwei Fingerspitzen zwischen Oberlippe und Nase, mit dem anderen Arm machte er den Hitlergruß. Im Gegensatz zu Bronco war Ramón bereits ein Mann, mit Bartstoppeln und Halstattoo, auch zwei Tränen neben dem Auge zierten sein Gesicht. Sie sprach es nie aus, es war einfach irgendwann klar, dass es sich bei Ramón um Mayras »richtigen« Freund handelte. Dass das was Ernstes war. Ich war keine Konkurrenz für Ramón, das wusste ich, das bildete ich mir auch gar nicht ein. Trotzdem empfand ich jedes Mal einen Stich, sobald er auf einem der Tapes zu sehen war, und ich war beunruhigt, als er plötzlich wieder verschwand.

Das letzte Mal erschien er auf Tape MAY16.

Mayra filmt eine Party. Fernanda und Mayras andere Freun-

dinnen rufen meinen Namen und winken, sie fährt mit der Kamera über die Gäste, unerwartet kommt auch Ramón ins Bild. Er steht im Kreis mit fünf, sechs Freunden und erzählt gerade die Pointe eines Witzes, woraufhin alle in übertriebenes Gelächter ausbrechen. Als er die Kamera registriert, guckt er finster und versteckt sein Gesicht hinter zwei gekreuzten Mittelfingern. Man hört ihn noch ein Wort rufen, doch die Aufnahme ist abgeschnitten. Es folgt eine seltsam unspektakuläre Straßenszene, vorbeihuschende Häuser, nachts aus dem fahrenden Bus gefilmt. Nachträglich aufgenommen, um den ursprünglichen Inhalt zu überspielen, wie mir klar wird, denn anschließend geht es mit Aufnahmen von den tanzenden Cholas auf der Party weiter.

Danach tauchte Ramón nie wieder auf einem von Mayras Tapes auf.

Funpunk

Seit dem Erlebnis mit M&M auf der Römerwiese hatten David und ich nichts mehr miteinander zu tun gehabt. Doch das war jetzt über drei Jahre her, eine Ewigkeit. Inzwischen nahmen wir beide an der Schreib AG seines Vaters teil, und es kam immer wieder vor, dass wir Montagnachmittag zu zweit im Raum der 7a saßen und die Zeit überbrückten, bis die anderen Schreiberlinge eintrafen. David hatte sich in den letzten Jahren körperlich enorm weiterentwickelt. Er war athletisch, ich aufgrund meines Herzfehlers vom Sportunterricht befreit. David war laut Selbstauskunft sexuell aktiv, ich hatte noch nie ein Mädchen geküsst. Er trug Trainingsanzüge, ich Maßanzüge, wenn auch nur heimlich. Was er inzwischen für Musik hörte, wusste ich nicht, damals war es Popmusik gewesen. Ich konnte mir nicht vorstellen, dass er mit den Namen *Claude Debussy, Steve Reich* oder *Thelonious Monk* etwas anfangen konnte.

»Was machst du am Wochenende?«, fragte er.

Was machte ich am Wochenende. Lesen, ein paar Dialoge und Handlungsanleitungen für Fritzi tippen. Dann waschen, bügeln, einkaufen und die Wohnung putzen. Abends für Dito und Stucki kochen, die sich im Keller auf ihre Tour vorbereiteten, indem sie das Set durchspielten, *der Glutgöttin die besten Ballen grüner Seide opferten* und am Abend entsprechend ausgehungert nach oben gekrochen kamen.

»Nichts Besonderes, wieso?«

David griff in seine Schultasche, holte einen Stapel postkartengroße gelbe Handzettel heraus und gab mir einen.

»Hier. Wir spielen Samstag im *Schandfleck*.«

»Im *Schandfleck*?«

»Kennste nicht, diese Luxusappartements, die nie fertig wurden? Am Waldrand in Sumbigheim?«

»Die Bauruine? Da finden Konzerte statt?«

»Hin und wieder, natürlich illegal. Wir haben für Samstag einen Generator besorgt. Das wird geil! Musst du kommen!«

Ich sah mir den Handzettel an. Er war handgeschrieben und in Schwarz-Weiß im Copyshop vervielfältigt. »Die Hardies« stand da, darunter vier Jungs mit Instrumenten in der Hand. Aufgrund der schlechten Kopie war es eher eine Tontrennung, doch in der Silhouette des Bassisten konnte ich David erkennen.

»Deine Band? Was für Musik macht ihr?«, fragte ich.

»Punk. Also, eher Funpunk. Wir covern alte Hits mit eigenen Texten. Sauflieder und so.«

David entschlüsselte sogleich mein ratloses Gesicht.

»Punk? *Udda udda udda udda?*«, er trommelte einen Takt in der Luft, genau wie Dito, nur wahnsinnig schnell. »Ich mach dir mal'n Punkmix, das geht ja gar nicht.«

»Oh, das wäre nett. Und du spielst E-Bass?«, fragte ich.

»Ja, Bass und Backing Vocals. Ich schreibe auch die Texte, das kann unser Sänger nicht so gut. Ein Ami, was will man erwarten.«

»Ich bin gespannt.«

»Das heißt, du kommst?«

»Ich denke schon.«

»Toppelei!« Er hielt die Hand hoch, was bedeutete, dass ich mit meiner Hand dagegenschlagen musste. Das hatte ich noch nie gemacht. So begrüßten sich die Handballer, und dann machten sie es ständig zwischendurch, wenn einer einen besonders fiesen Spruch gemacht hatte oder zwei der gleichen Meinung waren. Es war eine Art Anerkennungsgeste. Unsicher, wie kräftig und in welchem Winkel man zuschlagen musste, traf ich nur sanft mit meiner Handfläche gegen seine.

»Du bist nicht zufällig Autist oder so was?«, fragte David, »Nicht falsch verstehen, ich hab nichts gegen Behindis.«

»Nein. Ich bin lediglich ein wenig intelligenter als der Rest.«

David lachte, als hätte ich einen Witz gemacht.

Bereits am nächsten Tag brachte er mir eine Kassette mit. KILLERPUNK + HARDCORE stand auf dem Rücken, ÄNG! auf der einen Seite, DOI! auf der anderen. Kein Cover, nur sehr schwer zu entziffernde Titel, sämtliche Interpreten in Großbuchstaben.

ÄNG! war die englische Seite. Bis auf THE RAMONES hatte ich noch von keiner der Bands gehört: Sie trugen bedeutungsschwere Namen wie BAD RELIGION, BLACK FLAG und MINOR THREAT, oder rätselhafte wie NOFX und GORILLA BISCUITS. Und auch die RAMONES kannte ich nur vom Namen, weil der Horrorautor, durch dessen Werk ich mich hatte quälen müssen, um mitreden zu können, offenbar Fan der Gruppe war. Jedenfalls hatte er einem seiner Bücher ein überflüssiges Zitat der RAMONES vorangestellt, und ich hatte Dito gefragt, was das für eine Band sei. »*Punkrock*«, hatte mein Vater gesagt, und: »*Ganz geil, bisschen eintönig auf Dauer, haben das aber mehr oder weniger erfunden.*«

DOI! stand für *Deutsch,* und auch auf dieser Seite der Kassette waren ausschließlich mir unbekannte Bands vertreten. Die Namen klangen bizarr: DIE FROHLIX, DIE ABSTÜRZENDEN BRIEFTAUBEN, SCHLIESSMUSKEL, RUDOLFS RACHE, DIE BOSKOPS, SLIME, BLUT+EISEN, NORMAHL, COMPOST KIDS, VORKRIEGSJUGEND, DIE HARDIES und noch viele mehr.

Bis Samstag versuchte ich das Tape so oft wie möglich zu hören, auch wenn es mir nicht leichtfiel. Es waren ausschließlich männliche Sänger zu hören, und fast alle schrien. Lediglich bei dem Titel »St. Pauli Boys« von den GOLDENEN ZITRONEN setzte am Ende ein Frauenchor ein, der den Refrain als »St. Pauli Girls« wiederholte. Das Tempo war oftmals ins Irrsinnige hochgedreht, die Gitarren stark verzerrt. Ich registrierte die Energie, aber sie berührte mich nicht. Das alles war mir zu archaisch. Deutschland wurde in vielfältiger Form verflucht, Polizisten waren ein beliebtes Ziel für hasserfüllte Parolen, in einem Lied wurde Nekrophilie besungen, im nächsten, einem dadaistisch anmutenden Stück, proklamierte ein Schlachter verzweifelt in Endlosschleife, dass er kein Schlachter sein wolle, bestätigte in der aberwitzig schnell gespielten Strophe jedoch mit einem immer wieder herausgebrüllten »Ich bin Schlachter«, dass das Gegenteil der Fall war. Am Ende kam noch ein Stück von Davids Band, den HARDIES, was nicht zur Steigerung des textlichen Niveaus beitrug. Ich erkannte den Schlager »*Santa Maria, Insel wie aus Träumen geboren*«, David hatte ihn umgetextet zu »*Schwanz ab, Hans-Dieter, du hast deinen Pimmel verloren*«.

All dem war eine lustvoll ausgelebte Freude am Primitiven immanent, die für mich vollkommen unnachvollziehbar blieb.

Das Konzert wollte ich mir dennoch ansehen.

Düne

Als ich Freitag beim Abendessen mit Dito, Stucki und Nonno erwähnte, dass ich vorhatte, am nächsten Tag ein Punkkonzert zu besuchen, war mein Vater hellauf begeistert. Bisher war ich abends nicht weggegangen, so wie andere Jugendliche das in meinem Alter taten, war erst einmal mit David auf einer Party gewesen, die in dem Fahrstuhl-Desaster endete, und seit Nonna Lucia wieder in Italien lebte, hatte ich nicht einmal mehr der Oper einen Besuch abgestattet. Mein Vater machte sich offenbar Hoffnungen, dass aus mir doch noch etwas werden könnte, Nonno ließ sich von Ditos Euphorie gleich mitanstecken.

»Charlie, ich habe noch eine schöne neue Stück im Laden, bringe ich morgen mit, können wir noch schnell für dich anpasse, e?«

»Ich weiß nicht... Das Konzert ist im *Schandfleck*. Diese Ruine, hinter der die Leute ihren Müll abladen. Wenn ich da im Anzug auftauche, mache ich mich doch wieder zum Idioten.«

Auch mein Debakel am ersten Schultag in der siebten Klasse hatte ich erlebt, weil ich auf Nonnos Empfehlung vertraut hatte.

»Damals warst du noch ein Kind«, sagte er. »Jetzt bist du erwachsen, Charlie, und auf eine Konzert geht man im Anzug, *basta*. Ich habe neuen Stoff aus Veneto, wirst du lieben, grau, mit Nadelstreifen, *molto nobile*...«

Nonno sollte mal wieder recht behalten. Ich konnte tatsächlich nicht widerstehen. Also machte ich mich am nächsten Abend in einem unfassbar gut sitzenden Nadelstreifenanzug auf den Weg nach Sumbigheim.

Man musste vom Hauptbahnhof an den Junkies vorbei zur U-Bahn, was immer ein wenig gruselig war, dann bis zum Krankenhaus und von dort noch gut zwanzig Minuten zu Fuß weiter. Als ich mich dem *Schandfleck* näherte, überkamen mich erwartungsgemäß Zweifel, ob die Sache mit dem Anzug wirklich eine gute Idee gewesen war. Bei den Jugendlichen, die bei Fackelschein in kleinen Gruppen zusammenstanden, dominierte ein Kleidungsstil, den ich von einigen Gestalten des Seneca-Gymnasiums kannte: Auf Dreiviertel Beinlänge gekürzte Camouflagehosen, schwarze Stiefel der Marke *Doc Martens*, oben schwarze Kapuzenpullover oder aufgeknöpfte Karohemden mit Bandshirts darunter. Zu meiner Erleichterung bewegten sich in der uniformiert wirkenden Menge jedoch auch einige anders gekleidete Individuen, ich erkannte Hajo Streit, unseren Pullunder tragenden Schulsprecher, es gab Vollbärte, eine ältere Frau mit Ringen in jedem Nasenflügel und einstmals grünen Haaren, die einen Teddyfellmantel mit Leopardenmuster trug. Sogar ein schlecht geschminkter Mann in einem Kleid lief auf hochhackigen Schuhen herum. Ich war bloß ein Freak mehr, niemand beachtete mich.

Der Innenraum wurde unzureichend von batteriebetriebenen Campingleuchten erhellt. Es roch nach Benzin, geschmortem Plastik, nach feuchtem Beton und Müll, nach Patschuli, ungewaschenen Köpfen, getrocknetem und frischem Bier, Tabak, Marihuana, Deo und überraschenderweise nach Salat, Tomaten, Knoblauch und Weißbrot. An der rechten Wand war mit Hilfe von Bierkisten und einer ausgehängten Tür ein Tresen improvisiert worden, in der gegenüberliegenden Ecke standen Verstärker und ein Schlagzeug. Erst jetzt fiel mir auf, dass irgendetwas nicht stimmte. Alle machten recht betretene Gesichter, es lief keine Musik, der Raum war nur mit Gemurmel gefüllt.

Ich sah mich um, konnte David aber nirgendwo entdecken. Ich wusste nicht so recht, wohin mit mir. Neben dem Tresen war ein weiterer Tisch, ein junger Mann mit Ziegenbart und dunklen, zum Zopf gebundenen Haaren stand dahinter, vor ihm diverse bunt gefüllte silberne Schüsseln und sich stapelnde Fladenbrote.

Um nicht weiter nutzlos herumzustehen, schlenderte ich in Richtung des Imbissstands und erkannte erst dann, wer hier Gemüsetaschen mit Soße für 2,50 DM verkaufte: Niemand anderer als Murat Çoban.

Seit damals hatte ich ihn nicht mehr gesprochen, nur manchmal beim Vorbeifahren im Geschäft seines Vaters gesehen. Es dauerte einen Moment, bis auch er mich erkannte, dann grinste er breit, kam um den Tisch herum, zupfte anerkennend am Ärmel meines Jacketts und hielt mir die Hand zum Brudergruß hin. Obwohl ich nicht wusste, wie, versuchte ich einzuschlagen. Es klappte perfekt, ein sattes Klatschen erklang.

»Ey, Bruder, cool dich hier zu sehen«, sagte er mit einer Männerstimme, die er sich im Gemüseladen zugelegt haben musste.

Er grinste mich an, als wären wir alte Freunde, ich lächelte verhalten zurück.

Murat fuhr fort: »Ich wollt dir schon lange sagen: Das war verdammt aufrecht von euch damals, dass ihr nicht die Bullen gerufen habt. Dieser ganze Scheiß. Mann. War alles Mozarts Idee. Ich häng schon lange nicht mehr mit dem rum. Ey, der Wichser is jetzt beim Bund. Hat sich für ein paar Jahre verpflichtet, das musst du dir mal vorstellen!«

Sein Akzent war nicht mehr so stark wie früher, man hörte, dass er sich Mühe gab.

»Schon okay. Ist ja nichts passiert.«

»Wir Kanaken müssen doch zusammenhalten. Also, wenn irgendwas ist, Stress mit irgendwelchen Kartoffeln oder andern Arschlöchern, kannst immer Bescheid sagen, Bruder.«

Er sah mir ernst in die Augen, nickte, ich nickte zurück, er klopfte mir kräftig auf die Schulter und ging wieder hinter seinen Stand. »Ich lad dich ein. Was willst du haben? Alles korrekt vegetarisch hier!«

»Danke, das ist nett, aber ich habe schon gegessen. Weißt du, wann das Konzert losgeht?«

»Ach, hast du noch nicht mitgekriegt? Der Generator ist durchgebrannt, hier geht heute gar nichts mehr.«
»Oh. Wie schade.«
Er zuckte mit den Schultern. »David holt gerade einen fetten Ghettoblaster mit Batterien, damit wir wenigstens Musik hören können.«
Murat musste eine Bestellung entgegennehmen, grinste mir noch einmal zu, und ich war wieder auf mich allein gestellt.
Kein Konzert also. Sollte ich warten, bis David wieder auftauchte? Und dann? Herumstehen, während Punkmusik lief, und mich unterhalten? Mit wem? Ich sah mir die Menschen an, hier im Raum kannte ich nur Hajo, aber ich hatte keinerlei Interesse, mich mit unserem Schulsprecher zu unterhalten. Ich entschied, mich wieder auf den Weg zu machen, bevor David zurück war, und wandte mich noch einmal zum Tresen, um mich von meinem neuen Freund Murat zu verabschieden.
»Das riecht aber gut. So gradliniges Sandelholz gibt es selten«, hörte ich in diesem Moment eine dünne Stimme sagen.
Ich blickte nach links, dann nach unten. Sie war einen Kopf kleiner als ich, trug einen schwarzen Rollkragenpullover, darüber einen schwarzen, leichten Mantel, schwarze Jeans und eine pechschwarze Sonnenbrille. Noch ein Freak, so dünn wie ein Strich. Ihre blonden, etwas über kinnlangen Haare hatte sie sich wie einen Theatervorhang hinter die Ohren geklemmt, und sie roch so aufregend, dass das Nervengift sofort in Stellung ging.
»Ja, aus *Firenze*«, sagte ich. Warum, wusste ich nicht. Es kam einfach aus meinem Mund.
»Ach, etwa das *Sandalo* von *Santa Maria Novella*? Aus dem Kloster?« Sie reckte ihre Nase in meine Richtung, legte mir eine Hand auf die Schulter und näherte sich meinem Hals so nah, wie es ihr von da unten möglich war.
»Mmmh … du riechst echt gut.« Sie lächelte. »Und dein *Acqua di Colonia* auch.«

Sie kannte das Kloster aus Florenz, in dem die Nonnen seit Hunderten von Jahren Seifen und Duftwässerchen herstellten? Konnte das sein? Und wie sie roch! Mein Herz schlug aus, das Adrenalin versorgte mich mit Superkraft, ich zerlegte ihr Parfum.

»Koriander, Honigwabe und… *Birkensamen*? Die Kombination habe ich noch nie gerochen. Wer kommt denn auf so was?«

Ich war so hingerissen wie verwirrt.

Ihre Augenbrauen tauchten hinter der Sonnenbrille auf, sie öffnete den Mund, um etwas zu entgegnen, doch in diesem Moment ertönte draußen vor der Tür »*Schwanz ab, Hans-Dieter*« von den Hardies, alles jubelte, der Klang näherte sich, und David, den riesigen Ghettoblaster auf der Schulter, betrat den Raum. Hier wurde nun lautstark miteingestimmt, David stellte den Kassettenrekorder vor das Schlagzeug und ging zum Tresen, um sich ein Bier zu holen. Nach und nach kamen alle herein, der Raum füllte sich, die Fackeln wurden in den Wänden festgesteckt. Als David mich erblickte, ging ein ehrliches Leuchten über sein Gesicht, er nahm sein Bier entgegen und kam zu uns herüber. »Chande, du bist wirklich gekommen!« Er blickte zwischen dem Filmstar-Mädchen und dem Jungen im Nadelstreifenanzug hin und her.

»Hallo Düne«, sagte er zu ihr. »Ihr kennt euch?«

»Nein. Aber das ändern wir gerade«, hauchte sie.

»Alles klar, dann braucht ihr mich ja nicht.« Er prostete mir zu, klemmte sich seine Bierflasche zwischen die Zähne, zog die Augenbrauen hoch und machte die Kindergeste für Geschlechtsverkehr, während er von ihr zu mir blickte und anschließend abwechselnd auf uns zeigte. Dann drehte er sich endlich um und verschwand in der Menge, die sich inzwischen vor dem Ghettoblaster eingefunden hatte und den »Umdada-Umdada-Umdada-Uuh-Aah!«-Part des umgetexteten Schlagers vielstimmig und schief mitsang.

Düne hatte seine pubertäre Andeutung stilvoll ignoriert und knüpfte glücklicherweise ohne weiteren Kommentar an unser Gespräch an. Aufgrund der Lautstärke musste ich mich zu ihr herunterbeugen, sie nahm mein Ohr, legte ihre Hand dahinter wie eine Muschel und fragte mit sanfter Stimme: »Ist *Schande* wirklich dein Spitzname?«

»Nein. Ich heiße Charlie. David denkt sich ständig neue Namen für mich aus. Du heißt wahrscheinlich auch nicht Düne, oder?«

»Doch. Düne Feininger. Wollen wir rausgehen? Hier ist es mir zu laut.« Sie wartete meine Antwort nicht ab, sondern nahm meine Hand, streckte den anderen Arm aus, teilte die Menge, ohne sie zu berühren, und führte mich nach draußen.

Keine Fackeln, der Mond war hinter dicken Wolken verschwunden. Als hinter uns die Tür zufiel, war es stockdunkel. Düne ließ meine Hand los und ging weiter. Ich verlangsamte den Schritt, um nicht zu stolpern, sie verschwand in der Dunkelheit.

»Warte, ich kann nichts sehen«, rief ich ihr hinterher.

Düne blieb stehen und lachte, drehte sich aber nicht um.

Langsam gewöhnten sich meine Augen an die Finsternis. Wir standen auf einer weiten Fläche von Pflastersteinen, die ehemals als Parkplatz vor dem *Schandfleck* angelegt worden war. Während ich mit ausgestreckten Armen und kleinen Schritten in Richtung ihrer Silhouette ging, griff sie sich in die Innentasche und holte etwas heraus, vielleicht eine kleine Stablampe. Aber es ging kein Licht an. Was sie in der Hand hielt, erinnerte an einen etwas zu dick geratenen Zauberstab, daran befand sich eine Schlaufe, die sie sich ums rechte Handgelenk legte. Ein Schlagstock? Ich war nun bei ihr, berührte ihren Arm, wie selbstverständlich griff sie mit der Linken meine Hand. Schon jetzt fühlte es sich vertraut an, und mein Herz klopfte – behutsam. So nebenbei. Das hatte ich noch nie erlebt.

»Du hast eine wirklich erstaunliche Nase. Bist du Parfümeur?«, fragte sie.

Mit einer schwungvollen Bewegung in Richtung Boden, begleitet von einem mehrfachen, satten Klicken, verlängerte sie den Teleskopstab und tastete damit die Erde vor sich ab.

Die dunkle Brille, Davids Unverfrorenheit, die geteilte Menge. Düne war blind.

Geschlechtsverkehr

Ich erwachte als neuer Mensch in den Sonntag. Eine leichte Vergiftung hatte ich davongetragen, so etwas gab es also auch: lediglich ein sanftes Flimmern, nicht vom Ausschalten der Ratio begleitet, eher im Gleichklang mit einer großen Zufriedenheit, wie nach der Lösung eines komplexen Problems. Ich war begeistert von meinem eigenen Leben, das beschrieb es am besten.

Sie war Chemie-Laborantin, ihrem Vater gehörte die Kirchweih-Apotheke in Leyder. Ihre Mutter arbeitete als Unfallchirurgin an der Uniklinik in Sumbigheim. Düne war Vegetarierin und stellte im heimischen Labor ihre eigene Kosmetik her. Sie verfügte über eine Sammlung von zweihundertfünfzig ausschließlich natürlichen Riechstoffen. Ich hatte so viele Fragen. Ich wollte alles von ihr lernen. Ich musste ihr Labor sehen. Und genau dort hatten wir uns für den Samstag der kommenden Woche verabredet. Sie würde mir zeigen, wie man Parfums baute. Und vielleicht noch mehr.

Am Montagmorgen rasierte und duschte ich mich, cremte mich ein, legte Parfum auf und gelte meine Haare zurück. Gerade so, als würde ich in die Oper gehen. Oder ein Tape für Mayra aufnehmen. Lange betrachtete ich mich im Spiegel, sah mir in die Augen, bis das ganze Drumherum wabernd verschwand, die Realität auf eine neue Stufe gehoben wurde. Ab jetzt würde ich nur noch Cha-Cha sein. Als ich vor meiner kleinen Sammlung maßgeschneiderter Anzüge stand, war mir mit einem Mal vollkommen unverständlich, dass mich der Spott meiner kleinstadtgeistigen Klassenkameraden jahrelang davon abgehalten hatte, sie auch in der Schule zu tragen.

Ich bin Cha-Cha, ich trage Maßanzüge.
Wer das nicht begriff, hatte die Welt nicht verstanden.

Auf dem Weg zur Schule verbrachte ich die Busfahrt wie immer lesend, zur Zeit war es *Hotel New Hampshire*, das Ende absorbierte meine gesamte Aufmerksamkeit. Ob die Mitschüler im Bus tuschelten, es war mir nicht nur egal, ich dachte nicht einmal daran. Man würde mich ab heute nie wieder ohne Anzug sehen.

Als ich aus dem Bus stieg, hörte ich David.

»*Char-lies-chen*«, sang er mit Kopfstimme aus der Ferne und winkte mich energisch zu sich. Die anderen Schüler strömten in Richtung Schulgebäude, ich ging zu ihm hinüber. Vor dem ehemaligen, durch Umbaumaßnahmen verwaisten Haupteingang der Schule standen je zwei Betonbänke einander gegenüber, dort saßen sie auf den Lehnen, die Füße auf den Sitzflächen und rauchten. Niemand anders hätte gewagt, diesen Platz zu besetzen. Die Handballer, die Jungs mit den Dreiviertel-Tarnhosen, der Typ mit den langen Haaren und der Jeansweste über der Lederjacke, außerdem Speedy und Butterfly. Ruven ging zur Realschule in Zanck. David stand auf und grinste mir entgegen. Die meisten Gesichter hatte ich Samstag im *Schandfleck* schon gesehen, doch nicht mal die Hälfte von ihnen kannte ich mit Namen.

»Geiler Anzug!«, sagte die Jeansweste, und alle nickten.

Vor der AG saßen David und ich wieder zu zweit beisammen.

»Und, war der Tag des Herrn vom *Fluss libidinöser Energien* bestimmt?«, fragte er mich sogleich.

»Was?«

»Kam es zu einer *sonntäglichen Eingleitung* im Hause Ferrari?«

»Welches Haus Ferrari?«

»Die schöne Dunja Ferrari? Sie wurde am Samstag beim Verlassen des *Schandflecks* mit einem gewissen Charlston Berg beobachtet, sodass von einer *Einbestellung zur Vollversammlung* auszugehen war.«

»Sie heißt Dunja Ferrari? Ich kenne sie nur als Düne Feininger.«

»Ferrari, Feininger, Dunja, Düne, *tomaytoes, tomatoes*, das tut doch nichts zur Sache. Wurde *Schilf verhaftet* oder nicht, möchte ich von dir wissen.«

Nie benutzte er ein und denselben Begriff für *Geschlechtsverkehr* mehr als einmal. Da er aber kaum über etwas anderes sprach, waren nur noch Bezeichnungen möglich, die keinerlei Sinn ergaben. Im *Dave-Killer*-Heft füllte ich vier Seiten mit seinen Wortschöpfungen, dann brach ich ab, denn man brauchte den in Vergessenheit geratenen Kreationen nicht hinterherzutrauern. Es gab täglich frischen Nachschub.

Davids Bezeichnungen für Koitus (Auswahl)
- Pudding versiegeln
- Wirsing zirkulieren
- Pferdeherden besprechen
- das Werkstück ziselieren
- Oma die Nase verfeinern
- gegen die Gräfin vorgehen (gerichtlich)
- Giersch in der Lampe backen
- Zucker in der Zentrale erhitzen
- Weiß dämpfeln

- sehr viel Kerbel rebeln
- beidhändig Glockenspielunterricht geben – und nehmen
- Füllungen vorbestellen
- Winterschlussverkauf in den Sommer verlegen
- das Prinzip Gartenhaus kontrovers diskutieren
- das Däumchen drehen
- das Glutamat verstaubgolden
- Garn farnen
- Irkutsk sanieren

Niemals benutzte er »ficken«, »nageln« oder »bumsen«, wie all die andern Betonbänkler. Wenn die Handballer am Montagmorgen ihre sexuellen Wochenenderlebnisse zum Besten gaben, fühlte ich mich an Mozart Fettkötter erinnert, so hässlich waren die Worte, so brutal der beschriebene Akt, als wären Mädchen willenlose Puppen, die man für Sex gebrauchen konnte wie einen Apparat. Sie wurden »über den Pisser gezogen«, ihnen wurde »die Omse verknüppelt«, es wurde »das saftige Fötzchen genagelt« und die »Spalte zugekleistert«. Wenn vom Busen die Rede war, dann nur von »Titten«, »Möpsen«, »Glocken«, »Hupen«, »Augen« oder »Dingern«. War ein Mädchen zuvor bereits mit einem aus der Clique intim gewesen, galt sie als »durchgereicht«, was die beiden Jungen zu »Lochschwagern« machte.

Auch David erzählte gern von seinen Abenteuern, doch nie im großen Kreis, Diskretion war ihm heilig. Er verheimlichte stets, mit wem er intim gewesen war, und wenn er von weiblichen Brüsten sprach, schwärmte er von »Kätzchen«, »Weichungen«, »Märchenbüchern«, »Wollsocken«, »Fanfaren« oder »Doppelkörnern«, es war auch von »Fallen«, »Milch«, »Tennis« oder »Wolken« die Rede. Dazu war der Busen »seidig«, »nicht vollständig erfassbar«, »mutig erklärt«, »schaumig«, »feingestrickt«, »nasal«, »urlaut«, »specksteinern«, »unwirsch«, »festlich«, »glühend« oder auch »entzündet«. Ich hatte zunächst gemutmaßt, dass einige der Beschreibungen negativ gemeint wären, aber *Dave Killer* kannte keinen Busen, der ihm nicht gefiel. »Entzündete Wolken« und »unwirsche Märchenbücher« fand er besonders ansprechend.

»Irkutsk wurde *nicht* saniert. Am Sonntag haben wir uns gar nicht getroffen. Aber wir sind für nächsten Samstag verabredet. In ihrem Labor«, sagte ich.
»Labor? Macht sie Beischlafexperimente mit Jungmännern?«
Woher wusste er, dass ich noch nie ein Mädchen berührt hatte?
»Nein, sie stellt eigene Kosmetik und Parfums her. Ich träume schon lange davon, selbst Düfte zu kreieren. Du musst wissen, ich habe eine sehr feine Nase.«
»Und einen sehr feinen Lustfinger. Chafinobert, kann es sein, dass du Nachhilfe benötigst?«
Ich sah ihn an. In seinem Blick lag nicht der Anflug von Hohn, eher eine feierliche Erregung. Ich nickte und schluckte trocken.
»Die Schicksalsgöttin persönlich hat mir unser Treffen bereits angekündigt. Sie gab mir den Auftrag, mich um dich zu kümmern. Ich selbst durfte in jungen Jahren eine Ausbildung genießen, die mich zu einem Liebhaber der Extraklasse gemacht hat. Alle meine Partnerinnen schwärmen ihren nachfolgenden Feldbestellern von meiner Gabe vor. Du kannst dich glücklich schätzen: Ich bin schon lange auf der Suche nach einem geeigneten Meisterschüler, an den ich mein allumfassendes Wissen auf dem Gebiet der Liebeskunst weitergeben kann.« Er legte mir beide Hände auf die Schultern. »Charizo. Bist du bereit? Willst du bei mir in die Ausbildung gehen?«
Ich tat, als müsste ich überlegen. Dann legte ich zärtlich meine Hände um seinen Nacken, sah ihm tief in die Augen und hauchte: »Ja, ich will.«

Jour Fixe – Filme

Noch an demselben Montagabend stattete ich David einen Besuch ab, und er eröffnete mir, dass dies nun unser *Jour Fixe* sei. Wöchentlicher Sexualkundeunterricht bei *Dr. Dave Killer*. Wir durchquerten den Flur, ich warf einen Blick auf die türlose Küche des Grauens, bestaunte die verstaubte Altglassammlung, durchschritt mit offenem Mund die Bibliothek. Kaum etwas hatte sich verändert seit meinem ersten Besuch, bei dem wir uns von den Mädchen mit den uringeladenen Supersoakern hatten beschießen lassen. Kafka war nicht da. Auf dem Lesepult in der Mitte des Raums lag ein aufgeschlagenes Buch, *Cymbeline* von Shakespeare. Das kannte ich. Ich las ein paar Zeilen.

IMOGEN
Geh mir aus den Augen,
Du gabst mir Gift. Fort, du heimtückischer Mensch,
Und atme nicht, wo Fürsten sind.

Das Büchlein war im fünften Akt aufgeschlagen, in dem nahezu das gesamte Personal noch einmal auftritt, um die vielen losen Enden der irrsinnig versponnenen Handlung zum maximal möglichen Happy End zusammenzuführen. Ich riss mich los. David blickte mich wartend vom Ende des Ganges an, ich eilte ihm nach. Wir gingen die staubige, zum Teil mit Baufolie überzogene Treppe hoch und betraten sein aus Ytong-Steinen zusammengesetztes Zimmer. Von innen war es der wohnlichste Raum im ganzen Haus, vollständig mit gelber Raufaser tapeziert, ein Poster von einem dunkelhäutigen Baseballspieler aus den 70er-Jahren an der Wand, saubere, fliederfarbene Auslegware mit kleinen, türkisen Quadraten. Es roch nach Cola, Sperma, Staub, muffiger Wäsche und Magnetbändern. Keine Bücher, nur ein Regalbrett, auf dem sich VHS-Kassetten türmten. Über einer Schneider-Kompaktanlage mit Doppeltapedeck hing ein Kasten mit kleinen Fächern für Musikkassetten, die alle voll waren. David öffnete einen Schrank, der sich als Kühlschrank entpuppte, nahm zwei Dosen River Cola heraus, hielt mir eine hin. Ich lehnte dankend ab, er kam sogleich zur Sache.

»Beim Geschlechtsverkehr zwischen Frau und Mann geht es ähnlich wie im echten Leben zu. Es gibt auf der einen Seite Männer, die stumpf ihre Arbeit verrichten, und auf der anderen Seite die unterforderten Frauen. Die männlichen Arbeiter haben vor allem ihre eigene Befriedigung im Sinn, nichts anderes ist Zweck ihrer Tätigkeit. Sobald sie einmal in den Bobschlitten der Ekstase gesprungen sind, rasen sie den Lustkanal in Höchstgeschwindigkeit hinunter – als ginge es bei der körperlichen Liebe darum, der Erste im Ziel zu sein. Haben sie die karierte Linie überquert, machen sie Feierabend. Sie brauchen die Scheide der Frau genau genommen nur, um darin zu masturbieren. Wenn sie dafür mehr als zwei Minuten benötigen, kann man bereits von epischer Länge sprechen. Nach der Ejakulation sinkt der Lustpegel in Sekundenschnelle ab – du kennst das von der Selbstbehandlung. Nicht selten schlafen diese erbärmlichen Liebhaber ein, sobald sie ihr Sperma in der Partnerin abgeschlagen haben. Sie sind eine Schande für unser Geschlecht.«

Sein ausgestreckter Zeigefinger vollzog den beschriebenen Kurvenverlauf mit einem zackigen Pegelausschlag in der Mitte nach. Direkt im Anschluss ließ er den Kopf auf die Schulter sacken. Mit geschlossenen Augen schnarchte er drei Mal, dann erwachte er mit einem Ruck und fuhr fort.

»Die weibliche Sexualität hat während des Liebesspiels einen gänzlich anderen Kurvenverlauf: Sie steigt sanft an und steigert sich gemächlich, idealerweise über Stunden, wovon sie die erste Stunde nur mit den Füßen und Händen beschäftigt werden sollte. Darin liegt das Geheimnis: Je länger man das Katapult spannt, desto höher fliegt die Kugel. Und auf dem höchsten Punkt der Flugbahn plumpst dieser geheimnisvolle Ball weiblicher Lust nicht etwa zurück zur Erde. Nein, es öffnet sich ein Fallschirm, und er segelt sanft hin und her schwingend zum Boden zurück.«

Er zeichnete die Kurve in Form eines immer steiler werdenden Berges mit der ausgestreckten Hand nach, als würde er Zeitlupenkarate betreiben, bis er auf Zehenspitzen stand. Für den Kurvenabfall nach dem Gipfel musste er ein paar Schritte zur Seite machen, so gering war das Gefälle.

»Diese Kurvenform zu bedienen – das beherrschen nur wenige Anbieter. Ich möchte sie als Künstler bezeichnen. Sie sind selbstlos, dienen einer Sache, die größer ist als wir alle. In Bezug auf den Koitus bedeutet das: Das Werk ist erst vollbracht, wenn die Partnerin zum Höhepunkt kommt. Ein Meisterwerk gar entsteht nur dann, wenn der Orgasmus von allen Beteiligten gleichzeitig erlebt wird.«

»Und wie schafft man das?« Ich hatte bisher nicht darüber nachgedacht, ob ich beim Sex auf irgendetwas achten müsste. Das Wort »Vorspiel« kannte ich nur aus dem Biologieunterricht.

»Zuerst muss deine Kategorie geklärt werden. Blut oder Fleisch?«

»Was meinst du?«

»Ich zum Beispiel gehöre in die Fleischabteilung.«

David sah mich erwartungsvoll an. Er zeigte mit beiden Händen in Richtung Schritt. Dann, als wäre ich schwer von Capé, imitierte er mit einem kaum zu hörenden »Na gut« ein genervtes Gesicht, öffnete routiniert den Reißverschluss, woraufhin sein auberginenförmiges Geschlechtsteil schwer herauskippte. Die Mitte war deutlich dicker als der Ansatz, und auch am Ende verjüngte sich der Penis wieder. Ein neugieriges, blindes Tier, das sich mir wippend entgegenreckte.

»Siehst du? Er besteht fast nur aus festem Muskelfleisch. Du kannst ihn gern mal anfassen.«

Ohne Zögern griff ich zu. David grinste glücklich. Der Penis war warm und dick und fühlte sich tatsächlich erstaunlich stramm an, einer Erektion nicht unähnlich. In meiner Handfläche verspürte ich ein leichtes Pulsieren.

»Merkst du es?«, fragte David. »Ich könnte jederzeit – ohne ernsthaft erigiert zu sein – einsteigen.«

»Einsteigen?«

»In das nassgelockte Bärchen.«

»Okay, ich verstehe.«

Ich ließ ihn los, woraufhin er alles wieder verstaute. Eine Unterhose schien er nicht zu tragen.

Dann fuhr er fort: »Ein Blutpenis hingegen ist in nicht erigiertem Zustand erbsenwinzig und schwillt bei Erregung auf Unterarm-Dicke und -Länge an. Und wird dabei titanhart. Also, was trägst du zwischen deinen Beinen spazieren?«

»Ich habe eine Scheide.«

Wieder ging ein Glanz über sein Gesicht. Er lächelte mich zärtlich an.

»Gutes Stichwort! Ich vermute also, du bist mit der Schwellkörperversion ausgestattet, richtig? Und jetzt stell dir vor: Du bist vollgetankt, du bist Samtstahl. Du hüpfst durch die Landschaft, schwingst dich in die Luft und landest mitten in einer warmen, weichen Spalte. Einer Erdscheide. Aber du stößt dich sofort wieder ab, denn du darfst nicht verweilen. Das wäre dein Ende!«

»Ich habe doch gerade erst angefangen.«

»Eben.« Er fasste mich an den Schultern. »Hör mir gut zu: Du musst auf jeden Fall verhindern, dass du zu früh entlässt. Entlassung bedeutet für dich *Feierabend*. Denn das ist der Nachteil des Blutseglers – eisenhart im Einsatz, doch nach Entladung erst mal nicht zu gebrauchen. Ich habe es besser: Mein fleischerner Vorgesetzter kann in jedem Zustand zur Arbeit gehen. Kann dafür in Sachen Härte nicht mit deiner Gattung mithalten.«

Er setzte die Dose River Cola an den Mund und trank geräuschvoll daraus. Sein Kehlkopf hüpfte wie der Kolben eines Motors auf und nieder. Er setzte ab, die Dose war leer, er warf sie quer durchs Zimmer in einen braunen Plastikmülleimer.

»Duuuuuuu«, rülpste er tief und kehlig, es klang wie ein blubberndes Störgeräusch aus einer großen, sprechenden Puppe mit schwächelnder Batterie, »… bist also in dieser Fleischlandschaft, die glitzernde Wattmulde zieht dich magisch an, will dein Innerstes trinken. Was machst du?«

»Ich habe Spaß?«

»Falsch!« Er schlug mir mit der flachen Hand auf die Stirn. »Du bist bei der ARBEIT. Und ich werde dich zu einer exzellenten Fachkraft ausbilden. Ob es zum Künstler reicht, hängt ganz allein von dir ab. Hast du schon mal eine Doku über Pinguine gesehen?«

»Ich habe alle Dokus über Pinguine gesehen, die es gibt.«

»Dann kennst du das, wenn sie so auf dem Bauch sliden.«

»Aber sicher.«

»Genau das machst du jetzt. Dein Bauch ist nicht so empfindlich wie dein blankes Köpfchen. Du bist in der Spalte, aber immer wenn es hell wird, trittst du den Rückzug an und rutschst *Pingu-Style* durchs flutschige Hautwatt, hin und wieder nur tauchst du ein ins göttliche Nass, doch wann immer du auch nur ansatzweise das Ende des Tunnels erblickst, schleuderst du dich raus und reibst deinen Bluter über die kleine Lustknolle, die an der Spitze der *Wattgina* sitzt.«

David holte tief Luft und sah mich ernst an.

»Wenn die Erde bebt, ist deine Arbeit getan. Jetzt gibst du Gas, jetzt darfst du gierig sein! Mit Seemannsköpper hinein! – und *Zeng! Zeng! Zeng!*«

Er unterstützte seine Botschaft mit entsprechenden Hüftbewegungen. »Erst wenn du dir sicher bist, dass deine Partnerin auch den allerhöchsten Gipfel erklommen hat, sei es dir gestattet: *Eiweiß Marsch*. Aber keinen Money Shot! Immer schön rein in die Katze mit dem Ejakulat.«

»Keinen *Money Shot*?«, fragte ich.

»Na, wie beim Porno am Ende. Wenn der Typ fertig ist mit dem zusammengeschnittenen Showgerammel und in die Visage der Erotikdarstellerin samt. Vollkommen dämlich. In die Muschikatze zu entlassen ist viel besser.«

»Ich hab noch nie einen Pornofilm gesehen«, sagte ich.

»Du hast noch nie einen Pornofilm gesehen.«

Es war keine Frage, mehr der Versuch, die Glaubwürdigkeit meiner Aussage einer Prüfung zu unterziehen, indem er sie laut wiederholte und dabei mit verengten Augen die Zimmerecke inspizierte. Als er fertig war, wandte er den Kopf zu mir und starrte mich zu gleichen Teilen ungläubig und skeptisch an.

Ich schüttelte den Kopf. »Wieso sollte ich?«

Er warf den Kopf in den Nacken und schnarrte.

»Weil es ... G. E. I. L. ist? Um dir dabei das Fagott zu putzen?«

»Ja? Ich greife lieber auf meine Fantasie zurück. Ich glaube, es würde mich nicht erregen, einem inszenierten Geschlechtsakt zweier fremder Menschen zuzusehen.«

»Was laberst du da nur für einen hirnverbrannten Scheiß, Schalle.«

Er nahm das Heft »Playmates des Jahres 1989« vom Nachttisch, schlug es wahllos auf und hielt es mir hin.

»Willst du etwa behaupten, dass dich die Fallen dieses Cowgirls nicht antörnen, nur weil du die Dame nicht persönlich kennst?«

Ich sah mir das vollseitige Bild an, das David mir präsentierte. Eine Frau in Cowboystiefeln und mit einem taubenweißen Cowboyhut auf dem blonden Schopf stand an einer Wasserpumpe und beugte sich vor, um daraus zu trinken. Strohballen waren links und rechts dekorativ aufgestapelt, Hut und Stiefel waren die einzigen Kleidungsstücke, die sie trug, nur ein Pistolengurt samt Colt war noch um ihre Hüfte geschwungen. Sie schaffte es, gleichzeitig zu pumpen, den geöffneten Mund mit seinen perfekt geschminkten Lippen an den hervorschießenden Strahl zu halten, eine ihrer mittelgroßen Brüste festzuhalten und dabei in die Kamera zu schauen. All das, ohne dass ihr Hut herunterfiel. Gleichzeitig streckte sie ihr Hinterteil zur Seite, darüber verlief der Gürtel, und auf der Höhe der Rundung ruhte in seiner Lederhalterung der Colt mit dem elfenbeinfarbenen Griff. Licht brach sich in den zahlreichen, im Moment erstarrten Wassertropfen, das Ganze musste eine Mordsarbeit gewesen sein, sowohl für den Fotografen als auch für das Modell. Ich betrachtete das Motiv aufmerksam.

»Und dazu masturbierst du?«, fragte ich.

Entnervt entzog David das Heft meinem Blick und blätterte darin herum, diesmal suchte er nach einem ganz bestimmten Foto. Er fand es. Es war zum Ausklappen, weshalb er das Heft seitlich halten musste. Die Schönheit, die sich nun über drei Seiten aus dem Magazin faltete, war dunkelhaarig und ebenfalls nahezu unbekleidet. Sie trug immerhin eine Bluse, diese war allerdings sehr dünn, sehr weiß und sehr nass, sodass ihr großer Busen mit den dunklen Brustwarzen deutlich zu erkennen war. Anscheinend hatte sie den Eimer, den sie noch immer in der rechten Hand hielt, über sich selbst entleert, allerdings so, dass ihr perfekt frisierter und geschminkter Kopf nichts abbekommen hatte. In der linken Hand hielt sie die Zügel eines Pferdes. Im Hintergrund konnte man eine karge, wüstenartige Landschaft sehen, ich erkannte Kakteen. Das Pferd trug eine Decke mit bunten, folkloristischen Mustern. Unten links stand der Name der Frau: »Lupita – Playmate des Monats Juli«.

Ich schluckte. Die junge, südamerikanische Frau sah nicht aus wie Mayra, aber eine oberflächliche Ähnlichkeit war vorhanden, auch sie hatte leicht indigene Gesichtszüge, goldbraune Haut, sie hätte eine Cousine sein können. Die Augenbrauen waren weggezupft und mit Kajalstift in neuer Form hingemalt, so wie es auch Mayra seit einiger Zeit trug. Hinter dem Kopf ragte ein Sombrero hervor, eine Kordel um den Hals hinderte ihn daran, herunterzufallen. Da das Foto in einem mexikanischen Setting angesiedelt war, wurde ich quasi dazu gezwungen, mich das erste Mal mit diesem Gedanken auseinanderzusetzen: Auch Mayra war eine attraktive junge Frau, vermutlich mit einem schönen Körper, und ich war neuerdings ein junger Mann. Und Frau und Mann machten Dinge miteinander. Noch nie hatte ich ein Bild dieser Art zugelassen, ebenso wenig, wie man sich Sex mit seiner Mutter vorstellt, sofern man halbwegs normal im Kopf war.

Ich starrte auf die nackte Mexikanerin.

»Na also.« David, dem ich bereits beiläufig von meiner mexikanischen Brieffreundin erzählt hatte, grinste zufrieden, klappte das Poster wieder ein und hielt mir das Heft hin.

»Du kannst es dir gern leihen.«

»Nein ... danke«, sagte ich zögerlich. »Ich greife wirklich lieber auf meine Vorstellungskraft zurück.«

David machte ein vorwurfsvolles Gesicht.

»Nimm es mit. Männer schauen sich Bilder von nackten Frauen an und befriedigen sich dabei selbst. Das ist so normal und wichtig wie Naseputzen. Da Männer quasi immer Schnupfen haben, sollte das mehrmals täglich geschehen. Man muss die Nase frei haben, um klar denken zu können.«

»Du befriedigst dich mehrmals täglich selbst?«

»So oft es geht.«

»Was heißt oft?«

»Mein Rekord liegt bei siebzehn Mal.« Er grinste stolz.

Seit der Entdeckung der magischen *Stelle* hatte es erst einen Tag gegeben, an dem ich sie zwei Mal beschworen hatte, morgens, und noch ein weiteres Mal nachts, weil ich nicht einschlafen konnte. Ich war mir sexkrank vorgekommen, nicht nur weil die schlafende Fritzi neben mir lag. Aber *siebzehn* Mal? Bei sieben Stunden Schlaf bedeutete das jede Stunde ein Mal. Was erklärte, warum ihn auch in der Schule des Öfteren eine Wolke von frischem Spermageruch umgab.

Jour Fixe – blind

Obwohl ich für Düne nur Geruch und Stimme sein würde, zog ich meinen besten Nadelstreifenanzug an. Das Tragen eines maßgeschneiderten Anzugs machte etwas mit mir, ich ging anders, stand aufrechter, meine Mimik veränderte sich, und ich wusste, dass ich sogar anders redete, sobald ich in einem Anzug steckte. Der Duft von feinem Tuch würde sich subtil in meine Aura mischen, er würde ihrer Nase und auch ihren tastenden Händen nicht entgehen. Nonno, der dem Rendezvous fast noch mehr entgegenfieberte als ich, war nicht davon abzubringen, dass ich Blumen mitzubringen hatte. Auf dem Großmarkt in Sumbigheim entschied ich mich morgens um 4:12 Uhr für einen Dreiklang aus Orangenblüte, Gewürznelke und Veilchen, in Anlehnung an *L'Heure Bleue* von Jacques Guerlain.

Den Samstagvormittag verbrachte ich damit, aus Ditos Plattensammlung ein *Blue-Jazz*-Mixtape für Düne aufzunehmen. Auch hier blieb ich dem Thema »blau« treu und stellte nur Stücke, die das Wort »blue« im Namen trugen, zusammen. »Blue Lester«, »Blue Train«, »Blue Monk« – alle Großen hatten der blauen Phase des Jazz zumindest einen Pinselstrich hinzugefügt.

Dann, zur blauen Stunde, »*wenn die Nacht noch nicht zu ihren Sternen gefunden hat*«, so der Großmeister Guerlain über seine

Lieblingstageszeit, nach der er *L'Heure Bleue* benannt hatte, machte ich mich am Samstag auf den Weg. Ich musste auf dem Stadtplan nachsehen, wo die Straße lag, ein Viertel von Leyder, in das mich noch keine meiner Vergiftungen geführt hatte. Mit dem Bus fuhr ich so weit es ging, den letzten Kilometer musste ich zu Fuß gehen. Es war warm, ich war ohne Mantel aufgebrochen. Die Vorgärten der Villengegend verströmten zauberhafte Aromen, Heckenrose, gewässerter Golfrasen, erloschene Holzfeuer, Erdbeerwind. Weiße, weichgespülte Laken wurden von Angestellten eingeholt, der Wohlstand dieses Viertels ließ sich schmecken wie das Aroma von Zuckerwatte in Kirmesluft.

Als die Villa der Familie Feininger in Sicht kam, hielt ich in ausreichendem Abstand inne, um mich zu sammeln. Ich legte den Strauß Blumen auf einer Natursteinmauer ab und entfernte das Papier. Weit und breit war kein Mülleimer zu sehen, also faltete ich es sauber auf Briefgröße zusammen und steckte es in meine Innentasche. Dann holte ich zitternd Luft und überquerte die Straße, während im ganzen Viertel die Straßenlaternen ansprangen. Ich klingelte. Ein elektronischer Gong ertönte im Inneren des Hauses. Die Tür öffnete sich. Vor mir stand ein junger Mann und starrte mich ausdruckslos an. Er hatte sehr dunkle, fast schwarze Haut.

»Hallo. Cha-Cha… Charlie mein Name. Ich bin mit Dünja verabredet. Düne. Ich bin mit Düne verabredet.«

Oh je.

»Hallo Charlie. Komm rein. Ich bin Rorax.« Er hielt mir die Hand hin. Als ich sie schütteln wollte, packte er schnell zu und quetschte mir die Finger so sehr ab, dass ich seinen kräftigen Druck nicht erwidern konnte. Er roch verlockend, nach Leder, Harz und Vetiver, was er sicherlich Düne zu verdanken hatte. Wir betraten das Haus. Glänzender, dunkelgrauer Steinboden, ansonsten alles weiß. Er führte mich durch die riesige, offene Küche mit einer Kochinsel in der Mitte, von der Decke hingen Netzkörbe voller Zwiebeln, Knoblauch, Ingwer, Galgant, Frühlingszwiebeln, Schwarzwurzeln und Walnüsse. Ein Seitengang führte in den Anbau. Vor einer Tür mit der Aufschrift *Dune Cosmetics* lag ein weißer, kurzgeschorener Königspudel in einem Körbchen und schlief. Rorax klopfte.

»Herein«, sang Düne.

Rorax öffnete und wies mit der linken Hand in den Raum wie ein Hausdiener.

Ich fragte mich, ob er eventuell einer war.

Als sich die Tür hinter mir lautlos schloss, kam Düne vorsichtig einen Schritt in meine Richtung. Sie trug eine andere Sonnenbrille als vor einer Woche. Dezente, nicht vollständig schwarze Gläser. Außerdem wider Erwarten keinen Kittel, sondern einen gewandartigen Cashmerepullover in Pink, aus dem, in eine enge Jeans gezwängt, ihre Playmobilbeinchen ragten. Sie streckte den Arm in meine Richtung aus, ich ging zu ihr, ihre kleine Hand verschwand in meiner, warm und weich wie ein gerade erst geborenes Nagetier. Ich legte den Blumenstrauß in ihre Hand. Sie hielt ihr Näschen in die Blüten, lächelte und sagte: »*L'Heure Bleue*. Du Schuft.«

Dann glitt sie an der Kante der weiß gefliesten Laborinsel in der Mitte des Raums zu den Reagenzgläsern und Kolben und füllte einen größeren Glasbehälter mit Wasser, wobei sie den Finger auf der Höhe des angestrebten Wasserstands hineinhielt und den Wasserhahn ausstellte, sobald sie das Nass spürte. Ich trat zu ihr, doch sie griff bereits zielstrebig zum abgelegten Strauß und stellte die Blumen in die improvisierte Vase.

»Willkommen in meinem Riech-Reich.«

Sie zeigte umher.

Der Raum hatte keine Fenster, nur Oberlichter, in denen jetzt lediglich mattgelb der Schein einer Straßenlaterne zu erkennen war. Ich trat an eins der Regale und las die Namen der Riechstoffe. *Anethol, Anisaldehyd, Arabischer Jasmin Absolue,* alles alphabetisch geordnet. Auf jedem Etikett klebte zudem ein Streifen mit Brailleschrift.

»Du kannst gern an allem riechen. Mach auf, was dich interessiert. Oder willst du irgendwas Bestimmtes schnuppern?«

»Ja. Alles.«

Ich war im Paradies. Ich griff mir die erste Flasche links oben und schnupperte mich von dort systematisch durch die erste Reihe. Sofort bereute ich, kein Notizbuch mitgenommen zu haben. Ich gab die alphabetische Reihenfolge auf und ließ mich durch das Labor treiben, teils von der Nase gelenkt, teils von bestimmten Namen angelockt, und ich speicherte alles in meiner inneren Duftbibliothek ab: Eichenmoos, Petitgrain, Karottensamen, Magnolane, Benzoeharz, Pimentbeere, Tonkabohne, Viridin, Galbanum. Einigen anonymen Düften in meinem Speicher konnte ich endlich Namen zuordnen, andere kannte ich aus den Duftbeschreibungen der Parfumliteratur, hatte aber noch nie die Möglichkeit gehabt, die Grundbestandteile isoliert zu riechen. Es war, als setzte ich nach vielen unscharfen Jahren das erste Mal eine Brille auf. In dem Moment, in dem ich begriff, was mit dieser Ausstattung und Sammlung an Riechstoffen möglich sein würde, wurde mir schwindelig. Ich musste mich abstützen, mein Herz sprintete mit seinem Krummfuß los, und ich sah hinüber zu Düne, die den Kolben und Waagen auf der Laborinsel in der Mitte des Raums zulächelte.

»Komm her, ich zeige dir, wie man eine Formel schreibt. Dann kannst du mir dein erstes Parfum diktieren, und ich mische es an.«

Ihr Computer mit der Brailletastatur hatte eine Sprachausgabe. Eine blecherne Stimme las vor, was sie eintippte. Auf dem Monitor sah ich, wie sich eine Formel zusammensetzte.

»Nehmen wir doch mal dieses.« Sie schraubte eine Flasche auf und hielt sie mir mit einem Riechstreifen hin. Er war nicht rechteckig, wie es in Parfümerien üblich war, sondern viel länger und lief spitz zu, zudem hatte er mittig einen langen Falz, an dem er sich zu einem schlanken Duftmolekülfächer falten ließ.

»Tunk ihn einfach rein.«

Ein zauberhaft leichter, etwas zitrischer Blütenduft, der von waldigem Grün gehalten wurde, ich meinte Jasmin zu riechen, und Neroli, dazu ein winziger Hauch honigsüße Tuberose.

»Und das bauen wir jetzt nach.«

Sie erklärte mir die Formel, die Grammzahlen, bewegte sich sicher zu diversen Riechstoffen, las mit dem Finger die Etiketten und sammelte in einem kleinen Körbchen die Flaschen ein. Danach mischte sie mit routinierten Handgriffen und mit Hilfe einer sprechenden Waage den Duft erneut zusammen. Mein Hirn ratterte und modulierte Akkorde. Mit dem neuen Wissen konnte ich Parfums wie Legosteine zusammenklicken, Legosteine, die an allen Seiten sowohl Erhebungen als auch Mulden hatten und in allen erdenklichen Farbschattierungen existierten.

Während das Blue-Jazz-Tape den ganzen Abend in Endlosschleife lief, diktierte ich Düne immer wieder Mischungen, die sie für mich anmischte, sie beriet mich, und schließlich, nach fünf Runden, war es perfekt. Mein erstes Parfum. *Karamellwald.* Ein erdig-hölzerner Traum, mit Steinpulver und Eichenmoos, gebrannter Mandel, Orchidee und Sandelholz, die karamellige Süße mit etwas Moschus überdeckt und einem klitzekleinen Tröpfchen Madagaskar-Vanille abgerundet.

Ich hatte nicht ahnen können, dass diese Art von Glück existierte.

Als ich aufbrechen musste, um den letzten Bus zu bekommen, verabredeten wir uns für den nächsten Samstag. »Wir können doch einen *Jour Fick* daraus machen.« Sie lächelte. »Oder wie das heißt.«

»*Jour Fixe*«, sagte ich, und hoffte, dass sie das Rot in meinem Gesicht nicht riechen konnte. »Gern.«

Oma und Opa

Als ich nach Hause kam, blinkte das Licht des Anrufbeantworters.
Küühp!
»Opa hier.« Er räusperte sich. »Oma ist ... konnte nicht mehr aufstehen. Liegt in Sumbigheim im Krankenhaus.«
Küühp!
Ich klopfte an die Kellertür, öffnete sie ohne abzuwarten, stürzte die Treppe hinunter und weckte Dito.
»Dito, Opa war auf dem Anrufbeantworter. Oma ist im Krankenhaus. Ich fahre jetzt hin.«
»Au weia, was hat sie denn?«
»Opa sagt, sie konnte nicht mehr aufstehen.«
»Ach du Scheiße, das kenn ich.«
»Fritzi ist oben in unserem Zimmer. Leg dich doch bitte zu ihr, ja?«
»Öh, ja klar.« Er richtete den Oberkörper auf und kratzte sich am Kopf. Von einem Gähnen verschlungen sagte er: »Wird schon nicht so schlimm sein.«

Wie sehr er sich irrte.

Oma, die sich zeit ihres Lebens mit Yoga und täglichem Durchschreiten des Kneippbeckens fit gehalten hatte, Rohkost in Unmengen vertilgte und jeden Morgen den Mittelstrahl ihres eigenen Urins trank, sich als einziges Laster sonntags eine

Flasche Bier mit wechselnder Kräutereinlage gönnte, Oma, die Herrin der Bäume, die wie ein Äffchen durch die Kronen des Waldes toben konnte, wurde im Schlaf von einem Blutgerinnsel im Hirn gebrochen. Sie trug eine halbseitige Lähmung davon, musste fortan im Wohnzimmer schlafen und sich mit Hilfe eines Rollators fortbewegen. Der Pflegedienst kam nur einmal am Tag vorbei, und weil Opa vor Schock regungslos an ihrem Bett saß und das Wasser aus seinem Gesicht floss wie aus einer Felswand, bezogen Fritzi und ich Ditos altes Kinderzimmer unter dem Dach.

Oma sah fürchterlich aus. Die rechte Gesichtshälfte hing herunter wie ein vollständig entleerter Euter. Ihr lief Spucke aus dem Mundwinkel, und wenn sie versuchte zu sprechen, klang sie wie die Behinderte, die sie nun war, und so weinte auch sie, still, den Kopf zur Wand gedreht.

Als Opa wieder begann, sich zu bewegen, goss er seine gesamten Kornvorräte in den Abfluss. Auch den Kräuterschnaps. Aus dem Keller holte er das Bier und den Rotwein. Er trank keinen Tropfen mehr, keinen letzten Schluck, er hörte einfach damit auf. Oma hatte immer gesagt, dass in jedem Ende auch ein Anfang liege. Die Heldin meiner Kindheit würde nie wieder klettern, doch der ewige Störfaktor im Forsthaus, mein Opa, wurde mit jedem Tag milder, zuweilen bis zur Unkenntlichkeit butterweich.

Eines Abends, Fritzi saß bei Oma am Bett und spulte für sie ein skandinavisches Märchen ab, setzte sich Opa mit seinem Gewehr an den Küchentisch. Ich war gerade mit dem Abwasch beschäftigt.

»Komm mal her, Junge.«

Ich wischte mir die Hände an der Schürze ab und setzte mich zu ihm.

Er begann das Gewehr zu zerlegen und erklärte mir alle Einzelteile, zeigte mir Federn und Schlagbolzen, wo man ölen musste, setzte anschließend alles wieder zusammen, zeigte mir, wie man Munition einlegte, sicherte, entsicherte, machte mehrmals vor, wie man durchlud und entlud. Ich stellte Fragen, die er geduldig beantwortete, er ließ mich das ungeladene Gewehr halten und den Abzug ziehen. Ich hatte bisher nur ein Mal mit dem Luftgewehr schießen dürfen. Als Kind. Obwohl Dito mir das verboten hatte, wobei er ungewöhnlich resolut geklungen hatte. Das schlechte Gewissen hatte mir monatelang zu schaffen gemacht, bis ich meinem Vater schließlich beichtete, was ich getan hatte. Dito drohte daraufhin, dass ich nie mehr ins Forsthaus gehen dürfte, sollte ich jemals wieder eine Waffe von Opa in die Hand nehmen. Das war lange her.

Das Ende von Superoma markierte den Beginn meiner Jagdausbildung. Opa nahm mich mit auf den Schießstand, stundenlang schoss ich Kipphasen und Tontauben. Ich begleitete ihn in den Wald, saß schweigend mit ihm auf dem Hochsitz, assistierte beim Aufbrechen des Wildes in der Scheune, erlernte das Fellabziehen, das Zerlegen des Stücks und das fachgerechte Entsorgen der Überreste. Ohne Jagdschein durfte ich natürlich nicht auf Wild schießen, so weit ging Opa nicht. Da ich noch nicht volljährig war, hätte es der Zustimmung meines Vaters bedurft, um den Jugendjagdschein zu machen. Und so kühn, ihm von meiner neuen Leidenschaft zu erzählen, war ich wiederum nicht.

Die neue Situation machte es nötig, über einen Kindergartenplatz für Fritzi nachzudenken. Ich hatte den Gedanken bisher nicht in Erwägung gezogen, ich war selbst nie in einem gewesen. Bei Oma im Wald groß zu werden, das wünschte ich jedem Kind. Doch nun war alles anders. Ich war aufgrund der Situation für einen Monat vom Unterricht befreit, würde bald aber wieder zur Schule gehen müssen, und Opa konnte den Wald nicht auf *Pause* stellen. Es wäre unverantwortlich, Fritzi mit Oma allein zu lassen, gewissermaßen unbeaufsichtigt. Würde sie in einem Kindergarten zurechtkommen? Die Vorstellung, dass sie von anderen Kindern gehänselt wurde, machte mich wütend und unendlich traurig.

Als wir eines Mittwochs gemeinsam in die Bibliothek fuhren, erwartete uns eine Überraschung am Tresen. Frau Mentzel war endlich in Rente gegangen, und eine alte Bekannte hatte ihren Platz eingenommen: Laura Brigge. Es war zehn Jahre her, seit sie als Regieassistentin für Rita gearbeitet hatte. Seitdem hatten wir uns nicht gesehen, deshalb erkannte sie mich nicht gleich. Wie auch, ich erkannte mich selbst in letzter Zeit kaum wieder.

»Das ist ja 'n Ding«, sagte sie und sperrte ihre runden Augen weit auf. Sie grinste. Dann beugte sie sich zu Fritzi und sagte: »Und du musst die Ausleihkönigin sein. Das ist ja Wahnsinn, wie viel du liest!«

»Und deshalb hält man mich für wahnsinnig! Wahnsinnige wissen nicht, was sie tun.«*

Laura sah irritiert von ihr zu mir und zurück.

»Na, dann zeig mal her, was hast du mir denn mitgebracht?«

Sie nahm den Stoffbeutel von Fritzi entgegen, ich legte meinen dazu. Während sie anfing, die Bücher zu sortieren, machte sich Fritzi auf, um neue auszuwählen.

»Wie geht es deinem Vater?«, fragte Laura.

»Geht so. Seine Mutter hatte einen Schlaganfall.«

»Oh je, kann er sich um sie kümmern?«

»Fritzi und ich sind bei ihr eingezogen. Dito hat genug mit sich selbst zu tun.«

»Ich hab auch so 'n Pflegefall bei mir oben sitzen.« Sie zeigte zur Decke und streckte die Zunge raus. »Mein Vater. Kann sich nicht mehr bewegen. Und hat sehr, sehr schlechte Laune deswegen.«

Sie hatte das Germanistikstudium abgebrochen, als ihr Vater

---

* Edgar Allen Poe: Das verräterische Herz

pflegebedürftig wurde, seitdem kümmerte sie sich um ihn. Und nun war ihr glücklicherweise diese perfekte Kombination aus behindertengerechter Wohnung und Arbeitsstelle vor die Füße gefallen.

»Und, hast du eine Freundin?«, fragte sie mütterlich.

»Ja, nein... kann sein. Da ist dieses Mädchen, Düne. Aber... ich weiß nicht.«

»Bist du denn verliebt?«

Ich lachte auf.

»*Verlieben*... allein das Wort sagt doch schon alles: Klingt wie *Versehen*. Oder *Verlieren*. Auf alle Fälle etwas, das man nicht geplant hat, das einem *passiert*. Ich mag das gar nicht, wenn man die Kontrolle verliert.«

»Ach«, seufzte Laura, »ich schon...«

»Nein, im Ernst, man *verzehrt* sich, ist hin*gerissen* und ver*narrt* – woher kommt diese kaputte Sprache der Liebe wohl? *To fall in love*. Es ist doch furchtbar, in etwas *hineinzufallen*!«

Laura blickte an mir vorbei und stützte die Hände aufs Kinn. »Aber es ist auch schön...«

»Währenddessen vielleicht. Rückblickend ist es immer die Hölle. Wie der Verstand ausgeschaltet wird. Schrecklich.«

»Ja, da hast du natürlich recht – wenn man blind vor Liebe ist, macht man die dümmsten Sachen. Du sprichst mit einer Expertin.«

»Sie ist übrigens blind.«

»Wer?«

»Düne.«

»Deine Freundin? Vor Liebe? Und du nicht? *Story of my Life*...«

»Nein, wirklich blind-blind. Sie kann nichts sehen.«

»Oh Charlie.« Sie hielt sich die Hand vor den Mund. »Tu ihr nicht weh.«

»Das werde ich nicht.«

»Habt ihr denn viel gemeinsam? Damit aus der Verliebtheit irgendwann echte Liebe werden kann?«

Ich erzählte ihr von meiner Leidenschaft für Parfums und von Dünes Labor. Meine Superkraft stellte ich als *sehr ausgeprägten Geruchssinn* dar.

»Wow. Du klingst ja wie Jean-Baptiste Grenouille.«

»Wer ist das?«

»Wie, du kennst *Das Parfum* nicht? Den Weltbestseller von Patrick Süskind?«

»Ist das nicht so ein Krimi? *Die Geschichte eines Mörders?* Für Detektivgeschichten von der Bestsellerliste kann ich mich selten begeistern.«

»Nein! Das ist kein Krimi. Das ist ein Meisterwerk! Du musst es lesen, gerade wenn du dich für Parfums und deren Herstellung interessierst.«

»Welche Rolle spielt das denn in dem Buch?«

»Die EINZIGE! Du musst es unbedingt lesen. Warte, ich hol's dir.«

Nach kurzer Zeit kam sie zurück und drückte mir das Buch mit dem Gemälde einer halb nackten Frau auf dem Cover in die Hand.

»Danke. Ich bin gespannt.«

Ich wechselte das Thema und erzählte ihr von Fritzis Begabung. Glücklicherweise bekam sie sofort rote Flecken im Gesicht und wollte nichts mehr von meinem Liebesleben wissen.

»Das ist ja unglaublich, Charlie! Wenn das stimmt, dann ist sie vielleicht ein *Savant!*«

»Was ist das?«

»Seit *Rain Man* denken ja alle, jeder Autist hat so ein Superhirn, das ist aber Quatsch. Es gibt nicht mal fünfzig von ihnen – weltweit. Das ist was ganz Besonderes.«

»Mag sein, aber behalt das bitte für dich. Nicht, dass plötzlich das Fernsehen vor der Tür steht.«

»Nein, nein, keine Sorge. Ich beschäftige mich nur schon länger mit dem Thema, weil ich eine autistische Kommilitonin hatte. Und jetzt kommst du mit deiner Schwester hereinspaziert, die sich mit nicht einmal vier Jahren reihenweise Bücher in den Kopf kopieren kann. Unglaublich!«

»Sie kann auch anstrengend sein. Apropos – ich müsste noch einkaufen, und sie ist am glücklichsten, wenn sie von Büchern umgeben ist. Kann ich sie dir kurz hierlassen?«

»Lass sie gerne hier, so oft und so lange du willst, Charlie.«

Jour Fixe – Minenfelder

In der letzten Unterrichtseinheit war es um *Minenfelder im Kollegen- und Verwandschaftskontext* gegangen. Kam es unter Freunden zu Stress- oder Konkurrenzsituationen bei der Partnerwahl, griff ein strenges Regelwerk, das entschied, welchem der Anwärter bei seinen Werbungsversuchen der Vortritt gewährt wurde oder ob dem Versuch einer Annäherung grundsätzlich und unverrückbar etwas im Wege stand. Sich Müttern oder Schwestern von Freunden anzubieten war selbstverständlich das größte Tabu.

»Das hat nichts mit patriarchalem Territoriumsquatsch zu tun, es wäre vor allem respektlos der Frau gegenüber. Wie würde sich deine Mutter fühlen, wenn sie die beste Liebesnacht ihres Lebens mit dem Freund des eigenen Sohnes erlebt hätte? Er geht ja weiter im Hause Berg ein und aus, die Anziehungskraft ist fast magnetisch, immer waghalsiger werden heimliche Berührungen ausgetauscht, es kommt zu kurzatmigen Episoden in der Besenkammer, sie ...«

»Bei mir gibt es keine Mutter.«

»Ach so? Willkommen im Club. Na, dann die Schwester. Sie öffnet verschlafen im Negligé die Tür. *Charlie ist gar nicht da, aber komm doch rein, ich...*«

»Meine Schwester ist vier.«

»Okay. Ich glaube, es wird Zeit, dass ich wirklich mal bei euch vorbeischaue.«

»Wir können den nächsten *Jour Fixe* gern bei mir abhalten.«

»So wird's gemacht.«

Routiniert klatschte ich mit ihm ab. Dieses Ritual würde sich niemals natürlich anfühlen, aber gut, um Freundschaften zu pflegen, musste man kompromissbereit sein, das hatte ich bereits gelernt. Wichtig war, dass ich Mayra endlich einen echten Freund präsentieren konnte. Und eine Freundin, auch dazu hatte ich mich entschlossen – wenig später fragte ich Düne, ob ich das Labor filmen dürfe, und wir nahmen zusammen eine Grußbotschaft für meine Brieffreundin aus Mexiko auf. Sogar Rorax winkte in die Kamera.

Ich notierte inzwischen seitenweise Formeln, Düne beriet, mischte und rührte, destillierte und kochte mit Begeisterung, immer niedriger wurde die Fehlerquote, immer häufiger saßen meine Kopfgeburten auf den Punkt. Nach getaner Arbeit verschwanden wir in ihrem Zimmer, von Rorax' strengen Blicken begleitet, und dort küssten wir uns, bis ich zum letzten Bus musste. Irgendwann wurden wir bei diesen Treffen intimer. Wir öffneten gegenseitig unsere Hosen, sie geschickt, ich brauchte etwas länger. Während sie an meinem harten, aber trockenen Glied herumrüttelte, bis ich Angst bekam, meine Vorhaut könnte einreißen, rätselte ich mich durch das Hautfaltentohuwabohu zwischen ihren Beinen. Ich konnte keinen Eingang finden und stocherte mit dem Mittelfinger wie in welken Kohlblättern herum. An ihrer Rückwärtsbewegung merkte ich, dass mein

Vorgehen ihr keinen Genuss bescherte, und gab beschämt auf. Auch sie verstand und ließ mich los. Wir knöpften unsere Hosen zu, verloren kein Wort darüber und machten mit unschuldigen Küssen weiter. Ihr unter den Pullover zu gehen wagte ich nicht. Es gab auch keinen Grund, sie hatte keinen Busen.

Beim nächsten *Jour Fixe* im Hause Käfer berichtete ich David von dem Desaster. Er erhob sich und holte tief Luft.

»Das Vernünftigste, was man im Rahmen eines Austauschprogramms machen kann, ist, seinem Partner zuallererst die Eigenfleischbehandlung zu demonstrieren. Das ist erregend und vertrauensbildend, gleichzeitig die ideale Lehrstunde für die Mitfliegerin. Wenn du weißt, wie eine Frau sich selbst Lust verschafft, dann weißt du, wie du ihr Lust verschaffen kannst. Im Fall Ferrari/Bergamotte wäre so eine Unterrichtseinheit dringend nötig. Was ist deine Technik? Irgendwelche Hilfsmittel? Creme? Oder einfache, ehrliche Handarbeit?«

Ich schilderte ihm, wie ich vorging, und wie es in Omas Badewanne zu dieser Technik gekommen war. Er sah mich mit gläsernem Blick an.

»Chasey. Du bist ein *Genie*! Du masturbierst wie eine Frau. Ich bin *lustbarlich entzündet*.«

Seine Hand fuhr in die Jogginghose. »Das muss ich sofort ausprobieren.«

Er legte sich aufs Bett, bedeckte seine Augen mit einem FC-Barcelona-Schlafanzugoberteil, zog sich die Hose herunter und begann seinen Penis zu massieren. Mit der Linken knetete er seine Hoden. Sein Schambereich war von allen Haaren befreit. Als das Glied versteift war und sich die Vorhaut zurückgezogen hatte, rieb er die pralle Eichel sorgfältig mit mehreren Ladungen Spucke ein. Dann fing er an, *die Stelle* zu stimulieren. Minutenlang tat sich nichts. Sein Finger kreiste und kreiste geduldig. Und kreiste. Er ging zu langsam vor, so konnte das nichts werden. Ich überlegte bereits, ob eine Regieanweisung helfen könnte, da erklang ein kehliges Tönen. Abgedumpft durch den Stoff auf seinem Gesicht wurden die Laute immer animalischer, sein geöffneter Mund zeichnete sich ab, wo er das Wappen des Fußballclubs einatmete. Schließlich erklang ein Kiekser, gefolgt von Stille, dann ein ersticktes Glucksen, zeitgleich schnellte sein Becken in die Höhe. Ein durchgängiger Strang leuchtendweißen Ejakulats schoss bis hoch auf den Schlafanzug, David wand sich stöhnend, schmiss sich in den Kissen hin und her, bis er nach einem letzten Aufbäumen kraftlos zusammensackte. Eine Zeit lang lag er schwer atmend auf seinem Bett. Der Kühlschrank begann mit einem Klicken leise zu klirren. Dann schob David den Stoff vom Gesicht, faltete den feuchten Inhalt sorgfältig ein und starrte mich entsetzt an. »Du TEUFEL. Das ist besser, als *die Rikscha rückwärts durch Bombay zu fahren*.«

Jour Fixe – Beziehung

Inzwischen hatte die Beziehung mit Düne offiziellen Status erreicht. Das bedeutete: Besuche mit Düne im Forsthaus, gemeinsames Musikhören bei Dito im Keller, gemeinsames Lauschen einer aufgesagten O.-Henry-Kurzgeschichte aus Fritzis Mund. Immer öfter war ich auch unter der Woche in Dünes Labor, nachmittags, wenn sie in der Apotheke aushalf. So konnte ich meinen Fragranzfantasien freien Lauf lassen.

Ich hatte *Das Parfum* in einer Nacht durchgelesen und in den folgenden Tagen gleich noch einmal. Es hatte mich atemlos zurückgelassen. Danach war nichts mehr wie zuvor. Ich wollte mehr über körpereigene Lockduftstoffe wissen, Laura bestellte für die Bücherei alles, was es zum Thema gab, Fachliteratur, die teuren Doktorarbeiten, zum Teil auf Englisch. Mir war es nicht gelungen, Jean-Baptiste als Scheusal zu denken, da er mir einfach zu ähnlich war. Was für eine Geschichte! Natürlich ergab die Jungfräulichkeit seiner Opfer keinerlei Sinn. Der Eigengeruch einer Frau änderte sich nicht mit dem ersten Geschlechtsakt, sondern mit ihrer ersten Regelblutung. Und auch die ihm angedichtete, eigene Geruchsfreiheit störte mich. Ich verstand jedoch, dass es aus erzählerischer Sicht Sinn ergab, die Figur als olfaktorisches Neutrum durch die Geschichte zu schicken, gleichzeitig wusste ich, dass es biochemischer Humbug war. Gerade ein Mensch mit einer überdurchschnittlichen Nase wäre in der Lage, seinen eigenen Duft wahrzunehmen, selbst wenn dieser für seine Mitmenschen kaum zu erkennen wäre. Wir Supernasen hatten gegenüber unseren Mitmenschen den Vorteil, dass wir eigene Missgerüche registrierten, den scharfen Schweißgeruch, den schlechten Atem, während alle Welt dank des Adaptionsvorgangs ihres Riechsinns durch den Alltag spazierte und den Eigengestank ausgeblendet bekam. Ein Überbleibsel der Evolution, das heute kaum noch eine Funktion hatte, da wir uns nicht mehr an Beute anpirschen müssen und auch keine freie Nase für die Aufnahme der Witterung brauchen.

Allerdings ist die Ablehnung von Schweißgeruch überwiegend ein nordamerikanisches sowie japanisches Phänomen. Bei den Amerikanern ist schlicht das erfolgreiche Marketing der Deo-Hersteller der Grund, bei den Japanern vermutlich die Tradition der Zwangsehe. Jahrhundertelang Männer und Frauen zu vermählen, die sich nicht riechen mögen, hat Spuren in der Kultur hinterlassen. Auf dem Balkan und auch in Griechenland hingegen gibt es Gegenden, in denen Männer auf besonderen Festen ein Stofftuch in ihrer Achselhöhle tragen. Wenn sie eine potenzielle Partnerin zum Tanz auffordern, schwenken sie dieses vor ihrer Nase, um sie mit ihrem konzentrierten Eigenduft zu betören. Ähnlich gingen die Damen im England des siebzehnten Jahrhunderts vor: Sie trugen einen geschälten Apfel so lange unter dem Arm, bis ihr eigenes Aroma sich mit dem des Apfels verbunden hatte und ließen ihre Liebhaber von diesem *Liebesapfel* kosten.

In einem Experiment war es Forschern gelungen, die Wirkung nachzuweisen, die diese körpereigenen Stoffe auf das andere Geschlecht hatten. Sie extrahierten den Duftstoff aus dem Achselschweiß von Männern, vermengten ihn mit Alkohol und tupften das Konzentrat freiwilligen Teilnehmerinnen der Versuchsreihe auf die Oberlippe. Riechen ließ sich laut Aussage der Probandinnen lediglich der Alkohol. Die »Behandlung« zeigte jedoch erstaunliche Ergebnisse: Der unregelmäßige Zyklus der Frauen pendelte sich bei allen ein und verlief nach einigen Wochen im gleichbleibenden Rhythmus von 29,5 Tagen, biologisch gesehen ein wichtiger Faktor für die Fruchtbarkeit der Frau. In einer Gegenüberstellung mit mehreren unbekannten Männern fühlten sie sich zu denen, mit deren Achselschweißkonzentrat sie in Berührung gekommen waren, unwiderstehlich hingezogen, nicht wenige der Frauen verliebten sich in die Fremden. Die wichtigste Erkenntnis des Experiments verblüffte und euphorisierte mich zugleich: Der männliche Duftstoff wirkte auf Frauen um ein Vielfaches intensiver, wenn er in Kontakt mit ihrer Haut kam. Dieses Wissen hatte ich Jean-Baptiste voraus.

Eine Woche lang trug ich kein Parfum und unter beiden Armen eine Stoffbinde. Während meiner Nachmittagsstunden in Dünes Labor kochte ich sie behutsam aus, destillierte eine Essenz, vermengte diese mit Alkohol. Den Stoff an ihr zu testen war sinnlos: Sie war mir auch ohne den Zusatz von biochemischen Hilfsmitteln verfallen. Also füllte ich mir eine kleine Phiole ab, die ich fortan immer bei mir trug, um jederzeit eine sich bietende Situation für mein Experiment nutzen zu können.

Auch Abendessen mit Familie Feininger gehörten nun zu meinem Leben. Die Eltern hatten Rorax bei ihrem *Ärzte-ohne-Grenzen*-Einsatz in Nairobi adoptiert, weil Dünes Mutter keine Kinder bekommen konnte. Drei Jahre später war sie doch noch schwanger geworden. Der große Bruder kümmerte sich rührend um seine kleine Schwester, für die Hautfarbe nie eine Rolle spielen würde. Er arbeitete im Max-Planck-Institut, stellte ihre Garderobe extrem geschmackvoll zusammen und konnte kochen wie eine afrikanische Gottheit.

Nachdem er uns ein vegetarisches Drei-Gänge-Menü gezaubert hatte, das zur Hälfte aus Gemüsesorten bestand, deren Namen ich nicht kannte, räumten Düne und ich die Teller ab. Sie wurde von ihren Eltern weder wegen ihrer Blindheit noch aufgrund ihrer Blutsverwandtschaft bevorzugt behandelt und hatte genauso ihre Aufgaben im Haushalt wie Rorax. Er kaufte ein und kochte, sie deckte den Tisch, räumte ab und hielt die Küche sauber. Fingerschnippend bewegte sie sich durch die Räumlichkeiten, das Echo als Orientierung nutzend wie eine Fledermaus den Ultraschall.

Als wir die Töpfe und Pfannen abgewaschen und Teller sowie Besteck in der Geschirrspülmaschine verstaut hatten, setzten wir uns wieder zu den anderen. Wir schwiegen eine Weile, der Esstisch war nur von Kerzen beleuchtet, ein Kamin flackerte weiter hinten im Raum.

»Ihr Lieben«, begann Frau Feininger, und es deutete sich in ihrem Tonfall an, dass nun Dinge besprochen werden sollten.

»Wir müssen da mal über eine Sache reden.«

Unangenehme Dinge.

»Ihr seid in dem Alter, in dem man sich mit dem Thema Sex zu beschäftigen beginnt. Es ist ganz natürlich, dass ihr miteinander schlafen wollt.« Sie sah mich streng an. »Wie gedenkt ihr zu verhüten?«

Düne tastete unter dem Tisch nach meiner Hand und fand sie.

»Ich dachte... ich wollte vielleicht... kann ich nicht die Pille nehmen?«, flüsterte sie.

Herr Feininger erhob sich und verließ den Raum, kam aber bald wieder.

»Darüber können wir reden. Wenn ihr zusätzlich Kondome benutzt«, sagte er und warf etwas in meine Richtung. Eine Packung *Ritex Gefühlsintensiv – mit seidenzarter Oberfläche* landete vor mir auf dem Tisch.

»Die gehen aufs Haus«, nickte er mir zu. »Ich bin übrigens der Maik.« Er hielt mir die Hand hin. Ich packte blitzschnell zu. Ein gepflegter, genau austarierter Händedruck war die Belohnung.

»Und ich bin Annabella.« Annabella hob ihr Weinglas und luftprostete mir über den Tisch zu, das Kerzenlicht brach sich in den Steinen an ihren Fingern.

»Bevor du hier übernachten kannst, würden wir gern auch deine Eltern kennenlernen.«

Oh nein.

»Das, äh, können wir einrichten. Also, meinen Vater können Sie... könnt Ihr treffen. Meine Mutter lebt zur Zeit in Wien.«

»Ich weiß.«

Blöde Kuh, dann frag doch nicht.

»Dito ist lustig. Ein Musiker«, sagte Düne. »Bring ihn doch einfach mal zum Essen mit. Und Fritzi auch.«

Seit diesem Abendessen schwebte »das erste Mal« zwischen uns, Dünes *Jour Fick*, egal, was wir taten. Ich wagte nicht, ihr von Davids Empfehlung zu erzählen. Ich hätte ihre Hand an meinen Penis führen müssen, um ihr *die Stelle* zu zeigen, ihr erklären müssen, mit welcher Bewegung diese sich ideal stimulieren ließ. Unvorstellbar. Andererseits hätte es sehr geholfen, zu sehen, auf welche Art sie sich selbst befriedigte. Aber *»Was hältst du davon, wenn du masturbierst und ich dir dabei zusehe?«* war einer der unaussprechbarsten Sätze, die ich mir vorstellen konnte.

David hatte für die Unterrichtseinheit »Handwerkskunde« allen Ernstes das medizinische Gummimodell einer Vagina besorgt. Ich kannte mich nun also aus – theoretisch. Doch seit dem missglückten *Petting*-Versuch und der Ansage ihrer Eltern hielten wir unsere Hände fern von da unten, rieben uns beim Küssen lediglich durch den Hosenstoff aneinander, oder eher sie sich an mir, und manchmal stöhnte sie leise dabei.

Die so schnell abgeklungene Vergiftung beschäftigte mich. Aus der »Verliebtheit« war keine »Liebe« geworden. Ich spürte, dass Düne mehr für mich empfand als ich für sie. Konnte das eine Zukunft haben? Wollte ich überhaupt an die Zukunft denken? Wenn sie sich während unserer Küssmarathons an mir rieb und dabei seufzte und aufstöhnte, ertappte ich mich immer wieder dabei, wie ich sie hemmungslos beobachtete, ihre weißen, nutzlos im Schädel umherrollenden Augäpfel. Ich schämte mich sehr dafür. Also versuchte ich es mit geschlossenen Augen. Doch sobald sie einen Laut der Lust von sich gab, konnte ich nicht anders und musste sie ansehen, und die Erregung ebbte ab, und ich nahm den vorletzten Bus.

Glücklicherweise stellte es sich als schwierig dar, einen Termin für die geplante Familienzusammenführung zu finden. Mir war das recht. Düne hingegen kam diese Bedingung für *das erste Mal* immer alberner vor. Als ihre Eltern planten, mit Rorax übers Wochenende auf einen Kongress nach Antwerpen zu fahren, schlug sie vor, dass ich am Samstag bei ihr übernachten könnte. Heimlich. Sie nahm inzwischen die Pille, ihr Körper hatte auf die vorgegaukelte Schwangerschaft mit der Bildung eines kleinen Busens reagiert. Natürlich war ich neugierig auf *das erste Mal*, aber die Ungleichheit unserer Gefühle quälte mich. Ich kam mir angehimmelt vor, sie war schwer vergiftet, sprach von *Liebe* und glaubte, wir würden für immer zusammenbleiben und gemeinsam Parfums und Kosmetika entwickeln. Ich hingegen fand mich immer öfter in Tagträumen wieder, die in meinem eigenen Labor spielten. Omas verwaistes Handarbeitszimmer wäre ideal. Doch wie sollte ich mir die Ausrüstung und Riechstoffe leisten können? Wenn ich weiter Parfums kreieren wollte, war ich auf Dünes Labor angewiesen. Was zu der Frage führte, ob ich noch mit ihr zusammen wäre, wenn sie kein Labor hätte.

Da die Antwort »Nein« war, beschloss ich, beim nächsten *Jour Fixe* die Beziehung zu beenden und weiterhin als Jungmann durchs Leben zu schreiten. Und von Parfums nur zu träumen.

Jour Fixe – Inzest und Sodomie

»Sie nimmt also die Pille und ist am Wochenende allein zu Hause? Charlinzi-Binzi, es wird ernst.«
 »Ich muss dich leider enttäuschen. Am Samstag werde ich die Beziehung beenden.«
 »Weil du ins Kloster musst?«
 »Nein, ich empfinde nicht so wie sie.«
 »Kurz vor dem Touchdown? Bist du *wahnsinnig*?«
 »Ich kann nicht mit ihr schlafen und dann Schluss machen.«
 »Das kann sie doch selbst entscheiden.«
 »Wie soll das gehen?«
 »Es könnte auch ein erotischer Abschiedsgruß mit Ansage sein. Ihr liebt euch und geht friedvoll mit einer wunderschönen Erinnerung getrennte Wege. Man muss das auch mal pragmatisch sehen. Außerdem, die Pille, hallo? Du solltest dich glücklich schätzen, dass du dein erstes Abendmahl nicht in Frischhaltefolie zu dir nehmen musst.«

»Ihr Vater hat mir aber Kondome gegeben. Die sollen wir zusätzlich benutzen.«

»Ach was, hat der feine Herr Vater auch die gewünschten Stellungen diktiert? *Sie dürfen gern mit meiner Tochter schlafen, Herr Berg, aber bitte nur a tergo.*«

»Was ist denn an Kondomen so schlimm?«

»Was ist denn an Kondomen so schlimm.«

Wieder überprüfte er meine Aussage mit einem Blick in sein Eckenorakel an der Zimmerdecke.

»Lass es mich so sagen: Kondome sind unbenutzbar.«

»Es scheint einen ganzen Industriezweig zu geben, der das Gegenteil beweist.«

»Für mich, Chaudi, für mich sind sie unbenutzbar. Ich spüre nichts. Mit Kondom kommt es nicht zur Ausschüttung. Jedes Mal, wenn ich es mit einem Präservativ probiert habe, musste ich meinen Orgasmus vortäuschen. Glücklicherweise bin ich inzwischen nicht mehr darauf angewiesen.«

»Wieso?«

»Ich habe mich sterilisieren lassen.«

»Wie bitte? Du bist doch nicht mal volljährig.«

»In Bulgarien geht einiges.«

»Aber warum?«

»Zum einen wegen der Gummiallergie. Zum anderen: Wie könnte ich es verantworten, einen jungen Mann in die Welt zu setzen, dem es nie möglich sein wird, aus dem Schatten seines übergroßen Vaters hervorzutreten? Und wenn ich eine Tochter zeugen würde, wie kann sie die erotische Kraft, die von ihrem Vater ausgeht, überleben? Sich zum eigenen Vater so sehr hingezogen zu fühlen, dass kein Liebhaber je mithalten kann, das ist doch Folter!«

»Du hast ein Problem, David. Es hat mit Sexualität zu tun.«

»Wer hat denn hier bitte mit siebzehn immer noch nicht den Bärchengottesdienst besucht?«

»Was ist daran so falsch? Wann hattest du denn das erste Mal Sex?«

»Aktiv oder passiv?«

»Was ist denn passiv?«

»Wenn man einer Frau einen Orgasmus verschafft, selbst aber nicht behandelt wird.«

»Okay, wann war das?«

»Mit zwölf.«

»Mit zwölf. Und *aktiv*?«

»Mit dreizehn. Ich hatte, wie bereits erwähnt, eine ausgezeichnete Ausbilderin.«

»Und du hast mit deiner *Ausbilderin* geschlafen, als du dreizehn warst?«

»Nein, ich habe alles von ihr gelernt, durfte ihren Körper erforschen und ihr auf alle erdenklichen Arten Lust verschaffen, aber versammeln durfte ich mich leider nie mit ihr. Ein Schmerz, der bis heute in jedem Liebesdienst mitschwingt. Den ersten *Heidelbeerkuchen* habe ich dann mit einer Gleichaltrigen *frei Haus geliefert*.«

»Mit einer Dreizehnjährigen?«

»Nicht nur bei Jungs erwacht die Verkehrsbereitschaft mit der Geschlechtsreife.«

»Mädchen bekommen zum Teil mit zwölf ihre Tage.«

»Ich rede nicht von persönlichen Neigungen, mir sind ältere, erfahrene Frauen lieber. Richtig interessant wird es Ü50. Ich argumentiere hier auf der Basis naturwissenschaftlicher Fakten. Wenn die Natur gewollt hätte, dass Frauen und Männer erst mit achtzehn Jahren Geschlechtsverkehr haben, dann würde die Menstruation doch erst in diesem Alter einsetzen, ebenso wie die Produktion des Samens nicht schon mit zwölf aufgenommen würde, oder? Der Akt dient ja in erster Linie der Fortpflanzung.« Er blickte sich im Zimmer um und sagte mit gedämpfter Stimme: »Sag es nicht weiter, aber dass es Spaß macht, ist nur ein Trick.«

»Zwölfjährigen Mädchen macht Geschlechtsverkehr keinen Spaß.«

»Weißt du das aus erster Quelle?«

»David, wenn du weitermachst, will ich nicht mehr mit dir befreundet sein.«

»Wir sind nicht befreundet. Wir haben ein Lehrer-Schüler-Verhältnis. Verwechsle meine joviale Art nicht mit Freundschaft, ich bin und bleibe dein Meister, wenn du ausgelernt hast, wird jeder von uns seines Weges ziehen.«

Ich stöhnte. »Mal ernsthaft, was soll dieses Gefasel von Töchtern, die ihren Vater begehren, und von geschlechtsreifen Dreizehnjährigen?«

»Säugetiere, das sind wir, Champ. Die moderne Zivilisation ist nur ein dünner Überwurf, durch den die dreckige Biologie immer wieder hervorblitzt. Väter führen ihre Töchter zum Altar und bekommen den ersten Tanz. Tanzen ist nichts weiter als ein Kopulationsspiel, beim Körperkontakt geht es um Stellvertretersex. In Brasilien gibt es sogar ein koitales Tanzfestival, alle tanzen und verquirlen sich dabei im Takt der Musik. Ich will da übrigens unbedingt mal hin. Kommst du mit?«

Er tanzte einen kurzen Geschlechtsakt und fuhr fort.

»Wie kommen wir auf die Welt? Aus der Scheide einer Frau. Wo wollen wir für den Rest unseres Lebens hin? In die Scheide. Als Baby trinken wir am Busen, als Mann liebkosen wir ihn im Liebesspiel.«

»Demzufolge müssten alle Frauen lesbisch sein.«

»Schhh!«, brachte er mich mit einer schnellen Handbewegung zum Schweigen.

»Frank und Nancy Sinatra singen als Vater und Tochter eine erotisch aufgeladene Liebesschmonzette, Jim Morrison brüllt es in *The End* heraus, Klaus Kinski reitet in seinem autobiografischen Meisterwerk mit dem Sohnemann auf dem eigenen, erigierten Schwanz, und nicht zuletzt: die griechische Mythologie.

Vater-Mutter-Tochter-Sohn-Bruder-Schwester, jeder mit jedem – und mit Tieren, Heidewitzka! Sexualität und Familie zu trennen ist ein zum Scheitern verurteiltes Konzept.«

»Du willst mir also ernsthaft erzählen, man sollte Inzest nicht weiter unter Strafe stellen.«

»Versteh mich bitte nicht falsch. Gewaltfreiheit ist das oberste Gebot. Zwar wird auch in der griechischen Sagenwelt nicht gerade wenig vergewaltigt, aber das ist genau die Errungenschaft, die uns von unseren Vorvätern und -müttern unterscheidet. Das weiter oben im Text bereits erwähnte dünne Tuch. Niemand, schon gar nicht Kinder, sollten gegen ihren Willen zum Sex gezwungen werden. Es gibt da lediglich eine Grauzone.«

»Wo liegt die?«

»Bei Tieren.«

»Bei *Tieren*?«

»Nicht nur in der Mythologie, in allen Hochkulturen der Welt hat geschlechtliche Interaktion mit Tieren eine Rolle gespielt. Ägyptische Herrscherinnen pflegten mit einem Widder intim zu sein. Es wäre müßig, aufzählen zu wollen, wen im Einzelnen Zeus alles begattet hat.«

»Und du würdest mit einem Tier Geschlechtsverkehr haben?«

»Aber ja! Kuh, Pferd, alles ab Zwergponygröße. Affe auch. *Äffin!* Oh, Äffin von hinten … eieieiei…«, er fasste sich in die Jogginghose.

»Berggorillin in Missionarsstellung?«, schlug ich vor.

Er riss die Augen auf, schnaubte lustvoll und begann dann mit geschlossenen Augen sein Glied zu massieren.

»Äh, David, kann das vielleicht kurz warten?«

Er machte noch einen Augenblick konzentriert weiter, dann riss er sich los und sah mich an.

»Ja gut. Wo waren wir?«

»Dass unter König David Inzest und Sodomie legalisiert werden.«

»Aber ja! Ich selbst habe nun leider keine echte Schwester, und die Frau, die mich zur Welt gebracht hat, habe ich nie kennengelernt. Als sie schwanger war, gingen die Ärzte zunächst davon aus, dass sie Zwillinge gebären würde. Als ich dann endlich geschlüpft war, zeigte sich des Rätsels Lösung. Auf dem Ultraschallbild hatte man meinen Penis für einen Zwillingsbruder gehalten. Du musst wissen, mein Glied war bereits vollständig ausgebildet. Es ist seit der Geburt nicht mehr gewachsen.«
Er holte es hervor und präsentierte mir sein Geschlechtsteil wie ein Neugeborenes.

»Da ich selbstverständlich mit einer Erektion zur Welt kam, trieb ich damit einen Keil zwischen mich und meine Mutter. Sie erblickte meinen gewaltigen Superpenis, jung, neu und unbenutzt, und ihr war klar: Diese Anziehungskraft wird zu groß sein. Einfach jede Mutter hätte da Reißaus genommen.«

»Das ist sicherlich richtig, David.«

»Insofern: Ich kann mich leider nicht an sie erinnern.«

»Und weißt du, wo sie wohnt?«

»Im Ausland.«

»Hast du dir denn nie gewünscht, sie zu treffen?«

»Aber ja. Sie war achtzehn, als sie mich gebar, jetzt ist sie in den besten Jahren. Erfahren. Schön. Wir würden übereinander herfallen und uns leidenschaftlich lieben.«

Ich nahm meine Brille ab, putzte sie sorgfältig, setzte sie wieder auf und sah David ernst an.

»David, du musst in Behandlung. Ich habe mich schlau gemacht, Sexsucht ist therapierbar.«

»Ich will es nicht schon wieder sagen, aber es ist klar, dass du derjenige bist, der eine Behandlung am nötigsten hat. Deshalb am Samstag: *Abschied mit Körpermittenkonvulsion.*«

Kafkas Büro

Wir Schreiberlinge hatten alle in den letzten Monaten an unserer Erzählung zum Thema »Ein begabtes Tier« gearbeitet. Jetzt waren die Einzelsitzungen mit Kafka dran, das Feinlektorat. In Zusammenarbeit mit der Druckgrafik-und-Buchbinder-AG entstand jedes Jahr eine Anthologie mit dem Namen »Senecas Schreibmaschinen«, ein hübsches Büchlein mit Texten und Radierungen, das in Kleinstauflage produziert und in der Schule sowie in Leyder bei *Bücher Wesemann* verkauft wurde. Die Schule leistete sich für solcherlei Publikationen einen eigenen Verlag, der leider »Senecas Bücherwürmer« hieß. Wenn die »Schreibmaschinen« erschienen, veranstaltete Tina Wesemann bei sich im Buchladen jedes Mal eine Premierenfeier mit Lesung. Das Ganze fand im Rahmen der Festwoche vor dem *Text.Eval* statt und wurde durchaus von der Fachpresse wahrgenommen, da es schon einige Schüler aus Kafkas AG später in den Wettbewerb geschafft hatten.

Meine Einzelsitzung wurde mir am Freitagnachmittag zuteil. Ich war zum ersten Mal in Kafkas Büro. Es war ein kleiner Raum am Ende des Ganges bei den Lehrertoiletten. Einmal eingetreten, ließ sich schnell vergessen, dass man sich in einem Schulgebäude befand. Das Zimmer wirkte wie ein Nebenraum der Bibliothek im Hause Käfer. Durch das Fenster fiel kaum Licht, mehrere schwache Glühbirnen legten einen Sepiafilter über alles. Ungerahmte Poster füllten die Lücken zwischen den Bücherregalen, Queen, Udo Lindenberg, Peter Gabriel, Torfrock, noch mehr Bücher türmten sich auf dem Schreibtisch. In der Ecke stand ein Sessel neben einem kniehohen Quader aus unbehandeltem Holz. Darauf, ich dachte zunächst, nicht richtig zu sehen, ein schwerer Aschenbecher aus grünem Glas. Es konnte sich nur um Deko handeln. Oder Angeberei. In diesem Raum war zwar irgendwann einmal geraucht worden, aber das lag so lange zurück, dass nur noch ein leises Summen von Pfeifentabakresten in den Gardinen hing.

»Berg! Setz dich. Ich habe leider gleich noch einen Termin, also lass uns sofort zur Sache kommen.«

Ich stellte meine Ledertasche neben den Stuhl, nahm Platz und schob mir die Brille zurecht.

Jetzt würde sich zeigen, ob auch sein kumpelhaftes Verhalten nur Dekoration war – er behandelte uns Schreiberlinge wie Kollegen. Wir durften ihn neuerdings sogar duzen, solange wir es nicht außerhalb der AG taten.

Ich holte Luft.

»Ich habe von David gehört, dass seine Erzählung nicht in den *Schreibmaschinen* erscheinen wird? Ich halte das für einen Fehler.«

Kafka lehnte sich zurück.

Die Spitzen seiner dürren Finger berührten sich so, dass er einen unsichtbaren Ball in den Händen hielt, den er nun zu einer Wurst presste.

»Warum?«

»Ich finde, dass sein Text eine große Bereicherung für das Projekt ist.«

Ich wollte auch etwas mit meinen Händen machen, am liebsten genau das Gleiche wie er, ließ die Finger aber verschränkt im Schoß liegen und konzentrierte mich auf meine Haltung.

Kafka hob den Kopf. Er betrachtete die Decke und schob die Unterlippe dabei vor – ähnlich wie sein Sohn das zu tun pflegte. Aus der Wurst war wieder ein Ball geworden, jetzt ließ er die Fingerspitzen beider Hände in gleichmäßigem Takt gegeneinandertippen.

»Und du bist dir sicher, dass du das nicht bloß sagst, weil ihr befreundet seid?«

Es klang so eindeutig, wie er das formulierte. Ich war der heulende Erstklässler, der am ersten Schultag nicht neben seinem besten Freund sitzen durfte und sich deshalb beschwerte. Er fuhr fort: »Es ist absolut undenkbar, eine Geschichte mit derartig explizit sexuellem Inhalt im Schulverlag zu publizieren.«

»Aber es ist nicht ein einziges Mal von Geschlechtsverkehr die Rede! Seine Schilderungen könnte man Kindern vorlesen, sie hätten den Eindruck, ein verrücktes Märchen zu hören.«

»Berg, es ist nicht nur der Sex. Da ist ein gewisses Gefühl für Sprache, ich erkenne gute Ansätze, alles richtig, er ist auf seine Art sehr kreativ im Umgang mit Worten. Aber es hat kein Herz.«

Sehr kreativ im Umgang mit Worten. Das wurde der Neologismenschleuder *Dave Killer* nicht im Ansatz gerecht. Er hatte den Slang der gesamten Schule geprägt, bis in den Abiturjahrgang hinein. Alle sprachen von *Pausung*, *Lehrereien*, machten das *Abiturbo* oder gingen auf *das Clolette*, um ein *Teerchen* zu *cancern*. Kafka war überhaupt nicht bewusst, was für eine breite Spur sein Sohn mit seinen Wortschöpfungen an der Schule, in der ganzen Kleinstadt hinterlassen hatte.

Ein kurzes Klopfen unterbrach unser Schweigen, die Tür wurde ohne abzuwarten geöffnet.

Kafkas Gesicht wurde ganz glatt, als er an mir vorbeiblickte: »Kleinen Moment noch, wir sind gleich durch.«

»Ja, klar. Ich warte draußen«, sang eine freundliche Frauenstimme, die im positiven Sinne Warteschleifenqualität hatte.

Als ich mich umdrehte, war die Tür schon wieder zu. Eine Ahnung von Vanille, Weihrauch und Zitrone zog an mir vorbei in Richtung Fenster. War das *Shalimar*? Den Duftklassiker aus dem Hause Guerlain hatte ich bisher nur in zu hoher Dosierung kennengelernt, immer wenn ich mit Nonna in der Oper war, aufgetragen von Damen um die sechzig, die sich unmittelbar vor

Verlassen des Hauses sechs bis acht Sprühstöße gönnten. Eine Zumutung. Hier jedoch war er dezent dosiert und gut abgehangen, die Kopfnote nur noch als Erinnerung vorhanden, der Rest hatte sich mit dem Hautgeruch der Trägerin verbunden, wo er sich auf verschlungene Weise mit einem Hauch von Tabak und dem Geruch alter Bücher paarte. Kafkas Folgetermin war eine olfaktorische Offenbarung, die in mir eine chemische Reaktion in Gang setzte.

Er holte einige Bögen aus seiner Schublade und warf sie vor sich auf den Schreibtisch. »*Der geliehene Affe*«, konnte ich auf dem Kopf lesen.

»Berg. Ich muss dir leider sagen, dass ich deine Erzählung auch nicht veröffentlichen möchte.«

Mein rechtes Augenlid zuckte.

»Aber nicht etwa, weil sie zu schlecht ist. Ganz im Gegenteil. Sie ist zu gut.«

Ich steckte meinen Zeigefinger unter das Brillenglas und versuchte das Zucken wegzumassieren. Das obere Lid blieb danach kurz am unteren kleben, ich zwinkerte ein paarmal und sah Kafka ins Gesicht.

»*Zu gut*? Wie kann etwas *zu gut* sein?«

»Ganz einfach. Die Erzählung hat *Text.Eval*-Qualität. Wenn wir sie jetzt im Buch bringen, gilt sie als veröffentlicht, und du kannst damit nicht mehr am Wettbewerb teilnehmen. Und das solltest du. Deshalb musst du leider warten, bis du achtzehn bist, und dann werde ich dich für das *Text.Eval* als meinen Schützling vorschlagen. Glaub mir, was du geschrieben hast, ist zeitlos. Nahezu perfekt.«

Ich sackte in meinem Stuhl zusammen. Zum Teufel mit der Haltung.

»Aber ich schreibe bestimmt noch was Besseres bis dahin. Ich fang doch gerade erst an.«

»Ich habe ein Gespür für Texte, Berg! Ich sitze in der gottverdammten Jury. Und das ist ein Gewinnertext!« Sein Zeigefinger donnerte mehrmals auf die Bögen Papier vor ihm, man musste Angst haben, er würde abbrechen. Trotzdem konnte ich seine Wut nicht ernst nehmen. »*Der geliehene Affe*« war bloß eine Übung gewesen. Ich plante längst mein Debüt, mein Opus magnum, meinen Bestseller. Ich wollte nicht mit einer Schreibübung am *Text.Eval* teilnehmen.

»Lass es dir durch den Kopf gehen. Aber letztlich entscheide ich als Herausgeber, was ins Buch kommt. Ich hoffe nur, ich muss nicht gegen deinen Wunsch agieren.«

Er erhob sich, ich blickte zu ihm auf, unfähig, etwas Sinnvolles von mir zu geben. Wir dachten beide an seinen Folgetermin. Ich erhob mich ebenfalls, er nickte mir noch einmal zu und begleitete mich zur Tür. Ich trat hinaus, Kafka blickte nach links, nach rechts, niemand war zu sehen. Er murmelte: »*Mach es gut*«, dann stand ich allein auf dem Flur.

Das Parfum hing noch in der Luft, vermischt mit der sanften Tabaknote, die mir zuvor schon aufgefallen war. Die Frau schien Gelegenheitsraucherin zu sein. Ich hatte *Shalimar* noch nie so gut in Szene gesetzt erlebt. Offensichtlich wusste sie genau, was sie tat, als sie es am Abend zuvor aufgetragen hatte. Eine ganze Nacht in gestärkten Leinenlaken schwang mit, und ich merkte, wie das körpereigene Gift meine Adern flutete und in Fleisch und Verstand einzusickern begann.

Da ich direkt vor der Lehrertoilette stand, lauschte ich kurz an der Tür, sie schien frei zu sein. Ich holte tief Luft und ging hinein, um irgendwie etwas Zeit in der Nähe von Kafkas Büro überbrücken zu können.

Als ich meine Hände wusch – nur mit Wasser, um nicht den Rest des Tages mit »Wildpflaumenblüte« verbringen zu müssen –, hörte ich die Tür der Damentoilette. Das musste sie sein. Schnell trocknete ich mir die Hände ab, griff meine Tasche und trat hinaus in den Flur. Es war eindeutig, die *Shalimar*-Fahne zog sich quer durch den Gang. Auch sie hatte keine Seife benutzt. Ich konnte gerade noch die Hand sehen, mit der die Tür zu Kafkas Büro zugezogen wurde. Eine Kollegin konnte es nicht sein. Es wäre mir aufgefallen, wenn eine unserer Lehrerinnen *Shalimar* getragen hätte. Vielleicht eine Mutter?

Langsam schlich ich mich an die Tür heran und versuchte zu lauschen, ohne dass es zu offensichtlich aussah, falls doch jemand auftauchen sollte. Nur dumpf hörte ich wieder diese charismatische Stimme, inzwischen etwas erregt. Auch Kafkas Tonfall war bestimmt, nicht aggressiv, aber noch schärfer als sonst. Ich konnte mich nicht zurückhalten und legte doch das Ohr an die Tür.

»Wir beide in einem Raum, das geht nicht. Das willst du nicht«, sagte Kafka.

Ich hörte Schritte und nahm sofort eine unverdächtige Körperhaltung ein. Am Ende des Ganges bog ein Putzmann mit seinem Karren um die Ecke, stoppte, tauchte den Wischmop in den Eimer und fing an, pfeifend den Boden einzunässen.

Es hatte keinen Zweck. Die Antwort der Frau war nicht mehr zu verstehen. Ich beschloss zu gehen.

Wie durch Gelee glitt ich den Flur entlang. Betäubt vom Duft einer Unsichtbaren. Als ich das Schulgebäude verließ, zog ich mein Giftheft aus der Tasche und notierte Datum, Uhrzeit und Stärkegrad. Es war der erste Eintrag seit Düne. Schnell wischte ich den Gedanken an sie beiseite, an unsere Verabredung am nächsten Tag, ich wollte jetzt ein anderes Spiel spielen. Zuallererst dachte ich mir den Namen aus. *Shalimagic*. Ziemlich kitschig. Aber es war ja nur für mich.

Dem Untergang entgegen

Der Bus war gerade zehn Minuten weg, er fuhr um diese Zeit nur stündlich und nahm dabei den Riesenumweg über alle Dörfer. Es war ein milder Herbsttag. Da ich mein aktuelles Buch in der Pause fertig gelesen und kein neues dabeihatte, beschloss ich, ein Stück zu Fuß zu gehen und dann per Anhalter zu fahren. Am Kreisel, von dem die Landstraße nach Piesbach abging, kam man in der Regel gut weg. Vor allem als junger Mann mit Mantel und sauberen Herrenschuhen. Als ich den Kreisel erreichte, schob sich gerade die Sonne aus einem letzten Wolkenrest, und ich schlenderte einfach weiter, die Landstraße entlang Richtung Wald.
Der Sonne entgegen, wie ich dachte.

Jedes Mal, wenn ein Auto vorbeifuhr, wehte mir gelbes Laub um die Füße. Niemand hielt an. Aber das machte mir nichts aus. Ich war dabei, die Duftmoleküle der Unbekannten mit dem Geruch von alten Büchern zu einer *Shalimar*-Variation zu arrangieren, Iris, Jasmin, Rose, Opoponax, Tabak, Vanille. Zusätzlich war noch etwas subtil Animalisches in ihrer Partikelwolke gewesen. Den Ursprung hatte ich noch nicht entschlüsselt, und ich probierte im Kopf verschiedene Aromen tierischen Ursprungs aus.
Als ich wieder ein Auto hörte, war der Faunichoux-Wald bereits in Sichtweite. Ich hielt den Daumen raus, blieb stehen und wandte mich um. Ein himmelblauer Kombi näherte sich und wurde bereits langsamer. Als er wenige Meter vor mir zum Stehen kam, konnte ich erkennen, dass eine Frau am Steuer saß. Ein Citroën Break, Baujahr '71. Der rechte, vordere Kotflügel war dunkelblau. Sie lächelte mich knapp an. Ich vermutete bereits, dass ich mir gleich die zweite Vergiftung an diesem Tag

einhandeln würde (mein Rekord lag bei drei Vergiftungen innerhalb von vierundzwanzig Stunden), doch als ich meinen Kopf in den Wagen tauchte, war klar, dass das hier nicht Nummer zwei sein würde: *Shalimar* schlug mir entgegen. Dazu süßer Tabak, vermutlich Zigarillos. Und, hier wesentlich intensiver – aber nicht unangenehm – die animalische Komponente. Vielleicht eine Kamelhaardecke auf der Rückbank?

Sie trug einen Jeansoverall, darüber eine blaue Bomberjacke, das orangefarbene Innenfutter zwinkerte mir zu. Ich war verloren.

»Kannst du mich mitnehmen?«, fragte ich.

»Wohin musst du?«

»Nach Pisse.«

Niemand, der in unserem Dorf wohnte, sagte *Piesbach*, nicht einmal der Bürgermeister. Mir hingegen kam diese Bezeichnung zum ersten Mal über die Lippen.

Sie nickte und räumte ein paar Zeitschriften und Kassetten vom Beifahrersitz. Aus den Boxen eierte besoffener Blueswalzer. Sie versuchte, alles im Handschuhfach zu verstauen, was ein wenig dauerte, da es bereits voller Tapes war. Ich hatte derweil genug Zeit, sie genauer zu betrachten. Die Verschleierungstaktik der Hormone begann bereits prächtig zu funktionieren. Ohne toxische Zusätze in meinem Blut hätte ich sie wohl nicht besonders attraktiv gefunden, höchstens auf eine Art, wie es Comicfiguren sein können: Alles an ihr war ein bisschen zu lang. Nase, Kinn, Ohrläppchen, Finger, Wimpern, Zähne, sogar die Haare. Als hätte sie Sorge, man könnte die schmalen Augen übersehen, waren diese dick mit Kajal unterstrichen. Man hatte das Gefühl, dass man eine Karikatur ansah, das Witzbildchen einer schönen Frau, nur für mich machte das alles in diesem Moment Sinn, wirkte stimmig und einmalig.

Der Platz neben ihr war jetzt leer. Sie fegte noch einmal über die Sitzfläche und blickte mich an. Dabei gab sie mehr von sich preis, als ihr bewusst war: Eine Träne hatte sich vor nicht langer Zeit ihren Weg durch den schwarzen Balken gekämpft und beim Herunterrollen eine dunkle Spur auf ihrer Wange hinterlassen.

Was hat Kafka dir angetan?

Das Auto, das Laub, ihr Jeansanzug, mein Anzug, *Shalimar*, die Waldluft, die Musik und die Tränenspur, von der sie nichts wusste. Alles passte zu allem, über Kreuz und im Kreis.

Als ich mich setzte, begann ein Mann zu singen, der zum Frühstück Rasierklingen gegurgelt hatte. Ich hatte nicht gewusst, dass es Musik gab, die gleichzeitig so gebrochen und so wunderschön sein konnte. Wir fuhren schweigend in den Herbst und lauschten. Das Lied, die Fahrt, dieser Tag, nichts davon durfte jemals zu Ende gehen. Einfach sitzen bleiben und mit ihr durch das Laub kämmen. Warum hatte ich ihr mein Ziel verraten? Ich wollte immer weiter mit ihr fahren, weiter geradeaus, wo die Straßen fremde Namen trugen, abbiegen, in einer abgelegenen Waldgaststätte einkehren. Vielleicht sogar ein Glas Wein trinken, sie sah aus, als würde sie sich mit Weißwein auskennen. Nach einem köstlichen Gericht mit Waldpilzen und einigen Gläschen Grauburgunder stellt sie überrascht fest, dass sie besser nicht mehr fahren sollte, also müssten wir ein Zimmer nehmen. Die Frau an der Rezeption fragt, ob es ein Doppelzimmer sein soll, und *Shalimagic* lächelt mich fragend an, dann nickt sie der Frau hinterm Tresen stumm zu und nimmt den Schlüssel entgegen. Oben auf dem Hotelzi-

»Och nö«, sagte sie und bremste langsam ab.

Wir waren gerade in den Wald eingetaucht, vor uns blockierte ein cremefarbener Jaguar die Straße. Er stand vor dem Weg, der zum Faunichoux-Anwesen hinaufführte. Der Graf persönlich öffnete gerade die Schranke, ging zurück zum Auto und nickte freundlich. Dann hielt er inne. Er schien meine Fahrerin zu erkennen. Sie atmete geräuschvoll durch die Nase aus. Langsam kam Graf von Faunichoux zu uns herüber. Ich griff in meine

Innentasche, holte meine Phiole hervor und benetzte mit zwei Sprühstößen meinen Finger.

»Du hast da übrigens was im Gesicht«, sagte ich und streckte den Finger in Richtung Tränenspur, sie zuckte zurück.

»Was ist das?«

»Nur Alkohol. Ich dachte das ist angenehmer als Spucke«, mit diesen Worten rieb ich ihr einen Teil der Tränenbahn von der Wange, verteilte etwas von der Flüssigkeit in der Nähe ihrer Nase. Sie bog sich den Rückspiegel zurecht und beendete das Werk, massierte die Essenz bis hoch zum Auge und wischte dann alles ab.

»Danke«, murmelte sie und kurbelte das Fenster herunter.

»Sera, was für eine schöne Überraschung.«

Sera Shalimagic.

Sie steckte ihre Hand durchs Fenster, er küsste sie.

»Bonjour Jacques.«

Der alte Mann hielt ihre Hand fest, beugte sich vor, um mich zu inspizieren, ich winkte ihm zu. Keine Ahnung, ob er mich erkannte. Er ließ die Hand los.

»Ein Anhalter«, erklärte sie.

»Guten Tag, Herr von Faunichoux. Ich bin Charlie«, sagte ich. Sera drehte sich erstaunt zu mir um.

»Mein Opa hält Ihren Wald in Ordnung. Bardo Kratzer.«

Es war unter seiner Würde, länger in gebückter Haltung zu verweilen, er hatte sich bereits wieder aufgerichtet.

»Ach, sieh an. Das Gesicht kam mir doch irgendwie bekannt vor.«

Jetzt musste ich mich vorbeugen. Dabei tauchte ich vollständig in die Duftsphäre von Sera ein, unsere Schultern berührten sich leicht. Um ein Haar hätte ich mich in pures Glück aufgelöst.

»Wie geht es Ihrer Großmutter?«

»Leider nicht sehr gut. Sie hatte einen Schlaganfall und ist halbseitig gelähmt.«

»Ich hörte davon. *Mon Dieu*, von allen Menschen ausgerechnet Ingrid! Was für ein Schicksal. Ich wollte sie längst besuchen.«

Er zwinkerte mir zu, ich nickte und nahm, von einem leichten Schwindel begleitet, wieder meine aufrechte Körperhaltung ein. Nun beugte sich Sera aus dem Fenster, um die Unterhaltung fortzuführen.

»Und, wie laufen die Vorbereitungen für das *Text.Eval*?«, fragte sie.

»Alles plangemäß. Sie kommen auch?«

»Leider nicht, da bin ich schon in England.«

Mit mir.

»Außerordentlich schade. Was führt Sie nach England? Können Sie den Termin nicht verschieben?«

Sie stieß ein einsilbiges Lachen aus.

»Ich glaube nicht.«

Sera machte eine kurze Pause.

»Ich heirate. Und dann bleibe ich dort.«

»Mon Dieu!«, sagte er abermals.

Mio Dio!

Der Graf schien über die Maßen enttäuscht zu sein, auch wenn er seine Entrüstung divenhaft überzeichnete. Ich sah nur, wie er sich mit beiden Händen ans Herz fasste. Dann lachte er die Entrüstung gönnerisch beiseite.

»Aber das musste ja früher oder später passieren.«

Sera kratzte sich am rechten Ohr und sagte nichts. Ihre Finger trommelten auf dem Lenkrad.

Er legte den Arm aufs Autodach, beugte sich erneut herab und benutzte auch das Lächeln vom Anfang noch einmal.

»Bitte grüßen Sie Ihre Großeltern aufs Herzlichste, *Charles*.«

Meinen Namen sprach er französisch aus.

Dann klopfte er zweimal mit der flachen Hand aufs Dach.

»Viel Glück in England, Sera.«

»Danke. Adieu!«

»Au revoir.«

Langsam ging der Graf zum Auto zurück. Sie kurbelte das Fenster hoch, atmete ihr pfeifendes Nasenatmen und drehte die Musik wieder lauter. Schweigend beobachteten wir, wie er noch einmal winkte, seinen Wagen bestieg und in den Waldweg hineinfuhr. Sera gab Gas.

»Du heiratest? Bist du deshalb so traurig?«

Es war, als hätte die Essenz auch mit mir etwas gemacht.

»Quatsch. Ich wollte ihn bloß loswerden. Ich muss wegen eines Jobs nach England.«

»Aber Sera heißt du wirklich? Oder ist das eine Kurzform?«

»Sera reicht. Und das da hinten ist ... *Rimbaud.*«

Sie sang den Namen dreisilbig, *Rim-bo-ho*, mit glockenheller Stimme, ich drehte mich um und sah einen dusselig dreinblickenden, sandfarbenen Hund aus dem Kofferraum über die Rückenlehne gucken. Er hatte einen langen, schlanken Hals und eine lange Nase, genau wie sie. Sein rechtes Ohr war umgeklappt und zeigte das rosafarbene Innere. Er schmatzte. Das also war die Kamelhaardecke. Verblüffend. Einen Hund hätte ich normalerweise sofort gerochen.

»Was ist das für ein Hund?«

»Ein englischer Windhund.«

»Der riecht ja gar nicht. Bei anderen Hundebesitzern riecht immer das ganze Auto nach Hund.«

»Nein, Whippets stinken null, die riechen sogar richtig gut, du musst nachher mal deine Nase ins Fell stecken.«

Die Nase ins Fell stecken.

Ich hatte zu viel Zeit mit David verbracht.

»Das werde ich tun«, sagte ich.

Wie konnte ich herausfinden, was sie bei Kafka zu schaffen gehabt hatte, ohne das Geheimnis meines Geruchssinns preiszugeben? Ich konnte ihr schlecht erzählen, dass ich sie an ihrer Parfumspur wiedererkannt hatte.

»Ist das eigentlich dein Citroën? Ein 71er, oder?«

»Keine Ahnung. Ich hab ihn von meinem Vater geerbt.«

»Kann es sein, dass ich den Wagen schon mal am Seneca-Gymnasium gesehen habe?«

»Ich glaube, dafür bist du zu jung. Oder wann hast du Abitur gemacht? Bei mir ist das schon ein Weilchen her.«

Wie bitte?

Wann ich mein Abitur gemacht habe? Sie musste mich für neunzehn oder zwanzig halten.

»'89«, rechnete ich schnell aus.

»Na, siehst du, dann kannst du den Wagen nicht aus der Schule kennen.«

»Aber wenn du auch auf dem Seneca warst, dann kennst du wahrscheinlich Kafka?«

»Nur *Die Verwandlung*. Wieso?«

»Nein, ich meine den Lehrer, Dr. Käfer. Bei uns heißt er *Kafka*.«

»Echt?«

Sie lachte kurz auf. »Das passt.« Dann griff sie in die Ablage über sich und holte eine Packung Zigarillos hervor, aus der sie sich einen nahm.

»Möchtest du auch?«, fragte sie und hielt mir die geöffnete Schachtel hin.

»Nein danke, ich vertrage das nicht.«

Idiot. Du bist zwanzig. Natürlich willst du einen Zigarillo. Die Dinger pafft man, das verträgt jedes Kind. Idiot. IDIOT!

Sie kurbelte ihr Fenster herunter und sagte: »Steuer mal kurz.« Dann ließ sie das Lenkrad los und steckte sich den Zigarillo zwischen die Lippen.

Ich griff mit der linken Hand zum Lenkrad und blickte konzentriert nach vorn, rechts ging es zu Oma und Opa hoch. Die Straße machte eine sanfte Kurve. Das Zippo-Feuerzeug wollte nicht, sie klopfte es mehrmals heftig auf ihren Oberschenkel.

Dann flammte es endlich auf, Feuerzeugbenzinmoleküle sprenkelten die Luft, sie führte es zum Mund, und aus dem Wald sprang ein junger Hirsch vor unser Auto.

Waidmann

Ich riss das Steuer herum, sie griff ebenfalls zu und zerrte mit beiden Händen in die andere Richtung, sodass wir innerhalb kürzester Zeit erst hin und dann her geschleudert wurden. Kurz vor dem Zusammenstoß blickte mir der Hirsch in die Augen.
Oh nein!
Ich hörte es ganz deutlich in meinem Kopf, dachte jedoch ungefähr dasselbe, insofern schien es Einbildung zu sein, auch wenn das »Oh nein!« deutlich, laut und leicht verhallt erklungen war und ich mich üblicherweise nicht denken hörte. Das Geräusch des Aufpralls hingegen war lächerlich, eher ein müdes Klatschen mit anschließendem Gerumpel. Die Wirkung jedoch war enorm: Wir wurden in unsere Sicherheitsgurte geworfen, der Hirsch prallte in den dunkelblauen Kotflügel, schabte sich über die Motorhaube in die Windschutzscheibe, verwandelte meine Seite in ein Spinnennetz, polterte über das Dach und wieder vom Auto herunter. Rimbaud jaulte und wurde nach vorn geschleudert, er landete zwischen uns auf der Handbremse, lag auf dem Rücken und ruderte panisch mit den langen Beinen in der Luft. Der Wagen stand still, endlich fand der Hund den richtigen Schwung, drehte sich um und krabbelte bei Frauchen auf den Schoß. Er hechelte. Sie drückte ihn an sich. Hals an Hals streichelte sie ihn, machte beruhigende Brummgeräusche und sah mich dabei an.
»Alles in Ordnung bei dir?«, fragte sie.

Der Zigarillo war abgebrochen, klebte aber noch an ihrer Unterlippe.

»Keine Ahnung. Meine Schienbeine tun ein bisschen weh. Und mein Nacken.«

Ich griff mir ins Genick und rechnete damit, in Brei zu fassen. Es war aber noch alles fest.

»Und bei dir?«, fragte ich.

Sie spuckte den Stummel aus dem Fenster, winkte ab und öffnete die Tür.

Wir stiegen aus, sie brauchte etwas länger als ich. Das Auto sah ziemlich mitgenommen aus, Kotflügel und Motorhaube hatten eine Delle. Sera überprüfte den Hund, bog Bein für Bein an den Körper und tastete ihn ab. Ich ging langsam nach hinten und sah mir den Hirsch an. Er war noch jung, ein Spießer, seine kurzen Geweihstangen wiesen noch keinerlei Verästelungen auf. Eine war abgebrochen. Flach atmend blickte er mir panisch in die Augen, machte aber keinerlei Anstalten aufzustehen. Die Beine standen in einem unnatürlichen Winkel ab, an der Brust klaffte eine große Wunde, aus der langsam Blut sickerte. Humpelnd kam Sera mit Rimbaud nach hinten. Sie hielt den Hund gebückt fest, beim Anblick des verwundeten Tieres erwachte sein Jagdtrieb, er fing an zu jammern wie ein Menschenkind und zerrte am Halsband.

»Hast du ein Messer dabei? Oder irgendeine andere Waffe?«, fragte ich.

»Eine *Waffe*?«, fragte sie mit schmerzverzerrtem Gesicht.

»Wir müssen ihn erlösen.«

Sie sah mich entgeistert an, schimpfte kurz mit Rimbaud und sagte dann: »Ich fahr doch nicht bewaffnet durch die Gegend.«

»Hätte ja sein können. Ich leider auch nicht. Dann müssen wir das Tier in den Kofferraum schaffen und zu meinem Opa fahren, der wohnt nicht weit von hier. Er ist für solche Fälle zuständig. Kannst du ein paar Meter mit der Scheibe fahren?«

»Ich weiß nicht. Kannst du fahren? Ich bin doch ganz schön wackelig auf den Beinen.«

Ich bin zwanzig, ich habe einen Führerschein.

»Ja klar.«

Sie schaffte Rimbaud nach vorn, klappte die hintere Sitzbank um, sodass der Kofferraum noch größer wurde, und öffnete die Heckklappe. Es war ein schmächtiger Hirsch, trotzdem war er schwer. Beim ersten Versuch, ihn anzuheben, machte Sera große Augen. Schließlich hievten wir ihn mit vereinten Kräften hinein, er bellte mehrmals auf, zappelte einmal, mehr geschah nicht. Sein Atem ging bereits flacher. Als wir ihn endlich im Auto verstaut hatten, zitterte er am ganzen Körper.

Sie blickte ihn mitleidig an. »Können wir ihn nicht zum Tierarzt bringen?«

»Der würde ihn auch bloß einschläfern, und die Fahrt dahin wäre eine einzige Tortur. Das Beste, was ihm jetzt noch passieren kann, ist ein Kopfschuss, so schnell wie möglich.«

Sie machte ein extralanges Gesicht.

»Komm, mein Opa wohnt zwei Minuten von hier.«

Als ich einstieg, musste ich Rimbaud sanft vom Fahrersitz schieben, dabei steckte ich unauffällig meine Nase in sein kurzes, unfassbar seidiges Fell. Er roch nach einer Salzkaramellsorte, so herb, dass ich sie erst noch würde erfinden müssen. Ich ließ den Wagen an und war froh, dass ich Opas Auto bereits ein paarmal den Waldweg entlanggesteuert hatte. Außerdem war es angebracht, Schritttempo zu fahren, mit der zerborstenen Scheibe und der Lebendfracht. Ich musste nur einmal in den zweiten Gang schalten, dann fuhr sich der Wagen von allein.

Als wir bei Opa auf den Hof rollten, kam uns Helmi kläffend entgegen. Ich würgte den Citroën ab. Mein wie immer einfarbig gekleideter Großvater trat auf die Terrasse und guckte skeptisch. Ich stieg aus, Sera auch. Helmi und Rimbaud beschnupperten sich und liefen eine Runde über den Hof, Rimbaud hatte offenbar keine Schäden davongetragen, er trabte dem Dackel lässig davon, blitzschnelle Haken schlagend, sobald der kurzbeinige Kläffer ihm zu nah kam.

»Charlie *Berg*.«

Er betrachtete Sera. Glücklicherweise ließ er völlig unkommentiert, dass ich am Steuer gesessen hatte.

»Was ist passiert? Wildunfall?«

»Ja. Ein Hirsch. Er lebt noch, hinten im Wagen.«

»Lad aus. Ich hol das Gewehr.«

Sera und ich zerrten den Hirsch aus dem Auto, diesmal gab er keinen Laut von sich. Sie rief Rimbaud zu sich, der beim Anblick des Tiers wieder zu jammern anfing, bis sie ihn mit dreifingrigen Stupsern an den Hals zum Schweigen brachte. Opa kam mit seiner Winchester aus dem Haus und gab sie mir.

»Ich hole den letzten Bissen.«

Er ging hinters Haus.

»Letzter Bissen?«, fragte Sera.

»Das ist alter Jägerbrauch. Man legt einen abgebrochenen Zweig aufs Tier, und dem männlichen Wild steckt man noch einen Zweig in den Äser. Also, ins Maul.«

»Und wenn man ein weibliches Tier erlegt?«

»Dann legt man nur einen Zweig drauf, aber mit der Bruchstelle vom Haupt weg.«

»Das Reh bekommt keinen ›letzten Bissen‹?«

Sie machte Anführungszeichen in der Luft. Rimbaud saß zwischen ihren Beinen eingeklemmt.

»Nein. Keine Ahnung, warum.«

»Pfft.«

Dann stand Opa auch schon mit drei Kiefernzweigen bereit.

»Erlöse ihn, Charlie.«

Ich entsicherte und legte an. Aus dem Augenwinkel beobachtete ich Sera. In Erwartung des Knalls verzog sie die Miene, wandte das Gesicht ab, schaute aber nicht weg. Sie hielt Rimbaud die Ohren zu. Ich drückte ab.

Rimbaud riss sich los und schoss davon. Helmi lief kläffend hinterher, doch jetzt zeigte der Windhund, woher er seinen Namen hatte. Innerhalb weniger Sekunden war er am Rande des Grundstücks angelangt und hob ab, flog über den Zaun und rannte den Weg hinunter in den Wald. Helmi sprang kläffend den Zaun an und rannte aufgeregt hin und her.

»Iciiiiiiiiiiiiiiiii!«, schrie Sera, hob die Finger an den Mund und pfiff, öffnete dann die Gartenpforte und verschwand humpelnd im Wald. Opa und ich sahen uns an. Man hörte sie immer leiser werdend nach ihrem Hund rufen.

»Der kommt wieder«, sagte Opa.

Er legte den Inbesitznahmebruch auf den Hirsch und steckte einen der kleineren Zweige in den Äser. Den anderen zog er durchs Blut. Dann nahm er seinen Jägerhut ab, setzte ihn mir auf und steckte den Zweig daran fest.

»Waidmannsheil«, sagte er feierlich.

»Waidmannsdank«, antwortete ich. Es fühlte sich schäbig an. Meinen ersten Schuss hatte ich mir anders vorgestellt.

Wir schafften das Stück gemeinsam in die Scheune, hängten es auf. Opa stellte die Wanne unter und holte sein Messer. Gerade als er das Tier aufbrach und die Innereien in die Plastikwanne platschten, betrat Sera den Raum durch die offen stehende Tür. Angewidert drehte sie sich weg.

»Der kommt wieder«, sagte Opa zu ihr.

Sie trat zu uns. Irritiert registrierte sie meinen Hut.

Opa wischte sich die Hand ab und streckte sie ihr entgegen.

»Ich bin übrigens Charlies Großvater und der Wildhüter hier.«

»Hallo. Ich bin Sera.«

»Der wird irgendwann vor der Tür stehen. Glauben Sie mir.«

Ich kam mir lächerlich vor und nahm den Hut ab.

»Wollen Sie telefonieren? Mit dem Auto können Sie nicht weiterfahren. Müsste eigentlich die Polizei rufen. Aber wir klären das mit Faunichoux auf dem kurzen Dienstweg«, sagte er, nahm seinen Hut entgegen und setzte ihn wieder auf.

»Danke«, antwortete Sera. »Wo ist denn das Telefon?«

Robbi

Wir gingen ins Haus, Opa blieb in der Scheune. Ich zeigte Sera das Telefon im Flur und ging in die Küche. Oma stand mit dem Rollator am Herd und kochte Teewasser. Es lief das Mixtape, das ich aus ihrer Sammlung zusammengestellt hatte, allein konnte sie keine Platten mehr auflegen. Chet Baker, Billie Holiday, Ella Fitzgerald, Fred Astaire, Julie London, ihre ganzen Lieblingslieder. Das Tape hätte ich schon viel eher machen sollen. Pfeifend meldete sich der Teekessel. Sie nahm ihn vom Herd, drehte die Hitze runter, nahm die Tülle ab und goss das kochende Wasser in die Kanne, alles mit der linken Hand.

»… *and I'm so in love, there's nothing in life but you*«, las Billie Holiday gerade aus meinem Kopf vor, als Sera im Türrahmen erschien.

»Ein Freund von mir ist mit dem Abschleppwagen unterwegs.« Dann sah sie zu Oma, ging zu ihr, reichte ihr die Hand. »Sera Dimero, guten Tag.«

Oma sah sie an, mutmaßlich skeptisch. Sicher war das nicht, ihr Gesicht funktionierte ja nur noch zur Hälfte.

»Uns ist ein Hirsch vors Auto gelaufen. Wir mussten ihn erlösen«, sagte ich.

»Ich chabs vom Fenchter auchesehen«, sagte Oma, und zu Sera: »Dein Chund?«

Sie nickte.

»Der chommt wieder.«

Sera holte tief Luft, hob die Schultern und ließ sie mit einem Ausatmen wieder heruntersacken. Sie drehte sich zu mir. »Ich geh noch mal in den Wald und suche ihn«, und zu Oma sagte sie: »Auf Wiedersehen, Frau … äh …«

»Chratcha«, sagte Oma.

»Kratzer«, übersetzte ich.

»Wiedersehen, Frau Kratzer.«

Als Sera die Tür geschlossen hatte, sagte Oma: »Wach icht dach mit dir und Chera?«

»Nichts, wieso?«

»Du bicht verliebt bich über beide Oohn.«

Ich errötete.

»Wach icht mit Düne?«

»Ich … wir … es ist vorbei. So gut wie.«

»Wiecho?«

»Es fühlt sich falsch an.«

»Und Chera füüht sich richtich an? Die icht viel zu alt füü dich.«

»Oma. Ich bin mit ihr getrampt, ich kenne sie gar nicht.«

»Cho-cho.«

Sie nahm das Teesieb aus der Kanne und füllte den Inhalt in eine Thermosflasche um. Ich schraubte den Deckel darauf und stellte sie ihr ans Bett, auf das Oma nun wieder zusteuerte. Als sie sich hingelegt hatte, nahm sie die kleine Holzrobbe in die Hand. Sie hatte den Handschmeichler schon vor einiger Zeit aus dem Regal geholt, seitdem lag er auf ihrem Nachttisch. Oft genug musste ich ihn, wenn sie eingeschlafen war, aus den gekrümmten Fingern lösen.

Im Werkunterricht in der sechsten Klasse hatten wir jeder unser eigenes Stück Holz mitbringen dürfen.
»Weicht du noch, Cha-Cha. Die Robbe?«
Ich dachte zunächst, sie wollte an die Eins Plus mit Sternchen erinnern, die ich für die Robbe bekommen hatte, und von der sie das »Sternchen« immer für sich beansprucht hatte, weil das Holz, ein wunderschönes Stück Wacholder, schließlich von ihr gekommen sei. Aber dann sagte sie: »In Dänemaah.«
Wir waren damals zu zweit weggefahren. Eine Woche lang gingen wir jeden Tag am Strand spazieren, sammelten Muscheln, ließen im Herbstwind den Drachen steigen, und an den Nachmittagen machten wir mit Plätzchen und literweise Eistee Spiele-Fünfkampf am bollernden Ofen: Streitpatience, Mühle, Backgammon, Schach und Dame. Jeweils zwei Gewinnsätze. Ich führte Buch und errechnete Statistiken, Oma kochte Lieblingsessen. Abends schliefen wir im Ehebett und hörten Kriminalhörspiele, sie hatte eine ganze Box mit Kassetten von ihrer Freundin Frau Müller ausgeliehen. Während wir im Dunkeln lagen, sagte sie ständig: »Der war's!«, und dann wieder: »Der! Der ist der Mörder!«, und immer so fort, bis zum Schluss herauskam, wer es tatsächlich gewesen war, und Oma triumphierte: »Siehst du! Hab ich doch gesagt.«
Bei einem morgendlichen Spaziergang fanden wir ein süßes kleines Robbenbaby am Strand. Es war wie aus einem Märchen, schneeweiß, riesige schwarze Augen, ein zum Leben erwachtes Kuscheltier. Aber es hatte sich verletzt, eine handlange Wunde an der Seite und eine stark ramponierte Flosse machten es bewegungsunfähig. Ich fing bereits an, mir auszumalen, wie ich die Babyrobbe wieder aufpäppeln würde und mich *Robbi* fortan überallhin begleitete, da spritzte hinter uns der Sand auf. Es hielt ein weißer Jeep vom Tierschutz, ein Mann und eine Frau sprangen heraus und baten uns, zur Seite zu treten. Sie inspizierten Robbi, der Mann nickte der Frau zu, und die Frau ging

zum Auto. Als sie wiederkam, trug sie etwas Längliches in der Hand, einen Stab. Der Mann sah mich an, lächelte schmallippig und sagte in dänischem Deutsch: »*Halt die Ohren zu.*« Oma hielt mir von hinten die Ohren zu, und bevor ich begriff, was vor sich ging, war der Stock ein Gewehr, mit dem die Frau das Gehirn der Robbe in den Sand blies.

Ich rannte, solange mein Herz mich ließ, schleppte mich schluchzend am Ferienhaus vorbei und versteckte mich in den Dünen. Oma rief meinen Namen, lief noch eine Weile hin und her, doch ich duckte mich und weinte still. Irgendwann verstummten ihre Rufe, es setzte ein leichter Nieselregen ein, dann begann es kräftig zu regnen, und ich machte mich auf den Weg ins Haus.

Oma hatte bereits Honigmilch mit Nana-Minze gemacht. Sie ließ mir ein heißes Bad ein, half mir beim Ausziehen der nassen Kleidung und hängte sie über einen Stuhl am Ofen. Als ich im Schlafanzug mit der Tasse Honigmilch auf dem Sessel vor dem prasselnden Feuer saß, setzte sie sich zu mir. Ruhig erklärte sie mir, dass das Tier keine Überlebenschance gehabt hätte. Dass die Menschen vom Tierschutz nur das Leid der kleinen Babyrobbe verkürzt hätten und die Natur manchmal eben grausam sei. Sie erzählte von Löwenvätern, die ihre Löwensöhne fraßen, von Gottesanbeterinnen und von Frau Müllers erstem Hund, einem Cockerspaniel namens Jesus, den sie hatte einschläfern lassen müssen, weil er vom Krebs schon ganz zerfressen war, und wie er auf der Pritsche des Tierarztes ein letztes Mal im Liegen Pfötchen gegeben hatte, und dass sie sich selbst auch lieber erschießen oder einschläfern lassen würde, als einen langsamen Tod zu sterben.

Oma sah mich an, die Robbe immer noch in der Hand.

»Ich komm die Trepeeh nich runter. Und seit ich Opa gefrach habe, chließ er die Tür ab.«

»Was brauchst du aus dem Keller?«

Sie schloss die Augen, eine Träne stahl sich hervor und rann langsam die gute Wange hinunter.

»Die Winchester.«

»Oma. Nein.«

»Chtell sie einfach irgendwo nach drauchen. Munichon hab ich.«

»Das kommt nicht in Frage.«

Ganz leise sagte sie: »Aber ich will nich meeh.«

Jetzt weinte ich auch.

Draußen hupte es. Ich stand auf, ging ein paar Schritte und sah aus dem Küchenfenster. Der Abschleppwagen war da. Ein Mann mit Vollbart und Turban schob gerade einen Motorroller von der Rampe. Dann machte er sich daran, den Citroën mit einer ferngesteuerten Seilwinde aufzuladen. Währenddessen kam Sera zurück aus dem Wald. Ohne Hund.

Ich ging zu Oma, wischte ihr die Tränen von der Wange und gab ihr einen Kuss. Sie reagierte nicht. Ich verabschiedete mich und ging nach draußen. Der bärtige Mann stieg gerade ins Führerhäuschen und reichte Sera zwei Helme heraus.

»Danke, Nachhatar«, sagte sie zu ihm und lächelte ihn an.

»Schon gut. Ich kümmere mich drum.«

Der Abschlepper sprang mit einem Knurren an, dann fuhr Nachhatar davon.

Untergang

Sera fragte nicht, wo ich hinwollte, ob sie mich nach Hause bringen sollte, sondern reichte mir einfach den weinroten Helm, setzte sich selbst einen in der Farbe der Vespa auf, die eierschalenfarben war, und schwang sich auf den Sattel. Sie sah zu mir herüber, nickte mit dem Kopf in die Richtung des leeren Platzes hinter ihr und startete den Motor. Ich setzte mich, legte meine Arme um sie und spürte ihre Wärme, eine völlig normale Sache, das machten alle Motorradfahrer, wenn sie gemeinsam in die blaue Stunde glitten.

Als sie losfuhr, schloss ich die Augen und ließ mich fallen, in den Schwebezustand, den das Dopamin fabrizierte, flog an ihren Rücken geheftet durch den Wald, durch die Straßen. Die Arme unterhalb ihres Busens verschränkt, meine Schenkel an ihren, mein Schritt an ihrem Steiß, das alles war intensiver als sämtliche Reibereien auf Dünes Bett. Schon nach kurzer Zeit musste ich im Inneren *der Tragödie erster Teil* herunterbeten. Mit beiden Händen auf Seras Hüften rückte ich vorsichtig ein kleines Stück nach hinten. Wo waren wir überhaupt? Ich öffnete die Augen und sah mich um. Im Vorbeifahren erkannte ich Häuser. Wir fuhren durch das Villenviertel von Leyder und näherten uns dem Haus der Feiningers. Zunächst glaubte ich an einen bösen Scherz – aber woher sollte Sera von Düne wissen? Als die Villa in Sicht kam, sah ich Rorax, er verlud gerade ein Rimova Kofferset in den blauen Volvo. Annabella und Maik Feininger standen bei Düne und Lapidar, ihrer Blindenhündin, um sich zu verabschieden. Dünes und mein Blick trafen sich, aber sie wusste nichts davon. Im nächsten Moment war Familie Feininger schon aus dem Bildausschnitt verschwunden. Sera fuhr noch einige Straßen weiter, bis an den Rand des Viertels, wo der Wald begann. Dort parkte sie vor einem Vier-Parteien-Wohnblock mit gepflegtem Vorgarten und ausladenden Dachterrassen.

Sie ging voraus, die Treppe hinauf in die Wohnung, sah sich nicht um, streifte im Gehen die Schuhe ab, warf ihre Bomberjacke zu den anderen Jacken auf einen Haufen, der die Form eines Zuckerhuts hatte, dann hängte sie mit einem Seufzer Rimbauds Leine an einen nur zu diesem Zweck in die Wand getriebenen Bolzen. Sie überließ mich mir selbst, als wären wir ein vertrautes Ehepaar, gleich würde ich meine Schlüssel in die Schale werfen, die Post durchsehen, mir ein Sandwich machen und eine LP auflegen …

Ich hatte es nicht für möglich gehalten, dass es in Leyder Menschen gab, die so lebten. Obwohl, es sah nur zum Teil so aus, als würde hier wirklich gelebt. Ölgemälde verschiedener Größe standen an die Wand gelehnt, viele davon verhüllt, kleine Orientteppiche lagen kreuz und quer auf Fischgrätparkett, Skulpturen in Museumsformat standen herum. Ich hatte solche Settings stets der Fantasie schlecht bezahlter Setdesigner zugeordnet, die meinten, nur dann einen guten Job gemacht zu haben, wenn ihre Filmwohnungseinrichtungen so weit wie möglich von der Norm abwichen. In ihren Räumen führten eindimensionale Figuren ein vorhersehbares Leben. Aber das hier war echt. Ich passte wie maßgeschneidert in diese Location und fühlte mich mehrdimensional wie nie.

Eine riesige Fensterfront gab den Blick über die Dächer der umliegenden Villen frei. In der Dämmerung, die im Begriff war, Dunkelheit zu werden, erahnte man noch den Anfang des Waldes, der sich an die letzten Architektenhäuser dieses von Alphabürgern bevölkerten Viertels schmiegte wie ein müdes, Schutz suchendes Tier.

Sera hatte inzwischen eine Zitrone ausgepresst, entnahm dem Kühlschrank eine kleine Flasche, griff zu einer großen Flasche vom Tresen, füllte Messbecher mit klaren Flüssigkeiten, alles landete nacheinander mit Eiswürfeln in einem silbernen Cocktailshaker. Dann pulte sie zwei kleine Kügelchen aus einem orangefarbenen Plastiktütchen, und als sie sie zerdrückte und mit in den Shaker warf, erkannte ich, dass es Kardamomkapseln waren. Sie schüttelte kräftig und seihte alles auf zwei Gläser mit frischen, nahezu unsichtbaren Eiswürfeln ab.

Dass es sich um Gin handelte, erkannte selbst ich. Der Schnaps wies ein außergewöhnlich breites Spektrum an Kräuteressenzen auf, und nur um diese auseinanderdividieren zu können, war ich versucht, zu kosten. Ich hatte erst ein Mal in meinem Leben Alkohol getrunken, Bier, es hatte fürchterlich geschmeckt, und ich machte eine grauenhafte Erfahrung: Unter Alkoholeinfluss verstärkte sich mein Geruchssinn wie unter Schmerzen oder Wut, jedoch ging die Fähigkeit zur gezielten Adaption komplett verloren. Aller Geruch prügelte ungebremst und namenlos auf mich ein, nichts ließ sich herausdenken, was bei Wohlgerüchen in all ihrer Wildheit zunächst aufregend sein konnte, sobald jedoch Gestank ins Spiel kam, wurde es zur Folter, da die aufgedrehte Wahrnehmung alles verlangsamte und in die Länge, Breite und Höhe zog. Selbstverständlich war David für meinen ersten Rausch zuständig. Er machte mich mit Bier bekannt, dessen industriell eingemessene, geschmackliche Durchsichtigkeit mich überraschte. Wie konnte so ein langweilig zusammenprogrammiertes Gebräu das Lieblingsgetränk eines ganzen Landes sein? Wir standen auf der Dachterrassenparty einer 50-jährigen Frau herum, für die er von Zeit zu Zeit »Besorgungen« machte, im achtstöckigen Turm des »Endspiels«, wie das Ensemble aus drei Hochhäusern am Rand von Leyder genannt wurde, da es die Heimat der Geschiedenen und Gescheiterten war. David hatte zuvor gedankenlos Linsensuppe mit vielen Zwiebeln gegessen und musste den ganzen Abend seine Flatulenzen unterdrücken, weil er sich fortwährend im Gespräch mit reifen, hochattraktiven Frauen befand. Erst als wir den Heimweg antraten und den Fahrstuhl bestiegen, ließ er erleichtert das gesamte angestaute Faulgas in die Kabine entweichen. Meine betrunkene Supernase verschwand in seinem Darm und fuhr acht Stockwerke in Extremzeitlupe nach unten, eine gefühlte Dekade lang. Nie hatte ich etwas Schlimmeres erlebt.

Hier hingegen war ich sicher vor Angriffen auf meine Nase,

hier konnte ich getrost meinem Geruchssinn die Schleusen öffnen. Alles in diesem Apartment sonderte zauberhafte Aromen ab, die Ölgemälde, die steinernen Skulpturen, die Teppiche, das Parkett, die ledrigen Duftreste ihres Windhunds, der Gin, Kardamom, Zitrone, die Zigarillos, ihre Laken, ihr Parfum, ihre Haut. Ich wollte willenlos in diesen Kosmos hineingestoßen werden.

Auf dem Tresen, der den Wohnbereich von der offenen Küche trennte, ließ sie eins der Gläser stehen und prostete mir mit dem anderen stumm zu. Während sie in Richtung eines Möbels ging, das ich nicht hätte benennen können, nippte sie an ihrem Glas. War das ein Sofa oder ein Bett? David hätte es gewusst. Oder getauft. Auf irgendetwas mit »*Arbeits-*« am Anfang oder »*-Station*« am Ende. Sie stellte ihr Glas ab, ließ sich auf das Couchding fallen und begann völlig selbstverständlich, sich aus ihrem Jeansanzug zu pellen. Dabei blickte sie kurz zu mir herüber, als hätte man ihr versehentlich einen stummen Teenager in die Wohnung geliefert.

Ich bin zwanzig. Alles normal. Ich gehe mit Jeansanzugträgerinnen nach Hause. Die auf runden Verkehrsinseln sitzen – natürlich, so hätte David das Möbel genannt: *Verkehrsinsel.*

Ich legitimierte mein kindisches Angewurzeltsein mit einem Dehnen und Strecken, wie es nur ein Erwachsener tun würde, der den Tag über zu viel erlebt hatte und einen Drink brauchte, erst dann setzte ich mich betont langsam in Bewegung. Meinen Mantel schmiss ich auf ihre Jacke, wo er die Arme um sie legte. Sera zündete einen Zigarillo an, beugte den Oberkörper nach vorn und massierte sich mit gestreckten Beinen und durchgedrückten Knien abwechselnd die beiden Füße mit der freien Hand. Sie trug so etwas wie die elegante Version einer Boxershorts, dazu ein Trägerhemd aus Seide.

»Was für ein Tag.«

Sie ließ von ihren Füßen ab, schlug die Beine übereinander und lehnte sich zurück. Den Massagearm klemmte sie sich hinter den Kopf und zeigte mir dabei ihre beflaumte Achselhöhle. Die darin liegenden, apokrinen Drüsen schossen Pheromone wie aus einem Feuerwehrschlauch in meine Richtung.

»Und dabei fing er recht vielversprechend an«, sagte ich, nahm das Glas und deutete, indem ich auf dem Weg zum Mund kurz innehielt, ein Zuprosten an. Dann konzentrierte ich mich auf einen langen Schluck. Es war nicht so schlimm wie befürchtet. Sogar überhaupt nicht. Der Gin hatte einiges zu bieten: Hagebutte, Bisameibisch, Lorbeer, Kamille, Zitrone, Kalmus, Ginster, Malagetta-Pfeffer… sogar Tonkabohne. Ich nahm gleich noch einen Schluck. Sera tat es mir gleich, beobachtete mich und paffte kleine Wölkchen in die Luft. Wie wohl der Kuss einer Raucherin schmeckte?

Ich wandte mich ihrem Bücherregal zu und studierte mit schräg gehaltenem Kopf die Buchrücken. Sie waren nach Farbe geordnet. Erst nach einiger Zeit begriff ich, warum ich viele der Namen nicht kannte.

»Liest du nur Frauen?«

»Liest du nur Männer?«

Ich unternahm einen der vielen Schluckversuche in meinem Leben, die erfolglos blieben. Wie konnte das sein? Sie hatte recht. Ich überlegte fieberhaft. Astrid Lindgren. Jane Austen. Alice…

»Welche Frauen außer Astrid Lindgren, Jane Austen oder, da du bei Wilhelm in die Lehre gehst, vermutlich Alice Munro, hast du denn gelesen?«

… Munro.

Enid Blyton verkniff ich mir. Auch Anaïs Nîn, die David mir vor Kurzem in die Hand gedrückt hatte, verschwieg ich. Mary Shelly hatte unter männlichem Pseudonym geschrieben. Alice B. Sheldon, die ihre Science-Fiction-Kurzgeschichten unter dem Namen James Tiptree, Jr. veröffentlichte, hatte ihre Identität und ihr Geschlecht über Jahre geheimhalten können. Auch ich fand erst im Nachhinein heraus, dass eine Frau diese Erzählungen vom um sich greifenden Femizid und von den Bibertränen verfasst hatte, und beim erneuten Lesen musste ich weinen. Womit für mich der Beweis erbracht war, wie sehr Roland Barthes sich irrte, als er postulierte, dass die Person oder Biografie des Autors – oder in diesem Falle der Autorin – unwichtig sei für die Rezeption des Werks.

Wieso war ich nie auf die Idee gekommen, mehr Frauen zu lesen? Ich sah Sera an, auf der verzweifelten Suche nach einer Antwort.

»Du hast leider recht. Außer den von dir genannten habe ich wirklich nur den *Gurkenkönig* von Christine Nöstlinger gelesen.«

»Und das auch nur, weil es Schullektüre war. Oder?«

»Ja. Kannst du mir das erklären? Ich habe nichts gegen Autorinnen.«

»Das ganze System ist in Männerhand. Sie besetzen die Jurys, das Feuilleton, die Verlage. Die Programmchefs sind Männer, die Vertreter, die Buchhändler – nur die Leserinnen, die sind in der Überzahl. Paradox, oder?«

»Das ist vollkommen absurd. Es ist ja nicht so, dass ich mir die einseitige Lektüre vorgenommen hätte.«

»So geht es jedem. Auch den meisten Frauen. Gehirnwäsche.«

Sie drückte ihren Zigarillo aus. Ich wandte mich wieder zum Regal, trank einen Schluck und studierte die Buchrücken.

»Was kannst du mir denn empfehlen?«

»Bedien dich einfach, jedes Buch aus meinem Regal lohnt sich.«

Ich entdeckte Virginia Woolf. »Virginia Woolf«, sagte ich und nickte wissend, die hatte ich doch auch gelesen.

»Sag bloß, du hast Virginia Woolf gelesen! Ich bin beeindruckt«, spottete sie unter großem Einsatz von Mimik und Gestik. Was sollte ich sagen. Ich zog Sylvia Plath, *Die Glasglocke* und *Die Welt der schönen Bilder* von Simone de Beauvoir heraus, die Namen sagten mir etwas, Letztere war doch mit Sartre liiert gewesen, aber auch den hatte ich noch nicht gelesen. Sera wollte sehen, was ich mir ausgesucht hatte. Ich hielt ihr die beiden Cover hin, sie kniff die Augen zusammen und nickte. »Gute Wahl.«

Ich verstaute die beiden Bücher in meiner Tasche. Weil mir anschließend nichts Besseres einfiel, blickte ich auf die Uhr. Es war bereits 18:02 Uhr.

Fritzi. Sie war in der Bibliothek. Die um 17:00 schloss. Meine Schläfen pulsierten.

»Sera, darf ich mal telefonieren? Meine ... ich müsste kurz was mit meinem Vater klären. Der wartet sonst auf mich.«

Sie zeigte auf einen weißen, schnurlosen Apparat aus der Zukunft. Ich nahm ihn aus der Wandhalterung und tippte unsere Nummer. Die Tasten machten leise Computertöne. Niemand nahm ab, also hinterließ ich leise eine betont entspannte Nachricht auf dem AB, *Weiß noch nicht, wann ich komme, kannst du Fritzi ins Bett bringen?* Dann versuchte ich es bei Laura, doch auch dort ging niemand ran. Ich konnte nur hoffen, dass sie Fritzi zu uns nach Hause gebracht hatte.

Ich sah, dass Sera bereits ausgetrunken hatte, also leerte auch ich das Glas.

»Willst du auch noch einen?«, fragte ich mit Barmannroutine. Ich hatte mir alle Handgriffe genau eingeprägt.

Sie wollte. Also setzte ich mich in Bewegung, um ihr Glas abzuholen, und trat dabei gegen etwas Kleines, auf dem Boden Liegendes, es klang hölzern und buckelte übers Parkett. Ich hob es auf. Es war eine kleine, affenfingerlange Geweihstange. Sie hatte Beiß- und Knabberspuren.

Sera sagte: »Beau-Beau ...«

Ich blickte zu ihr herüber, das kleine Horn zeigte fragend in ihre Richtung.

»Bobo?«

»Beau-Beau. Rimbaudchen. Darauf knabbert er abends so gern rum.«

Ihre Augen wurden wässrig.
Oh nein.
Was jetzt?
Wie geht Trösten?
Dave Killer setzte sich zu ihr, legte seinen Arm um sie und sagte:
»Er kommt bestimmt zurück.«
Sie fing an zu schluchzen und vergrub ihr Gesicht in seiner starken Schulter. Zärtlich streichelte er ihr übers kastanienbraune Haar und machte »Tz tz tz tz«, so wie man ein scheuendes Pferd beruhigt. Nicht umsonst nannte man ihn auch den »Stutenflüsterer«. Dann ritten sie langsam der Sonne entgegen.

Ein unschöner Nebeneffekt des Unterrichts bei David war, dass er in meinem Kopf eingezogen war. David hatte mir prophezeit, dass ich während meines ersten Geschlechtsverkehrs an ihn denken würde, was vollkommen in Ordnung wäre, er sei schließlich mein Meister, und auch er denke bis heute bei jedem Akt an seine Meisterin. Er wiederholte diese Prophezeiung sooft es ging, eigentlich immer, wenn das Thema auf Sex kam, also mehrmals täglich. Es war somit unmöglich, sich vorzunehmen, nicht an ihn zu denken, wenn es irgendwann so weit war. Und was, wenn es mir so gehen würde wie ihm? Wenn ich auch beim zweiten Mal an ihn denken müsste, weil ich mir vorgenommen hatte, es nicht zu tun, und immer so weiter, wenn ich also von meinem zweiten bis zum letzten Geschlechtsakt an David denken würde? Ein alptraumhaftes Möbiusband, auf dessen einziger Seite David im Lotussitz mit einer Erektion saß und dämonisch lachte. Wie sollte ich da jemals rauskommen?

Rauskommen? Du solltest lieber reinkommen!, meldete sich Davids Stimme zu Wort.

Die Lösung schien mir plötzlich sehr einfach zu sein. Meine Ratio, vom körpereigenen Gift längst in die Knie gezwungen, bekam von der tollkühnen Stimmung, die der Alkohol in mir heraufbeschwor, endgültig den Todesstoß versetzt: Ich musste

Davids Audiokommentar nur zulassen. Wenn ich sowieso an ihn denken musste, konnte er mir doch wenigstens nützlich sein. Ich probierte es.

Dave, du bist jetzt mein offizieller Sex-Guide. Das ist eine große Verantwortung. Willst du mich sicher durch mein erstes Mal geleiten?

Ich dachte, du fragst nie!, antwortete er begeistert. *Geh zu ihr! Sie braucht dich.*

Ich setzte mich zu Sera, legte meinen Arm um sie und sagte: »Er kommt bestimmt zurück.«

Genau so, sehr gut!, lobte Dave.

Sie seufzte und legte ihren Kopf auf meine Schulter.

Du weißt, was zu tun ist.

Vorsichtig streichelte ich ihr über das lange Haar, blieb an ihrem Ohr hängen und knickte es um.

Du KARSTEN!

Das war sein zweitschlimmstes Schimpfwort: *Karsten*. Sein schlimmstes war *Jens*.

Ich versuchte ihn und das in den Urzustand zurückgefloppte Ohr zu ignorieren und machte »Tz tz tz tz«, während ich ihren Kopf tätschelte. Dave schlug die Hände vors Gesicht, Sera schreckte zurück und blickte mich aus engen Augenschlitzen an.

»Bin ich jetzt dein Hündchen, oder was?«

»Nein, ich...«

»Wenn du mir was Gutes tun willst, massier mir lieber die Füße«, sagte sie und sah mich streng an.

Siehst du! Was habe ich gesagt? Fuß-mas-sa-ge, sang Dave.

»Aber nur, wenn sie gewaschen sind«, sagte ich aus einem Grund, an den ich mich schon im nächsten Moment nicht mehr erinnern konnte.

Sie grinste gequält, ich noch gequälter. Dave wimmerte.

»Das war nur ein Witz«, versuchte ich.

»Nein, vielleicht hast du recht, ich sollte mich mal frisch machen.«

Sie stand auf, durchquerte die Wohnung, öffnete eine Tür und verschwand. Ich machte mich an die Drinks. Den Rand ihres Glases benetzte ich erneut mit dem Elixier aus der Phiole. Ich würde mich sowieso morgen von Düne trennen. Ich hatte mich eigentlich schon von ihr getrennt, musste es ihr nur noch sagen. Und Kafka und Sera? In welchem Verhältnis sie zueinander standen, war egal. Es würde ja niemand mitbekommen.

David meldete sich wieder.

Sie macht sich fertig, Jahresbester! Wie ist der Penisstatus? Präsentabel? Wenn beide schmutzig sind, soll es so sein, dann muss auf den Einsatz des Mundmuskels verzichtet werden. Aber wenn sie sich reinigt, musst du das auch tun!

In diesem Moment flutete frisches *Shalimar* den Raum. Sie legte im Badezimmer ihr Parfum neu auf. Durch die Ritzen, vorbei an den Statuen fand es seinen Weg in meine Nase. Jetzt würden sich beim ersten Geschlechtsverkehr meines Lebens noch ein paar alte Damen zu David gesellen. Frisch und hochkonzentriert hatten sie den Duft immer durch die Oper getragen, als müsste er abends zurück in den Käfig. An Sera hatte nur noch eine Idee von Vanille und Weihrauch gehaftet, löchrig, dumpf, hin und wieder leicht aufschimmernd, ihr Körpergeruch hatte das verwehte Parfum zuletzt dominiert, wie frisch gemähter Frühlingsrasen piekste er in der Nase, alles hätte so schön sein können. Nun lag das *Shalimar* als dicke Lackschicht über allem und ließ sich nicht wegrechnen. Vielleicht war die Sache mit dem Alkohol doch keine gute Idee gewesen. Die Toilettenspülung erklang. Zeitgleich erreichte mich der Geruch dessen, was soeben im Abflussrohr verschwunden war. Ungefragt schlüsselte meine Nase für mich auf, was Sera zu Mittag gegessen hatte: Lammfleisch, grüne Bohnen mit Kerbel, Majoran. Butter. Pellkartoffeln. Alles von Magensäure zersetzt, verdaut und verwertet. Ich hielt die Luft an. Ich musste hier weg. Sera kam aus dem Badezimmer, Schwefel und *Shalimar* eilten ihr voraus. Sie griff an einen Drehschalter, dimmte das Licht nahezu vollständig herunter und stellte sich vor mich. Ich hielt ihr ein Glas hin, als sie zugriff, berührten sich unsere Finger länger, als für die Getränkübergabe nötig gewesen wäre. Wir stießen die Gläser aneinander, sie trank und leckte sich über die Lippen.

»Wollen wir unsere Drinks nicht drüben nehmen?«, fragte sie und legte den Kopf schräg.

In einer anthropologischen Forschungsarbeit hatte ich gelesen, dass das Werbungsverhalten der Menschen sich weltweit glich, allerdings hatte ich das komplizierte Spiel aus geheimen Gesten, hoher Stimmlage, Annäherungen und zufälligen Berührungen noch nie mitspielen müssen. Bei Düne war aufgrund ihrer Blindheit alles anders gelaufen. Sera nahm mich bei der Hand und ging voraus in Richtung Verkehrsinsel, wir tranken, setzten die Gläser ab und küssten uns. Es war das Aufregendste, was ich bisher erlebt hatte. Ihre Zunge war etwas rau, und, wie alles an ihr, recht lang, und sie schmeckte nach allem Möglichen, wäre da nur nicht dieser Mantel aus *Shalimar* gewesen, der sich mir in den Mund schob. Ich täuschte einen Nieser vor, schnaubte alles aus und hielt erneut die Luft an. Sie knöpfte mein Hemd auf, zog ihres aus, zog meines aus, zog alles aus, ich auch, wir waren nackt.

Und nun immer mit der Ruhe. Fuß- und Fingermassage, jeden Knöchel einzeln, eine Stunde minimum. Erst dann ausgiebige Gipfelpflege und schließlich Aufbruch zum Handarbeitstreffen am Äquator!

Sera hatte andere Pläne als David, sie zog sich auf mich, küsste mich weiter, inzwischen noch fordernder, und dann führte sie meine Hand an ihren Busen, und ich musste an Davids Playboyheft denken, mit den vielen großen, runden, nassen, eingeschäumten, von durchsichtigem Stoff notdürftig bedeckten Busen, und an das Biobuch musste ich denken und auch an Maik Feininger.

»Sera, warte mal«, sagte ich. »Ich habe keine Kondome bei mir, wir sollten vorsichtig sein.«

»Keine Sorge, ich kann keine Kinder bekommen, das kann ich dir schriftlich geben.«

Hatte ich zuvor ihre Küsse mit etwas Zurückhaltung erwidert, gab es nun keine Ausrede mehr. Haut auf Haut, am ganzen Körper, Schleimhaut auf Schleimhaut, im ganzen Mund, der Alkohol verwandelte mich zu meiner eigenen Überraschung in ein sehr einfach gestricktes Tier, meine Erektion zwischen ihren Schenkeln, da war es feucht, ich rutschte mit meiner besten Stelle über ihre beste Stelle.

Sehr gut, aber noch nicht einsteigen, Chong-Dong, denk dran, Pingu-Style, du bist ein Blutbommel!

Sera faltete die Beine auseinander, ein Schwall intimsten Geruchs stieg empor, fruchtbarer Fleischnektar, würzig, animalisch, stärker als *Shalimar*. Sie umfasste meinen Po, wir sahen uns in die Augen.

Moment mal, ist das meine Mutter?!, rief David entsetzt.

Ihre Pobacken öffneten sich leicht, die böse Luft stieg auf, direkt und unauslöschbar in meine Nase, mir wurde übel, der Pinguin schlitterte unbeirrt durch das Nass, das Licht kam näher, der Gestank schlug zu, es war vorbei.

Jetzt ist sie in den besten Jahren.

Mein Samen entlud sich auf Seras hübsch frisiertem Venushügel, zeitgleich entleerte ich meinen Magen auf ihren Bilderbuchbusen. Ich hätte nichts dagegen gehabt, in diesem Moment zu sterben.

Jour Fixe – Jour Fick

Rorax hatte einen köstlichen Couscous-Salat mit Granatapfelkernen und Mohnsaat vorgekocht, den Düne aus der Tupperschale servierte. Während sie Petersilie hackte, schaufelte ich den Großteil meiner Portion unbemerkt zurück. Mein Magen hatte noch immer Probleme mit der Nahrungsaufnahme. Düne bestreute die Teller mit der frisch gehackten Petersilie. *Der grüne Kuss.* Einiges ging daneben, ich fegte es lautlos mit der Hand zusammen und warf es auf ihren Teller. Sie trug ein weißes, schlichtes Leinenkleid, knielang und knittrig. Wir aßen bei greller Beleuchtung. Wer brauchte schon Kerzenschein, ich sah gern, was ich aß. Nach dem Dessert, einer luftigen Karamellcreme mit Lavendel, wollte Düne sofort nach oben.

»Warte. Kann ich dich noch etwas fragen?«

»Natürlich, Charlie, du kannst mich alles fragen.«

Sie kam langsam zurück und legte ihre Hand auf meinen Unterarm.

»Oma. Es wird immer schlimmer. Sie ... will nicht mehr.«

»Oh je.«

»Opa muss die Kellertür verschließen, weil sie sich sonst die Winchester holen würde.«

Wir schwiegen einen Moment, dann nahm ich meinen Mut zusammen. »Ich möchte ihr helfen. Weißt du, was ich meine?«

Düne nickte nicht. »Ich verstehe.«

Sie ging zum Schlüsselbrett, tastete die dort hängenden Bunde nacheinander ab und griff sich den mit dem pillenförmigen Anhänger. »Komm mit.«

Wir gingen in einen Teil des Hauses, in dem ich noch nie gewesen war. An einer Tür machte sie halt, tastete nach dem Schlüsselloch und schloss auf. Als wir eintraten und die Deckenbeleuchtung klimpernd ansprang, sah ich, dass wir in einer Medikamentenkammer waren. Ich hatte keine Ahnung, warum man solche Mengen an Tabletten horten musste, wollte es aber auch nicht wissen.

»Du hast diesen Raum nie gesehen«, bestätigte Düne meine Vermutungen.

»Du auch nicht«, sagte ich.

Sie lachte. Vielleicht konnten wir ja Freunde bleiben? Düne begann die Regalreihen abzutasten und die erhabene Brailleschrift auf den Tablettenpackungen zu lesen. Bereits nach der dritten wurde sie fündig.

»Hier. Das ist ein Anti-Epileptikum. Es senkt den Blutdruck. Wenn man genug nimmt, bis zum Herzstillstand. Wie viel wiegt deine Oma?«

»Vierundfünfzig Kilo.«

»Dann nimmst du fünf, in Wasser oder im Essen aufgelöst. Sie wird ruhig einschlafen.«

»Und kann man das hinterher feststellen?«

»Kaum. Es sieht nach Herzversagen aus.«

»Danke, Düne.«

Wir nahmen uns lange in den Arm.

Als wir oben waren, versuchte sie sofort auf Zärtlichkeit umzustellen. Sie bemerkte meine Zurückhaltung, kniete sich neben mich aufs Bett, fasste mir ins Gesicht, nahm meine Brille ab und streichelte mir über Augen, Nase und Mund.

»Wegen deiner Oma? Ist schon okay, mach dir keinen Kopf, Charlie.«

Einfach raus damit.

»Ich kann nicht mit dir schlafen.«

Ihre Hände erstarrten kurz, dann plumpsten sie auf ihre Oberschenkel. Sie setzte sich auf die Matratze.

»Aber ... was hab ich gemacht?«

»Du hast gar nichts gemacht.«

»Ist es wegen Mayra?«

»Wegen *Mayra?* Quatsch, nein, Mayra ist so was wie meine große Schwester.«

»Aber warum dann?«

»Du verdienst jemanden, der dich wirklich liebt. Und ich bin das nicht.«

Sie zog die Knie an den Oberkörper und legte den Kopf darauf. Sie weinte. Ich streichelte ihr den Rücken, schließlich kippte sie an mich, und ich legte meinen Arm um sie. Ganz heiß lag ihr kleines Köpfchen an meinem Hals, in Tränen, langsam bewegte sie die Stirn aufwärts, ihre Wange an meiner Wange, salzig-nass, der Mund näherte sich meinem, und plötzlich küsste sie mich, gierig. Ihre Hand fuhr zwischen meine Beine. Ich schob die Hand beiseite.

»Bitte, nicht.«

Sie drehte sich ab. »Dann geh.«

Ich wollte nichts lieber als das, also widersprach ich nicht und erhob mich.

»Und nimm deine Parfums mit.«

Ich sah sie erstaunt an.

»Ich sehe dich erstaunt an«, sagte ich.

Diesmal lachte sie nicht.

»Nimm alles mit. Die Düfte erinnern mich nur an dich, und am Ende würde ich sie sowieso entsorgen.«

Sie wischte die Tränen beiseite, dann erhob sie sich, Lapidar ging voraus, zum Labor. Zu dritt stiegen wir ein letztes Mal die Treppe hinab und gingen hinüber in den Anbau. Die Hündin machte es sich im Körbchen vor der Labortür bequem, wir traten ein. Ich machte Licht und sah mich erstaunt um. An der rechten Seite des Raums standen Pappkartons, in verschiedenen Größen, ein paar braune und viele weiße. Was hatte sie eingekauft?

Ich trat an die Kartons und erkannte auf einem Etikett den Firmennamen eines großen Riechstoffherstellers. Auf die anderen Kartons waren ebenfalls Logos und Absender aufgedruckt, soweit ich sie zuordnen konnte, handelte es sich um die Hersteller von Laborzubehör.

»Rüstest du auf? Was ist das alles?«

»Das? Waagen, Kolben und Pipetten. Zweihundert Riechstoffe – eine komplette Duftlaborausstattung. Ich wollte es dir eigentlich morgen schenken. Nach unserer ersten Nacht. Aber das fällt ja nun leider aus.«

Ich konnte mich nicht bewegen, nicht denken und nicht reden, nichts.

Sie kam auf mich zu, streckte die Hand nach mir aus, umarmte mich und flüsterte: »Das kann alles dir gehören«, und fing schon wieder an mit ihrer Wange an meiner Wange und der Hand in meinem Schritt, und schon wieder musste ich mich losreißen und sagen: »Nein. Glaubst du etwa, ich bin käuflich?«

Sie zielte mit ihren weißen Augen dahin, wo sie meinen Blick vermutete, und traf.

»Ja. Stell dich nicht so an! Du bist meine Nutte. Ich bezahle dich für Sex. Du willst diese Riechstoffe mehr als alles andere auf der Welt. Also komm jetzt mit nach oben, damit ich endlich meinen Spaß haben kann, und dann nimm dein Labor und verschwinde.«

Jour Fixe – Abschiedsabenteuer

»Hab ich's nicht gesagt! Ein erotisches Abschiedsabenteuer! Und ein Geschenk noch dazu! Besser hätte es nicht laufen können!«

David strahlte mich an und rieb sich die Hände. Wir hielten unseren Jour Fixe bei mir ab.

»Und jetzt die Details.« Er leckte sich die Lippen wie ein Kätzchen nach einer Schale Milch.

»Ich bin nicht mit Düne nach oben. Ich bin gegangen.«

»Waaas? Chambraire, was hast du getan? Warum? Keine Entlassungsfeier? Kein Labor? Wieso? Warum? *WARUM?*«

»Ich bin kein Prostituierter. Außerdem habe ich am Tag vorher eine andere Frau getroffen.«

»Du hast *was?!* Eine andere *Frau* getroffen? Wie das denn, per Kontaktanzeige? Oder per Zwangsehe? Alter, eure Sekte ist mir echt eine Spur zu hart.«

»Ich bin getrampt, sie hat mich mitgenommen, eins kam zum anderen, und dann wurden wir in ihrer Wohnung intim.«

David sah mich mit aufgerissenen Augen an.

»Du mieser, kleiner Schwuans-im-Glück! Das ist *meine* Anhalterfantasie! Sag mir nicht, dass sie wunderschön war, eine reife Frau, die du vorher noch nie gesehen hattest. Bei mir fährt sie einen Oldtimer.«

»Doch, stimmt alles.«

»Mit Oldtimer?«

»Mit Oldtimer.«

»Verdammt!«

David verpasste sich selbst einen Schlag auf den Oberschenkel, stieß einen Schmerzensschrei aus und stand auf. Er ging auf und ab und rieb sich die Stirn.

»Hast du wenigstens an mich gedacht?«

»Die ganze Zeit.«

Er atmete erleichtert aus.

»So eine Eröffnungsnummer hinzulegen, hochverehrtes Publikum! Du machst mich stolz. Aber auch neidisch. Immer wenn ich trampe, halten dicke Paketboten an und wollen mit mir über Lokalpolitik und Tischtennis reden.«

Er stemmte die Hände in die Hüften, sah mich an und schüttelte beeindruckt den Kopf.

»Aber erzähl! Du trampst. Sie hält an. Ein Blick sagt alles. *Wo willst du hin?*, fragt sie.« Er sagte das mit flatternden Lidern und einer albernen, hellen Stimme, antwortete mit einer ebenso albernen, dunklen Stimme: »*Auf den höchsten Gipfel, dort, wo der Fluss entspringt, und ich möchte mit dir seinem Verlauf folgen, Stromschnellen hinabstürzen, durch Täler mäandern und bis ins weite Meer fließen.* Sie gibt Gas und chauffiert dich direkt in ihr Drive-in-Liebesnest. Mit dem Auto-Fahrstuhl geht es hoch in ein Loft über den Wolken, und ihr beginnt umgehend mit der Verarbeitung. Wie sah ihre Werkstatt aus? Spielzeuge? Spezialausrüstung? Oder ganz klassisch Nackedei/Bärenfell/Kaminfeuer?«

»Nicht ganz ein Loft über den Wolken, aber ein sensationeller Blick über das Villenviertel von Leyder immerhin. Und eine *Verkehrsinsel* inmitten von Kunstschätzen.«

David hielt inne.

»In welcher Straße?«

»Lohengrund.«

In seinem Gesicht passierte etwas Neues.

»Nummer?«

»Was wohl. Die Antwort auf alle Fragen.«

»Lohengrund 42?« Er ließ sich auf die Bettkante sacken. »*Sera Dimero?*«

Ich versuchte zu schlucken und krächzte: »Du kennst sie?«

Ja klar, es ist seine Mutter.

»Ja.«

Er schwieg. Ich hatte ihn noch nie bedrückt erlebt und konnte nur mutmaßen, dass er dabei so aussah wie jetzt.

»Was ist mit ihr?«, wollte ich vorsichtig wissen.

Er starrte zu Boden.

»Sie war meine Ausbilderin.«

»Wirklich?«, rief ich erleichtert. »Und ich hatte Angst, sie könnte deine Mutter sein!«

»*Wie bitte?*«

David erhob sich, wuschelte sich einmal kurz durchs Haar, schüttelte sich und sah mich ernst an. Er legte den Kopf in den Nacken und schnarrte. Er machte wieder ein paar Schritte durch mein Zimmer, auf und ab, dann blieb er abrupt vor mir stehen.

»Was meinst du damit?«

»Ich hab am Nachmittag gesehen, wie sie in Kafkas Büro verschwunden ist, und konnte ein paar Gesprächsfetzen aufschnappen.«

»Was hast du gehört?«

»Dein Vater war ziemlich erregt, ich hab nur gehört, wie er sagte: *Wir beide in einem Raum, das willst du nicht.*«

David nickte. »Ich weiß. Das war wegen der Hochzeit. Sera heiratet demnächst, in England. Sie wollte ihn gern dabeihaben. Er hat abgesagt, weil meine Mutter auch auf der Feier sein wird.«

»Aber Sera heiratet gar nicht. Sie ist nur kurz nach England wegen einer geschäftlichen Angelegenheit.«

»Hat sie dir das erzählt? Das sieht ihr ähnlich. Sie hat Männer schon immer benutzt wie Klopapier.«

Quatsch. Ich wollte ihn bloß loswerden. Ich muss wegen eines Jobs nach England.

Ich spürte meine Augäpfel, sie waren zu groß.

»Sie heiratet wirklich?«

»Aber so was von. Einen superreichen Börsenguru. Die kommt bestimmt nicht wieder.«

Ich bin in drei Wochen wieder da. Du kannst gern den Roller haben, solange ich in London bin.

Hatte sie mir eine Lüge aufgetischt? Und ich hatte es nicht gerochen?

»Woher kennen sich Sera und dein Vater denn?«

»Er ist ihr Stiefvater, sie kamen gut miteinander zurecht.

Kafkas erste Ehe. Man könnte sagen, sie ist meine Viertelschwester. Da mein Vater es kompliziert mag, hielt er es für eine gute Idee, Seras beste Freundin zu schwängern. Mit siebzehn.«

»Deine Mutter. Zu der ihr beide keinen Kontakt mehr habt. Jetzt verstehe ich.«

Ich atmete erleichtert durch.

David sah mich an. »Ich weiß nicht, was ich mit dir machen soll. Du hast die Regeln gleich mehrfach gebrochen. Zum Teil unwissentlich, aber Unwissen schützt bekanntlich nicht vor Strafe.«

»Was meinst du?«

»Mütter und Schwestern, klingelt da was?«

»Aber ich habe doch gar nicht mit deiner Mutter…«

»Ja, aber du *dachtest*, es wäre meine Mutter. Du hast es billigend in Kauf genommen.«

»Aber…«

»Und erst später stellte sich heraus, dass es gar nicht meine Mutter gewesen ist, sondern meine Schwester.«

»Sie ist deine *Viertelschwester*, was ein ausgedachtes Familienverhältnis ist, und nicht zählt.«

»Nein? Und deine Brieffreundin aus Mexiko? Die ist doch auch so was wie eine Schwester für dich, oder?«

»Ja, aber was hat Mayra jetzt damit zu tun?«

»Vielleicht besuch ich sie mal.«

»Wieso solltest du das tun?«

»Um mit ihr *Agavensud einzukochen*.«

Jetzt verstand ich, worauf er hinauswollte.

»Oder kommt sie mal nach Deutschland? Du hättest sicherlich kein Problem damit, wenn ich ihr meinen *Gleitservice anbiete*, oder?«

»Das ist was ganz anderes, ich wusste nicht, dass Sera deine *Viertelschwester* ist!«

»Nein, du dachtest, dass sie meine Mutter ist!«

»Aber es war nicht deine Mutter!«
»Nein, es war meine Viertelschwester!«
»Aber sie hat mich verführt! Und sie wusste nicht, dass ich mit dir befreundet bin! Wir sind unschuldig!«
Er zog seine Trainingsjacke an.
»Charlie.« Zum ersten Mal nannte er mich so. »Ich muss dir leider sagen, dass unser Ausbildungsverhältnis hiermit aufgelöst ist. Du hast den Kodex verletzt. Ab jetzt musst du allein zurechtkommen.«
»Machst du Schluss mit mir?«
»Ja.«
Ich stand auf.
»Können wir nicht einfach Freunde sein?«
Er sah mich an und überlegte.
»Ich denke darüber nach. Wir werden dreißig Tage nicht miteinander sprechen, danach lass ich dich wissen, wie ich mich entschieden habe. Aber mach dir keine allzu großen Hoffnungen.«
»Bist du käuflich?«
»Was hast du anzubieten?«
»Ein maßgeschneidertes *Dave-Killer*-Liebeselixier.«
Dave Killer setzte sich wieder.
»Ich höre.«

Dagegen und durch

Ich hätte Verdacht schöpfen können, als Oma sich von Fritzi verabschiedete.
»Frichi, du bich ein feinech Mächenn. Wie toll du lechen und

erchähen kannch, auh dir wird noch eine groche Gulachgechichtenerchählerin!«

Oma nahm sie in den Arm und drückte ihr einen halben Kuss auf die Stirn. Fritzi wand sich, sie mochte es nicht, berührt zu werden. Von mir forderte Oma auch einen Kuss ein. Dann brachte ich Fritzi in die Leihbücherei, Opa und ich gingen Tontauben schießen. Seit Tagen trug ich die Tabletten in meiner Innentasche. Oma hatte ich noch nichts davon erzählt, erst hatte ich mit Opa sprechen wollen. Oma war seine Frau, ich konnte das nicht entscheiden. Außerdem war es Mord, oder Beihilfe zur Selbsttötung, oder irgendwas mit Totschlag. In jedem Fall eine Straftat.

Opa war dagegen.

Ich war erleichtert.

Als wir ins Forsthaus zurückkamen, lag Oma nicht im Bett. Ihr Rollator stand vor der Kellertür, die Kellertür war offen, der Schlüssel steckte.

»Opa!«, rief ich, er war noch draußen.

Ich stürmte in den Keller. War sie die Treppe hinuntergestürzt? Am Fuß der Treppe lag sie nicht. Oma hatte sich noch weitergeschleppt. Bis zum Waffenschrank. Da lag sie, barfuß, im Nachthemd. Mit der linken Hand hielt sie sich den Lauf unters Kinn, den großen Onkel hatte sie am Abzug der Winchester.

»Halt!«, schrie ich.

Oma drückte ab.

Es war gar nicht so blutig. In Filmen platzten in so einem Moment halbe bis ganze Schädel weg, Omas Kugel schoss jedoch glatt durch den Kopf hindurch, trat aus der Schädeldecke wieder heraus, schlug in die Holzvertäfelung ein und hinterließ ein relativ kleines Loch im Kopf. Es roch nach menschlichem Gewebe, Holz und Blut. Sie röchelte. Ich hockte mich zu ihr.

Opa kam die Treppe heruntergebollert. Er kniete sich auf die andere Seite. »Ingelchen«, er nahm ihr Gesicht in beide Hände, »mein Engelchen«, und schluchzte mit seiner Stirn an ihrer Stirn.

Oma machte pfeifende Geräusche.

»Oma?«, fragte ich.

Sie öffnete die Augen und sah mich an. Oma lebte noch. Wie konnte das sein?

Sofort hastete ich die Treppe hoch, zum Telefon, wählte 110, gab die Adresse durch, wieder runter zu ihr, versuchte es mit einem Glas Wasser, sie verschluckte sich und hustete, ich redete fortwährend mit ihr, bis der Krankenwagen kam, der sie mitnahm, Opa und ich im Nissan hinterher. Aus dem Krankenhaus rief ich Dito an, er kam mit Fritzi, Oma wurde gerade operiert, die ganze Nacht verbrachten wir zu viert auf den unbequemen Stühlen im Wartebereich, redeten nicht, atmeten den Hauch der Kranken und Verletzten.

Oma kam durch.

Jetzt konnte sie gar nicht mehr sprechen. Und musste rund um die Uhr betreut werden. Nach den Tagen auf der Intensivstation wurde sie recht bald in ein Heim gebracht. Ihr Zustand besserte sich nur langsam, wenn man überhaupt von einem Zustand sprechen wollte. Laufen würde sie nie wieder, das Bein war trotzdem in Gips. Ich ging nicht zur Schule, sagte nicht Bescheid, es war mir egal. Ich saß an ihrem Bett, so oft und lange ich konnte, und hielt ihre Hand. Las ihr vor, Fritzi erzählte ihr Geschichten. Ich besorgte ihr einen Kassettenrekorder, legte das Waldjazz-Tape ein, nahm ihr die wichtigsten Alben auf Kassetten auf und spielte sie alle in Dauerschleife. Von Zeit zu Zeit bildete ich mir ein Lächeln auf ihrem Gesicht ein.

Als in ihrem Mund endlich alles so weit verheilt war, dass sie wieder feste Nahrung zu sich nehmen konnte, wusste ich, dass der Zeitpunkt gekommen war.

Omas letzte Reise.
»Soll ich einen Topf Hirschgulasch kochen?«
Sie nickte mit ihrem linken Auge.

Hirschgulasch zu zweit

Seras Hirsch kam in den Topf. Mein »Abschuss«. Es schmeckte trotzdem. Opa grunzte zufrieden, als er den ersten Löffel im Mund hatte.

»Wann war das letzte Mal? Ist lange her«, sagte er leise.

Ich pustete auf meine Gabel. Er war nicht dabei gewesen, mit Stucki und Nonno vor ein paar Monaten. So oft hatten wir ihn ausgespart, hatte er sich selbst bei den Gulaschessen ausgespart, noch nie hatte er einen Fuß in die Sudergasse 25 gesetzt.

»Vor zwei Jahren, mit Stucki hier bei euch im Garten.«

»Mh-mh.«

Nach dem dritten Teller lehnte er sich zurück, faltete die Hände über dem Bäuchlein und sammelte sich. »Also, dann bin ich jetzt wohl mal dran. Willst du hören, wie deine Oma und ich uns kennengelernt haben? Damals, in den wilden Fünfzigern?«

Ich wollte.

Zum ersten Mal erzählte Opa am Gulaschtopf. Die Liebesgeschichte meiner Großeltern. Oma hatte diese Erzählung immer gern zum Besten gegeben, es war die älteste Geschichte überhaupt, mit ihr hatte damals alles begonnen, als Oma auf dem Hochzeitsfest am Gulaschtopf stand und die Gesellschaft eine Rede der Braut einforderte. Sie erzählte die Geschichte von Opa und sich und dem Kellner mit dem brennenden Holzbein, die Champagnerpyramide, die einstürzte, schmückte das ein oder andere Detail etwas aus, im Laufe der Erzählung übertrieb sie immer maßloser, angestachelt vom Johlen und Klatschen der Hochzeitsgäste, schwang sich zu immer absurderen Schilderungen auf, bis es ihr schließlich ins Märchenhafte entglitt und das ganze Fest vor Rührung weinte, als Oma und Opa am Ende der Geschichte auf weißen Einhörnern vor den Traualtar ritten.

Nach fünfzig Jahren am Gulaschtopf hatte der Inhalt so gut wie nichts mehr mit den ursprünglichen Geschehnissen gemein. Lediglich die Hochzeit am Ende war gesetzt, was jedoch davor passierte, war eine absolute Wundertüte, wenngleich das brennende Holzbein, eine Explosion, das Huhn ohne Kopf, der betrunkene Feuerwehrmann und das russische Ziehharmonikaorchester wiederkehrende Elemente darstellten.

Die Version, die Opa jetzt zum Besten gab, war wie Opa selbst: aufs Nötigste zusammengefasst. Der Ablauf der Geschehnisse wurde korrekt wiedergegeben. Die Größe des Orchesters schrumpfte auf Igor, den Ziehharmonikaspieler. Der Schuh eines Barmanns stand kurz in Flammen, als dieser ein Tablett mit brennenden Sambucas fallen ließ. Ein Huhn lief aufgeschreckt über den Innenhof. Es war die schönste Liebesgeschichte der Welt.

Als er fertig war, keine drei Minuten hatte er benötigt, überlegte ich. Es gab nicht sehr viele Geschichten, in denen Opa auftauchte. Schließlich entschied ich mich für die jüngste Episode mit dem Hirsch. Wie Sera und mir ein Sechzehnender ins Auto gelaufen war. Wie sich der verletzte Hirsch noch in den Wald schleppte. Wie Opa mit Helmi seine Verfolgung aufnahm und ihn mit einem Blattschuss aus vierzig Metern Entfernung erlöste. Opa lächelte mit geschlossenen Augen vor sich hin.

»Dann fahre ich jetzt«, sagte ich und füllte eine Portion Gulasch mit Reis in eine Tupperdose. Opa stand ebenfalls auf und räumte die Teller weg.

»Du bist sicher, dass du nicht mitwillst?«, fragte ich.

»Nein. Wir haben uns heute Mittag Lebewohl gesagt.«

Ich nickte. Als er die Hände frei hatte, trat ich auf ihn zu, wartete mit offenen Armen einen Moment, damit er sich darauf vorbereiten konnte, dann umarmte ich ihn, und er mich, zum allerersten Mal.

Es fühlte sich gut an, fand Opa auch, er wollte gar nicht wieder loslassen.

Sterben

Ich saß mit den zwei heißen Tellern an Omas Bett und fütterte sie. Ein Löffel Gutes, ein Löffel Böses, ein Löffel Gutes. Es war davon auszugehen, dass das bittere Medikament nicht zur Verbesserung des Geschmacks beitrug. Oma schmatzte, langsam, wie eine Schildkröte. Draußen war es bereits dunkel, ich hatte eine der alten Hörspielkassetten eingelegt: »Gestatten, mein Name ist Cox.«

Als sie eingeschlafen war, beugte ich mich vor, küsste sie auf die gute Wange und auf die Hängewange, dann drückte ich ihr die Augenlider herunter wie im *Tatort*. Das Krimihörspiel ließ ich laufen, auch wenn Oma längst wusste, wer der Mörder war.

Vor dem Forsthaus machte ich ein Feuer in der Tonne und verbrannte die restlichen Tabletten und auch die kleine Kunststoffphiole mit dem Liebeselixier. Scheinwerfer kamen den Weg hoch, ich schirmte die Augen ab. Der dunkle Volvo der Feiningers fuhr auf den Hof. Rorax. Aus dem Inneren erklang *Umma*

Gumma. Das Doppelalbum von *Pink Floyd* kannte ich von Dito. Rorax hörte die Live-LP, mir gefielen die Studioexperimente auf der zweiten LP besser. Er wendete, parkte den Volvo rückwärts vor dem Hauseingang. Die Musik lief weiter, Rorax blieb sitzen. Er wartete die letzten Takte ab. Als der Applaus verklungen war, stieg er aus.

»Ich hab hier eine Lieferung für Herrn Berg.«

Er öffnete den Kofferraum.

Pappkartons, braune und weiße.

Das Labor.

»Oh.« Mehr konnte ich nicht sagen.

Rorax steckte sich eine Zigarette an und setzte sich auf die Ladefläche. Er trug einen hüftlangen, volvoblauen Mantel und einen lindgrünen Schal.

»Bitte, tu dir keinen Zwang an«, sagte er und wies auf die Kisten.

Es dämmerte bereits, wir sahen uns lange in die Augen, schließlich musste ich den Blick abwenden. Ich griff mir den größten Karton, er war schwer, ich ließ mir nichts anmerken und trug ihn ins Haus. Außer Sichtweite von Rorax konnte ich eine Minute im Sitzen verschnaufen. Erst dann trat ich wieder nach draußen. Sieben solcher Gänge waren nötig, bis alles im Haus war.

Rorax warf seine Zigarette weg und zertrat sie wie Gewürm. Er schloss den Kofferraum. Wir standen uns gegenüber, er einen Kopf größer als ich. Was jetzt? Händeschütteln? Umarmung? Abklatschen?

»Coole Brille. *Yves Saint Laurent*? Zeig mal.« Rorax streckte fordernd die Hand aus.

Ich nahm die Brille ab und reichte sie ihm, er ließ sie fallen, trat drauf und schlug mir mit voller Wucht seinen Vorderkopf auf die Nase. Der Schmerz, der mich in solcherlei Momenten in die andere Dimension zu katapultieren pflegte, war ausnahmsweise nur Schmerz, allerdings von besonders ausgeprägter Natur. Ich fiel auf die Knie, Blut quoll aus meiner Nase – oder dem, was noch von ihr übrig war, viel konnte es nicht sein. Mein Herz sprang umher wie ein Äffchen im Sack. Die Reifen des Volvo drehten durch und spritzten mir Erde und Schotter ins Gesicht. Mein Geruchssinn *implodierte*, ich roch das Blut in meiner Nase, roch sonst absolut nichts, meine Nase war erblindet, und während ich das Bewusstsein scheibchenweise verlor, gab ich auf. Ohne meine Nase, ohne Oma, ohne Sera wollte ich nicht leben.

Aber ich starb nicht.

Teil 5

STERBEN

· Sumbigheim, September 1993 ·

Charlie Eisenherz

Als ich zu mir kam, behielt ich die Augen zunächst geschlossen. Ich fühlte mich leer. Aber ausgeruht, geradezu erfrischt. Leider kein kosmisches Blau. Es roch nach Krankenhaus, allerdings weniger konzentriert als gewohnt. Weniger Menschen, weniger Essen, weniger Kampfer. Ein kleines Krankenhaus.

Ich öffnete die Augen. Die Atmosphäre war erstaunlich wohnlich. Ich lag in einem Bett mit den bekannten Hebeln an den Seiten, nur die Stahlrohre am Ende fehlten, das Fußende war aus massivem Holz. Die Bettwäsche war weich, zartgelb und roch angenehm nach einem mir nicht bekannten Waschmittel mit Lavendel- und Fichtennoten. Nichts im Zimmer wirkte steril, ich blickte direkt auf ein gerahmtes Ölgemälde, ein Birkenhain, den der Künstler mit expressionistischer Wucht auf die Leinwand gepeitscht hatte – dreidimensional leuchteten mir die weißen Stämme entgegen. Immer wenn ich Birken sah, musste ich an Düne denken. Und immer befiel mich ein schlechtes Gewissen.

Ich fasste mir an den Hals. Die Kette mit dem Schlüssel war nicht mehr da. Ich blickte an mir herunter. Aus meiner Brust kamen vier daumendicke Schläuche hervor. Oder waren es Kabel? Die Ränder der Öffnung waren wund und mit roter Farbe bepinselt, es juckte ein klein wenig, aber mein Herz selbst schmerzte nicht. Zum ersten Mal seit Jahren tat es das nicht, wie mir bewusst wurde. Ich folgte dem Verlauf der Schläuche oder Kabel, und entdeckte ein kühlschrankgroßes Gerät an meiner Seite, das leise brummte. Neben dem Kasten stand ein Tropf, ich sah Kolben, einiges an Gestänge, daran Leuchten und Lampen, außerdem Überwachungsmonitore mit unnachvollziehbaren Zahlenwerten. Ziemlicher Science-Fiction das alles. Nur eine Sache fehlte: der kleine Bildschirm mit jener regelmäßig ausschlagenden Kurve, unterlegt mit dem gleichmäßigen Piepen, das im Film dramatischerweise zu einem endlos langen Piepen wurde, wenn jemand starb.

Ein Traum war das nicht, solcherlei Träume hatte ich nie.

War ich also tot?

Die Tür öffnete sich. Eine freundlich lächelnde, unwirklich hübsche Asiatin betrat den Raum, in der Hand eine irdene Karaffe. Sie trug keinen Kittel, aber ein Namensschild. *Schwester Asuka* trat an mein Bett, überprüfte lässig den Tropf, goss mir ein Glas Wasser ein, Pressglas, hielt es mir wortlos an die Lippen, die rissig waren, legte mir die Hand an den Hinterkopf und half mir so beim Trinken.

»Willkommen zurück, Herr Berg.«

Ich befeuchtete die Risse mit der Zunge, es schmerzte, ganz kleine Nadelstiche, die den Moment ein wenig heller machten.

»Wo bin ich?«

»Im Herzhaus.«

»Im Herzhaus? Was bedeutet das?«

»Sie sind im Herzzentrum Sumbigheim.«

Ich blickte auf die Uhr. Sie war nicht da.

»Wissen Sie, wo meine Uhr ist?«

»Alles in der obersten Schublade Ihres Nachttisches. Benötigen Sie Ihre Brille?«

Noch bevor ich nicken konnte, öffnete die Krankenschwester besagte Schublade, setzte mir die Brille auf, legte mir meine Kette und meine Uhr um, dann striegelte sie mein Haar zur Seite, wie bei einem Jungen, der für den ersten Schultag zurechtgemacht wurde.

»Danke sehr. Können Sie mir sagen, was passiert ist?«

Schwester Asuka lächelte, in ihrem Gesicht ging die Sonne auf. Sie musste Japanerin sein. »Professor Hartlieb wird jeden Moment hier sein.«

Wie angekündigt öffnete sich die Tür, und der Professor betrat den Raum.

»Sehr schön. Sie sind erwacht«, sagte er und nahm in einem cognacfarbenen Barcelona Chair Platz. Wer nicht wusste, dass Mies van der Rohe ihn vor über sechzig Jahren für den deutschen Pavillon auf der *Exposició Internacional* entworfen hatte, musste davon ausgehen, der elegante Sessel wäre nur für diesen Mann, für diesen Moment geschaffen worden.

Schwester Asuka goss auch Professor Hartlieb ein Glas Wasser ein und verschwand lautlos. Er trank, setzte das Glas ab und sah mich lange an.

»Was ist passiert?«, fragte ich.

»Sie sind auf der Bühne kollabiert. Erinnern Sie sich?«

Ich nickte. Das *Text.Eval*. Ich hatte gewonnen. Und im nächsten Moment alles verloren.

»Für Ihr Herz kam jede Rettung zu spät. Wir mussten es entfernen.«

Ich tastete nach meinem Glas, bekam es zu fassen, steinschwer wog es in meiner Hand. Ich trank einen winzigen Schluck.

»Ich habe kein Herz mehr?«

»Wir haben Ihnen ein künstliches Herz einsetzen müssen. Eine kleine Pumpe aus Titanstahl. Genau genommen pumpt es gar nicht, jedenfalls nicht so wie ein Herz. Es hält Ihr Blut gleichmäßig in Bewegung. Absoluter Hightech. Sie sind einer der Ersten, der dieses Modell trägt.«

Der Maschinenpark gab ein tröstliches Summen von sich.

Ich spürte in mich hinein. Kein Puls. Konnte das sein? Ich lag hier, ohne Herz?

Ich blickte nach links und wunderte mich, dass eine so riesige Apparatur nötig war. Die Arbeit wurde doch sonst von einer kleinen Pumpe aus Fleisch erledigt.

»Und dieser … Kühlschrank hier, hat der Rollen? Oder lieg ich hier jetzt für den Rest meines Lebens?«

Professor Hartlieb lachte, zum ersten Mal heute, er zückte ein kleines Notizheft und machte einen Strich.

»Nein, das ist nur eine Übergangslösung. Damit können wir Sie maximal drei Monate am Leben halten. Sie benötigen dringend ein Spenderherz.«

Drei Monate. Zweiundneunzig Tage.

»Welches Datum haben wir?«

»Sie haben drei Tage verpasst. Am Samstag sind Sie eingeliefert worden, Sonntag haben wir operiert, den Montag haben Sie verschlafen. Heute ist Dienstag, der 21.9.«

Weihnachten bin ich also ein neuer Mensch.

Oder tot.

»Was machen wir, wenn niemand sein Herz spenden möchte? Gibt es noch andere Möglichkeiten?«

»Es hat früher Experimente mit Schweineherzen gegeben, aber die haben sich nicht lange im Menschen gehalten.«

»Das hat man *ausprobiert*?«

»Die Patienten waren dem Tod geweiht, ein Schweineherz war ihre letzte Hoffnung. Alle haben sich freiwillig zu diesem Schritt entschlossen, und ein paar Tage länger haben sie damit auch leben können.«

Die Vorstellung, das Organ eines Schweins in meiner Brust zu tragen, überforderte mich. Ich stellte es mir speckig und borstig vor.

»Das ist ja widerlich. Aber warum vom Schwein? Was ist mit Affenherzen? Müssten die dem menschlichen Herzen nicht viel ähnlicher sein? Ein Affenherz …«

»Herr Berg. Lassen Sie uns beim Thema bleiben. Ich verstehe, dass Sie die Situation erst mal verdauen müssen. Aber ein Kunstherz ist zur Zeit Ihre einzige Option. In ein paar Tagen kommt eine akkubetriebene, mobile Einheit, die haben wir in Großbritannien bereits bestellt. Das ist dann kein ›Kühlschrank‹ mehr, sondern sozusagen eine Minibar auf Rädern. Damit können Sie immerhin den Gang auf- und abrollen oder für ein knappes Stündchen im Park spazieren gehen.«

Was für ein Alptraum. Ich war wirklich an dieses Gerät gefesselt. Wenn ich sterben würde, dann wahrscheinlich in diesem Zimmer. Und dass ich sterben würde, war offenbar um einiges wahrscheinlicher geworden.

»Kann ich mit dem Gerät denn nicht nach Hause? Ich wäre gern bei meiner Familie.«

»Das ist leider nicht möglich.«

»Ich muss also hier warten, bis ein Spender stirbt?«

Hartlieb nickte.

»Und wenn er das nicht rechtzeitig tut?«

»Wir haben bereits einen HU-Antrag gestellt – *highly urgent*. Sie sind auf der Liste ziemlich weit oben, glauben Sie mir.«

»Einen Antrag – bei wem?« Ich zeigte und blickte fragend nach oben.

Der Professor ließ sich die Gelegenheit entgehen, ein zweites Mal zu lachen.

»In Europa wird die Vergabe von gespendeten Organen zentral organisiert, von der *Eurorgan* in den Niederlanden. Nicht jedes Organ passt zu jedem Spender. Und nicht jeder hat die gleichen Überlebenschancen. Je ähnlicher die Gewebemerkmale des Spenders und des Empfängers sind, desto wahrscheinlicher ist, dass alles gut läuft.«

»Eine Handvoll Leute in den Niederlanden entscheidet über Leben und Tod – habe ich das richtig verstanden?«

»Es gibt eine Art Rangliste.«

»Und über mir stehen noch Menschen mit den gleichen

Gewebemerkmalen wie ich, die vor mir dran wären, sollte ein passendes Organ aufschlagen?«

»Auch die Körpergröße und das Gewicht müssen in etwa stimmen. Jemand, der wesentlich kleiner und leichter ist als Sie, stellt keine Konkurrenz dar.«

»Was muss man denn machen, um ganz nach oben auf die Liste zu kommen?«

»Junge Mütter und Väter stehen für gewöhnlich an erster Stelle.«

»Ich habe eine autistische Schwester und einen schwer erziehbaren Vater. Gilt das auch?«

»Machen Sie sich keine Sorgen. Es laufen ständig Leute mit einem Organspendeausweis in der Tasche vor den Bus. Wir bekommen schon noch ein passendes Herz für Sie.«

»Das würde ich an Ihrer Stelle auch sagen.«

»Nicht den Mut verlieren.«

Er trank sein Glas aus, langsam, als handelte es sich um einen guten Weißwein, stand auf, strich sich den Kittel glatt.

»Draußen wartet jemand. Seit gestern Abend. Sind Sie bereit für Besuch?«

Mayra.

Ich nickte.

Als Professor Hartlieb den Raum verließ, kündigte sich durch die geöffnete Tür ein mehr als vertrauter Duft an.

Die arbeitslose Aorta

Maiglöckchen.

Kein Lippenstift. Sämtliche Farbe aus den Haaren herausgewachsen und weggeschnitten, so kurz wie Jean Seberg in *Außer*

Atem, nur grau. Es sah irrsinnig gut aus. Ich konnte nicht anders, als mir im Angesicht des Todes einzugestehen, wie sehr ich mich nach der Zuneigung dieser Frau sehnte, die sich stets meiner Annäherung entzogen, immer ihren Kopf durchgesetzt hatte, unbeirrt ihren eigenen Weg gegangen war.

»Mamma«, schluckte ich, fast unhörbar.

»Charlie, mein Schatz, wie geht es dir?«

Ihr Gesicht – besorgt. Nicht gespielt. Das konnte sogar ich erkennen. Sie legte eine Hand auf meinen Arm und roch fabelhaft. Das Diorissimo hatte sich perfekt mit ihrer Haut verbunden, keinerlei Zigaretten oder Alkohol, nicht einmal Kaffee trübten das Ensemble ein. So ähnlich hatte sie gerochen, als sie mit Fritzi schwanger war.

Ihr Blick wanderte von der lebenserhaltenden Maschine über die Kabel zu meinem Gesicht und wieder zurück.

»Tut es weh?«, fragte sie schließlich mit verzerrtem Gesicht und legte ihre Hand auf meinen Arm. Sie war angenehm warm.

»Kann man nicht sagen. Eigentlich ist es so, als wäre endlich die Ursache von einem alten Schmerz entfernt worden. Wie ein Splitter, der jahrelang im Zeh eingewachsen war. Es juckt ein wenig.« Ich kratzte mich vorsichtig am Rand der Öffnung, in der die Kabel verschwanden. Mamma wandte sich ab und ließ meinen Arm los. Ich hörte auf zu jucken. Und wartete, bis sie mich wieder ansah.

»Aber es ist schon unheimlich, dass man solche Geräte überhaupt bauen kann. Dass das funktioniert.«

Wir starrten beide den Apparat an, der dafür sorgte, dass ich weiterlebte.

»Und dein Kopf, Charlie? Bist du klar, weißt du, was vorgefallen ist?«

»Ich habe das Gefühl, aus einem jahrelangen Traum zu erwachen. Das ganze *Text.Eval* habe ich in einer Art Trance erlebt. Hast du denn davon was mitbekommen? Habe ich wirklich gewonnen und im letzten Moment noch verloren?«

Sie nickte. »Ich hab es im Fernsehen gesehen. In der Klinik.«
»Welcher Klinik?«
»Nach unserem letzten Treffen bin ich mehr oder weniger direkt nach Friedensruh gefahren.«

Von der Entzugsklinik hatte ich schon vor langer Zeit Prospekte angefordert.

»Du hast einen Entzug gemacht?«
»Ja. Die ersten zehn Tage habe ich schon überstanden. Jetzt fängt die eigentliche Arbeit an.«
»Ich ... weiß gar nicht, was ich sagen soll. Toll, dass du das machst ... Mamma.«
»Das habe ich im Grunde dir zu verdanken.«

Sie kramte in ihrer Handtasche und holte eine Kassette heraus. *Reismusik Vol. 2*. Neben sich, auf dem Boden, hatte sie eine noch größere Tasche stehen, Zeitungen und ein flacher Karton steckten darin.

»Die Kassette war genau das, was ich in dem Moment gebraucht habe, Charlie. Damit hast du mir vermutlich das Leben gerettet.«

Sie hielt sie mir hin. Die AB-Kassette. Mit ihrem Gelalle. Und Mayras Nachrichten.

»Du brauchst sie doch für dein Archiv. Oder?«

Ich wusste nichts zu sagen. Dass sie mich doch so gut kannte, war mir nicht klar gewesen. Schweigend nahm ich das Tape entgegen.

»Die letzten Nachrichten – sind von Malinche?«, fragte sie.
»Mayra.«
»Ach ja, Mayra«, sie lächelte. »Ist sie wirklich gekommen? Es klang einigermaßen dramatisch.«
»Sie ist wirklich hier, ja.«
»Und, seid ihr jetzt ein Paar?«
»Sie ist eigentlich noch verlobt, mit einem Mexikaner. Aber es gab Streit, und sie hat die Hochzeit abgeblasen.«

»Aha.« Meine Mutter lächelte mich an. »Ein tolles Mädchen. So eine triffst du kein zweites Mal.«

»Das mag wohl stimmen, ja. Wobei mich das *Text.Eval* gerade fast noch mehr beschäftigt. Die Sache mit dem Plagiat. Sera geht noch davon aus, dass ich den letzten Abschnitt gestohlen habe, und ist wahrscheinlich entsprechend sauer.«

»Das würde mich auch interessieren. War die ›kleine Expertin‹, von der sie gesprochen hat, eigentlich unsere Fritzi?«

»Ja. Absurd, oder? Ausgerechnet sie.«

»Muss man ihr hoch anrechnen. Die Grenzen zwischen Inspiration, Zitat und Ideendiebstahl verschieben sich zwar ständig und werden in den verschiedenen Kulturkreisen und Epochen unterschiedlich definiert, aber die Ähnlichkeit der beiden Abschnitte ließ leider keine andere Schlussfolgerung zu – das war kein Zitat ohne Quellenangabe, das war eindeutig geklaut. Da muss ich der Kommission zustimmen, mein Lieber.«

Bei aller neuen Liebenswürdigkeit, knallhart war sie noch immer.

»Ich habe dieses blaue Buch noch nie gesehen. Ich weiß nicht mal, wie es heißt oder wer es geschrieben hat.«

Sie griff in die größere Tasche und holte einen Stapel Zeitungsseiten heraus.

»Hier, ich dachte, das könnte dich interessieren. Die Feuilletons der wichtigsten Tageszeitungen von gestern.«

Sie nahm ihre Brille aus der Handtasche, setzte sie auf und studierte einen Artikel. »*Das rostige Herz der Charlotte de Collinaire*«, las sie laut vor.

»Was soll das sein?«

»Der Titel des besagten Buches. Von einer gewissen *Rosemarie Feind.*«

»Nie gehört. Zeig mal.«

Sie gab mir den Stapel Zeitungen, und ich überflog die Artikel. Das blaue Buch war klein und in Farbe abgedruckt, ein großes

Bild zeigte mich im Moment des Zusammenbruchs – leicht eingeknickte Knie, mit den Händen fasste ich mir theatralisch zum letzten Mal ans Herz. Ich sah aus wie ein Laiendarsteller im Kleinstadttheater.

»Die Humboldt hat also gewonnen, nachdem ich aus der Wertung genommen wurde.«

»Ja. Und ihr Buch ist, oh Wunder, bereits erhältlich. Natürlich im Messerschmidt Verlag erschienen.«

»Wie haben sie das denn geheimhalten können?«

»Riecht nach ziemlich guter Planung.«

»Du meinst, auch das mit mir?«

»Ich glaube gar nichts. Du kennst doch meine Haltung zur Kulturförderung und den Preisverleihungen im Land der Richter und Henker. Wenn jetzt auch noch die Verlage den letzten Anstand verlieren und einen Nazihunderoman mit allen Mitteln an die Spitze der Liste hieven, ist es an der Zeit, auszuwandern.«

»*Hitlers Nutten bitten zum Tanz.*«

»Ganz genau. Hat sich nichts geändert seit damals. Ist eher noch schlimmer geworden.«

»Und Seras Neuausrichtung des *Text.Eval*? Du hast dich doch damals primär über die patriarchalen Strukturen des Theaterbetriebs ausgelassen, wenn ich mich richtig erinnere.«

»Ja, schon. An und für sich eine gute Sache, was die neue Gräfin vorhat. Trotzdem sind da aber doch verschiedene Kräfte am Werk. Die eine, ganz große Verschwörung, bei der alle unter einer Decke stecken, gibt es nicht. Gab es noch nie. Das ist was für Leute, die die Bilderberg-Konferenz für einen Geheimbund halten und an eine jüdische Weltverschwörung glauben.«

»Aber wer ist *Rosemarie Feind*? Sie kann unmöglich etwas mit der Sache zu tun haben. Ihr Buch ist bereits vor zwei Jahren erschienen, steht hier.« Ich zeigte auf den Artikel in der FAZ.

»Ich weiß es auch nicht, Charlie. Irgendwer wird sie schon finden und vors Mikrofon zerren.«

»Was soll das bringen?«

»Vielleicht hat sie ja von dir abgeschrieben.«

Ich sah sie verblüfft an. So verrückt es klang, nur das konnte die Lösung sein. Im Laufe der Jahre war der Text durch so viele Hände gegangen, es hatte diverse Kopien gegeben, Kafka, Laura, David, Fritzi, die ganzen Mitglieder der Schreib AG, sogar meine Mutter kam in Frage. Irgendwer hatte die Seiten vor Jahren achtlos liegen gelassen oder entsorgt, und Rosemarie Feind – dieser selten dämliche Name konnte nur ein Pseudonym sein – hatte sich in den letzten Abschnitt verliebt und ihn gestohlen.

»Das könnte tatsächlich sein. Aber selbst wenn, wie soll ich beweisen, dass mein Text drei Jahre alt ist?«

»Hast du eine Computerdatei?«

»Computer? Wo denkst du hin. Ich bin froh, dass ich mir vor Kurzem eine elektronische Brother leisten konnte. Die Adler hast du ja leider auf den Sperrmüll gestellt.«

»Ach komm, die war doch Schrott. Das kaputte ›i‹ hat mich so viele Jahre lang genervt, sag bloß, du hättest sie gern behalten.«

Wir steuerten auf unseren alten Modus zu. Ich schloss die Augen und atmete alle Wut beiseite.

»Ich will nicht mehr mit dir streiten, Mamma. Dafür fehlt mir die Kraft.«

»Du hast recht. Ich auch nicht.«

Sie lächelte. Es war unwirklich schön.

Meine Mutter erhob sich, schulterte ihre Handtasche, bückte sich zur anderen, größeren Tasche und holte den Karton hervor. Er war in schlichtes Packpapier gewickelt.

»Ich muss jetzt los. Zurück in die Klinik. Aber ich hab noch etwas für dich. Hier.«

Vorsichtig und etwas umständlich, um nicht versehentlich gegen meine lebenserhaltenden Kabel zu stoßen, entfernten wir gemeinsam das Packpapier. Was zum Vorschein kam, schien, wie damals der Superheld von Mayra, aus einer anderen Welt zu stammen. Ein nagelneuer, transportabler Computer von Siemens Nixdorf, der *PCD-4 NC sl*. Ein *Laptop*. Das Gerät war schamlos teuer, mehrere tausend DM. Ich blickte meine Mutter fassungslos an.

»Ist ... der wirklich für mich?«
»Aber ja.«
»Danke, Mamma.«
»Du hast doch jetzt einiges an Zeit totzuschlagen. Da kannst du endlich deinen Roman schreiben.«

Und mit diesen Worten drückte sie mir tatsächlich einen warmen, weichen Kuss auf die Wange, den ersten überhaupt, und ließ mich mit dem fremdartigen Gefühl und meinem neuen Schatz allein.

Begrabt mich bei den Koniferen

Der kleine Computer wärmte meinen Schoß. Er war unglaublich leicht, hatte ein Farbdisplay und eine kleine, eingelassene Kugel über der Tastatur, mit der man den Cursor über den Bildschirm bewegen konnte. In der Agentur hatte ich bereits mit Textverarbeitungssoftware gearbeitet, man gewöhnte sich schnell an *Steuerung-Z*, eine Tastenkombination, mit der sich schrittweise rückgängig machen ließ, was man zuvor angerichtet hatte. Oft hatte ich seither das echte Leben verflucht, weil es diese Tastenkombination dort nicht gab.

Ich öffnete eine leere Seite.

Begrabt mich bei den Koniferen
Roman von Charlie del Monte

Ich hatte nie geplant, den Künstlernamen meiner Mutter und meines Großvaters zu verwenden, doch als ich jetzt bei »Roman von« angelangt war, erschien er wie von selbst auf dem Display.

Es ging also los.

Kein Leuchtturm.

Keine achtzehn Monate.

Höchstens drei.

Drei Monate, um meinen Roman zu schreiben und meinen Ruf wiederherzustellen.

Ich musste herausfinden, wie mein Text in die Finger von Rosemarie Feind geraten war. Und beweisen, dass nicht ich von ihr, sondern sie von mir gestohlen hatte. Wenn mir das gelang, konnte ich sterben.

Es klopfte, Schwester Asuka kam herein. »Wir haben eine ganze Reihe Besucher, die Sie sehen möchten. Um ehrlich zu sein, da draußen sah es zwischenzeitlich aus wie auf dem Einwohnermeldeamt. Wir haben die meisten wieder nach Hause geschickt – allzu viel Trubel möchten wir vermeiden.«

Meine Finger ruhten auf der Tastatur. Der Geruch des neuen Computers liebkoste mich von innen. Ich wusste, dass der Duft ein Parfum war, auch neue Autos und Nylonstrumpfhosen rochen nicht nach neuen Autos und Nylonstrumpfhosen, sondern nach dem Geruch, den Duftprofis in Labors ersonnen hatten. Ich bewunderte ihr ehrliches Handwerk.

»Ach, danke, das ist mir mehr als recht. Ich fühle mich immer noch ziemlich … wackelig.«

»Professor Hartlieb meinte, ein weiterer Besuch würde für heute erst mal reichen.«

»Wen haben Sie denn alles? Ist Mayra Yolotli dabei?«

Sie holte einen Zettel aus der Tasche ihrer leichten Stoffjacke, die entfernt an das Oberteil eines Judoanzugs erinnerte, entfaltete ihn und las vor.

»David Käfer, eine Kommissarin namens Bentzin, Amanda Wolkenhaar,...«
»Wolkenharry ist hier?«
»War hier. Die soeben Genannten haben wir bereits wieder weggeschickt.«
»Wer noch?«
»Malinche,...«
»Moment, Malinche, das ist Mayra. Die meine ich, dunkler Typ, eine spanisch aussehende junge Frau mit Gipsfuß.«
»Genau, die sitzt noch draußen.«
»Und mein Großvater?«
»Heißt der auch Berg?«
»Nein, Ernesto del Monte.«
»Ja, der war gestern und heute früh hier, er will nach Feierabend noch mal hereinschauen. Ich könnte ihn anrufen, wenn Ihnen das recht ist, dann muss er nicht umsonst herkommen.«
»Der kommt direkt aus dem Laden, quasi hier um die Ecke. Das ist schon okay, der bleibt nicht lang, und ich muss ihn dringend etwas fragen. Könnten Sie Frau Yolotli hereinschicken?«
»Ja gern, Herr Berg.«

Müssen und Wollen

Auf Krücken betrat Mayra das Zimmer. Sie ließ die Tür leicht geöffnet, wie immer. Ich klappte den Computer zu. Wir umarmten uns, so gut es ging, es ging nicht besonders gut. Sie zog sich den Barcelona Chair näher ans Bett, legte den Gipsfuß auf den Designercouchtisch und betrachtete abwechselnd mich und meinen Gerätepark.

»Cha-Cha …«, sagte sie kopfschüttelnd. »Was für eine *merda*, das alles, oder?«

»Du meinst das mit dem Plagiat? Das wird sich aufklären lassen. Ich habe definitv nichts abgeschrieben.«

»Ich meine dein Herz, Cha-Cha, scheiß doch auf diesen Wettbewerb! Du hast kein Herz mehr!«

Sie zeigte auf die Kabel, die aus meiner Brust ragten. Wir sahen uns an.

»Ich weiß, was du meinst. Glaub mir, Mayra, für ein Ersatzherz würde ich das Schreiben sogar aufgeben. Wenn ich nicht bald ein Spenderorgan bekomme, war es das. Mir bleiben höchstens drei Monate.«

Sie verbarg das Gesicht in den Händen, sagte aber nichts. Ruhig fuhr ich fort. »Und weil ich selbst für das neue Herz nichts tun kann, will ich wenigstens die verbleibende Zeit sinnvoll nutzen. Ich will nicht als Betrüger sterben. Ich will nicht als Autor abtreten, der nie etwas Gescheites zu Ende gebracht hat. Ich muss meinen Roman schreiben. Und aufklären, wie es zu diesem Plagiat kommen konnte. Ich bin betrogen worden.«

Wir schwiegen. Ich betrachtete Mayra, und als sie mit Tränen in den Augen aufblickte, kam mir das soeben Gesagte unfassbar dumm und falsch vor.

»Aber eigentlich will ich viel lieber mit dir im Bett liegen und unsere Videos anschauen.«

Sie holte tief Luft. Dann beugte sie sich vor und legte beide Hände auf meinen Oberschenkel. »Cha-Cha … glaub mir, genau das würde ich auch am liebsten tun.« Sie zögerte, schloss kurz die Augen, sah mich dann an. »Aber ich muss nach Mexiko.«

»Was? Wieso das?«

Ich lag hier, wurde von einer Pumpe aus Titanstahl notdürftig in Schwung gehalten, und sie hatte nichts Besseres zu tun, als die Beziehung mit ihrem Verlobten zu kitten?

»Ich habe mit Kemina in Thailand telefoniert. Bei uns zu

Hause ist eingebrochen worden. Ein Nachbar dachte erst, wir wären zurück, weil nächtelang das Licht brannte. Es ist aber offenbar nichts gestohlen worden.«

»Das klingt gruselig. Hat der Einbrecher etwas Bestimmtes gesucht?«

»Ja. Und gefunden. Alle deine Videotapes waren als Bandsalat in meinem Zimmer verteilt.«

»Oh nein.«

Wir schwiegen.

»Ramón?«

Sie nickte.

»Er wusste nicht, dass es so viele waren, oder?«

»Nein. Und offenbar hat er sie sich alle angesehen, bevor er sie zerstört hat.«

»Wie gut, dass ich Kopien habe.«

Mayra lachte leise auf, sofort wurde sie wieder ernst. »Und da Kemina bald nach Mexiko zurückfliegt, muss ich mich dringend auf den Weg machen. Ich habe Angst, dass er ihr etwas antun könnte.«

»Aber den erledigt Stucki doch mit dem kleinen Finger.«

»Das ist ja das Problem: Stucki kommt nicht frei, das zieht sich alles hin. Die Thaimafia will noch mehr Geld.«

»Noch mehr? Wie viel denn noch?«

»5000 DM.«

»Ich habe noch den Rest des Wilderergeldes auf dem Konto. Nehmt das, bitte.«

»Oh, Cha-Cha, das wäre großartig!«

»Ich müsste dir nur eine Vollmacht ausstellen. Das klär ich nachher mit Nonno, der soll die Notarin kontaktieren.«

Mayra erhob sich umständlich, humpelte auf Krücken heran und setzte sich auf die Bettkante. Sie lehnte die Krücken gegen den Stuhl, nahm mein Gesicht in beide Hände, senkte ihren Kopf zu mir, unsere Lippen lagen wieder aufeinander, ihre warm und weich, meine rissig und trocken. Ich war wehrlos, lag an die Maschine gefesselt im Bett, und so war es allein Mayras Entscheidung, wie lange dieser Moment andauern würde. Und er dauerte an. Mein eisernes Herz verteilte das Adrenalin gelassen im ganzen Körper.

Irgendwann löste sie sich und griff zu ihren Krücken.

»Mach es gut, Cha-Cha. Die werden ein Herz für dich finden. Schreib deinen *jodido*-Roman, ich kümmere mich um das Geld für Stucki, und dann muss ich den nächsten Dampfer nach Vera Cruz kriegen. Und wenn ich wiederkomme, gucken wir unsere Videos zusammen fertig.«

»Aber was machst du mit Ramón?«

»Das muss ich klären. Ein für alle Mal. Der darf nie wieder einen Fuß in die Nähe unseres Hauses setzen.«

Sie starrte einen Moment düster vor sich hin, dann küsste sie mich noch einmal auf den Mund – das schien jetzt normal zu sein, ich hatte nichts dagegen – und humpelte aus dem Zimmer.

Ich lag im Bett und schmeckte dem Rest von Mayra auf meinen Lippen hinterher. Unter dem Deckmantel des Abschiedskusses hatten sich unsere Zungenspitzen einmal kurz berührt, doch wie ein angestupster Schneckenfühler schnell wieder zurückgezogen. Schon bald ließ ich unter der Decke den Finger kreisen. Und dachte dabei zum ersten Mal an Mayra. Wir liebten uns auf dem Dach des Baumhauses. Es war wundervoll.

Giftschrank

So hatte ich mir mein Schreibexil zwar nicht vorgestellt, aber ich war endlich an einem Punkt, an dem es ausnahmsweise nur um mich ging. Der Depp der Familie hatte Ferien. Für den Rest seines Lebens.

Ich begann wie ein von der Muse geküsster Schriftsteller mit allen zehn Fingern die Tatstatur des Computers zu bearbeiten. Allerdings vermisste ich meine Aufzeichnungen, meinen Plot – was ich schrieb, war purer Wildwuchs, so arbeitete ich sonst nicht. Es musste trotzdem raus. Es floss aus meinen Fingern. Sätze nachträglich umbauen zu können war das Beste. Am Computer hatte ich bisher nur in der Agentur geschrieben, dämliche Slogans und Headlines, Texte für Broschüren, die *Chrunchoxx*-Spots. Jetzt schrieb ich meinen Roman.

Ich schreibe meinen Roman.

Ich schrieb und schrieb und schrieb. Ich trank Wasser und schrieb. Ich vermisste Mayra und schrieb. Ich machte mir Sorgen und schrieb. Ich schrieb für Fritzi, hatte schon immer für Fritzi geschrieben, ich schrieb für Dito, für Rita und Nonno und Stucki. Und für Mayra. Ich schrieb und urinierte im Liegen in die dafür vorgesehene Flasche, drückte auf den Knopf, Schwester Asuka schwebte herein und nahm den Behälter lächelnd entgegen.

Mir graute davor, meinen Darm entleeren zu müssen. Die Krankenschwester hatte mir das Stechbecken gezeigt und den Vorgang erläutert, als würde sie in einer Kochsendung zeigen, wie man Lasagne zubereitet. Seitdem war keine Nahrungsaufnahme mehr möglich. Ich würde keinen Kot in diese Pfanne ausscheiden. Mit Sicherheit gab es Männer, die viel Geld dafür bezahlt hätten, sich den Anus von einer asiatischen Krankenschwester reinigen zu lassen. Ich hätte noch sehr viel mehr dafür gezahlt, allein auf die desinfizierte Toilette gehen zu können. Doch die Kabel waren zu kurz. Also unterdrückte ich den Reiz und den Hunger und schrieb weiter.

Als es draußen bereits dunkel war, klopfte es an der Tür. Nonno. Er stellte sich an mein Bett, schüttelte den Kopf und stemmte die Hände in die Hüften.

»*E, Ragazzo*, was für eine *merda*.«

Ich winkte ab.

Er grinste und zeigte auf den Laptop. »Du schreibst. Das ist gut.«

Ich nickte. Die Finger lagen schon wieder auf der Tastatur.

»Ich wollte dir nur kurz sagen, ich war unten bei euch, Dito war auf dem AB und wollte wissen, wie es gelaufen ist. Hat aber keine Nummer hinterlassen, und ich weiß nicht, in welchem Hotel sie sind.«

»Auf Teneriffa, oder? Dann haben sie bestimmt bei *Mahlke Reisen* gebucht, die sind doch auf die Kanarischen Inseln spezialisiert. Frag da mal.«

Er nickte. »Brauchst du irgendwas? Anzüge?« Er grinste unsicher, ich lachte ihm zuliebe.

»Nein, aber meine Hausschuhe, Schuhe und meinen Mantel. Ich bekomme bald ein mobiles Gerät, mit dem ich auch rausgehen kann. Und meinen Giftschrank könnte ich gut gebrauchen. Außerdem die Kamera, mit Stativ, und meinen Walkman.« Ich erklärte ihm, welche Musikkassetten ich benötigte, er hatte seinen kleinen Block gezückt, auf dem er sonst die Maße seiner Kunden notierte.

»Wie soll ich das denn alles hierherbringen? Da brauch ich ja ein Umzugsunternehmen«, stöhnte er.

»Frag David. Der kann noch jemanden mitbringen. Zu zweit kriegen die das hin.«

Ich diktierte ihm Davids Nummer.

»Und ich müsste Mayra eine Vollmacht ausstellen, die brauchen noch mehr Geld für die Stucki-Sache in Thailand. Deswegen musst du bitte auch Frau Weill Bescheid geben.«

Die Rechtsanwältin und Notarin hatte damals, beim Prozess um *Hitlers Nutten,* Ritas Kopf aus der Schlinge ziehen können.

»Ramona Weill Bescheid geben, verstanden.«

»Sag ihr, dass ich eine Vollmacht brauche für Malinche Yolotli. Lass dir vorn noch die Nummer vom Herzhaus geben, sie soll sich bitte schnellstmöglich melden.«

Nonno schrieb bereits das dritte Blatt voll, wortlos, wie ein zwielichtiger Privatdetektiv aus einem alten Fernsehkrimi, dem niemand zutraute, den Fall tatsächlich zu lösen.

»Hast du das mit Reisebüro Mahlke?«

Hatte er nicht, er zog anerkennend die Augenbrauen hoch, nickte kurz und kritzelte auch diesen Namen in seinen Block.

Dann las er sich alle Notizen noch einmal durch und sah mich an.

»Ich kümmere mich. Schreib du mal schön deine *romanzo*, ich sehe zu, dass ich morgen Mittag den *armadietto de veleno* hierherbekomme.«

Adjektive und Infodump

Den Mittwoch begann ich um 5:44 Uhr, schreibend, mein Darm meldete sich. Ich kämpfte den Drang erfolgreich nieder. Um 6:30 Uhr erschien Schwester Asuka, brachte mir ein leichtes Frühstück, das ich verschmähte. Als sie wiederkehrte, um Teller und Besteck abzuräumen, echtes Silber, sah sie mich streng an, sagte aber nichts. Meine Finger glitten lautlos über die Tastatur.

Um kurz nach neun betrat sie mit einem schnurlosen Telefonhörer das Zimmer. »Eine Dr. Ramona Weill für Sie?«

Ich nickte und nahm den Hörer entgegen.

»Herr Berg, gut, dass ich Sie endlich spreche. Ich habe bereits versucht Sie zu erreichen.«

Ihre Stimme war ein Krächzen, das immer wieder von sich selbst verschluckt wurde.

»Sie mich? Was gab es denn?«

»Nun, Bardo Aust Kratzer, Ihr Großvater, ist doch kürzlich verstorben. Mein aufrichtiges Beileid. Es geht um sein Testament.«

»Das besprechen Sie besser mit meinem Vater. Der weilt allerdings gerade auf Teneriffa.«

»Nein, so was, da fliege ich morgen auch hin. Aber Ihren Vater brauchen wir gar nicht. Passt es Ihnen heute noch?«

»Ich muss kurz im Kalender schauen, warten Sie ...«

Sie reagierte nicht auf meinen Witz, offenbar war sie zu alt für Ironie.

»Ja, heute wäre gut.«

»Bin schon unterwegs. Bis gleich.«

Opa hatte von einer großen und einer kleinen Überraschung gesprochen. Seinen größten Schatz hatte er mir bereits vermacht: die Luger. Was sollte er sonst noch zu vererben haben? Die anderen Gewehre vielleicht, gut. Dann war da noch das Auto – aber das war inzwischen Schrott. Ansonsten nur die Platten und die ganzen selbst geschnitzten Figuren und Schalen von Oma. Die mussten es sein. Mein Zimmer würde ein Oma-Museum werden.

Mit Spannung und wachsendem Druck im Becken wartete ich auf Dr. Weill. Ich las mir zum ersten Mal durch, was ich bisher

geschrieben hatte. Es war totaler Schrott. Wirr. Voller Adjektive und Infodump. Hatte ich alles vergessen, was ich gelernt hatte?
Das hat kein Herz.

Zwei Stunden später klopfte es. Ramona Weill trat ein, weiße Locken, leichter Buckel, große, elegante Umhängetasche, sie ging am Stock. Erschöpft ließ sie sich auf den Lounge Chair plumpsen, ein Rülpser entfuhr ihr, den sie lachend mit der Hand vor dem Mund und einem erröteten »Huch!« wieder wettmachte. Sie kramte in ihrer Tasche.

»Ich habe hier zwei Dokumente. Das eine, vom 25.08.1993«, sie hielt es mir kurz hin, »ist eine Schenkungsurkunde. Jacques von Faunichoux hat Bardo Aust Kratzer das Forsthaus, Kuckucksberg 2, überschrieben.«

Ich schluckte trocken, nahm mein Glas, schluckte nass.

»Die zweite Urkunde ist das Testament Ihres Großvaters. Er hat Sie als alleinigen Erben eingesetzt.«

Die große Überraschung.

»Nehmen Sie das Erbe an?«

Ich holte tief Luft. Das Forsthaus. Für mich.

»Ja«, presste ich hervor.

»Herzlichen Glückwunsch, Sie haben jetzt ein Haus.«

Ramona Weills 4711 schoss mir direkt in den Hypothalamus.

Opa, du bestes NSDAP-Mitglied aller Zeiten.

»In Ihrer Situation, wenn ich mir die Anmerkung erlauben darf, macht es durchaus Sinn, über eine Regelung für den Fall Ihres Ablebens nachzudenken. Wie soll mit Ihrem Besitz nach einem möglichen Tod verfahren werden?«

Die schonungslose Alte sah mich durchdringend an. Jener Scharfsinn, den ich nur von Carla Bentzin und Mayra kannte, ruhte in ihrem faltigen Gesicht.

»Alles für Malinche Yolotli.«

Dr. Ramona Weill holte eine schlanke elektronische Schreibmaschine hervor und setzte die Schriftstücke auf. Sie beurkundete, dass ich das Erbe annahm, formulierte mein Testament, das ich anschließend mit der Hand abschrieb, außerdem verfasste sie die Vollmacht für Mayra. Sie hatte alles dabei, Stempel, Siegel. Ich unterzeichnete. Dann packte sie ihre Sachen, brachte den Stock in Stellung und erhob sich mit geübtem Schwung.

»Mit Ihrer Zustimmung kontaktiere ich jetzt Frau von Faunichoux. Ich bin mir gar nicht sicher, ob sie überhaupt davon weiß, sie hat ja eine Menge Papiere zu sichten, jetzt nach dem Tod des Grafen von Faunichoux.«

Graf von Faunichoux.

Das sagten viel zu wenige. Eigentlich niemand. Würde man King Fauni postum endlich *seine Grafschaft* nennen, so wie er es zeitlebens verdient gehabt hätte? Ich hätte es mir von ganzem Herzen gewünscht. Aber das mit dem Herzen ging ja nicht mehr.

Die alte Dame sah mich lächelnd an. »Frau von Faunichoux muss sich jetzt wohl einen neuen Wildhüter suchen. Oder haben Sie Ambitionen?«

Ich lächelte zurück. Eine schöne Vorstellung, meine Jägerprüfung abzulegen.

»Nein, das kann ich meinem Vater nicht antun.«

Dr. Weill war mit der Vater-Sohn-Dynamik der beiden vertraut.

»Aber wo wird der nächste Wildhüter wohnen, wenn Sie das Forsthaus beziehen?«

»Ich vermute im kleineren Haus am See. Dort haben die Vorgänger meines Großvaters auch gewohnt. Das Forsthaus hat Graf von Faunichoux erst kurz bevor mein Opa bei ihm in den Dienst trat bauen lassen.«

Ramona Weill verabschiedete sich und ließ mich, den sterbenden Hausbesitzer, in einem unfühlbaren Gefühl zurück.

Den Leuchtturm aufgeben zu müssen hatte mir härter zugesetzt, als ich es mir zugestehen wollte. Ich hatte jeden Gedanken daran verscheucht, seit klar war, dass ich meinen Zivildienst nicht antreten würde. Jetzt erst, da die Lücke sich auf undenkbar bessere Weise wieder füllte, ließ ich die Gedanken an den Leuchtturm wieder zu. Es wäre sehr schön gewesen an der Nordsee. Doch eigentlich gehörte ich in den Wald. Und jetzt hatte ich genau dort ein Haus. Fehlte nur noch ein Herz.

Palim-Palim

»*Palim-Palim!*«, sang eine strahlende Dr. Helsinki und ließ die Tür so kraftvoll aufschwingen, dass sie zitternd vom Gummistopper zurückgestoßen wurde.

»Ui, was haben Sie denn da? Schick!« Sie zeigte auf meinen Laptop.

»Kann man hier nicht mal in Ruhe sterben?«, fragte ich durch die Zähne.

»Sie werden nicht glauben, was ich Ihnen leider nicht erzählen darf.«

»Was wollen Sie mir denn leider nicht erzählen?«

»Etwas, von dem Sie niemandem gegenüber erwähnen dürfen, dass Sie es nicht wissen.«

»Niemals würde ich das auf keinen Fall tun. Bitte, erzählen Sie nichts.«

Ihr Gesicht ließ sich lesen wie ein Kinderbuch, Vorfreude sprang mir von jeder Seite entgegen.

»Ich habe mir sämtliche Krankenakten der Gemüseabteilung durchgelesen.«

Ich starrte sie an. Musste man das melden?

»Gemüseabteilung?«

»Na, unsere ganzen Koma- und Wachkomapatienten, Hirntote, Halbtote – das Gemüse halt.«

Sie machte ein rotes Halbtotengesicht.

»So so.«

»Und da ich mir auch erlaubt habe, in ihr süßes kleines Mäppchen zu luschern, habe ich herausgefunden, dass es doch tatsächlich ein *Match* gibt! Wir haben hier gleich nebenan ein passendes Spenderherz für Sie!«

Wie bitte? Das konnte nicht sein. Das war zu einfach. Es war immerhin Dr. Helsinki, die mir die Neuigkeiten verkündete. Die geistesgestörteste Ärztin der Medizingeschichte.

»Und könnten Sie den *Match* netterweise für mich umbringen?«

Verrückte sollte man in ihrer Weltsicht bestätigen – war das nicht so?

»Wie viel würden Sie denn zahlen?«

Oder besser nicht.

»Ich habe einen Witz gemacht.«

»Ich doch auch!«, schrie Helsinki schrill und lachte ihr Phantomleib-Lachen.

Sie grunzte noch ein paarmal nach Luft schnappend, wie ein kleines, mageres Schweinchen, und sagte hechelnd: »Nee, würde ich glatt machen, Sie sind mir irgendwie ans Herz gewachsen. Ups, sorry. Herz, hihi. Tut mir leid. Aber im Ernst, ohne die Zustimmung der Familie können wir die Geräte zwar irgendwann abstellen, aber wir dürfen keine Nierchen und Leberchen und leider auch keine Herzchen entnehmen.«

Ich brauche Zeugen.

»Und die Familie ist dagegen?«

»Wir wissen es nicht. Die Familie ist nicht bekannt. Es wurde beschlossen, dass nach dem Wochenende die Geräte abgeschaltet werden.«

»Und warum erzählen Sie mir das? Dass es ein passendes Herz gibt, ich es aber leider nicht haben darf? Dass es auf den Müll kommt, obwohl es mein Leben retten könnte? Sie sind wahnsinnig, Frau Dr. Helsinki, vollkommen verrückt, irre, ballaballa. Was machen Sie in diesem Krankenhaus, Sie können unmöglich ernsthaft Doktorin sein!«

Man kann einfach sagen, was man denkt.

Damit hätte ich ruhig früher anfangen können, es fühlte sich *fantastisch* an.

Dr. Helsinki war nach meinem Ehrlichkeitsausbruch zusammengefallen wie ein Hefeteig im Luftzug. Sie ließ Gesicht und Schultern hängen.

»Ich ... ich weiß auch nicht, Herr Berg. Das war fies, Ihnen das zu erzählen, ne? Ach, das soll ich doch nicht machen.« Sie ohrfeigte sich hart, ein Abdruck in noch dunklerem Rot zierte ab sofort ihre Backe. »Es tut mir leid, ehrlich, da haben wir ein passendes Herz und dürfen es Ihnen nicht einbauen, genau wie Sie sagen, ich Dummerle.«

Sie schaffte es tatsächlich, mir leidzutun.

»Können Sie mir einen Gefallen tun«, wisperte sie flehend, »und nichts davon dem Professor sagen? Ich bin ja gar nicht auf der Herzstation, also, äh, das könnte mich tatsächlich den Job kosten. Ich mach es wieder gut. Versprochen, Herr Berg! Ich bin *so gerne* Ärztin!«

Der Druck in meinem Enddarm schickte mir ohne Vorwarnung ein Stechen durch den Unterleib. Ich verzog das Gesicht und krümmte mich so wenig wie möglich.

»Ist schon gut. Gehen Sie bitte einfach. Und seien Sie so nett und sagen der Schwester Bescheid, ja?«

»Aber was ist denn, kann ich Ihnen nicht behilflich sein? Ehrlich, ich erfülle Ihnen jeden Wunsch. Brauchen Sie Tabletten, kleine Glücklichmacher?«

Sie kramte in ihrer Tasche.

»Lassen Sie es gut sein. Bitte.« Ich tastete nach dem Knopf für Schwester Asuka. Dr. Helsinki griff schnell zu und entzog ihn meinem Radius.

»Nun sagen Sie schon. Was kann Schwester Asuka, was ich nicht kann?«

»Ich muss mal!«, stieß ich hervor.

»Und was hat die Schwester damit zu tun?«

»Meine Kabel reichen nicht bis zur Toilette.«

»Ach sooo, aber Herr Berg, das ist doch kein Thema. Wo ist er denn, der Stechkasten, ach hier. Müssen Sie auch klein? Soll ich den Pullermann halten?« Sie wedelte mit Bettpfanne und Ente, den Kopf neckisch zur Seite gedreht. Ich konnte nicht mehr, drehte ihr stöhnend den Rücken zu, zog die Decke hoch und ließ alles fahren. Und betete, dass sie schnell genug war.

Gnädigerweise entsorgte sie meine Exkremente sofort, wusch und desinfizierte die Pfanne, ließ mich schmutzig mit nacktem Hinterteil einige Minuten liegen, das konnte alles nicht wahr sein. Als sie zurückkam und mir den After abputzte – ich bat eindringlich darum, es selbst machen zu dürfen, doch sie schlug meine Hände zur Seite wie lästige Motten –, fing sie wieder an zu singen: »Also, nicht dem Professor sagen, dass ich das mit dem Bären und dem Jägermeister ausgeplaudert habe.«

Ich war geneigt, ihr einfach zuzustimmen, doch die Neugier war größer.

»Helfen Sie mir mal kurz, ich glaube, das ist mir entfallen.«

»Na, Ihr Spender, dieser Jäger, der vor ein paar Tagen vom Bären angefallen worden ist. Fährt gegen einen Baum, krabbelt heraus und zack, ist das Tier bei ihm. Bären, in dieser Gegend! Haben Sie nicht davon gehört? Das stand doch in der Zeitung.«

Herzhauslieferung

Schwester Asuka betrat den Raum, blickte in den Flur und hielt die Tür auf.

»Vorsicht, ja, langsam, so ist gut, etwas tiefer, perfekt«, dirigierte sie David und Murat, die meinen in Wolldecken eingeschlagenen Giftschrank vorsichtig durch die Tür bugsierten. Es polterte darin, als sie ihn aufrecht an die Wand neben den flachen Fernseher stellten. Ich schloss die Augen und atmete die Unruhe weg.

»Danke, Jungs.«

»Meine Ferse, Charmützelchen, hier ist ja terminatorhafter Alarm, darf ich das filmen?« David zeigte auf mich und hob die Kameratasche hoch.

Murat trat mit dunklen Flecken unter den Achseln an mein Bett und hielt mir die Hand zum Brudergruß hin. Ich schlug ein.

»Bruder, was machste fürn Scheiß?«

Er zeigte vorwurfsvoll-wehleidig auf meinen Kabelsalat. »Ist da echt ein Motor drin jetzt?«

»Ja. Ich bin vollkommen herzfrei.«

»Krass, Alter.«

Schwester Asuka räusperte sich und trat an mein Bett. Sie sah sich zu meinen beiden schwitzenden Freunden um, beugte sich vor und sagte leise: »Sagen Sie Bescheid, wenn Sie irgendetwas brauchen.« Dabei blickte sie unauffällig zur Bettpfanne.

David hatte alles durch die Kamera beobachtet. Als die Japanerin den Raum verließ, schwenkte er hinter ihr her, dann drückte er auf *stop* und sagte: »Und du wirst hier also schön von der japanischen Fürsorge betreut.« Kurz grinste er, doch sogleich machte sich ein neidzerfressenes Entsetzen in seinem Gesicht breit. »Wäscht sie dir etwa auch die Schalmei?«

»Nein. Bisher nicht, ich muss dich enttäuschen.«

Murat kramte in der Innentasche seiner Jacke. Er holte einen Stapel Flyer hervor und gab mir einen. In großen, handgemalten Lettern stand dort:

Samstag, 25.09.
21:00 Uhr
im ÜBERSCHALL & RAUCH
DIE HARDIES Reunion Party!!!
Support: The Die-Hearts!!!
Mit Organspendeausweis: Saufen für die Hälfte!!!
(Kann vor Ort ausgefüllt werden)

»Wir machen schön eine Organparty für dich«, grinste Murat mir ins Gesicht.

Ich blickte auf.

»Ihr seid ja nicht ganz dicht. Aber danke.«

David wedelte ebenfalls mit einem Stapel kleiner Papiere.

»Hier, ich hab dir auch welche mitgebracht, bekommst ja sicher viel Besuch in nächster Zeit. Wer dich liebt, füllt einen aus.«

Damit legte er mir einen Stapel Organspendeausweise auf den Nachttisch.

Ich nahm einen und sah ihn mir von beiden Seiten an.

»Man kann ja sogar angeben, welche Organe nicht gespendet werden dürfen. Muss ich da jetzt ›Herz‹ eintragen?«

»Da hat jemand mitgedacht, oder? Ohne diese Möglichkeit hätte ich definitiv keinen Pass ausgefüllt.«

»Wieso? Was hast du eingetragen? Du bist doch die Mann gewordene Gesundheit schlechthin.«

David sah mich an, vorwurfsvoll, spöttisch, ungläubig, alles gleichzeitig.

»Chagall. Sollte auch nur die geringste Möglichkeit bestehen, dass es ein Jenseits gibt und man dort mit den gleichen Körpermerkmalen ausgestattet ist wie hier auf Erden – was glaubst du, wäre mir dann besonders wichtig, da wo die vielen Englein singen?«

»Ich habe nicht die geringste Ahnung, was das für ein Körpermerkmal sein könnte...« In gespielter Ahnungslosigkeit kratzte ich mir am Kinn und sah mit schmalen Augen aus dem Fenster. David schnarrte. Er würde mir fehlen, sollte ich vor ihm zu den Engeln kommen.

»Freunde, ich muss wieder los«, sagte Murat. »Alles Gute, ich bete für dich, Bruder.« Er küsste zwei Finger und zeigte damit in meine Richtung.

Murat verließ den Raum, David ging zum Barcelona Chair und setzte sich. Ich wedelte mit dem Organspendeausweis.

»Danke für deinen Einsatz«, sagte ich. »Alles gut bei dir?«

Er sah mich einen Moment schweigend an, was ungewöhnlich war.

»Ich brauche das Achselschweißwundermittel«, sagte er dann ernst.

Musste ich mir Sorgen machen? War es nicht allmählich genug mit seiner Sexbesessenheit?

»Meinst du nicht, eine stationäre Behandlung wäre angebrachter?«

»Nein, wirklich. Dein Elixier. Ich brauche es. Dringend.«

Damals, nach dem Ende seiner Tätigkeit als mein Lehrmeister, hatte ich mir Davids Freundschaft zurückgekauft, ihm aber nur eine einzige Portion des Zaubermittels ausgehändigt. Nach reiflicher Überlegung beschloss er, es bei sich selbst anzuwenden und damit seine *Stelle* zu massieren. Er sprach anschließend von einem tief religiösen Erlebnis, in dessen Folge er in eine mehrmonatige Depression verfiel, während der er keinerlei sexuelle Kontakte pflegte.

»Ich habe es vernichtet. Mein eigenes auch, schon damals. Es ist im Prinzip auch nichts anderes als GHB. Und du hast selbst gesagt, dass du es nie wieder benutzen willst.«

»Aber ich weiß nicht, wie ich es sonst schaffen soll!«

»Was denn?«

»Frau Tychinski war letzte Nacht bei mir, beziehungsweise ich bei ihr. Sie hat mir diktiert, was zu tun ist, um dich zu retten.«

»Um mich zu retten?«

»Ich muss zugeben, es ist etwas rätselhaft. Aber sie sagte, wenn ich tue, was sie mir aufträgt, wirst du leben, ja.«

»Was sollst du denn tun?«

»Das darf ich dir nicht sagen. Hat sie gesagt. Sonst funktioniert es nicht.«

»Und? Ist es schwer?«

Durch Davids rechte Gesichtshälfte ging ein leichtes Zucken. Er rümpfte die Nase und rieb sich die Knöchel der linken Hand.

»Es ist die schwierigste Aufgabe, die *Dave Killer* je gestellt wurde. Und ich habe keinerlei Ahnung, wie dir das helfen soll. Aber sie hat bisher immer recht behalten.«

Er zog hoch und räusperte sich. »Und *Dave Killer* wird erledigen, was Agathe Tychinski ihm aufgetragen hat. Ich benötige dafür übrigens deine Kamera. Mit Stativ. Und wenn du hast, auch gern noch eine Leerkassette.«

»Kein Problem. Musst du die Aufgabe allein lösen?«

»Nein. Spannend, dass du tatsächlich fragst. Ich soll dir nämlich sagen, wer mir dabei helfen muss. Darf aber nicht verraten, auf welche Art.«

»Ich bin gespannt.«

»Du musst raten.«

»Fritzi.«

»Fritzi? Nein.«

»Mayra.«

»Nein.«

»Dann habe ich keine Ahnung.«
»Sera«, sagte David.
»Die Gräfin oder das Pferd?«
David sah mich fragend an. »Was meinst du damit?«
»Na, Sera hat doch dieses Pferd.«
»Weiß ich nichts von.«
»Sie hat so eine Rassestute aus England. Zuchtname: *Seraphina*. Genannt *Sera*. Ernsthaft, kein Witz. Steht hinter dem Herrenhaus im Stall und hat eine ganz warme, weiche Schnute.«
Ich ließ die Augenbrauen tanzen.
Davids Gesicht entleerte sich vollständig, doch bevor er etwas entgegnen konnte, klopfte es.

Bitte keinen Blödsinn

Nonno und Fritzi betraten den Raum. David erhob sich, begrüßte die beiden und hielt mir abschließend die Hand zum High Five hin. Statt einzuschlagen griff ich zu, unsere Finger verschränkten sich.
»Viel Glück. Mach bitte keinen Blödsinn.«
»Cha-Cha. Ich mache ausschließlich und immer Blödsinn, vor allem, wenn eine Kamera läuft.«
Er sah mich an, und wir warfen unsere Köpfe in den Nacken und schnarrten.
Als David das Zimmer mit Kamera, Stativ und einem VHS-Tape verlassen hatte, sagte Fritzi: »Ab und zu hat der Denkende die Pflicht, in das Weltgeschehen einzugreifen.«[*]

---

[*] Thomas Bernhard: Vor dem Ruhestand

Ach, meine Fritzi. Fühlte sie sich schuldig, weil sie das Plagiat in meinem Text gefunden hatte?

»Fritzi, du hattest eine Aufgabe, und die hast du bravourös gemeistert. Dieses angebliche Plagiat war keins, und ich werde herausfinden, wie es dazu kommen konnte. Aber du kannst da nichts für.«

Sie setzte sich wortlos in den Barcelona-Chair und wartete, ob noch etwas kommen würde. Als ich schwieg, holte sie ein Buch aus ihrer Umhängetasche und begann, darin zu lesen.

Nonno klärte mich über den Stand der Dinge auf. Er hatte Dito und Laura inzwischen erreicht, sie wollten versuchen, einen früheren Flug zu bekommen, was wohl nicht so einfach war.

Er reichte mir meinen Walkman, und ich bat ihn, mir die Brother und einen Bogen Papier zu geben. Ich nahm meine Halskette ab, reichte ihm den Schlüssel und versuchte nicht hinzusehen, als er den Schrank öffnete. Ich hörte jedoch, wie ihm Notizbücher und Kassetten entgegenpurzelten. Mir wurde schlecht.

Fritzi hob den Kopf und sah sich den Schlamassel an.

»Vom höchsten Ordnungssinn ist nur ein Schritt zur Pedanterie.«*

Ich lachte. »Sag mal, Fritzi, könntest du mir etwas aus der Bücherei besorgen? Warte, ich schreibe es dir auf.«

Ich tippte eine Handlungsanleitung für meine Schwester. Die Tasten der elektronischen Schreibmaschine fühlten sich nach dem Laptop an wie alte Schuhe, die längst zu klein waren. Mir entwischte ein *Steuerung-Z* ins Leere. Fritzi las den Text ein, nickte, ich zerriss den Zettel in kleine Stücke. Nonno war die ganze Zeit damit beschäftigt, die Kassetten zurück in den Schrank zu sortieren, und hatte sich in der Nummerierung der Videotapes verloren. Ich schrieb noch eine kurze Notiz für Mayra, auch diese vernichtete ich, nachdem Fritzi sie gelesen hatte, um sie später für Mayra

---

* Christian Morgenstern: Stufen

aufzusagen. Wenn dieser Plan wirklich aufging, wenn beide mitmachten, würde ich nie wieder *Mr. Ripley* spielen müssen. Nie wieder etwas verschweigen, nie wieder betrügen.

Kaum, dass Nonno und Fritzi den Raum verlassen hatten, nahm ich die AB-Kassette aus der Schublade, legte sie in den Walkman und setzte die Kopfhörer auf. Ich musste vorspulen. Es klang bereits langsam, die Batterien waren nicht mehr frisch. Ich hörte rein, Ritas Schnarchen. Ich spulte und stoppte in kurzen Abständen, immer wieder Schnarchen.

Dann erklang es endlich.

Nach dem Schnarchen

Küühp!

»Cha-Cha, wo bist du? Ich hab was Dummes gemacht... oh Cha-Cha, warum bist du nicht hier? Es tut mir so leid, es ist Quatsch, das zu beenden!« Sie schluchzte. »Ich kann damit nicht aufhören, Cha-Cha, ich will nicht, dass es aufhört. Ich kann mir ein Leben ohne dich und deine Tapes nicht vorstellen! Ruf mich bitte an, ja?«

Mayra war ebenfalls betrunken, wenn auch nicht so neben der Spur wie meine Mutter.

Küühp!

»Ich muss hier weg. Cha-Cha, ruf mich an, wo bist duuuuu?«

Küühp!

»Cha-Chaaaaaaaaaaaaaaaa!«, sie flehte meinen Namen, jauchzte ihn geradezu, wie den eines Liebhabers beim Liebhaben. Ihre Stimme klang schon etwas tiefer, die Batterien stemmten sich mit schwindender Kraft in die Pedale, konnten das schwere Ende des Bandes aber nicht mehr in Originalgeschwindigkeit abspielen.

»Morgen fahr ich mit dem Zug an die Küste und besteige den Dampfer nach Le Havre. Ich habe Kemina nicht erreichen können in Japan, sagst du bitte Dito Bescheid, falls du ihn sprichst?« Sie klang jetzt wie die weise Riesenschildkröte Cordula aus dem Hörspiel, das Dito für mich gemacht hatte, als ich noch ein Kind war. Unendlich in die Länge gezogene, leiernde Worte.

»Ach, Cha-Cha, mein *carnalito … yo te …*«
knnelack!
Das Band stoppte.

Die ganze Wahrheit

Am Donnerstagmorgen bekam ich meine mobile Einheit. Sie ähnelte einem jener kompakten Rollköfferchen, in denen ältere Damen ihre Einkäufe nach Hause zogen. Es gab zwei Akkus, so groß wie eine Zigarrenschachtel. Schwester Asuka machte mich mit dem Wechsel der Batterien vertraut. Eine hielt etwa eine Dreiviertelstunde.

Zunächst sollte ich mich damit begnügen, den Gang auf und ab zu laufen. Die ersten Runden drehte ich noch mit der Krankenschwester an der Seite, dann ließ sie mich allein rollen. Es war unglaublich kräftezehrend, meine Muskeln hatten bereits begonnen, sich zurückzubilden, offenbar erleichtert darüber, nicht mehr gebraucht zu werden. Es war ein irritierendes Gefühl, außer Atem zu geraten, ohne dass ein stechendes Klopfen in der Brust einsetzte.

Erschöpft ließ ich mich im Eingangsbereich des Herzhauses nieder. Ich zapfte mir ungekühltes Wasser aus einem Spender, kam langsam wieder zu Atem und sah mich um. Ein Arzt und eine Schwester standen am Tresen und redeten mit der Empfangsdame. Ich sah im Augenwinkel die gläsernen Automatiktüren auffahren, wandte den Kopf – und der Windfang spuckte Frau Bentzin ins Foyer.

Benzin ins Feuer. Ach, Oma.

»Charlie, ich grüße Sie.«

Sie hakte mich unter und zog nach einem kurzen Zögern die Minibar für mich, sodass wir langsam und schweigend auf einer Reduktion von *Chanel N°5* in mein Zimmer schwebten. Nachdem Schwester Asuka mich wieder an das große Herz angeschlossen hatte, nahm Carla in dem Designermöbel Platz. Unnötig zu erwähnen, dass ihr der Sessel von allen bisherigen Besuchern am besten stand. Ihre zwei Hauttöne und die Farbe des Leders ergaben einen wunderbaren Dreiklang, der wollene Hummus-Mantel verschwendete sich bis auf den Boden.

Carla Bentzin deutete auf den Stapel Organspendeausweise auf der ihr gegenüberliegenden Seite des Bettes.

»Suchen Sie Freiwillige? Bei der Dichte an Unfällen in Ihrem Umfeld sollte ich besser auch einen ausfüllen, oder?«

Ich beugte mich zum Nachttisch und reichte ihr einen Ausweis.

»Nur zu, Ihr Herz würde sich sehr wohl in mir fühlen.«

Sie blinzelte amüsiert, vielleicht etwas überrumpelt, die hellen Flecken in ihrem Gesicht erröteten leicht.

»Ihr Großvater, sein alter Dackel, Ihre Freundin Mayra, der Sänger der *Mucho Muchachos* – und jetzt Sie. Haben Sie das Unglück schon immer so angezogen? Links und rechts von Ihnen brechen die Opfer im Pesthauch Ihrer Aura zusammen, was ist da los?«

Einfach immer die Wahrheit sagen.

»Ich bin wohl so etwas wie der Todesengel, das haben Sie richtig erkannt. Ich hätte Mayra auffangen können, wenn ich mich nicht so ungeschickt angestellt hätte.«

Die ganze Wahrheit.

»Auch Sandór hätte ich fangen müssen. Aber ich konnte nicht anders, ich habe mich weggedreht, als er fiel, warum auch immer.«

Carla Bentzin sah mich schweigend an. Dann sagte sie, mit der Stimme des Crunch-Cops: »*Ich muss sie leider festnehmen*«, und wir lachten, lange und laut. Eine Herbstsonne kicherte frech durchs Fenster, einfach so, als würde sie zu uns gehören.

»Machen Sie sich keine Gedanken. Ihre Reaktion ist nachvollziehbar. In Anbetracht Ihrer körperlichen Verfassung kann von unterlassener Hilfeleistung keine Rede sein.«

»Danke.«

Sie holte einen kleinen Notizblock hervor, blätterte zurück, noch eine Seite, wieder vor. »Was Mayras Fall angeht, haben wir leider noch keine neuen Erkenntnisse. Herr Gardeleid, der Sänger der *Muchachos*, streitet ab, etwas mit dem GHB zu tun zu haben. Marihuana, Alkohol und Pilze – ja. Aber von Chemie hat er laut eigener Aussage – außer einem Trip im Louvre – immer die Finger gelassen. Und er will sich an nichts erinnern können, außer an eine nicht zu bändigende Lust, die ihn plötzlich überfallen hat.«

Ich dachte an die dramatische Situation in der Halle der Maschinerie und spürte, wie die vielen ungelösten Rätsel in mein Bewusstsein zurückspülten.

»Halten Sie das für plausibel?«

»Ich halte alles für plausibel, was nicht unmöglich ist.«

»Aber was ist Ihre Theorie?«

»Jemand hat GHB in die Drinks im Backstageraum getan, und entweder hat Herr Gardeleid aufgrund seiner Konstitution die Droge besser vertragen als Ihre Freundin, oder er hat eine geringere Dosis abbekommen. Davon gehen wir im Moment aus.«

»Wie schnell wirkt das Zeug?«

»Ganz unterschiedlich, je nach Mageninhalt und Körpergewicht. Es kann über eine Stunde dauern oder zehn Minuten, bis sich die Wirkung vollständig entfaltet.«

»Und hat noch jemand davon erzählt? Sind auch andere Besucher aus dem Backstageraum damit in Berührung gekommen?«

»Lediglich Karsten Stretzer gab zu Protokoll, an dem Abend besonders erregt gewesen zu sein. Er hat es allerdings auf die allgemein ausgelassene Stimmung und die Pilze zurückgeführt.«

»Wer ist das?«

»Herr Stretzer spielt, soweit ich weiß, die Tuba bei den *Mucho Muchachos*.«

»Ach, Stretchy, der große Dicke? Ich dachte, das ist bei ihm Normalzustand.«

Sollte ich ihr von Mozart erzählen? Es konnte sein, dass er irgendjemandem an dem Abend die Drogen verkauft hatte. Andererseits hatte er Mayra mit seiner Hilfsaktion wahrscheinlich das Leben gerettet. Egal, den Kampf unter dem Baumhaus würde ich nie vergessen. Damals war er davongekommen. Es gab keinen Grund, ihn ein weiteres Mal zu schonen.

»Haben Sie Amadeus Fettkötter schon interviewt? Der Fleischersohn mit dem tätowierten Kotelett im Gesicht? Er hat den ganzen Backstageverein mit Betäubungsmitteln versorgt. Scheint in jüngster Zeit relativ professionell in den Drogenhandel eingestiegen zu sein. In der Szene nennt man ihn 4P.«

»Pillen, Pappen, Pilze, Pulver, den haben wir auf dem Radar. Wir suchen ihn bereits, aber er war seit Tagen nicht mehr zu Hause.«

»Dann sollten Sie es mal im *Drama 24-7* versuchen. Ein Freund von mir hat ihn dort als Türsteher arbeiten sehen.«

»Sehr gut, die Information ist neu. Ein Etablissement in Sumbigheim?«

»Ja, das muss so ein Technoladen sein. Ich kenne es nur aus Erzählungen.«

Sie notierte sich den Namen des Clubs und erhob sich.

»Für heute soll es gut sein, ich komme morgen wieder. In Ordnung?«

Sie legte ihre schöne weiße Hand mit dem dunklen Daumen auf meinen nackten Unterarm.

Ich nickte und spürte tatsächlich ein Phantomherzklopfen.

Neubeginn

Ich bat Schwester Asuka, mich noch einmal ans mobile Herz anzuschließen, damit ich meinen Schrank aufräumen konnte. Die Videokassetten hatte Nonno bereits sortiert, aber die Audiotapes, Hefte und Notizbücher hatte der Transport heillos durcheinandergewirbelt, alles war ins unterste Fach gerutscht. Die Anrufbeantworter-Kassetten waren dank Mammas Lieferung endlich wieder komplett, ich entfernte das gefälschte »REISMUSIK VOL. 2«-Etikett von dem Tape, das ich ihr untergejubelt hatte und auf dem sich die Botschaften der volltrunkenen Rita del Monte sowie der verzweifelten Mayra befanden. Es verschaffte mir in all dem Wirbelsturm der Ereignisse einen Moment des Friedens, dass der Plan, Rita mit ihren betrunkenen AB-Nachrichten zu konfrontieren, so fulminant aufgegangen war.

Ich öffnete den Safe, suchte die echte *Reismusik-Vol. 2*-Kompilation heraus und schob sie zurück in ihre angestammte Hülle. Mein Blick fiel auf die Holzkiste. Ich nahm die Luger heraus und wog sie in der Hand. So leicht. Kaum vorstellbar, dass Opa damit im Krieg getötet hatte. Ob sie noch funktionierte? Er hatte seine Waffen besser gepflegt als die eigenen Zähne. Ich zog das leere Magazin heraus, nahm eine der Patronen aus der Schachtel und drückte sie hinein. Schon immer hatte ich den Kniegelenkverschluss betätigen wollen, doch niemals hatte Opa seine heilige Luger aus der Hand gegeben. Ich zog am Verschluss und lud durch. Das schnappende, gut geölte Geräusch ließ sofort Jagdlust aufkommen – die Macht, die von Handfeuerwaffen ausging, hatte mich schon immer unter Strom gesetzt. Aber wie musste das sein, einem Feind aus nächster Nähe eine Kugel in den Leib zu jagen? Nicht versehentlich, sondern im Kampf?

Als Schwester Asuka rückwärts den Raum betrat, mit dem Gesäß die Tür aufschiebend und in den Händen ein Tablett mit meinem Mittagessen, konnte ich die Waffe gerade noch rechtzeitig in den Safe legen. Das Portemonnaie des Wilderers steckte ich in die Tasche meines Morgenmantels.

Nach dem Mittagessen – ein erstaunlich cremiges Kartoffelpüree mit Knackerbsen und einer zartrosafarbenen Scheibe Wildschweinbraten in Waldpilzsoße – positionierte ich das Notizbuch auf dem Nachttisch und begann mit dem Laptop auf dem Unterleib von vorn. Alles hatte endlich seine Ordnung. Von Zeit zu Zeit prüfte und überarbeitete ich das Geschriebene, ich tastete mich langsam an die Erzählung heran, nicht so ungestüm wie zuvor. Langsam aber sicher. Das erste Adjektiv auf Seite sechs. Es lief.

Bald kamen Nonno und Fritzi auf einen Kurzbesuch vorbei. Nonno berichtete, dass er Mayra zur Bank gefahren hatte, außerdem hatte sie diverse Telefonate geführt, mit Kemina und auch mit dem Anwalt in Sumbigheim. Und schließlich hatte sie den Zug in Richtung Le Havre genommen. Sie war fort. Ob wir uns jemals wiedersehen würden?

Fritzi händigte mir das Buch aus, welches sie für mich in der Bibliothek ausgesucht hatte: *Das hohe Fenster* von Raymond Chandler.

»Ah, danke, *Philip Marlowe*«, sagte ich, als hätte ich nur darauf gewartet, mich zur Ablenkung in einen verworrenen Kriminalfall zu versenken.

Wir sahen uns an, und einmal mehr fragte ich mich, was in ihr wohl vorging. Bereitete es ihr Freude, wenn sie mir helfen konnte? Würde sie traurig sein, wenn es mich nicht mehr gab? Das Bild einer weinenden Fritzi auf meiner Beerdigung versetzte mir einen Stich und machte mir klar, wie sehr ich dieses kleine Wunderkind in mein Herz geschlossen hatte. Ins Herz schließen. Was für eine sinnfreie Redewendung. Warum sollte ausgerechnet dieser stumpf pumpende Muskelklumpen in der Brust die Brutstätte der Liebe sein? Ein feinmechanisches Meisterwerk schnurrte in meiner Mitte, und ich war so voll von Liebe für Fritzi, für Mayra, für das beste Vatermaskottchen aller Zeiten und für meine Mamma, dass zu befürchten war, für den Rest der Welt könnte nichts mehr übrig bleiben.

Als sie weg waren, blätterte ich das *Hohe Fenster* von Chandler auf. In der Mitte lag der Pass des Wilderers, den ich in der tschechischen Abteilung der Bibliothek versteckt hatte. Fritzi hatte ich diktiert, wo er zu finden war, und ihr aufgetragen, ihn Mayra zu bringen. Ich nahm ihn heraus, klappte ihn auf und betrachtete das Foto. Sein Gehirn war jetzt tot. Es gab ihn nur noch als am Leben erhaltene Biomasse. Dann holte ich auch den Organspendeausweis aus dem Buch und legte ihn neben den aufgeklappten Pass. Wie mit der Maschine gestochen hatte Mayra den Namen eingetragen. *Ctirad Veselý*. Und unterschrieben. Ich verglich die Signaturen auf Pass und Organspendeausweis. Sie waren nicht voneinander zu unterscheiden.

Oh, danke Mayra. Wenn ich dich nicht hätte.
Ich pulte das alte Portemonnaie hervor, das ich zuvor ganz hinten in der Schublade des Nachttischs versteckt hatte, und verstaute Pass und Organspendeausweis darin. Jetzt musste es nur noch der Polizei zugespielt werden. Von jemandem, der nicht meinem engeren Umfeld zuzurechnen wäre. Fritzi, Nonno, David & Co kamen dafür also nicht in Frage. Irgendwer aus dem Krankenhaus. Schwester Asuka? Undenkbar, sie war sicherlich korrekter als ein preußischer Beamter zur Kaiserzeit.

Dr. Helsinki? Sie wäre verrückt genug. Das war einerseits gefährlich, denn sie war im Grunde vollkommen unberechenbar, andererseits hatte sie nach ihrem Zusammenbruch erwähnt, dass sie alles für mich tun würde. Die Frage war nur, ob sie es anschließend irgendjemandem ›nicht‹ erzählte. Leider hatte ich keine bessere Idee, die Zeit eilte im Stechschritt voran, der Krieg musste mit allen Mitteln geführt werden.

Ein letztes Mal rief ich Schwester Asuka, um unter ihrer Aufsicht die Handgriffe noch einmal durchzuführen, wir hatten es zuvor geübt. Eigentlich konnte ich es bereits allein. Die Kabel an die Minibar anschließen, die Ladung des Ersatzakkus prüfen und in die Seitentasche stecken.

Der Batteriestandsanzeiger an meiner Herzmaschine auf Rädern leuchtete in sattem Grün.

Ich kann Sie sehen

In meinen Trenchcoat gehüllt, der mir ein Stück meiner in der Bettpfanne abhanden gekommenen Würde zurückgab, verließ ich das Haus, um durch den Park zum Hauptgebäude zu rollern.

Die Nachmittagssonne funkelte durch die Wipfel des angrenzenden Waldes, die Vogelhochzeitsfeier war in vollem Gange, es klang, als hätten die gefiederten Freunde eine richtig gute Zeit. Lediglich die Silhouette des hinter den Baumspitzen aufragenden *Schandflecks* störte das Bild. Dieses Mahnmal für städteplanerisches Vollversagen, das nur noch als Müllkippe und Schlafstätte für Obdachlose diente, war längst eingezäunt worden, trotzdem brannte nachts in der obersten Etage zuweilen ein Feuer. Gefeiert wurde hier nicht mehr.

Das Portemonnaie wog schwer in meiner Innentasche, mein lebenserhaltender Koffer buckelte sanft über den gepflasterten Weg. Ich hielt inne und inhalierte lange mit geschlossenen Augen die frische Herbstluft, mein liebster Fernsinn nahm sich alles, was er zu fassen bekam, jeden Pilz, jeden Farn, alles Moos und Getier. Leider zog bald das Ende eines Zigarettenqualms durch meinen Moment. Ich öffnete die Augen und wandte mich in die Richtung, aus welcher der Rauch herübergeweht war. Eine Bank. Sie war leer, hinter ihr hüfthohe Büsche. Ich ging näher heran. Irgendwo hier sonderte die inzwischen offenbar ausgedrückte Zigarette ihren sterbenden Odem aus. Woher kannte ich die Marke? Hinter dem Busch ragte und duftete etwas hervor, ein Tier, dachte ich zunächst, dann konnte ich den beißenden Körpergeruch zuordnen.

»Frau Wolkenhaar, ich kann Sie sehen.«

Ihr unfarbiger Köterschopf schob sich langsam in die Höhe, mit einem entschuldigenden Grinsen darunter.

»Hehe, hallo, äh, Herr Berg, äh, Charlie. Was machst du denn hier?«, stammelte sie, noch heiserer als sonst.

»Frau Wolkenhaar. Das ist *meine* Frage.«

»Also, ich…« Sie kam hinter dem Gebüsch hervor, klopfte sich nicht vorhandenen Schmutz vom Anorak, über der Schulter hatte sie einen beigen Stoffbeutel hängen. Dann hob sie den Kopf und holte tief Luft.

»Ich hab ein ganz schlechtes Gewissen.«

Ein wohltuender, weil Alltäglichkeit suggerierender Reflex ließ mich auf die Uhr an meinem Handgelenk blicken. Ich musste Dr. Helsinki noch vor Schichtende finden.

»Haben Sie sich deshalb vor mir versteckt?«

Sie druckste herum, trat auf der Stelle, wirklich, eine Zehenspitze vor die andere, das hatte ich noch nie gesehen, dann atmete sie geräuschvoll aus und setzte mit ruhiger Stimme an: »Jeder lügt doch mal, in der Schule geht das schon los, da lernt man es fürs Leben, nicht wahr? Und im Supermarkt lässt man auch mal was mitgehen, jeder hat das schon gemacht. Du doch auch, Charlie.«

Ich werfe die Leute, die ich bestehle, wilden Tieren zum Fraß vor, Wolkenharry.

»Wollen Sie allen Ernstes mit mir über das angebliche Plagiat sprechen?«

Sie sah mich verdutzt an.

»Nein ... ich wollte es eigentlich heimlich im Schwesternzimmer hinterlegen. Aber vielleicht ist es besser so.«

Sie griff in den Stoffbeutel, der an ihrer Seite hing, und holte einen Umschlag heraus. Meinen Umschlag. *Tape CHA33.*

»Ich hab es mir nicht angesehen. Das mache ich nie.«

Tatsächlich, der Umschlag war verschlossen.

»Sie klauen Briefe und lesen sie nicht?«

Jetzt zitterte sie beim Luftholen, mit gesenktem Blick schüttelte sie ihr Drahthaar.

»Manchmal.«

Ihre Augen füllten sich mit Tränen.

»Aber warum stehlen Sie sie dann?«

»Ich habe festgestellt, dass es mir viel mehr Freude bereitet, mir auszumalen, was drinstehen könnte. Am Anfang habe ich ein paar Briefe geöffnet, aber ich bin immer enttäuscht worden.«

Wenn es möglich gewesen wäre, ich hätte sie jetzt gern in den Arm genommen. Aber ihr Körpergeruch ließ das nicht zu. Also begnügte ich mich mit einem schlichten: »Ach, Frau Wolkenhaar.«

Sie griff noch einmal in den Beutel. Heraus holte sie einen gepolsterten Umschlag mit hübschen, exotischen Briefmarken. Mexikanischen Briefmarken.

»Als ich gehört habe, wie schlecht es dir geht, habe ich beschlossen, die beiden Päckchen vorbeizubringen.«

Wolkenharry hielt mir den Brief mit Mayras Abschiedstape hin. Ich griff zu und hätte die Videokassette am liebsten an mein Herz gedrückt, aber da waren nur Kabel.

»Kann das unser kleines Geheimnis bleiben?«, fragte sie.

Beim letzten Satz zerbrach ihre Raspelstimme in Stücke.

»Frau Wolkenhaar, ich kann ein Geheimnis bewahren. Ich verzeihe Ihnen. Um ehrlich zu sein, Sie ahnen nicht, wie glücklich Sie mich gerade machen. Danke!«

»Wirklich?« Ihr Gesicht klarte auf, sie putzte sich die Nase, tupfte mit demselben Tuch die Augen trocken und steckte sich begeistert eine Zigarette an. Ich befühlte das Portemonnaie des Wilderers in meiner Innentasche. Wolkenharry war die Lösung, nicht Helsinki. Ich musterte sie wie ein Direktor, der im Begriff ist, dem Klassenclown die mündliche Abiturprüfung abzunehmen. »Können *Sie* denn auch ein Geheimnis bewahren?«

Sie nahm die Zigarette in die linke Hand, küsste sich die zwei frei gewordenen gelben Fingerspitzen, drückte sie ans Herz und hob sie in die Luft.

»Ich schwöre.«

Endlich

Ab jetzt hatte ich es nicht mehr in der Hand. Ob dieser irrsinnige Plan wirklich aufgehen würde? Sollte ich mit einem gestohlenen Herzen davonkommen? Wieder dieses fehlende Klopfen in meiner Brust, trotz Adrenalinrausch. Als ich in mein Zimmer rollte, zerlegte ich als Erstes den Geruch von Mayras Videoband, an dem nur noch ein winziger Rest Mexiko haftete. Dann fiel es mir ein: David hatte die Kamera. Hier auf der Etage gab es nur den Videorekorder im Gemeinschaftsraum, in einem Schrank, zu dem die Schwestern und Pfleger den Schlüssel hatten. Sobald das Personal einen Videofilm einlegte, versammelten sich dort die Patienten wie die Motten vor dem Licht. Ich musste David kontaktieren. Oder Nonno bitten, mir Ditos Videorekorder vorbeizubringen.

Aber durfte ich mir das Tape überhaupt ansehen? Mayra hatte mehrfach erwähnt, wie peinlich ihr das wäre. Wir hatten abgemacht, dass sie es sich zunächst allein ansehen und gegebenenfalls zensieren würde. Jetzt war sie fort.

Oder waren wir längst über diesen Punkt hinaus?

Ich zumindest hätte ihr liebend gern mein Abschiedstape gezeigt, auf dem der perfekt ausgeleuchtete Cha-Cha seiner Mayra die Liebe gestand. Ich würde nur noch danebensitzen und nicken müssen.

Ich betrachtete die hübsch verzierte Hülle von Mayras Tape, drehte es in den Händen. Es war ihr *Abschiedstape*. Natürlich musste ich mir dieses Band ansehen, Mayra würde dasselbe tun.

Also sortierte ich die beiden heimgekommenen Bänder in die Reihe im Giftschrank, weidete mich einen Augenblick an der perfekten Serie, dann rollte ich zu Schwester Asuka, um Nonno anzurufen.

Tape MAY33

Am nächsten Morgen, noch bevor er in den Laden fuhr, brachte er mir den Rekorder vorbei. Ich bat Schwester Asuka, mich nicht zu stören, zog die Vorhänge zu und startete das Band.

Mayra sitzt im Hinterhof, es ist früh am Morgen, sie spricht leise. Ihr Lächeln wirkt bemüht.
Sie wollen raus aus der Stadt, dem Stress der Straße, den Drogen entfliehen. Sie wollen eine Familie gründen, Rinder züchten. Ramón hat Geld zurückgelegt, er hat eine einsame Ranch gekauft.
Schnitt.
Sie fahren durch eine karge mexikanische Landschaft, für mein Abschiedstape bittet sie Ramón, einen letzten Gruß in die Kamera zu sprechen. Mayra tut das hauptsächlich für ihn, will ihm zeigen, dass sie ernst macht. Dass sie nie wieder etwas für ihren deutschen Carnalito aufnehmen wird.
Ramón sagt »Autobahn!« und macht den Hitlergruß.
Schnitt.
Die Straße, die immer gleiche Landschaft.
Schnitt.
Die Ranch.
Schnitt.
Während Ramón draußen mit den Sicherungen und der Wasserleitung beschäftigt ist, schließt Mayra die Tür auf und erkundet das Haus. Es ist dunkel. Sie öffnet einen Fensterladen nach dem anderen, sodass dickstrahlig die Sonne hereinbricht. Irgendwann steht sie vor einer schweren Eisentür. Sie probiert ein paar Schlüssel, findet schließlich den richtigen, betritt den finsteren Raum, die offen stehende Tür erhellt nur einen Teil davon. Was man sehen kann, erinnert an eine zu karg geratene TV-Showküche, mit einer

Kochinsel in der Mitte des Raumes, mit Gasplatten, Töpfen, dazu Glaskolben und Gerätschaften, die an mein Labor erinnern. Als das Licht angeht und ein leises Lüftungsbrummen einsetzt, stellt Mayra die Kamera auf einem Sideboard ab, lässt sie laufen und betrachtet die Geräte genauer. An den Wänden hängen weiße Schränke, Mayra öffnet Tür um Tür, alles ist voll mit Konservendosen, Gläsern und Flaschen, Mayra liest laut vor: »Frijoles, tomates, maíz, aceite, sal, chiles secos...« Außerdem Tacos und Säcke voller Reis, kanisterweise Wasser. Hier kann man es lange aushalten, wenn man will, mehrere Monate. Aber Mayra will nicht. Als sie einen der Läden öffnet, hinter dem ein Fenster hätte sein müssen, gibt dieser nur ein Stück rohes Mauerwerk frei. Mayra wird es zu eng, sie will wieder raus, kommt auf die Kamera zu – als Ramón den Raum betritt.

Er verdeckt das Bild mit seinem Rücken. Sie will wissen, was das hier ist, was er vorhat. Ich verstehe nicht alles, aber genug. Er will es selbst herstellen, niemand weiß von der Ranch, geschweige denn vom Labor, um den Verkauf würden sich seine Cholos kümmern, er muss nie wieder selbst auf die Straße. Mayra flucht, schimpft, wir wollten das doch hinter uns lassen, er geht auf sie zu, beruhigt sie mit gesäuselten Worten, legt seine Hände auf ihre Schultern, die sie abschüttelt, sich wegdreht. Er geht um sie herum, küsst ihr sanft auf den Kopf, umschlingt sie mit seinen starken, behaarten Armen. Ramón, die Nase in ihrem Scheitel, öffnet die Augen. Und blickt direkt in die Kamera. Er stößt Mayra von sich und schlägt sofort zu, ohne Vorwarnung, mit der Faust in den Bauch, mehrmals, sie geht zu Boden, fällt auf die Knie, hält sich schützend das Gesicht, er tritt noch einmal zu, sie krümmt sich und verschwindet nach unten aus dem Bild.

Warum verteidigt sie sich nicht?

Er schreit sie an. »Warum filmst du das hier alles? Für den kleinen Nazi? Was geht den das an?« Er befiehlt ihr, ihm die Kamera zu bringen, und als sie nicht reagiert, tritt er abermals zu. Schließ-

lich steigt er über Mayra und kommt näher, sein Arm greift in Richtung des Bildes, ich schrecke instinktiv zurück, da verschwindet er ruckartig nach unten aus dem Bild, gefolgt von einem dumpfen Schmerzensschrei.

Mayra taucht auf, die Hände in Kampfhaltung, auch Ramón erhebt sich wieder und steht jetzt mit dem Rücken zur Kamera.

Er macht einen Schritt auf Mayra zu.

Sie weicht tänzelnd zurück.

»Was hast du noch alles für deinen kleinen Wichser aufgenommen? Machst du es dir vor laufender Kamera?« Und dann, als Ramón erneut zuschlagen will, wird der Film zum schönsten Abschiedsvideo, das ich mir vorstellen kann: Jetzt schwingen seine Fäuste ins Leere, während Mayras Füße in seinem Gesicht landen, in seinen Schritt sausen, ihm die Beine wegtreten, ihn am Boden zu Brei stampfen, bis er nicht mal mehr schreit.

Sie lässt ihn liegen, schnappt sich die Kamera, man hört die Eisentür knallen, den Schlüsselbund rascheln und das Schloss schließen, wackelige Zufallsbilder, beim Auto angekommen, hebt Mayra die Kamera.

Schnitt.

Auf der Rückfahrt liegt die Kamera vor ihr, sie lenkt den Geländewagen durch die mexikanische Gleichförmigkeit, die Tränen laufen. Sie weinen zu sehen ist neu. Sie erzählt, wie es all die Jahre immer wieder passiert ist. Dass sie nie von einem Capoeira-Wettkampf kam, wenn sie mit geschwollenem Gesicht in die Kamera sprach. Wie sie immer wieder in Schockstarre verfiel, das Trauma ihrer Mutter im Nacken. Die Stunden im Schrank. Er entschuldigte sich mit immer größeren, teureren Geschenken, zuletzt mit dieser Ranch, er war der große Ramón, der Anführer, sie konnte nicht einfach zurückschlagen. Mexikanische Männer schlagen ihre Frauen. Aber mexikanische Frauen, die ihre Männer schlagen?

Sie hat genug von ihm und den Machos in ihrer Heimat, sie hat sich immer nach einem echten Partner gesehnt, sie hat sich nach mir gesehnt, sie hält mitten auf der Straße an und legt weinend den Kopf aufs Lenkrad. »Cha-Chaaaa!«, *ruft sie meinen Namen, wie den eines Liebhabers beim Liebhaben,* »Te amo a ti, solo te amo!« *Sie will bei mir sein, im Baumhaus, sie will nach Deutschland kommen, für immer, sofort, aber verdammt, sie hat ihn eingesperrt. Niemand weiß von der Farm. Er hat Wasser und Nahrung für Monate, aber sie kann da nicht hin und ihn rauslassen, ein Kumpel muss das machen. Irgendjemandem muss sie Bescheid sagen, kurz bevor sie aufs Schiff steigt, denn wenn sie dann nicht weg ist, ist sie so gut wie tot.*

»Er schlägt mich tot, Cha-Cha, dich auch, er schlägt uns beide tot, was hab ich getan?«, *weint sie.*

Schnitt.

Die letzte Szene: direkt vor der Post. Sie schickt mir jetzt das Tape. Falls sie nie in Deutschland ankommt, werde ich wissen, warum. Sie küsst die Linse, ihre Lippen werden ganz groß, das Bild versinkt in ihrem Schatten, als die Lippen wieder verschwinden, hinterlassen sie einen Abdruck.

Laura Brigge weiß Bescheid

Sie will mit mir zusammen sein.
Hier in Deutschland.
Sie hat sich immer nach mir gesehnt.

Neben all der Liebe machte sich in meinem Kopf mehr und mehr auch die Wut breit. Und Angst. Wut auf Ramón, Angst vor Ramón. Angst um Mayra.

Ich brauchte frische Luft, stöpselte mich an den Akkukarren und drehte eine große Runde durch den Park. Ich kam bis an den Rand des Krankenhausgeländes, wo die treuesten Bäume ihre Finger über den Zaun streckten, um uns Aussätzige zu liebkosen. Ich betrachtete den *Schandfleck*, der hinter den Baumwipfeln aufragte, wie an einen vorgezogenen Horizont geheftet.

Erst als es anfing zu nieseln, machte ich mich auf den Weg nach drinnen und entkam nur knapp einem Regenschauer.

In meinem Zimmer erwarteten mich ein puddingblonder Dito und eine mit Sommersprossen verzierte Laura. Die Woche voller körperlicher Liebe und frittierter Köstlichkeiten hatte beiden eine Entspannung buddhistischen Ausmaßes in die Gesichtszüge modelliert. Keiner von beiden hatte eine Ahnung, nur ich konnte riechen, in welchem Zustand Laura sich befand. In welchen *Umständen*.

Als ich meinen Mantel ablegte und Dito die aus meiner Brust kommenden Kabel sah, schlackerte er mit beiden Händen und quiekte: »Ui-jui-jui-jui-jui, Charlie, das ist heftig!« Dabei grinste er jedoch so debil, als hätte ich nicht mein Herz verloren, sondern mir auf spektakuläre Weise den großen Zeh gestoßen. Nach einer missglückten Umarmung, wegen der Kabel, wandte er sich an Laura und küsste sie auf den Mund. »Okay, mein Schatz, ich muss los.«

»Wie, du musst los?«, fragte ich.

»Dito hat mich nur schnell abgesetzt, weil ich gleich in die Bibliothek muss und dich vorher noch sehen wollte«, sagte Laura.

Dito setzte hinzu: »Ich komme später wieder, ich muss noch kurz nach Hause.« Er grinste verschwörerisch. »Da war ein Paketzettel in der Post, und das Paket muss ich dringend abholen. Was ganz Feines.« Das Grinsen, schon immer ein gern gesehener Gast im Gesicht meines Vaters, hatte offenbar beschlossen, dauerhaft dort einzuziehen.

Laura lächelte ihn verliebt an. »Dann bis später, Diti!«

Diti.

Sie küssten sich noch einmal, mit Tiefgang, entschieden zu lange für die Kombination Vater/neue Liebhaberin/mein Krankenhauszimmer, aber so war das nun einmal mit dem Gift: Es verwandelt seine Opfer in triebsüchtige Nacktschnecken.

Kaum war er weg, sprudelte es aus Laura hervor.

»Das war *dein* Ende, Charlie, ich kann es bezeugen, ich kenne deine Geschichte schon seit Jahren. Und ich bin nicht die Einzige, oder?«

»Nein, es gibt ein paar Leute, die die Geschichte damals gelesen haben. Aber ob sich irgendjemand an den letzten Abschnitt erinnern kann?«

»Ich habe jedenfalls bereits Nachforschungen angestellt, wer diese *Rosemarie Feind* ist.« Sie kramte in ihrer Tasche, holte das blaue Büchlein hervor und reichte es mir. »Ich habe keine Ahnung, wie das bei uns gelandet ist. Von dem Verlag habe ich noch nie gehört, das ist, soweit ich weiß, deren erste und bisher einzige Veröffentlichung. Superkleine Auflage, keine Werbung, ist nicht wirklich wahrgenommen worden. Es gibt nicht eine einzige Rezension. Ich habe in der Kartei nachgesehen, es wurde bei uns nur ein Mal entliehen. Du kannst dir denken, von wem.«

»Fritzi.«

»Genau.«

Ich blätterte im Buch, suchte nach einem Klappentext oder Informationen über die Autorin. Nichts. Das Logo des Verlags sah irgendwie weihnachtlich aus: ein lesender Engel mit mehreren Schwingen. »Und was ist das für ein Verlag?«

»Der Cherub Verlag? Das hat bisher noch kein Journalist herausfinden können oder wollen, fest steht nur, dass es sich um eine Art Briefkastenfirma mit Sitz in München handelt. Eventuell einer dieser Selbstkostenverlage, die Hobbyautoren das Geld aus der Tasche ziehen und deren ach so spannenden Autobiografien und Reiseberichte in Kleinstauflagen und ohne Lektorat zwischen zwei Buchdeckel drucken. Es dürften nur wenige Exemplare des Buches im Umlauf sein. Ein großer Zufall, dass sich Herr Poggenhagen aus der Kommission erinnern konnte, als Fritzi den Titel ausspuckte. Es scheint sich um eins der letzten Exemplare zu handeln, die es überhaupt noch gibt.«

»Und niemand weiß, wer das Buch geschrieben und veröffentlicht hat? Rosemarie Feind ist ja wohl ein Pseudonym.«

»Rosemarie Feind gibt es im Münchener Telefonbuch zwei Mal, aber es handelt sich um sehr alte Damen, von denen eine bereits verstorben ist. Ich habe heute Morgen eine Freundin mit guten internationalen Kontakten angerufen, und es scheint so zu sein, dass der Verlag eine Verbindung ins Ausland hat.«

»Lass mich raten. In die Tschechische Republik?«

Sie sah mich irritiert an.

»Wie kommst du denn darauf?«

»Tschechien ist hier in letzter Zeit so ein Trend, es hätte mich nicht gewundert.«

»Nein, der Verlag scheint das Hobby von …«, sie kramte in ihrer Handtasche und holte einen Zettel hervor, »von einem der Gesellschafter einer gewissen *O. P. R. & Co* zu sein. Vielleicht wollte er seiner deutschen Geliebten den Traum vom eigenen Buch erfüllen. Wenn man sich ansieht, was die für einen Umsatz machen, hat er das aus der Portokasse bezahlt.«

»Was ist das für eine Firma?«

»Was mit Wertpapieren. Sitzen in der Threadneedle Street in London.«

»Und welcher von den Gesellschaftern kommt in Frage?«

»Warte … Joseph Ockermark, Ray Pierce oder Ronald Reynolds. Da klemm ich mich hinter.«

»Sind ›& Co‹ auch bekannt?«

Sie studierte den Ausdruck in ihrer Hand. »Peleng, Burton, Stuart, Wilson …«

»Moment, *Stuart*? Wie lautet der Vorname?«

Laura blickte auf ihren Zettel. »Steht hier nicht.«

»Wenn es sich um *Fenzil* Stuart handelt, dann kann sich hinter *Rosemarie Feind* nur Sera von Faunichoux persönlich verbergen.«

»Wie bitte?«

»Na, sie hieß *Serafine Stuart,* bevor sie *Serafine von Faunichoux* wurde, und ihr Mann hat an der Londoner Börse gearbeitet, als Stock Broker.«

»Ich dachte, vor ihrer Hebung in den Adelsstand hieß sie *Dimero*?«

»Als *Serafine Dimero* wurde sie geboren. Aber sie hat in England geheiratet und den Namen ihres Mannes angenommen – Fenzil Stuart. Der bei einem Autounfall ums Leben kam und ihr das riesige Vermögen hinterließ.«

Lauras große Augen waren während meiner Erklärung noch größer geworden, koboldmakihaft blickte sie mich an.

»Erstaunlich! Aber wie kommt dein Zitat in ein Buch von ihr, das zwei Jahre alt ist?«

»Sie ist Kafkas Stieftochter. Von ihrer Mutter ist er schon lange getrennt. Nach ein paar Jahren Funkstille hat Sera wieder Kontakt zu ihm aufgenommen. Ungefähr zu der Zeit, als ich gerade neu in Kafkas Schreib AG war. Er war so begeistert vom *Geliehenen Affen,* dass er sogar ihr davon vorgeschwärmt hat. In dem Zusammenhang könnte der Text in ihre Hände gelangt sein.«

»Warum hat Kafka ihr den Text gegeben?«

»Wer weiß. Eventuell hat sie ihn sich einfach genommen? Sie hat selbst ja auch geschrieben, vielleicht wollte sie einfach wissen, was Kafka so toll daran fand. Sie hat sicher sehr darunter gelitten, dass er ihre Texte nicht so gelungen fand.«

»Aber was für ein irrer Zufall! Sie bekommt deinen Text in die Finger, mopst sich ein paar Sätze für ihr eigenes Buch, das niemanden interessiert, und ausgerechnet dieser Diebstahl wird ihr als Leiterin des *Text.Eval* Jahre später zum Verhängnis. Ihr

Schützling fliegt aufgrund eines Plagiats aus dem Wettbewerb, das eigentlich sie verschuldet hat… Um dich zu retten und den Sieg als Patin davonzutragen, müsste sie zugeben, dass sie es war, die vor Jahren plagiiert hat. Aber dann wäre ihr Ruf ruiniert und der Neustart missglückt. Also opfert sie dich.«

Zufrieden mit ihrer Zusammenfassung sah Laura mich mit roten Wangen an.

Ich überlegte. »Das ist mir irgendwie alles ein bisschen zu viel Zufall«, sagte ich langsam.

Laura kniff die Augen zusammen.

Und dann kam mir ein Gedanke. Je länger ich ihn im Kopf umherrollte, desto einleuchtender schien er mir. Nein, das war nicht nur ein Gedanke – genau so musste es gewesen sein.

»Laura! Sie selbst war es, die meinen Wettbewerbsbeitrag lektoriert und gekürzt hat.«

»Ja? Das wusste ich nicht. Aber was ändert das?«

»Warum hat sie dann nicht versucht, den letzten Abschnitt so umzuformulieren, dass er sich von dem Plagiat deutlich abhebt? In ihrer Situation hätte sie doch eigentlich alles daransetzen müssen, um ihr eigenes Plagiat zu vertuschen. Aber ausgerechnet diesen einen Abschnitt hat sie exakt so gelassen, wie ich ihn formuliert habe. Genauso, wie sie ihn damals von mir kopiert hat.«

Koboldmaki-Laura sah mich mit offenem Mund an. »Du hast absolut recht… dann war es also Absicht! Sie hat dich ganz gezielt ins offene Messer laufen lassen!«

Ich richtete mich auf und sah sie an, ich konnte nicht anders, ich musste dem Geistesblitz angemessen den Zeigefinger heben: »Weißt du, was ich sogar glaube? Sie hat das Buch schon vor Jahren nur aus diesem einen Grund veröffentlicht! Als Absicherung. Sie wollte dem verhassten Liebling ihres Stiefvaters ›Plagiat!‹ ins Gesicht rufen können, falls er irgendwann mal mit dem *Geliehenen Affen* beim *Text.Eval* antreten und gewinnen sollte.«

Laura verschloss ihren immer noch offen stehenden Mund

mit der rechten Hand. »Ist sie so durchtrieben?«, stöhnte sie entsetzt durch ihre Finger.

»Zuzutrauen wäre es ihr.«

»Dann muss sie dich ja *richtig* hassen!«

»Das befürchte ich langsam auch.«

Murat schon wieder

Als Laura weg war, versuchte ich zu schreiben, doch die neuen Erkenntnisse ließen keinen klaren Gedanken zu. Ich sah aus dem Fenster, die Finger auf der Tastatur, und dachte an Sera. Als sie mein vermeintliches Plagiat vor Jahren vorbereitet hatte, hatte sie noch nicht ahnen können, dass sie irgendwann als Leiterin des Festivals, sogar als Gräfin im Zentrum des Geschehens stehen würde. Was musste es ihr jetzt für eine Genugtuung bereitet haben, mich erst von Kafka loszueisen und als ihren Kandidaten zu gewinnen, um mich anschließend von meiner eigenen Schwester in der Öffentlichkeit als Dieb entlarven zu lassen.

Ich starrte hinaus, der Abend brach herein.

Schwester Asukas Schicht endete, sie verabschiedete sich von mir, kurze Zeit später öffnete sich die Tür erneut. Murat schob sich rückwärts ins Zimmer. Dito und er trugen einen großen Pappkarton, Murat hatte zusätzlich noch eine schwarze Reisetasche geschultert. Die beiden ließen den mit Regentropfen gesprenkelten Karton erschöpft auf die Erde sinken, Dito sah sich grinsend um, und Murat, der eine neue Jacke trug, hatte zudem ein neues Halstattoo. Jetzt drehte er sich vollständig um, und ich erkannte, dass er ein gelb-blaues Hämatom unter dem Auge hatte. Und eine Zahnlücke.

Ich brauchte einen Moment, irgendetwas passte nicht, die Realität hatte einen Riss bekommen.

Diesen Mann kannte ich, das war nicht Murat. Ich hatte ihn schon einige Male auf Mayras Videokassetten gesehen, gerade eben noch war er hier auf meinem Bildschirm gewesen, und jetzt stand er vor mir, lebendig, mit regennasser Haut und tätowierten Tränen und war Ramón.

Ein Schmerz fuhr mir aus der Brust in den Kopf und wollte aus der linken Schläfe heraus, knabberte dort mit spitzen Zähnchen, ließ nicht locker.

»Guck mal, wen ich bei uns vor der Tür gefunden habe«, sagte Dito.

»Charlie, *buenos días*«, sagte Ramón, lächelte freundlich und trat ans Bett vor, um mir die Hand zu schütteln.

»Wie schön, dich endlich kennenzulernen«, sagte er auf Spanisch.

Was sollte das? Was wollte er hier? Und vor allem: Warum tat er so freundlich?

»Ramón? Was machst du denn hier?«, fragte ich, und zu Dito auf Deutsch: »Was will der hier?«, ohne mein Lächeln zu verlieren.

»Ich will Mayra überraschen«, sagte Ramón wiederum auf Spanisch und grinste.

»Er will Mayra überraschen«, freute sich auch Dito. »Sie weiß gar nicht, dass er gekommen ist. Die wird Augen machen! Ich dachte, sie ist hier? Bei uns zu Hause war sie nämlich nicht.«

Dito wusste von nichts. Für ihn waren Mayra und ich noch immer unschuldige Kindheitsfreunde und Ramón ihr zukünftiger Ehemann. Er hatte keine Ahnung, dass sie bereits auf dem Weg in die Heimat war. Es war jedoch keine gute Idee, meinen Vater jetzt, in Ramóns Beisein, in alles einzuweihen. Ramón sprach kein Deutsch, doch Dito würde große Augen machen und hektisch von mir zu Ramón und zurück gucken. Also lächelte ich beiden zu und ließ Dito begeistert erzählen, was es mit der Kiste auf sich hatte. Er hatte im Preisausschreiben eine Siebträger-Espressomaschine gewonnen – »*Ist das nicht der Hammer?*« – und sich gedacht, dass ich als Kaffeeliebhaber die hier im Herzapartment ja viel besser gebrauchen könnte, außerdem sei doch ...

Ich hörte kaum hin. Ramón hatte sich in den Barcelona Chair gesetzt, seine Reisetasche neben sich gestellt und atmete mit geschlossenen Augen, die Nasenflügel hoben und senkten sich langsam. Er hatte kleine Schweißperlen auf der Stirn, die ich zunächst für Regentropfen gehalten hatte, doch inzwischen hatte er sich mit einem T-Shirt aus seiner Tasche über das Gesicht gewischt und schon wieder neue Tröpfchen nachgeschwitzt. Ich überlegte, was sein Auftauchen zu bedeuten hatte, wohin diese Situation führen könnte. Wusste er, dass ich alles wusste? Von der Ranch, der abgesagten Hochzeit? Dass die Hochzeit geplatzt war, konnte er sich vermutlich denken. Ramón öffnete seine Augen wieder, ich registrierte es am Rande, gleichzeitig hielt ich mein Gesicht weiterhin in Richtung Dito, als wäre das, was er da gerade erzählte, wahnsinnig interessant. Dito hatte die Maschine stöhnend auf die Kommode gewuchtet und an den Strom angeschlossen.

Ramón sah zu mir. In die Gesprächspause hinein fragte er: »Wo ist Mayra denn? Kommt sie heute noch hierher?«

»Ja, sie ist gerade unterwegs und wird später noch mal reinschauen«, log ich.

Was war sein Plan? Wollte er sich Mayra unter den Arm klemmen und mit ins Flugzeug zerren? *Stell dich nicht so an, das bisschen Fliegen!*

Oder war er hier, um ihr etwas anzutun?

War er hier, um *mir* etwas anzutun?

Er erhob sich schnaufend und verschwand im Badezimmer. Es plätscherte, der Hahn lief eine Zeit lang. Dito stellte sich mit dem

Wasserbehälter der Kaffeemaschine vor die Tür und lauschte. Dann klopfte er. »Ramón. *I need water. For Coffee. Please.*«

Ramón öffnete die Tür und guckte für einen kurzen Moment feindselig, die Ärmel seines Longsleeves hatte er hochgeschoben. Dann lächelte er wieder. Seine Haare waren feucht und nach hinten gestrichen, die tropfnassen Hände wischte er sich an der Jeans ab. Er sah nicht gut aus, zusätzlich zu seinem malträtierten Gesicht, irgendwie ungesund. Sorgfältig zog er die Ärmel seines Shirts wieder herunter.

Dito befüllte die Maschine und ließ den ersten Kaffee in eine Tasse laufen. Es roch himmlisch. Währenddessen studierte er die Bedienungsanleitung. Ramón ging ein paar Schritte auf und ab und stellte sich vor meinen Giftschrank. Der Videorekorder ragte halb heraus, es hatte keinen anderen Platz gegeben, wegen der Verbindung zum Fernseher, deshalb hatte ich den Schrank nicht schließen können. Glücklicherweise hatte ich Mayras Abschiedstape, MAY33, im Safe verstaut.

»Sind das selbst gedrehte Videos?«, fragte Ramón, und zog ein paar der Bänder hervor.

»Ja.«

Schnell hatte er die Ordnung erkannt und fing an, Mayras Videobänder halb herauszuziehen, jede zweite Hülle, sodass man die Ornamente und Tattoomotive erkennen konnte, die sie mit Edding daraufgemalt hatte. Da überall »MAY« und eine laufende Nummer draufstand, konnte er sich zusammenreimen, dass dies alles Tapes waren, die seine Verlobte für den Deutschen aufgenommen hatte.

Dito hatte in der Zwischenzeit aus der Anleitung erfahren, dass der erste Durchlauf nicht getrunken werden sollte, und ging ungläubig den Kopf schüttelnd mit der vollen Tasse ins Badezimmer.

Ramón drehte den Videos den Rücken zu und sah mich an.

»Damit können wir uns ja ein bisschen die Zeit vertreiben, bis Mayra kommt, oder?«

Er grinste ein sehr authentisches Fiesling-Grinsen.

Mein nichtsahnender Vater war wieder an der Maschine zugange, es brummte betriebsam, kurz darauf brachte er mir stolz den ersten Espresso. Er tippte Ramón an, zeigte auf ihn, fragte: »Espresso?«, und machte eine schnelle, zweimalige Espresso-Trinkbewegung mit abgespreiztem Finger. Ramón verneinte knapp.

Also bereitete Dito sich pfeifend selbst eine Tasse, trank, schüttelte sich aber anschließend von oben bis unten durch.

»Also nee, so ein schöner, ehrlicher Filterkaffee ist mir lieber.«

Was will der hier, was macht der da?

Als mein Vater sich verabschiedet hatte, da er dringend zu Hause *einen Hanflinger einreiten* musste, sah Ramón mich an und grinste breit. »Dann sind wir jetzt also allein.« Er drehte sich wieder zu den Videos. »Sag, mit welchem wollen wir anfangen?«

Was spielte er für ein Spiel? Musste er nicht davon ausgehen, dass Mayra mir erzählt hatte, was vorgefallen war?

»Na, das Erste, würde ich sagen.«

Er kannte meine Videos, er war bei Mayra eingebrochen, hatte sie sich wahrscheinlich nächtelang angesehen und anschließend zerstört. Auf den Tapes für Mayra redete ich immer Spanisch, deshalb hatte er jedes Wort verstanden. Meine Ängste. Meine Sehnsüchte. Meine Niederlagen. Ich hatte Mayra fast alles erzählt. Ihre Videos für mich hingegen kannte er nicht, sie hatte keine Kopien angefertigt und bei sich behalten. Was auch immer er sich ausmalte, es konnte eigentlich nur gut sein, wenn er sich mit mir ein paar der Bänder ansah. Er würde begreifen, wie harmlos die ganze Sache war. Ich würde ihm lediglich vermitteln müssen, dass ich Mayras letztes Tape, das Drama im Drogenlabor seiner Ranch, nicht gesehen hatte und nichts von ihrer Trennung wusste.

Ob er das glauben würde?

Einen Versuch war es wert.

»Was ist eigentlich mit deinem Gesicht passiert? Hattest du einen Unfall?«

Er sah mich an und lächelte verschämt. »Mayra hat mich verdroschen. Zu recht. Hat sie dir das nicht erzählt?«

»Nein, sie meinte nur, dass ihr eine kleine Meinungsverschiedenheit hattet.«

Er lachte auf und rieb sich die Bartstoppeln.

»Ach, eigentlich war es nicht der Rede wert. Ich hab mich immer über ihr Capoeira lustig gemacht. Kennst du das? Das ist doch echt der schwulste Kampfsport, den es gibt, oder?«

»Ich finde es eigentlich ganz elegant.«

Und mein Leben hat sie mir damit auch schon gerettet.

»Ich weiß nicht, dieses Rumgetanze, die Purzelbäume, die nervige Musik – das ist doch voll albern. Und da hat sie gesagt, dass sie mich damit locker fertigmachen könnte. Ich hab sie leider nicht ernst genommen und sie zum Kampf aufgefordert.« Er grinste breit und zeigte auf seine Zahnlücke. »Das hab ich nun davon. Und jetzt bin ich gekommen, weil ich sie um Verzeihung bitten will.« Er sah mich mit einem entwaffnenden Lächeln an. »Und außerdem wollte ich dich als Überraschungsgast zu unserer Hochzeit einladen. Mayra würde sich sicherlich sehr freuen.«

Ich tat erfreut und bedankte mich. War er so dumm? Er konnte doch nicht davon ausgehen, dass ich ihm glaubte?

Ramón wischte sich über das Gesicht und kratzte sich danach den Handrücken. Er erhob sich, schaltete den Fernseher ein und schob die Kassette in den Rekorder.

»Ist doch okay, dass wir das gucken, oder?«, fragte er.
Ich zuckte mit den Schultern, das Tape lief bereits.

Die Kamera ist auf einem Stativ fixiert. Mayra kommt ins Bild. Sie ist vierzehn und trägt ein weißes Kleid und Zöpfe.

»Was? Wie klein ist die denn?«, fragte Ramón. Er ließ sich auf das Besuchersofa fallen und beobachtete mit leicht geöffneten Lippen die junge Mayra. Was auch immer er erwartet hatte, das war es nicht.

Mayra spricht Deutsch. Sie nimmt die Kamera vom Stativ und filmt ihr Zimmer, an den Wänden hängen Bilder von lateinamerikanischen Popstars. Sie erklärt, wer sie sind, und singt kurz die Refrains ihrer Hits.
Schnitt.
Mayra filmt eine Busfahrt.

»Habt ihr hier eigentlich irgendwo Bier? Kannst du mir eins besorgen?«, fragte der Mexikaner ohne den geringsten Anflug von Ironie in der Stimme. Seine Augen lösten sich vom Bildschirm. Ich lüftete meine Decke, zeigte ihm die Kabel. Er guckte angemessen entsetzt auf meinen Brustkorb.
»Was ist das denn?«
»Ich habe ein künstliches Herz.«
»Wie, du hängst mit den Kabeln an der Maschine da?«
Sein Gesicht zog sich ungläubig, aber auch begeistert in die Breite.
»Ja. Mein Herz war kaputt, und sie mussten es rausnehmen. Jetzt habe ich eins aus Stahl und bin ans Bett gefesselt. Bis sie hoffentlich ein Spenderherz für mich finden.«
Den Hackenporsche erklärte ich ihm nicht.
»Und wenn ich aus Versehen den falschen Knopf drücke,

schalte ich dich aus?« Er lachte schmutzig, sein Gesicht zuckte dabei.

Auf dem Fernseher erschien Mayras *abuelita* und sagte etwas auf Spanisch.

Ramóns Kopf fuhr herum.

»Mayras Oma! Da ist die alte Hexe ja noch richtig fit!«

Sein Oberschenkel wippte bereits seit einiger Zeit in schneller Geschwindigkeit auf und ab. Als ihm klar wurde, dass nun in aller Ausführlichkeit dokumentiert werden sollte, wie *mole poblano* gemacht wird, stand er auf und drückte auf *stop*. »Ich will lieber eins sehen, wo Mayra älter ist. Sie hat doch auch mal mich gefilmt. Auf welchem Tape ist das?«

Ich überlegte. Dabei wusste ich es ganz genau.

»MAY16.« *Bei Minute 23 und 30 Sekunden.*

Er stand auf, suchte das Tape mit der Nummer sechzehn, nahm das andere heraus, ohne es zurückzuspulen, und steckte das neue Band in den Schlitz.

»Aber vorher muss ich noch was erledigen. Ich war den ganzen Flug nicht ein einziges Mal auf Toilette. Könnte also einen Moment dauern.« Wieder grinste er. Dann machte er sich an seiner Reisetasche zu schaffen, holte etwas heraus und verschwand im Badezimmer.

Was sollte ich tun? Die tumbe Nachtschwester Hildegard rufen? Aber was konnte ich ihr schon sagen? Dass ich mich von meinem Gast bedroht fühlte und sie die Polizei rufen sollte? Noch hatte er mir ja nichts getan. Sie würde höchstens darauf hinweisen können, dass die Besuchszeit vorbei war. Und dann? Würde Ramón sich ein Hotel suchen oder zurück zu Dito fahren. Nein, da war es mir lieber, er blieb hier.

Ich blickte zu der Reisetasche, die direkt neben meinem Bett am Barcelona Chair stand. Wenn ich kurz hineinsehen wollte, musste ich mich beeilen. Ich hörte Ramón pressen und stöhnen,

schwang die Beine aus dem Bett, und schon war ich bei seiner Tasche, die ich erreichen konnte, ohne mich an die mobile Einheit anzuschließen. Den Reißverschluss öffnete ich so langsam, dass es eine Ewigkeit dauerte, bis ich die Tasche endlich auf hatte. Der Duft eines mexikanischen Waschmittels schlug mir entgegen, vermischt mit Ramóns tief in den Fasern seiner Kleidung sitzendem Körpergeruch. Hemden, Jeans, Unterhosen. Ein Portemonnaie mit Dollars, mehrere Hundert mussten das sein, in kleinen Scheinen, ich zählte nicht nach und wühlte mich weiter nach unten durch. Socken, T-Shirts, Unterhemden, so weit alles normal. An der Seite, innen, war noch eine Tasche, ebenfalls mit Reißverschluss, auch ihn zog ich geräuschlos auf. Hier offenbarte sich Ramóns wahre Identität: ein paar Schachteln Zigaretten, ein Feuerzeug. Dicke, hellblaue Tabletten in einem Tütchen. Ein Butterflymesser. Eine Wäscheleine. Kabelbinder.
Kabelbinder?
Was hatte er damit vor?
Ich packe meinen Koffer und nehme mit: eine Wäscheleine, ein Klappmesser, Kabelbinder…
Dito hatte einmal erzählt, dass die Polizei Kabelbinder als provisorische Handschellen auf Demonstrationen einsetzte. Ich wollte mir lieber nicht vorstellen, was Ramón damit tun wollte. Und mit dem Messer. Und der Wäscheleine. In den Campingurlaub wollte er wohl kaum fahren.
Ich steckte die Kabelbinder in die Tasche meines Morgenmantels, das Messer nahm ich ebenfalls an mich, die Wäscheleine ließ ich, wo sie war. Dann verschloss ich die Tasche wieder und legte mich zurück ins Bett. Die Kabelbinder konnte ich später im Park entsorgen, das Messer schob ich zunächst unter die Matratze. Waren Kabelbinder und ein Messer Grund genug, um die Polizei zu rufen?
Ramón war weiterhin im Badezimmer zugange, ich tastete nach dem Knopf für die Schwester, da streifte ein irritierender

Geruch meine Nase: *caa ochu*, die *Tränen des Baumes.* So hieß der Milchsaft der Kautschukpflanze in der Sprache der Ureinwohner Perus. Eine weitere Minute verstrich, nichts tat sich. Aus dem Badezimmer erklang ein weiterer Schnaufer. Ich fokussierte mich und roch die Exkremente, die nun in die Schüssel platschten, tilgte sie panisch aus der Duftsumme und fragte mich, was es mit dem Gummigeruch auf sich hatte. Die Spülung erklang, der Wasserhahn lief, der Kautschukgeruch wurde stärker. Gleich würde Ramón wieder herauskommen. Doch nichts geschah.

Was stellte man aus Kautschuk her? Schnuller, Bälle, Dildos. Die Einweghandschuhe des Krankenhauses konnten es auch nicht sein, die rochen anders, staubiger. Warum sollte er die jetzt auch anziehen? Weil er mich töten und keine Fingerabdrücke hinterlassen wollte? Ich tastete nach dem Messer.

Ein neuer Geruch flammte auf, giftig. Ich kannte ihn nicht gut, aber ich kannte ihn, musste jedoch einen Moment in meinem inneren Katalog suchen. Dann hatte ich ihn. Es war schon einige Jahre her, nach meinem Unfall bei der Römerwiese, als ich zur Krankengymnastik jede Woche mit dem Zug nach Sumbigheim fuhr. In einem weniger frequentierten Seitenarm der Fußgängerunterführung hinter dem Sumbigheimer Hauptbahnhof hatte ich den Hauch des Todes erstmals gerochen: Dort saßen gescheiterte Großstadtfiguren und hielten Röhrchen an ein Stück Alufolie, auf dem sie etwas erhitzten. Dito erklärte mir später, dass man Heroin auch rauchen konnte.

Ich verstand nun, was das alles mit Kautschuk zu tun hatte. Aus einer TV-Dokumentation wusste ich, dass Drogenschmuggler kleine Kugeln aus Präservativen herstellten, prall gefüllt mit Kokain oder Heroin. Diese führte man sich in den Darm ein, um die Drogen vor den feinen Nasen der Spürhunde zu verbergen. Nicht ganz ungefährlich, denn falls ein Kondom platzte, hatte man mit einem Schlag eine Überdosis im Darm.

Jetzt klirrte etwas, Metall oder Glas auf Fliesen. Ein begeistertes Ausatmen erklang.

Ich schloss mich an das Herz auf Rädern an, rollte leise zum Badezimmer und legte mein Ohr an die Tür. Absolute Stille. Eine weitere Minute verstrich. Die Tür war von innen verriegelt, man sah das Rot in der kleinen Aussparung unterhalb der Klinke. Das Pflegepersonal hatte einen simplen Schlüssel, mit dem man die Türen im Notfall öffnen konnte. Eine Münze oder ein Schraubenzieher würden es aber auch tun.

Oder ein Messer.

Ich holte mir Ramóns Butterfly, und mit der Rückseite der Klinge ließ sich das Schloss kinderleicht von außen entriegeln. Vorsichtig drückte ich die Klinke herunter und öffnete die Tür.

Ein letztes Mal

Er saß mit geschlossenen Augen auf dem Boden, mit dem Rücken an der Wand. Zwischen Waschbecken und Dusche. Der Kopf war auf die Brust gesackt. Ein Ärmel seines Longsleeves war hochgeschoben. Der Riemen, mit dem er sich abgebunden hatte, um die Vene anschwellen zu lassen, hing gelockert um den Arm. War er ohnmächtig? Oder war das der Rausch? Ich hatte keine Ahnung, wie ein Heroinrausch verlief, Dito kiffte ja bloß und nahm alle Jubeljahre mal ein halbes Päppchen LSD. Heroin kannte ich nur aus dem Sozialkundeunterricht – und vom Bahnhof.

Ich zog meinen Karren bis zu Ramón und tippte ihn leicht an. Er reagierte nicht. Etwas Speichel rann aus seinem Mundwinkel. Hatte er sich eine Überdosis gespritzt?

Der Gedanke erschreckte mich – weil er eine ungemeine Erleichterung in mir auslöste. Wenn Ramón hier aufgrund eines Drogenunfalls sterben würde, wäre das Problem aus der Welt. Mayras Tape fiel mir ein. Wie Ramón zugeschlagen hatte. Wie sie verzweifelt weinte, es sei nicht das erste Mal gewesen und er werde sie umbringen, wenn er da rauskäme. Hatte sie nicht gesagt, sie müsse das »*ein für alle Mal klären*?« Dafür sorgen, dass er nie wieder einen Fuß in die Nähe ihres Hauses setzte? Jetzt erst dämmerte mir, was sie damit gemeint haben könnte. Warum sie so düster gestarrt hatte. Wie verzweifelt musste Mayra sein, wenn sie mit einem solchen Vorhaben zurück nach Mexiko flog?

Neben Ramón lag ein aufgeklapptes Mäppchen, daneben eine Glasspritze, ein Löffel, ein Feuerzeug, das geschrumpelte Stück Kondom, dessen Inhalt er offensichtlich in ein Tütchen umgefüllt hatte, das ebenfalls dort lag, voll mit dem weißen Pulver, außerdem zwei weitere, pralle, ungeöffnete Gummikugeln. Er hatte sie abgewaschen, sie waren feucht und rochen kaum noch nach Darm. Dann war da noch etwas, das aussah wie ein Zigarettenfilter, sowie ein kleines Plastikfläschchen, ich las »*ácido ascórbino*«, Ascorbinsäure, das war Vitamin C. Was machte man damit?

Und vor allem: Was machte man, wenn man einen bewusstlosen Heroinabhängigen auf seiner Toilette fand? Spätestens jetzt musste ich doch der Schwester Bescheid geben. Sie würde sofort die Polizei rufen, und mit der Menge Heroin käme er dann ins Gefängnis. Vielleicht. Vermutlich nicht allzu lange. Würde er in Deutschland oder in Mexiko angeklagt? Ab wie viel Gramm wurde man überhaupt eingesperrt? Ich hatte einfach keine Ahnung von Drogenkriminalität.

Ramón stöhnte, ganz leise.

Ich musste mich schnell entscheiden, und es gab nur drei Möglichkeiten:

1. Ihn seinem Rausch überlassen, bis er von allein wieder zurück in die Welt kam – oder auch nicht.
2. Die Schwester holen, die sein Leben retten und dann die Polizei rufen würde.
3. Ihm eine weitere, großzügige Dosis Heroin in den Arm spritzen.

Die Punkte eins und zwei halfen mir nicht weiter. Ramón würde Mayra oder mir irgendwann etwas antun. Mich könnte er noch heute Nacht, wie er gesagt hatte, *ausschalten*. Und selbst wenn er mich am Leben ließ, würde ich Mayra in einigen Wochen möglicherweise in einer Welt zurücklassen, in der dieser Wahnsinnige frei herumlief. So konnte, so durfte ich nicht abtreten. Es kam also nur Punkt drei in Frage.

Ich sah mir das Fixerbesteck an. Wie bereitete man Heroin so auf, dass es spritzbar wurde? Hatte die Ascorbinsäure damit zu tun? Ich roch am Löffel. Daran waren Spuren der Säure. Der Zigarettenfilter war auch voll mit Säure und Heroinresten.

Ramón schmatzte zufrieden und legte den Kopf auf die Schulter, seine Augen blieben geschlossen.

Ich erhob mich und verriegelte die Badezimmertür von innen, dann ging ich wieder zu Ramón und zog die Schlaufe um seinen Arm enger. Die Venen begannen langsam hervorzutreten. Er reagierte nicht. Man konnte die Einstichlöcher deutlich sehen, auch wenn es nicht sehr viele waren. Ich überprüfte den anderen Arm, dort waren keine Einstiche. Lange war er noch nicht dabei. Ich griff mir den Löffel, schüttete aus der kleinen Tüte einiges von dem weißen Pulver darauf und goss noch von der Säure aus dem Fläschchen dazu. Wie ich es hasste, ohne Rezept und Maßangaben zu kochen. Ich hielt das Feuerzeug unter den Löffel. Tatsächlich, das Pulver löste sich langsam auf. Es roch nach gescheiterten Biografien und Unterführung, ich pustete vorsichtig, damit ich nichts von dem Pestdampf einatmete. Dann legte ich den Löffel sachte auf dem Mäppchen ab und nahm die Spritze, so wie sie war, blutig. An Hygiene brauchte ich glücklicherweise keinen Gedanken zu verschwenden. Ich tunkte die Nadel in den Brei, so richtig flüssig war es nicht. Es ließ sich nicht aufziehen. Die Nadel verstopfte. Es funktionierte einfach nicht. Ich schloss die Augen.

Und jetzt?

Ramón hatte keine Ersatznadeln. Aber ich war in einem Krankenhaus, hier musste es doch Spritzen und Nadeln geben. Ich stand auf, rollte mit meinem Hackenporsche im Schlepptau ins Zimmer hinüber und blickte auf den offen stehenden Giftschrank mit dem Safe. Darin hatte ich noch eine unbenutzte Spritze – sie klemmte an dem zweiten Fläschchen *Eutha-Narcodorm*, das Opa ursprünglich für Helmi besorgt hatte. Ich ging zum Safe, stellte die Zahl ein, entnahm das Fläschchen mit der Spritze, steckte es in meine Tasche zu den Kabelbindern, rollte ins Bad zurück und schloss wieder ab. Ramón war noch immer nicht bei Bewusstsein. Er hatte aber den Kopf auf die andere Seite gelegt. Ich öffnete Opas Plastikverpackung, entnahm Spritze und Nadel, dann goss ich mehr von der Ascorbinsäure zu dem erstarrten Heroin auf den Löffel und hielt erneut das Feuerzeug darunter. So musste ein Dimensionsriss riechen, der eine Wurmlochabkürzung in ein Hieronymus-Bosch-Gemälde freigab. Das Heroin wurde wieder flüssig, doch beim Hantieren mit Spritze, Feuerzeug und Löffel verschüttete ich den Großteil des Gebräus.

Ramón öffnete die Augen.

Er sah mich verwundert an. Und hob den Arm. Ich erstarrte. Ramón versuchte sich aufzurichten. Ohne nachzudenken schlug ich ihm mit voller Wucht meine Faust gegen die Schläfe.

Es tat unfassbar weh, kurz glaubte ich, meine Hand wäre gebrochen. Der Schmerz drehte meinen Geruchssinn vollständig auf, ich sortierte im Sekundenbruchteil alles beiseite, das Heroin, die Ascorbinsäure, die Reste seines Kots, seinen medizinischen

Schweiß, er musste sich für den Flug mit Medikamenten vollgepumpt haben. Ich streckte und krümmte die Finger der Hand, alles funktionierte noch. Ramón schien außer Gefecht zu sein. Trotzdem fixierte ich seine Hände mit den Kabelbindern am Abflussrohr des Waschbeckens. Zwei Kabelbinder, die ich miteinander verband, schlang ich um seine Füße. Nur leises Gemurmel kam aus den Tiefen seines Rauschs, die Augen blieben verschlossen.

Ich betrachtete das Fixerbesteck und das Pulver. Musste ich jetzt von vorn beginnen? Mein Blick fiel auf die kleine Flasche mit dem *Eutha-Narcodorm*. Ich öffnete sie und zog die Spritze mit dem Mittel voll. Die Vene war wunderbar angeschwollen, ich traf und versenkte die Nadel, das sah besser aus als bei Helmi. Langsam drückte ich die Lösung in die Blutbahn meines persönlichen Antagonisten, und weil es so einfach war und die Flasche noch nicht leer, wiederholte ich den Vorgang ein zweites Mal. Dann arrangierte ich alles so, als hätte Ramón sich den goldenen Schuss gesetzt. Ich schloss die Tür von außen, verriegelte sie mit Hilfe des Messers, das leere Fläschchen mit der Spritze versteckte ich wieder im Safe. Erschöpft ließ ich mich ins Bett fallen und wartete auf den Tod.

Der Tod

Nicht daran denken.

Es musste sein.

Im Angesicht des eigenen Todes spielten Fragen der Moral keine Rolle mehr.

Es war Notwehr.

Wäre Ramón am Leben geblieben, hätte er mich getötet. Und Mayra. Der Depp der Familie hatte sich wieder einmal um alles kümmern müssen. Nichts Neues, mein Name ist *Killer, Charlie Killer*.

Ich lag auf dem Bett und wartete. Zehn Minuten. Fünfzehn. Aus dem Badezimmer war nichts zu hören.

Als ich mit meinem Koffer hinüberrollte und die Tür öffnete, lag Ramón noch genau so da, wie ich ihn verlassen hatte. Ich klatschte in die Hände. Nichts. Stupste ihn an. Rüttelte ihn, schlug ihm sanft auf die Wange. Er blieb stumm. Ich suchte seinen Puls, damit kannte ich mich inzwischen aus, am Hals, absolut nichts. Ich legte mein Ohr an seinen Brustkorb, auch hier war nichts zu hören.

Ich atmete tief durch. Erleichterung wollte sich nicht breitmachen.

Ich habe Ramón umgebracht.

Die Klinge des Butterflymessers war irrsinnig scharf, die Kabelbinder ließen sich ganz leicht durchschneiden, ich überprüfte ein weiteres Mal das Arrangement, wischte die Glasspritze mit dem Handtuch ab und patschte mit Ramóns toten Fingern darauf herum. Genauso verfuhr ich mit Löffel und Feuerzeug. Würde die Polizei das hier untersuchen? Bei Carla musste man mit allem rechnen. Jetzt brauchte ich nur noch die Tür von außen zu verriegeln, die Nachtschwester zu rufen und mich besorgt zu zeigen, weil mein Besucher aus Mexiko schon so lange auf der Toilette war und nicht mehr antwortete. Ich stand schon in der Tür des Badezimmers, da fiel mein Blick auf sein Handgelenk. Der Kabelbinder hatte rote Striemen hinterlassen.

Verdammt.

Ich sah es mir genauer an. Es war nicht überdeutlich, aber es war zu erkennen.

Verdammt, verdammt.

Und dann noch der Hieb auf die Schläfe. Dass die Forensiker aus Sumbigheim keine Trottel waren, hatte sich inzwischen mehrfach bestätigt. Wenn Carla Verdacht schöpfte, dass Ramón nicht ausschließlich an einer Überdosis gestorben war, dann kam nur ich als Täter in Frage. Und wenn dann in Ramóns Blut das gleiche Mittel wie in Helmis Blut gefunden wurde, würde sogar Dittfurt den Fall lösen können.

»Guten Abend«, murrte Schwester Hildegard und betrat das Zimmer. Noch konnten wir uns nicht sehen, sie stand im Vorflur, sodass ich unbemerkt das Butterflymesser zusammenklappen und in die Tasche gleiten lassen konnte. Als die Schwester in mein Blickfeld trat, zog ich gerade mit größtmöglicher Gelassenheit die Tür des Badezimmers hinter mir zu.

»Guten Abend, Schwester Hildegard.«

»Wie riecht das denn hier?«, fragte sie mich und schnupperte in der Luft.

»Ach, ich hatte ein wenig Durchfall und habe ein Streichholz abgefackelt, um den Gestank zu verscheuchen.«

»Soso. Feuer ist nicht erlaubt hier drinnen, das wissen Sie, Herr Berg.«

»Das tut mir leid, es wird nicht wieder vorkommen.«

»Ich wollte eigentlich auch nur schauen, ob Ihr Besuch schon weg ist, es ist ja gleich Nachtruhe.«

Ich versuchte einzuschätzen, ob sie Ramóns Tasche sehen konnte, die neben dem Sessel hinter dem Bett lag, und tarnte die Aktion mit einem auffälligen, übertriebenen Mich-Umsehen: »Also, ich kann ihn nicht entdecken, aber falls er auftaucht, sag ich ihm Bescheid, okay?«

»Ha. Ha. Ha. Sehr lustig, Herr Berg.« Sie war in allem das genaue Gegenteil von Schwester Asuka: mürrisch, faul, schlicht, unattraktiv, Europäerin, und sie arbeitete nachts. Der Pieper in ihrer Tasche machte ein Geräusch, sie guckte drauf, sagte: »Och nein« – und verließ schnellen Schrittes das Zimmer.

Als ich wenig später ebenfalls hinaustrat, sah ich sie gerade noch in einem Zimmer ganz am Ende des Ganges verschwinden. Ich ging in die andere Richtung. Um diese Uhrzeit war alles menschenleer. Aus dem Schrank beim Schwesternzimmer nahm ich mir Pflegerkleidung, auch Überschuhe, da es geregnet hatte. Am Hinterausgang standen ein paar Rollstühle, ich schob einen zu mir ins Zimmer.

Als Pfleger verkleidet und mit einem Leichnam im Rollstuhl machte ich mich auf den Weg nach draußen. Ramóns Tasche hatte ich auf seinem Schoß platziert, mein Hackenporsche passte genau hinter den Rollstuhl, zusätzlich hatte ich alles – Ramón, Rollstuhl, Tasche, mobile Herzkiste – mit Hilfe der Wäscheleine fest zu einer Einheit verschnürt und den toten Mexikaner mit einer Decke zugedeckt. Von Weitem würde niemand Verdacht schöpfen. In einem kleinen Stoffbeutel war das zu entsorgende Gut: die leere Flasche *Eutha-Narcodorm* samt Spritze, das Heroin mit Besteck und Feuerzeug, die durchschnittenen und die noch intakten Kabelbinder, Ramóns Portemonnaie mit Pass und Dollars. Außerdem hatte ich Opas Maglite eingesteckt.

Die Gesamtkonstruktion war schwer und einigermaßen unhandlich, ließ sich aber schieben. Im Netz des Rollstuhls befand sich der Ersatzakku, der Balken des aktuellen war zu drei Vierteln grün, das bedeutete, dass er noch eine gute halbe Stunde halten würde. Der volle Akku schaffte fünfundvierzig Minuten. Bis zum *Schandfleck* waren es schätzungsweise zwanzig Minuten. Wenn es keine größeren Zwischenfälle gab, sollte genug Puffer sein.

Mr. Ripleys letzte Mission

Ich habe Ramón getötet.
Mit dieser letzten Tat würde Schluss sein. Wenn ich aus der Sache heil und lebend herauskam, hatte ich das Glück genug strapaziert. Doch ein letztes Mal würde Mr. Ripley noch zu Höchstform auflaufen müssen.

Als ich beim *Schandfleck* ankam, sah ich auf meine Stoppuhr. Ich war wesentlich schneller als gedacht vorangekommen. Sehr gut. Der Batteriestandanzeiger war zweieinhalb Balken im Grün. Das waren über dreiundzwanzig Minuten, wie ich auf meinen Spaziergängen im Klinikpark ermittelt hatte. Am Bauzaun entlangrollend suchte ich nach einer Lücke. Ich fand eine, doch sie eignete sich nur zum Einsteigen für eine einzelne Person. Es war undenkbar, den Rollstuhl samt Beladung dort hindurchzuheben. Ich musste umkehren und in der anderen Richtung suchen.

Am rechten Ende war ein Teil des Zauns durchgekniffen worden und ließ sich anheben und öffnen wie eine zu groß geratene Gartenpforte.

Im *Schandfleck* brannte heute kein Feuer. Alles war dunkel und ruhig. Der Boden des einstmals als Parkplatz vorgesehenen Abschnitts war uneben, Pflastersteine fehlten oder waren von Baumwurzeln nach oben geschoben worden, ich musste immer wieder vor- und zurückruckeln, um mit dem Rollstuhl voranzukommen. Die Kabel schubberten von innen an der Pflegerkleidung.

Ich bewegte mich zum hinteren Teil des Gebäudes, vorbei an leeren Dosen und aufgerissenen Mülltüten, ein auf den Kopf gestellter Einkaufswagen reckte seine kleinen Rollen in die Nacht. Nach hinten war das Grundstück nicht eingezäunt, jedoch machte eine natürliche Absperrung den Zugang von dieser Seite nahezu unmöglich: Es ging einige Meter steil und unwegsam bergab, der einstige Quallbach war hier zu einer sumpfigen, breiten Suppe verkommen, die sogar von Fröschen gemieden wurde. Zusätzlich war sie von der Waldseite aus mit Sperr- und Sondermüll aller Art zugeschüttet worden: Kühlschränke, Müllbeutel jeglicher Couleur, Matratzen und Bauschutt, ein urbanes Unrat-Ensemble, das auf traurigste Art eine gewisse Eigenästhetik entwickelt hatte. Als ich an dem kleinen Abhang ankam, hatte ich geschätzt noch achtzehn Minuten Akkuzeit. Ich überlegte, ob ich die Batterie bereits mit einer frischen austauschen sollte, aber jeder Wechselvorgang kostete Strom, ich würde also die Power der jetzt noch laufenden Batterie sinnlos verschwenden. Auf dem Hinweg war alles gutgegangen, möglicherweise würde ich mich auf dem Rückweg verstecken müssen, bis ich freie Bahn ins Zimmer hatte, und dann zählte jede Sekunde.

Also achtzehn Minuten. Gut. Das war ohne Probleme zu schaffen. Ich löste die Wäscheleine, befestigte damit die Tasche und den Stoffbeutel an dem Leichnam, sicherte meinen Hackenporsche und kippte Ramón die Böschung hinunter. Er rollte und kam weiter als gedacht. Als Nächstes musste ich den Rollstuhl stehen lassen und den Abstieg wagen, wenn ich Ramón im Sumpf verschwinden lassen und mit Müll bedecken wollte. So der Plan. Falls mir meine elektrische Steuereinheit jetzt entglitt, würde sie hinunterschießen und mein Herz gleich mitnehmen, was einen interessanten Tatort ergäbe, der verknotete Junkie und der Krankenpfleger ohne Herz. Den Krimi hätte ich gelesen.

Zentimeter für Zentimeter arbeitete ich mich im Dunkeln bergab, die Maglite hatte ich im Netz des Rollstuhls beim Ersatzakku lassen müssen. Bäuchlings, Füße voraus, den Hackenporsche über mir. Schließlich erreichte ich Ramón, er war an einer jungen Erle hängen geblieben und ließ sich mit ein wenig Beinarbeit weitere Meter hinunterstoßen. Zum Ufer hin rollte er aus. Dort zog ich ihn an den Armen zum Sumpf, abwechselnd mit meinem Batteriewagen. Der Müllgeruch war in diesem Alarmzustand der Extraklasse nicht wegzukalkulieren, er zerfraß alles, klares Denken war nicht möglich, ich funktionierte nur noch als Leichnambeseitigungsmaschine. Als ich ihn bis an den Rand des Modders bugsiert hatte, sprang der Balken auf Orange um.

Schon?

Ich stieß das Paket mit den Füßen hinein, er landete mit dem Gesicht nach unten im Schlick, langsam schlürfte ihn der Ex-Bach ein. Gleich daneben grenzte die gewucherte Müllkippe an, rasch rollte ich einen Meter hinüber und zog Müllsack für Müllsack aus dem Kunstwerk, um Ramón damit zu bedecken.

Als ich fertig war, hatte ich laut meiner Berechnung noch zehn Minuten. In diesem Moment sprang das Licht der Batterie auf Rot, und der Kasten piepte einmal, ziemlich laut.

Tiejp!

So weit hatte ich es bei meinen Spaziergängen im Park noch nie getrieben. War es ein Rechenfehler? Oder war das wie bei der Tankanzeige im Auto: Wenn die Lampe angeht, noch fünfzig Kilometer?

Bei einer derart lebensentscheidenden Sache würde jeder vernunftbegabte Ingenieur doch einen Puffer von zehn Minuten einplanen, oder? So oder so, ich hetzte los, sofern man das so nennen konnte.

Tiejp!

Immer noch ein unfassbares Gefühl, in all dem Stress und Taumel kein Stechen zu spüren. Ich war außer Atem, meine seit Tagen unterbeanspruchten Beinmuskeln wollten längst aufgeben, aber dieses Gefühl der sportlichen Überforderung war mein Leben lang mit einem brennenden Herzen verknüpft gewesen, und jetzt war da einfach nichts in meiner Brust, nur dieses selbstzufriedene Schnurren.

Tiejp!

Vom Piepen getrieben und doch seltsam beflügelt schaffte ich den Aufstieg in kürzester Zeit. An der Erle, die Ramón zunächst gestoppt hatte, schimmerte etwas im Dunkeln. Der Stoffbeutel mit Heroin, Geld und Co. *Mist.* Ich verknotete ihn am Griff meiner Herzeinheit, jetzt musste ich mich erst einmal um meinen Ersatzakku kümmern.

Tiejp!

Ich sah den Hang hinauf, da waren schon die Griffe des Rollstuhls, ich hatte es fast geschafft. Ramón würde in aller Abgeschiedenheit vom Wald recycelt werden, er war aus der Welt, ich konnte zurück ins Krankenhaus rollen und mir das Wildererherz einsetzen lassen.

Als ich den Hackenporsche das letzte Stück Abhang hochwuchtete, nahm ich im Augenwinkel eine Bewegung war.

Tiejp!

Ich drehte mich um, jemand rannte weg. Schnell richtete ich mich auf, stützte mich auf den Rollstuhl, es schien jetzt in kürzeren Abständen zu piepen, und lauter.

Tiejp!

Ich griff in das Netz, und in dem Netz, in das ich Taschenlampe und Akku gesteckt hatte, war keine Taschenlampe. Und auch kein Akku. Die Person, die weggerannt war, hatte beides gestohlen.

Tiejp!

Das Geschäft meines Lebens

»Hey!«, schrie ich in Richtung des dunkel vor mir aufragenden *Schandflecks*. »Ich habe Geld für dich. Und Heroin. Du kannst alles haben. Aber ich brauche das, was du mir da gerade geklaut hast.«

Tiejp!

»Sehr dringend. Sonst sterbe ich. Das ist die Batterie für eine Maschine, die mich am Leben hält.«

Niemand antwortete. Ich schob den Rollstuhl und den Hackenporsche über den buckeligen Parkplatz.

Tiejp!

»Bitte! Hörst du, ich will dir nichts tun, ich kann gar nicht, ich bin ein Krüppel, und ich werde jetzt gleich hier sterben, wenn du mir nicht den Akku bringst. Die Taschenlampe darfst du gern behalten.«

Tiejp!

Ich war an dem umgedrehten Einkaufswagen angelangt.

»Pass auf. Ich lege hier einen Beutel auf den Einkaufswagen. Da drin sind mehrere Hundert Dollar. Deutsches Geld habe ich leider nicht. Und dann sind hier bestimmt dreißig Gramm bestes Heroin, eher noch mehr. Ich habe es von einem Freund. Du kannst es haben.«

Tiejp!

»Leg mir einfach dafür den Akku hin. Damit kann sowieso niemand außer mir etwas anfangen. Das ist das Geschäft deines Lebens. Okay?«

Ich holte die Scheine aus dem Portemonnaie und stopfte sie zu dem Heroin in den Stoffbeutel.

Tiejp!

Fixerbesteck und Kabelbinder, die Geldbörse mit Ramóns

Pass sowie das leere Fläschchen *Eutha-Narcodorm* steckte ich in die Taschen meines Pflegeroutfits. Dann zog ich mit Rollstuhl und Herzwagen in Richtung Zaun davon, erst dort drehte ich mich um.

Tiejp!

Die Maglite ging irgendwo in der Nähe des Hauses an und näherte sich der Stelle, an welcher der umgedrehte Einkaufswagen stand. Immer wieder blendete es mich, weil der- oder diejenige zu mir herüberleuchtete.

Tiejp!

Ich sah die Hände der dunklen Gestalt im Lichtkegel nach dem Beutel greifen und darin herumkramen, schließlich nahm sie ihn an sich und legte stattdessen etwas auf den Einkaufswagen, das hoffentlich mein Akku war.

Tiejp!

»Danke!«, rief ich auf gut Glück und setzte mich in Bewegung.

Tiejp!

Die Person huschte weg, zum Gebäude, nach wenigen Metern erlosch das Licht der Taschenlampe.

Tiejp!

Ich strauchelte ins Dunkel voran, ohne irgendetwas zu sehen, ich gab Vollgas.

Tiejp!

Der Hackenporsche ruckelte hinter mir her, ich knickte mit dem Fuß um und fiel auf die Knie.

Tiejp!

Ich raffte mich auf, da war schon der Einkaufswagen, ich stieß dagegen, etwas klapperte und fiel herunter, der Akku.

Tiejp!

Ich versuchte irgendetwas zu erkennen, doch es war zu dunkel. Auf Knien tastete ich den gesamten Bereich um den Einkaufswagen ab, mehrmals, aber der Akku war unauffindbar. Mit dem letzten Rest Energie sammelte ich meinen Sinn, den einen, den einzigen, meine Superkraft, fokussierte mich auf den Geruch des Nickels und des Cadmiums, schickte meine Nase los, mein Leben zu retten, und da fiel mir auf, dass ich schon länger kein Piepen mehr gehört hatte. Der Batteriegeruch kam von oben. Ich richtete mich auf, tastete den Einkaufswagen ab, das Surren in meiner Brust wurde bereits spürbar langsamer. Da lag er! Er war nicht heruntergefallen, irgendetwas anderes musste geklappert haben, ich zog den leeren Akku heraus und rammte die frische Batterie in den Schacht.

Der Balken schlug ins maximale Grün aus.

Der Name des Diebes

Die Pflegerkleidung war noch in der Nacht unbemerkt im Wäscheschacht gelandet, auch der Rollstuhl stand wieder geputzt bei den anderen, danach war ich in einen traumfreien Schlaf gesunken, aus dem Schwester Asuka mich gnädigerweise nicht weckte.

Einen Großteil des Vormittags verbrachte ich damit, im Badezimmer Ramóns Pass, die Kabelbinder, das Fixermäppchen und sein Portemonnaie mit dem Messer in kleine Stücke zu schneiden und nach und nach in der Toilette wegzuspülen. Auch die Plastikflasche mit der Ascorbinsäure, die Nadeln und Spritzen zerlegte ich so gut es ging, zerdepperte die kleine braune Flasche auf dem Kachelboden, wickelte alles in kleine Pakete mit Toilettenpapier und spülte auch diese im Abstand von jeweils einer halben Stunde fort. Während des ganzen Vorgangs fragte ich mich, wo mein schlechtes Gewissen war. Ich hatte einen Menschen getötet. Schon wieder. Oma. Ramón. Für den baldigen Tod des Wilderers war ich auch verantwortlich. Ich war ein Mörder.

Und trotzdem hielt meine Reue sich in Grenzen. Ich hatte getan, was ich tun musste. Ich hatte nicht aus Lust getötet, immer nur aus Notwendigkeit.

Es klopfte um 15:44 Uhr. Ein leuchtender Professor Hartlieb mit wehendem Kittel und perfekt an den Kopf geschmiedeter Haarpracht betrat mein Zimmer und verkündete: »Herr Berg, Sie haben im Lotto gewonnen! Wir haben einen Spender für Sie gefunden, ganz in der Nähe.«

Die Situation verlangte nach dem lockeren Plauderton, den Professor Hartlieb von mir gewohnt war.

»Wirklich! Das ist ja unglaublich, wer ist es denn?«

Es ging ganz einfach. Und war verblüffend. Wahrheit und Lüge schienen nicht länger in einem Wettkampf zu stehen.

Er sah mich vorwurfsvoll an.

»Das darf ich Ihnen nicht sagen, das wissen Sie doch, oder?«

»Nein?«

Ich versuchte ein Lächeln, auch das klappte einwandfrei.

»Nein. Die Angehörigen des Opfers erfahren ebenfalls nicht, wo die Organe des Verstorbenen landen. Meiner Meinung nach eine sinnvolle Regelung, in Amerika gab es Fälle, bei denen die Trauernden eine gewisse Obsession gegenüber dem Organempfänger entwickelten.«

»Wieso, ist dort immer bekannt, wer Spender und wer Empfänger ist?«

»Nicht grundsätzlich, aber es besteht für beide Seiten die Möglichkeit, einen Brief zu schreiben. Ob die andere Partei diesen liest oder gar antwortet, ist jedem selbst überlassen.«

»Klingt eigentlich recht romantisch.«

»Das hat auch schon zu wunderbaren Freundschaften und sogar Liebesbeziehungen geführt, in Amerika ist bekannterweise alles möglich. Dennoch ist dies in Deutschland nicht gestattet.«

»Schade. Aber ich nehme auch das Herz eines Fremden.«

»Hahaha, immer ein flottes Sprüchlein auf den Lippen, Sie machen mir wirklich Freude, Herr Berg.«

»Was kommt als Nächstes? Wann geht es los?«

»Jetzt, wo wir die Familie des Opfers endlich gefunden haben, kann bald mit der Vorbereitung begonnen werden. Vielleicht ist schon morgen Ihr Geburtstag.«

»Die Familie musste erst *gefunden werden*? Was meinen Sie damit?« Ich übertrieb etwas mit dem interessiert fragenden Gesicht, aber Professor Hartlieb fiel es nicht auf. Er sah mich an.

»Es ist eine verzwickte Situation. Ich habe schon mehr gesagt, als meine Schweigepflicht gestattet. Doch ein Blick in das Sumbigheimer Tageblatt von heute wird uns beiden helfen. Ich habe zufällig eine Ausgabe dabei.«

Er reichte mir eine sorgfältig zurechtgefaltete Zeitung. Wolkenharrys spitzköpfiger Kollege aus dem Hauptpostamt lachte mich an, inzwischen hatte er sich rasiert und offenbarte ein tiefes Grübchen am Kinn, das dank der miserablen Aufrasterung des zudem schlecht beleuchteten Schwarz-Weiß-Fotos aussah wie ein Einschussloch.

UNFALLOPFER HAT JETZT EINEN NAMEN UND WIRD LEBENSRETTER

Gestern Nachmittag entdeckte der Postbeamte Lutz Engler beim Sortieren der Post eine Geldbörse, die einigen Menschen das Leben retten könnte. Ein unbekannter Finder hatte das Portemonnaie in den Briefkasten geworfen.

»Das kommt gar nicht mal so selten vor. Das Geld fehlt natürlich immer. Aber die Papiere sind den Besitzern meist viel wichtiger«, so Herr Engler.

Bei einem Blick auf den Pass, der sich in der Brieftasche befand, erinnerte sich Engler glücklicherweise an das Bild, welches er am Tag zuvor in der Zeitung gesehen hatte. (Das Sumbigheimer Tageblatt berichtete.)

»Das war dieser Fremde, der an den Maschinen hängt, die sie bald abstellen wollen. Den hab ich gleich erkannt.«

Im Portemonnaie des Mannes befand sich zudem ein weiteres Dokument: ein Organspendeausweis. In Deutschland warten viele Tausend Menschen auf ein Spenderorgan, von denen sich einige aufgrund dieses kleinen Schriftstücks über passenden Ersatz freuen können. Da die Identität des seit Tagen im Koma liegenden Unfallopfers endlich bekannt ist, kann nun seine Familie kontaktiert werden und sich von ihm verabschieden.

Ich ließ die Zeitung sinken.

»Der verunglückte Jäger ist also mein Retter?«

»Da Sie eins und eins selbst zusammenzählen konnten, gibt es für mich auch keinen Grund mehr, die Sache zu leugnen. Ja, er ist es. Und wir kannten bis heute Morgen seinen Namen nicht. Deswegen, um auf Ihre Frage zurückzukommen, musste die Familie erst gefunden werden.«

»Verstehe.«

Wir lächelten uns an, ganz leicht schüttelte er den Kopf.

»Sie haben wirklich unfassbares Glück. Ein Unbekannter mit Ihren Gewebemerkmalen, im gleichen Krankenhaus, und dann taucht kurz vor dem Abschalten der Geräte sein Pass samt Organspendeausweis auf. Sind Sie nicht Schriftsteller? Sie sollten diese Geschichte aufschreiben.«

»Das wäre aber ein ziemliches Märchen. Was geschieht jetzt?«

»Nachdem die Angehörigen sich von ihm verabschieden konnten, werden wir die Entnahme vorbereiten. Da sie aus dem Ausland anreisen, werden sie erst am Abend hier sein. Morgen Nachmittag wird operiert. Sie dürfen sich jetzt entspannen und überlegen, was Sie mit Ihrem neuen Leben anstellen werden.«

Zu dem Glücksgefühl, das die greifbar gewordene Rettung in mir auslöste, gesellte sich endlich die große Zufriedenheit. Darüber, wie reibungslos alles funktioniert hatte. Fritzi, Mayra, Wolkenharry und Engler hatten ineinandergegriffen wie Zahnrädchen in einer von einem Genie ersonnenen Apparatur. Der Mörder meines Großvaters gab mir sein Herz, damit ich leben konnte. Mit dem neuen Herz würde ich fliegen können. Nach Mexiko. Mayra am Hafen in Empfang nehmen, da sie auf dem Schiffsweg viel länger gebraucht haben würde und wir gleichzeitig ankämen. Kein Ramón weit und breit. Happy End. Ich sah den Professor an, der auf eine Reaktion von mir zu warten schien, jedenfalls machte er keinerlei Anstalten, zu gehen.

»Ich weiß, dass es ein ungewöhnlicher Wunsch ist, aber … dürfte ich meinen Lebensretter eventuell besuchen? Ich würde ihm gern danken und Lebewohl sagen.«

Der Professor sah mich lange an und kratzte sich dabei mit dem Zeigefinger die Nasenspitze, eine kleine, rasche, nicht enden wollende Bewegung.

»Ach, warum eigentlich nicht. Es steht in der Zeitung, mein Gott.«

Erst jetzt erhob er sich. »Schwester Asuka wird Sie hinführen.«

Schon morgen

Der Wilderer sah sich inzwischen wieder ähnlich. Bis auf die dicke Narbe am Hals waren fast alle Spuren des Unfalls verschwunden, die Fäden gezogen, kaum Schorf, sämtliche Schwellungen zurückgegangen. Ein buntes Pflaster, wie es auf Kindergeburtstagen zum Einsatz kommt, klebte an seiner Augenbraue. Darauf zu sehen war ein Waldhorn, umrankt von Eichenlaub und fliegenden Noten. Vergraben unter Salben und Desinfektionsmitteln: sein Körpergeruch. Sofort war die Erinnerung an den verhängnisvollen Nachmittag und Abend wieder da. Lange betrachtete ich den Mann, der mein Leben gleich zwei Mal auf den Kopf gestellt hatte, schließlich legte ich meine Hand auf seinen Brustkorb. Das Herz klopfte nichtsahnend seinen gleichförmigen Takt. Schon morgen würde es in mir schlagen. Und wenn mein Körper das neue Herz nicht akzeptierte? Dann wäre morgen mein letzter Tag.

Wenn du nur noch einen Tag zu leben hättest, was würdest du am liebsten tun?

Schreiben? Nein. An einem Tag schrieb ich nicht mal eine Kurzgeschichte. Mit Mayra im Bett liegen und weiter unsere Videos gucken, eins nach dem anderen. Bis wir bei *CHA33* anlangten, das nun wiederaufgetaucht war. Der perfekt ausgeleuchtete Cha-Cha würde Mayra auf dem Fernsehschirm seine Liebe gestehen, und ich bräuchte nur danebenzusitzen und zu nicken und könnte glücklich sterben.

Charlie the cheat

Zurück auf der Herzstation bat ich Schwester Asuka um das Telefon und ging in mein Zimmer. Ich wollte Sera anrufen. Bisher war ich davon ausgegangen, dass sie enttäuscht war, weil ich ihren Auftritt als neue Festivalleiterin gehörig versaut hatte. Mit meinem Plagiat. Aber sie selbst war diejenige, die gefälscht hatte – was außer Laura und mir niemand wusste. Noch musste ich sie in Sicherheit wiegen, sie jetzt ohne Beweise oder Zeugen mit dem Verdacht zu konfrontieren, wäre dumm.

Aber wieso hatte eigentlich niemand anders herausgefunden, was Laura innerhalb kürzester Zeit entdeckt hatte? Wahrscheinlich, weil die Details nur für mich so wichtig waren. Die Redaktionen hatten die Story längst abgehakt, einzig im Zusammenhang mit Janas Bestsellererfolg wurde das *Text.Eval* noch erwähnt. Mein Name war aus den Meldungen verschwunden. Außer mir interessierte es niemanden, wer Rosemarie Feind war.

Ich wählte die Nummer des Herrenhauses. Als Jacques von Faunichoux' Stimme erklang, schreckte ich zusammen und legte schnell auf. Sera hatte den AB noch nicht neu besprochen. Ich klappte meinen Laptop auf, formulierte eine locker dahergeplauderte Nachricht und übte sie ein paarmal in verschiedenen Stimmlagen. Dann drückte ich auf *Wahlwiederholung*.

»Von Faunichoux?«

Ich erschrak erneut. Diesmal war sie selbst dran.

»Ach, äh, hallo. Sera.«

»Charlie. Wie schön, deine Stimme zu hören. Geht es dir gut?«

»Das entscheidet sich morgen.«

Sie schwieg. Ich bildete mir ein, sie nicken zu hören. »Was heißt das?«

»Dass ich morgen wiedergeboren werde. Oder sterbe.«

»Wow. Kleiner geht es nicht?«

»Es entspricht der Wahrheit. Anscheinend haben sie ein Herz für mich gefunden.«

Wusste sie, dass mir Kabel aus der Brust ragten? Dass ich ein Spenderherz benötigte? War ihr das egal?

»So schnell? Andere warten jahrelang.«

Sie wusste es. Und kannte sich aus. Oder hatte sich informiert.

Sollte ich erwähnen, wem ich mein Spenderherz zu verdanken hatte? Nein. Je weniger sie wusste, desto besser.

»Ja, ich habe wirklich Glück. Kann trotzdem sein, dass mein Körper das Herz nicht annimmt. Dann sterbe ich.«

»Charlie, du wirst leben. Ich habe gehört, dass der Professor des Sumbigheimer Herzzentrums ein weltweit geachteter Spezialist ist.«

»Ja, das wissen anscheinend alle außer mir.«

Im Hintergrund hörte ich Sebastian ein britisches Kinderlied singen.

»Sera, es tut mir leid, dass ich dich blamiert habe. Ich weiß auch nicht, wie mir das passieren konnte. Das ist so lange her, in der Zeit habe ich mir wahnsinnig viele Bücher ausgeliehen und quergelesen, mir Lieblingssätze notiert, ich kann mich nicht einmal mehr an dieses Buch erinnern. Es war keine bewusste Fälschung.«

»Versuch es einfach abzuhaken, Charlie. Du hast den Abschnitt in deinen Notizen gefunden, dich nicht erinnert, woher er stammte, und schließlich leicht abgeändert für deine Story genutzt. Du warst Schüler, in einer Schreib AG, da hast du dir über so etwas noch gar keine Gedanken gemacht. Konnte ja keiner wissen, dass du damit mal am *Text.Eval* teilnehmen würdest.«

Ich seufzte täuschend echt. »Wahrscheinlich hast du recht.«

Sie war durch und durch böse.

»Ich sollte mich nicht beschweren. Ich habe ein Herz, ich habe ein Haus, was will man mehr.«

Sera schwieg, atmete wieder ihr geräuschvolles Nasenatmen, dann sagte sie: »Hat Frau Weill dich vor ihrem Urlaub nicht mehr erreicht?«

»Hattet ihr Kontakt?«

»Ja. Sie hat mir von dem Testament deines Großvaters erzählt. Sie war da wohl nicht auf dem aktuellsten Stand, was die Ludmilla-Stiftung anbelangt.«

»Was meinst du?«

»Nun, Jacques und ich hatten diese Idee mit dem Stipendium. Ich wollte es eigentlich zum Abschluss des *Text.Eval* verkünden, nach der Preisverleihung. Aber da kam dein… Unfall dazwischen.«

»Was für ein Stipendium?«

»Ich möchte etwas für Autorinnen mit kleinen Kindern tun. Ich habe am eigenen Leibe erfahren, dass das kreative Leben zum Erliegen kommt, sobald man Mutter wird. Ernsthafte künstlerische Arbeit ist nicht möglich, solange die Kinderbetreuung an uns Frauen hängen bleibt. Und das tut sie leider immer noch, da hat sich in den letzten zehntausend Jahren nicht viel geändert. Wir dürfen zwar wählen und ein eigenes Konto führen, aber die Kinder ziehen wir weiter allein groß.«

»Na, dann frag mal meine Mutter. Ich hab mich jedenfalls selbst großgezogen, während sie Karriere gemacht hat.«

»Dann ist sie eine der seltenen Ausnahmen. In der Regel sind es in Künstlerbeziehungen die Männer, die Stipendien wahrnehmen und sich monatelang ganz der Kunst hingeben können, während ihre Frauen daheim die Kinder hüten. Zeig mir den Mann einer Autorin, der das macht. Ich kenne jedenfalls keine Mutter mit kleinen Kindern, die ein längeres Auslandsstipendium wahrnimmt, während ihr Kerl sich um die Blagen daheim kümmert. Für diese Stipendien bewerben sich nur die kinderlosen Künstlerinnen und Autorinnen. Und die lassen sich dann in *Circus Massimo* & Co. von den Ehemännern der Daheimgebliebenen vögeln und nennen es ›*künstlerischen Austausch*‹.«

Ich dachte mir ihre Luftanführungszeichen dazu.

»Und was ist das für ein Stipendium, das du dir ausgedacht hast? Nur für Mütter?«

»Ja, Jacques und ich haben die Ludmilla-Stiftung gegründet, weil wir jungen Autorinnen die Möglichkeit geben wollen, zu schreiben, während ihre Kinder dabei sind – und in Vollzeit betreut werden.«

»Ein Stipendium mit Kindergarten? Klingt gut. Und die Mütter sollen im Haus am See wohnen? Oder bei dir im Herrenhaus?«

»Zunächst im Haus am See, ja. Aber langfristig hatten wir das Forsthaus im Blick, dein Großvater stand ja kurz vor der Rente.«

»Die Mütter und ihre kleinen Kinder sollen bei mir im Haus wohnen? Äh, ich habe ... also, schon ganz gern meine Ruhe. Meine Karriere als Schriftsteller scheint zwar beendet, bevor sie begonnen hat, aber so ganz habe ich den Traum noch nicht aufgegeben, wenn das mit dem Herz klappen sollte.«

»Es ist nicht dein Haus, Charlie. Da liegt ein Missverständnis vor. Ich dachte, Dr. Weill hätte dich davon in Kenntnis gesetzt. Sie hat die Dokumente eingesehen und in Kopie mitgenommen.«

»Wie, was für Dokumente?«

»In seinen letzten Wochen hat Jacques rapide abgebaut. Er war manchmal sehr wirr im Kopf, hatte Erinnerungslücken und Wortfindungsschwierigkeiten. In dieser Phase muss er versucht haben, deinem Opa das Haus zu überschreiben. Als Dr. Weill das Testament eröffnete, hatte dein Opa das Haus aber schon längst an mich zurückübertragen lassen. Die Grundbucheintragung war noch nicht einmal geändert worden. Es tut mir leid, dass du nichts davon wusstest. Er hat sein Testament wohl etwas vorschnell gemacht und hatte dann keine Zeit mehr, es anzupassen.«

»Oh.«

Ich nahm mein Glas, trank, schluckte.

Mein Haus.

Sie hat mir mein Haus weggenommen.

Ein Handzwilling und Neues von Fettkötter

Nachdem ich das Telefon zurückgebracht hatte, schloss ich mich nicht sofort wieder an die große Maschine an, sondern stellte mich ans Fenster und sah der Dämmerung beim Einsetzen zu. Kaninchen saßen auf der Rasenfläche und stellten demonstrativ ihre Putzigkeit zur Schau. Eine Lust juckte mir in den Fingern, wollte mir weismachen, dass es eine gute Idee wäre, jetzt mit der Luger hinauszuschleichen. Lange stand ich am Fenster und starrte vor mich hin.

Als es schon fast dunkel war, fuhr ein schwarzer Wagen auf den kleinen Parkplatz für Angehörige und hielt rechts unter einer Laterne. Der Motor des Autos verstummte, das Innere des Wagens blieb düster. Eine Zeit lang geschah nichts. Dann fuhr eine weitere Limousine vor, das Auto der Mordkommission. Es parkte auf der linken Seite des Parkplatzes, genau dem anderen Wagen gegenüber, Heck an Heck schmollten die dunklen Karosserien vor sich hin. Einen Moment lang geschah abermals nichts, dann öffneten sich gleichzeitig zwei Türen, und die automatische Beleuchtung erhellte das Innere beider Fahrzeuge. Aus der Fahrertür der linken Limousine stieg Carla Bentzin, dem anderen Wagen entstieg eine mondän gekleidete Frau. Ein Mann beugte sich hinter ihr aus dem Inneren und griff in die Tür, sein Gesicht glomm im Schein der Beleuchtung auf, dann zog er die Tür zu, und das Licht erlosch. Die Frau, oder besser: die Dame, trug ein schweres, schwarzes Cape, das ihre Arme verbarg, einen schlichten, ebenso schwarzen Hut, daran befestigt hing ein Schleier von solcher Dichte, dass man schon von einem Tuch sprechen durfte. Carla trug ebenfalls einen schwarzen langen Mantel. Die beiden Frauen gingen wie sich spiegelnde Bilder aufeinander zu, blieben in der Mitte des Parkplatzes voreinander stehen, Carla Bentzin nickte. Dittfurt war nach ihr aus dem Wagen gestiegen, jedoch gleich in die Knie gegangen, vermutlich, um sich einen Schuh zuzubinden. Es sah nicht danach aus, als würden sie sich kennen, Carla und die Dame, bei der es sich nur um die Mutter des Wilderers handeln konnte.

Die verschleierte Frau nickte ebenfalls, sie wies der Kommissarin den Weg, ließ ihr den Vortritt. Carla blickte auf die Hand der Frau. Sie war weiß wie ihre eigene. Allerdings trug die Frau

Handschuhe, so rein weiß konnte Haut nicht einmal sein, wenn sie vollkommen frei von Pigmenten war. Carla riss sich los und ging in Richtung Eingang. Dittfurt schluffte hinterher, dann verschwand auch die schwarze Dame.

Kurze Zeit später betraten Bentzin und Dittfurt mein Zimmer.

»Jetzt habe ich meinen Ausweis ganz umsonst ausgefüllt«, sagte Carla. »Wie ich höre, haben Sie bereits ein Spenderherz gefunden? Herzlichen Glückwunsch!«

»Lassen Sie den Champagner noch zu, erst mal müssen wir sehen, ob es auch bei mir bleiben will.«

»Professor Hartlieb hat schon viele Herzen verpflanzt, Sie haben wirklich Glück, dass wir so eine Koryphäe hier bei uns in Sumbigheim haben.«

»Sind Sie zu mir gekommen, um sich in den Chor derer einzureihen, die die Handwerkskunst des Professors lobpreisen?«

»Nein, der Stand unserer Ermittlungen wirft neue Fragen auf, und ich hoffe, Sie können mir helfen. Ihr Tipp war goldrichtig, wir konnten Herrn Fettkötter im *Drama 24-7* aufgreifen und haben ihn verhört. Auch wenn bei einer Hausdurchsuchung keine Drogenmengen gefunden wurden, die eine Festnahme gerechtfertigt hätten, war er einigermaßen geständig.«

»Was bedeutet *einigermaßen*?«

»Er behauptet, dass er nur hin und wieder Marihuana und Ecstasy an Bekannte verkauft hat, ohne Gewinn, quasi als Freundschaftsdienst.«

»So ein Blödsinn.«

»Immerhin hat er zugegeben, dass einer dieser Bekannten ihn in jüngster Zeit gefragt hat, ob er GHB besorgen kann. Was er ausnahmsweise auch getan hat, aber nur weil er demjenigen noch etwas schuldig war.«

»Und, haben Sie einen Namen?«

»Ein Roadie«, sie blätterte in ihrem Notizblock, »von der Vorband *The Die-Hearts,* ein gewisser David Käfer. Er hat ihm das Fläschchen auf dem Konzert abgekauft.«

Mir wurde schlecht. Das Wasserglas war leer, ich tastete nach dem Knopf und klingelte. Ohne ein Wort zu sagen betrachtete Carla mich ernst, sagte aber nichts. Schwester Hildegard kam herein und fragte, was los sei. Ihr Gegenteil-Dasein zu Schwester Asuka beinhaltete auch die völlige Abwesenheit von Hellsichtigkeit, mit der ihre Kollegin wiederum großzügig ausgestattet war. Als Schwester Hildegard das Wasser geholt, ich einen Schluck getrunken und meine Gedanken und Gefühle sortiert hatte, fragte ich mit leiser Stimme: »David Käfer? Sind Sie sicher?«

»Das waren Fettkötters Worte. Kennen Sie ihn gut?«

»Er ist mein...«

Bester Freund.

»...der Sohn meines alten Lehrers. Wir hatten zu Schulzeiten ein paar Kurse zusammen.«

Carla nickte verständnisvoll.

David?

David.

Hatte er wirklich das GHB in Mayras und Sándors Drink getan? Warum? Hatte sie auch ihn in den Bann geschlagen? Wollte er sie sich gefügig machen und gleichzeitig seinen Konkurrenten ausschalten?

Wer war ich, darüber urteilen zu wollen? Hatte ich damals nicht dasselbe mit Sera gemacht? Mit dem aus meinem Odeur gewonnenen Serum ihre Gefühle manipuliert?

Trotzdem, jemanden mit einer Chemikalie zu betäuben, um

dessen Körper für einen einseitigen Sexakt zu benutzen – das war etwas anderes. So etwas würde David niemals tun. Schon gar nicht mit der besten Freundin seines besten Freundes. Er war sexkrank, im pathologischen Sinne. Besessen sogar. Aber er war stets respektvoll mit der Damenwelt umgegangen, hatte sich immer als Diener ihrer Lust verstanden. Er war stolz darauf, dass er jeder einzelnen seiner bisherigen Sexualpartnerinnen mindestens *einen* Orgasmus hatte verschaffen können, oft sogar mehrere. Nachdem er das aus seinem Schweiß hergestellte Zaubermittel an sich selbst ausprobiert hatte, war er zu dem Schluss gekommen, dass es unverantwortlich wäre, Frauen unter Einfluss dieser mächtigen Droge Lust zu verschaffen. Sie hätten danach nie wieder Freude am Leben finden können, es dauerte ja bei ihm selbst nach der halbjährigen Depression ein weiteres Jahr, bis er zur alten Form zurückgefunden hatte. Und ausgerechnet jetzt hatte er wieder nach dem Serum gefragt. Und bei Mozart GHB gekauft. Ich musste versuchen, ihn telefonisch zu erreichen.

Schwester Hildegard wurde vom flackernden Licht eines TV-Geräts in Schach gehalten, es lief eine Schlagersendung ohne Ton. Gerade wurde das Publikum gezeigt. Die Schlichtheit, die mir aus den Gesichtern der lustlos im Gleichtakt klatschenden Menschen entgegenschlug, war erschütternd. Schwester Hildegard strickte mit der gleichen Lustlosigkeit an einer roten Socke, ließ von dem halb fertigen Strumpf ab, reichte mir den schnurlosen Telefonapparat, murmelte »aber keine Ferngespräche«, und wandte sich wieder dem Fernsehprogramm zu.

Zurück in meinem Zimmer setzte ich mich in den Loungesessel und wählte die Nummer der Käfers. Auch Kafka hatte sich bisher nicht blicken lassen. Entweder mied er mich, weil er enttäuscht von meinem angeblichen Plagiat war, oder er wusste längst Bescheid und war sich seiner Schuld bewusst: Kafkas

Kopie des Textes musste es gewesen sein, die damals in Seras Hände gelangt war.

»Käfer.«

»Hallo, Kafka.«

Er atmete langsam aus. »Berg. Das ist ja ein Ding.«

»Ich rufe aus dem Krankenhaus an.«

»Ich weiß.«

»Ist David da? Ich muss ihn dringend sprechen.«

»Den habe ich seit Tagen nicht mehr gesehen. Er kam vorgestern mit Kamera und Stativ nach Hause. War das deine Ausrüstung?«

»Ja, er wollte irgendetwas sehr Geheimnisvolles aufnehmen.«

»Jedenfalls hab ich ihn seitdem nicht wieder hier gesehen. Er ist anscheinend mit der Kamera unterwegs.«

»Ok. Wenn er wieder auftaucht, sagst du ihm bitte, dass ich die Kamera bald wiederhaben möchte?«

Und dass mich interessieren würde, ob er Mayras Drink mit K.-o.-Tropfen gewürzt hat.

»Ja.«

Er war noch kurzangebundener als sonst.

»Und, Kafka…«

»Was?«

»Ich habe viel von dir gelernt. Danke.«

»Gern geschehen.«

Wir schwiegen einen Moment.

»Ich habe gehört, du brauchst ein Spenderherz?«

»Ja.«

»So ein Dreck, Berg.«

»Sie haben anscheinend eins für mich gefunden. Ich werde morgen operiert.«

»Wirklich?« Seine Stimme strahlte sofort eine echte Freude aus. Er war nicht sauer gewesen. Es war tiefe Traurigkeit, die ihn nahezu hatte verstummen lassen.

»Das ist ja wunderbar! Ich hatte mich schon damit abgefunden, dass ich diesen verdammten Charlie-Berg-Roman niemals würde lesen können.«

»Doch, ich habe bereits angefangen. Meine Mutter hat mir einen Computer geschenkt, es geht wie von selbst. Du kannst dir für Januar '94 schon mal ›Lektorat Berg‹ in den Kalender schreiben.«

»Fantastisch. Das notiere ich mir sofort.«

Er schwieg so eifrig, als hätte er tatsächlich einen Kalender für das nächste Jahr herausgeholt und würde gerade sämtliche Tage des Januar mit einem pinken Textmarker umkreisen. Schwester Hildegard kam herein, um sich einen Lufthörer ans Ohr zu halten, dieselbe Hand nahm sie anschließend herunter und tippte mit strengem Blick auf die Luftuhr an ihrem fleischigen Gelenk. Ich zeigte ihr den ersten Mittelfinger meines Lebens, es fühlte sich sensationell an.

»Herzlichen Glückwunsch übrigens. Dein lang ersehnter Sieg als Pate. Das hast du dir verdient«, sagte ich zu Kafka.

»Ach, Charlie. Ich hasse mich dafür. Jana hat es aus dem Stand auf Platz zwei der Bestseller-Liste geschafft, hast du das mitbekommen?«

»Oha. *Die Welt ist doof und will es bleiben.*«

»Ist das ein Zitat?«

»Ja. Aus einem Lied meines Patenonkels: *Die Welt ist doof und will es bleiben, denn mit dem Wissen kommt das Leiden*«, sang ich.

»*Wie wahr. Und gut. Und schön*«, sang auch er.

»Auch ein Zitat?«

»*Element of Crime.* Kennst du die?«

»Nein.«

»Der Texter ist so gut, ich wünschte, er würde Bücher schreiben.«

Kafka schwieg. Das konnte er am besten. Ich summte den B-Teil von Stuckis Song.

»Wer ist eigentlich diese Rosemarie Feind? Was ist das für ein Buch?«, fragte er unvermittelt.

Hatte er tatsächlich keine Ahnung? Ich beschloss, die Wahrheit zunächst für mich zu behalten.

»Laura ist ihr auf der Spur. Ich denke, wir werden sie bald zur Rede stellen. Vielleicht schon morgen. Kafka, glaub mir, ich habe dieses Buch noch nie gesehen.«

»Tatsächlich? Das sind gute Neuigkeiten.«

»Ich hoffe, morgen gibt es noch mehr davon.«

»Halt mich auf dem Laufenden.«

»Auf jeden Fall. Wie gesagt, am Nachmittag kurz Herz-OP, dann melde ich mich.«

Serafine Dimero

Als ich am Sonntagmorgen erwachte, registrierte ich ein Gefühl im Magen, das ich dort schon lange nicht mehr verspürt hatte. Das letzte Mal wohl als Kind, am Morgen des Heiligen Abends. Ich machte mich mobil und stellte mich mit einem von Schwester Asuka bereiteten grünen Tee ans Fenster. Seine blumige Leichtigkeit füllte mich ganz aus. Es klopfte, ich rief »herein«, drehte mich nicht um, *Shalimar* hatte mir vorsorglich angekündigt, wer den Raum betreten würde. Sie stellte sich neben mich, schweigend betrachteten wir den Park. Ein langer silberner Wagen fuhr vor. Es stieg ein Mann in schwarzem Anzug aus, er öffnete die Flügeltüren am Heck und steckte sich eine Zigarette an, die er, an den Leichenwagen gelehnt, genüsslich in der Morgensonne rauchte. Zwei Pfleger rollten einen Sarg aus dem Haupteingang. Dahinter schritt die Dame in Schwarz mit gesenktem Haupt.

Der Wilderer.

Wieso war ich nicht informiert worden? Wenn er in diesem Sarg war, und davon war auszugehen, hatten sie sein Herz bereits entnommen. Ich musste idealerweise zeitgleich vorbereitet werden, das Herz ließ sich maximal vier Stunden kühlen.

Die Dame beobachtete, wie der Sarg in den Wagen geschoben wurde. Der Fahrer tippte sich an einen imaginären Hut, sie deutete ebenfalls ein Winken an. Ihre Hand glänzte in der Sonne kurz auf.

Das war kein Handschuh.

Das war eine Hand aus Porzellan.

Als der Leichenwagen losfuhr, gab er den dunklen Wagen vom Vortag frei. Die hintere Tür wurde wie gestern von innen geöffnet, und der Mann, der offenbar die ganze Nacht dort verbracht hatte, sah die Frau an. Sein Gesicht leuchtete auf, auch wie gestern. Aber nur die Hälfte, die aus Kunststoff geformt war.

Ich sah zu Sera.

»Dann ist es also alles wahr? Die Legende um den verunglückten Verlagsbesitzer und die Gräfin, von der nur die Hand aus der tschechischen Heimat zurückgekehrt ist?«

»Gerüchte stimmen immer.«

Ohne Vorwarnung betrat Professor Hartlieb den Raum.

»Frau von Faunichoux, darf ich Sie bitten, das Zimmer zu verlassen, ich muss vertraulich mit Herrn Berg sprechen.«

»Sera kann gern bleiben. Wir haben keine Geheimnisse voreinander. Was gibt es? Geht es jetzt los?«

Der Professor sah von mir zu Sera und wieder zurück.

»Nun gut. Herr Berg. Ich muss Ihnen leider mitteilen, dass die Mutter des potenziellen Spenders der Organentnahme nicht zugestimmt hat.«

»Was? Wie ist das möglich? Es war doch seine eigene Entscheidung? War er nicht volljährig?«

»Herr Veselý war Tscheche, hatte aber einen deutschen Organspendeausweis. Seine Mutter hat die Echtheit des Dokumentes angezweifelt. Unsere Rechtsabteilung hat dazu geraten, dem Wunsch der Mutter nachzukommen. Die Suche beginnt leider von vorn.«

Ich setzte mich auf die Bettkante. Alles umsonst. Der gefälschte Organspendeausweis, der von Fritzi aus der Bibliothek geholte Pass, und nicht zuletzt der von Wolkenharry beauftragte Engler, der das Portemonnaie des Wilderers »gefunden« hatte. Und ausgerechnet die vor Jahrzehnten verschollene Gräfin Eva-Ludmilla, Namenspatronin des *Text.Eval,* tauchte in letzter Sekunde auf, um mein Todesurteil zu unterschreiben. Das war's.

Sie würden kein weiteres Herz für mich finden.

Als Professor Hartlieb fort war, wälzte ich mich aufs Bett, streckte mich lang, holte tief Luft und stieß einen Seufzer aus, diesmal echt. Sera stand am Fußende, die Hände übereinander auf dem Vollholzpfosten gefaltet.

Ich schloss die Augen.

»Möchtest du lieber allein sein?«

»Nein, alles gut, schon abgehakt«, log ich und lächelte tapfer.

Irgendwie musste ich ihr ein Geständnis entlocken. Nur wie sollte ich das anstellen? Sie hatte soeben frische Hoffnung geschöpft, dass ich bald das Zeitliche segnete. Und ich war der Einzige, den die wahre Herkunft des Plagiats noch interessieren konnte. Vielleicht musste ich sie bloß provozieren? Ich öffnete die zweite Schublade meines Nachttisches und zog das blaue Büchlein hervor.

»Rosemarie Feind«, sagte ich und blätterte es auf. »Hast du mal reingeschaut, was außer dem letzten Abschnitt so drinsteht?«

Sie starrte das Buch an. Offenbar hatte sie nicht damit gerechnet, dass ich ein Exemplar besaß.

Ich fuhr fort: »Ich habe es mir komplett durchgelesen, in der

Hoffnung, dass irgendeine Erinnerung zurückkehrt, und jetzt bin ich mir sicher: Ich habe dieses Buch nie zuvor gesehen. Es ist ausgeschlossen, dass ich daraus abgeschrieben habe.«

»Wieso bist du dir so sicher? Das Ende deines Textes spricht eine deutliche Sprache.«

»Das Buch ist so irrsinnig schlecht, es klingt, als hätte eine Vierzehnjährige mit sehr geringem Sprach- und Selbstwertgefühl ihre lächerlichen Sorgen nicht in ein Tagebuch, sondern in einen ›Roman‹ gekippt.« Ich machte die von ihr so gern verwendeten Luftanführungszeichen. »Der Cherub Verlag kann nur ein Selbstkostenverlag sein. Ein professionelles Lektorat hätte zumindest die vielen dummen Rechtschreibfehler korrigiert. Aber auch inhaltlich reicht es an einen Groschenroman heran. Hier funktioniert nichts. Es ist das schlechteste Buch, das ich je gelesen habe – ich würde mich daran erinnern, wenn ich es schon mal in den Händen gehalten hätte.«

Ich beobachtete ihr Gesicht, die Lippen schienen leicht zu beben, aber dann zuckte sie nur mit den Schultern.

»Ich habe auch schon versucht, jemanden aus dem Verlag zu erreichen, aber die Telefonnummer existiert nicht mehr. Ein Brief, den ich aufgesetzt habe, kam zurück. Sie haben den Verlag letztes Jahr dichtgemacht. Es ist hoffnungslos. Wir werden nie erfahren, wer Rosemarie Feind ist.«

Sie bückte sich, hob ihre große, schwarze Handtasche auf und stellte sie neben meinen Füßen aufs Bett. Es guckte ein graues Kartonmäppchen hervor, das sie nun herauszog.

»Eigentlich bin ich aus einem anderen Grund hergekommen...«

»Was ist das?«

»Die Urkunde vom Notar.« Sie klappte das Mäppchen auf und reichte es mir.

Da stand es. Schwarz auf Weiß, abgestempelt und amtlich. Das Forsthaus gehörte Serafine von Faunichoux. Sie war extra hergekommen, um sich noch einmal von Angesicht zu Angesicht daran erfreuen zu können. Mein Blick fiel auf das Datum.

»Mein Großvater hat dieses Dokument am 8. September unterschrieben?«

»Ja. Er muss direkt im Anschluss nach Tschechien aufgebrochen sein.«

»Wart ihr gemeinsam beim Notar?«

»Ja, sicher.«

Sie log schon wieder so dreist, und ich konnte es schon wieder nicht riechen. Und dann, wie auf einem Bogen Fotopapier im Entwicklungsbad der Dunkelkammer, schälte sich nach und nach ein Bild hervor. Erst waren es nur dunkle Flecken an verschiedenen Stellen, doch bald setzten sich die Flecken zu Figuren zusammen, wurden zum Hirsch, zu Opa und dem Wilderer, ich sah den Unfall, mich selbst – und in der Mitte, alle Fäden wie Zügel in den Händen haltend: ein brennender Engel mit sechs Schwingen. Serafine Dimero.

Du bist geliefert.

Sera leckte sich düster über die Lippen. Dann griff sie in die Tasche und holte meine Kamera hervor. »Und die Kamera soll ich dir von David geben. Sein Tape liegt noch drin.«

Ich richtete mich auf.

»Er will, dass wir es uns gemeinsam ansehen.«

Agathe Tychinski hatte diesen Moment kreiert. Ich nahm die Kamera entgegen und holte das Tape heraus. In seiner krakeligen Schrift hatte David mit dickem Filzstift TRAINER TYCHINSKI auf das Etikett geschrieben. Ich stand auf, legte die Kassette in den Rekorder und spulte zurück.

Schweigend lauschten wir, wie das Videogerät seine Arbeit verrichtete. Schließlich stoppte es klackend und surrte sich in Stellung. Sera atmete tief ein, ich drückte auf *play*.

Trainer Tychinski

Ein Pferdestall. Der Pferdestall des Herrenhauses. Stroh liegt auf dem Betonboden, im Gang an die Tür der letzten Box angebunden, steht Sera, die Stute. Mit einem Mal füllt Davids Gesicht das Bild aus.

»Kuckuck!« Er grinst debil. »Ich hoffe, ihr habt alle die Anweisungen befolgt, und du, mein lieber Chatterfield, und auch du, verehrtes Serafinchen, sitzt nun mit Popcorn auf dem Sofa und schaut gemeinsam dieses Video. Glücklicherweise hast du im richtigen Moment das Pferd Sera erwähnt, Chau-Chau. Ich dachte erst, dass Frau Tychinski meine Viertelschwester Sera meint.« *Er wischt sich ausgedachten Schweiß von der Stirn, schlackert mit der Hand, dabei macht er dicke Backen. Dann tritt er ein paar Schritte zurück. Jetzt kann man sehen, dass er das Traineroutfit trägt. Um den Hals baumelt die Trillerpfeife, er holt die Pilotenbrille aus der Hosentasche und setzt sie auf. Der Trainer geht rechts aus dem Bild, kommt mit Schemel und Ghettoblaster wieder, stellt den Schemel hinter dem Pferd ab und platziert den Ghettoblaster darauf. Er drückt auf play, stellt sich davor in Pose, mit dem Rücken zur Kamera. Der Anfang des Trainersongs erklingt. David lässt sein rechtes Bein im Takt zucken. David springt in die Luft, dreht sich dort um 180 Grad, landet auf dem Break, dem Ende des Intros, er zeigt mit gesenktem Blick in die Kamera und spricht mit Barry-White-Stimme:* »Hört auf was der Trainer sagt!«

Der Beat setzt ein, es folgen erotische Tanzeinlagen, irgendwie anders als zuvor, expliziter, er lässt mit dem Rücken zur Kamera seinen Po kreisen, entblößt ihn dabei langsam. Zum ersten Refrain zieht er die Hose wieder hoch, jetzt macht er die bekannten Bewegungen, in Ermangelung einer Mayra, die in diesem Moment in Le Havre einen Dampfer besteigt, performt er die Choreografie mit einem Funkenmariechen aus Stallluft. Der zweite Durchgang beginnt sogleich mit dem nackten Po, diesmal spreizt er seine Pobacken auseinander und lässt gebückt seinen After tanzen. Sein Hodensack baumelt zwischen den Beinen. Zur Mitte der Strophe springt David wieder in die Luft, nach einer erneuten 180-Grad-Drehung landet er frontal zur Kamera, mit entblößtem Geschlechtsteil, die Jogginghose rutscht ihm bis auf die Knie herunter. Der Penis ist vollständig erigiert und liegt stramm aufgerichtet am Bauch, auf seiner Trainingsjacke.

Jetzt beginnt der Trainer im Takt zu hüpfen, die Hose rutscht bei jedem Sprung ein Stückchen weiter herunter, bis sie auf den Knöcheln liegt und er im Schlusssprung Skigymnastikformationen tanzt. Sein steifes Glied federt hart im Takt des Eurodancebeats. Er dreht sich tanzend zum Ghettoblaster, bückt sich, stellt ihn mit zuckendem Hinterteil auf die Erde und springt im Schlusssprung auf den Schemel. Legt eine Hand auf den Pferdehintern. Die ganze Zeit zucken die Hüfte und der Kopf im Takt. Er guckt in die Kamera, seine Lippen immer synchron zum Text. Die Hand wandert zum Schweif des Tieres und hebt diesen hoch, mit der anderen Hand, in die er kräftig hineinspuckt, greift David jetzt nach seinem großen, steifen Glied. Er biegt es nach unten, bringt es in Position, und rechtzeitig zum »ein bisschen Uuh-Uuh-Uhh, Uh-Uh-Uh-Uuuh!« dringt er in das Pferd ein und penetriert es im Takt, während er in die Kamera singt. Der übliche Stellungswechsel zum »Ah-Ah-ah!« und »Ong-Ong-Ong!« findet nicht statt, David lässt den ganzen Refrain lang im Rhythmus der Bassdrum seine Erektion in das Vollblut hinein- und wieder hinausgleiten. Die Stute erträgt es stoisch. Auch beim Endteil hört David nicht auf, das Finale erklingt, »Der Trainer kommt, dies ist der Song, in dem der Trainer kommt«, er reckt die Hände in Siegerpose in die Höhe, dann greift er wieder zum Schweif und klatscht Sera im Takt der Hüftstöße auf den gewaltigen Hintern. Ein Beben geht durch seinen Körper, der Trainer kommt, das Ende naht, David springt vom Schemel, *mit einer Vierteldrehung landet er punktgenau zum Schlussakkord davor, steht frontal zur Kamera, zeigt nach vorn, von seiner Penisspitze zieht sich ein dicker Samenfaden gen Boden, seine Lippen formen:* »Hört auf was der Trainer sagt«, *er greift zur Trillerpfeife, bläst hinein, das Pferd schlägt aus, der Huf zertrümmert David die Schläfe, der Trainer bricht zusammen.*

Sherlock

»Wieso zeigst du mir das?!«, schrie ich Sera an, ich drehte den Kopf zur Seite und schloss die Augen. »Ist er tot?«

Mir lief Wasser aus den Augen. Die Wut rammte mir ihr viel zu pudriges *Shalimar* in die Schläfen, es widerte mich an. Wie krank war diese Frau? Mir dieses Tape zu zeigen, ohne vorher zu erwähnen, dass David auf tragische Weise umgekommen war? Was hatte sie für eine teuflische Mission?

Sie stoppte das Band, sah mich an und nickte. Auch ihr rann eine Träne aus dem Auge, zog eine dunkle Spur hinter sich her.

»Beruhige dich, Charlie. Auch ich bin zutiefst erschüttert. Ich habe ihn vorhin im Stall gefunden und sofort den Krankenwagen gerufen. Er ist in meinen Armen gestorben. Ich habe ihm die Hose hochgezogen und die Kamera beiseite geschafft, bevor die Rettungskräfte eintrafen. David hat mir vor dem Dreh eine Nachricht hinterlassen, in der stand, dass wir uns das Video gemeinsam ansehen sollen. Ich wusste bis eben auch nicht, was drauf ist.«

»Was für eine Nachricht? Ein Abschiedsbrief? Wusste er, was geschehen würde?«

»Es klang nicht so. Woher hätte er auch wissen sollen, dass er auf diese Weise umkommen wird?»

Sera hatte keine Ahnung, dass David gute Verbindungen zur Schicksalsgöttin persönlich hatte. Ich schluchzte, nahm die Brille ab. Auf der Bettkante sitzend stützte ich die Ellbogen auf die Knie und legte meine Stirn auf den Handballen ab.

David ist tot.

Sera trat zu mir und streichelte mir über den Kopf. Ich schlug ihre Hand weg, so heftig, dass meine Brille, die ich in der Schlaghand hielt, zerbrach. Es klopfte. Ohne eine Antwort abzuwarten, kam Carla Bentzin ins Zimmer, Unruhe im Gesicht. Sie hielt inne, als sie mich mit meiner halben Brille in der Hand und den verweinten Augen sah. Sie blickte zu Sera, die mit einem Nicken grüßte, dann sah sie zurück zu mir.

»Dann haben Sie es schon erfahren.« Carla sah mir so traurig in die Augen, als wäre ihr eigener bester Freund gestorben. Sie kam näher. »Ich komme gerade vom Unfallort. David war ihr Freund, oder? Mein aufrichtiges Beileid, Charlie.« Sie legte mir ihre Hand auf den Unterarm, ich legte meine Hand auf ihre.

»Carla, ich muss Sie bitten, Frau von Faunichoux festzunehmen.«

»Wie bitte?« Sera kicherte.

»Weshalb?«, fragte Carla.

»Leichenschändung, Brandstiftung, Beihilfe zur Strafvereitelung, seelische Grausamkeit, Verstoß gegen das BTM, dazu Urkundenfälschung und Urheberrechtsverletzung. Die Liste ist lang.«

Sera schnaubte verächtlich und machte ein belustigtes Gesicht. Die Salamanderin musterte mich. Dann nickte sie. »Erzählen Sie mir, was Sie wissen.«

Ich holte tief Luft und stand auf.

»Für das Verständnis der Situation ist zunächst wichtig zu wissen, dass Frau von Faunichoux' Stiefvater, Wilhelm Käfer, mein Mentor in der AG für kreatives Schreiben am Seneca-Gymnasium war. Wir haben ein recht enges Verhältnis, er hat mich stets gefördert und schon früh verkündet, ich hätte Talent. Das hat Frau von Faunichoux schwer getroffen, da er ihre eigenen Ambitionen, Schriftstellerin zu werden, nie unterstützt hat.«

»Mach dich nicht lächerlich, Charlie«, stieß Sera hervor.

»Sera, ich weiß, dass du *Rosemarie Feind* bist. Du hast unter diesem Pseudonym einen Roman verfasst, der im *Cherub Verlag* erschienen ist. Der Verlag, der von einem Kollegen deines Mannes Fenzil gegründet wurde und eine Briefkastenadresse in München hat.« Ich blickte zu Carla. »Kafka, mein Lehrer, also Herr Käfer, hat Frau von Faunichoux meine Geschichte ›Der geliehene Affe‹ bereits 1990 zu lesen gegeben. Und ihr von mir vorgeschwärmt. Er ist wirklich ein großer Fan von mir und speziell von dieser Erzählung. Das Buch, welches Frau von Faunichoux unter dem Pseudonym *Rosemarie Feind* veröffentlichte, enthielt einen Abschnitt, der aus meiner Geschichte stammt. Sie hat die Personen in dem recycelten Teil ausgetauscht, aber das Original ist mehr als deutlich zu erkennen. Ihr Buch ist 1991 erschienen.«

»So ein Schwachsinn!«, rief sie. »Oder kannst du das beweisen, dass deine Geschichte tatsächlich schon älter ist?«

»Kafka wird es bestätigen können. Es gibt noch weitere Zeugen, die meine Erzählung von früher kennen. Außerdem ist es sicherlich kein Zufall, dass *Rosemarie Feind* ein Anagramm von *Serafine Dimero* ist. Eine beliebte Art, Pseudonyme zu kreieren.«

Carla blickte zu Sera und studierte jedes noch so kleine Zucken ihres Gesichts wie eine Bedienungsanleitung.

»Hinter diesem Plagiat steckt jedoch etwas anderes als plumper Ideenklau. Serafine Dimero war sauer auf ihren Stiefvater. Der träumte davon, mit mir und meiner Erzählung – als mein Pate – irgendwann beim *Text.Eval* zu gewinnen. Das wollte sie uns vermiesen. Deshalb pflanzte sie diesen einen Textabschnitt aus dem *Geliehenen Affen* frühzeitig in ihr eigenes Büchlein, um mich im Falle eines eventuellen Gewinns des Plagiats überführen zu können. Sie hat sich offenbar in den Kopf gesetzt, mein Leben nach allen Regeln der Kunst zu zerstören.«

Sera lachte laut und gackernd. Ich wartete, bis sie fertig war. Carla sah mich an und nickte. »Weiter, bitte.«

»Sera hat mich nicht nur beim *Text.Eval* wissend ins offene Messer laufen lassen. Sie war es auch, die meiner Freundin Mayra das GHB in den Drink getan hat. Auf der Backstageparty spendierte sie eine Runde Tequila, als wir in einer kleineren Gruppe beisammenstanden. Sie kam mit einem Tablett voller Schnapsgläser an und reichte jedem sein Glas persönlich, unter anderem Mayra, aber auch Sándor. Dass David, der Sohn von Herrn Käfer, die Droge besorgt hat, wissen sie ja. Er hat es mit Sicherheit in ihrem Auftrag getan. Die beiden waren fast Familie, David nannte sie seine ›Viertelschwester‹. Früher hatten sie ein geheimes, intimes Verhältnis, David war ihr verfallen. Ich würde sogar so weit gehen, das Verhältnis als Kindesmisshandlung einzustufen, denn David war damals erst dreizehn Jahre alt. Aber da würde David sicherlich widersprechen. Er selbst jedenfalls wusste garantiert nicht, wofür Sera die K.-o.-Tropfen benötigte. Ich bin mir sicher, sie hat ihm eine gute Geschichte erzählt.«

»David hat das GHB besorgt?«, fragte Sera gespielt erschrocken.

Ich versuchte Enttäuschung in den Blick zu legen, mit dem ich sie strafte.

»Doch damit nicht genug. Des Weiteren hat sie einen Mord verschleiert, um mir mein Haus zu stehlen.«

»Ihr Haus?«, fragte Carla.

»Ja. Jacques von Faunichoux hat meinem Großvater das Forsthaus vermachen wollen. Die zwei kannten sich schon lange. Sie waren so gut befreundet, wie ein Graf mit seinem Wildhüter befreundet sein kann. Zum Zeitpunkt der Schenkung hatte er Sera bereits adoptiert, sie führte mehr oder weniger die Geschäfte. Die Übertragung des Forsthauses leitete er jedoch noch hinter ihrem

Rücken ein, was sie maßlos geärgert haben muss. Sie wusste, wie sehr ich an diesem Haus hing. Ich habe den Großteil meiner Kindheit dort verbracht, es war klar, dass nicht mein Vater, sondern ich es übernehmen würde. Allein das wäre schon Grund genug gewesen, alles daran zu setzen, mir das Haus wegzunehmen. Hinzu kam jedoch, dass sie große Pläne mit dem Forsthaus hatte: Es sollte, sobald Opa in Rente ging, die Unterkunft für die Stipendiatinnen der von ihr ersonnenen Ludmilla-Stiftung werden. Herr von Faunichoux' Geisteszustand, der sich aufgrund des Tumors zunehmend verschlechterte, führte erst später dazu, dass er als nicht mehr geschäftsfähig eingestuft wurde. Als Sera die gesamte Vollmacht über alle Konten und Besitztümer erhielt, machte sie einen neuen Termin beim Notar. Am 8. September. Gemeinsam mit meinem Großvater, der das Haus wiederum Sera von Faunichoux übertrug.«

»Und was soll daran illegal sein? Der alte Jacques war geistig verwirrt«, sagte Sera und hob herausfordernd das Kinn.

Ich nahm die Kartonmappe, klappte sie auf und reichte sie Carla.

»Was für ein Datum steht auf der Urkunde?«

»8. September«, las sie vor.

Ich nickte. »Am Abend des 7. September wurde der Wilderer Ctirad Veselý im Faunichoux-Wald angeschossen, anschließend hatte er den Autounfall. In der gleichen Nacht ist auch mein Großvater gestorben. Er wurde erschossen. Im Wald. Vom Wilderer. Ich weiß nicht, wer am nächsten Morgen beim Notar war und die Unterschrift meines Großvaters gefälscht hat, aber sicher nicht Bardo Aust Kratzer. Der Notar muss entweder blind sein, oder er hat jetzt einen Kleinwagen mehr auf dem Konto.«

Sera schüttelte den Kopf. »*Bollocks!* Ich dachte, du hast dein Herz verloren, nicht dein Hirn?«

Carla hob den Finger, um sie zum Schweigen zu bringen, und sah mich an. »Woher wollen Sie das alles wissen, Charlie?«

»Ich war dabei, als der Wilderer meinen Großvater erschoss. Herr Veselý lag bereits blutend im Gebüsch, versehentlich von einem Streifschuss getroffen, dann feuerte er aus dem Hinterhalt auf meinen Opa.«

»Warum sagen Sie mir das erst jetzt? Von diesem tragischen Jagdunfall hätten Sie mir doch gleich erzählen können?«

Ich verstand nicht sofort, wie sie das meinte. Dann wurde mir klar, dass sie annahm, mein Opa hätte auf den Wilderer gefeuert. Auf die Idee war ich noch gar nicht gekommen. Könnte das der Ausweg sein? Opa hatte den Schuss abgegeben? Dann wäre ich unschuldig. Und die zwei Gewehre? Die geputzte Steyr im Forsthaus? Ich sah ihr lange in die Augen, Mr. Ripley begann bereits, sich die Sätze zurechtzulegen. Doch die Salamanderkönigin hatte die Wahrheit verdient.

»Es tut mir leid, Carla. Ich war dabei, als mein Opa erschossen wurde. Und ich hatte mein Gewehr dabei. Die Steyr, die sie blankgeputzt bei meinem Opa im Schrank gefunden haben, ist meine. Am Abend des 7. September waren wir gemeinsam auf der Jagd. Mein Großvater wollte mir den Schuss auf den Hirsch überlassen. Ich habe ihn verfehlt und muss dabei versehentlich den Wilderer erwischt haben, der sich im Gebüsch versteckt hatte. Der Wilderer wiederum traf den Hirsch, jedoch nicht tödlich, sodass dieser von meinem Opa erlöst werden musste. Während er noch beim Hirsch stand, richtete der Wilddieb seine Waffe auf ihn und drückte ab. Opa war sofort tot.«

»Dann war es wohl ein Geist, der seinen Dackel killte, den Koffer packte und am nächsten Morgen beim Notar erschien, um direkt im Anschluss nach Tschechien aufzubrechen«, spottete Sera.

»Nein. Wie ihr das beim Notar geregelt habt, weiß ich nicht. Aber den Koffer hast du gepackt. Niemand sonst hat einen Schlüssel zum Forsthaus. Den Dackel habe ich erschossen, er war todkrank und hätte längst eingeschläfert werden müssen. Ohne meinen Opa wäre er qualvoll verhungert oder verdurstet. Und den Leichnam meines Großvaters fuhr Nachhatar Singh in Opas Nissan ins Ausland und ließ es dort so aussehen, als wäre der Wagen von der Straße abgekommen und in Flammen aufgegangen. Dabei ging es nur darum, das Einschussloch an der Schläfe verschwinden zu lassen. Sagten Sie nicht, dass es seltsam wäre, dass nur der Kopf verbrannt ist?«, fragte ich zur Kommissarin gewandt.

»Wie kommen Sie darauf, dass Herr Singh den Leichnam ins Ausland gefahren hat?«

»Er ist ihr Gehilfe. Frau von Faunichoux hat einige Verehrer, die alles für sie tun. Ich bin auch auf sie hereingefallen. Sie riecht sehr gut.«

»Und wie soll das vonstattengegangen sein?«

»Gehe ich recht in der Annahme, dass es Frau von Faunichoux war, die den verunglückten Wilderer gefunden und den Krankenwagen gerufen hat?«

»Das darf ich Ihnen nicht sagen, aber nehmen wir mal an, es wäre so gewesen.«

»Sie kannten sich. Der Wilderer hat als Arbeiter bei den Renovierungsarbeiten am Herrenhaus mitgewirkt. Er konnte ihr gerade noch mitteilen, dass der Förster erschossen im Wald bei der Buche liegt. Sie musste schnell handeln. Der Wilderer konnte ihr nicht egal sein, sie musste ihn schützen, die Spuren für ihn verwischen. Und außerdem hatte sie am nächsten Tag noch den Notartermin mit meinem Großvater, das Haus betreffend. Also aktivierte sie ihren Diener Nachhatar Sing.«

»Aber wieso war ihr der Wilderer so wichtig?«

»Weil es sich bei Ctirad Veselý um den Sohn von Eva-Ludmilla von Faunichoux handelt. Sie lebt. Vermutlich auch unter dem Namen Veselý, in Tschechien. Gestern sind Sie ihr begegnet. Erinnern Sie sich an die weiße Hand der verschleierten Frau? Sie war aus Porzellan. Die Geschichte von Eva-Ludmillas Beisetzung kennen Sie: der Sarg, der nicht größer war als ein Schuhkarton und in dem nicht mehr begraben wurde als eine Hand?«

Carla nickte langsam. Ich fuhr fort.

»Ich kann nur vermuten, dass sich Herr Veselý mit seiner Mutter gestritten hat. Irgendwie muss er von seiner wahren Herkunft erfahren haben. Er beschloss, seinen leiblichen Vater zu kontaktieren. Über die Sumbigheimer Tschechien-Connection, die Jacques von Faunichoux noch immer nutzte, um seine Arbeitskräfte zu rekrutieren, verschaffte er sich Zugang zum Herrenhaus und offenbarte irgendwann seine Identität. Ich vermute, er wollte Geld, oder?«

Ich blickte zu Sera.

Sie reagierte nicht.

»Vielleicht bekam er zusätzlich sogar die Erlaubnis, im Wald zu jagen, den Lieferwagen hat er vermutlich nicht gestohlen, sondern geschenkt bekommen, alles, damit er wieder verschwindet.«

»Und Nachhatar? Wieso sind Sie sich so sicher, dass er es war?«

»Dabei haben Sie mir geholfen – wenn auch nicht ganz freiwillig.«

Carla sah mich erwartungsvoll an.

»Wie haben Sie sich noch gleich bezeichnet – als *Duftvampir*? Das hat mir gefallen. Sie müssen wissen, ich habe nicht bloß die Nase eines Parfümeurs, ich habe die Nase eines Hundes. Ich habe riechen können, dass Sie mit Nachhatar Singh intim waren. Am Abend des *Text.Eval* trugen Sie *Miss Dior* und erzählten, dass Sie die Angewohnheit hätten, in fremden Badezimmern Düfte auszuprobieren. Erinnern Sie sich an unser Gespräch?«

»Ja.«

»Haben Sie in jener Nacht *Miss Dior* in Herrn Singhs Badezimmer aufgelegt?«

»Sie haben mit Nachhatar gefickt?«, fragte Sera.

»Ja, habe ich. Das Parfum aufgelegt. Habe ich ...«, stotterte Carla Feuersalamander.

»Ich konnte Reste des Parfums am Tatort wahrnehmen, als ich entdeckte, dass Opas Wagen und auch sein Leichnam verschwunden waren. Das ist zwar nur ein Indiz, aber die Fußspuren der vierten Person am Tatort gehörten doch zu einem Mann? Einem Mann, der gern süßliche, florale Düfte trägt. Nicht nur Rosenwasser, sondern eben auch *Miss Dior*.«

»So ein Quatsch. Niemand kann Stunden später im Wald noch ein Parfum riechen«, sagte Sera.

Ich blickte sie an und ging auf sie zu, bis ich ganz nah vor ihr stand. Aus der Innenseite meines Morgenmantels löste ich die Sicherheitsnadel und piekste mir in den Finger. Die andere Dimension drückte sich mir sofort ins Bewusstsein. Ich schnupperte an ihrem Gesicht, an ihren Händen, alles reihte sich vor meiner Nase auf.

»Du hast heute Morgen Knäckebrot mit Frischkäse und Kresse gegessen. Später hast du ein Glas Champagner getrunken, einen Zigarillo geraucht und etwas Kokain geschnupft.«

Ich rollte die paar Schritte zu Carla hinüber und suchte auch sie mit der Nase ab. »Gebuttertes Toast mit Orangenmarmelade, Ostfriesentee mit Kluntje und fünf Tropfen Sahne. Mittags ein Vollkornbrötchen mit Käse, Radieschen und ... Meerrettich? Zum Nachtisch einen Espresso. Und einen Dittfurt.«

Die beiden Frauen sahen mich schweigend an. Carla strich sich die Harre glatt.

»Du hast wirklich eine blühende Fantasie, Charlie. Du solltest Schriftsteller werden«, sagte Sera.

»Können Sie irgendetwas davon beweisen, Charlie?«, fragte Carla.

Ich ging zum Videorekorder, presste *eject*, nahm Davids Tape heraus, öffnete den Safe, holte Tape *CHA33* heraus, legte es ein und spulte vor. Die Tür des Safes verriegelte ich wieder.

»Ich möchte Ihnen etwas zeigen.« Ich stoppte das Band und drückte auf *play*. Die letzten Sekunden im Auto, die Kieslichtung kommt ins Bild. Ein wenig weiter vorspulen, *stop, play*. Kies, Schnitt, ich von hinten, geduckt durch den Wald pirschend, die Steyr in den Händen. *Stop*.

Ich wandte mich um. Sera und Carla sahen mich abwartend an.

Play.

»*Drück ab!*«*, hört man Opa sagen, das Bild zittert, mein Schuss erklingt, panische Sauen, die Blutspur, unser Zeichen in der Buche, Opa beim roten Riesen, Schwenk, da ist der verblutende Mann, das Bild rutscht nach oben, als ich die Kamera sinken lasse. Alles ist verschwommen und schlackert, dann sind Bäume zu erahnen, aber falsch herum, einmal, ganz kurz, sieht man Opa auf dem Kopf, das letzte Mal lebend, das Bild kommt halbwegs zum Stillstand, bevor es im nächsten Schwenk zerreißt. Erneut findet der Fokus einen Fixpunkt, es ist der Wilderer, auch dieses Bild ist umgedreht, der Mann hebt das Gewehr im Liegen und blickt hoch, zielt,* »*Halt!*«*, schreie ich, und da erklingen sie, sein letzter Schuss und der Schuss von Opa im Chor. Dann nur noch aufgeregtes Gebaumel, nichts ist zu erkennen, bis ich die Kamera wieder in die Hand nehme, beim Herumschwenken sieht man kurz Opa neben dem Hirsch liegen, sieht man Waldboden, sieht meine Füße. Dann endet die Aufnahme.*

Showdown

Ich drückte auf *stop,* mein darauffolgendes Liebesgeständnis wäre in diesem Moment fehl am Platz.

Carla nickte und sagte: »Danke, Charlie. Das war das letzte Puzzleteilchen.« Sie deutete ein kurzes Lächeln an, sah zu Sera und sagte mit normaler Kommissarin-Bentzin-Stimme: »Ich muss Sie leider festnehmen.« Sie blickte zu mir. »Und Sie, Charlie, werden sich wegen fahrlässiger Tötung und des Verstoßes gegen das Waffengesetz zu verantworten haben.« Dann wandte sie sich wieder Sera zu.

»Was Herr Berg erzählt hat, deckt sich mit den Ergebnissen unserer Ermittlungen. Die Forensik hat trotz der schweren Verbrennungen an Herrn Kratzers zertrümmertem Schädel ein Einschussloch in der Schläfe finden können. Im Wagen ließen sich zudem Faserreste von Nachhatar Singhs Jacke sicherstellen. Die Fußspuren am Tatort passen zu Stiefeln, die wir im Altkleidercontainer neben seiner Werkstatt gefunden haben, auch mit Faserresten seiner Socken. Wir haben ein umfassendes Geständnis von Herrn Singh vorliegen. Auch Ihr Notar, Herr Dr. Wühlheide, ist geständig. Und Eva-Ludmilla von Faunichoux haben wir ebenfalls aufgreifen können. Es ist aus. Sie werden ins Gefängnis gehen.«

Carla sah Sera mit salamandersanfter Gleichgültigkeit ins Gesicht. »Wenn Sie alles gestehen, könnte sich das vor Gericht positiv auswirken. Im besten Falle kommen Sie mit einer sehr kurzen oder einer Bewährungsstrafe davon, Frau von Faunichoux. Geben Sie zu, dass es so war, wie von Herrn Berg geschildert?«

Die Tür öffnete sich, und Dittfurt betrat mit offenem Hosenschlitz das Zimmer, er trug in jeder Hand einen kleinen Pappbecher mit ungenießbarem Automatenkaffee. Völlig unvermittelt schnellte Seras Faust nach vorn und traf Carla Bentzin hart unter dem Auge. Die Kommissarin taumelte, ging auf die Knie, gleichzeitig griff Sera ihr in den Mantel und zog die Waffe aus dem Holster, eine Heckler & Koch P9S. Den Griff umklammert, setzte sie noch einen Schlag auf den Kopf der Kommissarin hinterher, die daraufhin zusammensackte, einen Seufzer ausstoßend, der seltsam entzückend klang. Dittfurt ließ beide Becher fallen, der Kaffee spritzte an die weißen Wände, er griff sich in die Jacke, Sera entsicherte die Pistole und zielte auf seine Brust. »Hände hoch.«

Ich stellte unbemerkt die Zahlen des Safes ein und drehte mich gerade noch rechtzeitig wieder mit erhobenen Händen um, als Sera rückwärts in die Zimmermitte trat. Sie stellte den Fuß auf Carlas Kopf, trat ihr grob auf die Wange, Carla verzog das Gesicht vor Schmerzen. Sera ließ die Waffe zwischen uns allen hin und her wandern. Sie bückte sich zu Carla, nahm ihr Funkgerät vom Gürtel, entfernte die Batterien, ließ es fallen und trat mehrmals mit der Hacke darauf. »Deins auch!«, sagte sie zu Dittfurt. »Schön langsam.«

Er fasste sich an den Gürtel, nahm das Funkgerät und hielt es Sera hin.

»Batterien raus, kaputt treten.«

Dittfurt befolgte ihre Anweisungen.

»Hände wieder nach oben.«

Sie trat zu ihm, griff ihm in die Innenseite seiner Jacke, nahm die Dienstwaffe heraus, steckte sie ein, ich klappte hinter meinem Rücken die Tür des Safes mit einer Hand auf und hob sie schnell wieder nach oben. Carla richtete langsam den Oberkörper auf, rieb sich die Seite des Gesichts, die bereits anzuschwellen begann. Sera stieß Dittfurt in ihre Richtung: »Beide ins Badezimmer.«

Dittfurt half seiner Chefin auf, langsam gingen sie in Richtung

Badezimmertür. Carla blieb stehen und sah mit erhobenen Händen zu Sera.

»Machen Sie sich nicht unglücklich. Wo wollen Sie jetzt hin? Mit Ihrem Sohn fliehen? Das ist doch aussichtslos.«

»Schnauze! Rein da.« Sera winkte mit der Waffe in Richtung Tür.

Ich stand am Schrank und tastete hinter mir mit einer Hand den Safe ab. Da war sie. Die Luger. Geladen. Mit *einer* Patrone. Ich griff zu. Sera drehte sich zu mir um. »Und du – du reißt dein Bettzeug in Streifen und fesselst die beiden.«

Meine Hand mit der Waffe schnellte nach vorn. Ich entsicherte. Ohne Brille konnte ich nicht scharf sehen, aber ich war ein guter Schütze, aus der kurzen Entfernung würde ich auch mit geschlossenen Augen treffen. Die Luger zeigte auf Sera. »Gib auf, Sera. Du kommst hier nicht heil raus.«

Sera grinste. »Du schießt eh nicht.«

Dittfurt hechtete in Richtung Sera, sie riss die Waffe herum, Sera schoss, ich schoss, sie schrie, Dittfurt keuchte. Alles flirrte. Alles war gedämpft. *Chanel N°5*, *Shalimar*, Blut, das eiserne Herz in meinem Brustkorb war ein Abfluss, in den die Welt blubbernd eingesogen wurde und verschwand.

Ein letztes Mal starb ich.

Kosmosblau

Hier bin ich.
Und bin nicht.
Ich sehe nichts, ich höre nichts, ich spüre meinen Körper nicht.
Die Welt ist Geruch. Nur Geruch. Auch ich bin: nur Geruch.
Ich kann mich an alles erinnern. An alles, was ich je geatmet habe. Keine Bilder, keine Töne, keine Farben, nur meine innere Bibliothek von Duftmolekülen und vielen, vielen Akkorden. Ich erinnere mich an den Geruch von trockenem Asphalt, auf den ein Sommerregen fällt. Ich kann alle Komponenten der Aula des Seneca-Gymnasiums benennen. Ich weiß, wie Vinyl riecht, wie das *White Album* riecht, doch ich kann kein Lied vor meinem inneren Ohr heraufbeschwören. Ich kann den Wald mit der Nase denken, Rimbauds Haut- und Fellduft nach einer Nacht unter Fritzis Decke, Mayras Atem am Tag, bevor ihre Monatsblutung einsetzt. Ich kann Mayra riechen. Mayra ist bei mir.

Dito ist bei mir. Er hat geraucht und Bier getrunken. Ich rieche Magnetbänder, das muss Musik sein. Wenn Nivea kommt, weiß ich, dass der Tag sich dem Ende neigt. Sie kommt, wenn die Bibliothek schließt. Immer hat sie Fritzi mit dabei. Das Kind in Laura wächst, ihre Hormone sprechen mit mir, die weißen Blüten passen besser denn je.

Niemand ist bei mir.

Jemand ist bei mir. Elektrizität. Reiniger. Der Boden ist sauber.

Mayra ist bei mir. Sie trägt *Seeweh*.

Desinfektionsmittel, Elektrizität und Seife sind meine Wächter. Asuka, die treue Asuka kommt von Zeit zu Zeit hereingeweht. Sie weiß, dass das Fenster geöffnet werden muss, damit ich hinausfliegen kann, in den Wald, zu meinen Freunden, die dort auf mich warten, selbstlos, treu, in sich, in Muttererde ruhend. Ich streife durch ihre letzten Blätter, kämme durch Farne, ruhe im Moos zu ihren Füßen. Ich kitzele Eichhörnchen am Schwanz, sitze im Gefieder des Buntspechts, folge der Spur. Seiner Spur. Ich finde ihn nicht. Das Fenster geht zu, und ich rausche zurück in meine Mauern aus Bettlaken, in mein Gefängnis, bewacht von Desinfektionsmittel, Elektrizität und Seife. Und Mayra.

Karamellwald? Tatsächlich. Düne. Mein erster Duft. Ich hätte nicht gedacht, dass es ihn noch gibt, habe selbst kein Fläschchen aufbewahrt, es später nicht noch einmal angemischt. Ob ihr FDP-Mann weiß, was das für ein Parfum ist? Ach, Düne, ich hoffe, du bist glücklich mit ihm. Du hast mein Leben verändert, weißt du das? *Danke, Düne.* Es tut mir so leid. Kannst du mir verzeihen?

Ich zähle nicht, wie oft Mayra kommt und geht. Zahlen bedeuten nichts. Tage, Stunden, das alles sind Einheiten, die nichts bedeuten. Ich bin jetzt. Ich bin Geruch. Das geöffnete Fenster ist alles. Ich warte. Im Jetzt. Endlich geht es wieder auf. Der Waldgott ruft mich. Ich steige in die Lüfte, bin über den Wipfeln, ich bin frei, ich bin alles, und dort, ganz unten, wartet er, erwartet mich, erhaben, ehrwürdig, Er. Ich flattere hinab, leicht wie ein Zitronenfalter, und lasse mich zwischen seinen Geweihstangen nieder.

Was machst du hier?, fragt Cernunnos.

Ich suche dich, sage ich, und das Fenster geht zu, und ich bin weg, bin eintönig und einsam, und der Boden wird mit Reiniger überzogen und nimmt sich meine Luft.

Nonno ist hier. Mit Nonna. Sie hat Pasta mit Salbei und Walnüssen und als *Carne* Scaloppine mit Zitronensoße gekocht. Nonno trägt *Almodio.*

Chanel N°5 ist hier. Sie hat Blumen mitgebracht, Rosen. Ich bin die Rosen, ich bin *N°5,* bin auf ihrer Salamanderhaut. Sie schmeckt salzig und nach Schwarzem Tee. Dittfurt ist nicht hier, auch nicht an oder in ihr, ich weiß nicht, was mit Dittfurt ist. Ich weiß nicht, was mit Sera ist. Hier ist sie nicht. Öffnen Sie das Fenster für mich, Carla?
Die Rosen bleiben, Carla ist fort.

Dave Killer ist nicht hier.

Ich bin nichts, nur Geruch, bin flüchtig. Ich verschwinde, vergesse, da war so viel, es gab so viele Dinge, die man nicht riechen kann, die jetzt wortlos für mich sind, wertlos. Ich bin woanders, habe sie zurückgelassen. Alles, was mich noch hält, ist Mayra, sie ist hier, und die satte Luft hinter der Scheibe, aus dem Park, aus dem Wald.

Synthetische Maiglöckchen kommen mich besuchen, immer noch ungetrübt, kein Wein vom Vortag, keine Asche, Mamma, du hast es geschafft.

Da ist Nonno, heute trägt er mein *Koniferencurry*, öffnet das Fenster, ich werde hinausgesogen in die feuchte Luft, es riecht dunkel, der Winter kündigt sich an, ganz vorsichtig, von Weitem ruft er uns, ich wickele mich um Stämme, vergrabe mich in der furchigen Rinde einer Föhre, liebkose die tiefen Krater der hundertjährigen Haut einer Eiche. Gleite an einer Buche herunter, und da ist er. Cernunnos.

Was machst du hier?, fragt er mich. *Wirst du nicht gebraucht?*
Werde ich gebraucht?
Sein Atem geht keuchend. Er ist alt. Er hat Durst.
Es tut mir leid, sage ich. *Der rote Riese. Ich konnte ihn nicht beschützen.*
Du hast alles richtig gemacht, sagt der Waldgott. *Dich trifft keine Schuld.*

Und dann wird das Nichts langsam neondunkelblau.
Kosmosblau.

Nicht Nichts

Ich bin nicht mehr nichts. Ich bin ein Punkt im Blau. Ich *spüre* etwas. Da ist ein Teil von mir. Er fühlt sich gut an. Das ist mein Leben. Dieser Punkt bin ich. Nur dieser Punkt.
Ich muss los. Ich werde gebraucht, sage ich, und Cernunnos sagt: *Ich weiß,* und ich schwebe durchs gekippte Fenster zurück in die Laken, in den Reiniger, an den Strom.
Mayra ist hier. Ich rieche sie, ich bin mit ihr, sie ist hier, ich atme sie ein, sie ist in mir, Mayra ist hier, meine Mayra.
Mayra. Mayra, Mayra.

Ich will nicht ausatmen, aber ich muss, und atme gleich noch einmal ein, tiefer als zuvor, der Punkt bewegt sich, ich bin ein Pulsieren.

Ich bin größer, als ich dachte, der Punkt ist nur ein Teil von mir, der einzige, den ich wirklich spüre. Der Rest ist nur ein Abdruck, der sich langsam aus dem Kosmosblau herausschält. Der Punkt ist meine Verbindung zu Mayra, und Mayra ist meine Verbindung zur Welt, das verstehe ich nun. Der Punkt wird zu einer Stelle, ich pulsiere schneller, *die Stelle* beginnt im Takt des Pulses zu leuchten. Immer heller, immer schneller, hier geschieht etwas Großes. Hier wird die Welt geboren. Ich bin aufgeregt. Ich bin erregt. Eine kreisende Bewegung. Auf dem Punkt. Ich habe mich noch nie so gut gefühlt. Wo bin ich? Mir fallen Hände ein. Mayra hat Hände, an den Händen sind Finger, ihr Finger auf meiner Stelle, das ist die Verbindung zur Welt.

Ich bin unterwegs.

Biomasse

Mit einem schockierenden *schwwwruchkk!*, dem ersten Geräusch meines Lebens, flutschte ich zurück in die Biomasse. Die Augen blieben noch geschlossen, ich lag im Bett, in der Realität, in Sumbigheim.

Ich bin Cha-Cha.

Meine Schwester ist eine Bibliothek.

Mein Vater ist ein Kiffermaskottchen.

Meine Mutter ist trocken, meine Oma tot, mein Opa tot, mein David tot.

Mayra massierte mit einem Finger die beste Stelle meines Körpers, ich spürte, wie ich mich wieder anschlich ans Leben, ganz nah war ich schon, ich musste nur noch die Lider heben.

Gleich bin ich da, Mayra.

Dann, endlich, öffnete ich meine Augen, oder viel mehr öffneten sie mich, ich sah in Mayras Augen, dunkelbraun und etwas schräg sitzend, mit einem butterblumengelben Saum um die Pupillen und kleinen, bernsteinfarbenen Einschlüssen in der Iris. Ich hatte noch nie so schöne Augen gesehen. Ihr Finger kreiste auf der besten Stelle, weiter unten umschloss sie mich mit ihrer anderen Hand. Die Bewegung auf der Stelle blieb langsam, nur in mir wurde es schneller, Mayra presste meine *huevos* zusammen, bis zu dem Punkt, an dem Zärtlichkeit und Schmerz sich küssen.

Mayra, ich bin da.

Ich explodierte, entleerte mich in die Welt, das ganze Zimmer war voll von mir. Zuckend schnappte ich endgültig zurück in meinen Körper und war nun ganz hier, mein Bauch feucht und warm und klebrig, Mayra lächelte mich an, beugte sich vor, unsere Lippen lagen aufeinander, warm, weich, feucht, wir schmeckten uns, und wir schmeckten gut, die Augen noch immer ineinander, mein Herz galoppierte, schnell und sicher.

Mein Herz.

Ich habe ein Herz.

Hirschgulasch

Ich stand in der Küche des Forsthauses und schnitt das Fleisch klein, sehr viel Fleisch, die letzten vier Schultern aus Opas Gefriertruhe. Heute waren wir einige Esser mehr als sonst, denn David trat seine letzte große Reise an. Frau Tychinski hatte einrichten können, dass der Trainersong rechtzeitig auf Platz eins der deutschen Singlecharts vorgerückt war. Vorhin, am offenen Grab, hatte Dito bei den *Muchachos* die Gitarre für Sándor gespielt, damit sie ihr Versprechen einlösen konnten. Es war der letzte Auftritt der *Mucho Muchachos* gewesen.

Mayra kam in die Küche, legte ihre Arme von hinten um mich und sah mir dabei zu, wie ich die Würfel in Mehl wälzte und auf vier heiße Pfannen verteilte. Sie schob den Ärmel meines T-Shirts hoch und küsste die grüne Tara. Gleich am ersten gemeinsamen Abend nach meiner Rückkehr hatte sie im Forsthaus ihre Maschine gezückt und mir Omas Motiv gestochen.

Als alles angebraten war, schüttete ich das Fleisch zusammen in die tiefste Pfanne und trug diese nach draußen. Der Hordentopf hing schon über dem Feuer. Alle saßen im Kreis auf Holzbänken, es roch nach Feuer, Wald und Lieblingsmenschen. Auch wenn einer fehlte.

Ich beugte mich über den Topf und fügte die restlichen Zutaten hinzu, kochte alles auf, das Säckchen mit den Kiefernnadeln hängte ich zum Schluss hinein. Dito half mir, den Topf ein paar Kettenglieder höher einzuhaken, damit das Gulasch leise fertigköcheln konnte. Es war Anfang November, die Abende waren bereits kühl, alle trugen Jacken, Nonna hatte eine Decke um die Beine gewickelt. Niemanden störte die Frische. Alle tranken, rauchten und plauderten. Alle, bis auf meine Mutter. Sie trank nicht, sie rauchte nicht, und sie plauderte auch nicht. Mamma saß etwas abseits – und lächelte. Heute wollten wir nicht nur David auf seine letzte Reise schicken, auch die Rückkehr von meiner Reise wurde gefeiert.

Das, was einmal mein Roman hatte werden sollen, war nun lediglich eine Erzählung geworden. Mit etwas Wohlwollen konnte man das schmale Bändchen *Novelle* nennen. Kafka hatte sie lektoriert, nächstes Frühjahr würde sie im Messerschmidt Verlag erscheinen. Und heute, im Kreis meiner Liebsten, würde ich das erste Mal daraus lesen. Es handelte sich also um eine Art Premiere, weshalb Mamma die Idee hatte, Glückskekse zu backen. Stundenlang saß sie am Küchentisch, ersann und tippte die Botschaften, Fritzi half beim Ausschneiden, den Keksteig hatte ich mit etwas Estragon veredelt.

Ein jedes Mal
Es muss zum Schluss
An jedes Mahl
Ein grüner Kuss.

Ein Unglückskeks würde auch wieder dabei sein, alle machten sich Hoffnungen. Ich auch.

Während das Gulasch köchelte, machte Dito mit Omas Platten den DJ. Als *Blue Moon* in der Version von Elvis erklang, zog Mayra mich auf die Tanzfläche. Auch Kemina und Stucki tanzten. Sein Glasauge hatte eine andere Farbe als das heil gebliebene Auge, er hatte David Bowie immer um seinen Huskie-Blick beneidet. Die frische Narbe, die sich von der Stirn über das Auge bis auf die Backe zog, ließ ihn verwegen aussehen. Er hatte das Bangkok Hilton überlebt. Seitdem trainierte er wieder härter, rasierte sich täglich und trug die Haare kurz wie ein G. I.

Fritzi lief mit Hannelore, unserem Dackelwelpen, durch den Garten. Sogar unsere neue Nachbarin, Gräfin Eva-Ludmilla von Faunichoux, kam vorbei. Sie konnte nicht lang bleiben, es gab viel zu tun. Im Januar würden die ersten vier Stipendiatinnen im Herrenhaus einziehen, das hierfür ein wenig umgebaut werden musste, die Frauen würden insgesamt sieben Kinder dabeihaben.

Sera hatte den Versuch, freiwillig aus der Welt zu treten, überlebt. Auch Dittfurt konnte sich zurückkämpfen. Beide waren inzwischen wieder stabil. Am kommenden Sonntag würden Kafka und ich Sera das erste Mal im Gefängnis besuchen.

Das Gulasch schmeckte köstlich, alle nahmen nach, alle versanken in Verdauungstrance. Dann machte Stucki den Anfang. Er schilderte den Kampf, der ihn sein linkes Auge gekostet hatte, breitete aus, wie er zum Schluss seiner Haft den gesamten Südflügel des Bangkok Hilton unter Kontrolle brachte und seine Freunde ihn mit vereinten Kräften aus den Fängen des thailändischen Justizsystems befreiten. Mayra und ich erzählten anschließend vom Baumhaus, von Murat und Mozart, der dieses Mal nicht bloß eine Leber, sondern ein ganzes Ferkel mitgebracht hatte, ich schilderte Mayras Tanzeinlage auf dem *Mucho-Muchachos*-Konzert, bei dem sie auf der Bühne tanzte und zehn Skinheads mit einem Roundhousekick ins Publikum fegte. Achill van Ackeren gab zum Besten, wie ihn Nonnos Anruf in *Mons* erreichte, ich sei soeben in den OP-Saal geschoben worden, wie er sofort in den Porsche sprang, innerhalb von zwei Stunden in Le Havre war und mit dem Boot der Hafenpolizei Mayra vom auslaufenden Containerschiff holte.

Während ich im Koma lag, hatte Professor Hartlieb meiner Familie empfohlen, täglich mit mir zu reden. Mir Musik vorzuspielen. Mich mit vertrauten Gerüchen zu umgeben. Dass Mayra auf der Backstageparty von David erfahren hatte, auf welche Art ich mich selbst berührte, und es ihr damit gelungen war, mich ins Leben zurückzuholen, würde wohl immer unser Geheimnis bleiben.

Als es dunkel wurde, begaben wir uns alle nach drinnen. Laura und Dito hatten eine kleine Lesebühne aufgebaut. Davor standen Sofas, Stühle und Sessel in Reihen. Mamma ging mit dem Tablett voller Kekse herum, reichte jedem einen, Nonna, Nonno, Achill, Kafka, Stucki, Kemina, Fritzi, Mayra, mir, Laura, dann nahm sie sich selbst einen und gab den letzten Dito. Nach und nach brachen alle das Gebäck auf und steckten es sich in den Mund, entrollten ihre Zettel und lasen. Ich beobachtete Mamma, sie beobachtete alle, ein Schmunzeln ging über die Gesichter, einige nickten nur, andere dachten nach. Auf meinem Zettel stand: *Liebe geht durch die Nase,* und ich blickte hinüber zu Mamma, wir lächelten uns an. Achill hatte anscheinend keinen Spruch, sondern eine Aufgabe abbekommen, er gab Kafka, der vor ihm in der ersten Reihe saß, eine Nacken- und Schultermassage, Kafka schloss genießerisch die Augen, dirigierte ihn sogar: »Ein bisschen weiter oben, etwas mehr links, genau daaaahhhhhh!«, Stucki machte Kopfstand und sang *Freude schöner Götterfunken,* Dito, der bereits einige *Harzer Roller gefahren war,* las seinen Zettel und verfiel umgehend in die übliche Lachstarre, reckte eine Hand in die Höhe, die Botschaft triumphierend schwenkend, offenbar hatte er den Unglückskeks erwischt, seine Lähmung kippte ins Winseln, Laura beugte sich zu ihm, fixierte sein Handgelenk, zog den Zettel heraus und las. Auch sie musste lachen, tauschte einen Blick mit Mamma und nickte. Ich ging rüber und schaute auf die böse Botschaft.

Du bist ein bekifftes Wrack und wirst niemals erwachsen werden. Du Glücklicher.

Fritzi und ich gingen in die Küche und machten *Popcorn à la Oma,* mit fein gehacktem, getrocknetem Rosmarin, Meersalz und Palmzucker. Ich hob den Deckel hoch, das Popcorn sprang aus dem Topf, Hannelore jagte den vom Himmel fallenden Leckerbissen nach. Fritzi sah mich an und sagte: »Im Herzen eines

Menschen ruht der Anfang und das Ende aller Dinge.«* Dann ging sie ins Wohnzimmer und verteilte die Schüsseln, Hannelore bekam eine eigene, ohne Salz und Zucker, alle nahmen Platz.

Ich startete das Tapedeck, die Intromusik, das *Toytonic Swing Ensemble* setzte ein, ich sah, wie sich Mamma, Dito und Stucki angrinsten.
    Als das Stück vorbei war, fing ich an zu lesen.
    Davids Herz in meiner Brust schlug und schlug, kräftig, treu, für mich, für Mayra, für immer.
    Morgen wollten wir wieder laufen gehen. Durch den Wald.
    Was hatte ich doch für ein fabelhaftes Leben.

---

* Lew Tolstoi

DANKE

Ich danke vor allem meiner Familie:

Meiner Frau Tara für das Tape, mit dem alles begann, und die vielen Tapes, die darauf folgten. Aber auch für das Mutmachen, das Vertrauen, die Geduld, die Hunde, all die Fotos – und die vielen Überraschungen.

Meinen Söhnen Len und Laszlo für jede Menge Inspiration und für ihre Großartigkeit.

Meiner Mutter Sini, die viel zu früh von uns gegangen ist, meinem Bruder Florian, meinem Vater Harald und seiner Frau Sabine.

Meiner angeheirateten Familie: Anni, Peter, Ellen und Sandra.

Meinen Großmüttern, die beide auf ihre Art verrückt waren.

Meiner Patentante Tina Wesemann für die vielen prägenden Bücher, die sie mir geschenkt hat.

Vier Freunde begleiten mich seit meiner Schulzeit und haben dadurch alle auf ihre Weise zu diesem Buch beigetragen. Ein spezieller Dank gilt daher:

Meinem Lektor Matthias Teiting für die literarische Starthilfe in jeder denkbaren Hinsicht, für die daraus resultierende Vollbetreuung und auch für die professionelle Distanz zum Text trotz großer Nähe zum Inhalt. Als Lektor ein Pitbull, als Freund eine Bank.

Nikolaus Woernle für viele gemeinsame Stunden mit vier, acht und sechzehn Spuren in Kellern, in Ferienhäusern und Dachkammern, für eine vollständig auf Video dokumentierte Jugend – und dafür, dass wir schon immer SUBJOINT waren und jetzt auch noch das TOYTONIC SWING ENSEMBLE sind.

Gero Vierhuff für die Punkmixkassette in der 8. Klasse und

die Erkenntnis, dass man einfach eine Band gründen kann. Für BRÄM. Und für den Einblick in die Welt des Theaters, vor allem hinter den Kulissen.

Kay Riechers für Sturm und Drang und Inspiration.

Weiterhin danke ich:

Lucy Fricke für die Telefonnummern, die mein Leben verändert haben. Und für die Preisverleihung, der ich beiwohnen durfte.

Gerrit Jöns-Anders für die vielen guten und die wenigen schlechten Kalauer, und weil er vorgemacht hat, dass man sehr wohl neben Arbeit und Familie ein Buch schreiben kann.

Christian Plesch für den Einblick in die Welt der Riechstoffe und der Parfumherstellung. Doch vor allem für die Muschelschale in »Seeweh« – und dafür, dass er diesen Duft zum Leben erweckt hat.

Dorothee Schmidt, die den Stein auf der Narrativa ins Rollen gebracht hat.

Moki für ihre Bilder, und dass ich eins davon für das Cover verwenden darf.

Spin-Doctor Antje Flemming und der Jury des Hamburger Förderpreises für Literatur 2018.

Christian Mertens für »und weil« statt »und dann«.

Danke auch an alle Testleser*innen:

Angela Bakanova, Christian UWE Hartmann, Elke Schicke, Felix Gebhard, Florian Stuertz, Gerrit Jöns-Anders, Juliane Pickel, Marc Henschel, Matthias Teiting, Michael Lentner, Nikolaus Woernle, Paul Kuhn (Rechtsberatung), Sabine Stuertz, Steffen Schwien (Waidmanns Dank) und Tara Wolff.

Ein ganz herzlicher Dank gilt meiner Agentin Elisabeth Ruge, selbstverständlich auch Valentin Tritschler und dem gesamten ERA-Team für die großartige Unterstützung von Beginn an.

Außerdem möchte ich Regina Kammerer, Christof Bultmann, Britta Puce und der ganzen btb-Bande für das riesige Vertrauen, den Zuspruch und ihre tolle Arbeit danken.

Ich bin sehr froh, dass ich einst Teil der größten Band des Universums sein durfte, den *Los Hot Banditos*, neun Brüder aus Mexiko, die überhaupt *NÜX! NÜX!* mit den *Mucho Muchachos* zu tun haben.

Und Peter Staade. Danke. Sollte es einen Himmel geben, dann feiern sie da jetzt endlich richtig gute Partys.

ZITATE

S. 78: Fjodr Michailowitsch Dostojewski: »Die Brüder Karamasow«, übersetzt von Hans Ruoff und Richard Hoffman, Stuttgart 1975

S. 307: Virginia Woolf: »Ein Zimmer für sich allein«, übersetzt von Renate Gerhardt, Berlin 1978

S. 318: Milan Kundera: »Das Buch der lächerlichen Liebe«, übersetzt von Susanna Roth, München-Wien 1986

S. 327: Astrid Lindgren: »Lotta zieht um«, übersetzt von Thyra Dohrenburg, Hamburg, 1962

S. 373: Theodor Fontane: »Frau Jenny Treibel oder Wo sich Herz zum Herzen find't«, Stuttgart 1973

S. 454: Stanislaw Lem: »Robotermärchen«, übersetzt von Irmtraut Zimmermann-Göllheim, Frankfurt/Main 1982

S. 475: Michael Ende: »Die Unendliche Geschichte«, Stuttgart 1979

S. 501: William Shakespeare: »Cymbeline«, übersetzt von Dorothea Tieck, Berlin 2015

S. 517: Edgar Allan Poe: »Das verräterische Herz«, übersetzt von Hedda Eulenberg, Minden 1901

S. 620: Thomas Bernhard: »Vor dem Ruhestand – Eine Komödie von deutscher Seele«, Frankfurt am Main, 1979

S. 621: Christian Morgenstern: »Stufen«, München 1918

WEITERE RELEVANTE QUELLEN

Wolfgang Legrum: »Riechstoffe, zwischen Gestank und Duft - Vorkommen, Eigenschaften und Anwendungen von Riechstoffen und deren Gemischen«, Wiesbaden 2014

Luca Turin & Tania Sanchez: »Das kleine Buch der großen Parfums – die einhundert Klassiker«, Zürich 2013

Jean-Claude Ellena: »Parfum – Ein Führer durch die Welt der Düfte«, München 2016

Helen Fisher: »Anatomie der Liebe – Warum Paare sich finden, sich binden und auseinandergehen«, München 1993

Die Arbeit an diesem Buch wurde von der Stadt Hamburg
mit einem Förderpreis für Literatur unterstützt.

Fragen und Rückmeldungen zum Buch gerne an:
post@stuertz.org

Sollte diese Publikation Links auf Webseiten Dritter enthalten,
so übernehmen wir für deren Inhalte keine Haftung,
da wir uns diese nicht zu eigen machen, sondern lediglich auf
deren Stand zum Zeitpunkt der Erstveröffentlichung verweisen.

Dieses Buch ist auch als E-Book erhältlich.

Verlagsgruppe Random House FSC® N001967

1. Auflage
Copyright © 2020 by btb Verlag
in der Verlagsgruppe Random House GmbH,
Neumarkter Straße 28, 81673 München
Umschlaggestaltung: Semper smile, München
unter Verwendung eines Gemäldes von © Moki (mioke.de)
Satz: Uhl + Massopust, Aalen
Druck und Einband: GGP Media GmbH, Pößneck
Printed in Germany
ISBN 978-3-442-75851-7

www.btb-verlag.de
www.facebook.com/btbverlag